正史 영웅 三國志

강영원

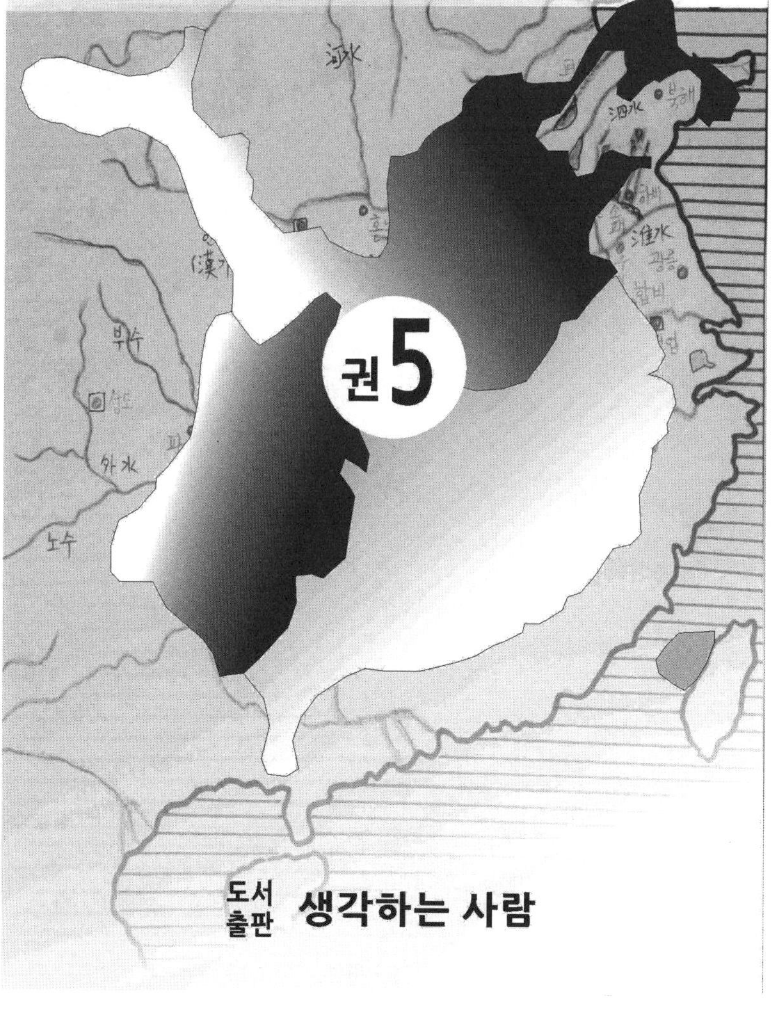

권 5

도서
출판 **생각하는 사람**

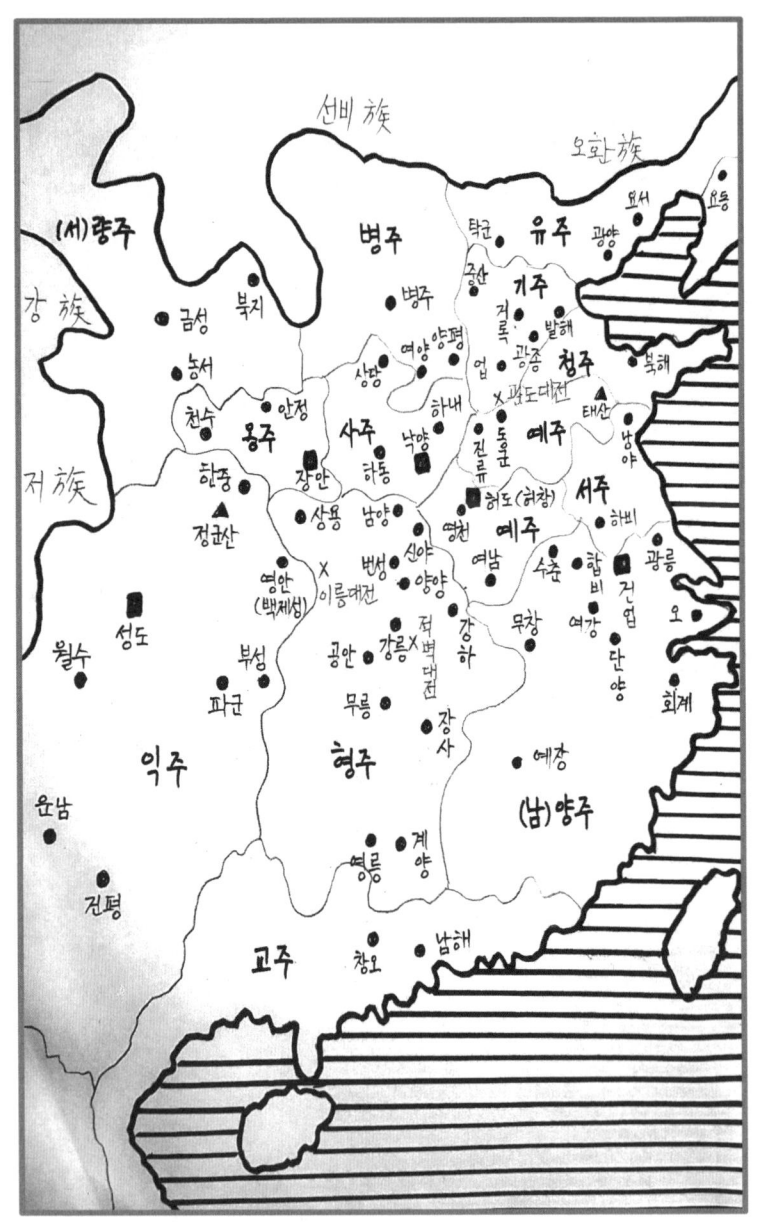

한 제국 13개주 지적도

강 영 원 (姜榮元)
서울 마포 출생

　성균관 대학교에서 경제학을 전공하고, 同대학원에서 교통행정학 석사학위를 수여를 받은 후, 서울시립대학교 대학원에서 도시정책학 박사과정을 마치고, 도시의 신생, 성장, 성숙, 쇠퇴. 소멸 등 도시의 생(生) · 멸(滅)을 한껏 그렸다가 지우고, 지웠다가 다시 그리기를 거듭하던 어느 날, 전원의 조용한 침묵에 매료되어 아름다운 전원생활을 구가하던 중, 어린 시절 어머니의 사랑을 가슴 깊이 간직하다가 어머니를 추모하고자 어머니의 어린 시절을 착안하여 갈뫼回想을 집필했다.
　이후, '갈등의 自畵像' 등을 구상하면서 아버지를 추도하는 습작을 접하다가, 나관중 모태의 기존 삼국지 소설이 보이는 모순을 접하면서, 새로운 시대의 개념에 맞는 正史를 토대로 하여 영웅의 삶을 새로이 조명하고자, 현대사회의 시각과 관점으로 '正史 영웅 三國志'를 집필하기에 이른다.

저 자 소 개

필자의 전공은 역사학이 아니었지만, 한국 역사와 동양 사학에 깊은 관심을 가지고 전공보다도 역사를 더욱 탐닉했던 적도 있었습니다.

삼국지와의 인연은 어린 시절에 만화로 출간된 삼국지, 코주부 삼국지 등을 읽으면서 흥미와 재미에 빠져 밤잠을 설쳐가며 책을 읽었고, 중학생 시절에는 박종화 선생님의 삼국지를 몇 번이고 읽으면서, 관우와 장비, 조자룡, 여포 등의 무용담에 흠뻑 빠지기도 했습니다. 그 후, 세월이 흘러 30대에 이르러서 다시 새로이 국내에서 출간된 나관중 本 삼국지 번역본 또는 편역본을 수없이 찾아 읽었는데, 그때에는 어린 시절에 느꼈던 감흥이 일어나기보다는 장수끼리 일기토를 벌이면서 승패가 결정되는 장면에서부터 의문점이 생기고, 여기저기에서 납득하기 어려운 새로운 의구심들이 마구 일어나는 것을 느끼게 되고, 그때부터 소설 삼국지에서 전개되는 의구심을 해소하기 위해 정사를 찾아 진수의 '정사 삼국지', 상지의 '화양국지', 진서, 촉서, 인물전 등을 읽게 되었습니다.

그렇게 정사를 접하게 되면서, 청대 역사학자 장학성 선생이 말한 "나관중의 삼국지연의는 열 중 일곱이 사실이고, 셋이 허위"라고 평한 자체도 과한 평가라는 사실을 알게 되었습니다.

그런데도 나관중 本 삼국지 번역본 또는 편역본을 정사로 오인한 일반 독자들이 일상생활에서 이를 마치 역사적 사실인 양 여과가 없이 인용하는 것을 보고, 삼국지연의를 사실로 잘못 인지하고 있는 독자들에게 바로 된 정사를 알리면서도 현대의 감각에 맞는 새로운 개념의 삼국지 소설을 집필해야겠다는 생각을 하게 되었습니다.

동시에 삼국지를 사랑하는 독자 여러분에게 흥미도 제공하고, 잘못된 역사뿐만 아니라 만들어진 역사적 인물에 대해 바른 정보를 드림으로써, 실제로 있었던 역사를 통해 현실의 세계에서 인간이 행하는 처신과 세상을 사는 지혜를 얻게 하는 데 도움을 드리고자 하는 바람을 가지게 되었습니다.

2014년 9월부터 6년간 정사를 추적하면서 오랜 집필에 몰입한 결과, 드디어 2020년 3월 31일에 95% 역사적 사실을 근간한 소설의 집필을 끝내고(특히 등장인물에 대해서는 99% 정사에 입각한 인물상을 구현), 그 바탕 위에 작가의 독창성, 창의성을 가미하여 기존 삼국지 소설과는 전혀 다른 관점에서 접근한 신작을 완료하게 됩니다.

차 례

1. 제갈량의 남정(南征) - 북벌 전초전　9
2. 제갈량의 제1차 북벌(北伐) - 읍참마속　25
3. 위국과 오국 간의 석정전투　77
4. 제갈량의 제2차, 3차 북벌 - 진창 공방전　91
5. 손권의 황위 등극과 조비의 촉한 정벌전　107
6. 제갈량의 제4차, 5차 북벌　119
7. 손권의 제4차 합비 공방전　161
8. 오장원에 지는 별 - 제갈공명의 최후　169
9. 사마의 요동 정벌전과 회남 정벌전　183
10. '이궁의 변'으로 흔들리는 동오　209
11. 천하 패권의 4대 전장 - 낙곡대전　217
12. 사마의 고평릉 정변　227
13. 강유의 제1차 북벌　245
14. 위, 오의 정국 대변혁　261
15. 강유의 제2차 북벌과 제갈각의 회남 정벌전　273
16. 천하를 농락하는 사마사와 강유의 제 4차, 5차 북벌　305
17. 동오 손침의 권력 투쟁　355
18. 제갈탄의 수춘성 의거와 강유의 제6차 북벌　365
19. 절대 권력의 어두운 이면과 강유의 7차 북벌　409
20. 위를 이어받은 진 황제 사마염의 천하통일　431

1.
제갈량의 남정(南征) - 북벌 전초전

1. 제갈량의 남정(南征) – 북벌(北伐) 전초전

촉에서는 유비가 이릉대전에서 참패한 이후, 유비의 사망 등으로 발생한 영토 축소, 인재의 소멸, 막대한 재정과 수만의 병력 손실 등으로 국력이 급격히 몰락하였으나, 224년 9월부터 226년에 이르기까지 위와 오가 수년간 싸우느라 촉에 대한 경계를 소홀히 하는 틈을 이용하여, 제갈량은 자신의 주도 아래 농업을 진작시키고 산업을 진흥시키면서 국력이 급격히 신장하게 되었다.

이릉대전의 후유증과 유비의 죽음 등으로 한동안 촉한이 혼란했던 틈을 타서, 전한의 개국공신 옹치의 후손인 익주호족 옹개, 수(叟)족의 고정, 남만호족 맹획 등이 동오의 은밀한 지원을 받아 남방을 교란시킨 적이 있었다.

옹개의 경우, 손권에게 투항하여 익주태수 정앙을 죽이고 후임 장예가 다시 임지로 오자, 장예를 사로잡아 손권에게 포로로 보내더니, 유비가 사망한 후에는 완전히 동오에 투항하여 영창태수에 임명되었다. 이후 익주 남방의 혼란은 옹개에 의해 주도되고 있었다. 제갈량은 유비가 남긴 북벌의 유지를 잠시도 잊지 않던 중이어서, 국력이 신장하고 국정이 안정되자, 북벌(北伐)을 성공시키기 위해서는 남중 이민족에 대한 평정이 우선임을 확신하여, 먼저 북벌에 앞서 남정(南征)에 나서기로 결심한다.

225년(건흥3년) 2월, 제갈량은 영안에 주둔하고 있는 조운을 중호군으로 임명하고, 중도호 겸 통내외군사 이엄이 지휘하던 군권을 분배시켜 조운에게 넘긴 후, 조운을 남중정벌의 수장(首將)인 정남장군으로 삼아 남정(南征)의 길에 오른다. 제갈량은 조운을 선봉장으로 삼아 수로를 통해 월수로 들어가며, 마충을 장가로 파병하고, 이회는 익주 건녕으로 파견한다. 선봉장 조운은 월수에 이르러 수족의 수장인 고정의 진지를 살펴보더니 제갈량에게 전서를 올린다.

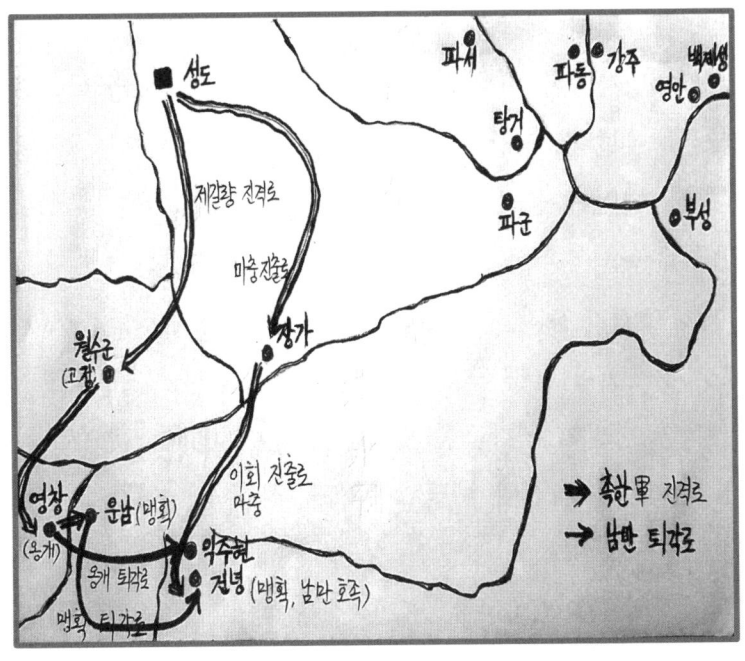

"수(叟)족의 수장 고정이 모우에서 정책, 비수에 이르기까지 많은 망루를 세워 군사를 분산시켰는데, 어떤 곳부터 먼저 공략해야 할지를 가늠하지 못해 승상께 자문을 구합니다."

"병서에 이르기를 '산발적으로 흩어져 있는 적병은 일거에 토벌할 수 없다.'라고 하오. 내가 곧바로 비수로 향할 테니, 그동안 장군은 산발적으로 흩어져 있는 수족을 유도하여 비수로 총집결시켜 단 한번에 토벌할 채비를 갖추시오."

제갈량의 답서를 받은 조운은 각처에 흩어져 있는 수족을 비수로 집결시키기 위해, 여러 군영으로 파견한 부장들을 비수로 소집하고, 고정에게는 비수를 총공격한다는 정보를 흘린다. 이로 인해 제갈량이 비수에 도착한 때에는 수족의 족장 고정의 병사들이 비수에 모두 집결해 있었다. 고정은 천하의 명재상 제갈량, 명장 조운의 상대가 되지 못했던지, 조운은 전투를 벌인지 불과 한 식경도 지나지 않아 비수에 집결해 있던 수족을 격파하고 고정을 잡아 참수한다.

당해 5월이 되자, 제갈량은 옹개가 반란의 중심임을 주지하고 비수에 집결한 군사를 이끌고 노수를 건너, 옹개의 본거지인 촉한 남방의 영창군을 정벌하기 위해 군대를 셋으로 나눈다. 주력군은 자신이 이끌어 옹개를 상대하여 영창을 평정한 뒤 건녕으로 향하고, 마충은 동군을 이끌고 장가로 가서 옹개의 지원세력을 격파하고, 이민족을 상대로 선정을 펼쳐 장가를 진무하도록 한다.

이회는 자신의 고향 쪽으로 우회하여 남부 반강까지 가서 동쪽으로 장가와 연계해 익주군 남방으로 쳐들어가 옹개의 배후를 차단한다.

제갈량이 촉의 남방을 포위하여 사면에서 영창군에 압박을 가하자, 옹개는 익주군 익주현으로 피신하지만, 고정의 부곡은 익주로 도피한 옹개를 전쟁의 빌미를 제공한 원흉으로 여겨 살해한다. 이후, 고정의 부곡은 건녕에 거주하는 호족과 이민족 수장들과 함께 집회를 열고, 맹획을 후임으로 결정하여 남만왕이라 칭호를 올리고 제갈량에게 대항하기 시작한다.

이때 제갈량은 남중에 당도하는데, 남중 향리가 남만을 복속시키는 데 더없이 유익한 정보를 건넨다.

"맹획은 익주 남방의 토호세력 출신으로 토호세력과 이민족들에게 절대적 신임을 얻고 있어, 그들은 맹획에게 절대적으로 복종합니다."

제갈량은 마속에게 남만을 복속시킬 묘수를 묻는다.

"유언과 유장 부자가 촉을 다스릴 당시에도 이들은 수시로 난을 일으켜 남방이 늘 불안했었다고 하네. 이들을 영구적으로 복속시켜 촉에 충성하게 할 묘수가 있겠는가?"

마속이 제갈량의 질문에 자신의 의견을 제시한다.

"남중은 촉에서 멀리 떨어져 있고 지형이 험하여, 이들은 한번 패배하여 복속되더라도 나중에 자기들의 이익에 반할 경우에는 다시 결속하여 난을 일으킬 것입니다. 따라서 정벌하여 수장을 죽이더라도 마음으로 복종시키지 못하면, 이들은 또다시 혼란을 일으킬 것입니다. 따라서 그들의 마음을 잡는 방법을 택함이 상수이고, 그들의 생활근거지를 공격하여 강압적으로 굴복시키려는 것은 하수로 여겨집니다."

제갈량은 마속의 조언을 받아들여 맹획을 마음으로 복종시킬 생각을 굳힌다.

제갈량은 조운에게 남중 운남군을 공격하게 하고, 마충을 맹획이 도주하게 될 것으로 예상되는 운남군 주변의 산길에 매복하도록 명한다.

조운이 남중 운남 앞에 당도하여 운남을 에워싸고 진형을 배치하자, 제갈량이 조운에게 급히 전서를 보낸다.

"장군은 맹획을 상대할 때, 남방 야만족들이 평소 접해본 적이 없을 생소한 전술로 임하도록 하시오. 남방 야만족은 대전을 치른 경험이 없고, 무리에 의한 마구잡이 전술로 임해왔기 때문에 장군은 맹획의 공략에 대해 수시로 진형을 변경시키는 전술로 이들을 제압하면, 이들은 새롭고 신비한 묘책에 스스로 놀라 위축될 것이오. 이들이 패하여 도주하거든 되도록이면 함정으로 몰아넣어 투항을 받고, 맹획은 생포하여 본영으로 끌어오시오."

조운은 운남을 에워싸고 일자진을 펼치며 전면에 노병을 배치하여, 맹획이 허허실실에 말려들도록 유도한다.

맹획은 부장에게 운남 문기의 좌우에 수백의 장수를 세우게 하고, 맹획 자신은 그 가운데로 말을 타고 나오는데, 머리에는 보석을 박은 자금관을 쓰고, 몸에는 줄이 길게 늘여진 붉은색 전포를 입었으며, 허리에는 옥으로 만든 사자대를 두르고, 매부리 모양의 가죽신을 신고서, 갈기가 곱슬곱슬한 적색마 위에 올라앉아 있었다.

　맹획은 선봉장 조운이 세운 일자진형의 전면에 배치된 군사들의 군기가 해이해 보이자, 곧바로 어설픈 유형의 어린진을 형성하고 조운의 전면 중앙을 집중적으로 공략할 진을 펼친다. 이에 조운은 북을 두드려 일자진 좌우의 정예병과 궁노수에게 신속히 학익진을 펼치도록 신호를 보내, 맹획의 어설픈 어린진을 포위하도록 명한다. 맹획이 조운이 구축한 진형의 전면 중앙부를 치고 들어오자, 조운은 어린진을 둘러싼 학익진 진형의 좌우에서 줄기차게 화살과 쇠뇌를 날리도록 신호를 보낸다. 조운이 새운 진형의 전면 중위에 있던 정예병이 신속히 진형 전면의 노병과 위치를 바꾸어 강력하게 맹획의 병사를 대적하자, 맹획의 병사들은 강력한 조운의 정예병과 맞붙게 되면서 크게 당황한다.

　이때 진형을 포위한 학익진 양면에서 줄 화살이 날아오면서, 맹획의 군사들이 속수무책으로 쓰러질 때, '조자룡 헌 칼, 헌 창 쓰듯이 한다.'는 말을 증명하려는 듯이 조운이 남만족 군사를 추풍낙엽처럼 날리고 맹획에게 직창(直槍)을 휘두르며 달려가자, 맹획은 걷잡을 수 없는 두려움을 느끼며 주변 숲의 무성한 수풀로 도피한다. 맹획이 수풀 속을 한참을 달아나 금대산에 이르러 안도의 한숨을 쉬는데, 갑자기 산골짜기에서 북과 징, 나각소리가 울리더니, 한 무리의 군사들이 함성을 지르며 맹획의 앞을 가로막는다. 마충이 기병 수백 기를 이끌고 맹획의 패잔 기병을 기다리고 있었던 것이다.

  마충이 맹획의 패잔기병과 전투를 벌일 때, 조운이 보낸 추격병과 제갈량이 매복시킨 복병이 합류하여 맹획을 삼중 포위를 하고 협공을 가한다. 곧이어 뒤늦게 당도한 조운이 맹획에게 항복을 권하자, 더 이상 버텨보았자 수하들의 목숨만 헛되이 버리게 될 것을 우려한 맹획은 조운에게 투항을 청한다. 마충이 맹획을 포박하여 본영으로 돌아오자, 제갈량은 이미 포로가 된 수많은 남만의 병사들을 위해 주연을 베풀다가 맹획을 보고는 곧바로 달려가 맹획의 포승을 풀어주며 말한다.

  "그대는 어찌하여 촉의 땅에서 살고 있으면서, 촉한의 황제를 거역하고 다른 곳에 머리를 숙여 숭배하는가?"

  "애초에 나는 촉한의 황제를 나 스스로 황제로 인정한 적이 없으니, 나 스스로 나의 길을 가는 것을 어느 누가 탓할 수 있겠소?"

  제갈량은 맹획에게 위압감을 느끼게 하여 맹획의 마음을 사로잡으려고 맹획을 승상부 군막으로 데리고 간다. 맹획이 승상부 군막 앞에 이르자, 서릿발처럼 번뜩이는 창칼을 든 위수병 수백과 수천의 어림군이 좌우에 근엄한 자세로 도열하여 있는데, 황제가 하사한 황금 월부(황제의 허락이 없이도 재량껏 권리를 행할 수 있음을 상징)와 곡병산개(햇빛과 비를 가리는 우산)가 장상에 세워져 분위기가 실로 장엄했다.

맹획은 잠시 위축이 되는 듯 보였으나, 금방 태연을 가장하며 허리를 곧추세운다. 제갈량은 맹획의 동태를 날카롭게 살펴보다가, 이번에는 남정을 나선 촉한의 군사들이 벌이는 장엄한 진용과 훈련현장을 보여주며 맹획을 회유하고자 한다.

"그대는 촉군의 장엄한 진용을 보고 느낀 점이 없는가? 이제는 촉에 순응하여 촉한의 신하로서 충성을 바치면서, 가문과 가족을 지키는 것이 어떻겠는가?"

맹획은 고개를 꼿꼿이 세우며 반박한다.

"이번 전투에서는 촉한의 허실을 파악하지 못해 패배했을 뿐이오. 지금 원정군의 진용을 살펴보니, 다시 한번 겨룬다면 승상을 이길 수 있다는 확신을 가지게 되었소."

제갈량은 맹획을 풀어주며 말한다.

"그렇다면 그대를 풀어줄 테니, 내게 다시 도전해 보라."

제갈량은 이렇게 맹획을 첫 번째로 포획하여 풀어주었고, 두 번째는 맹획과 수하의 부하들과의 사이에서 벌어진 빈틈을 노려 이간책으로 수하들을 선동하여 이들이 맹획을 포박해온 것을 맹획의 충성을 다짐받고 풀어주었다.

세 번째는 맹획이 소리장도(笑裏藏刀:웃으면서 접근하여 경계심을 풀면 칼을 빼어듦) 계책으로 제갈량에게 접근하여 은밀히 도모하려는 것을 미리 알고, 장계취계(將計就計:상대의 계책을 미리 알고 역으로 이용) 전략을 펼쳐 맹획을 함정으로 유인하여 생포하였지만, 맹획이 자신의 잘못으로 패배한 것이 아닌 수하의 경솔함으로 패했다는 넋두리와 수하에게 돌리는 책임의 전가를 모르는 척하면서 받아들여 다시 풀어준다.

 네 번째는 영채에 틀어박혀 꼼짝하지 않고 있는 맹획을 제갈량이 조호이산(調號離山:산속의 호랑이를 힘을 쓸 수 없는 평지로 끌어냄) 전략으로 영채 밖으로 끌어내어 생포하려고, 금선탈각(金蟬脫殼:퇴각을 위해 만반의 준비를 갖춤) 전략을 역격으로 활용하여 퇴각하는 척하면서 맹획을 함정에 빠뜨려 사로잡은 후, 맹획의 투항을 유도했으나, 맹획이 진정성을 지닌 마음으로 복종하지 않자, 인내심을 가지고 다시 풀어준다.

 다섯 번째는 맹획이 숲과 수풀이 우거진 남중에서도 지세가 험하고, 독사와 전갈이 많아 저녁 무렵에는 사람이 다닐 수 없으며, 산중에 있는 물은 독으로 오염이 되어있어, 도저히 살 수 없는 저주받은 산으로 제갈량을 끌어들이고자 가치부전(假痴不癲:어리석은 척하면서 상대를 골탕 먹임) 전략을 펼칠 때, 제갈량은 하늘의 도우심으로 이를 간파하여, 저주받은 산에 들어가지 않고 산 주위의 군량보급로를 차단하여, 인내심을 가지고 장기간을 기다리면서 맹획이 기아와 갈증으로 지칠 때를 노리는 부저추신(釜底抽薪:적의 보급로를 끊음)

계책으로 맹획을 압박한다. 그로 인해 맹획은 일주일을 버티지 못하고 저주받은 산에서 스스로 빠져나와 제갈량에게 포승줄을 받는다. 이번에도 맹획은 군수보급관의 무능을 탓하며 자신의 패배를 인정하지 않자, 제갈량은 인내심의 한계가 어디까지인지를 시험하고자 맹획을 다시 방류한다.

여섯 번째는 맹획이 제갈량을 암살할 계획으로 사항계를 펼쳐 자신의 수하에게 포박되어 있다가 제갈량이 방심하는 사이, 제갈량을 주살하려던 계획을 미리 간파한 제갈량이 무중생유(無中生有:허허실실을 교묘하게 이용하여 적의 심리를 역으로 이용) 계책으로 맹획을 본영으로 끌어들여 생포하고서 이루어진다. 이번에도 맹획은 '진실로 항복하려는 자신을 믿지 않으니, 진실을 믿지 못하는 제갈량에게 투항하는 것은 가치가 없다' 하며 끝까지 버틴다. 제갈량은 괘씸한 생각이 들어 맹획과 수하들을 처벌하려다가 문득 마음을 고쳐먹는다.

'여태까지 참고 견딘 것은 남중에서 깔짝거리는 맹획을 처리하려고 온 것이 아닌 만큼, 조금 더 인내를 가지고 버텨서 선주의 북벌 유언을 성공적으로 이행하리라.'

제갈량은 유비의 유지를 거듭 되새기며, 폭발 직전의 인내심을 가슴에 거두어들이며 맹획을 다시 풀어준다.

일곱 번째 제갈량이 맹획을 사로잡아 풀어주는 사건은 이전의 6차례 전투에 비할 수 없이 많은 군사적 손상을 입은 후에야 이루어진다.

맹획이 남중의 등갑병(籘甲兵:대나무에 갑옷을 3년 동안 담구어 만든 창, 칼이 잘 뚫리지 않는 갑옷을 입은 병사)을 통솔하는 이민족장의 도움을 받아 제갈량의 군사들에게 패배한 복수를 꾀하려고 할 때, 마충은 보병을 이끌고 맹획과 이민족장의 등갑병을 대대적으로 공략한다. 하지만, 워낙 두꺼운 갑옷을 입은 등갑병을 칼과 창으로 제압하는 데에는 한계가 있어, 마충은 등갑병을 격파하지 못하고 대패하면서 싸울 때마다 후퇴하게 된다. 천하의 명장 조운도 산속에서는 기병을 활용하는 전술이 어려워 크게 고전하는데, 설상가상으로 좁은 공간에서 기병들이 등갑 갑옷을 입은 보병의 조밀한 공격을 뚫지 못해 싸울 때마다 고전하며 패주한다.

그러나 사실은 조운을 비롯한 마충 등의 장수들이 등갑병에게 패한 것은 제갈량의 전략에서 나온 것으로, 제갈량이 이들에게 교만심을 일으키고자 하는 교병계의 일환이었다. 맹획과 등갑병은 소규모전투에서 15번 싸워서 15번을 이기면서도 등갑 옷이 화공에 취약한 것을 알기에 촉한의 병사들을 물리쳐도 수풀이 우거진 산속으로는 뛰어들지 않았다.

이점을 간파한 제갈량은 열다섯 번의 소규모전투에서 얻은 경험을 바탕으로 마지막 전투를 수풀이 자라지 않는 산골짜기로 유인하여 화공으로 임하기로 한다. 이곳에 병기와 각종 군수품, 치중을 촉한의 장수들과 병사들이 버리고 가도록 명하자, 산골짜기를 점거한 등갑병들과 이민족장은 화공의 우려가 없는 휑한 산골짜기에서 노획품을 거두어 드리는데 정신이 없을 때, 갑자기 산골짜기의 양쪽 입구에서 통나무와 바위가 굴러 떨어지더니, 병사들의 고함소리와 함께 불화살이 치중으로 날아와서 불이 붙고, 곧이어 치중으로 위장시킨 치중더미에 있던 화약이 터지면서, 불길이 군량으로 위장된 건초더미와 마른 잡목에 옮겨 붙는다.

산기슭에서는 지속적으로 통나무들이 굴러 떨어져 불길이 더욱 거세지는데, 이로 인해 산골짜기에는 아비규환의 지옥이 펼쳐진다. 수많은 남중 이민족 등갑병들이 등갑 옷에 옮겨 붙은 화염으로 이리저리 날뛰면서 발버둥을 치다가 대부분이 불에 타 죽는다. 공명은 산정에서 화염에 휩싸여 온몸에서 천지를 진동시키는 노린내를 풍기며 살려달라고 악을 쓰는 병사, 얼굴이 불에 타 들어가서 형체를 도저히 찾을 수 없는 상태에서도 살려고 발버둥을 치는 병사들을 보면서 스스로가 몸서리를 치며 고개를 돌린다.

"너무도 끔찍하도다. 저곳이 바로 지옥인 게야!"

제갈량은 차마 끝까지 현장을 바라보지 못하고 서둘러 본영으로 돌아온다. 남만족 등갑병들이 이전의 전투에서 계속 승리하였기에 이번에도 승리하고 돌아올 것이라 기대하며, 멀리 떨어지지 않은 영채에서 승전소식만을 기다리던 맹획은 갑자기 들이닥친 조운에게 포박되고, 다시 제갈량의 앞에 무릎이 꿇린다.

제갈량은 맹획을 일곱 번을 잡아, 일곱 번째를 풀어주면서 다시 묻는다.

"자! 이제 일곱 번째 풀어주겠다. 그대는 다시 내게 저항해 보겠는가?"

이때가 되어서야 맹획이 제갈량 앞에 엎드리며 진정으로 투항할 의지를 보인다.

"승상은 하늘이 내리신 분이십니다. 우리 남만의 백성들은 승상께 다시는 배반하지 않을 것입니다."

제갈량은 처음 남정을 떠날 때부터 의도했던 맹획의 투항을 받아내자, 남중의 행정을 남만의 이민족과 지역호족이 자체적으로 협조하여 이끌도록 조처한다.

제갈량은 마침내 남방 4군을 평정한 후, 익주군을 건녕군으로 고쳐, 이회를 태수로 하여 미현을 치소로 정하고, 건녕군 일부와 월수군의 일부를 나누어 운남군을 만들고 여개를 태수로 임명한다.

제갈량이 맹획 등을 받아들여 함께 성도로 돌아오는 길에 노수에 이르렀을 때, 갑자기 사방천지에서 검은 구름이 몰려들고, 강물 위로 한바탕 사나운 파도가 몰아치더니, 배가 좌우로 심하게 흔들려 전복될 지경에 이른다. 이때 제갈량과 함께 성도로 향하던 맹획, 맹염, 찬습 등 남방의 인사들이 제갈량에게 고한다.

"옛날부터 노수에 있는 신은 부정을 탄 사람이 배를 타고 있으면 대로하여 재앙을 일으켰습니다. 사람의 수급 49개와 검은 소, 흰 양 49마리씩을 노수에 던지고 제사를 지내면, 그때에야 신의 노여움이 풀렸다고 합니다."

제갈량이 길게 탄식하여 말한다.

"아마도 노수의 신이 내가 수만의 남만 이민족을 불에 태워 죽인 것에 대한 징벌을 내리는 것 같도다. 내가 수만의 사람을 불에 태워 죽였는데, 또 인명을 희생시킬 수는 없는 법이니, 검은 소와 흰 양 49마리씩을 잡아 제사를 올리고, 그 고기를 사람의 머리 모양으로 만든 밀가루 반죽에 싸서 노수의 신에게 바치도록 하라."

제갈량이 사람 머리 모양의 밀가루 반죽을 만두라 이름을 지어 노수에 제사를 지내니 어느덧, 그렇게도 사나운 폭풍우가 몰아치던 노수는 잔잔해지더니 하늘도 맑게 개이고, 이로써 촉의 원정군은 무사히 노수를 건너 귀향길에 오르게 된다.

2.
제갈량의 제1차 북벌(北伐) - 읍참마속

2. 제갈량의 제1차 북벌(北伐) - 읍참마속

 제갈량은 칠종칠금(七縱七擒)으로 유명한 남정을 성공적으로 마치고 촉의 후방 영토를 확고히 구축한 후, 남중의 장수와 병사, 청강 1만여 가(家)를 촉으로 이주시키고, 이들을 5부로 삼아 정예병으로 육성하여 비군(飛軍)이라 명한다.
 제갈량은 성도로 돌아와서 남만에서 인망을 받던 맹획, 맹염, 찬습 등을 중앙의 관료로 추천하고, 남만의 백성들이 자치적으로 행하는 업무를 중앙의 관료들이 지나치게 간섭함으로써 촉한에 반감을 가지게 했던 폐해를 불식하기 위해, 촉한 중앙에서 명망이 있는 인사를 남중에 파견하는 등 세심한 배려를 아끼지 않는다.
 제갈량은 농업생산력을 확충시키고, 남중의 금, 은, 단, 칠, 우마 등을 군국의 재원으로 삼아 촉한을 부유하게 하는 기반을 만드는 동시에 남중의 구리를 활용하여 촉의 화폐를 대대적으로 만들고, 형주와 관중의 지방에도 통용시키자, 촉한의 경제력은 크게 견실해진다. 남중을 개발하여 농업을 진흥시키고, 따뜻한 기후를 이용하여 찻잎 재배를 대대적으로 권유하고, 보이차를 개발하여 촉한의 경제적 이익을 극대화시킨다.
 남중은 말의 주요산지로도 유명해져서, 동오가 촉에까지 와서 말을 수입해가게 했으며, 북벌을 기획함에 이르러서는 위의 기병에 맞설 군마의 보급이 가능해지도록 한다. 이런 기반 하에서 제갈량은 새로이 북벌을 위한 장기 구상에 돌입한다.

제갈량은 북벌의 선봉장으로 애초에 조운을 낙점하여 서둘러 출정하려다가, 강주를 누구에게 맡겨야 할지를 고민하여 북벌을 늦추게 된다. 강주는 동쪽으로 영안, 북으로는 한중, 한수 그리고 성도까지도 아우를 수 있어, 과거 유비도 최고로 신임하는 장비, 조운에게 맡길 정도로 중요한 요충지이다.

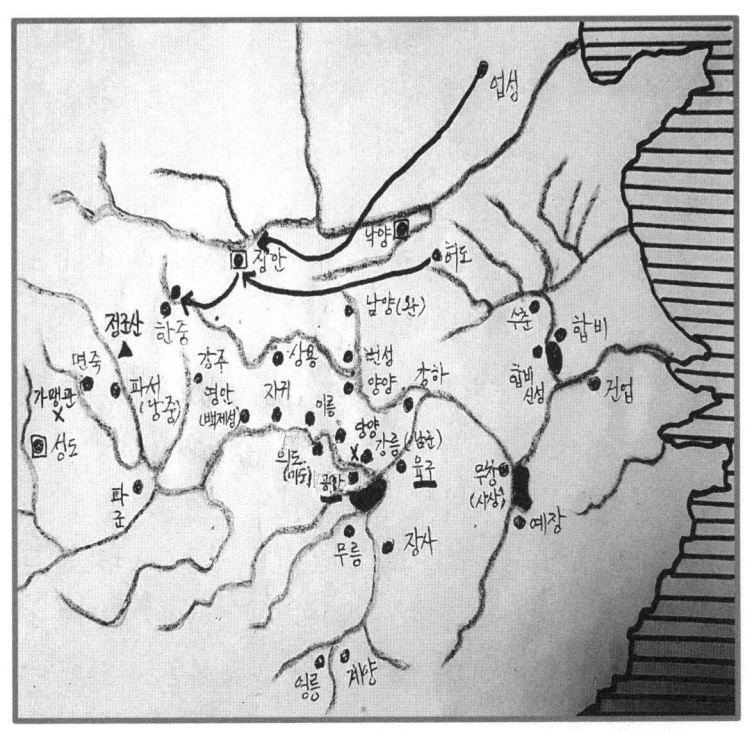

한동안 신뢰할 만한 적임자를 모색하던 제갈량은 마침내 이엄을 선택하고, 기본적 구상이 끝난 227년(태화 원년) 봄, 유선에게 옹주와 서량주를 정복하는 옹,양주 겸병을 목표로 출사표를 올린다.

"신, 제갈량이 고합니다. 선제께서 왕업을 닦으신 것이 아직 반도 이루어지지 못했는데 중도에 붕어하신 후, 지금 천하가 셋으로 나뉘어 익주는 국력이 약하고 피폐하니 참으로 나라의 존망이 위급한 처지에 있습니다. 그러나 폐하를 모시는 신하들이 안으로 게을리 하지 않고, 충성스러운 군사들이 밖에서 목숨을 아끼지 않는 것은 선제께서 특별히 하심을 잊지 않고, 폐하께 보답하고자 하기 때문입니다. 폐하께서는 충언에 귀를 크게 열어 선제의 남기신 덕을 빛내시며, 지사들의 의기를 살려 주시기를 바랍니다. 함부로 존체를 가벼이 거두심으로 그릇된 비유를 끌어들여 의를 잃거나, 현명한 신하들이 충간하는 언로를 막지 마시기를 청합니다. 궁중(宮中:황제 주변)과 부중(府中:신하)이 모두 한 몸이니 상벌에 평등하여, 잘한 행위에는 상을 내리고 잘못한 처사에 대해서는 벌을 내림에 다름이 있어서는 아니 될 것입니다. 시중과 시랑인 곽유지, 비의, 동윤 등은 모두가 선량하고 진실하여 생각이 충성스럽고 순수합니다. 이를 감안하시어 선제께서 이들을 가려 뽑아 폐하께 넘겨주셨으니, 신이 생각건대 궁중의 일은 대소를 막론하고 그들에게 자문하신 뒤에 시행하신다면, 부족함을 보충하여 유익하게 활용하실 수 있을 것입니다. 장군 상총은 성품과 행실이 착하고 공정하며, 군사의 일에 밝아 지난날 선제께서 귀히 여겼습니다. 이로 인해 신하들이 의논하여 상총을 도독으로 삼았던바, 군문의 대소사는 그에게 자문하신다면, 반드시 군대를 화목하게 하고, 뛰어난 자는 뛰어난 대로 부족한 자는 부족한 대로 쓰임을 받게 할 것입니다. 전한이 흥했던 이유는 현명한 신하를 가까이하고 소인을 멀리한 때문입니다. 반대로 후한이 무너진 이유는 소인을 가까이하고 올곧은 신하를 멀리한 결과입니다. 선제께서 생전에 소신과 이에 관해 말씀하시면서, 환제와 영제 때의 일을 안타까워하셨습니다. 시중상서 진진과 장사 장예, 참군 장완은 모두 올곧고 성실하며 절의가 있어 목숨을 아끼지 않고 폐하를 보좌할 신하들이니, 폐하께서 이들을 가까이하신다면 머지않아 촉 황실은 융성하게 될 것입니다. 신은 본래 베옷을 입고 남양에서 농사를 지으며, 난세에 겨우 목숨이나 보존하기를 원했지 명성이나 영달을 구하지 않았는데, 선제께서 신을 천하게 여기지 않으시고 몸을 낮추시어 삼고초려(三顧草廬)하시며, 당대의 형세를 물으심에 신은 감격하여 선제를 위해 혼신을 다해서 보좌하겠노라 맹세했습니다. 그 후, 세력이 약해 수없이 많은 패전을 겪는 가운데에도 어려운 임무를 맡아 동분서주한 지, 어언 21년이 되었습니다. 선제께서는 신이 조심하고 근신하는 것을 아시어 붕어하실 때, 신에게 국정 대소사를 맡기시니 신은 밤낮으로 근심하며 부탁하신 바를 이루지 못할까 노심초사하면서 유고를 받들기 위해 고심하던 중, 지난 5월에 노수를 건너 불모의 땅 남중으로 깊이 들어가 남방을 평정하였습니다. 이후 병기와 갑옷도 넉넉히 준비하게 되었으니, 장차 삼군을 독려하고 인솔하여 북벌에 나서 중원을 평정하고자 합니다. 노둔하나마 혼신을 다해 간악하고 흉악한 무리를 없애고 한황실을 회복하여, 옛 도읍으로 돌아가게 하는 것이 선제께 보답하고 폐하께 충성하는 길이라 여겨집니다. 손익을 헤아려 폐하께 충언을 극진히 올리는 일은 이제 곽유지, 비의, 동윤 등의 책무입니다. 신이 원하옵건데, 폐하께서 신에게 역적을 토벌하고 한실을 회복하는 일을 맡기시어 신이 공을 이루지 못한다면, 신의 허물을 다스리시어 선제의 영전에 고하소서. 폐하께 충언이 올라오지 않아 한실을 부흥시키는 일에 한계가 있거든, 곽유지, 비의, 동윤 등의 허물을 책망하시어 그들의 태만을 밝히소서. 폐하께서도 스스로 계획하시어 올바른 길을 물으시고 신하들의 바른말을 잘 살피고 받아들이시어 선제의 유언을 따르신다면, 신은 성은을 받은 감격을 이기지 못할 것입니다. 이제 멀리 떠날 결심을 하게 되어 표문을 올리는바, 격동의 눈물이 앞을 가려 아뢸 바를 더 이상 찾지 못하게 되었습니다."

후주 유선은 제갈량이 올린 북벌에 임하는 표문을 읽고 제갈량의 건강이 걱정스럽다는 듯이 응대한다.

"승상께서 멀고 먼 남정길에 올라 돌아온 지 얼마 되지 않는데, 다시 북벌을 떠나려 하심은 몸을 너무 혹사하는 것이 아닌지 심히 우려가 됩니다."

유선의 우려에도 제갈량은 확고한 소신을 보이며 대답한다.

"이제 남방이 안정되고 이로 인해 국력이 크게 신장이 된 관계로 군비와 군량, 군수물자가 모두 풍족하게 되었습니다. 이때를 놓친다면, 다시는 선주의 유언을 받들 수 있는 때가 오지 않을 것입니다."

유선은 제갈량의 강한 의지를 확인하고 북벌을 허락한다.

"승상의 확고한 의지를 알겠습니다. 다만 북벌을 떠나기 전에 국정의 전반에 대한 만반의 조처를 부탁드립니다."

제갈량은 유선의 명을 받아 곽유지, 비의, 동윤을 시중으로 성도의 일을 총괄하도록 하고, 상총을 어림군 대장으로 삼아 황제를 호위하게 한다. 두경을 간의대부로, 두미와 양홍을 상서로, 맹광과 내민을 좨주로, 윤목과 이선을 박사로, 극정과 비시를 비서로, 초주를 태사로 삼는 등 문무 관리들이 협심하여 정사를 맡도록 조치하고, 북벌에 나설 군부를 편성하기 위해 장수들을 모두 불러들여 대대적인 북벌계획을 밝힌다.

"진동장군 겸 영창정후 조운을 북벌군 선봉으로 하니, 중감군 겸 양무장군 등지가 선봉장을 보좌하도록 하라. 전독부(前督部)는 진북장군 겸 도정후 위연을, 아문장은 비장군 왕평을, 후군영병사는 안한장군 이회를, 부장에는 정원장군 여예를, 좌군영병사는 평북장군 겸 진창후 마대를 부장에는 비위장군 요화를, 우군영병사는 분위장군 겸 박양정후 마충과 무융장군 관내후 장의를 행중군사는 거기장군 도향후 유염을, 중감군은 양무장군 등지를, 중참군은 안원장군 마속을, 전장군에는 도정후 원침을, 좌장군에는 고향후 오의를, 우장군에는 현도후 고상을, 후장군에는 안락후 오반을, 영장사는 수군장군 양의를, 전호군은 편장군 한성정후 허윤을, 좌호군에는 독신중랑장 정함을, 우호군은 편장군 유민을, 후호군은 전군중랑장 관옹을, 행참군은 소무중랑장 호제와 간의장군 염안과 편장군 찬습과 비장군 두의와 수융도위 성발과 무략중랑장 번기를, 전군서기는 번건으로 임명하노니 각자 맡은 바의 소임을 철저히 각인하여 북벌에 한 치의 차질이 없도록 하라."

 제갈량은 북벌군의 각 군영 책임자를 선정한 후, 20만의 군사를 동원하고 이로써 227년(건흥5년) 춘 3월 병인일, 육출기산(六出祁山)이라 불리는 제갈량의 '제1차 북벌'이 시작된다. 그러나 실제로는 5회에 걸친 북벌에서 2, 3, 5차의 북벌은 기산 방면이 아니고, 관중과 사천지방의 평지를 통한 북벌이었다.

 출사표를 올린 제갈량은 강주에 있는 조운을 북벌군의 선봉으로 삼아 성도로 불러들이고, 이엄을 영안에서 강주로 이동시켜 후방을 지키게 하며, 이엄이 있던 영안에는 호군 진도를 남겨 이엄의 통솔을 받도록 하는 등 용병을 마친 후, 조운과 함께 한중으로 이동하여 본진을 꾸리고, 참모와 장수들을 전원 소집하여 임무의 수행에 만전을 기할 것을 지시한다.

동시에 북벌을 위해서는 상용의 기지화가 필요함을 주지하고, 제갈량은 신성(상용,서성,방릉)태수 맹달의 추이에 큰 관심을 두고 관찰한다. 그 당시, 맹달은 자신을 총애하던 조비가 죽고 조예가 황위에 오른 후, 자신에 대해 불신을 가진 위의 대신들로 인해 입지가 점점 불안해짐을 느끼고 있었다. 특히 자신을 절대적으로 불신해온 사마의가 督형예이주제군사로서 맹달의 직속상관이 되자, 맹달은 심리적으로 더욱 불안감이 크게 증폭되어가고 있었다.

이런 소문은 촉한에도 입소문으로 전달되어 제갈량, 이엄도 맹달의 변화를 감지하고 있었으나, 섣불리 맹달에게 접근했다가는 더 큰 역풍을 맞게 될 것을 우려하여 고민에 빠지면서, 제갈량은 신료와 장수들을 소집하여 자신의 심정을 밝힌다.

"선주께서 붕어하신 이후, 촉한에는 법정, 황권, 마량 등과 같은 책사와 관우, 장비, 마초, 황충 등 용병에 능한 장수가 고갈되어, 위는 촉한의 국력과 군사력이 형편없이 추락했다는 안도감을 가지고 방심하고 있소이다. 위의 책사들은 촉한이 천혜의 험난한 지세를 끼고 있어, 위국이 촉한으로 공략하는 것은 촉병 단 1명이 험난한 요새의 관문 하나만을 지켜도 능히 위국의 장수 1백명을 지켜낼 수 있다는 것을 자인하는 반면, 촉한이 밖으로 진출하여 위국을 도모하는 것 또한 험한 협로로 인해 쉽지 않기 때문에 위국이 이곳만을 봉쇄하여 막고 있으면, 더 이상 위국을 위협할 수 없다고 생각해 온 것 같소. 따라서 위는 동오를 먼저 복속시키면 자연히 여유를 가지고 촉한을 통합시킬 수 있다는 안이한 전략으로 농서지역에 대한 방어를 소홀히 하고 있다고 하오. 아쉽게도 형주가 우리의 관할지라면 좋겠으나, 형주는 이미 오래 전부터 동오의 관할지로 정착되어, 우리가 형주를 통한 북벌을 기도하는 것은 물 건너갔고, 이제 남은 것은 한중을 통한 북벌을 추진하는 수밖에 없다고 생각하오. 고(孤)는 오랜 고민 끝에 북형주를 통한 위국 진출을 위해 대체할 최적의 전략적 거점을 상용으로 생각했소. 우리가 상용을 점령할 수만 있다면, 위는 한중을 통해 장안으로 향하는 아군을 막기 위해 방어군을 세울 것이고, 상용을 통해 낙양으로 진군하는 아군을 막기 위해서도 방비군을 따로 세워야 하기에, 위국은 군대를 둘로 나누는 방법 외에는 달리 대안이 없어, 우리는 위군의 전력을 분산시키는 효과를 얻을 수 있을 것이오. 이를 잘 활용하여 기습을 감행한다면, 쉽게 옹,양주에 대한 북벌을 성공시킬 수 있다고 확신하오. 다만 문제는 어떻게 상용의 맹달을 복속시킬 것인지가 현안의 문제이외다."

이때 위에서 투항하여 성도에서 마군장을 맡고 있는 이홍이 흥미로운 보고를 올린다.

"소장이 위국 주제군(郡)을 지키고 있을 때, 위국으로 투항한 왕충을 만난 적이 있습니다. 왕충은 맹달에게 신임을 얻어야 살길이 생기자, 맹달에게 접근하여 환심을 사려고 거짓으로 '제갈량이 치를 떨면서 배신자 맹달의 처자식을 죽이려 했으나, 유비가 만류하여 보호하고 있다'라고 말을 했답니다. 그리고는 '그만큼 제갈량은 장군에 대한 보복을 가슴속 깊이 새기고 있다'라며 허위정보를 전했답니다. 이때 맹달은 왕충의 말을 자르면서 말하기를 '제갈 승상은 사려가 깊은 사람이므로 내가 위에 투항하게 된 연유를 이해하고 있는 사람이어서, 결코 그런 일을 벌일 소인배가 아니다'라며 손사래를 친 일이 있다고 했습니다. 이는 맹달이 승상을 높이 공경하며 존경하고 있다는 뜻일 것입니다. 이를 승상께서 잘 활용하게 된다면, 그를 회유하는 데 힘이 될 것으로 생각합니다. 마침 조비로부터 악의라는 칭송까지 받았던 그는 조비가 죽은 후, 자신을 비호하여 오던 환계와 하후상도 이미 타계하고, 지금은 자신을 경계하는 사마의가 직속상관으로 부임하여, 자신이 의지할 사람이 없는 관계로 입지가 매우 불안한 상태라고 합니다. 승상께서 직접 맹달을 회유하는 서신을 보내시면, 맹달은 티끌만큼의 거부감도 없이 승상께 마음을 열 것 같습니다."

제갈량은 매우 기뻐하여 맹달에게 밀서를 보낸다.

"장군은 지난날 유봉과의 불화로 어쩔 수 없이 위로 투항했음을 촉한의 모든 대신들과 백성들이 잘 알고 있소이다. 이로 인해 너무도 소중한 명장을 잃은 아쉬움에 촉한 전역이 깊은 충격에 쌓여 있었소. 그러나 장군 또한 하루도 촉한을 잊지 못하고 있다가, 조비의 죽음으로 장군의 총애를 시기한 무리들이 장군을 모함하여 어려움에 처해 있다는 사실을 알게 되었다오. 장군이 우려하는 관우장군의 죽음에 대한 책임은 이미 장군과는 아무런 연관이 없다는 것이 밝혀졌고, 장군과 불화하여 장군을 위로 귀순하게 했던 유봉은 이미 선주께서 그 죄를 물어 처형하셔서 이 세상의 사람이 아니외다. 고(孤)가 북벌을 결심한 이번 기회에 촉한에 공을 세우시어 다시 촉으로 돌아와서 함께 천세를 누리시기를 바라오."

제갈량에 이어 유비의 고명대신이자, 명목상 2인자인 이엄도 맹달을 안심시키는 밀서를 전한다.

"나는 제갈 승상과 함께 선제의 탁고를 받아 촉한의 미래에 대한 책임이 막중하여, 더할 수 없는 근심과 걱정으로 근신하면서 국정에 임하고 있습니다. 이번에 맹달장군의 입지를 알게 되어, 좋은 동반자를 얻었다는 생각에 함께 동행 하고 싶다는 확고한 의지를 전하고자 합니다."

촉한의 제일, 제이의 권력자가 맹달을 안심시키는 밀서를 보낸 후 얼마 지나지 않아, 맹달로부터 우호적인 내용을 담은 밀서가 전해진다.

"승상께서 예나 지금이나 아낌없는 총애를 주신 것을 잊지 않고 있습니다. 소장이 비록 위에 귀순은 했으나, 촉한에 크게 피해를 입힌 일은 없기에 이번 기회에 승상의 북벌에 동참하여, 지난날의 과오를 모두 씻고 촉에서 새로이 출발하고자 합니다."

제갈량과 맹달의 서신이 여러 차례 오가면서 둘 사이에 우호적 친분이 확인되자, 최종적으로 제갈량은 맹달에게 거사를 행할 의지가 있는지를 확인하고자 한다.

"장군이 고와 함께 역도 조예를 물리치고 한실의 복원을 원한다면, 확실한 의향을 밝혀 주시오. 고는 이에 맞추어 북벌계획을 구상하도록 하겠소."

맹달은 제갈량의 주문에 호응하겠다는 뜻으로 옥결, 직성장즙, 소합향을 보낸다. 맹달의 뜻을 확인한 제갈량이 이후 여러 차례 신속히 거사를 결행할 것을 요청하나, 맹달은 결행을 주저하여 차일피일 행동으로 옮기기를 미룬다.

북벌 구상을 마친 제갈량은 맹달이 변심하여 마음을 바꿀 것을 우려하게 되자, 투량환주(偸梁換柱:상대의 핵심세력을 내 편으로 끌어와 상대를 무력화시킴) 전략을 성공적으로 취하려고, 맹달을 궁지에 몰아넣는 벼랑계책 중에서 폭로전을 펼치기로 하고, 확고히 대책을 세운 제갈량은 자신의 심복 곽모를 불러 은밀히 지시한다.

"그대는 위홍태수 신의에게 위장으로 귀순하여, 고(孤)와 맹달이 그동안 주고받은 밀서를 보여주며 맹달의 모의를 폭로하라. 신의는 맹달과 사이가 나빠 이를 반드시 조정에 고변할 것이고, 맹달은 어쩔 수 없이 촉에 귀의하게 될 것이다."

곽모는 제갈량이 건넨 밀서를 가지고 위홍에 가서 태수 신의를 만나, 제갈량과 맹달이 그동안 모의한 사실을 고변한다.

"제갈량이 한중에 이르자, 맹달은 제갈량에게 옥결(玉玦), 직성장즙(織成鄣汁), 소합향(蘇合香)을 선물로 보냈습니다. 옥결은 모의에 이미 동의하는 결심이 이루어졌다는 뜻이고, 직성장즙은 모의책이 이미 이루어졌다는 뜻이며, 소합향은 뜻이 이미 합치되었다는 것을 의미합니다."

맹달과 불화가 심했던 신의는 곧바로 조예에게 표를 올려 이 사실을 보고한다. 며칠 후, 자신이 제갈량과 내통한 것이 들통나게 되었다는 사실을 알게 된 맹달은 서둘러 거병할 준비를 한다. 그러나 조예는 맹달이 제갈량과 밀통하고 있다는 표문을 믿지 않고 중신회의에서 논의조차 올리지 않는다.

낙양에서 조예가 맹달을 신뢰하여 맹달에 대한 조치를 취하려 하지 않는다는 사실을 전해 듣고, 맹달은 다소 안도하며 거사 여부에 대한 결단을 내리지 못한다.

난처해진 신의는 맹달이 투항할 때부터 맹달을 불신했던 사마의에게 이 사실을 알리자, 평소에도 맹달을 극히 혐오해 온 사마의는 즉시 맹달을 도모해야 하리라는 생각을 굳히게 된다. 그러나 완성에서 상용까지 거리가 워낙 멀어 자칫 잘못하면 낭패를 빚게 될 것을 우려하고, 사마의는 소리장도(笑裏藏刀: 상대를 안심시킨 후 비밀리에 도모함) 계책으로 일단은 맹달을 안심시키기 위해 맹달에게 급히 전서를 보낸다.

"장군은 지난날 유비의 옹졸함 탓에 유비를 떠나 위에 의탁했소. 위 황제께서 장군을 신임하여 변방의 요직을 맡기고, 촉을 도모하는 선봉에 세웠기에 위는 관서의 평안을 이루고 있었소. 이로 인해 촉 사람들은 남녀노소를 막론하고 장군의 징벌을 원하고 있고, 특히 제갈공명은 시시때때로 장군을 응징하기 위해 온갖 모사를 꾸미고 있소. 그러나 장군은 춘추시대 연나라의 악의에 비견되는 명성을 지니고 있던 덕에, 위국 황제 폐하로부터 큰 총애를 받고 있어 제갈량은 자신의 모사를 성공시키지 못해 왔소. 이번 곽모의 고변은 정국을 변혁의 소용돌이로 몰아넣을 만한 대사건인데, 제갈공명이 어찌 이렇게 중대한 사건을 가벼이 여기고 누설시킬 수 있었겠소. 이는 삼척동자도 알 수 있는 일이니만큼, 장군에 대한 의심은 어떤 누구도 갖고 있지 않을 것이요."

맹달은 사마의의 서신을 읽고, 위국에서 자신에 대한 의심을 품고 있지 않다고 안심하게 되어, 거사에 대한 결단을 끝내 내리지 못하고 지체하자, 이에 다급해진 제갈량이 맹달에게 결단을 촉구하는 서신을 보낸다.

"장군은 사마의의 무궁무진한 계략을 잠시도 방심해서는 아니 되오. 사마의가 장군을 안심시키는 서신을 보내지 않고 시간이 그대로 흘렀다면, 오히려 이는 조예가 장군을 의심하지 않는다는 증명이 되지만, 다급하게 사마의가 장군을 안심시키는 서신을 보냈다는 것은 실제로는 장군이 모반할 것을 우려하여, 사마의가 정벌할 시간을 벌기 위해 꾸민 소리장도(笑裏藏刀) 계책이외다. 이미 거사의 계획이 발각되었으니, 장군은 고와 함께 빨리 거사를 실행에 옮기도록 합시다."

맹달은 제갈량의 서신에 대해 애매한 답신을 보내온다.

"거사 모의는 아직 누설되지 않은 듯합니다. 설혹 거사 계획이 누설되었다고 해도 완성은 낙양에서 8백리 떨어져 있고, 내가 있는 상용까지는 1천2백리 떨어져 있으니, 나를 도모하려고 해도 응당 천자에게 표를 올리고 서로 왕복해야 하는 만큼, 출병하는데 족히 한달은 걸릴 것입니다. 그뿐만 아니라 상용은 삼면이 강으로 둘러싸여 있어 깊고 험한 요새입니다. 이런 상용이기에 사마의가 직접 군사를 이끌고 오지는 못할 것입니다."

맹달의 답서를 받은 제갈량은 크게 탄식하여 말한다.

"맹달은 이번 거사를 실패할 것이다. 병서에 이르기를 '공격은 대비가 없는 곳을 치고, 뜻하지 않은 곳을 향해 나아간다(攻基不備 出基不意)'했거늘, 사마의가 어찌 이를 모르겠는가? 맹달은 자신을 과대평가하여 큰 화를 입게 되고, 결국 모든 계획은 허사가 될 것이다."

한편, 사마의는 맹달의 의중을 미리 집어보고 있었다는 듯이, 일면으로는 참군 양기를 보내 맹달이 낙양으로 입조하도록 권하는 동시에, 한편으로는 장수들을 소집하여 즉시 상용으로 출병할 계획을 밝힌다.

"조만간 폐하의 칙서가 당도할 것이다. 우리는 폐하의 칙서가 당도하는 즉시 맹달을 도모하러 상용으로 출병한다. 장수들은 지체하지 말고 출병할 만반의 준비를 갖추도록 하라."

장수들이 심히 우려하여 말한다.

"맹달이 촉과 오와 함께 연합한 만큼 신중해야 할 것입니다. 또한, 장군께서 폐하의 허락도 없이 군을 이끌고 곧바로 상용으로 출병할 때, 자칫하면 장군께서는 모반의 오명을 쓰게 될 우려도 있습니다. 설혹 우리가 천자께서 보내온 칙서를 받고 상용으로 가더라도 1달 이상의 시간이 지체되어, 이미 사태는 종료가 되어있을 것입니다."

사마의가 단호한 어조로 대답한다.

"맹달이 장악한 신성군은 방릉, 상용, 서성을 포함하여 양양과 번성, 완성 등 위나라 형주 북부와 접경한 지역이다. 신속히 이동하지 않으면, 낙양이 위태로워진다. 우리가 출병하여 상용에 당도하기 전에 폐하의 칙서가 당도할 것이니, 아무런 염려를 하지 말고 명을 따르라."

사마의 예측대로 맹달이 낙양으로의 입조를 회피하자, 조예는 사마의에게 맹달을 도모하라는 칙서를 전한다.

사마의는 주태(州泰)를 선봉으로 세워 잠시도 쉬지 않고, 서둘러 하루 수백 리의 길을 달려 8일 만에 상용에 당도한다. 맹달이 방심하여 미처 군사를 정비하기도 전이어서, 맹달은 깜짝 놀라며 스스로에게 반문한다.

'사마의는 귀신인가? 어떻게 한 달이 지나서야 도착할 수 있는 거리를 여드레 만에 도달할 수 있는가?'

사마의가 상용을 포위할 준비를 시작하자, 맹달은 삼면이 강으로 둘러싸인 지형을 이용하여, 성의 바깥에 위치한 험지에 목책, 녹각 등을 설치하고 굳게 방비한다. 귀신이나 가능한 속도로 상용성의 앞에 당도한 사마의는 장거리 이동으로 피로에 지친 병사들을 독려한다.

"제군들의 희생적 협조를 바탕으로, 우리는 역적 맹달이 반역을 도모할 시간적 여유도 주지 않으려고 밤낮을 쉬지 않고 강행군을 펼친 덕에 3배나 빠른 행군으로 목표를 앞당겨 상용에 도착할 수 있었노라. 이제부터 제군들이 마지막으로 할 일이 남았다. 역적 맹달이 군사를 정비하기 전에 삼면의 강을 건너 성 앞으로 나아가서 성을 포위하고, 이들이 촉과 교류하지 못하도록 하는 중차대한 일이다. 나는 서둘러 성의 포위망을 구축한 후, 제군들이 휴식에 들어갈 수 있도록 하겠노라."

사마의는 장거리 원정으로 몸이 녹초가 된 군사들을 독려하며, 곧바로 강을 건너 성을 포위하게 한다.

다음날, 맹달은 포위망을 피해 급히 제갈량에게 구원을 요청하는 사자를 파견하는데 이때, 제갈량은 동오에 연락하여 뜬금없이 서성의 안교 방면에서 동오군이 출병하여 맹달을 지원하도록 요청하고, 촉군은 목란새 방면으로 지원병을 보낸다. 이에 대비하여 사마의는 부장들을 보내 촉군과 동오군이 성 가까이 진입하는 것을 막고, 자신은 주태를 선봉에 세워 줄기차게 공성에 돌입한다.

사마의는 군사를 8갈래로 나누어 15일 동안 순차적으로 돌아가며 밤낮을 가리지 않고 맹공하자, 상용의 장수와 군사들은 숨을 돌리지 못할 정도로 몸이 녹초가 되어 실신 직전에 놓이게 된다. 이때 상용성의 분위기를 간파한 사마의는 때를 놓치지 않고 사마의는 성을 향해 외친다.

"성안의 백성들과 장수들에게 이르노라. 이제라도 투항하는 자는 선처할 것이다."

맹달의 주장 이보가 맹달의 외 조카 등현을 불러 지금의 사태를 논의하고자 한다.

"지금 우리가 무엇 때문에 사마의와 목숨을 걸고 싸우고 있는 것인가?"

"숙부님께서 제갈량과 내통하여 촉한으로 귀의하려고 해서 벌어진 일이 아닙니까?"

"자네는 우리가 촉한으로 귀의하는 것이 진정 옳은 판단이라고 생각하는가?"

"........."

"우리는 아무런 상관도 없이 태수의 거사에 끼어들어 목숨을 걸고 싸우고 있는 것이네."

"그렇다면 우리가 어떻게 해야 하겠습니까?"

"내일, 내가 남문을 열어 사마의 군대를 불러들여 투항을 청할 테니, 자네는 동문을 열고 사마의 군대를 받아들이게."

이튿날, 이보와 등현이 약속한 대로 이들은 성문을 열고 사마의 군대를 성안으로 받아들인다. 성안으로 입성한 주태는 곧바로 맹달을 생포하여 참수하고 수급을 낙양으로 보낸다. 228년 1월의 일이다.

신성태수 맹달은 빼어난 용모로 인해, 조비에게서 재상의 풍모를 지녔다고 평을 받을 정도로 신언서판(身 言 書 判: 기품, 언변, 학식, 지적 판단력)을 겸비한 명장이었으나, 결정적인 순간에 우유부단한 행동으로 자신의 가치를 증명하지 못하고 어이없이 생을 마치게 된다.

맹달의 반역을 평정한 사마의는 맹달의 1만여 군사를 완으로 이송하는 동시에 상용의 백성 7천여 가구를 유주로 이주시키고, 상용에는 자신의 수하들로 부대의 군영을 철저히 채운다. 제갈량은 거사가 실패하자 깊이 탄식하며 말한다.

"고는 기산 방면으로 진출하고, 조운장군에게는 야곡을 통해 진천방면으로 진출하게 하고, 동오에게 합비 또는 형주 북부를 공략하도록 청하며, 맹달의 협조를 얻어 상용을 귀속하게 되면, 맹달로 하여금 사마의의 진입을 막아내게 하여, 어쩔 수 없이 관동군 사령관 조진과 장합이 자신들이 지휘하는 관중군 병력 중 일부를 사마의에게 지원병으로 가게 하는 분산책으로 관중의 병력을 상용으로 빼돌리려 했노라. 그리고 조운장군이 위국 조진을 상대로 수월하게 싸우는 사이, 고는 옹주와 낙양에 무혈로 입성하려는 전략을 세웠는데, 이 모든 것이 맹달의 우유부단과 경솔함으로 망치게 되었노라."

제갈량은 상용을 통해 낙양까지 공략할 북벌계획을 포기하고, 한중의 여러 계곡을 통해서 옹, 양주로 침투하는 북벌로 방향을 돌린다. 제갈량은 대군이 출병하기 전에 원활한 이동을 돕기 위해, 선봉장 조운과 부장 등지를 불러들여 명한다.

"조운장군은 암도진창(暗渡陳倉)전략을 펼쳐 별동대를 이끌고 기곡에서 포야도로 나올 듯이 위계를 써서 진창으로 진출하도록 하고, 등지장군 또한 별동대를 이끌고 미현으로 진출하여 포야도의 윗길인 수양소곡의 험로를 정비하여 대군이 이동하는 데 불편함이 없도록 하시오."

조운과 등지가 제갈량의 명을 받아 북벌을 위한 사전 정지작업을 마치고 돌아온 228년(태화2년) 봄, 제갈량은 1년간의 사전준비가 성공리에 끝났다는 판단을 하고 다시 조운을 불러낸다.

"장군은 등지장군과 함께 별동대를 이끌고 기곡으로 출병하시오. 단, 별동대가 아닌 선봉대라고 헛소문을 내어, 위의 총사령관 조진이 본진을 이끌고 기곡, 사곡에서 방비하도록 유도하시오. 고는 실제로는 위연장군을 선봉장으로 삼아 기산으로 진출하여 옹주 서쪽의 천수, 남안군 등의 군현을 정복하고, 옹주 동부의 위군을 협격하여 격파한 후, 관서와 관중 지역을 병탄하고 장안을 협공하도록 하겠소."

조운이 기곡을 향해 떠나자, 제갈량은 곧바로 본진을 이끌고 기산으로 출병하는데, 이때 위연이 제갈량에게 건의한다.

"승상께서 소장에게 군사 5천을 지원해 주신다면, 소장이 육성한 정예병 5천과 함께 진령산맥을 넘어 사천 분지를 통과해 서안을 치겠습니다. 승상께서 대군을 이끌고 서안에서 합류하여 장안을 치면 장안은 촉의 땅이 될 것입니다. 소장에게 부디 이번 북벌의 명운을 건 사명을 부여해 주십시오."

"병력이 충분하지 못한 촉의 입장에서는 군사를 총집결해서 집중적으로 한곳을 두들겨야 위에 타격을 입힐 수 있지, 군사를 분산해서는 결코 위국의 두터운 방어의 장벽을 뚫을 수 없게 되오."

제갈량이 위연의 청을 묵살하자, 얼마 후 위연은 다시 새로운 전술을 요청한다.

"그러면, 승상께서 소장에게 보급병 5천을 지원해 주신다면, 소장의 정예병 5천을 이끌고 10일 이내에 자오곡을 통과해서 속전속결로 장안에 당도하여 겁쟁이 하후무를 놀라서 도망치게 하겠습니다. 그 후, 장안으로 통하는 동관을 틀어막고, 승상의 본대와 합류하여 장안성을 방어하도록 하겠습니다. 과거 한신이 활용한 계책입니다."

이른바 위연의 자오곡 계책이었다.

정공법으로 신중한 용병을 취하는 제갈량에게는 맞지 않는 계책이었기에 제갈량은 일언지하에 거절한다.

"용병에는 선택과 집중이 필요하오. 목표를 여럿으로 분산해서는 위험이 따르게 되니, 도박에 가까운 작전보다는 정공법으로 임해서 점진적으로 위를 도모해야 할 것이오."

본부의 지대로 돌아온 위연은 수하의 부장들에게 제갈량이 겁쟁이라고 비방하지만, 제갈량은 위연의 불평을 못 들은 척하며, 본래의 계획대로 북벌을 감행한다.

조운이 기곡을 향해 진격하여 수양소곡의 인근에 이르자, 위명제 조예는 장안이 위태해질 것을 우려하여, 대장군 조진을 미현으로 보내 진용을 세우게 하고, 함곡관 서편의 군사를 총감독하도록 한다. 조진이 이끄는 위군의 본진이 조운의 별동대를 상대로 기곡에서 팽팽히 힘겨루기를 하는 사이, 제갈량의 본대는 반대편 서쪽으로 돌아 기산(祁山)으로 진출하는데, 이때 제갈량의 기세에 눌린 천수군과 주변의 여러 현이 제갈량에게 항복하려 한다. 이 소문을 들은 옹주자사 곽회는 천수태수 마준, 중랑 겸 참본군사 강유, 공조 양서, 주부 윤상과 주기, 그리고 양건을 불러들여 긴급히 명령을 내린다.

"나는 잠시 후 옹주의 군사를 집결시켜 천수 상규현으로 보낼 테니, 태수는 지금 즉시 수하를 이끌고 천수 상규현으로 가서 기산도 길목을 철저히 방비하시오."

엄명을 받은 천수태수 마준이 상규로 출병하려 하자, 중랑 강유가 마준에게 긴급히 제안을 올린다.

"제갈량은 상규로 직행하지 않고 천수군의 치소가 있는 기현을 먼저 점거하고 옹,양주로 통하는 진입로를 막아서 천수, 남안을 공략할 것입니다. 소장은 감히 기현으로 복귀하여 기현을 지키고 옹,양주를 지킬 수 있다고 간언을 올립니다."

"중랑은 너무 앞서가고 있네. 제갈량은 굳이 협로를 택해 기현으로 돌아서 진창성을 취하려 하지는 않을 것이네."

"제갈량이 굳이 퇴로가 끊길 수 있는 진창성으로 진입하여 위기를 자초하겠습니까? 그는 기현을 점유한 후, 옹, 양주 서부를 점령하는 것이 이번 북벌의 목표일 것입니다. 소장은 가족의 안전을 위해 기현에서 촉군의 공격에 대처하겠습니다."

"중랑은 경거망동하지 말게."

강유는 천수태수 마준이 자신의 건의를 받아들이지 않자, 기현에 있는 주민과 가족의 안전을 위해 무리를 떠나 홀로 기현으로 돌아온다. 기현의 관리와 유지들이 강유에게 기현 방비에 대한 진척 상황을 묻자, 강유는 이들에게 답답함을 호소한다.

"지금 태수께서는 촉군의 공격을 대비한다고 상규현으로 출병했습니다. 소장은 태수께 촉군은 단곡이나 기산도를 통해 상규로 진격하기보다는 무공산 협로를 통해 직접 기현으로 와서 옹, 양주 서부로 통하는 길을 막고, 남안, 천수, 안정을 취하는 전략으로 나올 것이라고 말씀드리고, 기현으로 돌아가서 대비하자고 했습니다. 그러나 태수는 소장의 말을 듣지 않아 소장만이 수하를 이끌고 고향을 지키기 위해 돌아왔습니다. 지금과 같은 형국에서는 우리의 힘만으로 기현을 지키는 것은 어렵습니다."

참본군사 겸 중랑 강유의 말을 들은 기현의 관리와 유지들이 서로 간 치열하게 갑론을박을 펼친다.

"태수까지 우리의 안전을 지켜주지 못한다면, 차라리 촉군에게 투항하는 것이 낫다고 생각합니다."

"아무리 그래도 막상 촉이 공격해오면, 위국 조종에서 우리를 버리지는 않을 것입니다."

민심은 크게 두 줄기로 갈렸으나, 총체적으로 기현의 관리와 주민들의 여론이 제갈량에게 투항하는 방향으로 무게가 실리자, 주류의 의견을 따라 강유는 기현의 대표 자격으로 제갈량의 군영으로 가서 제갈량에게 투항을 신청한다.

"그대는 왜 싸우지도 않고 주민들에게 투항을 권유하려 하는가?"

제갈량이 다소 의심스러운 표정으로 묻자, 강유가 기현의 관리들과 유지들에게 자신이 했던 말을 그대로 제갈량에게 전한다.

이때 제갈량이 깜짝 놀라며 강유에게 되묻는다.

"아니! 그대는 어떻게 고가 무공산의 협로로 돌아서 기현을 통해 가정을 점거한 후, 곧바로 옹, 양주 서부를 정복하려는 전술을 펼칠 것이라 생각을 했는가?"

"기곡과 사곡, 야곡에서 조운장군이 허장성세를 펼치며 별다른 움직임을 보이지 않는 것을 보고, 위국의 대군을 묶어두려는 계책으로 생각했습니다. 그런 연후 승상께서는 기산을 통과하여 상규현으로 내쳐오다가 상규의 길목에서 발목이 잡히는 것보다는 먼 길을 돌아서라도 부딪치지 않고 기현으로 곧바로 가는 방법을 택할 것이라고 여겼습니다. 이렇게 하여야 승상께서 위국의 군사들이 당도하기 전에 조금이라도 빨리 요새를 차지할 수 있는 길목을 택할 것이기 때문입니다."

제갈량은 강유가 자신의 계책을 알고 이에 대한 정확한 대비책을 지닌 것을 보고 강유의 군략에 혀를 내두른다.

동시에 자신의 계책을 알고도 투항을 신청한 강유가 위계에 의한 투항을 청한 것은 아니리라는 판단을 하고 강유의 투항을 받아들이게 되어, 강유는 제갈량이 용인한 아래 제갈량의 군영에 머물 수 있게 된다.

강유를 통해 힘들이지 않고 천수군 기현의 투항을 받아낸 제갈량은 곧바로 본진을 이끌고 상규현에 당도한 후, 위연으로 하여금 상규현에서 곽회, 마준과 대치하여 대군을 붙잡아 두도록 지시하고, 제갈량은 대군을 이끌고 진창으로 향하지 않고 갑자기 천수로 진출하자, 천수, 안정, 남안 3개군의 많은 현이 일제히 제갈량에게 투항한다.

이 당시 위군의 병력은 기산에서 촉군과 대치하여 천수군 상규 인근에 고착화되어있는 곽회, 그리고 서량에 주둔하여 참군과 금성태수를 파견하여 남안을 지키는 서막만이 제대로 유지되고 있었다.

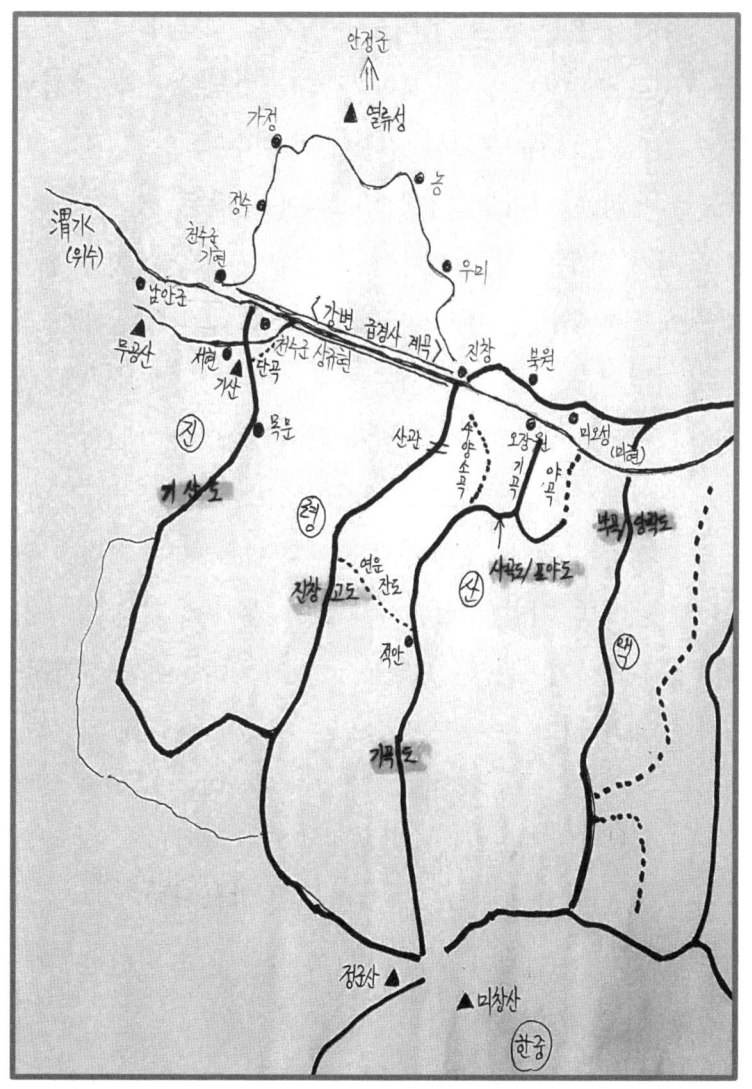

천수를 장악한 제갈량은 북벌의 핵심인 가정의 소로를 지

키는 것이 이번 북벌을 성공적으로 수행하는 핵심임을 제장에게 주지하고, 가정의 협로를 지킬 최적의 인물을 찾는다.

"관중에서 옹, 양주로 들어오는 길목은 위수의 북쪽 통로와 남쪽 통로 2곳이 있는데, 북쪽 통로는 가정의 소로를 통하여 오는 길이고, 남쪽 통로는 진창에서 위수 남쪽 강변을 따라 상규로 통하는 길이오. 다행히도 남쪽 길목은 조운장군과 부장 등지가 임무를 잘 수행하여, 조진을 진창과 미현을 통과하지 못하도록 잡아두기에 성공했소. 지금 내가 고심하는 것은 바로 가정의 소로를 지킬 장수를 선택하지 못해서인데, 아직 마땅한 대안이 없어 크게 고민에 빠져있소이다. 내가 험한 산길을 통과해서 옹, 양주로 진출하여 천수, 남안을 치고 이 지역을 평정하는 동안, 조진이 본진의 후방을 치고 가정을 통해 들어오면 후방 기현과 상규의 퇴로가 끊기게 되어, 안심하고 북벌을 수행하기에는 큰 어려움이 있게 되오. 이를 철저히 인지하여 내가 남안, 천수를 기반으로 이곳에 세력을 완전히 구축하는 동안, 가정의 길목을 지킬 장수의 역할은 이번 북벌의 핵심이라고 해도 좋을 만큼 절대적으로 중요하오. 누군가가 가정의 길목만 제대로 지켜준다면, 나는 옹주, 양주를 점거할 시간적 여유를 벌게 되어, 이번 북벌은 촉의 찬란한 미래를 보장하게 될 것이오."

장수들이 모두 움츠리고 있을 때 마속이 앞으로 나선다.

"가정의 소로를 지키는 임무를 소장에게 맡겨주십시오."

제갈량은 마속의 청을 듣고도 어떤 대꾸도 하지 않는다.

그 후에도 제갈량은 가정의 중요성을 깊이 인식하여, 막중한 책임감을 지니고 임무를 수행할 적임자를 찾느라고 며칠 동안 밤잠을 설치면서 고심하고 있을 때, 마속이 다시 승상의 군막을 찾아와서 간청한다.

"승상께서 가정의 책임자를 물색하시느라 크게 고심하고 계신 것을 잘 알고 있습니다. 소장이 승상의 우려를 말끔히 해결해 드리겠습니다."

공명이 크게 우려하는 표정으로 대꾸한다.

"가정은 이번 전투의 핵심이네. 가정의 길목을 지키지 못하면, 북벌을 나선 대군은 한꺼번에 퇴로가 끊기는 바람에 수미상통(首尾相通)에 문제가 생겨 대패하게 되네. 그대가 병법에는 능하나 실전의 경험이 없어 그 점을 크게 우려하고 있다네. 가정은 성곽도 없고 천혜의 요충지도 없어, 가정의 길목을 지키기가 여간 어려운 것이 아니기에 현장에서의 경험이 매우 중요한 요소이기 때문이지."

마속은 공적에 몸이 달아 더욱 간곡히 청원을 올린다.

"소장이 여태까지 승상을 따라나선 지 어언 십여 년이 되어갑니다. 이번 전투에서는 소장이 선봉에 나서 직접 군사를 지휘하여 중요한 전투를 승리로 이끌고 싶습니다."

제갈량 주변에 있던 많은 장수들이 이의를 제기한다.

"참군 마속은 실전경험이 없어, 가정의 방어를 책임 맡기기에는 한계가 있다고 여겨집니다."

마속이 단호한 어조로 강한 의지를 표명한다.

"군령장을 올려 가정을 지키지 못하면, 저희 가족의 목숨까지도 담보한다는 소장의 강한 의지를 보이겠습니다."

제갈량은 마속이 미덥지 않은 속에서도 가정은 길목을 잘 지키기만 하면 되는 만큼, 직접 전장에 앞장서야 할 장수들이 부족한 상황에서, 차선책으로 마속을 가정으로 파병하는 것도 방법이 되리라는 생각에 이른다.

"그대에게 정예병사 2만5천을 내어주고, 왕평장군을 부장으로 딸려 보낼 테니, 매사를 함께 논의하여 신중하고 세심하게 임하기를 바라네. 가정에 당도하게 되면, 우선 진용을 세우고 지형적으로 유리한 길목을 장악하여, 적병이 절대로 통과하지 못하도록 하라. 진용을 구축한 후에는 주변의 지형을 상세히 그려서 고(孤)에게 알려주도록 하라."

제갈량은 마속을 선봉대장으로 삼아 부장 왕평, 장휴, 황습, 이성 등의 장수를 딸려 보내고, 농에서 가정으로 통하는 협로를 꽉 틀어막아 위병이 가정을 통과하지 못하도록 철저히 방어할 것을 명하는 동시에, 예비부대장으로 고상을 임명해서 주변에 있는 열류성에 주둔하며 만일의 경우에 대비하여 협력하도록 주문한다.

"가정의 북동방면에 열류성이 있는데, 그대는 군사 1만을 이끌고 열류성에 주둔하다가 가정에 문제가 생기면 속히 지원하도록 하라. 열류성은 깊은 산속에 있는 관계로 길이 좁고 지형이 거칠어, 군사들이 적병에 노출되지 않고 주변의 동향을 살피기에 유리할 것이다."

제갈량의 명을 받은 마속과 왕평 등은 가정에 도착하여 주변의 지세를 살피면서 한참을 둘러본 후, 마속이 왕평에게 엉뚱한 질문을 던진다.

"장군은 승상께서 지시하신 바를 어찌 생각하십니까?"

왕평은 마속의 질문에 의아하다는 듯이 대꾸한다.

"소장은 배운 것이 없어 다른 것은 모르고, 오직 승상께서 지시한 바를 따르고자 합니다."

마속이 왕평을 무시하는 어투로 말한다.

"승상의 지시는 가정의 세세한 지형을 보지 않으시고, 대략적인 구도에 의존하여 내리신 명입니다. 승상께서 소장에게 가정을 맡기신 이유는 현지에 맞게 유연한 전술을 활용하도록 이 중요한 가정으로 파병하신 것으로 생각합니다. 지금 주변의 지형을 자세히 살펴보십시오. 삼면에 절벽으로 이루어진 산이 있고 그 산으로 둘러싸인 가운데로 협로가 뚫려 있습니다. 그런데 가정의 외곽에 있는 큰 산을 한번 둘러보십시오. 그곳에서는 가정의 마을은 물론 주변의 조망을 한눈에 살펴볼 수 있습니다. 이 큰 산에 진용을 구축하여 이곳으로 적병을 유인하여, 역공을 펼치는 것이 무한정 기다리면서 협로를 지키는 것보다 더욱 큰 공적을 쌓을 수 있을 것입니다."

왕평이 깜짝 놀라더니 황급히 말린다.

"소장이 승상을 따라다니면서 배운 경험에 의하면, 협로를 통해 들어오는 길목을 막아 지키는 것이 단 1명의 병사로도 수백, 수천의 적병을 막는 데 효과적이라는 것을 알게 되었습니다."

"그것은 하나만 알고 둘은 모르는 편견입니다. 병서에 이르기를 '높은 곳에 의지해서 아래를 내려다보면, 그 형세가 마치 대나무를 쪼개는 것과 같은 효과를 얻을 수 있다(憑高視下 勢如劈竹)'고 하였습니다. 위군이 몰려온다면 지형적으로 유리한 산 위에서 공략하여야 적병을 섬멸시킬 수 있습니다."

왕평은 젊은 마속이 손자병법의 문구를 교조주의적으로 따르는 것을 보고, 작전이 필시 실패하게 되리라는 두려움을 느끼며 말한다.

"소장이 비록 병법을 배우지는 못했으나, 제갈 승상을 따라다니면서 배운 경험으로는 적병이 산을 포위한다면, 삼면이 벼랑으로 둘러싸여 있는 경우, 아군은 오도 가도 못하는 형세가 된다고 배웠습니다. 더구나 이 산과 같이 외떨어져 있는 경우에는 급수로를 지키지 않으면 대군이 마실 식수를 구하기 어려워, 적병이 산을 포위하게 되면 크나큰 낭패를 보게 될 것입니다."

마속은 왕평이 자신을 유치하게 여긴다는 생각에 이르자,

버럭 역정을 내며 병법을 들먹인다.

"장군은 내가 젊고 실전경험이 없다고 함부로 명을 거역하시는 겁니까? 손자병법에 '사지(死地)에 들어가야, 살아나올 수 있다(置之死地而後生)'고 했습니다. 배수진을 치는 것이나 높은 산의 위에 진을 세우는 것이나, 모두 군사들을 사지로 몰아 전력을 다해 싸우게 해서 일당백(一當百)으로 적을 물리치는 전술입니다. 나는 적병을 무중생유(無中生有)의 전략으로 산기슭으로 유인하여, 일거에 적병을 물리치는 전략을 펼칠 것입니다."

"참군, 장군의 전술은 모험을 걸어야 하는 위험한 전략입니다. 다시 한번 재고해 보십시오."

마속은 왕평이 끝까지 반대하자 역정을 내며 말한다.

"장군이 이 이상 군심을 어지럽힌다면 장군을 군법에 따라 처벌하겠습니다."

왕평은 마속의 역정에 마지못해 새로이 안을 제시한다.

"장군이 굳이 산의 위에 영채를 세우고자 한다면, 내게 병사를 나누어 주시오. 나는 산의 후면에 위영을 구축하여 장군과 기각지세를 이루었다가 만일의 경우에 대비하겠소이다."

왕평은 마속을 설득하는 것을 포기하고 마속이 떼어준 군사와 자신의 정예병 1천의 군사를 이끌고 남산에서 10여 리 떨어진 곳에 위영을 구축하고, 전령을 보내 제갈량에게 가정에서의 상황을 보고한다. 이때 왕평이 보낸 전령이 급히 제갈량을 찾아가서 왕평의 보고를 전하자, 농서지역을 평정하고 있던 제갈량은 깜짝 놀라며 전령에게 호통을 친다.

"아니, 마속이 엉뚱한 짓을 하는 동안 왕평장군과 부장들은 무엇을 하고 있었다는 말이냐?"

"왕평장군을 위시한 부장들이 재고를 권했으나, 참군께서 사지전략(死地戰略)으로 일거에 위군을 제압하려고 한다며 받아들이지를 않았습니다."

화들짝 놀란 제갈량은 급히 전서를 적어 전령에게 주며 분부를 내린다.

"지금 즉시 참군에게 이 전서를 보이고, '산에서 내려와서 병목전략으로 진용을 다시 구축하여, 길목을 꼭 틀어막고 적병을 대비하도록 하라'고 전하라."

전령이 제갈량의 전서를 들고 출발했을 때는 이미 위국의 장합은 마속이 구축한 산의 진용을 삼중으로 포위하기 시작한 지 오래전이었다. 가정이 장합에 의해 삼중 포위되어 전투가 벌어지고 있다는 보고를 받은 제갈량은 급히 위연에게 퇴각할 준비를 갖추도록 명한다.

"참군 마속은 2~3일 이내로 대패할 것이니, 지금부터 미리 퇴각할 준비를 하지 않는다면 모든 병사들이 위험에 빠지게 될 것이오. 장군은 부장 오의와 함께 기산도의 입구와 단곡의 입구를 철저히 지켜 위군이 아군의 퇴로를 끊지 못하도록 방비하고, 천수와 남안, 농서로 진출했던 병사들이 기산도로 다시 돌아온 후, 안전하게 수하의 병사들을 이끌고 한중으로 퇴각하도록 대비하시오."

여기에서 잠시 시간을 거슬러서 올라가면, 조진의 명령으로 5만의 기병과 보병을 이끌고 농을 지나 가정의 진입로에 도착한 장합은 산으로 둘러싸인 소로를 막아 지키는 촉병이 보이지 않자, 매복을 우려하여 척후병으로 하여금 주변을 세밀히 정찰하게 했었다.

"너희들은 협로 주위의 산과 벌에 적병이 배치된 상황을 정확히 파악하여 보고하라."

한참이 지난 후, 척후를 다녀온 병사들이 장합에게 가정 주변의 상황에 대하여 보고를 올린다.

"가정의 협로와 주변의 작은 산에는 적병들이 보이지 않고, 뒤편 큰 산위에 진을 친 대군이 발견됩니다. 매복의 기미는 전혀 보이지 않습니다."

장합은 척후병의 보고를 받고 마속이 진을 친 남산에 당도하여, 마속의 진용을 올려보더니 곧바로 파안대소한다.

"마속이 손자병법에서 이르는 고지대의 이점을 활용하려고 산 위에 진용을 구축한 모양인데, 이제 곧 마속은 무릎을 꿇고 항복하게 될 것이다. 전군은 산 주위를 삼중으로 포위하고, 특별한 명령이 떨어질 때까지 휴식하면서 대기하라."

장합 주변의 부장들이 우려하며 말한다.

"장군, 적장이 이미 고지대의 유리한 지형을 점거하였는데,

이런 여건하에서 포위를 하는 것은 상당히 위험한 일입니다."

장합이 부장들의 우려를 진무하려고, 과거 자신이 한중공방전에서 직접 경험했던 일을 차분히 설명한다.

"위무제 폐하께서 승상이었을 때 한중을 점령한 후, 나에게 곧바로 촉의 파중을 공격하라는 명을 내리셨소. 이때 장비가 군사를 이끌고 파촉의 산맥으로 나를 대적하러 오고, 나는 급히 산의 고지로 옮겨 지형적 유리함을 활용하여 적을 대파하려고 했소. 장비가 아군을 포위한 후, 산의 위로 올라와서 공격하려고 하지 않고 포위만 한 채로 며칠을 견제하는 바람에 산 위에 포위되어 있던 아군은 식수와 식량의 보급이 끊겨 도저히 견디지 못할 상황이 되고, 기진맥진한 상태에서 산을 탈출하면서 대패한 경험이 있소. 지금 마속이 펼친 진의 형국을 보니, 그때의 일이 생각나서 쓴웃음을 짓게 되오. 고지의 이점은 상대가 무턱대고 공격했을 때, 위에서 아래를 굽어보며 적병을 쉽게 상대할 수 있지만, 전투를 벌이지 않고 포위한 채로 수비만 하면서 식수와 군량이 떨어질 때까지 기다린다면, 적장이 고지를 점령한 이점은 오히려 패착이 되게 되어 있소. 아군이 적장을 포위하고 식수가 떨어지기만을 기다린다면, 하루도 지나지 않아 산 위에서는 자중지란이 일어나게 될 것이오. 장수들은 적병이 싸움을 걸더라도 응대하지 말고 회피하도록 하시오. 그리고 병사들에게 명하여 지금 즉시 산 위로 연결되는 급수로를 차단하게 하고, 오직 포위만 한 채 병사들을 산 아래에서 편히 대기하게 하시오."

 장합의 명을 받은 군사들은 마속을 포위한 뒤, 급수로를 끊어놓고 평지에서 여유 있게 휴식을 취한다. 이때 마속이 장합의 군사를 산으로 끌어들여 고지의 이점을 활용한 공세를 펼치려고 하자, 장합은 군사들에게 전투를 회피하고 식수로 만을 철저히 지키도록 명한다.

 마속은 포전인옥(抛磚引玉:미끼를 던져 상대를 유인함) 전략으로 장합의 군사를 계곡으로 끌어들이기 위해, 노병을 산기슭으로 내려 보내 일부러 약점을 펼치며 유인하지만, 위군은 거들떠보지도 않고 충돌을 피한다.

 저녁이 되어 밥을 지어야 하는데 식수가 없어 밥을 짓지 못하자, 마속은 특공대를 편성하여 황급히 식수로를 확보하도록 명한다. 위군들은 절단된 식수로와 저수지의 주변에 철저히 방책을 쌓았는데, 녹각을 세우고 참호를 파놓은 것이 마치 성을 구축한 것보다도 더욱 견고했다. 마속의 특공대가 계곡을 빠져나와 저수지 쪽으로 접근하자, 여태까지 싸움을 회피하던 위군들은 벌떼와 같이 특공대에게 달려들어, 화살을 날리고 투석을 발사하기 시작한다.

 하늘을 뒤덮는 화살과 바위에 맞아 죽고 머리통이 깨어지고, 팔다리가 부서지는 속에서도 마속의 특공대는 식수를 구하려고 안간힘을 쓰지만, 철통같이 구축된 방어벽을 뚫지 못하여 식수는 구하지도 못한 채, 오히려 특공대원들이 흘린 피가 식수로와 함께 흐를 정도로 산기슭은 핏물로 흥건해졌다.

결국 특공대원들은 크나큰 손상만을 입은 채 본영으로 되돌아간다. 깊은 산속에 있는 조그만 옹달샘에서 퍼낸 물로 수만의 군사가 식수난을 해결해야 할 지경이 되니, 옹달샘 앞에서는 서로 물을 구하려고 아군끼리 칼부림을 하는 아귀다툼까지 벌어진다.

이렇게 하루가 지나고 대낮의 무더운 기온 속에 미시(未時:오후1시~3시)의 뜨거운 열기를 이기지 못한 촉군의 진용에서 걷잡을 수 없는 자중지란이 일어나기 시작한다. 촉군 속에서 일어나는 혼란을 감지한 위군 부장들이 장합에게 건의를 올린다.

"장군, 적병 속에서 자중지란이 일어나기 시작했습니다. 이제야말로 병사들을 정비하여 적진을 총공격할 때가 된 듯합니다."

장합이 마속을 비웃으며 부장들에게 여유 있게 대답한다.

"우리는 격안관화(隔岸觀火)전략으로 임해야 하오. 지금 적군의 내부에 내분이 일기 시작했는데, 이때 적을 공격하면 이들은 살기 위해서 단결하여 죽기 살기로 아군에게 대항하는 욕금고종(欲擒姑縱)의 전략을 펼칠 것이오. 조금 더 기다리면 적진은 반드시 붕괴될 것이오. 그때 공격하도록 합시다."

장합은 군사들에게 일절 촉군의 움직임에 대해 무관심으로 일관하도록 명하고, 마속의 군영이 완전히 붕괴하기를 기다리는 동안, 마속의 군사들은 전날 진시(辰時:오전7시~9시)부터 다음날 술시(술시:오후7~9시)까지 이어진 장합의 철통같은 포위망으로 한 방울의 물도 구하지 못해 이제는 극도로 탈진하는 상태에 빠져들었다.

밥을 지을 물이 없으니 생쌀을 씹고, 마실 물이 없으니 온 몸이 탈진상태가 되어, 이렇게 사는 것보다는 죽는 것이 차라리 편하리라는 생각을 하는 병사들까지 속출하기 시작한다.

그날 밤 해시(亥時:오후9시~11시) 무렵이 되자, 촉군은 감군의 눈을 피해 대거 투항하기 시작하더니, 사흘째 되는 날 인시(寅時:오전5시~7시)에 마속이 군사를 점검하였을 때는 병사의 6할이 전날의 어둠을 틈타서 소리 소문도 없이 사라졌다. 마속군의 내부에서 크게 동요하여 내분이 최고조에 달했을 때, 장합이 산 위를 향해 화염물질을 던지고 숲으로 방화를 하도록 지시하더니, 산의 불길을 피해 내려오는 촉군을 향해 무제한 불화살을 날리도록 명한다.

산의 곳곳에 불길이 일어 마속이 주둔한 본영과 각 지대장이 주둔한 위영을 휩쓸자, 남아있던 마속의 군사들이 떼를 지어 산에서 내려오는데, 이때 장합은 산길에 미리 배치한 군사를 이끌고, 산에서 내려오는 마속의 군사들을 인정사정없이 주살하도록 명한다.

장합은 마속의 본영을 무너뜨리고, 곧바로 장목, 이성이 이끄는 위영을 공격하여 마속의 부장 장목과 이성이 전사하고 지대는 완전히 붕괴된다. 바로 옆에 위치한 마속의 부장 황습의 군대가 위영을 빠져나오다가 장합의 부장 비요와 마주치게 되는데, 황습은 난전 중에 장합의 부장 비요와 일기토를 벌이다가 힘에 부치자, 병사들에게 퇴각명령을 내리고 말을 달려 왕평의 위영으로 도주한다.

지대장을 잃은 황습의 군사들은 뿔뿔이 흩어져 일부는 왕평의 위영으로 도망치고, 일부는 난전 중에 목숨을 잃고 일부는 산속에 숨어들어 살길을 찾아 각자 갈기갈기 흩어진다.

마속은 본영과 주변 위영의 군대가 대책 없이 궤멸하자, 군대를 수습하여 병사를 규합할 생각도 하지 않고, 오로지 몇몇 부관과 함께 적전에서 탈주를 시도한다.

이때 남산에 불길이 치솟는 것을 본 왕평은 마속의 본영을 지원하기 위해 막 위영을 나서려는데, 멀리서 마속의 본영과 각 지대의 위영을 붕괴시킨 장합이 대군을 이끌고 왕평이 주둔한 위영을 향해 몰려오는 것을 발견한다.

왕평은 다행히 마속의 본영과 10여 리 떨어진 산 계곡의 야트막한 위치에 위영을 세워 직접적인 화공의 피해는 피할 수 있었으나, 장합의 대군이 밀려오자 위기의식을 느끼고 곰곰이 생각하다가, 무중생유(無中生有:허와 실을 교묘히 활용하여 무에서 유를 창조함)의 계책으로 허장성세(虛張聲勢)를 펼치기로 하고, 북을 두드리고 함성을 지르며 꿈쩍하지 않고 위영 앞의 협로를 지키자, 장합은 왕평의 위영으로 통하는 협로 앞에 멈춰 서서 잠시 지형을 살펴보더니, 갑자기 장수들에게 소리를 지른다.

"장수들은 병사들에게 더 이상 진군하지 말도록 명하라. 적병의 위영을 지나는 협로의 양쪽 산기슭에는 무서운 적막이 느껴진다. 적병은 아군이 산 계곡의 협로를 지나도록 유도하기 위해, 일부로 아군을 자극하려고 하는 것이니, 속아 넘어가지 말고 군사를 돌려 다른 방면의 적병을 격파하라."

왕평은 이미 오래전, 산 계곡에 위영을 구축하면서 만일의 경우를 대비하여, 위영의 협로 앞에 있는 산기슭 양편의 고목에 수많은 허수아비를 세워 매복병으로 위장시켜 놓고 있었는데, 이때 세운 허허실실 계책으로 위기를 모면할 수 있게 된 것이다.

왕평의 위계에 속아 넘어간 장합은 급히 군사를 돌려, 이번에는 패주하는 마속의 군사들을 추격하기 시작한다. 위기에서 모면한 왕평은 계속 북을 치고 함성을 지르며 고동을 울려, 마속의 패잔병들이 자신의 위영으로 집결하도록 한다. 수많은 패잔병이 왕평의 위영에 합류하여 대군이 형성된 후, 왕평은 대군을 이끌고 몰려드는 위군을 격파하면서, 위기에 놓인 마속을 구출하고 장합의 추격을 뿌리치며 한중으로 피신한다.

한편, 위군 옹주자사 곽회는 조진이 조운을 상대로 야곡에서 대치하고 있는 동안, 진창에서 농을 거쳐 가정으로 진입한 장합이 마속을 공격하여 혈전이 벌어지자, 일부 군사로는 상규에서 위연과 대치시키고, 일부 군사를 이끌고 가정을 향해 이동하여, 급히 장수들을 불러들인 후 새로이 명을 내린다.

"그대들은 가정의 후방에 있는 열류성에서 가정을 통하는 산기슭에 신속히 복병을 구성하여, 열류성을 지키는 고상이 일부의 병사를 보내 가정의 마속을 지원하는 것을 철저히 막아내라. 나는 고상의 지원병이 마속을 구하러 성 밖으로 나가고 나면, 혼수모어(混水模漁)전략으로 곧바로 열류성을 공격하여 고상을 섬멸하겠노라."

곽회의 예측대로 열류성에서 고상의 지원병이 마속을 구원하기 위해 가정의 협로로 접어들자, 곽회의 매복병들이 일제히 돌을 굴리고 화살을 날리면서 기습을 가한다.

구상의 원병은 가정에 이르기도 전에 대패하여 열류성으로 도주하는데, 곽회는 고상의 패잔병이 열류성으로 패주하여 돌아가는 무리 속에 자신의 병사들을 촉군으로 위장시켜 침입시키는 혼수모어(混水模漁)전략을 펼쳐 성안으로 들여보내고, 곽회는 성 밖에서 대대적인 공성을 벌이기 시작한다.

곽회가 공성에 임하여 열류성 안팎이 어수선해질 때, 성안에 들어간 곽회의 위장 병사들이 성문을 지키는 촉군을 물리치고 성문을 열어 재껴, 곽회는 어렵지 않게 열류성을 점거한다. 열류성이 점령당하자, 고상은 열류성을 빠져나와 곧바로 한중으로 도주한다.

한편, 제갈량은 미리 퇴각을 대비하였던 만큼, 가정의 군대가 붕괴되었다는 보고를 받고도 큰 혼란이 없이 병사들을 퇴각시킨 후, 조운에게도 전령을 보내 퇴각을 지시한다.

"참군 마속이 가정에서 대패하였으니, 장군은 속히 수하의 병사들을 이끌고 한중으로 퇴각하도록 하시오."

제갈량으로부터 '가정에 있던 대군이 붕괴되었으니 즉시 퇴각하라'는 명을 받은 조운은 수하의 부장들을 소집하여 퇴각에 임하는 지침을 내린다.

"지금 가정이 무너지면서 천수, 기산, 감곡에서 작전을 벌이던 아군들이 퇴각을 시작했다. 위군이 진창고도를 통해 연운잔도로 해서 적안의 퇴로를 막으면, 우리 군사들은 퇴각할 방법이 없게 된다. 그러나 어차피 우리 군사들은 의군(疑軍)이었기 때문에 직접 전투에는 참여하지 않았지만, 가정 방면의 아군이 모두 위태해진 만큼, 진창성과 미성에 있는 조진의 군사들을 기곡과 야곡에서 철저히 방어하여 승상의 군대가 안전하게 한중으로 퇴각하게 한 후, 우리가 단계적으로 퇴각을 할 것이니 만반의 준비를 기하도록 하라."

조운이 제갈량의 본진이 무사히 퇴각할 때까지 조진을 진창과 미현에 붙잡아 놓고 있을 때, 대군을 이끌고 친히 장안에 당도한 조예는 위진의 건의를 받아들여, 진창 서남쪽 아래 산관을 통해 병력을 연운잔도로 보내 조운의 퇴각로를 차단하고, 진창고도를 막아 제갈량의 퇴로를 끊으려는 전략을 구상한다.

이를 감지한 제갈량은 조운에게 속히 적안 아래로 군을 이동시키도록 전하고, 자신은 금선탈각(金蟬脫殼)에 의한 퇴각을 펼치며, 진군해 가던 기산을 되돌아 신속히 한중으로 빠져나갈 퇴각전술을 세운다.

　"일진은 노병과 부상병을 중심으로 마대장군과 요화장군이 이끌고 퇴각하되 전방에 적이 나타나거든, 2진의 경보병이 합류할 때까지 행보를 멈추어 대기하라. 그다음 2진은 거기장군 유염과 마충장군이 경보병과 서현에서 귀순한 1천여 가(家)의 백성을 이끌고 행보를 하되, 일진의 후미와 유기적으로 소통을 취하도록 하라. 3진은 마충장군과 장의장군이 치중과 군수품을 점검하여 경기병의 보호를 받으며 이동하라. 4진은 이회장군과 여예장군이 중보병을 이끌고 이동하다가 앞선 행진에서 문제가 생기면 후방을 방위하던 중장비를 신속히 전방으로 이동시켜 방비물을 설치하도록 하라. 5진은 위연장군과 양의장군이 정예병 2만을 이끌고 추격하는 위군의 병력을 철저히 막아내면서 퇴각하는 군사들이 안전하게 퇴각하도록 총력을 기울이도록 하라."

　제갈량이 퇴각을 위한 전술을 지시하고 있을 때, 장합은 후장군 비요에게 제갈량의 군사를 추격하도록 명한다.

　"후장군은 경기병을 이끌고 제갈량의 후미를 추격하되, 여의치 않으면 추격을 멈추고 본영으로 돌아오시오."

　비요가 장합의 명을 받고 제갈량의 후미를 추격하나, 워낙 단단한 방어망을 구축하고 퇴각하는 제갈량의 전술을 견뎌내지 못하고 본영으로 되돌아간다.

촉군 선봉장 마속이 장합에게 패하여 가정을 내어준 후, 오갈 곳이 없게 된 강유는 다시 기현성으로 돌아간다. 그러나 기현의 관리들은 위군 옹주자사 곽회로부터 강유를 투항사절로 보낸 책임을 추궁당할 것을 두려워하여, 강유가 성민의 의지와 상관없이 투항을 논의하려 제갈량에게 찾아갔다는 식으로 강유를 배반자로 몰고, 성안으로 들어오지 못하게 한다.

강유는 어쩔 수 없이 제갈량의 본영으로 되돌아가서, 제갈량이 서현의 1천여 가(家)를 이끌고 퇴각할 때, 제갈량 따라 촉으로 들어가면서 촉한에 귀순한다.

제갈량의 대군이 모두 한중으로 돌아온 후, 조운도 체계적으로 퇴각을 시행한다.

"등지장군은 먼저 노병과 부상병, 보급병을 이끌고 치중과 군수품을 안전하게 이동시키시오. 나는 정예병을 이끌고 후방을 따라 이동하면서, 적병이 오거든 교전을 벌여 물리치면서 천천히 이동하겠소. 만일 장군이 한중으로 돌아가고 오랜 시간이 지나도 내가 도착하지 않거든 그때 원병을 보내주시오."

조운이 야곡의 협로에서 조진을 상대로 펼친 방어선을 풀고 퇴각을 시작할 때, 위국 대장군 조진이 마준에게 긴급히 명을 내린다.

"태수는 정예병을 이끌고 속히 촉한의 군사들을 추격하여 섬멸하도록 하시오."

마준이 황급히 후퇴하는 촉한 군사들의 후미를 좇아 기곡의 협곡에 당도했을 때, 조운은 산기슭에 매복시킨 복병에게 명령을 내린다.

"복병들은 속히 계곡의 잔도를 불태워 위군의 추적을 막고, 잔도를 건넌 위군에 대해서는 궁노를 날리고, 중보병들은 중무장한 채 그대로 매복에서 뛰쳐나와 위군을 도륙하라."

조운의 명에 따라 일사불란하게 복병들이 움직이자, 위군은 이미 다 이긴 전투에서 목숨을 걸고 싸우는 것이 부질없는 일이라는 생각에 계곡을 벗어나서 목숨을 부지하려고 미온적으로 전투에 임한다. 이때 조운이 보병을 이끌고 도주하는 마준과 병사들을 역추격하여 무차별 도륙하니, 계곡을 무사히 빠져나간 위국의 병사는 처음 출발했을 때의 3할을 넘지 못했다. 추격전을 벌이다가 된통으로 혼이 난 위군은 더 이상 추격전을 벌이지 못한다.

조운은 일진이 한중에 당도한 얼마 후, 병사들과 군수물자를 소실하지 않고 무사히 한중에 도착한다. 제갈량은 심기가 극히 불편한 중에도 최소한의 피해만으로 무사히 퇴각을 완료한 조운을 반갑게 맞이하여 묻는다.

"장군은 병사들에게 퇴각명령을 이행하며, 최소한의 군수물자와 치중, 병력도 손상하지 않고 무사히 돌아왔는데, 그 비결이 무엇이오."

조운이 겸연쩍어 잠시 머뭇거리자, 등지가 앞으로 나서며 조운을 대신하여 대답한다.

"장군 스스로 군수물자를 철저히 챙기고, 추격병을 물리치려고 후방에서 솔선수범하였던 연유로 적병이 겁을 먹고 후미를 추격하지 못한 것 때문이 아닌가 생각합니다."

제갈량이 조운에게 명한다.

"장군이 보존해온 군수물자는 장군과 병사들이 주인이오. 장군에게 황금을 상으로 내리고, 장군이 무사히 되가져온 군수물자와 비단 1만 필을 군사들에게 돌려주겠소."

조운은 제갈량에게 무릎을 꿇고 단호히 사양한다.

"전쟁에서 패한 패장이 어찌 상을 받을 수 있겠습니까? 비단과 군수품은 모두 적안의 창고에 보관해 두셨다가 올해 겨울 월동 준비를 할 때, 군수품으로 만들어 병사들에게 하사해 주시기를 청합니다."

제갈량이 깊이 감탄하며 말한다.

"선제께서 생전에 조자룡은 참 군인이요 군자라 하시더니, 그 말씀이 지나친 찬사가 아니었구려."

이후로 제갈량은 조운을 더욱 중히 예우한다.

잠시 한가한 틈이 생기고 가정의 대패로 인한 회한이 몰아치자, 제갈량은 자신도 모르게 크게 탄식한다.

"기산과 기곡, 사곡, 야곡에 배치한 아군이 적군보다 압도적으로 많았는데, 가정을 방어하는 데 실패하여 모든 것이 수 포로 돌아가다니 너무도 애통하도다."

한 식경이 지난 후, 마속이 스스로 결박을 두른 채 왕평, 고상과 함께 제갈량 앞에 무릎을 꿇고 용서를 구한다. 제갈량은 크게 분격하여 말한다.

"너는 촉한의 운명을 망쳐놓았다. 애초에 너는 군사를 이끌고 직접 전투를 벌여본 적이 없어, 위연 또는 오의 등 전쟁 경험이 많은 장수를 가정의 임무를 맡기려고 고려도 했었지만, 너를 가정에 보낸 것은 네가 간청을 한 것 때문만이 아니고, 옹, 양주를 정복하려면 직접 전투에 뛰어든 경험이 많은 장수들이 필요했고 실전경험이 있는 장수는 부족하여 고심하던 중, 그대가 지략이 있고 병법을 알기에 수비는 철저히 이행하리라 여겼기 때문이었다. 그런데 너는 가장 중요한 방어는 뒷전에 두고, 너의 전공에만 눈이 어두워, 공적을 세우기에 유리한 지형을 택하겠다고 고지에 진을 쳤으니 이는 냉혹하고도 냉정한 군령을 어긴 것이다. 네가 가정을 철저히 방어했다면, 고는 천수, 안정, 남안 등 3개 군에 이어 서량의 농서를 함락시키고 옹, 양주를 말끔히 평정하여, 그다음은 진창과 미성으로 진출할 수 있었다. 그리되면 부풍군을 통해 관동지역을 흔들어 장안을 위기로 몰아넣는 것은 시간문제가 되었을 것이다. 그뿐만 아니라, 가정 서쪽의 천수, 안정, 남안의 병력, 그리고 농서의 호족, 저족, 강족 등의 이민족을 규합하여, 가정 북동쪽의 안정군에 촉군의 증원병을 증파하여 방어망을 철저히 구축할 수 있었고, 상규를 함락시키고 나면 군사를 다시 정비하여, 위의 대군이 오더라도 얼마든지 농우 주변의 서량까지 확고한 촉의 영토로 편입할 수 있었다. 이 모든 국가의 대사를 네 놈의 공명심으로 다 망쳐놓았노라."

격노한 제갈량의 일갈에 놀란 마속이 제갈량과의 지난날 연정을 불러일으키며 용서를 구한다.

"승상, 대죄를 저질렀습니다. 그러나 이번 한 번만 처벌을 면해 주신다면, 다시 공적을 세워 제가 벌인 죄에 대한 사죄를 충분히 하겠습니다. 오랜 세월 소장은 승상을 보좌하여 많은 정책과 전략을 성공적으로 이끌어왔습니다. 그 공을 굽어 살펴 주시기 바랍니다."

"물론 너는 그동안 많은 정책과 전략을 제시하여, 고가 그것을 활용하여 국정을 성공적으로 이끌어오는 데 많은 도움을 받아왔다. 그래서 방비를 실패한 것에 대해서는 너의 죄를 용서할 마음도 있으나, 절대로 용서하지 못할 사안이 하나 있노라. 어떻게 너는 혼자 궁지에서 벗어나려고 그 많은 병사를 수습하지 않고, 구차한 네 목숨만을 구걸하여 도주하였느냐? 너로 인해 죽은 수만 병사의 비명소리가 들리지도 않느냐?"

제갈량은 말을 마치고 눈물을 흘리며 좌우에 명한다.

"이 자를 끌어내 참수하라."

참군 장완을 비롯한 대신과 장수들이 급히 간구한다.

"일패는 병가에서 늘 상 있는 일이라(一敗兵家之常事) 했습니다. 지금은 한명의 인재가 필요한 시점입니다. 그동안 마속이 국가에 기여한 공로도 있는 만큼, 이번 한번은 너그러이 용서를 베푸시어, 다음에 큰 공을 세울 수 있도록 기회를 주시기를 청합니다.”

공명은 단호한 어조로 공표한다.

"고는 사사로운 정으로 따지면 어떤 누구보다도 마속을 사랑하오. 그러나 사사로운 정 때문에 군령을 어긴 자를 용서한다면 국가의 기강이 어찌 되겠소?”

마속은 형장으로 끌려가면서 하염없이 눈물을 흘린다. 제갈량도 마속의 뒷모습을 보면서 통곡을 한다. 제갈량이 너무 슬퍼하자 측근들이 위로하여 말한다.

"승상, 이제 일벌백계로 마속은 이미 저승으로 갔는데 슬퍼하시면 몸만 상하십니다.”

제갈량이 더욱 크게 통곡을 하며 말한다.

"물론 마속의 죽음도 슬프지만, 더욱 슬픈 것은 고 자신의 어리석음 때문이오. 선제께서 붕어하실 때, 나에게 '마속은 말이 행동보다 앞서니 크게 중용을 하지 말라' 하셨소. 선제의 영명하신 선견지명을 깨닫지 못하고 내가 어리석은 짓을 해서 이런 비극이 빚어지게 된 것을 애통해하는 것이외다.”

이로써 역사에 길이 전해지는 '읍참마속(泣斬馬謖)'이라는 사자성어가 생겨나게 된다.

북벌 초기, 관서 3개 군의 호응을 얻어 야심차게 전개되던

1차 북벌은 허무하게 실패로 끝나고 제갈량은 스스로 징벌을 청함으로써 전쟁 후의 후속조처를 시작한다.

"신 제갈량, 재주가 용렬함에도 폐하의 성덕으로 병권을 잡고 삼군을 통솔하여 북벌에 나설 수 있었습니다. 하오나, 장수들을 제대로 이끌지 못하고 군법을 지엄하게 세우지 못해 군기가 문란하여 가정에서 참패하고, 기곡에서는 경계를 소홀히 하는 과오를 저질렀습니다. 이 모든 것이 신이 몽매하고 부족하여 벌어진 탓이오니, 춘추의 도리에 비추어 볼 때 진실로 지은 죄가 너무도 지대합니다. 이에 신은 스스로의 과오를 인정하여 벼슬을 세 등급을 낮추어 허물에 대한 죄값을 청하오니, 이를 받아들이시어 신의 죄를 책망해주옵소서. 신 공명, 수치스러움을 겨우 이기며 엎드려 명을 기다리겠나이다."

제갈량이 후주 유선에게 표문을 올려 자신의 죄를 청하자, 유선은 제갈량의 뜻을 받아들여 조서를 내린다.

"승상께서는 어찌 스스로 죄인이라 하십니까? 병서에 이르기를 '병가에서 일패는 늘 상 있는 일이라'고 했습니다. 그러나 군율을 지엄하게 행하겠다는 승상의 뜻을 받아 군의 직위는 우장군으로 강등하되, 승상의 보직은 그대로 하여 국정을 계속 총괄해 주시기 바랍니다."

유선은 제갈량의 군위를 강등하는 동시에 조운의 등급도 낮춰 진군장군으로 강등하고, 이하 모든 장수들의 등급도 한 등급 또는 두등급 씩 강등한다.

제갈량은 귀순한 강유를 총애하여 창조연 및 봉의장군에 임명하는 동시에 당양정후에 천거하고, 선봉대 부장 황습은 제대로 싸우지도 않고 도주한 책임을 물어 군권을 박탈한다. 왕평은 모든 군대가 뿔뿔이 흩어졌음에도 흩어진 병사를 잘 수습하여, 장합을 상대로 큰 손실 없이 퇴각한 공로를 인정받아 유일하게 참군 겸 토구장군으로 승진하고, 무당비군(無當飛軍)이라 불리는 촉한 최강 정예부대인 오부(五部)를 통솔하게 된다.

3.
위국과 오국 간의 석정전투

3. 위국과 오국 간의 석정전투

촉한 제갈량의 '제1차 북벌'을 성공적으로 막은 조예는 228년(태화2년) 5월에 이르러 사마의와 천하를 평정하기 위한 후속을 논의한다.

"촉의 침공을 성공적으로 막아 이제 촉은 우리 대위를 넘보지 못하게 되었습니다. 다음 수순으로 우리 대위가 천하를 통일하는 길에 선제적으로 나가기 위해서는 촉과 동오 중에 어디를 먼저 정벌하는 것이 좋겠습니까?"

"병서에 원교근공(遠交近攻)이라 했습니다. 대위와 멀리에 떨어져 험한 산세를 끼고 있는 촉보다는 장강을 배경으로 삼는 동오를 공략하는 것이 수월합니다. 동오는 우리 수군이 약하다고 생각하여 유수구에 병력을 배치했는데, 사실상 적의 심장은 동관과 하구입니다. 폐하께서는 육군으로 환성을 쳐서 손권을 유인해 내고, 수군으로 하여금 하구를 공격하게 하시면 될 것입니다."

조예는 사마의의 주청을 받아들여 두 갈래 길로 동오를 도모하기로 하고, 대사마 조휴에게 기병과 보병 10만을 내어주며, 심양 환성과 석정 방면으로, 사마의에게는 한수를 통해 강하 하구와 강릉 방면으로 향하게 한다.

조휴와 사마의를 한꺼번에 대적하게 된 손권은 조휴의 10만 병력에 위압을 느껴, 석정에서 조휴와 대치하고 있는 파양태수 겸 소의교위 주방에게 각별한 지시를 내린다.

"위는 조휴와 사마의 등에게 딸린 군사가 무려 15만에 이르니 전면전으로는 어려움이 있는 만큼, 조휴의 군사를 계략으로 물리칠 방안을 구상하라."

주방은 손권의 지시에 대해 답서를 보낸다.

"소장은 사항계책(詐降計策:거짓항복으로 상대를 공략함)으로 조휴를 유인하고자 하오니, 산월족의 유명한 책사인 동잠과 소남을 소장에게 보내주시기 바랍니다."

손권이 주방의 의견을 받아들여 동잠과 소남을 보내주자, 주방은 이들을 통해 조휴에게 7차에 걸친 허위사실을 담은 편지를 보내 조휴를 위계에 빠뜨리고자 한다.

첫 번째 편지에서는 주방 자신이 진실로 대위 대사마 조휴를 흠모해 왔다고 거짓 고백을 올리도록 하고,

두 번째 편지에서는 대사마 조휴의 넓은 포용력에 감동하여, 조방은 스스로 투항할 결심을 했다고,

세 번째 편지에서는 손권이 인재를 함부로 대하여 자신은 손권에게 크게 반감을 가지고 있다는 내용과 함께, 손권이 석정전투에 6만의 병사를 모두 파병하여, 무창에는 겨우 3천의 병사만이 남아있으니, 조휴 대사마께서 1만의 병사를 이끌고 환성에서 장강으로 이동한다면, 장군에 호응하여 안에서 군사

를 일으켜 투항하겠다는 허위 투항서를 전한다.

네 번째 편지에서는 산월족의 명사인 동잠과 소남을 조휴에게 불모로 남겨 조휴의 막하에서 일하도록 하겠다고 조휴에게 신뢰를 부각시키고,

다섯 번째 편지에서는 주방 자신이 손권에 저항하여 반란을 일으키기 위해 세운 구체적 계획을 전하고,

여섯 번째 편지에서는 빨리 조휴 대사마께서 거사 일을 정하여, 손권이 석정으로 병사를 보충하기 전에 신속히 행동으로 들어갈 것을 청하고,

일곱 번째 편지에서는 모반거사에 참여하는 주방 자신에게 충분한 대가를 줄 것을 요구하는 내용을 담아 상대가 가상을 현실로 착각하게 하는 고도의 심리전을 펼친다.

결국 동오 파양태수 조방의 허위투항에 속은 조휴는 10만 병사를 이끌고 환성으로 향하기로 한다. 이때 건위장군 가규가 조휴에게 주의를 일깨우며 말린다.

"대사마, 이는 손권의 위계일 수 있습니다. 주방이 납득할 만한 결정적 이유도 없이 위국에 투항할 이유가 없습니다. 신중히 행동하셔야 합니다."

위국 건위장군 가규의 주장에 대해 낭야태수 손례가 적극적으로 동조하지만, 일단 일곱 차례에 걸쳐 단계적으로 접근한 주방의 계략에 매몰된 조휴는 가규와 손례 등의 만류에도 불구하고 자신의 뜻을 굽히지 않는다.

"최근 손권이 주방을 불러들여 크게 질책하자, 주방이 머리칼을 잘라 치욕적으로 사죄하면서까지 용서를 빌었다고 하오. 이런 상황에서 주방을 의심하는 것은 우리에게 넝쿨째 굴러온 행운을 내다 버리는 행위일 뿐이외다."

"춘추전국시대 오나라 공자 광(光)은 오왕의 아들 경기(慶忌)를 암살하기 위해 요리(要離)를 자객으로 보냈을 때, 요리는 경기의 신임을 얻고자 자신의 팔뚝을 잘라 보여 경기를 안심시킨 후, 경기가 방심할 때를 노려 비수로 경기를 살해한 역사가 엄연히 있습니다. 팔뚝에 비하며 머리카락은 아무것도 아닙니다."

가규가 지난 역사적 사실을 적시하며 조휴에게 주의를 청하나, 이미 주방에게 혼까지 현혹된 조휴는 평소에도 증오하던 가규의 진언이 자신의 공적을 시샘하는 처사라 여겨 귀를 기울이지 않는다. 가규는 조휴가 필시 함정에 빠져들어 대패하게 될 것이라 생각하여 우려를 남기며 사마의의 본진을 향해 군사를 돌린다.

위제 조예는 조휴가 이미 좌고우면하지 않고 환성을 향해 무작정 출발했다는 보고를 받고 사마의에게 급히 명하여, 사마의가 한수를 따라 강릉 방면으로 가서 만일의 사태에 대비하여 조휴를 지원하도록 명한다. 동시에 장합에게는 관중의 병사들을 이끌고 형주로 가서, 강릉에 있는 사마 휘하에 편입되어 사마의의 명을 받아 움직이도록 명하고, 다시 가규를 주장으로 전장군 만총, 동완태수 호질을 부장으로 4개 군을 지휘하여 동관으로 출병하게 한다.

조휴, 사마의와 갈라져 동관으로 향하는 길로 진격하게 된 가규는 동관으로 가던 도중, 만총에게 병력을 나누어주며 조휴를 도와 임무를 수행하도록 지시한다.

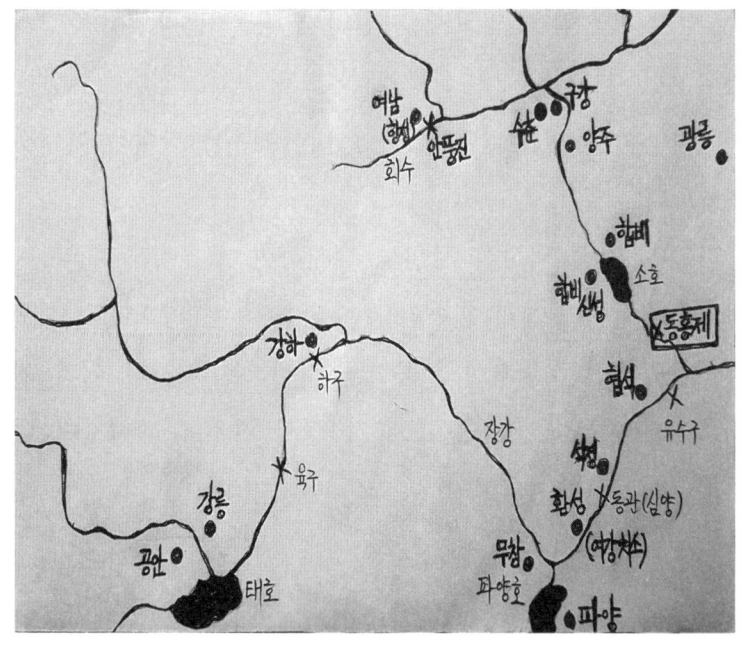

이때 조휴의 진용에서 합류한 만총은 조휴의 행위가 심히 불안해 보이자, 위명제 조예에게 황급히 상소를 올린다.

"대사마가 비록 명석하고 과감성이 있지만, 지형을 활용하는 용병술과 심리전에는 취약한 경향이 있습니다. 대사마가 취하는 길은 병법에서 말하는 소위 와지(窪地)로서, 후면에는 호수를 등지고 측면으로는 강이 있어 전진하기는 쉽지만, 최악의 경우 후퇴할 때는 역류로 인해 되돌아가기 어려운 수로 입니다. 대사마께서 무강구로 들어가서 방비하는 것이 순리에 맞다 여겨집니다."

위제 조예가 만총의 상소를 옳다 여겨 조휴에게 퇴각명령을 내리기도 전에 이미 조휴는 멀리 심양 동관을 향해 나아가고 있었다.

주변에서는 모두 조휴의 경솔한 용병을 우려하는데, 정작 대사마 조휴는 좌고우면하지 않고 전공에 눈이 어두워 급히 심양 환성을 향해 진군한다. 조휴를 보좌하던 장제가 심히 불안하여 간곡하게 충언을 올린다.

"대사마께서는 어찌 이리도 성급히 군사를 이동시키시는지요? 군사를 여유를 두고 용병하며 시간의 흐름을 따라 적당히 배치하지 않으면 배후를 찔릴 우려가 있습니다."

"병법에 대군이 이동할 때는 신속이 최고라고 했소. 아군이 빨리 이동해서 아군의 위세를 보여주어야, 조방이 마음을 변하지 않고 약속한 그대로 나에게 투항하게 될 것이오."

조휴는 장제의 말을 일축하며 자신에 대한 간섭을 불편해하는 즈음, 동오 파양태수 주방은 조휴가 자신의 사항계책에 빠져 앞뒤를 가리지 않고 심양으로 이동하여 환성에 당도하자, 회심의 미소를 지으며 조휴를 맞이한다.

그러는 사이 어느덧 8월이 되어, 환현에 당도한 손권은 육손을 대도독으로 삼고, 분위장군 주환을 좌도독으로, 수남장군 전종을 우도독으로 하여, 좌우 도독에게 각각 3만의 병사를 이끌고 조휴를 공격하도록 명한다.

이때 좌도독 주환은 새로운 계책을 손권에게 제시한다.

"전하께서 대도독, 우도독과 함께 조휴를 상대할 때, 소장이 수춘을 기습적으로 공격하면 전방에 모든 병력을 이동시킨 위국의 허점을 찔러 수춘을 점령할 수도 있을 것입니다."

손권은 육손을 불러 주환의 전략에 대해 논의한다.

"좌도독 주환의 전략도 일리가 있는 듯한데, 대도독은 이를 어찌 생각하시오."

"오왕 전하, 이 전략은 지난 북벌 당시 촉한의 위연이 제갈량에게 청했던 자오곡 계책과 흡사한 계책으로서, 이는 현실성이 적은 계책입니다. 일단 수춘을 점거하는 것 자체가 힘들지만, 설령 수춘을 점거하더라도 아군이 적진 속에 깊숙이 갇혀서 현군으로 되고, 고립된 상태에서 군량미과 군수품의 보급이 쉽지 않아 자칫 잘못하면 병사를 전부 희생시킬 수 있는 하책입니다."

손권은 육손의 말을 듣고 좌도독 주환의 전략을 물리고, 오직 심양의 조휴를 공략하는 것에만 주력하기로 한다.

한편, 조휴는 자신에게 사항지계(詐降之界)를 펼친 동오 파양태수 주방이 주둔한 환현의 수영(水營)에 도착하고, 그의 환대를 받으며 마치 승리라도 한 듯이 들떠 있다가, 자신이 경계를 소홀히 하는 사이 동오의 좌도독 주환과 우도독 전종이 심양 동관으로 기습해 오자, 자신에게 투항한 주방을 불러 선봉에 서게 하고 동오의 기습을 대비하도록 한다.

이때 주방이 수하들을 이끌고 거꾸로 조휴의 본영을 향해 공격을 감행하자, 조휴는 비로소 주방에게 속은 것을 알고는 속히 회군하려 한다. 그러다가 잠시 전황을 살펴보던 조휴는 자신이 이끄는 정예병이 육손의 수군보다 월등히 많다는 것을 인지하고, 신속히 진을 구축하여 전투에 임하고자 한다.

이 무렵 장제는 대사마 조휴가 동오 파양태수 주방의 사항계에 빠진 것을 직감하고 조예에게 상소를 올렸었다. 조예는 급히 가규에게 조휴를 지원하도록 명령했지만, 가규가 조휴에게 구원을 왔을 때는 이미 조휴가 패하여 석정까지 퇴각하여 있었다. 대패한 조휴는 석정에 이르러 장수와 군사들을 쉬게 하려는데, 한밤중에 육손이 조휴를 포위하여 중앙을 공격하고, 주환과 전종이 좌, 우면을 끊는 바람에 3갈래로 공격을 받게 되자, 조휴는 수군을 셋으로 나누어 대적해야 하는 위기를 맞게 된다.

조휴와 함께 있는 동안 조휴의 군사배치를 이미 탐지했던 동오 파양태수 주방은 육손에게 군사배치에 대한 정보를 올리고, 육손과 연합하여 조휴의 본영과 외부 위영의 연계를 하나하나 끊어 나간다.

조휴는 위영과 연계가 끊기자, 본영의 군사만이라도 이끌고 전투에 유리한 지형으로 이동하여, 원군이 올 때까지 버틸 전술을 생각해낸다. 조휴가 군사를 이끌고 강변에서 멀리 떨어진 산으로 이동하여 산기슭을 오를 때, 미리 산정에서 대비하고 있던 주방의 궁노수들이 무작위로 화살을 날리면서, 산 위에서 아래로 맹공격을 가한다. 산 위에서 맹공격을 받게 된 조휴는 급히 퇴각명령을 내린다. 육손이 특공대를 보내 조휴를 생포하도록 명하여 동오의 군사들이 벌떼같이 조휴를 에워싸자, 왕릉이 사력을 다해 대사마 조휴를 호위하여 포위망을 뚫고 산기슭에 있는 오솔길로 접어든다.

 이때 갑자기 철책이 나무 위에서 떨어지고, 곧이어 통나무, 바위 등이 굴러 내려오면서 오솔길 통행로를 막는다. 왕릉은 조예의 고명대신인 조휴의 신변을 보호하는 것이 자신의 생명보다 중요하다는 생각에 이르러 혼신을 다해 조휴를 호위하고 방향을 돌려 다른 길로 도피하려 한다.

 그러나 모든 오솔길이 동오 군사의 선점으로 빠져나올 수 없게 되자, 왕릉은 조휴를 호위하며 가파른 벼랑에 새로이 길을 내면서 겨우 포위망을 빠져나올 수 있었다. 조휴가 왕릉의 헌신적 보호를 받으며 석정에서 겨우 협석으로 도주하지만, 이미 협석도 손권이 보낸 병사들에 의해 점거되어 있었다.

 조휴는 오갈 곳이 없게 되어 어찌할 바를 모르고 안절부절 못하고 있을 때, 위명제 조예의 특명을 받은 가규가 조휴를 구하기 위해 동관을 향해 진군하였으나, 동관이 이미 텅빈 상태로 놓여있는 것을 확인하고, 가규는 조휴가 석정에서 이미 패전했으리라 짐작하여 협석으로 향한다.

이때 가규의 부장들이 가규에게 건의한다.

"조휴 대사마가 어디에 있을지 모르니, 장군께서는 후속부대를 따르는 것이 순리일 것 같습니다"

가규는 확신을 가지고 말한다.

"대사마는 반드시 협석에서 구원을 기다리고 있을 것이오. 적장은 우리가 협석으로 오리라고는 상상도 하지 못하고 있을 것이니, 동오의 손권도 협석으로 대군을 증파하지는 못했을 것이오. 우리가 수로와 육로 2개의 행로를 통해 평상의 두 배 속도로 빨리 협석으로 내달으면, 반드시 대사마를 구할 수 있을 것이외다."

가규는 밤낮을 가리지 않고 육군은 속보로, 수군은 잠시도 쉬지 않고 4교대로 배를 저어 예상보다 곱절 빨리 협석 인근에 당도한다. 멀리 동오의 배가 보이기 시작하자, 가규는 군사들에게 긴급히 명을 내린다.

"각 배에는 지금보다 3배 많은 깃발을 걸고, 선상에는 허수아비에게 군복을 입혀 수상개화(樹上開花)계책으로 허장성세를 벌여라. 그리고 병사들은 모두 선상으로 올라와 북을 울리고, 나각을 불고, 고동을 치면서, 창으로 배의 바닥을 두드리며 목청껏 함성을 질러대라."

심리전을 펼치는 가규의 명을 받은 군사들이 하늘을 찌를 듯한 기세로 협석을 향해 나아가자, 동오의 군사들은 몇 배나 많은 위군들이 독기를 품고 혈전을 벌이고자 한다는 생각에 지레 겁을 먹고 퇴각하기 시작한다.

동오의 수군이 물러난 후, 가규는 조휴가 이끄는 군사들을 만나 식수와 식량을 제공하며 조휴를 위무한다.

"대사마께서 너무도 고생이 많으셨습니다. 일단은 위기에서 벗어나셨으니, 굶주린 병사들을 배불리 먹이고 편히 쉬게 하십시오."

이때 조휴는 지난날 가규에게 가졌던 반감을 아직도 되새기며 감사 대신 폄훼의 말을 던진다.

"장군은 도대체 어디서 꾸물거리다가, 우리가 죽기 일보 직전에야 나타난 것이오. 이런 자세로 어떻게 전투를 벌이겠다는 거요. 지금 당장 우리가 버리고 온 치중과 군수물자를 다시 찾아오시오."

가규는 대사마 조휴가 지난날의 반감을 잊어버리고 자신에게 감사를 표할 줄 알았으나, 상상도 하지 못할 예우를 하자 분을 이기지 못하고 대답한다.

"대사마께서 아무리 상관이시지만, 이렇게 대할 수는 없습니다. 잃어버린 치중과 병장기를 회수하는 것은 대사마 어른의 임무이지, 소장의 할 일은 아닙니다. 폐하께서는 소장에게 대사마 어른을 구원하라는 명령을 내리신 것이지, 대사마께서 잃어버린 치중과 병장기까지 탈취해 오라는 명은 없었습니다. 소장은 임무를 마쳤으니 이만 본영으로 돌아가겠습니다."

가규는 말을 마치자마자 뒤도 돌아보지 않고 군사를 이끌고 회군한다.

석정전투에서 조휴는 1만 명의 병사를 잃고, 소, 말, 노새, 나귀에 실은 치중 1만대와 군수장비를 모두 빼앗겼다. 이번 석정전투의 패배로 위는 252년 12월 동흥전투가 발생할 때까지, 향후 20여 년간 동오에 대한 침략을 꾀하지 못할 정도로 큰 정신적, 물질적 타격을 받게 된다. 조휴는 주방과 같은 필부에게 위계로 농간을 당했다는 치욕과 참혹한 패배에도 불구하고 황제의 따뜻한 배려를 받게 되자, 오히려 수치심을 느끼더니 결국에는 악성종양으로 고통을 받다가 병사함으로써, 사마의가 병권을 장악하는 계기가 만들어진다.

4.
제갈량의 제2차, 3차 북벌 - 진창 공방전

4. 제갈량의 제2차, 3차 북벌- 진창 공방전

1) 제갈량, 제2차 북벌에 임하여 진창에서 공방전을 벌이다

제갈량은 위명제 조예가 석정전투의 패배로 인해 무너진 동부전선을 다시 구축하려고 관서의 병력을 동부전선으로 이동 배치하자, 228년(태화2년) 가을, 동오에 있는 자신의 형 제갈근에게 서신을 보내 '제2차 북벌'에 임하는 자신의 각오를 밝히고 동오의 협조를 구한다.

"형님, 저는 진창고도를 통해 산관을 함락시킨 후 진창으로 향하고, 포야도 위의 수양소곡으로 군사를 이끌고 진창으로 들어가서, 양쪽 방면에서 진창성을 공격할 예정입니다. 그리하면 위군은 동오를 경계하는 동부지역의 군사들을 진창을 방어하는 북서부지역으로 지원하려고 분리 배치하게 되어, 동오는 위군의 위협으로부터 쉽게 벗어날 수 있을 것입니다. 수양소곡은 진창 정남쪽에 위치한 골짜기로서 진창을 조망하기 좋은 곳으로, 산세가 험하고 물줄기가 얼기설기 복잡하게 흐르고 있어 행군하기는 어렵지만, 옛날 순찰병들이 이 길을 그럭저럭 정비하여 통행한 예를 잘 활용하면, 얼마든지 성공적으로 행군할 수 있을 것입니다. 공병으로 하여금 나무를 베고 바위를 깎아 길을 닦으면 진창으로 향할 수 있으니, 산관과 수양소곡의 양쪽 방면에서 진창으로 진입하여 옹, 양주 공략을 성공적으로 행하게 되면, 위국을 큰 위기로 몰아넣을 수 있을 것입니다. 이때를 잘 활용하여 동오도 촉과 함께 위를 도모하도록 하시면 어떻겠습니까?"

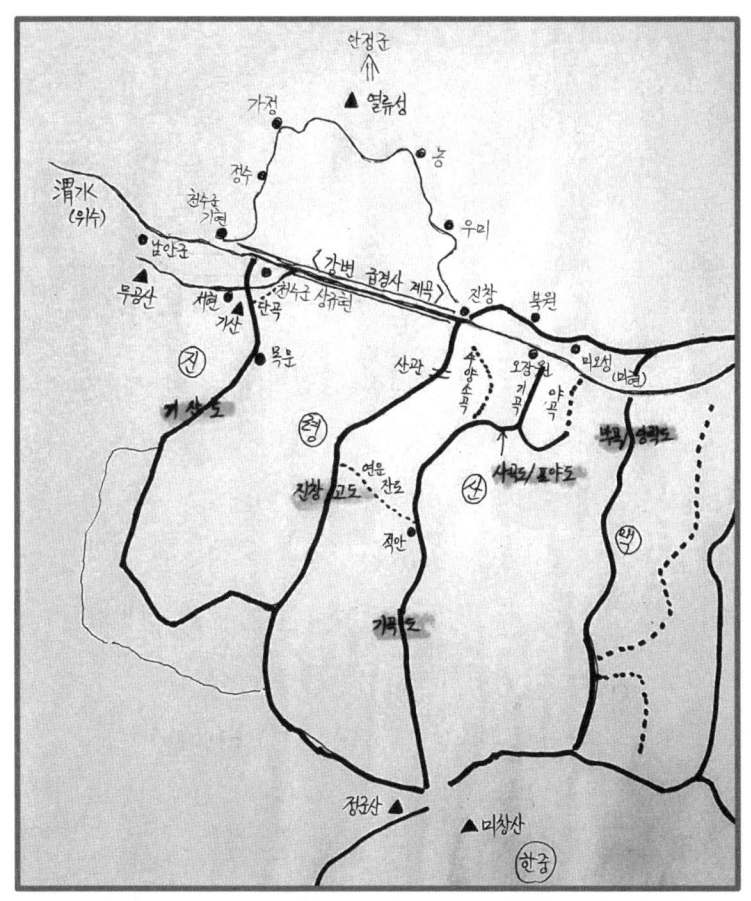

제갈근이 제갈량의 북벌계획을 손권에게 전하여 호의적인

답변을 얻어내자, 제갈량은 조예가 병력을 동부로 돌리는 바람에 관서 방면에 확실한 빈틈이 생기는 것을 활용하고, '제2차 북벌'에 대한 의지를 대내외에 밝힌다.

그로부터 촉한과 동오의 동맹이 확고함을 확인한 후 228년(건흥6년) 11월에 이르러, 후주 유선에게 '혼신을 다하여 나라에 이바지하고, 죽은 후에야 북벌을 멈추겠다(鞠躬盡瘁 死而後已)'로 유명한 後출사표를 올리고 '제2차 북벌'의 장도에 올라, 기습적으로 산관에서 전투를 벌인 덕에 쉽게 산관을 돌파하고 당해 12월, 진창성 앞에 당도한다.

제갈량이 '제2차 북벌'에 나서기 전, 위에서는 조진과 사마의가 북방의 경계에 대한 심도 있는 의견을 교류하고, 이들은 제갈량이 기산에서 대패한 전적이 있기에, 만일 재침하더라도 기곡도를 통해서라고 예측하고, 228년 봄부터 학소와 왕생에게 진창성을 쌓도록 지시하면서 침입에 대비하고 있었다.

제갈량이 後출사표를 올렸다는 정보를 입수한 조진은 제갈량이 세운 '제2차 북벌'의 최종목적은 관중을 정복하는 것으로 이를 성취하기 위해서는 한중과 관중 사이의 진창을 일차적 공략목표로 삼을 것이라 예측하고 있었다.

진창은 관중평야의 서쪽 끝에 위치하며 전체적으로 남부는 넓은 산악지대이고, 중앙부는 분지, 오아시스, 계곡 등이 분포하고, 북부는 사막으로 진창은 사막과 산지의 중간이었다.

동관은 낙양에서 장안을 통하는 동쪽 관문이고, 진창은 서쪽 관문으로 장안과 4백여 리 정도 떨어져 있다. 시가지는 위수를 끼고 형성되어 있는데, 위수를 끼고 10리만 내려가면 진령산맥의 웅장한 산세를 접하게 된다. 이를 지나면 한중분지가 나타난다. 따라서 이곳의 노선은 한중에서 산관을 통해 진창으로 이어져 있었다.

제갈량이 북벌을 감행할 당시, 조예는 손권과의 석정전투에서 대패하여 진령산맥의 산관까지 투입할 수 있는 병사의 여력이 없었기에, 위국은 산관의 방비에 총력을 기울일 여유조차 없었다. 이러한 덕에 산관을 쉽게 함락시킨 제갈량은 대군을 이끌고 별다른 접전이 없이 진창성에 이른 후, 진창성 앞에서 진용을 세우고 깊은 고민에 빠져든다.

'위제 조예가 동오와 대치하고 있는 동부전선의 위국 병사를 신속히 진창으로 빼돌리기는 쉽지 않으리라. 내가 제2차 북벌을 급히 택한 이유는 조예가 석정에서의 패배로 인해 군대를 정비할 시간적 여유가 없음을 틈타, 이번 기회에 진창으로 진출하여 관중으로 통하는 진로를 구축하기 위해서였노라. 따라서 나도 넉넉한 군량과 군수품을 확보하지 못한 상황에서 내가 취할 최선의 전술은 속전속결뿐이 없겠다. 조예가 동부전선에서 병사를 이동시키는 데에는 최소 1~2개월 이상 소요될 것으로 보고, 정공법을 택하면 빠른 시간에 진창성을 함락시켜 모든 계획을 무난히 달성할 수 있을 것이다.'

제갈량은 방침이 정해지자 제장과 책사들을 불러 속전속결을 위한 지침을 내린다.

"위연장군은 왕평, 이회, 마대, 강유장군을 이끌고 진창성을 4교대로 잠시도 쉴 사이 없이 공략하라. 등지장군은 요화, 여예, 양의, 마충장군을 이끌고 공성부대가 차질 없이 공성에 임하도록, 운제, 충차, 정란 등 공성병기를 신속히 보급하라. 유염장군은 원침, 오의, 고상, 오반장군을 이끌고 진창성에 걸맞는 영채를 세워, 영채에서 성을 바라보고 공격할 수 있도록 방안을 강구하라. 나머지 장수들은 위연장군이 공성을 시도할 때, 적병이 눈치 채지 못하도록 비밀리에 참호를 메꾸고 땅굴을 파헤쳐 성안으로 침투할 수 있는 길을 찾도록 하라."

얼마 후, 제갈량이 산관을 함락시키고 진창성에 당도했다는 보고를 받은 조예는 장합을 부른다.

"장군은 즉시 황궁과 수도를 지키는 남북군 3만을 이끌고 진창성을 지원하러 떠나시오. 장군이 빨리 당도하지 않으면 진창성이 함락될 우려가 있으니, 잠시도 지체하지 말고 서둘러 행군해야 할 것이오." 장합이 여유만만하게 대답한다.

"진창성은 견고하게 축성이 되어 쉽게 함락이 되지 않을 것입니다. 제갈량은 새로이 축성된 진창성의 현황을 제대로 모르고, 속전속결로 성을 함락시킬 수 있다고 오판하여 출정한 탓에 군량을 넉넉히 준비하지도 않은 상황이므로, 신이 출병한다는 소문을 들으면 곧바로 철수할 것입니다."

장합은 전황을 꿰뚫고 있다는 듯이 자신만만하게 말하면서도 밤낮을 가리지 않고 진창을 향해 강행군한다.

이때, 제갈량은 진창성을 마주하고 석비채(石鼻寨)라는 견고한 영채를 세워, 만일의 경우를 대비한 방비를 든든히 갖추고, 잠시도 쉴틈을 주지 않고 본격적으로 진창의 공성전에 돌입한다. 하지만, 성이 워낙 견고하여 수차례의 공성에도 함락이 쉽지 않고 군량이 고갈되자, 제갈량은 위국 진창성주 학소에게 그의 고향친구 근상을 사자로 보내 회유계책으로 학소의 투항을 유도하고자 한다. 이에 학소의 동향친구 근상은 세객으로 가장하여 학소를 찾아가서 투항을 설득하기에 이른다.

"나는 제갈 승상의 밑에서 군기를 다루고 있네. 제갈 승상께서는 자네를 흠모하여 자네와 함께 천하를 도모하려 하시네. 자네가 투항을 선택한다면 위에서 대우받는 것보다 곱절 이상의 예우를 해주기로 약속했다네. 지금 승상이 이끌고 온 병력은 10만에 이르는데, 자네는 정예병 1천에 잡병 2천으로 어찌 대적할 수 있겠는가? 이대로 가다가는 며칠 내로 성이 함락될 것이네. 성이 함락되기 이전에 투항을 받아들여 목숨을 부지하고 영달을 누리도록 하세."

학소는 근상에게 얼굴을 붉히며 확고한 소신을 밝힌다.

"투항한 장수의 집안을 멸시하여 적멸시키는 것이 대위의 국법이다. 자네는 나를 더 이상 우롱하지 말고 성에서 나가라. 나는 이 성을 반드시 지켜낼 것이다."

진창성주 학소의 소신이 워낙 확고한 것을 확인한 제갈량은 설득을 포기하고, 운제, 충차, 누거, 정란을 총동원하여 줄기차게 공성에 치중한다. 학소는 촉군이 운제를 타고 성벽을 오르면 불화살로 운제를 불태우고, 충차로 성문과 성벽을 부수려 하면 돌절구를 날려 충차를 부수고, 파성추를 이끄는 촉군에게는 쇠뇌를 날려 격파하는 등 철저히 방어에 주력한다.

그러나 끈질기게 이어지는 제갈량의 공성으로 성민과 군사들이 심신이 지쳐 사기가 떨어지기 시작하자, 학소는 성민과 군사들에게 사기를 불어넣는 것만이 진창을 지키는 최선의 길이라 여기고, 이들의 사기를 진작시키기 위해 수성의 확신을 불어 넣어주려 한다.

"손자병법에 제대로 구축되고 완벽하게 준비된 성에 대한 공성을 성공하려면, 최소 10배 가까운 병력으로 3개월 이상의 준비기간이 필요하다고 했다. 진창성은 내가 직접 축조를 했기 때문에 누구보다도 나 자신이 성의 내구성, 입지적 이점 등을 잘 알고 있노라. 이런 연유로 진창성은 최소 3개월은 견딜 수 있으니, 이 동안을 잘 버티면 반드시 원병이 올 것이다. 모두 협심하여 성을 지키면 적을 물리친 후, 모든 성민들에게 공적에 따라 큰상을 내릴 것이다."

제갈량이 참호 메꾸기 전술로 성 주위의 흙을 옮겨 해자를 채우고 땅굴파기로 접근하면, 학소는 성안에 방어용 해자를 깊게 파서 땅굴파기 전술을 무력화시키고, 성벽타기로 성벽을 기어오르면, 성가퀴에서 뜨거운 물과 기름을 뿌리고 사다리를 불태워 촉군이 접근하지 못하도록 원천 봉쇄한다.

제갈량이 정란을 세워 성안으로 화살을 쏘아대면, 성안에 두꺼운 나무 벽을 쌓아 그 화살을 다시 거꾸로 촉군에게 쏘아대며 군수품을 절약한다.

이렇게 저렇게 제갈량이 온갖 방법을 동원하여 공성에 임하지만, 진창성의 구조와 입지를 정확히 인지하고 있는 학소가 철저히 성을 방어하여 20여 일 이상을 버텨내면서, 제갈량의 병사들은 준비해간 군량이 고갈되어 식량난으로 크게 고통을 받기 시작한다.

"이런 시기에 조운이나 황충 같은 명장이 있었다면 어렵지 않게 성을 함락시킬 수 있었을 텐데 참으로 애석할 뿐이오."

제갈량은 와병으로 '제2차 북벌'에 참여하지 못한 조운을 아쉬워하며, 시간이 갈수록 불리해지는 공성으로 인해 고심을 거듭한다. 이로부터 3주가량이 지나고 장합이 중앙수비병 3만을 이끌고 진창에 당도하자, 제갈량은 더 이상 대치하다가는 현군으로 고립되어 양면에서 협공당할 것을 우려하여 퇴각을 명한다.

"전 장군과 장수들은 수하들에게 퇴각할 준비를 취하도록 지시하라."

이때 위연이 제갈량의 퇴각명령에 제동을 걸며 말한다.

"승상, 적장 장합이 진창에 당도했다는 정보를 듣자마자 퇴각을 명하는 것은 촉한 장군들과 장수들이 장합을 두려워한다는 인식을 남기게 되어, 병사들에게 사기를 떨어뜨릴 수 있는 빌미를 제공하게 됩니다. 소장이 장합을 상대로 반드시 승리를 이끌어오겠으니, 부디 출전할 기회를 주십시오."

"장군의 뜻은 알겠지만 이대로 퇴각하시오. 고는 이번 북벌에 임하면서 승부를 내기보다는 2가지 목적을 가지고 북벌에 임했소이다. 첫째는 위가 오와의 석정전투에서 패배한 후유증이 어느 정도가 되는지를 살펴봄이요, 둘째는 진창을 공략하여 정벌하되 여의치 않으면, 앞으로도 촉한은 진창에 대한 미련이 많다는 인식을 남기면서, 다음 북벌에서는 진창으로 관심을 돌리고 다른 곳을 기습하고자 함이었소. 이런 연유로 한 달분도 채 되지 않는 군량을 챙겨 급히 북벌에 나섰던 만큼 소기의 성과를 거두었으니, 이제는 이만 돌아가고자 하오."

제갈량은 위연의 의견을 무시하고 완강히 퇴각을 결행한다.

제갈량이 퇴각을 시작하자, 장합은 부장 비요와 왕쌍에게 퇴각하는 제갈량을 추적하도록 명한다.

"장군들은 각각 경기병 2천씩을 이끌고 퇴각하는 촉군의 후미를 추격하라. 주의할 점은 제갈량은 철군의 기재이다. 분명히 금선탈각에 의한 퇴각을 행할 것이다. 장군들은 조심하여 행하되 여의치 않으면 성으로 되돌아오라."

장합의 명을 받은 비요와 왕쌍은 재빨리 기병을 이끌고 제갈량을 추격하는데 이때, 제갈량은 장수들에게 긴히 명한다.

"고는 어렵게 출정한 제2차 북벌을 아무런 성과도 없이 퇴각할 수는 없소. 금선탈각(金蟬脫殼)전략을 역으로 이용하여 적병에게 허점을 보인 후, 장합이 추격병을 보내면 이대도강(李代桃僵:작은 것을 희생시키고, 큰 이익을 구함) 계책으로 적병을 유인하고자 하오. 마충장군은 후방에서 노병을 이끌고 천천히 퇴각에 임하다가, 적병이 들이치거든 교전을 벌이지 말고 그대로 도주하시오. 마대장군과 등지장군은 산기슭에서 대기하고 있다가 마충장군이 도주하여 산계곡을 지날 때, 적병이 그대로 계곡을 지나도록 방치하고, 위연장군과 강유장군이 계곡을 지나친 적병을 기습공격하면, 그때를 맞춰 적병의 후미 퇴로를 막아 추격병을 섬멸시키시오."

제갈량은 퇴각의 전술을 지시하고, 선두에서 병사를 이끌고 서둘러 회군한다. 얼마 후, 장합의 부장 비요와 왕쌍이 경기병을 이끌고 촉군의 후미를 들이치는데, 마충은 노병을 이끌고 힘겹게 대항하는 척하다가 곧바로 계곡 길을 향해 전속력으로 도주한다. 이때 왕쌍이 계속 추적하려 하자 비요가 왕쌍을 제지하며 말한다.

"장군, 아무래도 함정인 것 같소. 천하의 제갈량이 이렇게 무방비하게 퇴각할 일이 없소. 이만 돌아갑시다. 나는 아무래도 제갈량의 계략에 빠진 것 같다는 생각이 드오."

왕쌍은 비요의 말을 비웃듯이 대꾸한다.

"장군, 이 주변의 지형을 보면 바로 옆의 계곡 외에는 복병이 숨어 있을 장소가 없소. 그런데, 이 계곡조차도 복병이 매복하기에는 터무니없이 협소하여 백명도 몸을 숨길 수가 없지 않소. 지금의 이 승세를 몰고서 적병이 다시는 위국을 넘보지 못하도록 혼을 냅시다."

"그렇기는 하지만 무언지 께름칙하오."

"그런 생각이 든다면 장군은 돌아가시오. 나 혼자서라도 퇴각하는 적병을 궤멸시키겠소."

왕쌍이 막무가내로 자기주장만을 펼치자, 비요는 왕쌍을 내버려두고 성으로 돌아간다. 왕쌍이 계곡을 지나 도주하는 촉군을 계속 추격하여 계곡을 완전히 지나쳤을 때, 위연과 강유가 정예기병을 이끌고 왕쌍의 앞을 가로막는다. 이때 마대와 등지가 계곡의 입구를 틀어막고 왕쌍의 기병을 삼중으로 포위한다.

함정에 빠진 것을 알게 된 왕쌍의 기병들이 전력을 다해 포위망을 뚫으려 하나, 호구에 들어온 상태에서 벗어난다는 것은 언감생심이었다. 왕쌍은 교전 중에 위연과 일기토를 벌이다가, 위연의 날카로운 칼날에 목이 날아가고 목숨을 잃은 기병을 제외한 기병들은 모두 투항한다. 이로써 제갈량은 '제2차 북벌'을 성공적으로 이끌지는 못했으나, 작은 성과와 함께 대외적으로는 동오와의 결속을 굳게 하는 효과를 얻는다.

2) 제갈량, 제3차 북벌에 나서 무도와 음평을 정령하다

한중으로 돌아온 제갈량은 잠시도 선주 유비의 유언을 잊지 못하여, '제2차 북벌'이 작은 성과로 그쳤음에도 불구하고, 지난 2차례에 걸친 북벌의 실패를 거울삼아 잠시도 멈춤이 없이 '제3차 북벌'을 구상한다.

그러던 중, 위명제 조예는 장합이 이끌던 중앙군을 다시 낙양으로 소환하고, 곧이어 진창성주 학소를 낙양으로 불러들이는데, 학소가 낙양에서 질병으로 사망하자, 위의 변방 옹, 양주에 대한 경계는 곽회가 전담하게 된다. 제갈량은 이때를 기회로 여겨 229년(태화3년) 1월, '제3차 북벌'을 계획하며, 그동안 선봉에 서던 조운이 병사한 연유로 선봉을 진식에게 맡기고 무도와 음평을 정벌하려는 외로운 출정 길에 오른다.

제2차 북벌 당시 진창에서 혈전을 벌인 여파로 곽회는 제갈량이 진창을 공격할 것으로 여기고, 동시에 무도와 음평은 촉에게 실질적 이득이 없는 관계로 제갈량이 이곳을 침공할 일이 없다고 생각하여 오직 진창만을 견고하게 경계하고 있었다. 그러다가, 진식이 무도, 음평을 기습적으로 점령하자, 실질적 이득이 없음에도 무도와 음평의 지형적 가치를 노린 제갈량의 허허실실에 속았음을 알게 되고 혀를 내두른다.

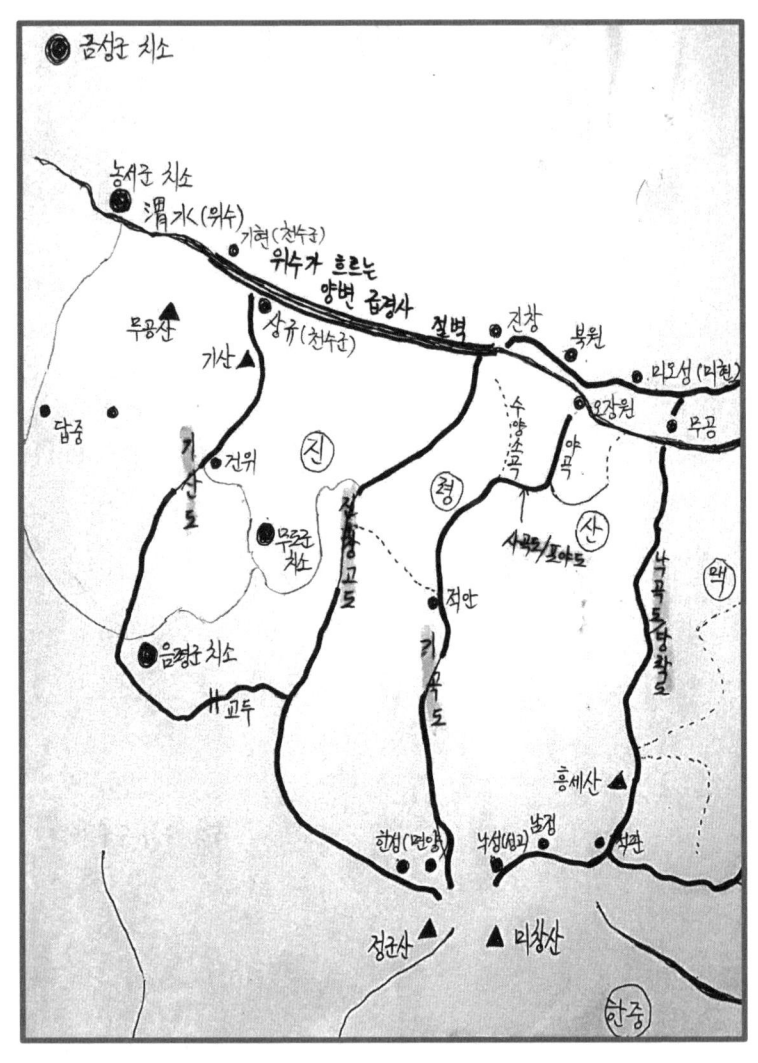

　결국에는 곽회가 무도와 음평의 지형적 가치를 선택한 제갈량의 공략을 방치할 수 없었던 이유로 즉각 군대를 편성하여 이곳으로 출병한다.

과거 무도 일대에는 인구가 8만에 이르렀는데, 한중공방전 당시 한중을 포기한 조조가 무도 일대의 저족 5만을 천수, 무풍 일대로 이주시키고, 관청까지 천수군 기현으로 옮겨, 무도군, 음평군은 산업인구와 경제적 실익이 없었다. 하지만, 무도, 음평은 산업인구와 경제적 실익보다는 서량과 직접 접하고 있는 관계로 제갈량은 향후 관중으로 진출하기 위한 지형적 의미를 크게 두고 있었기 때문에 위국의 입장에서도 마냥 이를 무시할 수는 없었다. 당시 위국의 인구는 3천만이었고, 동오는 1천1백만, 촉한의 인구는 7백만에 이르렀다.

위가 국력이나 인구 면에서 절대적으로 우위인 상태이지만 촉이 무도와 음평을 점거하면, 이를 통해 천수와 농서에 대한 위국의 영토를 공략하는 것이 수월해진다. 반면, 위가 이 지역에 대한 지배력을 확고히 하면, 답중이나 건위를 경유할 필요가 없이 곧바로 하변을 통해 한중의 공략과 교두를 통한 검각의 공략이 가능해진다는 지형적 가치가 있었다.

이런저런 연유로 옹주자사 곽회가 즉각적으로 대응에 나서 지방군을 이끌고 기산도를 차단하자, 제갈량이 장수들을 소집하여 새로이 작전명령을 내린다.

"고는 본영을 이끌고 무도 북방의 건위로 진병하여 곽회를 공격하려고 하니, 위연장군과 오의장군은 음평의 강중(姜中)을 돌아 양면으로 곽회를 공격하라."

촉장 위연과 오의가 강중으로 이동하자, 곽회는 제갈량이 협공을 구상하고 있다는 것을 간파하고 천수로 이동하여 방어선을 구축한다.

제갈량은 다시 위연과 오의를 불러들여 이에 대응하는 전술을 제시한다.

"두 장군은 음평의 강중(羌中)을 통해 농서군 양계, 남안을 기습하여 점령하고, 농서에 장기 주둔할 계획을 세운 후, 고의 다음 전략을 기다리시오."

위연과 오의가 남안을 향해 진군하려고 할 때, 곽회가 산의 길목을 틀어막고 대대적으로 방어망을 구축한다.

제갈량은 농서로의 진출이 쉽지 않자, 위연과 오의를 다시 불러 자신의 새로운 구상을 밝힌다.

"두 장군은 무도와 음평에 남아 생산기반을 든든히 구축하고 군사적 시설을 굳게 세워, 위군이 이곳을 침입하여 촉군의 후방보급로를 공략할 생각은 꿈에도 꾸지 못하도록 하라."

제갈량은 위연과 오의에게 조치한 후 한중으로 돌아온다.

제갈량은 제1차, 2차 북벌을 통해 진창을 공략하여 진창도를 점령했고, 제3차 북벌을 통해 무도, 음평을 점거하여 진창도, 기산도 보다도 조금 더 상규에 가까운 길목을 점진적으로 확보하는 것으로 '제3차 북벌'의 의미를 부여한다.

5.
손권의 황위 등극과 조비의 촉한 정벌전

5. 손권의 황위 등극과 조비의 촉한 정벌전

1) 오왕 손권은 신하들의 권유를 받아 황위에 오르다

동오에서는 하구와 우창에서 황룡과 봉황이 나란히 출현했다는 보고가 조정으로 계속 올라오자, 도참설을 신봉하는 대신들이 손권에게 황위에 오르도록 권하여 229년(황룡 원년) 4월13일, 한동안 황위 등극을 거부하던 오왕 손권은 황제를 칭하며 국호를 오(吳), 연호를 황룡으로 정하고, 문무백관의 하례를 받아 천자의 격식을 갖추고 황위에 오른다.

황위에 오른 손권은 백성에 대한 대 사면령을 내리고, 촉에도 사신을 보내 자신의 칭제를 알리자, 촉한의 대신들이 이에 반발하여 들고 일어난다.

"한실을 이어받은 정통왕조를 표방하는 촉한에서 손권을 인정할 수는 없습니다. 이는 촉한을 무시한 처사입니다. 즉시 손권과의 동맹을 깨고 정벌에 나서야 합니다."

"동오의 손권이 한황실에 찬역을 한 것은 분명한 사실이외다. 그러나 손권이 참역한 죄를 우리가 힘을 갖출 때까지는 드러내놓고 따지지 말아야 하오. 지금은 주적인 위를 상대로 집중적으로 투쟁해야 할 때이외다."

제갈량은 깊은 고민에 빠져 있다가 비로소 입을 열어 대신들을 진정시키고, 곧이어 동오에 대한 절맹호의(絶盟好義)를 발표한다. 후주 유선은 제갈량의 주청에 따라 손권의 칭제를 축하하며, 사신을 통해 손권에게 친서를 전한다.

"오의 건국을 축하하며, 양국의 동맹이 더욱 굳건하기를 바랍니다. 이제 양국은 힘을 합하여 위를 정벌한 후, 예주, 청주, 서주, 유주는 오(吳)가 차지하고, 연주, 기주, 병주, 서량주는 촉한이 차지하며, 사례주는 함곡관을 경계로 동서로 나누어 양국이 분할하기로 합시다."

촉과의 동맹을 확인한 손권은 수도를 무창에서 건업으로 천도하고, 무창에는 육손으로 하여금 태자 손등을 보좌하여 정무를 돌보게 한다.

2) 위 조비, 촉오동맹을 방해하려고 촉한 정벌전에 나서다

동오의 손권이 황위에 오른 것을 계기로 촉한과 동오가 더욱 굳은 동맹을 결성하자, 조예는 대사마가 된 조진에게 정국의 변화에 대처하여 긴급 전략회의를 열게 한다.
"두 집단이 힘을 합쳐 위를 도모하기 전에 우리가 먼저 국력이 약한 촉한을 징벌합시다."
전략회의에서는 대부분의 신료들이 촉한 정벌을 결행하는 것으로 결말을 내리고, 229년(태화3년) 10월, 조예는 대사마 조진, 대장군 사마의, 정서거기장군 장합 등 위나라 최고지휘관을 중심으로 40만 대군을 총동원하여 촉한에 대한 정벌전에 나설 것을 선포한다.
제갈량은 언젠가는 조예가 촉한에 대한 반격을 가할 것을 예견하여 한중 북서쪽 면양에는 한성을 구축하고, 한중 북동쪽 성고에는 낙성을 축성하여 위의 침략에 대비하고 있었다. 관중에서 한중으로 통하는 길목은 야곡을 통해 남진하여 면양으로 통하는 길이 있고, 낙곡과 자오곡을 통해 남진하여 성고를 만나는 길이 있다.
조진은 자오곡을 통해 성고로 내려오기 시작하고, 장합은 야곡을 통해 면양으로 내려오기 시작한다. 사마의는 상용을 통해 한수의 수로를 따라 서진하면서, 진령산맥을 넘어온 조

진, 장합과 함께 낙성 인근의 남정에서 합류하기로 한다.

이에 대비하여 제갈량은 성고의 낙성과 성고 인근 적판(赤坂)에 본영을 주둔시키고 사마의의 공격을 대비하다가, 조진과 장합이 대군을 이끌고 성고를 향해 진병하자, 강주에서 후방을 방비하는 이엄에게 지원병을 요청한다. 이엄은 아들 이풍을 도독으로 승진시켜 강주의 군무를 맡기고, 2만 병사를 이끌고 성고로 향한다. 사마의가 수륙양면으로 순조롭게 서성으로 진입하여 남정에서 조진과 장합을 기다리고 있을 때, 선봉장 하후패는 자오도를 통해 홍세산 북단에 당도하여 전곡에 군영을 세우고 홍세를 포위할 계획을 세운다.

편장군 하후패를 상대하게 된 정서장군 강유는 하후패의 명성을 익히 알고 있어, 촉한 병사들에게 사기를 진작시킬 전술을 먼저 행해야 할 필요성을 느끼고, 노련한 부장들을 불러들여 사기를 진작시킬 방안을 발표한다.

"하후패의 계책은 전곡에 군영을 세우고 군사들이 편히 휴식을 취하게 한 후, 홍세를 포위하려는 것으로 보입니다. 지금 아군의 병사들은 소수로서 하후패의 대군을 두려워하고 있소이다. 이런 때 하후패의 군사들이 아군을 포위하게 되면, 아군은 두려움에 휩싸여 전투를 회피하게 될 것이오. 이에 나는 특공대를 구성하여, 하후패의 군사들이 깊이 잠들어 있는 밤에 하후패의 군영을 기습하여 아군의 사기를 세우려고 하외다. 내가 직접 솔선수범하여 앞장설 테니, 부장들은 속히 특공대원을 선발하여 함께 하후패의 군영을 기습하도록 합시다. 이들은 장기간 강행군을 한 탓에 아직 피로가 풀리지 않은 상태일 것이오. 아군이 이일대로(以逸待勞)전략을 펼쳐 아직 적군이 피로할 때, 갑자기 적진을 들이치면 기습에 놀란 적병을 물리치고 하후패를 생포할 수도 있소이다."

강유의 구국결단에 감동하여 순식간에 2천의 병사가 특공대로 자원하고, 이튿날 축시(丑時:오전 1시-3시) 무렵, 강유는 특공대와 5백의 궁노수를 이끌고 하후패의 군영을 조심스럽게 접근한 후, 각자에게 대기할 장소를 지정하고서 전략전술을 지시한다.

"무략중랑장 두기와 소무중랑장 호제는 5백 명의 궁노수들을 이끌고 적진의 외곽을 돌아, 적진이 내려다보이는 산언덕 좌우에 배치하여 대기하라. 특공대원들이 함성을 지르며 적진의 영문을 공격하면, 적진 좌우에 매복한 궁노수들은 일제히 적진의 군막을 향해 불화살을 날려 적진을 불바다로 만들도록 하라. 적병들이 불을 피해 영문으로 빠져나오면, 특공대원들이 일제히 적진으로 뛰어들어 적병을 유린할 것이다. 궁노수들은 특공대원들이 군영에서 한창 전투를 벌이면, 영문 쪽으로 이동하여 도주하는 적병을 향해 끊임없이 화살을 퍼붓도록 하라."

강유가 오경(五更)이 열리는 시간을 신호로 특공대를 이끌고 함성을 지르며 하후패의 영문을 향하자, 하후패의 군영을 내려다보이는 곳에서 매복해 있던 궁노수들이 일제히 하후패의 군막을 향해 불화살을 날린다. 아닌 밤중에 홍두깨를 만난 위군은 잠결에 깜짝 놀라 병기도 챙기지 못하고 영문을 빠져나가려 한다.

이때 강유는 동서남북의 영문을 가로막은 독신중랑장 정함, 무략중랑장 번기, 수용도위 정발과 함께 위군을 사정없이 주살한다. 하후패는 강유의 군사에 맞서 남쪽 영문의 녹각과 방책을 사이에 두고 치열하게 혈전을 벌이는데, 군대를 제대로 정비하지 못한 상태에서 강유와 딱 마주친 하후패는 강유의 날카로운 창술을 허겁지겁 피해내면서 버티고 있을 때, 사마의가 하후패 군영에서 크게 치솟은 불길을 보고 원병을 이끌고 옴으로써 하후패는 위기를 벗어나고 사마의 본영으로 피신한다.

한편, 자오곡과 낙곡을 통해 성고의 낙성으로 내려오던 조진과 장합은 남하하는 도중에 쏟아지기 시작한 폭풍우로 인해 잔도가 끊어지자, 진령산맥 계곡의 입구를 틀어막고 대기하고 있는 촉군과 대치하면서 잔도를 보수하기 시작한다. 그러나 폭풍우가 좀처럼 멎을 기미를 보이지 않자, 폭풍우 속에서 잔도를 보수하는 일이 수월치 않음을 뼈저리게 느끼며 폭풍우가 멈춘 후 잔도를 보수하기로 하고 때를 기다린다.

시간이 흘러도 조진의 기대와는 달리 일기는 변할 조짐이 보이지 않고, 군영에는 물이 넘쳐 들어 병사들이 제대로 활동할 수 없을뿐더러 취침에 들 수도 없는 기막힌 상황이 전개된다. 수많은 병기가 비에 젖어 녹슬고, 식량은 습한 기후로 인해 썩어버려 병사들은 심한 기아에 허덕이게 된다.

제대로 먹지 못해 병사들이 심각한 질병에 노출되고, 짐을 나르는 소와 나귀, 노새 등은 흙탕물에 오염된 풀을 접하면서 이유도 없이 쓰러져 나간다. 병사들의 불평과 원망이 감군을 통해 조정에도 전해지자, 급기야 황문시랑 왕숙이 위제 조예에게 표문을 올린다.

"사서에 의하면, 평지에서 전투를 벌일 때에도 천리 밖에 있는 군사들에게 군량을 보급하려면, 군사들이 기아로 쓰러진 후에나 양곡을 보낼 수 있고, 나무와 풀로 군량을 보충하면 군사들은 쉽게 피로하여 싸우지 못한다고 합니다. 지금 우리 병사들은 그보다도 몇 배 험준한 산악에서 협로에 잔도를 만들어가며 용진하고 있었습니다. 이런 와중에 한 달 가까이를 폭풍우가 몰아쳐 병사들은 앞으로 전진도 하지 못하고, 깊은 산중에 고립되어 진퇴양난에 빠져있습니다. 이보다 더욱 우려되는 것은 오랜 장마로 병사들이 식량난에 허덕이고, 병사와 우마가 오염된 물로 양곡과 양초를 섭취하는 탓에 병사와 군마가 속속들이 쓰러지고 있어, 병사들의 원성이 자자하다고 합니다. 이대로는 잔도를 개설하여 적진으로 진입하기가 쉽지 않습니다. 또한, 장거리 원정으로 인해 병사들의 피로는 누적이 되어 있고, 군막은 침수되어 제대로 휴면을 취하지 못하고 있는 현실 아래서는 설혹 폭풍우가 멈추어 잔도를 구축하고 적진으로 침투하더라도 적과 싸워 이기기 어려울 것입니다. 아마도 제갈량은 바로 이 시점에서 이일대로(以逸待勞)계책을 구상하고 있을지도 모릅니다. 폐하께서는 이점을 헤아려 대사마에게 아쉽지만 회군하도록 지시하시기를 주청드립니다. 어렵게 국력을 총동원하여 대군을 일으켰으나, 때가 아니다 싶으면 빨리 회군하는 것이 불필요한 국력을 허비하지 않는 최상의 수입니다. 오죽하면 병법에서도 싸우다가 여의치 않으면, 줄행랑을 치는 것이 최상책이라고 했습니다. 옛 주(周)무왕이 상(商)나라 주(紂)를 정벌하러 나섰다가도 관(關)에 이르러 상황이 여의치 않자 군사를 돌린 일이 있고, 가까이는 무황제 조조 선황과 문제께서도 손권을 징벌하려고 장강까지 갔다가도 상황이 여의치 않자 회군한 일이 있습니다. 폐하께서는 이런 역사를 참고하시어 원정에서 크게 고통을 겪고 있는 군사들을 가슴에 거두어 두셨다가 훗날 요긴하게 국가를 위해 쓰시기를 청합니다. 이렇게 하는 것이 주역에서 말하는 '기쁜 마음으로 어려움을 물리치면, 백성들이 죽음을 불사하나니, 이로써 기쁨이 클 때, 백성들이 함께 한다(悅以犯難 民忘其死, 悅之大 民勸矣哉)'고 하는 원천이라고 여겨집니다."

조예는 대군을 일으키는 것이 얼마나 어려운 것인가를 알기에 한동안 고심을 하는데, 이번에는 양부와 화흠이 조예에게 성심으로 회군을 간청한다.

조예는 조정의 대신들이 회군을 간청하자, 한참을 고민하다가 마지못해 조진에게 회군을 고려하라는 조서를 내린다.

"대사마는 상황이 여의치 않으면, 아쉬움을 뒤로 하고 회군하여 군사들을 편히 보존하시오."

조진은 조예의 조서를 받고 며칠 내로 일기가 변하지 않으면, 회군해야만 할 것이라는 생각에 미치자 하늘을 바라보며 기원한다.

"하늘이시여! 어렵게 출정한 촉한 정벌전이 무위로 끝나지 않도록 도와주소서!"

하늘은 조진의 기대를 저버리는 양, 그 후에도 날씨는 한 달 이상을 폭풍우를 계속 일으키며 지속되는 바람에, 더는 버티기가 어렵게 된 조진이 하늘을 원망하며 회군을 결정한다.

"어찌 하늘은 이다지도 무심하신고? 자오의 역에서 수백 리에 늘어선 병사들이 폭우와 급류로 인해 끊어진 교각과 잔도를 보수하면서도 버텼으나, 폭풍우가 계속 몰아치는 상태에서 잔도를 구축한다는 것은 불가능하다고 여겨지노라. 아군이 어떤 수를 써서라도 자오곡을 빠져나가야 제대로 전술을 펼치게 될 터인데, 폭풍우로 인해 군량미는 썩어들어가고 잔도는 끊겨 군량미 수송이 불가능한 만큼, 더 진군을 지속하는 것은 파멸의 길을 자초하는 것이다. 전 장수들과 병사들은 속히 회군할 준비를 마치도록 하라."

조진이 하늘을 원망하며 철군을 명할 때, 제갈량의 특명을 받고 위의 영토에 잠입하여 강족, 저족을 위무하고 촉의 동조 세력으로 포섭함에 성공한 위연이 한중으로 돌아오는 길에 농서 양계에서 퇴각하는 곽회, 비요의 군대를 만나 이들을 대파하는 전공을 세운다.

곽회의 군대가 위연의 날카로운 공세를 당해내지 못하고 곤경에 빠져있을 때, 장합이 대규모의 원병을 이끌고 오자, 위연은 한중으로 방향을 돌려 회군한다. 이때 농서에서 세운 공로를 인정받아 위연은 전군사정서대장군에 오르고 남정후에 봉해진다.

조진의 침략을 성공적으로 막아내고 한중으로 되돌아온 제갈량은 후방에서 훌륭하게 보급 임무를 수행해낸 장완의 공로를 치하하여 말한다.

"유부장사(승상대리) 장완은 아군이 출정을 떠날 때는 물론, 위군과 전쟁을 벌일 때에도 조금의 오차도 없이 후방에서 군수물자와 군사를 보급하여, 이번 전투에서 모처럼 멋진 승리를 이룩하는데 지대한 기여를 했소이다. 공염(장완의 子)은 뜻을 충성과 고매함에 두고 있으니, 나와 함께 대업을 이룰 수 있는 인재로다."

제갈량은 장완을 미래의 제목으로 낙점하여 관심을 가지고 관찰한다. 촉한 정벌을 포기하고 낙양으로 돌아온 조진은 얼마 후 병으로 눕게 되어, 위명제 조예가 궁의와 함께 조진을 방문하여 근심스러운 어조로 위무한다.

"대사마께서는 황족으로서 충절을 이행하고 백옥지사(가난한 선비)를 예우했으며, 전쟁에 임해서는 병사들과 노고를 같이 하여 전쟁이 끝난 후에는 군상(軍賞)이 부족하면, 자신의 재물을 꺼내어 나누어 주었다고 하니, 어느 병사가 대사마에게 목숨을 바치려 하지 않겠소? 빨리 쾌유하여 어려운 난국을 지켜주시오."

조진이 조예의 신임에 화답하듯이 답한다.

"소신이 받은 폐하의 성총이 깊어, 늘 충심 된 마음을 잃지 않을 수 있었습니다. 이제 신은 명이 다한 듯하여 그만 눈을 감겠지만, 폐하로부터 받은 깊은 성은은 죽어서도 잊지 않겠습니다."

위명제 조예가 방문하여 조진에게 치하를 내린 오래지 않은 얼마 후, 조진은 제갈량이 제4차 북벌을 시행할 즈음 세상을 떠난다.

6.
제갈량의 제4차, 5차 북벌

6. 제갈량의 제4차, 5차 북벌

1) 제갈량, 제4차 북벌에서 팔문금쇄진의 진수를 보여주다

제갈량이 '제3차 북벌'에서 음평과 무도를 평정하고 위의 장수 왕쌍을 제거한 업적을 인정받아, 촉한의 후주 유선으로부터 다시 승상의 직으로 복귀한 얼마 후, 그동안 북벌이 실패한 최고의 원인은 원정을 떠난 병사들에게 군량을 보급하는 일에 실패하면서 기인한 것임을 각성하고, 여러 가지 방안을 모색하다가 승상서조연 포원, 독군 두예에게 명하여, 일각목우(一脚木牛)라는 새로운 발명품을 만들어서 식량을 원활하게 이동시키는 방법을 구축하게 하고 231년(건흥9년) 2월, 대대적으로 '제4차 북벌'을 감행한다.

제갈량은 다시 기산으로 진출하며 농서를 노리고, 12만의 촉군을 4만 명씩 3교대로 나누면서 선발 출정으로 8만의 병사를 선발하고, 나머지 4만은 후방에 남겨 선발대와 교대로 순환시키는 병력으로 활용하기로 한다.

제갈량은 참군 왕평에게 기산 남쪽을 포위하게 하고, 위연을 파견하여 선비족 가비능을 설득하여, 군사를 이끌고 옛 북지의 석성에 도착해 제갈량에게 호응하도록 조처한다.

결국에는 위국으로부터 핍박을 받고 있던 선비족 대인(大人) 가비능의 아픈 곳을 제대로 진단한 제갈량은 뛰어난 외교력으로 그를 설득하는 데 성공하여, 촉과 멀리 떨어져 있는 선비족 가비능이 촉에 호응하게 함으로써, 장안의 위군 본영을 농서로 이동하지 못하고 석성에 묶어 놓는 일에 성공한다.

제갈량이 선비족 가비능과 동맹을 맺고 있을 때, 조예는 친히 장안으로 행차하여 사마의를 대장군에 임명하고, 장합, 비요, 대릉, 곽회를 딸려 옹, 양주의 정병 30만을 이끌고 은밀히 기산으로 향하게 한다.

이때 제갈량은 기산에서 자신이 개발한 원융(元戎) 등 신무기로 무장한 8만의 병사들과 함께 험한 요새지를 지키고 있었다. 제갈량이 3교대로 교체의 순차가 된 병력을 내려 후방으로 보내려 할 때, 마침 위의 대군이 제갈량의 요새 앞에 진을 펼치는데, 그 기세가 강성하고 예리하여 장수들이 제갈량에게 진지하게 건의한다.

"적병의 기운이 강하고 당장에 아군을 집어삼킬 듯 사기가 하늘을 찌르고 있으니, 아군의 병력과 역량으로는 적병의 사기를 제압할 수 없습니다. 교대할 병사들을 한달 정도 늦추어 허장성세를 아울러야 할 것입니다."

이에 제갈량이 단호히 말한다.

"고가 군을 이끌고 용병한 이래 신의를 가장 중요한 근본으로 삼았소. 득원실신(得原失信 : 원하는 것을 얻으려고 신의를 잃는 것)은 성현들이 꺼리는 일이오. 교대로 내려갈 병사들은 행장을 꾸려 떠날 날을 기다리고, 그들의 처자는 귀대할 날을 학수고대하여 기다리고 있는데, 이를 뻔히 알면서도 병사들에게 실망을 주는 일을 해서는 아니 되오. 비록 전투에 임해 어려움이 있더라도 신의를 버릴 수는 없소."

제갈량은 말을 마치고 병사들을 속히 내려 보내도록 명한다. 이때 제갈량의 용병에 대한 소문을 전해들은 병사들은 제갈량에게 감동하여 이구동성으로 말한다.

"제갈 승상의 은혜는 죽음으로도 다 갚을 수 없습니다."

제갈량의 명에 의해 떠나기로 예정되어 있던 4만에 이르는 교체가 예정되었던 군사들은 공명의 신의에 감동하여, 계속 진용에 남아서 위와 일전을 치를 것을 결의하고, 애초부터 진용에 남기로 결정된 4만의 군사들 또한 제갈량에게 감동하여 죽기 살기로 위군과 싸울 것을 다짐한다.

한편, 기산 북동쪽 상규의 일대에는 보리밭이 있는데, 위국의 참모와 대신들이 위명제 조예에게 견벽청야 (堅壁淸野:아군은 성에 들어가 성을 지키며, 적병이 주둔할 주변은 초토화하여 의식주를 불편하게 함) 계책으로 보리가 여물기 전에 베어버려야 한다고 주청한다. 조예는 이를 허락하지 않고 오히려 사마의에게 철저히 지키도록 명하자, 사마의는 비요와 대릉에게 정예병 4천을 주어 상규에서 보리를 지키게 하며, 나머지 병력은 모두 기산에 있는 군사를 지원하도록 한다.

이때 장합이 강력하게 자신의 주장을 펼친다.

"군사를 옹,미로 분산하여 주둔시켜야 합니다."

사마의가 일언지하(一言之下)에 장합의 주장을 반박한다.

"선발대가 제갈량을 당해낼 수 있으면 모르나, 선발대가 제갈량을 쉽게 이겨내지 못할 것이오. 선발대가 제갈량을 감당하지 못하면, 아군은 앞뒤로 포위되어 옛 초패왕 당시의 3군이 경포에게 대파 당했던 역사적 전철을 되밟게 될 것이오."

사마의는 일거에 장합의 건의를 거절하는 대신 철저한 수비를 명하고, 제갈량이 기산에 있는 포위진을 왕평에게 맡기고 보리를 수확하기 위해 상규로 출병할 때, 부장 대릉과 비요를 상규로 보내 제갈량을 상대하게 한다.

제갈량이 상규에 먼저 당도하여 보리밭을 중앙에 두고 방진(方陣)을 펼친 상태에서 보리를 수확하도록 지시할 때, 제갈량이 대군을 이끌고 먼저 상규에 도착했다는 보고를 받은 사마의는 보리를 지키는 부장 비요와 대릉을 보호하기 위해 상규로 출병하려고 한다.

이때 장수들이 동시에 우려를 표명한다.

"지금 출발하는 것은 너무 늦은 것이 아닙니까?"

"제갈량은 생각이 깊고 의심이 많아, 영채를 든든히 구축한 다음에 추수 작업을 하려고 많은 시간을 소비했을 것이오. 우리가 지금 급히 출격하면, 이틀 이내에 당도하여 제갈량을 제압할 수 있을 것이오."

사마의가 상규를 향하여 진병할 때, 제갈량은 보리밭을 지키는 비요, 대릉 등을 포위하여 사방에서 새로 개발한 원융, 쇠뇌, 화살을 날리고, 위연은 부장 오반, 고상과 함께 경기병을 이끌고 비요가 구축한 원진(圓陣)을 돌파하여 중앙을 붕괴시킨다.

일당백(一當百)의 정신으로 무장된 촉의 병사들이 죽음을 두려워 않고, 위국 대릉, 비요의 군사들을 향해 돌진하고, 이에 비요, 대릉의 군사들은 잔뜩 겁을 집어먹고 뿔뿔이 흩어지기 시작한다. 이때부터 제갈량이 보리를 수확하여 목우로 보리를 옮기기 시작하는데, 사마의 본대가 상규에 도착하여, 주변 고지의 험준한 요새에 진을 치고 제갈량의 퇴로를 막는다.

사마의의 개입으로 퇴로가 끊길 것을 우려한 제갈량은 신속히 병사들에게 퇴각명령을 내리고 퇴각을 시작하는데, 제갈량의 퇴로를 막고 후미를 추적하던 사마의가 노성에 이르러 갑자기 병사들에게 추격정지 명령을 내린다.

이때 장합이 의아하다는 듯이 사마의에게 묻는다.

"대장군께서는 왜 갑자기 공격을 멈추십니까?"

"내가 아무리 생각해 보아도, 제갈량이 싸우지도 않고 도주하는 것이 이상하오. 보리를 수거한다는 명분으로 우리를 유인하여 기습적으로 공격하려는 것이 아닌가 하는 의심이 들게 되오."

"대장군, 적병을 공격하다가 멈추는 것은 관서 사람들에게 아군이 적병을 두려워하여 중단한 것으로 여기게 합니다. 관서의 백성들은 아군이 적병을 두려워한다고 생각하면, 관서 백성들의 민심이 심히 흔들려 촉으로 쏠리게 될 것입니다. 아울러 아군에게는 결정적으로 사기를 꺾는 결과를 불러올 것입니다. 우리 군사들이 기산 가까이 진격하게 하면 적군은 긴장하고 있을 것이지만, 반면에 주변의 우리 백성들은 안심하게 될 것이니, 이제 이곳에서 군사를 배분하여 일군은 주둔하고, 2군은 기습병을 만들어 적병을 공격하게 해야 할 것입니다. 촉군은 장거리를 원정하여 전쟁을 청하는데 아군이 이에 응하지 않으면, 아군이 겁을 먹었다고 여겨 적병의 사기는 크게 진작되는 반면, 아군의 사기는 떨어지는 것은 명약관화한 일입니다."

사마의는 이번에도 장합의 진언을 묵살한다.

"나도 생각이 있어 추격을 멈추는 것이니, 장군은 자신의 주장만이 옳다고 하지 말고 상관의 명을 순순히 따르는 겸허한 자세를 갖추시오."

사마의는 공격을 멈추고, 인근 산의 고지에 올라 영채를 만들고 수비에만 치중한다. 이때 부장 위평과 가허가 사마의에게 청한다.

"대장군께서 계속 제갈량을 피하여, 군영에서는 대장군께서 제갈량을 호랑이 보듯이 두려워한다고들 합니다. 장수와 군사들의 사기가 현격히 땅에 떨어져 있습니다."

장수들이 모두 사마의에게 전투를 청하자, 결국 사마의는 노성에서 제갈량의 본대를 상대로 공격을 감행한다. 제갈량은 사마의의 공격에 대비하여, 미리 노성의 남북 양쪽 언덕에 고상과 오반에게 명령을 내려, 일선에는 쇠뇌병과 궁수를 배치하고, 2선에는 자신이 발명한 원융(元戎:10개의 화살을 동시에 발사할 수 있는 무기)을 수백 장 설치하여 사마의의 기동대가 접근하면 무차별 발사하도록 명하고, 선봉장 위연에게는 사마의의 선봉장이 싸움을 걸어오면, 거짓 패주하여 노성의 언덕으로 유인하도록 주문한다.

 사마의의 선봉장 곽회가 쐐기진을 형성하여, 기병을 이끌고 위연의 진형을 돌격하여 일자진의 중앙을 휘젓자, 위연의 병사들은 거짓으로 오합지졸이 되어 대오에서 이탈하고 이리저리 흩어진다. 곽회가 경기병에게 명하여 도주하는 위연과 오의의 수하들을 추격하여 주살하도록 지시함으로써, 패주하는 위연의 군사들을 좇아 노성의 언덕 길목에 진입했을 때, 돌연히 북소리와 고동, 나각 소리가 하늘을 진동시키더니, 매복해 있던 촉병이 쏟아져 내려와서 협로를 끊어 포위하고 순식간에 쇠뇌와 원융을 쏘아 화살로 하늘을 뒤덮는다.

 위의 선봉장 곽회가 황급히 추격을 멈추고 포위망을 뚫고 퇴각할 것을 명하려는 때, 위연이 군사를 돌려 퇴각하는 곽회의 병사들을 추풍낙엽 쓸어내듯이 날려버린다. 곽회는 위연의 정예병들이 무서운 기세로 달려들자, 황급히 군대를 수습하여

20여 리 떨어진 곳으로 퇴각하는데, 이 전투에서 위연은 위군 3천명의 수급을 베고, 철갑 옷 5천벌, 강노 3천1백장을 노획하고 양계를 함락시키는 대승을 거둔다.

제갈량이 상규에서 소기의 목적을 달성하고 기산으로 돌아와서 승리를 자축하고 있을 때, 사마의는 본진을 이끌고 제갈량과 일전을 벌이기 위하여 진형을 정비한 후, 제갈량의 본영을 향해 어린진을 세우고 공격해 들어온다.

제갈량은 황급히 왕평에게 명한다.

"장군, 급히 북을 3번 두드려 군사들에게 진형의 변경을 알리도록 하라."

왕평이 온 힘을 다해 북을 3번 두드리자, 촉군은 처음 구축한 일자진(一字陣)에서 좌익, 우익의 군사들이 신속히 움직여, 접근해 오는 사마의의 어린진(魚鱗陣)에 대처하여 학익진(鶴翼陣)으로 변화를 꾀하기 시작한다.

제갈량의 진형이 학익진으로 바뀌자, 사마의가 군사의 이동을 정지시키는 나각과 고동을 불어댄다.

사마의 군사들이 잠시 공격을 멈추고 얼마가 지난 후, 사마의가 진형의 변화를 명하는 북소리를 울리자, 사마의의 어린진에서 군사들이 한동안 어수선하게 움직이더니, 전면에 3개의 방진(方陣)을 후면에 3개의 방진을 형성하여 군열을 재정비한다. 사마의 진형의 움직임을 지켜보던 제갈량이 장수들에게 명한다.

"장군들은 사마의 군대의 진형 변화를 눈여겨보라. 사마의가 어린진으로 공격하던 각 지대장에게 명령을 내려 신속히 수비형 진형인 방진으로 변화시킨 것은 곧이어 혼원일기진(混元一氣陳)을 펼치고 공격해 들어오겠다는 전술적 변화이다. 적병이 좌우로 혼란하게 공격해 오더라도 제1진의 궁노수들은 좌우로 이동하는 적병을 따라가면서 화살을 날리지 말고, 바로 각자의 전면으로 다가오는 적병을 경계하여 화살을 쏘아라. 적병이 아군 보병과의 육탄전 거리에 접근했을 때, 북을 울리면 각 장수들은 곧바로 팔괘진(八卦陣:팔문금쇄진)으로 전환하여 각 진의 지대장으로서 맡은 바 임무를 철저히 수행하라. 북소리는 다섯 번 울릴 것이다."

제갈량의 명이 떨어짐과 거의 동시에 사마의도 각 방진을 활용하여 위군들이 혼원일기진(混元一氣陳)을 펼치며 공격해 들어가도록 신호를 보낸다.

혼원일기진(混元一氣陳)은 우주와 천지의 기운을 하나로 일으켜 공격한다는 뜻의 진형으로 수비형 방진(方陣)을 앞뒤로 여러 개 형성하여, 앞 열의 방진이 왼편으로 이동하면 뒤편의 방진이 오른편으로 이동하고, 앞편의 방진이 오른쪽으로 이동하면 뒷 열의 방진이 왼쪽으로 이동하면서, 반대편 진의 장수들에게 공격할 대상을 혼돈하게 만들려고 지그재그로 움직이며 공격하는 진형이다.

제갈량은 사마의가 혼원일기진으로 시야를 어지럽히며 공

격해 들어오자, 위연과 왕평, 강유, 오반, 고상, 장억, 요화, 이회 등을 불러 혼원일기진의 공격을 대비하여 팔문금쇄진을 구축하도록 지시한다.

팔문금쇄진 가상도(假想圖)

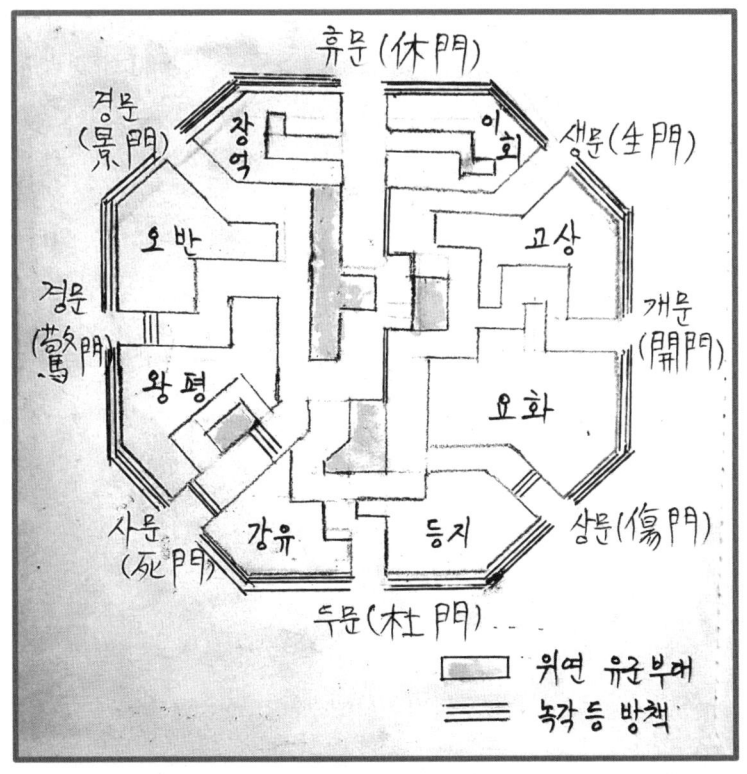

[팔문금쇄진이라는 진형은 현존하는 자료가 미비하며, 본 가상도는 실제로 기록되어 있는 진형이 아니고, 이러했으리라고 저자가 가상한 도형임을 밝힙니다]

"제일 먼저 각 지휘관들은 각 진의 전면에 녹각과 철책 등의 방책을 단단히 세워 적병이 8개의 열린 문으로 침투하도록 유도하라. 그 이후, 장억장군과 이회장군은 전면의 1진,2진을 이끌고 북쪽 전면에 휴문(休門), 북동쪽에 생문(生門), 북서쪽에 경문(景門)을 열고, 경문(驚門)이나 상문(傷門), 사문(死門)으로 향하도록 혼신을 다해 방비하라. 전면의 3,4진은 고상장군과 오반장군이 이끌고 동쪽 개문(開門)과 서쪽 경문(驚門)을 지켜라. 적병이 진형을 휴문, 생문, 경문을 통해 진형을 침투하거든 유군활동을 펼치면서, 적병이 다시 이곳으로 빠져나가지 못하도록 해야 하며 개문을 철저히 봉쇄하여, 왕편장군이 배치된 서쪽 경문(驚門)이나, 강유, 등지장군이 배치된 남서쪽 사문(死門) 또는 남동쪽 상문(傷門)으로 압박을 가하라. 후방 5,6진은 왕평장군과 요화장군이 남서쪽 사문(死門)과 남동쪽 상문(傷門)을 방비하라. 적병이 밀려 경문, 사문, 상문으로 오면, 장군들은 등지장군과 강유장군을 도와 적병을 진형에서 벗어나지 못하도록 하고 철저히 공략하라. 등지장군과 강유장군은 경기병을 이끌고 후방 7,8진에서 사문(死門), 상문(傷門)을 철저히 막아, 출중한 용맹으로 몰려오는 적병을 완전히 섬멸시키도록 하라. 위연장군은 팔문금쇄진의 내부에서 유군 활동을 펼치면서 유기적으로 각 지휘관과 연대하여, 적병이 진형 내부의 미로를 뚫고 생문(生門)과 경문(景門)을 빠져나가지 못하게 각 지휘관과 협조하여, 적병이 사문, 상문, 경문의 방책의 함정으로 몰아넣되 두문(杜門)이 뚫리지 않도록 철저히 대비하라. 그 이후, 장합이 기병을 이끌고 오면 장합의 기병이 팔괘진 안으로 침입하지 못하도록 장합을 외곽에서 대적함으로써 아군의 진형이 유린당하지 않도록 기병 3천을 이끌고 장합을 맞아 싸우라. 사마의는 혼원일기진을 유효하게 활용하기 위해, 피아(彼我) 보병끼리 혈전이 벌어져 궁노수들이 기병에게 화살 공세를 더 이상 펼칠 수 없을 때, 그는 장합의 경기병에게 아군의 진형을 공략하여 붕괴시키도록 지시할 것이다."

제갈량이 각 위영 장군들에게 작전지시를 마쳤을 때, 사마의도 제갈량의 진형이 학익진에서 팔괘에 기초한 팔문금쇄진으로 변형되는 것을 주시하고, 즉시 장합, 곽회, 장호, 악침 그리고 천수군을 방비하다가 군영으로 소환된 비요와 대릉에게도 새로이 작전지시를 하달한다.

"팔문에서 북쪽의 휴문은 구궁(九宮)의 구성(九星)중에서 일백(一白:수성)이 본 자리가 되는 운세가 길(吉)한 문이니, 비요장군과 악침장군은 휴문으로 군사를 이끌고 들어가서 적진을 유린하고 북동쪽 생문으로 빠져나오라. 생문은 구궁의 팔백(八白:토성)이 본 자리가 되는 길한 문이다. 곽회장군은 생문으로 들어가서 적진을 유린하다가 남쪽 두문(杜門)으로 군사를 돌려라. 두문은 구궁의 목성이 본 자리가 되는 길한 문이니, 혼신을 다 바친다면 굳게 닫힌 두문을 열고 큰 어려움이 없이 작전을 수행하게 될 것이다. 두문을 열기만 한다면 팔괘진은 내부의 망이 흔들릴 수도 있노라. 그래서 특별히 곽회장군에게 임무를 맡기는 것이다. 대릉장군과 장호장군은 군사를 이끌고 북서쪽 경문(景門)으로 들어가서 동쪽 개문으로 빠져나와, 장합장군이 기병을 이끌고 개문으로 오거든 합류하여 팔괘진의 후미 두문(杜門)으로 이동하여 곽회장군과 협공으로 붕괴시켜라. 경문(景門)은 구궁의 화성이 한자리가 되는 길한 문이며, 개문은 구궁의 구성 중에서 금성이 새벽녘에 뜨는 자리로서 매우 길한 문이니, 적진을 교란하고 개문으로 빠져나오면 큰 피해가 없이 장합장군과 합류하게 될 것이다. 특히 각 지대장이 주지해야 할 일은 절대로 서쪽의 경문(驚門)과 구궁의 구성(九星)중의 하나인 서남쪽에 있는 토성이 본자리로 오르는 사문(死門), 그리고 구궁의 삼벽(三碧:목성)이 하나가 되는 동쪽으로 치우친 남동쪽의 상문(傷門)으로는 절대로 들어서서는 아니 되노라."

사마의는 팔문금쇄진을 공략할 장수를 선정한 후, 특별히 장호와 악침을 불러 명한다.

"장호와 악침, 그대들은 작전을 수행한 후, 장합장군의 경기병에 소속되어 부장으로서 장합장군의 지시에 따라 전투의 다양한 전술을 배우도록 하라. 부디 돌아가신 부친의 명예를 손상시키는 일은 없도록 하라."

사마의는 병사한 전장군 장료의 아들 장호와 우장군 악진의 아들 악침을 불러 특별히 임무를 부여한 후, 장합에게 가장 최종적으로 중요한 임무를 부여한다.

"장군은 보병들이 적진에 침투하여 혈전을 벌일 때, 경기병을 이끌고 신속히 동쪽의 개문 앞으로 가서, 개문을 빠져나온 대릉, 장호장군과 합류하여 팔괘진의 후미로 이동하여 두문을 개방시키도록 하시오. 이번 전투의 승패는 두문의 굳게 닫힌 방책을 걷고 팔괘진을 어떻게 붕괴시키느냐의 여부에 달려있다고 해도 과언이 아니오."

사마의는 각 지휘관에게 임무를 부여한 후, 돌격하라는 명령을 내린다. 제갈량, 사마의의 양 진형에서 상호 간에 빗발치는 화살을 날리며, 쌍방 간에 수많은 병사가 쓰러지는 와중에 사마의 전방의 보병들이 장억과 이회가 방어하는 1, 2진의 녹각과 방책 등의 각종 장애물 앞에 이르러 방어벽을 뚫지 못하고, 곽회와 비요, 대릉은 수하의 군사를 이끌고 녹각, 방책 등으로 장애벽을 펼친 사이에 열린 휴문, 생문, 경문을 통해 팔문금쇄진의 내부로 진입한다.

휴문으로 들어선 비요와 장호는 장억과 이회가 성벽처럼 높이 세운 방책을 뚫지 못하고, 곽회 역시 고상과 오반이 세운 녹각과 방책을 장애벽으로 펼쳐 방어하는 촉군을 공략하지 못하고 팔괘진의 중앙에 집결하게 된다.

이때, 위연이 팔괘진 안에서 유군 활동을 펼치면서, 남쪽 두문을 틀어막고 촉의 용장 강유와 왕평이 진류하고 있는 서쪽 경문과 남서쪽 사문으로 위군을 몰아붙이자, 곽회는 남쪽 두문으로 빠져나가려 하지만 이곳을 돌파하지 못한 채, 용장 왕평, 강유, 등지의 맹공을 받고 수많은 위병들이 물거품처럼 사라지면서 상문(傷門)으로 쫓겨 이동한다.

이때 장합이 기병을 이끌고 팔괘진의 남쪽 두문을 뚫으려고 몰려오자, 두문을 철저히 봉쇄하고 지키던 위연이 경기병을 이끌고 장합을 상대하기 위하여 다가간다.

이곳에서 장합과 위연의 기병들이 한바탕 기병전을 펼치는데, 위연은 난전 중에 장합과 마주치게 되어 십여 차례 창칼을 교류하면서 다소 버거운 일기토를 펼치고 있을 때, 팔괘진 안에서 고전을 하고 있던 곽회, 비요, 대릉의 병사들이 겨우 사문과 상문, 두문을 빠져나와 퇴각하기 시작한다. 비록 장합이 위연의 기병을 상대로 기병전에서 승세를 이끌어 가던 중이었으나, 곽회와 비요, 대릉을 추격하는 촉한의 보병이 기병전에 합류하자, 장합은 황급히 퇴각명령을 내리고 사마의의 본영으로 돌아간다. 사마의는 이 전투에서 대패하여 수많은 사상자가 발생하자, 한동안 공세적 전술을 버리고, 장합과 곽회 등과 함께 군영을 철저히 지키는 방어적 전술로 일관한다.

제갈량이 조호이산(調虎離山:호랑이를 산에서 끌어내 잡아들임) 계책을 펼쳐 수도 없이 사마의를 밖으로 끌어내려고 유혹하지만, 노성전투에서 크게 혼쭐이 난 사마의는 끝까지 제갈량의 전술에 응하지 않는다.

이때부터 양군 사이에는 장기간에 걸친 대치가 시작되며 느슨한 전선이 형성되는데, 어느덧 5월 말이 되어 구질구질한 여름 장마가 시작되더니, 한여름의 폭염에 이어 6월 한달 동안 계속 폭우가 쏟아지고, 폭우로 인해 군수품 보급이 차질을 빚게 되면서 원정을 나선 제갈량의 군사는 극도의 기아에 내몰린다.

　"이엄장군은 속히 군량미를 운송해 주시기 바라오. 지금 승리는 목전에 있는데, 한달 동안 계속되는 장마로 식량 사정이 심각해서 병사들이 전투에 임하기 극히 어려운 실정이외다. 이대로 가다가는 2, 3일도 버티기 어려울 것 같소. 장군의 헌신적 협조를 청합니다."

　제갈량이 이엄에게 줄기차게 군량을 공급하라고 요청하지만, 군량의 보급은 제대로 이루어지지 않고 어느덧 촉병들은 배를 주리는 상황으로 빠져들게 된다. 며칠이 지난 후, 성도에서는 군량이 보급되는 대신, 참군 호충이 독군 성번과 함께 이엄의 전서를 가지고 제갈량을 찾는다.

　"지금 여름부터 시작하여 가을까지 한 달 이상을 계속되는 장마로 인해, 습지는 물론 평지까지 내를 이루고, 강물은 범람하여 천지가 황금빛 바다를 이루고 있습니다. 산악의 도로는 미끄럽고 질퍽하며 무너져 내린 산사태로 협로까지 끊겨 공병을 이끌고 새로이 길을 만들어야 할 상황이 되어 군량을 수송하는 일이 여간 고통스러운 것이 아닙니다. 신이 최소한시한을 당겨 군량을 운송하더라도 보름 이상의 시간이 소요될 것 같습니다. 승상께서는 이를 감안하시어 용병에 참조하시기 바랍니다."

강주에서 이엄으로부터 군량미에 대한 좋은 소식이 전해지기를 기다리며 노심초사하던 제갈량은 마지막 희망이 물거품처럼 사라짐을 느낀다.

한편, 제갈량과 마찬가지로 양곡의 보급이 원활하지 않기로는 위군도 똑같아서, 위군 군영에서도 군사들이 식량난으로 크게 고통을 받는다. 곽회가 자신의 통제 하에 있는 주변 강족들에게 부탁하여 양곡을 징발하면서 겨우겨우 위기를 넘긴다. 결국은 양 진용에서 모두 진맥이 빠진 상태에서 7월 초에 이르러 촉군의 군량미가 먼저 바닥이 나자, 제갈량은 대승을 눈앞에 두고도 부득이하게 철군을 결심하게 된다.

제갈량은 청봉의 목문에 매복병을 숨겨, 자신이 발명한 원융(한 번에 열개의 화살이 발사되는 활) 3천 개를 배치하고 금선탈각(金蟬脫殼)에 의한 철수를 시작한다.

이때 사마의가 제갈량의 철수를 간파하고 이때를 노려 장합에게 긴히 명을 내린다.

"거기장군은 속히 특수기병대를 뽑아 제갈량을 추격하도록 하시오."

장합이 사마의에게 이의를 제기하며 말한다.

"병법에 성을 포위할 때는 반드시 출로를 열어두고, 다급하게 퇴각하는 군사는 뒤쫓지 말라고 합니다. 제갈량은 퇴각하면서 금선탈각애 의한 전술로 한 번도 허점을 보이지 않은 전략가입니다. 대장군, 제갈량의 매복에는 당해낼 재간이 없습니다. 다시 고려하시어 추격의 명령을 재고해 주십시오."

사마의는 장합의 청을 고깝게 여겨 단호히 거부한다.

"장군은 자신의 주장만을 관철하려 하지 말고 명을 따르시오. 장군이 확인했듯이 제갈량의 본영이 퇴각하면서 밥을 짓는 아궁이가 처음에는 2천 개인데, 다음날은 2진이 퇴각에 합류하여 3천 개가 되고, 그다음 날에는 3진과 합류하여 퇴각하면서 아궁이가 4천 개로 늘어났소. 제갈량이 매복을 시켜 놓았다면, 밥을 짓는 아궁이 수가 계속 줄어들어야 하는 것이 아니겠소? 그런데 실제로는 퇴각에 합류하는 병사들이 계속 늘어나고 있소. 이는 제갈량이 시급히 돌아가야 할 사정이 생겨 매복을 시켜 놓지 못하고 있다는 뜻이오. 제갈량이 지난날의 금선탈각(金蟬脫殼)에 의한 퇴각에 명성을 날린 것을 우리 아군들이 알고 있다고 생각하여, 아군이 쉽게 추격하지 못할 것을 기대하고 퇴각에 임하고 있다고 보아야 할 것이오."

사마의가 제갈량의 계략에 빠져든 것을 미처 모르고 장합을 재차 압박하자, 장합은 꺼림칙한 마음으로 제갈량을 추격하기에 나서는데, 청봉의 목문에 이르러서 고목에 장황한 글이 새겨져 있는 것을 보게 된다. 기이한 마음에 가까이 다가가서 새겨진 글을 자세히 들여다본다.

"장합은 이 고목나무 아래에서 죽는다."

고목에는 제갈량이 나무껍질을 깎아 새긴 글이 있었다.

장합이 깜짝 놀라 주위를 돌아보는 순간, 매복병 수백 명이 각자가 지닌 원융(元戎)으로 화살을 날린다. 장합은 오른쪽 넓적다리 대동맥과 몇 곳에 화살을 맞고 말에서 떨어지더니, 사마의를 원망하며 숨을 거둔다. 수천의 병사들이 화살 공세에 속수무책으로 쓰러지자, 부장 비요는 황급히 퇴각을 명하고 위군은 본진으로 돌아간다.

이때 이엄은 위군이 본영으로 퇴각하고 제갈량이 한중으로 회군하기 시작했다는 정보를 입수하자, 군량을 제때 보급하지 못한 자신의 징벌을 피하고자, 재빨리 후주 유선에게 제갈량을 모해하는 보고를 올린다.

"승상께서 아직 군량과 군수품이 충분할 텐데, 철군을 행하는 것은 다른 어떤 이유가 있어 철군하는 것이 아닌가 여겨집니다. 소신은 군량과 군수품의 보급에 대해서는 독운령(督運領) 잠술이 추호의 차질도 없이 임무를 완수하고 있는 것으로 알고 있습니다."

후주 유선은 측근 대신들에게 이엄의 보고를 전하며, 제갈량의 퇴각에 대해 의아해하며 묻는다.

"대신들은 승상께서 어떤 연유로 대승을 이끌고도 한중으로 철군하려는 것인지 연유를 아시오?"

조정에 있던 대신들은 상세한 내막을 모르므로 제갈량에게 사람을 보내 유선이 갖는 의문에 대한 해답을 요구한다.

"폐하께서는 승상께서 대승을 거두고도 어떤 연유로 철군을 하시는지 상당히 궁금해 합니다."

제갈량은 이엄이 호충과 성번을 통해 전해온 전서를 알리면서 질문에 답한다.

"군수물자 총괄책임을 맡은 중도호 이엄장군이 기상의 불순으로 군량을 보낼 수 없는 입장이 되었다기에 부득이 철군하게 되었소."

조정에서는 다시 제갈량에게 의혹을 담은 전서를 보낸다.

"중도호께서는 승상께서 아직 군량이 부족하지 않을 것이라고 황제께 고했는데, 도대체 무엇이 어떻게 돌아가는 내막인지를 모르겠습니다."

제갈량은 무언가 일이 묘하게 돌아간다는 생각을 하고 평시보다 서둘러 한중으로 돌아온다.

기산에서 철군하여 한중으로 되돌아온 제갈량은 이엄이 보낸 전서를 유선에게 모두 보내어 사건의 진상을 철저히 밝히도록 상소를 올리면서, 조정에서는 이엄을 불러들여 세밀한 조사를 벌인다.

"제갈 승상의 보고에 따르면, 중도호께서 군량보급의 어려움을 토하여 승상께서는 눈물을 머금고 철군하게 되었다고 하는데, 승상의 보고와 중도호 사이의 주장이 서로 엇갈리니 어찌 된 연유입니까?"

"나는 독운령 잠술에게 차질 없이 기산으로 군량을 운송하도록 조치했고, 독운령 잠술은 이를 성공적으로 수행했다는 보고를 받았습니다. 독운령 잠술을 불러들여 문초를 해보아야 합니다."

이엄은 군량보급의 모든 과오를 잠술에게 돌리고, 유선에게는 현실을 오도하는 표문을 올린다.

"승상께서는 신이 보낸 전서를 보고, 싸우지 않고 수비만을 취하는 사마의를 기산에서 거짓회군으로 유도하여 격파하려는 전략을 구상한 것으로 보입니다."

이엄이 다각도로 자신의 책임을 피하기 위한 공작을 펼치나, 손바닥으로 하늘을 가릴 수는 없는 법이다. 독운령 잠술은 문초를 당해 살갗이 터지고, 뼈가 바스러지고 등짝이 타들어가는 고통 속에서도 자신의 결백을 주장하면서, 모든 사건의 전말이 상세히 밝혀진다.

이엄은 그동안 계속 제갈량에게 집중되는 권한을 우려하여 제갈량을 견제하던 중이었다. 그런 과정에서 한 달 이상을 계속되는 장마로 인해, 전장에 있는 병사들에게 적시에 군량을 보급하지 못하자, 자신에게 닥칠 문책을 피하려고 자작극을 벌인 것으로서, 이를 알게 된 촉한의 대소신료들은 크게 분개하여 이엄을 탄핵한다.

한중으로 돌아와 사건의 추이를 지켜보던 제갈량은 결정적으로 후주 유선에게 이엄을 탄핵하는 상소를 올린다.

유선은 이엄이 고명대신임을 감안하여 이엄에게 중형은 면하지만, 이로써 이엄은 실각하여 서민으로 강등을 당하고, 재동으로 유폐되어 연금된 생활을 하게 된다.

한편, 제갈량이 한중으로 완전히 퇴각한 후, 사마의 본영으로 돌아온 위나라의 군사 두습과 독군 설제가 사마의에게 장합의 죽음을 보고하며 애석하다는 듯이 이구동성으로 말한다.

"제갈량의 네 차례에 걸친 북벌을 앞장서서 호기롭게 막아낸 뛰어난 거기장군 장합의 죽음은 결국 전장에서 군량의 안정적 확보를 기하지 못해 벌어진 일이 아닌가 생각합니다. 이런 점에서 제갈량의 최근 행보를 보건데, 그는 1년마다 침략을 감행했습니다. 내년에도 보리가 익을 때면 제갈량이 필시 침범할 것입니다. 농서에 양곡이 없으니 겨울 동안 양곡을 농서로 미리 옮겨 놓아야 대비를 하게 될 것으로 여겨집니다."

사마의가 향후의 추이를 읽고 있다는 듯이 말한다.

"제갈량이 기산으로 두 번이나 진출했다가 퇴각했고, 진창을 공략했다가 뜻을 이루지 못하고 돌아갔으니, 다음에는 침략하더라도 공성을 택하기보다는 야전전투를 취할 것이오. 또한, 지난 네 차례에 걸친 전쟁에서 제갈량은 계속 군량의 부족으로 퇴각하였으니, 다음번에는 반드시 3년 정도의 양곡을 비축한 후, 농서 방면을 통해 쳐들어올 것으로 예상하오."

말을 마친 사마의는 조예에게 표문을 올린다.

"향후 제갈량의 침략에 대비하여, 기주의 농부를 상규로 이

주시켜 경작하게 하고, 장안의 경조, 천수군, 남안군의 감야 (창, 칼을 만드는 대장장이를 감독)를 널리 육성하도록 입안해 주소서."

조예가 사마의의 주청을 받아들이자, 사마의는 이주민을 대상으로 둔전을 실시하여 봄, 여름에는 밭과 뽕나무를 일구도록 하고, 가을, 겨울에는 진법과 전술, 각개전투를 익히도록 지시한다.

2) 제갈량, 제5차 북벌에 나서 오장원에 터전을 마련하다

북벌에 대한 유비의 유지를 한시도 잊지 못하고 있던 제갈량은 232년(건흥10년) 봄, 다시 '제5차 북벌'을 위한 사전 정지작업에 돌입한다. 제갈량은 봄, 여름, 가을에는 군사훈련을 유예하여 농업을 장려하고, 늦가을, 겨울에는 군사를 조련하고 간간이 진법, 전략전술 교육을 병행하는 한편, 제갈량 자신이 직접 목우유마를 설계한 후, 승상서조연 포원과 독군 정력, 호충, 두예에게 설계도를 내어주고, 목우를 개발하여 새로운 발명품 목우유마(木牛流馬)를 만들어서 구릉과 같은 험지에서도 군량미를 원활히 수송할 수 있도록 독려한다.

위연은 제갈량의 명으로 군사훈련에 정열을 쏟아 부어 병사들을 정예화 시키는 작업이 성공적으로 무르익어가던 어느 날, 실각한 이엄의 다음 반열인 거기장군 유염이 전장군 위연의 혹독한 군사훈련에 이견을 보이며, 두 사람 사이에서 다툼을 벌어지기 시작한다.

"전장군, 군사들을 너무 가혹하게 훈련을 시켜서는 성과가 덜할 것이오. 병법에 병사들의 사기를 진작시키기 위해서는 억지로 시키는 훈련보다는 자발적으로 훈련에 참여하게 하는 것이 가장 효과적이라 했소. 군사훈련을 다소 느슨하게 시키는 것이 보다 더욱 효과가 있을 듯합니다."

위연은 병사들이 가혹한 훈련에 대해 불평을 하는 것을 알면서도 정예병을 양성하려는 의욕이 앞서 많은 병사들로부터 욕을 먹고 있던 와중에 유염으로부터 질책까지 당하자 크게 반발한다.

"거기장군께서는 전투에는 참여해본 적도 없이, 보직만 끌어 앉은 채 담론이나 즐기고 정책풍자나 하면서, 어찌 군사훈련에 끼어들어 이래라저래라 하십니까?"

유염은 위연의 반격에 노하여 소리를 지른다.

"전장군은 군의 위계질서도 모르시오? 상급자의 조언을 참조하시오."

위연과 유염의 다툼으로 군사들이 패를 갈라 반목하면서 군의 사기가 현격히 떨어지자, 제갈량은 둘 중 하나를 선택해야 할 처지가 된다. 이때 장사 양의가 말한다.

"위연은 성품이 과격하여 장수들과 반목이 심합니다. 위연을 질책해야 합니다."

제갈량은 수심에 찬 표정으로 양의를 설득한다.

"지금 촉에는 이미 타계한 오호대장군에 버금가는 장수로는 전장군 위연만이 유일하오. 이 전투에서 위연장군이 없다면, 아군의 승리는 쉽게 장담할 수가 없다는 것이 안타깝지만 현실이오."

제갈량은 양의에게 명해 위연과 유염을 불러들이게 한다.

"장사께서는 두 장군을 승상부로 불러들이시오."

제갈량은 위연과 유염을 서로 마주 보게 하며 화의를 시키려고 부드럽게 말한다.

"거기장군이 장수와 군사들에게 욕을 먹으면서도 정예병으로 양성하려는 전장군의 군사훈련에 개입한 것은 잘못이오. 거기장군이 먼저 전장군에게 사과하시오."

제갈량의 중재로 유염이 위연에게 먼저 사과를 하지만, 위연은 유염의 사과를 받아들이지 않는다. 결국 제갈량은 북벌을 차질 없이 이끌기 위해 위연을 비호하면서 유염을 성도로 보내어 두 사람의 충돌을 막기 위한 극단적 처방을 내린다.

이듬해 233년(건흥11년), 제갈량은 야곡의 저각(곡식을 저장하는 창고)을 고치고, 자신이 발명한 목우유마를 활용하여 군량미를 야곡구로 운송하여 비축하기 시작한다.

이때 위의 대장군 사마의는 진시황이후 계속되어온 관개수로인 성국거(成國渠)를 뚫어, 진창에서 견수까지 수로를 확장시키고 임진파(臨津陂)를 쌓고, 주변의 황무지 수천 경의 농지에 물을 공급할 수 있도록 하여 농작물 확보에 전념하고 있었다. 성국거는 오장원과 무공에서 가까운 미현에 있는데, 이는 전적으로 제갈량의 북벌에 대비하여 준비한 것이다.

제갈량은 사마의가 자신의 침공에 대비하여 성국거와 임진파를 구축하는 등 철저한 방책을 세우자, '제5차 북벌'을 실행하기 전에 동오와 함께 위를 협공할 협약을 맺는 것이 선결할 대책이라고 여겨 이를 성사시킨 후 234년(건흥12년) 2월, 정예병 10만을 육성하는 준비를 완료하고 '제5차 북벌'을 선언한다.

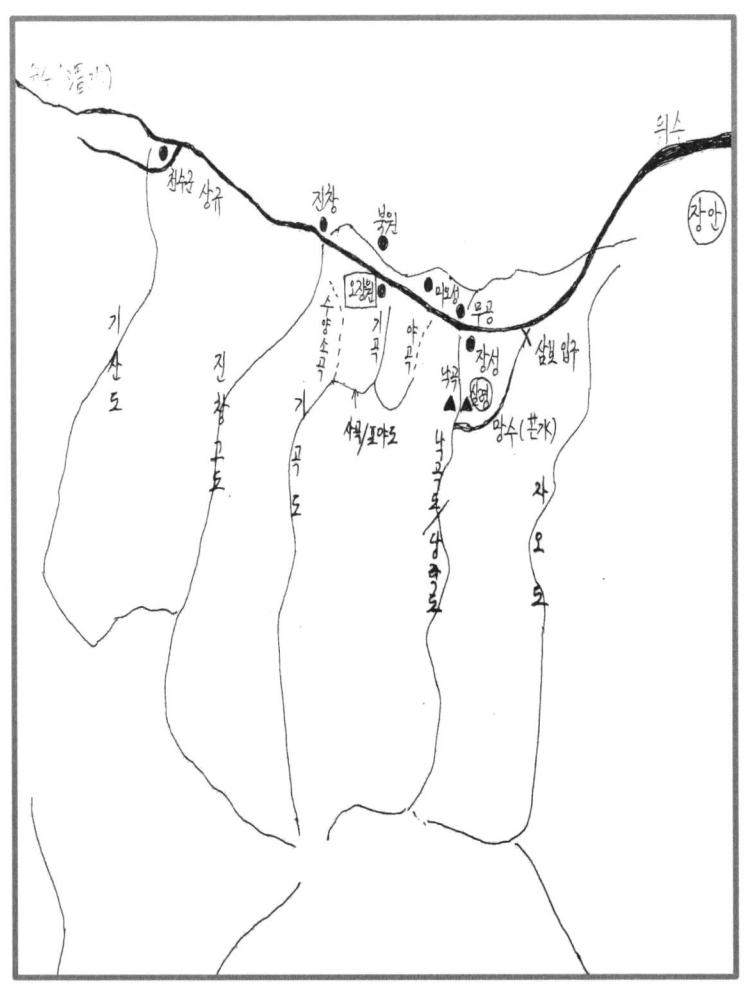

이와 때를 같이 하여 동오의 손권도 촉한과의 협약을 따라 위나라의 합비를 공략하기로 한다. 제갈량이 북벌의 장도에 올라 미현 미오성 인근에 이르러서 위수의 남쪽 평원에 영을 세우자, 사마의가 측근들을 불러들여 대책을 논의한다.

"제갈량의 군사들은 미현의 위수 남쪽까지 진군하여 무공에서 동진할 것으로 예상이 되는데, 제갈량은 지난 전투에서 진창성에 대한 공성에 애를 먹어 이번에는 야전을 택할 것이오. 무공은 산악지대로서 지형이 험준하여, 제갈량은 산의 고지를 끼고 야전을 택하면 자신이 유리하다고 생각할 것이므로, 우리가 장계취계(將計就計)로 제갈량의 전술을 미리 분쇄해야 할 것이오."

사마의는 대책회의를 마치고 장수들에게 명하여, 무공으로 향하는 험준한 산 길목인 양수에 군영을 세우고 굳게 방비하게 한다. 제갈량이 양수에 이르렀을 때는 사마의가 좁은 산 길목을 꽉 틀어막고 지키고 있어, 제갈량은 10만의 대군이 무공으로 이동하기에 어려움을 깨닫고 방향을 서(西)로 돌려 오장원으로 향한다.

이때 사마의가 책사와 장수들을 불러들여 호기롭게 말한다.

"제갈량이 만일 패기가 있는 자였다면, 무공을 경유하여 산악을 오르내리면서 동진을 해야 했소. 그런데, 제갈량은 아군이 길목을 틀어막자, 사소한 피해를 두려워하여 오장원으로 회군했소이다. 제갈량은 출전 초기부터 아군에게 패기 다툼에서 패했으니, 우리는 이번 전투에서 반드시 승리할 것이오."

사마의는 제갈량이 오장원으로 회군한 것을 기화로 하여, 위나라 군사들의 사기를 진작시키기 위한 심리전 전술로 최대한 활용하고자 한다.

오장원은 동·북 방면이 위수로 막히고, 남·서가 험준한 진령산맥으로 막혀, 진령(秦嶺)을 통해서만 진입할 수 있는 높이 120미터의 동서 1킬로미터, 남북 3.5킬로의 고릉분지로서, 가정의 동남 방면으로 수백 리 떨어져 있는 관계로 촉으로서는 전략적으로도 큰 의미를 지니는 요지이다. 촉은 오장원을 점유하면 위수 이남이 촉의 세력 아래에 놓이게 되기 때문에 사마의로서는 영토를 지키기 위해서라도 반드시 방비해야 할 지역이다. 촉이 오장원을 점거하면 위가 위수와 무공수를 통해 도강을 시도하더라도 도강이 어렵고, 도강에 성공하더라도 분지를 점령한 촉을 공략하기 어려운 지형이다.

사마의는 공세로는 제갈량의 무궁무진한 전략과 전술을 상대하기가 어렵다는 생각에 수비로 일관하려고 결정하고, 위의 영토를 지키기 위해서는 무공을 취하는 그 대신, 오장원을 제갈량에게 넘기는 것이 당시로는 최선의 전략이라고 생각하여 이를 선택한 것이다.

한편, 사마의에 의해 무공을 통하는 길이 막힌 제갈량은 무공으로 진입하는 것을 포기한 후, 진령을 통해 진령산맥을 넘어 오장원에 주둔하고 영채를 구축한다. 제갈량은 오장원에 진입하자 곧바로 호보감 맹염을 선발대장으로 임명하고, 강을 건너 무공수 동쪽 기슭을 점령하여 거점을 만들도록 명한다.

촉한 선발대장 맹염의 움직임을 예의주시하던 사마의는 갑자기 무공수의 강물이 불어난 호기를 틈타 기병 1만을 이끌고, 거점을 확보한 맹염의 위영을 기습적으로 공격한다.

사마의가 맹염이 구축한 위영 가까이로 접근할 때, 맹염은 무공수의 동쪽 기슭에 포진시킨 궁노수들에게 사마의의 기병이 접근하지 못하도록 화살과 쇠뇌를 무차별 발사하며 저항하고, 제갈량이 맹염을 지원하고 나서며 무공수 건너편에서 원융을 마구잡이로 발사하며 맹염의 군사와 협공하는 한편, 공병을 동원해 대나무를 꺾어 다리를 만들고 위수를 건너자, 사마의는 제갈량의 움직임에 예의주시하며 대응전략을 강구하기 시작한다.

제갈량은 흰색 수레를 타고 갈건(葛巾)을 쓴 채, 백우선(白羽扇)을 쥐고 삼군을 지휘하는데, 군사들이 제갈량의 백우선으로 내리는 신호에 따라 한 치의 오차도 없이 일사천리로 움직이자, 사마의는 제갈량이 발명한 원융과 쇠뇌의 맹렬한 공격보다도 제갈량의 예리한 기세를 극복하지 못하고 퇴각명령을 내린다.

"고금을 통해 인구에 회자하기를 '명불허전'이라더니, 제갈량은 가히 명사라 부를 만한 가치가 있도다."

사마의는 제갈량의 다음 행보를 의식하고 본영으로 되돌아가자, 위수 남쪽에 주둔한 촉군은 오장원 주변 영역을 확고한 촉한의 관할지로 정립한다. 한참이 지나 제갈량이 다시 사마의를 도모하기 위해 위수를 건널 준비를 마칠 때, 사마의는 장수들을 불러들여 대책회의를 벌이고, 이때 대책회의에 참석한 장수들이 이구동성으로 말한다.

"제갈량이 위수를 건너 무공으로 진출할 것 같습니다. 일대 대결전을 펼쳐야 할 것입니다."

이때 곽회가 홀로 이의를 제기한다.

"이는 제갈량의 암도진창(暗渡陣倉)계책입니다. 제갈량의 공격에 대비하여 아군이 무공에 총력을 기울여 총집결하면, 제갈량은 북원을 노리고 병사들을 북산으로 이끌고 가서 농서로 통하는 길을 끊고 농서의 백성들과 오랑캐를 선동할 것입니다. 그리하면, 위국의 옹, 양주는 심각한 상황을 맞이하게 될 것입니다."

사마의가 흡족한 표정을 지으며 말한다.

"제장은 나무만을 보았으나, 오로지 곽회장군만이 전체의 숲을 보고 전략을 구상하셨구려. 장군은 북원으로 가서 제갈량의 공격에 대비하시오."

며칠 후, 제갈량이 대군을 이끌고 북원에 당도했을 때는 이미 곽회가 북원으로 통하는 동쪽 길목의 요새지를 선점하여 방어하고 있었다. 어쩔 도리 없이 제갈량은 곽회의 반격을 피해 서쪽으로 진군하는데, 이때 곽회의 부장들이 이구동성으로 곽회에게 건의한다.

"제갈량이 서진하여 북원의 서쪽으로 진입할 듯합니다."

"아니요. 제갈량이 북원의 서부로 진입하려 했다면, 야밤에 은밀히 출발하여 우리가 동에서 서로 이동하는데 대비할 시간적 여유도 주지 않고 기습적으로 요새를 점거했을 것이오. 제갈량은 동쪽의 양수를 노리고 있는 것이 분명하오."

곽회가 미리 양수로 이동하여 양수의 북단에 진형을 꾸리고 대기한다. 한나절 늦게 양수에 당도한 제갈량은 양수의 남단에 도착하여 위수를 경계로 곽회와 대치하면서 한탄한다.

"조조는 과연 불세출의 영웅이로다. 조조가 키운 인재들이 위에는 어찌 이다지 차고도 넘치는가."

이즈음 위명제 조예는 조정 대신의 중론을 거쳐 사마의에게 전술적 조서를 전한다.

"제갈량은 속전속결을 선택하려고 하니, 대장군은 방비에 철저히 임하면서 제갈량의 전략적 변화를 잘 살피시오."

조예의 칙서를 받은 사마의는 칙서를 자신의 수비 의지를 굳건히 하는 배경으로 삼아 전투를 수세로 일관한다. 이때 위수를 건너 위군을 격파하는 것이 결코 쉽지 않다는 것을 통감한 제갈량은 또다시 탄식한다.

"고(孤)는 북원을 점령하여 옹, 양주의 교통로를 끊고, 위의 관중과 완전히 차단하여 향후, 위수 이남을 촉의 영토로 복속시키고자 하는 장기계획을 세웠는데, 이제 이 모든 계획이 무산되었으니 차선의 방법을 취할 도리 밖에는 없겠노라."

암도진창 전략으로 펼치려는 위계가 곽회에 의해 모두 막힌 제갈량은 오장원으로 되돌아가서 장기전을 대비하여 눌러앉기 전략으로 전환한다.

제1차에서 제4차에 이르는 북벌까지 위국이 수비로 일관하는 전술을 펼침으로 말미암아 양곡이 일찍 소진되는 바람에 어쩔 도리가 없어 퇴각했던 전력이 있는 만큼, 제갈량은 이번 북벌에서는 아예 오장원에 정착하여 농산물을 경작하고, 식량창고를 지어 잉여농산물을 보관하면서 장기전에 돌입할 채비를 갖추기 시작한다.

제갈량은 10만의 병사들과 함께 주둔하면서, 엄정한 군율을 세워, 백성들을 위무하고 보호하며 백성들과 함께 생활하면서, 때로는 둔전을 하고, 때로는 군사훈련을 하여 주변의 백성들로부터 민심을 크게 얻는다.

제갈량은 둔전에서 수확한 생산물의 7할을 백성들에게 되돌려주는 등으로 오장원에서 민심을 얻어 나가자, 사마의는 오장원 등 위수 이남이 촉의 영토로 완전히 귀속될 것을 우려하여 조예에게 표문을 올린다.

"폐하, 오장원이 완전히 촉의 세력 아래 들어가게 되면, 위수 이남 전체가 촉의 세력에 들게 될 것이고, 대위는 중요한 군사적 요새를 잃게 됩니다. 그것뿐만 아니라 오장원을 촉이 차지하게 되면, 아군이 위수와 무공수를 건너 도강하려 할 때, 지형적으로 아군을 요격하기에 유리한 지형을 차지한 촉군에 의해 번번이 좌절될 것입니다. 설혹 아군이 도강에 성공하더라도 오장원은 평지보다 높은 고릉분지라서 적병은 구릉 위에서 아군을 감제(瞰制)하기 쉬우나, 아군은 적을 공략하기 심히 어렵습니다. 위수가 뒤에 있어 배수의 진을 치고 싸우게 되어, 아군이 패퇴하여 회군하려 할 때는 치명적 타격을 받게 될 수 있습니다. 신 사마의 감히 청컨대, 지원병을 소신에게 보내주시어 제갈량의 공작이 결코 뜻대로 이루어질 수 없도록 배려해 주시기를 청하옵나이다."

조예는 '사마의의 표문의 내용이 옳다'고 여겨, 정촉호군(征蜀護軍) 진랑을 보기 2만과 함께 사마의에게 보내 사마의의 지휘를 받게 한다. 진랑의 군사를 지원받은 사마의는 대군을 이끌고 위수 북단에 당도하여, 위수를 경계로 촉군과 대치한다. 사마의는 오장원의 지형적 특성 때문에 위수를 건너 공략하기 쉬운 형국도 아니어서, 지구전을 통해 제갈량이 지쳐서 스스로 물러나도록 하려 한다.

제갈량 또한 위수를 건너 사마의를 공략하기 쉬운 형국도 아니어서 양측은 자연히 지구전으로 돌입할 수밖에 없는 실정이었다. 장기전으로 진입하면 군수보급, 병력지원, 병기생산 면에서 사마의가 유리한 입지가 된다.

이를 정확히 인지하고 있는 사마의가 조정의 명에 따라 수비전략으로 일관하자, 제갈량은 사마의를 자극하기 위해 사자를 통해 함(函)속에 여인들이 쓰는 건괵(여자들이 머리에 꽂는 장식)과 호소(흰 상복), 여인들의 장신구 등을 보내어 지상매괴(指桑罵槐:비유를 통해 상대를 모욕) 전략으로 사마의를 조롱한다.

"중달은 관중의 총사령관으로서 강한 용맹과 날카로운 지혜로 일전을 통해 자웅을 결할 생각은 하지 않고, 성에 틀어박혀 창칼과 화살을 피하려 하니, 과연 아녀자와 무엇이 다르다는 말인가? 고가 사자를 통해 여인들이 두르는 두건과 치마저고리, 그리고 건괵을 전하니, 치욕을 느끼거든 즉시 화답하여 전투에 임하도록 하라."

사마의 주변에 포진해 있던 장수들이 분노를 이기지 못하고 불끈하기 시작한다.

"제갈량이 건괵을 보낸 것은 남자에게 최고의 수치가 아닙니까? 건괵지증(巾幗之贈:남자가 없는 인간)이라는 모욕을 주는데도 참는다는 것은 대위국의 대장부에게는 결코 있을 수 없는 일입니다. 즉시 나아가서 제갈량을 격파하여 위국의 자존심과 굳건함을 보여 주어야 합니다."

여태까지 온갖 욕설에도 참고 견디던 사마의도 건괵지증이라는 모욕을 주는 제갈량에 대해 순간적으로 분노가 치밀어 오르는 것을 느끼고, 곧바로 낙양에 있는 조예에게 출정을 청하지만, 조예는 손권이 합비로 침입해 들어온 마당에, 손권의 군사를 맞아 싸우느라 여념이 없었다. 이런 상황에서 위가 군사력을 합비에 치중해야 할 때, 오장원에서 벌어지는 전선이 확장되기를 원하지 않았으므로, 방비가 가능한 오장원에서는 오로지 수비에만 치중하도록 명한다. 그러함에도 전장에서의 지휘관은 독자적 판단에 의해 조정의 명을 거역할 수도 있다는 군법을 사마의가 행사할 것을 우려하여, 조예가 자신이 총애하는 신비를 대장군군사 겸 사지절로 삼아 황금부월(황제가 생살여탈권을 부여하는 상징인 도끼)을 주고 사마의 본영으로 보내자, 황제의 대장군군사 겸 사지절을 영접한 사마의는 신비에게 군사의 사기 운운하며 공세를 허락하도록 청한다.

"군사, 제갈량은 자신의 분수도 모르고 대위를 조롱하며 비웃고 있소. 내가 오만방자한 제갈량을 도륙하여, 천하가 얼마나 거칠고 냉혹한지를 알려주고자 하오."

신비가 사마의를 진무하며 말한다.

"천자께서는 어떤 일이 있어도 나가 싸우는 일이 없도록 하라고 엄명을 내리셨습니다."

사마의가 조예의 엄명을 따라 어쩔 수 없이 마음을 다독이고 있을 때, 장수들이 사마의에게 떼를 지어 찾아와서 제갈량과의 일전을 청한다.

"대장군, 이런 치욕을 어떻게 참으려고 하십니까?"

사마의는 태연을 가장하여 말한다.

"내가 잠시 분격했으나 다시 생각해 보니, 이는 제갈량이 나를 자극하여 조호이산(調虎離山:호랑이를 산 밖으로 끌어냄) 전략으로 유인하려는 것이오. 병서에 이르기를 작은 일에 분격하면, 큰일을 이루지 못한다고 했소이다. 나아가 싸우는 것은 작은 일이요, 위를 지키는 것은 큰일이니, 우리 모두 자중합시다."

사마의가 장수들을 진무한 지 며칠도 지나지 않아서, 위연이 지난 전투에서 사마의가 잃어버린 투구를 들고 나타나 사마의를 조롱하며 다시 싸움을 돋운다.

"위국의 대장군은 자신의 머리를 어디에 두고 다니는지도 모를 정도로 유약하도다. 이런 유약함으로 어찌 촉한의 상대가 될 수 있겠는가? 사마의의 머리를 돌려줄 테니 당장 나와서 인수해 가라."

장수들이 조롱을 참지 못하고 분격하여 일제히 들고 일어난다. 사마의도 제장의 뜻을 따라 군사를 동원하여 군문을 나서려 하자, 신비가 군문을 막아서며 황금부월을 높이 치켜들고 외친다.

"장군들은 당장 군사를 물리시오. 황제 폐하의 명을 어기면 지금 당장 이 황금부월로 목을 치겠소."

대장군군사 겸 사지절 신비의 격정을 접한 사마의 이하 장수들은 분을 삭이며 동원된 병사들을 뒤로 물린다.

이후에도 제갈량이 펼치는 각종 유인책에도 불구하고 사마의는 계속 아무런 대응도 없이 제갈량의 근황만을 살피자, 이런 사마의의 처세에 감질이 난 제갈량은 사마의에게 사자를 보내, 직접적으로 그의 자존심을 자극하는 전서를 전한다.

사마의는 사자가 전하는 전서를 읽어본 후에도 아무런 반응이 없이 사자를 후히 접대하고는 제갈량의 최근 생활에 대해서만 묻는다.

"승상께서는 요즈음 어떻게 지내시는가?"

"승상께서는 고령에도 불구하고, 태형 20대 이상은 직접 처결하십니다."

사자가 제갈량의 유능함을 자랑하기 위해 떠벌이자, 사마의는 사자를 부추기면서 다시 묻는다.

"식사는 거르지 않고 잘 챙겨 드시는가?"

"식사는 거스르지 않고 꼬박 챙겨 드시지만, 식사는 극히 소량만을 드십니다."

사마의는 회심의 미소를 띠며 생각에 잠긴다.

'제갈량이 하급관리들의 할 일까지 직접 챙겨 스스로를 혹사하면서도, 식사량이 적다는 것은 몸에 이상이 생겼다는 의미이다. 제갈량은 오래 버티지 못할 것이다.'

사마의는 좋은 정보를 제공한 사자에게 고마운 마음에 분에 넘치는 선물을 하사한다.

사자가 돌아와서 제갈량에게 사마의와의 면담 사실을 알리자, 제갈량이 궁금해 하며 묻는다.

"사마의는 내가 보낸 전서에 어떤 반응을 보이던가?"

"아무런 반응이 없이 저에게 승상께서 요즈음 어떻게 소일 하시느냐고 묻기만 했습니다. 소인은 승상께서 작은 일까지도 정열적으로 직접 챙기신다고 말씀드렸습니다."

제갈량이 깜짝 놀라며 다시 묻는다.

"사마의가 다른 말은 아니 하더냐?"

"사마의가 승상께서 식사는 꼬박꼬박하시느냐고 묻기에 식사는 거르지 않으시지만, 식사량이 극히 적다고 하였습니다."

제갈량은 깜짝 놀라며 한숨을 깊이 내쉬더니 입을 연다.

"잘 알았다. 네가 수고를 많이 했구나. 돌아가서 너의 볼일을 보거라."

사자가 사마의에게 다녀온 이후, 제갈량은 바닥이 높은 그릇에 밥을 담아 식사를 하는 등 사마의와 두뇌 싸움을 펼치며 팽팽히 대치한다.

그런 와중에 계속되는 제갈량의 조롱에도 참을성을 가지고 의연하게 버티는 사마의의 처세에 반발한 장수들의 불만은 극에 달한다.

"대장군께서 제갈량의 모욕을 웃어넘기는 것은 장군만의 치욕이 아니고, 우리 위국 장수 모두의 치욕입니다. 우리에게 공격하라는 명령을 내려 주십시오. 대장군은 전장에 임해서는 황제의 명령도 상황에 따라서는 이행하지 않아도 되는 특권이 있습니다. 우리 장수들이 받은 모욕을 제갈량에게 기필코 돌려주겠습니다."

그 당시, 사마의는 시간이 흐름에 따라 제갈량의 진용에서 병사들이 장기원정에 대한 피로감을 보이기 시작하는 것을 감지하고, 순간적인 모욕을 참아내는 것이 장기적으로 이기는 길이라고 확신하게 된다. 그러나 장수들의 끈질긴 출전 요청을 받게 되자, 사마의는 본인의 의사와는 달리 신비를 다시 조예에게 보내어, 황제의 위세를 활용하는 호가호위(狐假虎威)전략으로 장수들의 반발을 진무하기로 결심한다.

"장군들이 이렇게까지 격노하니, 내가 황제께 장군들의 뜻을 다시 전해 보겠소."

사마의는 장수들의 강력한 출전 요청을 조예에게 보고한다. 그러나 신비를 통해 출전 요청을 받은 조예는 사마의 참뜻은 주전파 장수들을 도닥이기 위해서 펼치는 호가호위(狐假虎威)전략이라는 것을 읽고, 더욱 엄격하게 사마의와 장수들에게 출전을 불허한다는 황명을 하달한다.

제갈량은 이 정보를 전해 듣고 탄식하여 말한다.

"사마의가 조예를 통해 출전을 원하는 장수들을 안정시키고 반발을 누르려는 고도의 용병술을 썼도다."

제갈량은 사마의가 이제부터는 이전보다 더욱 철저히 장기전으로 돌입할 것이라는 생각을 하고, 자신도 온전히 오장원에 정착할 각오를 다지며 후속책을 강구한다.

한편, 촉군 진용에서는 전장군 겸 진서대장군 위연과 장사 양의가 서로 화목하지 못해 사사건건 의견이 충돌하고 있었다. 그럴 때면, 위연은 수시로 칼을 뽑아 들어 양의를 겁박했으며, 양의는 눈물을 흘리며 제갈량에게 찾아가서 위연의 행태를 하소연하곤 했다.

제갈량은 위연의 용맹과 양의의 재능을 모두 필요로 하였기에 누구의 편도 들지 않고 화목하게 융화시키려 감척론(甘戚論)까지 지어가며 깨우치게 하려고 노력하지만, 두 사람이 끝까지 화의하지 못하자, 향후 벌어질 사태를 예견하며 몹시 안타까워한다. 이 두 사람 사이를 사마 비의가 끼어들어 서로 화목하게 하려고 적극적으로 노력한 덕에, 제갈량은 자신이 살아 있을 때까지는 둘의 능력을 모두 최대한 활용할 수 있었다.

7.
손권의 제 4차 합비 공방전

7. 손권의 제 4차 합비 공방전

제갈량의 '제5차 북벌'에 동조하여 위의 합비를 공략하기로 약조하고 대기하던 손권은 대위와 촉한의 전투가 절정에 이르자, 이를 호기로 여기고 234년(청룡2년) 5월 여름, 10만 대군을 일으켜 '제4차 합비공방전'을 벌이기 시작한다.

손권은 친히 소호의 입구를 공격해 합비의 신성으로 진군하면서, 육손과 제갈근에게는 회수를 타고 면수로 들어가서 양양을 공격하게 하는 한편, 손소와 장승에게는 광릉과 회음으로 출병하도록 명한다.

위명제 조예는 제갈량의 북벌로 인해 어려움을 겪고 있는 마당에 손권까지 대대적으로 출병하여 촉과 동오의 협공을 받게 되자, 이를 감당할 수 없을 정도의 위기 상황에 봉착한다. 조예는 긴급히 대책회의를 소집하는데, 이때 정동장군 만총이 조예에게 위기를 모면하기 위해서는 임시미봉책이 필요함을 건의한다.

"동오의 손권이 친히 합비로 출격했다고 하지만 합비는 천하의 요새입니다. 급한 대로 합비에 대한 방어는 기존의 위수사령관에게 맡기고, 수춘에서 손권의 주력에 맞서도록 하는 것이 좋겠습니다."

조예가 자신이 있다는 듯이 단호한 어조로 응대한다.

"옛 후한 광무제는 협공을 당해서도 약양에 군을 파병하여 농서의 외효에게 승리하였으며, 선대 황제께서는 동쪽에는 합비를 두고도 남으로 양양을 지키게 하고, 서쪽으로 기산을 지켜냈으니, 이 3개의 성은 모두가 반드시 지켜야 할 요새이기 때문이오. 영토에는 반드시 방어해야 할 곳이 있는 법이오. 짐이 친히 합비로 출정하여 합비를 지키겠소. 합비는 천의 요새이기 때문에 쉽게 함락되지 않을 것이니, 장수들은 각자 맡은 위치에서 방비를 철저히 하시오. 손권은 기회주의 성향이 깊어 내가 출정한다는 소문을 들으면, 짐이 도착하기도 전에 그는 물러날 것이오."

힘차게 말을 마친 조예는 합비 신성으로 친정을 나선다.

당시 합비에 먼저 당도해 있던 손권은 조예가 합비의 주요 거점을 고성에서 합비신성으로 옮겨 성을 신축한 것은 동오의 위세가 강하기 때문이라 생각하여 대책 없는 교만에 빠져들고 있었다. 극도로 교만해진 손권은 오군의 사기를 올리기 위해, 자신이 직접 병력을 도열하는 열병식을 주관하여 천하에 자신의 위세를 펼치고자 한다.

이런 손권의 심리를 간파한 위나라 장락전후 전예가 위국 정동장군 만총에게 조언을 올린다.

"지금 손권은 10만 대군의 위세를 보면서 극도로 교만해져 있습니다. 이를 역으로 활용하여 교병계를 최고조로 부추기면, 손권은 방심하여 아무런 방비도 없이 열병식에 임할 것입니다. 장군께서 할 일은 손권이 열병식 준비할 때까지 숨을 죽이고 기다리면서, 손권이 나태해지도록 유도한 후에 갑자기 열병식에서 기습을 가하면 큰 성과를 보게 될 것입니다."

위국 정동장군 만총이 전예의 무중생유(無中生有)전략을 받아들여 용병을 구상하며 말한다.

"장락전후는 손권이 열병식을 개최하려는 벌판의 주위 야산에 복병을 숨겨두었다가, 내가 특공대 경기병 3천을 이끌고 손권이 도열을 행하려 할 때 열병식 중앙을 기습적으로 공격하면, 그대는 야산에서 갑자기 화포를 터뜨리고 북과 징을 울리고 함성을 지르며, 화살을 날리면서 기습전에 합류하여 열병식장 안으로 신속히 공격해 들어오시오. 그때 나와 함께 손권을 표적으로 삼고 달려들면, 손권은 경기를 일으키며 도망치게 될 것이고, 동시에 동오군은 순식간에 오합지졸로 전락하고 말 것이오."

만총은 전략을 세우고 만반의 준비를 마친 다음, 이튿날 행해지는 손권의 열병식에 활용할 전략을 세우는 데 몰입한다.

드디어 손권이 열병식을 개최하여 수만의 군사들 앞에서 최대한 위세를 펼치기 위해 온갖 허장성세를 모두 동원한다. 수천의 깃발이 하늘에 휘날리고, 수만의 병사가 창으로 땅을 두드려 천지가 진동을 하고, 수만의 휘장이 천지를 뒤엎어 당장이라도 위군을 섬멸시킬 분위기를 연출한다.

수만의 병사와 수천의 병마가 질서정연하게 도열한 한가운데를 지나 손권이 열병식장으로 입장하는데, 만총이 이때를 놓치지 않고 경기병을 세차게 몰아 손권을 향해 집중적으로 공격하기 시작한다.

　손권은 예기치 못했던 상황을 맞게 되자 급히 피신하여 타고 온 배로 달아나고, 열병식장에 참석했던 동오군은 오합지졸이 되어 뿔뿔이 흩어진다.

　이로써 손권의 간담을 서늘하게 하여 손권의 진용을 혼돈으로 몰아넣은 만총이 극도로 사기가 저하된 동오의 군사를 다시 제압하기 위해, 손권의 본영을 찾아가서 싸움을 유도하지만, 한참 동안 꿈쩍하지 않던 손권은 며칠이 지난 후, 퇴각했던 군사를 수습하여 다시 대군을 이끌고 합비신성을 공격하기 시작한다.

　만총이 손권을 상대로 다시 출격하려고 할 때, 그동안 상황을 주시하던 장락전후 전예가 만총을 강력하게 말린다.

　"손권이 다시 전 병력을 이끌고 합비신성으로 출병한 것은 신성만을 노린 것이 아니고, 신성을 미끼로 우리의 대군을 한곳으로 끌어들이려는 것입니다. 그들이 공성에 임하도록 내버려두었다가 그들 스스로의 예기가 꺾였을 때를 기다려야 할 것입니다. 여러 차례 공성에 실패하면, 그들은 피로해지고 나태해져 사기가 떨어질 것입니다. 그런 연후에 적진을 공략하면 쉽게 이길 수 있습니다."

심리전을 잘 펼치는 전예의 계책을 따라, 만총은 손권의 군사들이 수차례 공성에서 실패하여 사기가 떨어져 무기력해질 때를 기다리다가, 드디어 수차례 공성에서 실패한 동오의 군사가 무기력해지는 기미를 보이기 시작할 때, 만총은 부장들에게 새로이 지침을 내린다.

"부장들은 각자 수십명의 결사대를 선발하여 대기시키시오. 적병은 하루종일 공성전에 임하여 극도의 피로감에 휩싸여 있을 것이오. 오늘 밤 술시(戌時), 나는 부장들과 함께 결사대를 이끌고 손권의 진용을 기습하여, 향후 손권의 군사들이 아군에게 공포심을 느끼게 하는 심리전을 펼치고자 하오."

그날 밤, 만총은 결사대를 이끌고 손권의 진용 가까이 침투하여, 소나무를 베어 거(拒)를 만들고, 삼씨기름을 흐르게 하여 바람이 부는 방향을 향해 불을 놓아 공성무기를 불태우는 동시에 손권의 군막을 향해 불화살을 날린다. 군막에서 휴식을 취하던 손권의 병사들이 예기치 못한 기습을 받아 우왕좌왕할 때, 결사대가 쏘아대는 화살로 많은 손권의 병사들이 목숨을 잃고, 그 와중에 무방비상태에 있던 손권의 조카 손태도 갑자기 날아온 화살에 맞아 사망한다.

손권의 군영을 뒤흔들어 놓아 심리전에서 소기의 성과를 얻은 만총의 결사대는 신속히 본영으로 돌아간다. 만총의 기습에 크게 놀란 손권의 부장들은 한참이 지난 후, 병사를 수습하여 결사대를 추적하지만, 이미 결사대는 본영으로 무사히 돌아간 후여서 이들은 허탈하게 군영으로 복귀한다.

며칠이 지난 후, 손권이 자신의 군영에 대한 경계를 철저히 강화시키고, 다시 신성을 향해 맹렬히 공격을 퍼붓지만, 위국의 장수 장영 등이 수성을 철저히 하여 성은 끄떡없이 지켜진다. 손권은 10여 차례의 공성이 실패하는 바람에 수많은 병사가 목숨을 잃고 병장기가 파손되는 등 군사들의 사기가 현저히 바닥으로 떨어지자 크게 낙심하는데, 이때 손권의 군영에 역병이 돌기 시작한다.

손권의 군영에서 역병이 돌기 시작할 때를 맞추어 234년(청룡2년) 7월19일, 위명제 조예가 용주를 타고 합비를 향해 공격해 내려오기 시작한다. 손권은 역병으로 병사들이 고통을 받는 와중에, 조예가 대군을 이끌고 합비의 수백 리 앞에 당도했다는 보고를 받자, 퇴각 시에 당할 역격을 우려하여 전군에게 즉각적으로 회군을 명하고 건업으로 되돌아간다.

8.
오장원에 지는 별 - 제갈량의 최후

8. 오장원에 지는 별 - 제갈량의 최후

손권의 '제4차 합비 공방전'을 막아낸 위명제 조예는 합비 전투에서 큰 공적을 세운 정동군의 기병을 오장원에 있는 사마의에게 지원하며, 사마의에게 오장원의 방비를 더욱 철저히 하도록 주문한다. 이즈음, 오장원에 눌러앉은 제갈량은 장사 양의, 사마 비의를 불러들여 의견을 교류한다.

"그대들이 보기에 우리가 오장원에 눌러앉는다고 가정했을 때, 오장원 주민들이 우리에게 귀의할 것 같소?"

양의와 비의가 이구동성으로 대답한다.

"오장원이 위의 영토라고는 하나, 이곳의 민심이 완전히 위에 쏠려있는 것은 아니라는 것을 간파하게 되었습니다. 위가 개간하다가 멈춘 오장원 주변의 황무지를 개간하며 끊임없이 백성들을 교화한다면, 장안을 점령하지 못하더라도 이 지역의 백성과 병사들이 함께 둔전을 행하게 하여 군사를 확충하고, 이곳에 촉한의 행정제도를 이입하여 체계를 잡아놓을 수 있을 것입니다."

제갈량이 이들의 대답을 듣고 자신의 견해를 밝힌다.

"고의 생각도 그대들과 똑같소. 오장원에서 백성들을 진심으로 대우하면 그들은 우리에게 마음으로 귀의할 것이오. 위는 옹주와 서량을 변방으로 여겨 방치함으로써 이들을 진심으로 복속시키지 못했던 만큼, 두 사람이 세심하게 주민들을 다독일 방안을 연구하여 시행하면, 이들의 협조를 얻어 위의 관중지방과 옹,양주에 대한 지배력을 크게 흔들 수 있을 것이오. 그 후, 오장원의 주민을 주변의 이민족과 연계한다면, 촉한은 장안으로의 진출도 용이할 것이라고 생각하오."

결국 제갈량은 둔전을 하며 오장원에서 장기적으로 주둔할 마음을 굳히고 병사들에게 더욱 엄격하게 명한다.

"병사들은 절대로 백성들을 핍박하지 말고, 최대한 백성들과 친화하여 농사를 진심으로 돕도록 하라. 그리고 시간의 여유가 생기는 대로 전술과 창검술을 수련하여, 위군의 침범으로부터 오장원의 주민을 보호해줄 능력과 자세를 갖추고 있다는 것을 확신시켜주도록 하라."

제갈량은 병사들에게 명해 철저한 둔전 체계를 강화하는 와중에도 사마의와 대치하고 있는 팽팽한 고착상태에 변화를 주기 위해, 1백여 일간 밤낮으로 사마의 군영을 깨부수는 전략을 구상하다가 당해 8월, 과로와 병마로 쓰러진다. 깜짝 놀라 달려온 양의와 비의 등의 극진한 간병에도 불구하고, 며칠 동안 비몽사몽 간을 오가며 병마에 시달리던 제갈량은 자신이 더는 회복될 수 없는 단계라는 것을 인지하고, 장사 양의, 사마 비의, 호군 강유 등을 불러들여 마지막 지시를 전한다.

"고가 죽거든 장사 양의는 한중으로 철수가 완료될 때까지 임시로 지휘권을 인수받아 금선탈각에 의한 퇴각전략을 완벽히 세우고 즉시 퇴각하도록 하시오. 비록 위연장군이 군의 제2인자이기는 하나, 그는 화염물질을 몸에 지니고 불로 뛰어드는 성격이라, 자칫 잘못하면 퇴각에 우를 범할 수가 있기 때문이오. 고가 살아있을 때는 그를 다독거려 그의 장점을 잘 활용할 수 있으나, 고가 죽고 나면 어느 누구도 그를 통제할 수 없을 것이오. 사마 비의는 위연장군에게 즉시 가서 '퇴각하는 촉군의 후미를 맡아 적의 추격을 끊도록 하라'는 고의 명령을 전하고, 강유장군는 위연장군 바로 앞에서 군사를 이끌고 전방에서 철수하는 병사들을 호위하라. 장사 양의, 사마 비의 두 사람이 특히 주지해야 할 사안은 북벌에 대한 집착이 강한 위연장군은 쉽게 고의 명을 따르지 않을 수 있으나, 만일 위연장군이 명을 따르지 않더라도 그와는 상관없이 즉시 퇴각을 시행하도록 할 것이며, 모든 장수와 군사들에게는 고가 시행한 금선탈각(金蟬脫殼)에 의한 퇴각의 규범과 규정에 따라 순차적으로 퇴각하도록 지시하시오. 끝으로 그대들 이외의 나머지 장수들과 병사들에게는 고의 죽음에 대해 절대로 함구하시오."

 제갈량의 유언으로 임시지휘권을 받은 양의는 사마 비의를 위연에게 보내는데, 이때 위연은 북벌을 성공적으로 수행할 정예병을 양성하기 위해 잠시도 쉬지 않고 군사훈련에 몰두하고 있었다.

비의가 군사훈련에 여념이 없는 위연의 군영을 방문하여 제갈량의 승천을 전하며 제갈량의 뜻을 알린다.

"장군, 극비사항인데 승상께서 잠시 전에 타계하셨소."

위연은 다소 의외라는 듯이 묻는다.

"아니, 어떻게 나도 모르는 사이에 승상께서 타계했다는 말이오. 승상께서 특별히 나에게 지시한 사항은 없었소?"

위연은 제갈량이 북벌의 2인자인 자신에게 군권을 넘겼으리라는 기대감을 가지고 비의에게 묻는다.

"승상께서는 장사 양의에게 모든 군권을 넘기고, 장군에게도 즉각적으로 철수할 것을 명하셨소. 장군도 속히 승상의 명을 따릅시다."

사마 비의는 위연에게 제갈량의 군령을 전하고 즉시 철수할 것을 청한다. 위연은 자신이 기대했던 바와는 전혀 다른 지시가 내려지자 벌컥 화를 내며 비의에게 고함을 내지른다.

"승상께서 비록 승천했으나, 나! 전군사 겸 정서대장군 위연은 아직 건재하오. 승상부의 가까운 관속들은 바로 시신을 모시고 돌아가서 장사를 지내고, 나는 당연히 각 부대를 지휘하여 적을 토벌하겠소. 어찌 승상께서 승천했다고 촉의 대업을 그르칠 수 있겠소? 그것뿐만 아니라 승상 다음 직위인 전군사 겸 정서대장군 위연이 전쟁도 모르는 장사 양의의 명령을 받아, 퇴각하는 촉군의 후미를 지키는 졸장 노릇이나 하라는 것이 말이나 되는 일이오?"

위연은 자신의 군사적 재능, 전군사 겸 정서대장군의 지위에 대한 권위, 장사 양의에 대한 개인적 악감정이 한꺼번에 분출되어 철군명령을 거부하고, 북벌의 2인자로서 지위를 활용하여 새로운 군령을 내릴 구상을 전한다.

"승상부 관리들은 승상의 시신을 모시고 돌아가고, 나는 장수들과 군사를 이끌고 계속 사마의와 싸우겠노라."

위연은 독자적으로 군령을 작성한 후, 비의에게 서명을 강요한다. 상황이 이상하게 흘러가자 비의가 꾀를 부려 위기를 벗어나고자 한다.

"내가 본대로 돌아가서 장군의 뜻을 전하고 장사를 잘 설득하겠소. 장사는 문신이라 군사에 관한 사항을 제대로 모를테니, 내가 장군의 뜻을 전하면 장사도 장군의 의도를 알아차릴 것이오."

비의는 위연의 호구에서부터 벗어나기 위해 거짓약속을 한 후, 본대로 돌아와서 위연의 숨겨진 의도를 알린다.

"승상은 참으로 대단하신 분이다. 미래에 벌어질 일까지 예측해내다니..."

장사 양의는 제갈량의 예언을 새삼 감탄하며, 위연의 의사와는 상관없이 전군에게 즉각적으로 퇴각할 것을 명한다. 위연이 합류하지 않은 관계로 최종후미는 강유가 맡게 된다.

얼마 후, 촉군 본대가 자신의 의사와 무관하게 퇴각한다는 사실을 알게 된 위연은 크게 격노하며, 급히 진창 인근에 주둔한 직속부대를 이끌고 수양소곡을 남하하여, 야곡의 남곡구를 막고 촉군의 퇴로가 되는 잔도를 불태운다.

한편, 사마의는 촉군이 갑자기 철군하자, 촉진에 변고가 생겼음을 감지하여 정찰병을 불러 명을 내린다.

"너희들은 촉의 진용에 침투하여, 어떤 연유로 촉군이 퇴각하는지를 정확히 파악하여 돌아오라."

정찰을 다녀온 병사들이 이구동성으로 "촉군들은 정확한 사유는 모르고 장사 양의와 사마 비의의 명을 받아 퇴각을 준비하고 있다고 합니다."라고 사마의에게 보고를 올린다.

사마의는 직감적으로 제갈량에게 변고가 생겼음을 감지하고, 곽회와 진랑에게 명하여 촉군의 후미를 추격하게 하고, 곽회가 출격하기에 앞서 진랑에게 특명을 내린다.

"오장원 주변에는 제갈량이 뿌린 마름쇠가 많다. 그대는 군사 2천명에게 명하여 바닥이 부드러운 나막신을 신겨, 앞장서서 나아가게 하여 마름쇠가 모두 나막신에 박히게 한 후, 길을 평탄하게 만들어 기병과 보병이 순탄하게 전속력으로 진격할 수 있도록 하라."

진랑이 오장원 주변의 마름쇠를 말끔히 제거하자, 사마의는 곽회를 선봉으로 퇴각하는 촉군의 후미를 뒤쫓게 하고, 자신도 후군을 이끌고 촉군의 퇴각병을 바짝 추격하는데, 퇴각하는 군사의 후미를 맡은 강유가 추격병 곽회 쪽을 향해 갑자기 군사를 돌린다.

강유의 갑작스런 반격을 받아 움찔하여 뒤로 물러서려는 위국 사군들에게 곽회가 용기를 불러일으키려고 큰소리로 외친다.

"우리의 용맹한 군사들은 혼신을 다해 겁을 먹고 퇴각하는 강유의 정병을 과감히 격파하라."

강유가 돌격해오는 곽회를 상대로 진군을 의미하는 북과 징을 울리면서 교전을 펼치기 시작할 때, 이와 동시에 산기슭 좌우에서 천지를 뒤흔드는 함성이 울려 퍼진다.

후방에서 강유와 곽회가 혈전을 벌이는 것을 지켜보던 사마의가 산기슭을 올려다보더니 깜짝 놀라 뒤로 나자빠진다. 산기슭에는 갈건을 쓴 제갈량이 백우선을 쥐고 흰 수레에 앉아 병사를 지휘하고 있는 것이 아닌가?

사마의가 기겁을 하더니 곽회와 진랑에게 큰소리로 퇴각을 명한다.

"전군은 즉시 방향을 돌려 회군하라. 제갈량이 파놓은 함정이다."

제갈량을 추격하던 사마의가 오히려 퇴각하면서, 노도와 같이 달려드는 강유의 맹공에 속수무책으로 당한다. 한참을 달아난 사마의가 곽회, 진랑과 함께 군사를 수습한 후 풀죽은 목소리로 말한다.

"우리가 제갈량의 조호이산(調虎離山)계략에 말려들었던 모양이다. 이제는 제갈량이 공격할 수 있는 가시권에서 멀리 떨어졌으니, 잠시 숨을 돌리고 본영으로 되돌아가도록 하라."

사마의가 병사들을 산기슭에 잠시 쉬게 하고 돌아서려는데, 산중턱에서 우레와 같은 함성이 울리더니 산중턱과 산허리의 도처에서 촉군 깃발이 하늘로 치켜세워진다. 사마의와 곽회, 진랑 이하 모든 병사들이 깜짝 놀라 산중턱을 쳐다보고는 등골이 오싹해지는 것을 느낀다.

"아니! 저것은 공명이 아닌가? 공명은 사람인가, 귀신인가. 하늘을 날아서 이곳까지 먼저 와서 대기하고 있었다는 말인가? 전군은 속히 퇴로를 찾아 본영으로 속히 퇴각하라."

위 군사들이 겁에 질려 각자 도망치다가 서로 엉키면서 땅에 깔려 죽는 자가 속출한다. 사실 이것은 제갈량이 사마의가 추격할 것을 대비하여, 미리 산의 중턱에 자신의 목각을 만들어 백우선을 들게 하고, 흰 수레에 앉아서 병사를 지휘하는 형상을 만들어 위장술을 펼친 것이었고, 강유가 곽회의 추격을 받다가 방향을 돌릴 때 나타난 제갈량은 제갈량과 유사한 병사에게 제갈량의 복장을 입혀 행한 위장술이었는데, 제갈량에게 수없이 농락을 당했던 사마의가 지레 겁을 먹고 벌인 희극이었다.

이 장면을 연상하여 오장원 백성들이 '죽은 공명이 산 중달을 물리치다(死孔明走生仲達)'라는 말을 지어 부른 것이 현재에까지 전해지고 있다.

장사 양의는 야곡의 남단 근처인 적안에 도착해 계곡으로 들어가서 방어진형을 형성한 후, 장수들과 군사들을 불러 모아 제갈량의 발상을 행하고, 제갈량의 유언에 따라 한중의 정군산에 분묘를 만들기로 한다.

정군산에는 한고조 유방의 승상인 소하가 쌓은 면양성이 있는데, 산의 양쪽 봉우리에 있는 정상은 경사가 완만해 1만의 병사들이 주둔할 만한 곳이다. 양의는 제갈량의 유언, '정군산의 산을 분묘로 삼아, 좁은 관을 넣을 정도로만 만들고 시신은 평상복을 입힌 채 입관하되, 부장품을 절대로 넣지 않도록 하라'는 제갈량의 유언에 따라 간소하게 장례를 치른다.

제갈량의 발상을 마치고 기곡도 남쪽 입구를 향해 이동하던 촉군은 위연이 끊어놓은 잔도 앞에서 오도 가도 못하는 신세가 된다. 제갈량이 미리 위계를 세워 사마의의 추격을 물리치지 못했다면, 촉군 8만의 병사는 야곡에서 상상도 할 수 없는 위기에 놓일 뻔한 형국이었다.

촉군의 퇴로를 끊어 촉군을 위기로 몰아넣은 후, 위연은 오히려 유선에게 거짓으로 표문을 올린다.

"폐하, 장사 양의가 군령까지 어기고 모반하여 병사를 이끌고 성도로 향하고 있습니다."

위연이 후주 유선에게 선제로 표문을 올린 것을 알게 된 양의도 즉시 유선에게 후속으로 표문을 올려 위연의 모반을 고한다.

"승상께서 승천에 앞서 내린 '전군을 퇴각시키라'는 군령을 어기고, 위연이 촉군의 퇴로를 막아 전군을 몰살시키려는 모반을 꾀하고 있습니다."

후주 유선은 양측에서 상반된 표문이 올라오자, 유부장사 장완, 시중 동윤 등을 불러 사태에 대해 논의한다. 그 결과, 실제 위험인물은 위연이라는 결론을 내리고, 후주 유선은 장완에게 명해, 성도 주변의 경비부대를 총동원하여 기곡도 적안으로 출병하게 한다.

동시에 양의는 왕평에게 군사를 딸려 위연을 대적하도록 하는데, 적안의 협로로 찾아가 위연을 마주한 왕평은 위연의 병사들을 향해 일갈한다.

"돌아가신 승상의 시신이 아직도 식지 않았거늘, 너희들은 어찌 역도 위연의 앞잡이가 되려 하느냐? 위연은 엄연히 역적질을 하고 있느니라. 내가 위연의 모반을 하나하나 열거하겠노라."

왕평이 제갈량의 승천에 관한 사실과 위연의 항명행위에 대해 또박또박 밝히고 있을 때, 위연의 수하들은 후주 유선이 장완에게 명해 숙위(宿衛)하는 영(營)의 군사들을 총동원하여 10여 리 앞에 당도했다는 소식을 듣는다. 위연의 수하들은 엉겁결에 역도에 몰리게 되었다는 현실을 깨닫고 무기를 버리고 투항한다.

잡군을 정병으로 육성하는 군사적 재능을 지닌 위연이지만, 독단적이고 과격하여 남과 융화하지 못하는 인간성의 위연을 마음으로 따르지 않던 직속 수하의 장수들도 모두 투항하자, 위연은 아들과 함께 한중으로 도주한다.

이때 양의의 명을 받은 마대가 위연을 추격하여 위연과 아들을 십중 포위하고 큰소리로 꾸짖는다.

"그대는 승상의 끝없는 비호를 받으며 최고의 예우를 받아 왔는데, 어찌하여 승상이 승천하심을 기화로 모반을 꾀하려 하는가?"

마대의 꾸짖음에 위연이 항변을 한다.

"나는 결코 모반을 꾀한 것이 아니오. 양의가 상관인 나를 무시하고 제멋대로 군사를 움직이기에 양의를 벌하려고 했을 뿐 다른 의도는 없었소."

"그러면 왜 병사들이 회군하는 잔도를 끊어 몰살시킬 위기를 자초했소?"

위연이 무언가 변명을 하려는 순간, 마대는 포위한 병사들에게 명해 위연에게 화살을 날리도록 명한다.

"궁수는 역도 위연에게 화살을 날려, 모반에 대한 대가를 지불하게 하라."

위연과 아들은 궁수들이 쏜 화살을 집중적으로 맞고 그 자리에서 비명횡사한다.

사마의는 촉군이 적안에 도착해서 제갈량의 발상을 시행하고 있다는 보고를 받고서야 비로소 제갈량의 죽음을 확실히 알게 되자, 다소 머쓱해진 채 장수들 앞에서 겸연쩍다는 표정을 지으며 입을 연다.

"나는 산 사람은 헤아릴 수 있으나, 죽은 사람은 헤아릴 수 없노라."

제갈량은 군사를 정연하게 훈련시키고, 일사분란하게 용병하기에는 뛰어났지만, 권모술수와 기모에는 능통하지 못했다. 제갈량은 전략을 종횡가의 음모기책(陰謀奇策)인 간계(奸計)에 의지하지 않고, 유교의 양모정책(良謀正策)을 선호하여, 전략가라기보다는 천하의 정세를 정확히 판단하는 내정에 출중한 정치지도자이자, 과학과 산업을 유기적으로 융합시키는 과학적 행정 집행가였으며, 외교협상가로서의 자질이 출중한 영걸이었다. 이런 출중한 분석력, 종합 판단력을 지닌 제갈량이기에 변방에 치우쳐있는 촉이 중원을 한 번에 복속시키기는 어렵다는 것을 인식하여, 옹, 양주를 먼저 취하고 난 후에 중원을 도모하는 중장기전략으로 북벌에 임하다가 격무로 최후를 맞이하게 된 것이다. 마음씀씀이가 공정하고 권계(勸戒)를 정의롭게 하여 형벌이 엄중했음에도 원망을 품는 자가 없었고, 가르침과 행실이 바르고 곧고 매사에 솔선수범하여, 백성들이 승상을 믿고 따름에 한 치의 거리도 두지 않았다.

한편, 위연을 극도로 증오했던 양의는 위연의 사태를 진압한 후, 위연에게 모반죄를 씌어 삼족을 멸하는 가혹한 족형

(族刑)을 행한다. 이후, 양의는 자신이 오장원 북벌의 최고 공훈자라는 생각에 빠져있었는데, 후임 승상을 고민하던 유선은 생전에 제갈량이 추천해 두었던 장완을 상서령으로 임명하여 제갈량의 후임으로 선택한다.

곧이어 유선은 장완에게 부절을 주고, 도호를 대행하며 익주자사를 겸임하게 한다. 제갈량의 후임이 자신에게 오리라 상상하고 있던 양의는 제갈량의 후임이 장완에게 돌아가자, 크게 분격하더니 자신을 찾아와 위로하는 비의에게 한탄조로 푸념을 한다.

"폐하는 어찌 장완에게 승상의 뒤를 잇게 하고, 위연의 난을 진압하는 데 공이 가장 큰 나를 중군사로 임명하여, 한직으로 밀어낼 수 있다는 말이오. 이렇게 될 줄 알았다면 승상이 죽었을 때, 위연을 따라 한중에 남아있는 것이 나을 뻔했었소이다."

양의는 넘지 말아야 할 선을 넘어서면서 본인의 막장 성격을 그대로 드러낸다.

이 사실은 결국 유선에게 알려지고, 양의는 벼슬에서 쫓겨난 후, 실의에 빠져 지내다가 스스로 목숨을 끊는다.

이와는 정반대로 겸허한 성품의 장완은 승승장구하여 대장군 겸 녹상서사, 그리고 안양정후에 봉해져 사실상 촉한의 전권을 장악하기에 이른다.

9.
사마의 요동 정벌전과 회남 정벌전

9. 사마의 요동 정벌전과 회남 정벌전

1) 사마의 요동

238년(연희 원년)에는 요동에서 공손연을 중심으로 공손씨 일가들이 위국에 대항하여 반란을 일으켜 위국이 어수선해진다. 이 정보를 들은 유선은 이를 기회로 여겨 장완에게 조서를 내린다.

"최근 요동 3군에서 조예의 핍박과 수탈에 반발하여 위국에게 등을 돌렸노라. 중국 최초의 통일제국인 진이 멸망한 것은 진승, 오광의 난 때문인데, 이번 요동에서의 대규모 반란은 하늘이 내린 좋은 기회가 되리라. 녹상서사는 한중에 주둔하여 군대를 통솔하고, 조정에서 동오와 뜻을 함께하여, 위를 동서에서 협공할 명령을 내릴 때를 기다리라."

장완은 유선의 조서를 받아 측근들과 대책을 수립하기에 분주해진다.

"지난 5차례에 걸친 북벌을 경험으로 말씀드리면, 북벌 원정길은 산길이 워낙 험하여, 육로를 통한 군수품 보급과 군사 지원이 매우 어려웠습니다. 이제는 어선을 많이 건조하여 수로를 통한 보급로를 개척하고, 한편으로는 육로의 보급이 수

월한 상용과 위흥을 탈취하여 육로를 개척해야 할 것입니다. 상용으로 가는 길은 한수(漢水)와 면수(沔水)의 물길을 따라 큰배를 활용해서 쉽게 군수품을 보급할 수 있기 때문입니다."

장온은 대책회의의 결과를 정리하고 즉시 유선에게 표문으로 올린다. 그러나 조정의 대신들은 이에 대해 적극적으로 반대의 여론을 펼친다.

"군사들이 강을 따라 내려가서 전투를 벌이다가 뜻대로 되지 않아 퇴각하게 될 때, 퇴로가 막히면 심각한 타격을 입게 됩니다."

조정대신들의 반대 여론이 들끓자, 유선은 상서령 비의와 중감군(中監軍) 겸 정서장군 강유를 한중으로 보내 조정의 뜻을 논의하게 한다.

"부현은 물길과 육로를 통해 사방으로 길이 뚫려 있으니, 위급사태가 발생하더라도 서로 교통할 수 있습니다. 부현을 통해 양주를 먼저 공략해야 합니다."

장완은 정치, 행정에 있어서는 일가견이 있으나, 야전 사령관으로서는 한계가 있음을 인식하고 강유의 뜻을 받아들여 표문을 올린다.

"신은 실전경험이 없어 야전을 이끌기에는 한계가 있습니다. 실전의 지휘는 강유장군에게 전담시키고, 신은 뒤에서 야전을 지원하는 체제를 구축하고자 합니다. 폐하께 청컨대, 강유를 진서대장군 겸 서량자사에 올리고, 왕평을 진북대장군 겸 전감군(前監軍)으로 임명하시어 이들에게 한중을 맡기시고, 신은 부현에서 출정군의 후방지원을 하고자 합니다. 부현은 수로와 육로를 통해 사방으로 길이 뚫려 있어 어떤 위급 사태에도 군수물자 보급을 원활하게 공급할 수 있습니다. 윤허하여 주시옵소서."

마침내 유선으로부터 윤허를 받은 장완은 대사마로 승진하여, 부현으로 후원부대를 옮겨 북벌의 계획을 실행하려고 고심하던 순간, 고질병이 도지면서 임무를 수행하는 것이 어려워진다. 장완은 유선에게 상서령 비의를 대장군 겸 녹상서사로 천거하고, 자신을 대신하여 정무와 군무를 총괄하게 한다.

이와 거의 때를 같이 하여, 위에서는 요동태수 공손연이 스스로 연왕이라 칭하며 독립을 선언하자, 조예는 다급히 사마의를 수도로 불러들인다. 사마의가 낙양에 도착하여 편전에 들자, 조예가 사마의에게 단도직입적으로 묻는다.

"그대만이 요동의 난을 무리 없이 수습할 수 있다고 생각하여 급히 불렀소이다. 공의 안목으로 볼 때, 공손연은 어떤 전략과 전술로 임할 것 같소?"

"그가 쓸 수 있는 수단은 3가지입니다. 상책은 성을 버리고 달아나는 것입니다. 중책은 요수에 의지해 위의 대군과 맞서는 것입니다. 하책은 양평을 끼고 수성을 택하는 것인데, 하책을 쓴다면 공손연은 사로잡힐 것입니다."

"그렇다면 공손연이 3가지 전략 중에서 실제로 어떤 전략을 행할 것이라고 대장군은 생각하고 계시오?"

"아군이 중원과 멀리 떨어져 있어 후방의 지원을 받을 수 없다고 생각하면, 공손연은 아군이 오래 버틸 수 없다고 여겨 요수에서 맞설 것입니다. 그러다가 힘에 밀리면 양평성으로 들어가 수성에 임할 것입니다. 결국 공손연은 중책과 하책을 쓸 것으로 예측됩니다."

"공이 공손연의 반란을 진압하고 돌아오는 데 얼마나 시간이 걸리겠소? 그대가 짐의 곁에 가까이 없으면, 짐은 안심이 되지를 않아서 하는 말이오."

"소장이 양평까지 가는데 1백일, 진압하는데 1백일, 휴식을 취하는데 60일, 돌아오는데 1백일 도합 1년이면 충분할 것으로 사료 되옵니다."

조예의 윤허를 받은 사마의는 238년(경초2년) 봄, 우금을 선봉장으로, 호준 등을 부장으로 기병과 보병 도합 4만명을 이끌고 원정에 나서, 고죽(孤竹)을 지나고 갈석(碣石)을 넘어 6월, 요수(遼水)에 이른다. 공손연은 사전에 참전을 약조했던 촉한이 장완의 와병 등의 내부사정으로 참전이 어려워지자 손권에게 협조를 요청하게 되고, 이에 손권은 공손연과 공조하여 위를 공격하기로 약속한다.

손권의 공조를 약속받은 공손연은 기보 수 만 명으로 요수에 의지하고, 해자 등을 20여 리에 걸쳐 설치하여, 성벽을 튼튼히 방비하는 견벽거수(堅壁據守)전략을 세우고, 남북으로

70리에 걸쳐 진형을 세운 후 사마의를 기다린다. 사마의는 공손연이 스스로 하책에 걸려들도록 조호이산(調虎離山)전략을 펼치기 위해 유인책을 구사한다.

"부장 호준은 수천 병사에게 기치를 높이 들게 하여, 남쪽으로 출병할 듯이 공손연을 유도하라. 그대는 반드시 행군을 천천히 행하여야 하느니라. 공손연의 부장 비연과 양조가 기치를 보고 군사를 이끌고 남으로 이동하기 시작하면 부장의 유인책은 성공한 것이다."

호준에게 명을 내린 후 사마의가 공손연의 행보를 자세히 관찰하는데, 공손연이 호준의 기수들이 이동하는 것을 따라 군대를 남으로 이동시키는 것을 확인하자, 사마의는 군사들을 몰래 배에 태우고 북쪽으로 이동시킨다. 그 후, 강을 건너 요수 강가에 군사들을 포진시킨 후, 배를 가라앉히고 급조한 나무다리를 불태우며 배수진(背水陣)을 친다. 곧이어 사마의는 장수들을 불러들인다.

"우금장군은 장수들에게 명하여 요수를 철저히 포위하고 군영을 철저히 지키고 있도록 지시하라. 나머지 장수들은 모두 나를 따라 양평으로 진군한다."

이때, 장수들이 사마의에게 이의를 제기한다.

"소장들이 볼 때 대장군께서 적을 포위만 하고 공격을 시도하지 않은 채, 병사를 양평으로 이동시키시는 것은 좋은 전략이 아닌 듯합니다."

사마의가 장수들에게 자신의 전략을 상세하게 설명한다.

"요수는 적군의 둔영이 견고하고 보루가 높은데, 방위벽을 더욱 높이고 있는 것은 공성에 임하는 아군의 힘을 빠지게 해서, 나중에 쉽게 요리하려고 하는 이일대로(以逸待勞)전략을 구상한 것이오. 이에 대해 나는 조호이산(調虎離山)전략을 펼치려는 것이오. 적의 정예병이 이곳에서 아군과 대치하고 있으니 양평은 비어있을 것이고, 아군이 양평으로 진군한다고 소문을 내면, 공손연의 부장들은 양평을 지키기 위해, 아군이 양평으로 이동하는 것을 막으려고 둔영 밖으로 출병할 것이오. 이때 우리는 적장을 야전으로 끌어내어, 야전으로 나온 공손연의 군사를 전멸시키는 전략을 구사해야만 빠른 시간에 적을 성공적으로 섬멸시킬 수 있소."

사마의가 양평으로 진군한다는 헛소문을 내고 병사를 끌고 이동하는 척하자, 공손연의 부장 비연과 양조가 사마의 군사를 요수에 묶어두기 위해, 군사를 이끌고 출성하여 사마의의 후미를 공격한다. 사마의는 미리 이에 대해 대비를 하였기에, 후미에 최정예병을 배치해 두었다가 이들에게 역격을 가한다.

공손연의 부장 비연과 양조가 당황하여 군사를 물리려 하지만, 사마의의 부장들이 좌우의 기병을 활용하여 공손연의 군사들을 중앙으로 몰고, 최정예병이 공손연 군대의 전후방을 밀어붙인다. 야전에서 포위당할 위기에 놓인 양조와 비연은 병사들에게 퇴각을 명한다.

사마의는 비연과 양조가 둔영에서 병사를 이끌고 출전할 때를 기다렸다가, 비연과 양조가 둔영 밖으로 나가자 둔영의 주변에 엄폐시킨 복병을 이끌고 이들의 둔영을 탈취하는 데 성공한다. 둔영을 강탈당한 비연과 양조는 요수의 둔영으로 가지 않고 양평으로 철수하고, 사마의는 이들을 추격하여 양평성을 포위한다.

공손연이 비연, 양조와 함께 양평성과 양평의 고지에 위치한 둔영을 굳게 지키자, 사마의는 잠시 공격을 멈추고 군사들이 주둔할 군영을 세우도록 지시한다.

"오랑캐가 장기전으로 돌입하려고 한다면, 아군은 이에 대한 대비책을 새로이 마련해야 할 것이다. 전군은 공병을 도와 군영을 세우고, 군영의 주위에 방책과 참호를 파서 철저한 방비태세를 갖추도록 하라. 나는 그동안 타초경사(打草驚蛇:적장을 잡기 위해 주변을 공략) 전략을 중심으로 공손연을 잡아들일 구체적 전략을 마련하겠노라."

사마의가 공손연의 장기전에 대비하여 새로운 전략을 구상하기 위해 공격을 멈추고, 이로써 양군이 양평에서 한동안 대치하고 있을 때, 장마가 시작되더니 30여 일간을 집중적으로 비가 내려 강물이 범람한다. 평지에 자리를 잡은 사마의 군영에 홍수가 밀려들어 군영 주위는 물길이 수척이나 되고, 군영에서 군사들의 이동과 주거환경이 불편해지면서 장수들이 사마의에게 찾아와 건의를 올린다.

"공손연의 군사들은 고지에 둔영이 있어 태연히 방목을 하고, 땔감을 준비하여 밥을 짓는데, 아군은 평지에 불을 지필 수가 없어, 숙식과 이동이 매우 불편한 관계로 불안에 떨고 있습니다. 군영을 옮기심이 어떻겠습니까?"

사마의가 대로하여 소리를 지른다.

"지금 군영을 옮기면 아군 진용에서 큰 혼란이 일어날 것이고, 이때 적병이 급습하면 아군 모두가 위험에 놓이게 될 것이다. 더 이상 군영을 옮기라는 말을 하지 말라. 다시 언급하면 지위 고하를 막론하고 즉시 참하겠다."

사마의의 엄명에 앞에서는 모두가 숨을 죽이고, 뒤에서는 큰 불평을 늘어놓는다. 이에 참다못한 도독영사 장정이 사마의에게 찾아와서 직언을 고한다.

"장군께서 병사들의 고충을 헤아려 주셨으면 합니다."

사마의가 격노하여 주위에 명한다.

"도부수는 이 자를 끌어내어 목을 쳐라."

사마의는 장정을 참수함으로써, 일벌백계(一罰百戒)로 군영의 동요를 진정시킨다.

병사들이 불편함을 느껴 오히려 전투를 벌이자는 여론이 일어나자, 사마 진규가 사마의를 찾아 전투를 청한다.

"태위께서 예전 상용의 맹달을 공격할 때에는 8부로 밤낮을 가리지 않고 달려, 1달에 당도할 거리를 8일 만에 도착하여 견고한 성을 함락시키고 맹달을 참수했습니다. 그런데, 지금은 적군의 둔영 앞을 포위하고 있으면서도 느슨하고 안이하게 임하시니, 병사들의 사기가 극히 저하되어 있습니다."

사마의가 차분히 설명한다.

"그때는 맹달의 군사는 적은 데 반해, 맹달의 성안에는 1년을 버틸 양곡이 있었네. 우리는 군사가 4배에 달하는데, 급히 이동하려다 보니 식량은 며칠을 버틸 수 없을 정도로 적어 속전속결을 택할 수밖에 없었네. 지금의 공손연은 수만의 병사를 보유하고 있어 공성에 자신을 가지고 있고, 아군은 홍수로 고통을 겪고 있어 자기들이 공성을 이겨낼 수 있다고 생각하고 있는 듯하네. 나는 포전인옥(拋磚引玉)전략으로 공손연에게 허점을 보여 그들을 안심시킨 후, 대대적으로 공성에 임하려 하네."

사마의가 공성에 임하지 않고 계속 느슨한 용병을 취하자, 공손연의 군사들은 기강이 해이해지기 시작한다.

그로부터 며칠이 지나 비가 그치고, 사마의는 군사들에게 다시 공손연의 둔영을 포위하도록 명하자, 기강이 무너진 공손연의 군사들은 갈피를 잡지 못하고 갈팡질팡한다.

이 틈을 타고 사마의는 토산을 일으켜 공성에 돌입하기 시작한다. 토산 위에서 화살과 쇠뇌를 날리고, 누거(樓車), 발석거를 통해 성안으로 돌과 바위를 무수히 날린다. 성문을 향해서는 전차, 충차를 돌진시키고, 사다리를 올려 성벽을 기어오르고, 한편으로는 땅굴을 파내어 지상전, 땅굴전, 공중전을 펼치자, 성안의 백성들과 병사들은 두려움에 빠져들어 정신을 가누지 못할 지경에 이른다.

이런 상태가 몇 개월 지속하며 식량이 바닥나게 되고, 성민들은 죽은 인육을 먹어야 할 정도로 심한 기아에 시달리게 된다. 공손연의 부장 양조 등은 버티지 못하고 공손연에게서 이탈하여 투항을 청한다.

이런 와중에 8월이 되어서는 수십 장(丈)을 이어지는 유성이 공손연 둔영의 주변에 떨어져, 공손연 병사들은 극도의 공포감으로 전투하려는 의지를 잃기 시작한다. 이때 고구려의 동천왕도 사마의에게 군사를 파병하는데, 정작 공손연과 군사동맹을 맺은 손권이 파병한 동오의 정주는 이때까지도 깜깜무소식이었다. 견디다 못한 공손연은 시중 위연(衛演:촉한의 위연과 다른 위연)을 사마의에게 보내 화의를 청한다.

"태위의 위명을 진작부터 알고 있었으나, 오늘 직접 접하며 소장과 같은 범인은 결코 대적할 수 없는 영걸이라는 것을 깨달았습니다. 이제 장군께 투항하여 위에 충성할 것을 맹약하며, 그 증표로 자식 공손수를 위에 볼모로 보내겠습니다."

사마의는 공손찬의 항복전서를 가져온 시중 위연(衛演)에게 자신의 뜻을 전한다.

"군사의 대요(大要)는 다섯 가지가 있으니, 첫째는 싸울 자신이 있으면 싸우고, 둘째는 싸울 수 없으면 지켜야 하며, 셋째로 지킬 수 없다면 피해야 한다. 공손연은 세 번째 대요를 어겼노라. 이를 어겼으니 남은 것은 네 번째의 항복과 다섯 번째의 죽음인데, 공손연이 직접 나와서 항복을 청하지 않은 것은 다섯 번째의 죽음을 자초한 것이다."

시중 위연(衛演)으로부터 사마의의 전언을 들은 공손연은 아들 공손수와 기병 수백을 거느리고, 동남 방면의 포위망을 뚫고 도주하다가, 위군의 척후병에게 잡혀 참수를 당한다. 사마의는 참수를 당한 공손연의 수급을 베어 소금에 절여 들고 낙양으로 회군하기 시작한다.

조예는 등극 초기에는 간언하는 사람을 좋아했으며, 간언하는 사람이 마음에 들지 않아도 꺾어버리지 않았고, 항상 예로써 대신들을 대했다. 인재를 천거함에 있어서 주변 사람의 칭찬이나 비난에 좌우되어 관료를 선정하는 경우, 인물을 천거함에 조작됨이 많음을 개혁하고 객관적 자료에 의해 인재를 선발하여, 유능한 자와 공적이 있는 자가 선발되는 계기를 정착시켰다.

유려한 말투와 고상한 자태로 위장한 실속이 없고 허황된 필궤, 하안, 이승, 정밀 등 무리를 증오하여 면직시키고, 다시는 이들을 중용하지 말라는 엄명을 내리기도 했다.

이렇게 총명하던 조예가 문덕황후 곽씨가 죽은 후, '문소황후의 죽음'에 대한 내막(생모 문소황후는 조비가 문덕여왕 곽씨를 총애한 것을 원망하다가 사약을 받았다는 내용)을 알게 된 235년(청룡3년) 3월 이후부터는 정신 줄을 놓고 막장으로 치닫기 시작했다.

조예는 부왕 조비가 문덕황후의 밀고에 의해 생모 문소황후에게 사약을 내리게 되었다는 사실을 알게 되고, 게다가 문덕황후가 '문소황후의 시신을 관에 넣는 대렴을 받지 못하게 했으며, 머리카락은 풀어 흐트러진 상태로 매장하게 했다라'는 말을 전해 듣고, 대성통곡을 하더니 그 자리에서 졸도했었다. 한참이 지나, 졸도에서 깨어난 조예는 문덕황후의 장례를 모후의 사례와 똑같이 행하라고 명했었다.

그 후 조예는 막장으로 치달아 문란한 생활을 멈추지 않았고, 궁에 있는 궁녀들은 후궁부터 무수리까지 무릇 수천 명에게 성총을 베풀기까지 하고 있었다.

당해 3월 말경에는 모후의 장례를 치르면서, 낙양궁을 크게 고치고 소양전, 태극전, 총장관 등을 신축하기 시작하였는데, 총장관의 경우 높이가 10장(丈)이나 되는 등 초호화판으로 역사를 벌여, 백성들은 부역에 동원되느라 생업에도 큰 지장을 받을 정도로 생활이 피폐해졌다.

낙양의 백성들이 부역으로 농사를 짓지 못하고, 엎친 데 덮친 격으로 낙양에 홍역이 돌더니 가뭄까지 들어 백성들의 불평불만이 최고조에 달하게 되자, 사마의가 장안에서 양곡 5백만 섬을 낙양으로 보내는 일까지 발생했었다.

이런 와중에도 조예의 궁궐 벽은 고쳐지지 않고 더욱 심해져, 급기야 숭화전을 다시 초호화판으로 재건하기 시작하는 등 기행이 잦아지자, 이런 기행에 대해 대신들이 상소문을 올리고 간언을 할 때는 격노도 하지 않고, 이에 대해서는 차분히 답장을 보내며 처벌도 하지 않는 등 기이함을 계속 보여 왔다. 붕어하기 1년 전에는 방림원에 흙산을 만들어 공경들과 관료들에게 흙을 짊어지게 하는 잡역을 시키고, 소나무와 등나무 등 나무와 각종 꽃을 심고, 산새와 들짐승을 풀어 동물원과 식물원을 조성하는 등 엽기적인 행각을 멈추지 않았다.

이같이 방탕한 생활로 끝나지 않고, 조예는 부인 명도황후가 투기한다는 이유로 자진을 명한 후부터, 갑자기 중병이 들어 병세가 위독해지더니, 이때부터 조정의 안위를 걱정하기 시작한 조예는 공손연의 반란을 진압하고 요동에서 낙양으로 돌아오고 있는 사마의에게 친필로 쓴 조서를 수차례 보내며 급히 낙양으로 불러들인다.

"짐이 매우 두렵고 불안한 마음에 공이 돌아오기를 학수고대하고 있으니, 낙양에 도착하거든 곧바로 영안궁 협문을 밀치고 들어와 짐을 배알하도록 하라."

사마의가 밤낮을 가리지 않고 4천여 리를 달려 낙양에 당도한 후, 가복전 침실 안으로 인도되어 조예가 죽기 직전에 조예의 침상에 오른다. 이때 조예는 사마의의 손을 잡고 조방을 눈으로 가리키며 말한다.

"짐의 붕어가 경각에 달렸으나, 그대를 기다리려고 여태 버티어 왔소. 사마 경과 대장군에게 태자의 뒷일을 부탁하오."

조예는 대장군 조상과 사마의에게 유언을 남기고, 조방을 후사로 정한 후, 조정의 뒷일을 부탁한다.

조예가 죽고 조방이 황제로 즉위한 후, 사마의는 시중 겸 지절, 도독중외제군, 녹상서사에 올라, 대장군 조상과 함께 각기 군사 3천을 통수하여 함께 조정의 일을 관장하고, 대궐 안에서 번갈아 숙직하며 수레를 탄 채 대궐로 출입할 권한을 부여받는다.

사마의는 요동에서 돌아오면서 조예가 궁실 건축과 감상용 장식물 1천여 개를 조성하기 위해 불러들인 부역자가 1만여 명에 달하는 것 때문에 민심의 이반과 동요가 극심한 것을 우려하다가 조방이 황위에 오르자, 조방에게 이를 모두 파기할 것을 상주하여, 그 당시 천하의 민심은 사마의를 고마워하고 의지하기 시작한다.

2) 손권과 사마의, 회남에서 공방전을 펼치다

동오에서는 상서호조랑 은례가 위나라에 어린 조방이 즉위하여 혼란스러운 이때를 기회로 총력전을 벌여 위를 정벌해야 한다고 상소를 올린다. 손권은 은례의 상소를 바탕으로 삼아, 위국의 분위기를 감지하기 위해 총력전 대신 국지전으로 상황을 점검하기로 결심한다.

결국 241년(정시2년) 5월 초여름에 이르러, 동오의 거기장군 주연, 손륜의 5만 병력이 양양의 번성을 포위하고, 위북장군 제갈각은 육안을 공격하고, 대장군 제갈근과 보즐이 조중(租中)을, 대위장군 전종이 작피를 목표로 총공세를 펼친다. 이 당시 촉한에서는 장완이 한중에 3만의 병력을 배치하여 왕평에게 맡기고, 강유에게 양주자사를 제수하여 위의 공격을 철저히 대비하게 하고 있었다.

그 후, 촉한은 손권과 공조하여 주력부대를 형주로 이동시켰으나, 대사마 겸 녹상서사 장완이 중병으로 쓰러지는 바람에 주력부대는 군사행동을 감행하지 못하고 다시 성도로 회군하게 된다. 이에 동오는 촉한의 도움이 없이 주공격 목표인 작피를 점거하기 위한 전략으로 주연은 양양의 군사를 번성에 묶어 놓게 하고, 제갈근이 조중으로 잠입하여 위군의 병력을 분산시키는 전술을 펼친다.

주공격 목표인 작피를 책임지게 된 동오의 대위장군 전종은 수만의 대군을 이끌고 회남으로 진군하여 안성의 양곡창고를 불태우고, 그곳의 백성들을 거둬들여 이주시킨 후 작피를 기습적으로 공격한다.

작피는 한중의 거대한 수리시설인 도강언에 버금가는 회수 유역의 수리시설로서, 회남지역의 농사에 기여하는 바가 지대했다. 동오의 대위장군 전종이 작피를 점령하고 제방을 파괴시킬 임무를 띠고 쳐들어갈 때, 위나라 정동장군 왕릉이 소수의 병사를 이끌고 급히 요격에 나선다.

이즈음 제갈근이 조중을 공격하여 점령하고, 주연과 손륜은 위의 정동장군 겸 가절도독청서제군사 호질과 번성의 근방에서 대치하고 있었다. 형주 북방의 위기가 위의 조정에 보고되자, 시중 사마의가 위애제 조방을 보좌하여 전략회의를 소집한다.

"조중은 이미 제갈근에게 점령되어, 조중의 백성 10만 명이 강의 남쪽에 외따로 떨어져 갈 곳을 잃고 있으며, 번성은 호질과 포충이 3천여 병력으로 5만 대군을 상대로 번성 길목을 막고 있으나, 곧 포위될 위기에 놓여있다고 합니다. 작피는 이미 전종에게 점령되어 조만간 제방이 파괴당할 위기에 놓여있다 하니, 빨리 원병을 보내 구원하지 않으면 위국의 위기로 이어질 수도 있습니다."

사마의가 조방에게 긴급히 출병해야 할 필요성을 주청하자,

대다수 참모와 장수들이 다른 의견을 제시한다.

"동오군이 멀리 원정을 와서 번성을 포위하고 포위망을 구축하느라 피로도가 극심할 것입니다. 더구나, 번성은 성벽이 워낙 견고하여 쉽게 함락시키기 어려운 요새입니다. 동오의 군사들은 공성에 임하여 불가능을 알게 되면 스스로 물러나게 될 것입니다. 성주에게 강하게 방어하여 장기적으로 공성을 막아낼 방책을 강구하도록 하는 것이 최선입니다."

대다수 참모와 장수들이 번성의 방비를 자체에 맡겨서 수성에 임하도록 주문하자, 사마의가 당치 않다는 듯이 강한 어조로 이들을 질책한다.

"병법에 이르기를 '장수가 유능한데 수비에 치중하는 것은 군을 속박하는 것이요, 장수가 무능한데 공격하도록 하는 것은 군을 궤멸시키는 것이라' 했소. 지금 우리는 장수가 유능한데 수비에 치중하라고 하는 것은 대위 관할영역의 성민들을 고통 속에 몰아넣고 방치하게 하는 하책이오."

전략회의를 마친 사마의는 정남장군 하후유를 소환한다.

"정남장군은 특공기병대를 이끌고 급히 나아가 등새에 주둔하여, 적병과 싸우지 말고 매일 북을 두드리고 나각을 불면서, 구원병이 곧 오리라는 암시를 번성에 알리도록 하라. 나는 그대가 성주 을수에게 항전의 의지를 불태우는 동안, 대군을 이끌고 번성을 구원하러 가겠노라."

사마의가 하후유를 파병한 후 자신도 대군을 이끌고 출정에 임할 때, 3천의 병력으로 5만의 동오군이 진을 치고 있는 번성의 길목을 지키던 위국의 장수 호질과 포충은 현실적으로 가능한 전략을 찾기 위해 고심한다.

"우리가 소수의 병력으로 주연의 대군을 전면전으로 대항하기는 어려우니, 유인술과 기습전을 통해 주연의 본영을 묶어놓고, 중앙의 지원군이 올 때까지 시간을 벌어야 하겠소. 주연은 선봉을 번성으로 파견하여 이미 번성을 포위하고 있어, 본진에는 불과 5천의 병사들이 남아있을 것이니, 나는 주연의 본진을 우회하여 적의 후미를 급습하는 만천과해(瞞天過海)계책을 펼쳐 주연의 병력을 둘로 분산시키겠소. 장군께서는 주연이 병력을 쪼개어 나의 군사를 추격할 때, 주연의 본진 주변에 침투해 있다가 본진을 갑자기 급습하시면 어떻겠습니까?"

포충의 전략에 호질이 동의하여, 이들은 주연의 군사들이 본진을 빠져나가기를 기다린다. 위의 장수 포충이 허장성세로 군사들이 이동하는 듯이 위계를 쓰자, 동오의 거기장군 주연은 본진에 8백의 수비병만을 남겨 놓고 포충의 후미를 추격한다. 동오의 거기장군 주연이 본진을 떠난 얼마 후, 호질은 특공대를 이끌고 주연의 본영을 기습한다. 그러나 본영의 병사에게 포충을 추격하도록 보내고 본진을 지키던 주연은 곧바로 위국 장수 포충의 만천과해(瞞天過海)계책에 넘어갔다는 것을 깨닫고, 공성계를 펼쳐 위기를 벗어나고자 즉시 군막을 비워두고 주변에 8백 명의 병사를 매복시켜 위군의 기습에 대비한다.

얼마 후, 위의 장수 호질이 본영을 기습하자, 주연은 군막의 주변에 숨겨둔 궁노수들에게 명하여 닥치는 대로 활을 쏘도록 지시한다. 위의 장수 호질은 동오의 거기장군 주연이 장계취계를 펼치며 오히려 역격을 가하자, 전략적 실책으로 많은 군사를 잃고, 이들에게 퇴각명령을 내린 후 황급히 번성으로 되돌아온다.

주연의 일부 병사를 만천과해 계책으로 유인한 위의 장수 포충은 뒤따라온 주연의 후미 병사를 공략하여 힘들여 격파하고 있었으나, 본영에서 호질을 장계취계로 역격하여 물리친 동오의 거기장군 주연의 대군이 몰려오자, 동오 군사의 후미를 풀고 번성으로 퇴각하면서 포충과 호질이 구상했던 양동작전은 실패로 끝나고 만다.

한편, 작피에서는 동오의 대위장군 전종과 위의 정동장군 왕릉이 제방을 사이에 두고 팽팽하게 대치하고 있었다. 전종의 대군을 맞이한 위국의 정동장군 왕릉은 소수의 병력으로 지형적 이점을 살리고자, 제방의 상류를 차지하여 협로를 틀어막고 방어적 형세를 취한다.

전종이 이끄는 동오의 군사들은 협로를 틀어막은 위국의 군사를 상대로 대군의 이점을 살리지 못하고 소강전을 벌이고 있을 때, 위나라 남양주자사 겸 복파장군 손례가 휴가를 떠나고 남은 소수의 위군을 이끌고, 동오의 부장 진황의 후미를 기습적으로 치고 들어온다.

이로 인해 동오군의 공격진형이 뚫리고, 이내 생사를 가르는 치열한 혈전이 펼쳐진다. 위의 장수 손례는 최일선에서 직접 칼을 쥐고 동오군의 전후좌우를 휘저으며, 여러 군데 상처를 입고도 말 위에서 애마와 함께 고군분투하자, 동오의 군사들은 그의 광기에 두려움을 느낀다. 이때 왕릉의 위군이 제방의 상단에서 함성을 지르며 격전지로 달려들어 협공하자, 크게 당황한 동오의 군사들이 잠시 넋을 놓고 있는 사이, 동오의 부장 진황 등 10여 명이 목숨을 잃고, 동오의 군사들은 더 이상 싸울 의욕을 잃은 채 도주하기 시작한다.

격렬한 전투는 아침부터 저녁까지 계속되었고, 위군은 죽음을 각오하며 전장에서 직접 각개전투를 벌인 지휘관 손례의 솔선수범으로 전투를 유리하게 이끌며 동오군의 진형을 붕괴시키는 데 성공한다. 그러나 동오의 장군, 고승과 장휴가 살아남은 병사를 수습하여 고군분투하며, 위군의 공세를 막아내고 포위망을 뚫으려 할 때, 동오의 대위장군 전종이 아들 전서, 전단과 함께 뛰어들어 위의 장수 왕릉의 군사를 상대하면서 동오군은 겨우 포위망에서 빠져나오는 데 성공한다.

결과적으로 동오의 대위장군 전종은 작피에서 대패하고 철군하자, 육안을 공략하던 제갈각도 현군(懸軍)의 위기에 처하게 되어 군사를 후방으로 물린다.

사마의의 명을 받아 번성으로 출병한 정남장군 하후유는 전력을 다해 질주하여, 등새에 주둔한 후 동오군의 형세를 살피고 있었다. 하후유는 적병의 기세가 강하여 가까이는 접근하지 못하고, 부장 태고에게 명해 동오군이 주둔한 지점에서 6,70리 떨어진 곳까지 북과 나각, 고동을 울리고 징을 치면서 반복하여 오르내리도록 지시한다.

위국 번성성주 을수는 아군이 곧 지원해 올 것을 확신하게 되면서, 호질, 포충과 함께 굳게 성문을 닫고 수성에 임한다. 한달 정도가 지나고 사마의가 번성 앞에 당도하면서, 위장들과 함께 동오의 거기장군 주연에게 협공을 시작한다.

한여름의 폭염 속에서도 사마의는 주연의 본진을 세차게 공격하지만, 공격하는 병사들이 수비하는 병사보다 오히려 쉽게 지치며 무기력해지는 것을 보고 새로운 전략을 모색한다.

"남방이 무덥고 습하여, 보병 위주의 전면전은 병사들을 지치게 할 뿐이다. 오늘부터 보병들은 원기를 충전시키고, 기병들이 적진을 유린시키기 시작하는 동안, 비축된 힘을 모아 한꺼번에 용력을 분출시키도록 하라."

사마의는 보병들에게 충분한 휴식을 부여하고, 특공기병 수천명을 선발하여 경기병 위주의 전투 진형으로 변경한다. 주연은 사마의의 등장에도 꿈쩍도 하지 않고 진용을 지키다가, 사마의가 수천의 특공기병을 이끌고 주연의 본진으로 접근하자, 주연은 번성을 포위했던 동오의 장수들에게 명한다.

"번성 안에는 병력이 전무하니, 최소의 병력을 남겨 번성의 적병을 방비하고, 전군은 번성의 포위를 풀어 남문 앞의 본진으로 집결하라. 사마의의 기병이 아군 진형으로 침투하면, 일자진을 구축하고 전방에 궁노수, 강노병을 배치하여, 화살과 쇠뇌를 무한정 날리면서 기병의 접근을 막아라. 그래도 사마의 기병이 화살 공세를 뚫고 전방으로 접근하거든, 3번의 북소리를 신호로 방진으로 변형하여 이들이 진형 안으로 진입했을 때, 사마의 기병을 방진 안에 가두어서 진형 안에서 위의 기병과 혈투를 벌이도록 하라. 사마의의 기병을 진형에 가두어 두고 사력을 다해 물리치면, 우리는 사마의의 군대를 몰아낼 수 있도다."

주연의 명에 따라 동오군이 진형의 배치를 끝내고, 사마의 특공기병의 공격에 대비한다. 사마의 기병들이 하늘에서 비 오듯이 쏟아지는 화살 공세를 받으며 많은 사상자를 발생시켰음에도 불구하고, 동오군의 전방방위를 뚫고 일자진형 속으로 진입하자, 동오군 진형에서 북소리가 3번 울리더니, 진형이 일자진에서 방진으로 바뀐다. 이를 지켜본 사마의는 충분한 휴식을 취한 보병에게 돌격명령을 내린다.

"보병은 동오군의 방진을 포위하여 외곽에서 동오군을 공략하라. 그리하면, 방진에 갇힌 기병이 방진을 붕괴시키고 적병은 패주할 것이다."

사마의 기병들이 방진에 갇혀 주연의 보병들과 힘겹게 피비린내 나는 혈투를 벌이는 동안, 사마의 보병들이 함성을 지르며 주연의 방진을 향해 돌격한다. 오후부터 시작된 전투가 밤중까지 이어지고, 이때 번성 안에서 호질, 포충이 병사를 이끌고 성문을 나와 사마의 병사들과 합류하여 동오군을 공격한다.

방진의 내부에서는 사마의 기병이 진형을 휘젓고, 방진 외곽에서는 사면에서 위국 보병의 협공을 받게 된 주연은 버티지 못하고 퇴각명령을 내린다.

"제장과 군사들은 전원 퇴각하여 삼주구에 집결하라."

사마의가 펼친 방진을 붕괴시키는 전술로 인해 진형싸움을 펼치던 동오군은 대패하여, 1만여 명이 목숨을 잃고 삼주구(三州口)까지 밀린다. 그나마 사마의의 추격에서 겨우 살아남은 자는 급히 배에 올라 동오로 도주한다.

사마의는 형북과 회남을 다시 평정한 후, 부국강병의 일환으로 회남을 개발하기 위해 파견된 상서랑 등애에게 진군과 항현의 동쪽, 수춘을 둘러보게 하자, 등애는 지역을 둘러보고 돌아와서 사마의에게 제하론(濟河論)을 올린다.

"진군과 수춘 근방의 땅은 지대가 낮고 밭은 기름지므로, 회하로 들어가는 하천을 모아 동쪽 방면으로 흘러가게 하고, 회수 북부의 농부 2만명과 회수 남부의 농부 3만명을 동원하여 5개조를 편성합니다. 이들에게 1개조씩 돌아가면서 쉬게 하고, 4개조는 농사지으며 국방을 수비하게 하여 경작과 지역의 방비를 교대로 이어가게 합니다. 이를 위해서는 황하의 운하를 개척하며, 관개를 늘리고, 조운을 활용하면 되는데, 이렇게 되면 장강과 회하의 물자를 쉽게 구할 수 있고, 수해도 입지 않아 군사적 목적을 얻을 수 있을 뿐 아니라, 농업도 진흥시켜 서쪽 방면에 비해 3배 가까운 군량을 생산할 수 있습니다. 이것이 제대로 이행이 된다면 자체적으로 군량을 확보할 수 있어, 전쟁이 발발할 때마다 허도에서 군량을 수송하는데 드는 막대한 비용과 시간, 인력도 절약할 수 있습니다."

사마의는 등애의 제하론을 크게 치하하며 즉시 운하개발에 착수하여, 당해 연도에 대운하를 완공시키게 된다.

10.
'이궁의 변'으로 흔들리는 동오

10. '이궁의 변'으로 흔들리는 동오

회남전투에서 대승한 사마의가 회남을 본격적으로 개발하여 위국의 국부가 급격히 확충되는 데 반하여, 이즈음 동오에서는 손권이 납득할 수 없는 행보를 보이면서, 동오의 조정은 큰 혼란에 빠져들기 시작한다.

241년(정시2년) 손권은 태자 손등이 죽자 삼남인 손화를 태자로 삼으면서도, 손화의 이복동생인 손패를 태자가 된 손화와 같은 궁에 살게 하며, 태자 손등과 예법에 구별을 두지 않는 기이한 황실 관리를 시작한다.

이에 대해 많은 대신이 태자와 노왕을 예법에서 동일시하는 것을 반대하는데도 불구하고 손권은 이를 정정하지 않아, 이때부터 오나라의 신하들은 태자파와 노왕파의 두 패로 나뉘어 이후 10여 년간 정치투쟁으로 치닫는 '이궁의 변(二宮之爭)'이 시작된다.

노왕 손패파가 태자 손화를 폐위하려는 공작을 펼치고, 태자 손화파는 이를 막기 위한 투쟁을 벌이면서, 양쪽에 줄을 댄 태자파와 노왕파는 서로 목숨을 걸고 자신들의 입지를 위해 이전투구하기 시작한다.

태자 손화파에는 승상 육손, 대장군 제갈각, 태상 고담, 표기장군 주거, 상서 정밀, 태부 오찬, 상서복야 굴황, 무난독 진정, 오영독 진상과 장순, 경하승 고승, 편장군 고제, 상서선조랑 육윤, 평위장군 주적, 우림도독 겸 잡호장군 장휴, 회계태수 등윤 등과 손화 어머니 대의황후 왕씨, 주거의 아내 공주 손노육이 가담하고, 오나라의 4대 호족 장온, 고옹, 육손, 주환의 일가 중에서 장온의 일가를 제외한 대호족, 중원 이주민의 인사 중 능력을 인정받은 고관과 그 자제들로 구성된다.

이에 반하여 노왕 손패파의 경우 대사마 전종, 표기장군 보즐, 진남장군 여대와 전기, 무위도위 손준, 월기교위 여거, 중서령 손홍, 제갈각의 장남인 기도위 제갈작 등과 손권의 딸이자 전종의 아내인 손노반이 가담한 중소 호족과 중위급 인사 그리고, 손권의 친족들로 구성되는데, 정국이 두파로 갈려 반목하게 되니, 손권은 두 아들에게 주변의 사람들과 왕래를 끊고 궁궐에서 독서에 치중하도록 명한다.

그런 와중에 이들의 분쟁이 가시적으로 발단이 된 것은 241년(정시2년) 5월에 발발한 회남전투에서 태자파가 장휴와 고승이 적의 사나운 기세를 막으면서 군사적 손실을 최소화한 공이 크다고 장휴와 고승의 공적을 조정에 보고하여, 이들이 잡호장군에 승진하게 된 사건이었다. 정작 위국의 장수 왕릉을 물리친 것은 노왕파인 전종과 전종의 아들 전서와 전단인데, 이들은 편장군, 비장군에 그대로 머물게 되고 반대로 큰 공적이 없는 장휴와 고승이 승진하게 되자, 노왕파는 장휴와 고승이 진순과 내통하여 거짓으로 전공을 과장했다고 참소한다.

손권은 실상을 조사하도록 하여, 장휴와 고승이 왕릉의 추격을 막아서서 대치하고 있을 때, 전종의 아들인 전단과 전서가 특공대를 이끌고 역습을 가해 군사를 무사히 퇴각시켰다는 사실을 밝혀낸다.

회남전투에서의 진실이 밝혀진 후, 노왕파에서 장휴와 고승, 고담을 참소하면서, 손권은 노왕파의 참소를 받아들여 장휴와 고승, 고담을 교주로 유배를 보낸다.

이를 계기로 태자파와 노왕파가 첨예하게 반목하기 시작하던 중, 19년간 승상의 자리에 있던 고옹이 사망하고 곧이어 244년(정시5년) 정월, 손권은 고옹의 후임을 선정할 때, 내심으로는 동오에서 인망이 큰 육손을 크게 경계하면서도 조정의 분위기상 어쩔 수 없이 육손을 승상으로 임명한다. 그러나 비록 육손이 승상으로 임명되었다고는 하지만, 형주 방위 총사령관직을 겸한 육손은 수도 건업에 주재할 수가 없어 계속 무창에 주둔하면서, 조정에는 행정의 수장이 비게 되는 기형적 현상이 일어난다.

육손은 이궁(二宮)이 첨예하게 반목하여 대립하는 탓에 정국이 뒤숭숭해지는 것을 안타까워하던 중, 이궁(二宮)이 대립하게 되는 근본 원인은 정통성이 있는 후계자에게 확고한 지위를 부여하지 않기 때문이라는 생각을 하고, 손권에게 여러 차례에 걸쳐 '태자 손화를 중심으로 후계의 문제가 정리되어야 정국이 안정될 것이라'라는 상소를 올린다. 그러나 노왕파에서는 '육손이 태자파의 수장이기 때문에 태자 손화를 비호한다'라고 끊임없이 육손을 모함하기에 이른다.

노왕파에서 육손을 아무리 모함하여도 천하에서 인망이 있는 육손을 손권은 특별한 이유도 없이 마음대로 다루지 못하면서, 태자파에서는 육손의 명망을 더욱 적극적으로 활용하기 위하여, 태부 오찬을 조정에서 멀리 떨어진 무창에 있는 육손에게 수시로 보내 '노왕 손패를 변방으로 보내 하구를 지키도록 하고, 손패 측에 서서 온갖 더러운 모사를 꾸미는 양축을 수도 건업에서 내쫓을 것을 손권에게 건의해 달라'고 서신을 전달한다.

이에 육손은 수시로 손권에게 표문을 올려 정국의 안정을 꾀하고자 하는 충심에서 태자 손화에게 힘의 중심을 실어주려고 애를 쓰기 시작하면서, 궁지에 몰린 노왕 손패파에서는 양축을 앞장세워, 20개 항에 이르는 육손의 비리를 조작하여 승상 육손을 탄핵하기에 이른다.

손권은 그렇지 않아도 민심을 얻고 있는 육손을 극히 경계하던 중, 양축이 육손에 대한 탄핵을 올리자 이에 즉시 응답하여 육손을 문책하면서, 육손에게 수차례 전령을 보내 중앙의 일에 일절 참여하지 못하도록 경고한다.

그러나 손권의 경고에도 불구하고 육손이 중앙정부의 정보를 손바닥 보듯이 훤하게 들여다보고 끊임없이 조정의 일에 관여하자, 손권은 이 모든 것은 태부 오찬이 육손에게 정보를 빼돌린 탓이라고 여겨, 육손을 파문하고 오찬을 처형하는 것으로 사건을 마무리 지으려고 한다.

이렇게 상황이 반전되면서 노왕 손패파가 유리한 입장이 되자, 더욱 광포해진 노왕 손패파의 양축, 오만, 손기, 전기는 한발 더 나아가서 태자 손화를 폐위시키고자 음모를 꾸미기 시작한다. 양축은 손권의 주위를 잠시도 떠나지 않고 갖은 아양을 떨면서 태자 손화를 모함하여, 드디어 손권으로부터 '태자 손화를 폐위하고 노왕 손패를 태자로 세우겠노라'라는 밀조를 받아낸다.

이를 알게 된 태자 손화는 파문을 당해서 관직을 떠나있는 육손에게 간곡히 청하여 '부황에게 상소를 올려 달라'고 읍소한다. 육손은 파직된 신분임에도 정국의 안정을 위해 후계문제에 적극적으로 개입하여 주청을 올린다.

"폐하, 신은 결코 태자를 위해 주청을 드리는 것이 아닙니다. 적장자가 후계에서 밀려나면 정국이 혼란해진 것은 멀리 찾을 일도 없이, 화북의 원소, 형주의 유표의 예를 보아도 적나라하게 나타납니다. 적장자와 서자를 구별하여 손화를 확실하게 태자의 예우로 대접해야 정국이 안정됩니다. 신의 충정을 헤아려 주시옵소서."

손권은 육손의 주청을 통해, 자신이 태자를 후계에서 밀어

낼 것이라고 밀담한 비밀약조가 누설된 것을 알게 되고, 분노한 나머지 양축을 불러들여 질책하기에 이른다.

"그대는 나와 단둘이 한 비밀을 어디에 누설하여, 육손이 이를 항의하게 하느냐?"

양축은 어안이 벙벙하여 이를 강력히 부인한다.

"폐하, 소신은 절대로 비밀을 누설하지 않았나이다. 반드시 범인을 수색하여 잡아들이겠습니다. 육손에게 자주 찾아간 사람은 육윤으로 간주됩니다. 육윤을 잡아들여 고문하면 사건의 전말이 밝혀질 것입니다"

손권은 양축의 말을 듣고 육윤을 잡아들여 친국한다.

"네 놈은 육손과 동족이라는 이유로 파직당해 있는 육손과 비밀리에 밀담을 주고받는다고 하니, 네 놈이 육손에게 얼토당토아니한 말로 태자 손화가 폐위될 것이라고 유언비어를 퍼뜨려 정국을 혼란으로 몰아넣었으렷다."

"폐하, 소신이 승상 육손과 자주 만난 것은 사실이지만, 어찌 소신이 폐하께서 손화 태자를 폐위하려 한다는 사실을 알 수 있겠습니까? 가당치 않은 말씀이시옵니다."

손권은 육윤이 끝까지 부인을 하자, 육윤의 주리를 틀고 인두로 지지고 물고문 등을 하면서 잔혹한 친국을 잠시도 멈추지 않는다.

결국 육윤은 끝내 고문을 이겨내지 못하고 허위자백을 하기에 이른다.

"폐하, 소신이 양축으로부터 폐위에 관한 말을 전해 듣고 육손 승상에게 전하였나이다."

육윤은 양축에게 보복하기 위해 물귀신 작전을 펼쳐, 양축이 자신에게 알려주었노라고 허위로 고변을 올리자, 손권은 육윤을 감옥에 가두고, 자신과의 밀담을 폭로한 죄로 양축은 주살하여 육신을 개울가에 버리게 한다.

이후에도 손권은 미운털이 박힌 육손을 계속 핍박하며, 육손에게 20개 항의 의혹에 대해 해명하라고 계속 다그친다. 육손은 이것이 자신에 대한 탄압이라고 여겨 격분하지만, 황제에게 저항할 수는 없어 속앓이만 앓다가 245년(정시6년) 2월 화병으로 죽는다.

이후, 보즐이 육손을 이어 승상에 오르고, 전종이 우대사마가 되면서 이제는 노왕파가 주도권을 잡는다. 그러나 이듬해 전종, 보즐이 잇달아 죽어 태자파와 노왕파가 다시 격돌하게 되면서, 정국은 걷잡을 수 없는 혼란으로 빠져들고 '이궁의 변'은 수습될 기미가 보이지 않게 된다.

11.
천하 패권의 4대 전장 - 낙곡대전

11. 천하 패권의 4대 전장 - 낙곡대전

오나라가 태자파와 노왕파의 반목으로 조정이 어수선할 때, 회남을 안정시키고 농업을 진흥시킨 사마의가 244년(정시5년) 정월, 회남에서 낙양으로 돌아오면서, 조정에서는 사마의를 견제하는 상서 동양, 이승 등이 대장군 조상에게 사마의의 험담을 늘어놓기 시작한다.
"대장군, 사마의가 돌아오면 분명 조정의 대소사를 자신의 손아귀에 넣으려 할 것입니다. 그를 예우하는 척하면서 실권이 없는 태부로 삼고, 실질적으로는 대장군이 모든 군권을 장악하는 것이 장기적으로 보면 현명한 처사가 될 것입니다."
대장군 조상은 이들의 건의를 받아들여, 군권을 독점하는 동시에 상서의 공무를 자신이 선점하기 위해 사마의를 명목상으로만 2인자인 태부로 천거한다.
이로써 사마의는 어전에 입전할 때, 입조불추(入朝不錘:어전에서 종종걸음으로 걷지 않는 특권), 알찬불명(謁纂不名:임금을 알현할 때 호명하지 않는 특권), 검리상전(劍履上殿:칼을 차고 신발을 신고 어전에 오르는 특권) 등을 부여받지만, 대장군 조상의 주변에서 끊임없이 자신을 견제하는 분위기를 감지한 사마의는 철저히 자세를 낮추어, 스스로 근신하고 조심하며 아랫사람들에게 더욱 겸손하고 너그럽게 처신한다.

"부모의 훈덕이 올라갈수록 더욱 처신에 신경을 써라. 자만심으로 가득 찬 것을 도가(道家)에서는 가장 배격하는 바이다. 항상 마음을 비워두고 처신하여야 화를 면할 수 있도다. 시시때때로 변하는 시류를 헤쳐 나아갈 수 있도록 만드는 원동력은 오로지 변함없이 덕을 지닐 때일 뿐이다."

사마의는 자식들에게 처세술을 가르치는 동시에 향읍의 원로 태상을 통해 계속적으로 자식들의 행동을 교화시키도록 부탁하기에 이른다.

사마의가 태부의 신분에도 불구하고 조정의 구설수에 오르지 않으려고 근신하는데도, 어린 나이에 공적도 없이 황제 종친인 대장군 조진의 아들이라는 이유로 대장군에 오른 조상 주위에서는 계속 사마의를 경계하여 모함을 해대고 있었다.

"항간에서는 대장군은 황제 종친인 대장군 조진의 아들이라는 단 하나의 이유로 대장군에 올랐다는 험담이 있습니다. 사마의가 회남전투에서 공적을 쌓아온 만큼, 대장군도 공적을 쌓아야 민심을 다독이며 사마의를 견제할 수 있을 것입니다."

주변의 이간질로 인해 결국은 사마의가 낙양으로 돌아온 지 얼마 되지 않아, 조상은 사마의를 철저히 의식하여 측근 이승이 가져온 촉한에 대한 정보를 바탕으로 조정회의에서 촉한 정벌을 주청한다.

"폐하, 지금 촉한은 국력이 극히 약화되어 한중에는 군량미도 부족하고, 한중을 지키는 병사도 불과 3만에 불과하다고 합니다. 촉한의 국력이 강화되기 전에 빨리 정벌해야 후한이 없을 것입니다."

사마의가 손을 내저으며 반대의 의사를 밝힌다.

"절세의 영웅 위무제께서도 두 차례나 한중의 공략을 실패하셨고, 결국에는 한중정벌을 포기하셨습니다. 지금은 오직 군사를 편히 쉬게 하면서 조련하고, 국부를 키워 촉이 스스로 무너지기를 기다려야 합니다. 지난날 후한의 광무제께서 치지도외(置之度外:방치하여 버려둠) 계책으로 광무제의 양대 저항세력인 감숙 지방의 외효와 촉 지방의 공손술에 대해 당분간 그들이 하는 대로 문제 삼지 말고 내 버려둔 채 때를 기다리라고 지시한 후, 자신의 국력과 군사력이 충분히 확충되었다고 판단되었을 때, 일거에 방심하고 있던 저항세력을 정벌했던 고사를 상기해야 합니다."

조상은 사마의 주장에 대해 거칠게 반박한다.

"태부께서는 무엇을 두려워하십니까? 정병 10만이 있고, 하후현, 곽회, 하후패 등의 명장이 있습니다. 촉은 제갈량이 죽은 이후에는 강유 외에는 제대로 된 장수가 없습니다. 그나마도 강유는 한중에서 떠나 지금은 부릉현에 주둔해 있습니다. 지금이 촉의 한중을 정벌할 수 있는 절호의 기회입니다."

황제 조방은 조상의 주청이 합리성이 있다고 여기고, 244년(정시5년) 3월 주청을 받아들여 한중정벌을 허락한다.

조상은 10만여 명의 병력을 총동원하여 촉한으로 원정을 떠나는 출정식에서 비장한 각오를 밝힌다.

"이제 대장군 조상은 황제 폐하의 뜻을 받들어, 수십 년 동안 위국을 귀찮게 해온 촉한을 정벌하러 출정하노라. 제장과 군사들은 목숨을 바칠 각오로 싸워, 영광된 승리를 위국에 바치도록 맹세하자. 정서장군 겸 도독옹양주제군사 하후현을 총사령관으로 삼아 총지휘를 맡기고, 그와 함께 낙곡도/당락도로 출병하여 한중을 정복하겠노라. 전장군 겸 옹주자사 곽회는 선봉장이 되어 옹주군 4만을 이끌고 기산으로 출격하라."

이때 사마의 차남 사마소는 하후현의 참모로 촉한 정벌전에 참전한다. 조상이 10여 만 명의 군사를 이끌고 기세등등하게 한중을 향하자, 촉의 수장들이 대군의 위세에 눌려 모두 두려움에 떨기 시작한다. 촉한 장수들의 사기를 진작시켜야 할 필요성을 느낀 한중의 총사령관 왕평이 장수들을 불러들여 긴급히 대책회의를 여는데, 이때 장수들이 한결 같이 야전에서의 전투를 주문한다.

"위군을 낙곡도와 기산로 깊숙이 끌어들여, 한중의 양 날개인 한성과 낙성, 천혜의 요새인 양평관에서 막고, 한중의 중심인 남정에서 방어벽을 세워, 부릉성의 대사마 장완, 양주자사 강유장군과 함께 협공하는 것이 최선의 전략이 될 것이라 여겨집니다."

왕평은 장수들의 의견을 완강히 거부한다.

"적병이 험로를 벗어나 한중에 발을 딛는 순간, 우리는 일당백(一當百)의 지형적 이점을 잃고 적병의 계략에 빠지게 되는 것입니다. 야전에 임하면 병력이 모자라는 아군이 절대적으로 불리하게 될 것이오. 오히려 낙곡의 고지에 요새를 구축하여, 낙곡도와 기곡로의 협로를 철저히 지켜 적병의 통로를 막으면, 이들은 방어선을 뚫지 못하고 위기에 빠지게 될 것이오. 호군 유민을 낙곡의 협로, 흥세산 고지로 보내, 수상개화(樹上開花)계책으로 허장성세를 세워 많은 병사가 주둔한 것처럼 속여서 이들이 쉽게 공격하지 못하도록 하고, 나는 정예병을 이끌고 낙곡의 출구에 위치한 황금성에 주둔하여 수시로 위병을 성가시게 하겠소."

왕평은 호군 유민을 불러 흥세산 주위 1백여 리 떨어진 곳에 군기를 펼쳐 놓아, 위군이 허장성세에 속아 쉽게 진군하지 못하게 위장술을 펼치도록 지시한다. 위국 대장군 조상의 병사들은 낙곡의 흥세산 협로에서 촉병의 철통같은 방어를 뚫지 못하고, 산속의 협로에서 야영하게 되면서 이들은 진퇴양난에 빠진다.

이런 악조건에 놓여있는 조상의 군사에게 심리적으로 교란전술을 펼치기 위해, 왕평은 매일 밤마다 군악병을 이끌고 조상의 군영 주변을 접근하여 밤의 적막 속에 휴식을 취하는 위병들을 향해 북과 나각, 피리를 불어 공포심을 조성하고, 새벽녘 동이 트기 전에 진지로 되돌아가기를 반복한다.

낮에는 낮대로 유민이 협로를 틀어막은 채, 위병을 공격할 듯이 함성을 지르며 북과 징을 두드리자, 밤낮을 가리지 않고 촉병의 공세에 시달리던 위군은 몸을 가누지 못할 정도로 심한 피로감을 느낀다.

이렇게 2달이 경과하면서 위군은 군수물자 보급에도 심각한 차질을 빚게 된다. 위국 대장군 조상은 위에 복속되어있는 저족, 강족에게 식량을 보급하도록 강권하지만, 당락도에서 낙곡도로 이르는 길은 상상할 수 없을 정도로 험난하여, 저족, 강족의 보급대원들은 군수물자를 보급하는 과정 중에 낭떠러지에서 떨어져 죽는 희생자가 이루 셀 수 없을 정도였다.

반면, 곽회는 비교적 순탄하게 진령산맥을 넘어 한중으로 통하는 길 중에서 다소 평탄하고 넓은 기산도를 통해 4만의 정예병을 이끌고 진군하여, 조상, 하후현의 본대가 낙곡을 돌파할 때까지 기다리고 있었다. 이렇게 시간이 흐르는 동안, 촉한의 대장군 비의는 성도에서 지원군을 이끌고 부릉에서 강유와 합류하여 낙곡에 당도한다.

조상의 본대가 끝까지 낙곡을 뚫지 못하는 와중에 비의와 강유의 지원군이 낙곡에 당도하자, 곽회는 자칫 잘못하면 한중에서 포위되어 현군이 될 것을 우려하여 군사를 돌려 옹주로 되돌아가고, 위기에 몰린 조상은 참모와 장수들을 불러 타개책을 논의한다.

"지금의 형세로는 자칫 잘못하면 앞뒤로 포위되어 전멸할 것입니다. 빨리 퇴각을 명해야 군사들이 안전할 것이외다."

참군 양위가 현재 조상이 놓여있는 상황을 지도로 설명하며 퇴각을 주장한다.

"지금 이 상황에서 돌아간다면, 황제 폐하와 문무백관, 백성들에게 면목이 없게 될 것이오."

동양과 이승 등이 조상의 입장을 대변하여 양위에게 강하게 반발하자, 양위가 이들에게 소리를 내지르며 질타한다.

"그대들은 아직도 지금의 위기가 감지되지 않는가? 그대들은 장차 나라를 망치게 할 것이니 목을 베어야 마땅하니라."

참모진이 내부에서 이견으로 심하게 반목하고 있을 때, 낙양에서 전황을 보고받은 사마의는 정벌군 총사령관 하후현에게 전서를 보낸다.

"무황제께서도 두 차례 실패한 한중정벌을 위기에 접한 이 순간에도 고집하는 것은 순리가 아니오. 특히 흥세는 험하기로 소문난 곳으로 촉군이 협로를 꼭 틀어막으면 공격이 거의 불가능한 곳이며, 설혹 진입하더라도 중간이 끊어져 군대가 무너지게 되오. 빨리 퇴각하는 것이 최상의 방법이외다."

하후현이 사마의의 전서를 조상에게 보이자, 조상은 달리 방법이 없어 고민하다가 퇴각명령을 내린다. 위군이 대대적으로 퇴각을 시작하자, 비의는 오직 촉군의 길잡이만이 알고 있는 샛길을 이용하여 낙곡의 심령, 아령, 분수령을 점거하여, 퇴로를 모두 차단하고 위군을 산맥 속에 고립시킨다.

이미 굶주리고 지친 위병들은 싸울 의욕을 잃고 맥없이 쓰러지는데, 이때를 놓치지 않고 강유가 원병을 이끌고 위군을 싹 쓸고 지나가자, 군량을 수송하던 보급대와 위군은 고립지대에서 전멸한다. 조상은 수하의 병력을 거의 잃고 겨우 퇴로를 뚫어 낙양으로 돌아간다. 이로써 삼국시대 4대 대전으로 기록되는 낙곡대전은 위국의 대패로 끝이 나고 이후, 위는 약 20년간 촉에 대한 선제공격을 회피하게 된다.

12.
사마의 고평릉 정변

12. 사마의 고평릉 정변

낙곡대전에서 참패하고 돌아온 조상은 잠시 조정의 중심에서 멀어지는 듯했으나, 가문의 배경을 기반으로 다시 도성의 군사를 장악하고, 전국의 병권을 손아귀에 쥐는 데 성공한다. 다시 국정의 중심에 올라선 조상은 사치와 향락에 빠져들기 시작하더니, 자신의 대장군부에는 노래하고 춤추는 수십 명의 미녀를 거주하게 하면서, 악단을 만들어 화려하게 단청을 입힌 누각에서 매일 밤을 연회로 소일한다.

아무리 그래도 황제의 가문에 고명대신인 조상을 아무도 함부로 견제하지 못하는 가운데, 247년(정시8년) 4월에 이르러 조상은 군사제도 개편을 통해 중루중견령을 폐지하여 중령군으로 편제하고, 둘째아우 조희에게 어림군 3천을 지휘하게 하며, 셋째 조훈을 무위장군으로, 막내 조언을 산기상시로 삼아 마음대로 궁에 드나들게 하는 동시에 자신의 최측근인 하안, 등양, 정밀에게 상서를, 필궤를 사례교위로, 이승을 하남윤으로 임명하여, 이제 조상 형제는 누구도 대적할 수 없는 막강한 힘을 갖게 된다.

사마의는 절대 권력은 절대로 부패한다는 점을 우려하고, 황제에게 주청하여 조상의 권력독점을 막으려 한다. 그러나 황제는 조상을 비호하여 제동을 걸지 않음으로써 조상의 세력이 극도로 방대해지기 시작하는데, 조상의 세력이 극도로 방대해지는 것에 비례하여, 조상을 찾는 빈객은 솟을대문 문턱이 닳을 정도로 문전성시를 이룬다.

이렇게 천하의 관심을 받게 된 조상은 자신을 견제하려는 사마의를 못마땅하게 여기게 되면서, 결국 상서 하안, 등양, 정밀의 계책을 받아, 태후 명원황후를 영녕궁으로 모시고 사마의를 제거하려는 자신의 구도를 관철하기 시작한다.

사마의는 조상 형제의 전횡을 막지 못하고 오히려 역격을 당하게 되자, 조상으로부터 불거질 보복에 두려움을 느끼고 칭병하여 조정에 나서지 않으면서, 대장군 조상은 거추장스러운 사마의가 칩거에 들어가자, 더욱 안하무인이 되어 황제까지도 업신여기기 시작한다.

그는 정밀, 필궤의 조언을 따라 정적이라면 최대정적일 수 있는 사마의에 대한 경계를 풀지 않고, 주변에 사람을 풀어 사마의의 동향을 항상 예의주시하게 한다. 그러던 중, 조상은 위제 조방에게 주청하여 이승을 형주자사로 제수하게 하고, 임지로 떠나는 이승에게 임지로 떠나는 인사를 드릴 겸, 사마의를 방문하여 사마의의 동정을 살피도록 지시한다.

형주자사로 부임하러 가는 길에 이승이 사마의의 저택에 이르러, 이승은 대문을 지키는 하인에게 고한다.

"태부께 이승이라고 하는 사람이 형주자사로 제수되어, 임지로 떠나기 전에 문안드리러 왔음을 고하여라."

하인이 대청으로 들어가 사마의에게 이승의 방문 사실을 알리자, 사마의는 급히 사마사와 사마소를 불러들여 집안의 입단속을 철저히 지시한다.

"이승이 나를 방문했다는 것은 필시 다른 목적이 있어서일 것이다. 너희 형제들은 빨리 집안의 식솔들에게 입단속을 시키고, 이승을 만나 아버님이 건강이 너무 좋지 않아 면회는 안하는 것이 나을 것 같다고 먼저 선방을 날리도록 하라. 그래도 이승은 한번 뵙고 가겠다고 청할 것이니, 그때 이승을 나에게 안내하도록 하거라."

사마사가 식솔들에게 철저히 입단속을 시키는 동안, 사마소가 이승에게 가서 사마의의 말을 전하는데, 이승이 꼭 뵙기를 청하여 결국 사마의에게로 안내를 받게 된다. 이승이 사마의의 침상으로 들어서자, 사마의는 머리를 마구 헝클어뜨린 채로 시비들에게 부축을 받으며 억지로 일으켜지고 있었다.

"태부께서 일찍이 소신을 키워 오늘에 이르렀는데, 그동안 문의를 자주 올리지 못하게 되어 송구한 마음 금할 길이 없던 중, 이번에 먼 길을 떠나게 되어 겸사겸사해서 문안을 드리러 오게 되었습니다."

사마의는 진짜로 풍질이 걸린 노인처럼 양팔을 떨면서, 고개를 쉴 새 없이 흔들흔들하며 넋이 나간 듯한 소리를 쉴 사이 없이 읊어 댄다.

"오! 그대가 먼 길에 가 있느라고 나를 찾지 못하다가, 이번에 낙양으로 돌아왔구먼. 이제 낙양으로 돌아왔다니 자주 찾아오게나."

사마의가 풍질에 걸린 사람처럼 더듬더듬 말을 이어가자, 이승은 안타까운 표정으로 말을 잇는다.

"소신이 낙양으로 돌아오는 것이 아니라, 낙양에서 형주로 떠나게 되었습니다. 태부 어른."

이승이 답답하다는 듯이 사마의를 쳐다보자, 사마의는 왼쪽 입술 쪽으로 침을 질질 흘리며 넋을 놓고 이승을 마주 바라본다. 이때 시비들이 죽을 올리는데 사마의는 손을 덜덜 떨면서 수저를 들다가 수저를 떨어뜨린다. 시중을 드는 시비들이 수저를 대신 들고 죽을 입에 넣어주는데, 사마의는 죽을 모두 앞가슴으로 흘려버려 이승을 안타깝게 한다. 이승은 사마의의 동향을 살피러 갔다가, 사마의가 정신이 나간 사람처럼 행동하는 것을 사실로 여기고 눈물을 흘리며 말한다.

"천자께서 아직 어려 천하의 사람들이 태부를 의지하고 있습니다. 항간에 태부께서 풍질이 도졌다고 하여 믿지를 않았으나, 막상 직접 뵙고 나니 존체가 이 정도인 줄을 어찌 짐작이나 했겠습니까?"

"나는 이제 죽을 때가 멀지 않은 듯이 보이네. 그대는 지금도 조정을 위해 공훈을 세우고 있으니 앞으로도 마땅히 공을 세울 것이고, 내 아들 사마사, 사마소와는 막역한 사이이기도

하지만, 내가 특별히 아들들을 부탁하니 잘 이끌어 주시게."

사마의가 어렵사리 어렵게 유언과 비슷한 말을 이어가자, 이승은 눈물을 흘리며 안타까워한다.

"태부 어른의 뜻을 잘 받들겠습니다."

사마의를 만나고 저택을 떠나 조상을 찾아간 이승은 그 자리에서 눈물을 흘리며 실상을 전한다.

"태부께서는 육음(六陰:풍(風).한(寒).서(署).습(濕).조(燥).화(火) 중에서도 제일 고약하다는 풍질로 거의 폐인이나 진배없이 되었습니다. 소신이 태부와는 남다른 깊은 정리가 있었는데, 태부의 병환이 다시 회복되기 어려운 지경이 되어있으니, 참으로 보기 애처로운 지경입니다."

이승이 조상에게 돌아가서 사마의의 처절한 상황에 대해 적나라하게 전하자, 조상은 일견 사마의에 대한 측은함과 회한이 밀려오게 되어 사마의에 대한 경계를 풀기 시작한다.

조상은 사마의에 대한 부담이 덜어지자, 마음을 놓고 파당을 조직하여 측근들에 의한 정국을 운영하며 황제를 좌지우지하기 시작한다. 조상은 저택에서 5백여 명의 빈객을 거느리며, 사창팔달이라고 불리는 하안, 등양, 정밀 등 상서들과 사례교위 필궤 그리고, 조상의 측근 세력을 중심으로, 조정의 중요요직과 낙양에 관련된 수도권 행정을 전적으로 처리하면서 백성들의 분노를 일으킨다.

한편, 병법에서 이르는 가치부전(假痴不癲:어리석은 척하여 상대를 방심하게 함) 계략을 성공적으로 치른 사마의는 역으로 조상이 방심하는 빈틈을 노려 언젠가는 역격을 가할 전략을 차분히 준비하기 시작한다.

그로부터 어느덧 세월이 흘러 249년(정시10년) 정월 갑오일, 봄날을 맞아 천자가 고평릉을 참배할 예정이라는 정보를 입수한 사마의는 참배하는 날, 조상의 형제가 모두 천자를 수행할 때를 노려 조상과 조희 형제를 도모하고 정권을 되찾기로 결심하고 잠시도 관찰의 끈을 놓지 않고 때를 기다린다. 마침내 사마의 예측대로 황제가 고평릉을 참배할 때, 조상의 형제가 함께 천자를 수행하여 고평릉으로 가기로 하는데, 이때 환범이 조상의 앞을 막아서며 조상 형제의 동행을 막는다.

"만기(萬機:천하의 정치, 행정)를 총괄하는 사람과 금병(禁兵:황제를 지키는 군사)을 통솔하는 사람이 함께 성을 비우면 아니 됩니다. 이 틈에 성을 장악하고자 하는 역도가 나타나면, 대책도 없이 성을 탈취 당하게 됩니다."

"누가 감히 우리 형제에게 칼을 들이밀겠는가?"

조상은 환범의 조언을 하찮게 생각하고, 조희. 조훈. 조언 세 아우와 심복 하안 그리고, 어림군을 이끌고 위명제 조예의 무덤이 있는 고평릉으로 떠난다.

이때를 놓치지 않고, 사마의는 사마사가 오랫동안 엄폐와 은폐 속에서 양성하던 3천의 병마를 이끌고 무기고를 탈취한 후, 조상의 형제를 탄핵하기 위해 태위 장제와 상서랑 사마부를 조종하여 곽태후를 설득시킨다. 곽태후의 재가를 받은 사마의는 부절을 내려 사도 고유에게 대장군직을 대행시켜 조상의 대장군부를 공격하게 하고, 태복 왕관에게 중령군을 대행하게 하여 조희의 중령군부를 점거하게 한다.

사마의가 궁궐의 용병을 재빨리 마무리 짓고, 궁궐 아래에서 사병을 정비하여 궐문을 지나려 할 때, 수문장 장하수독 엄세가 궁수들을 이끌고 궐문 위에서 사마의를 향해 활을 쏘려고 한다. 이때 조상 측근의 횡포를 경멸하던 편장 손겸이 수문장을 설득하여 화살로 저격하려는 것을 중지시킨다.

"수문장은 잠시 신중하게 생각하시오. 이번 사태는 일찍이 예견되었던 일이오. 그동안 조상의 일파들이 얼마나 국정을 함부로 농락했소. 태부께서 나서지 않으면 조상의 일파를 상대할 충신이 다시는 나타나지 않을 것이오. 게다가 지금 성안의 전권은 태부께서 장악했소. 누가 이번 사태의 승자가 될지는 결코 모르는 일인 만큼, 수문장은 쉽게 움직여 낭패를 보는 일이 없도록 하시오."

엄세가 손겸의 조언을 듣고 화살시위를 내리는 바람에 사마의는 무사히 군사를 이끌고 고평릉을 향해 나아갈 수 있게 된다. 사마의가 정변을 일으켜 궁안에서 일련의 사태가 불리하게 돌아가자, 조상의 사마 노지는 황제와 조상에게 급보를 전하기 위해 달아나고, 조상의 책사 환범도 사변의 추격을 물리치고 겨우 성을 빠져나가 조상에게로 간다.

"대장군, 우리가 우려했던 바와 같이 사마의가 모반을 일으켜, 성안의 모든 군권을 장악하고 지금 대장군을 도모하기 위해 성을 출발했습니다. 빨리 대책을 강구하셔야 합니다."

환범으로부터 정변 소식을 들은 조상은 급히 대책을 마련하기 위해 부산을 떤다.

"아우들은 어가를 이수(伊水)의 남안에 정착시키고, 어가의 전면에 녹각과 목책 등 방비책을 세우는 동시에 둔갑병 수천 명을 사방으로 배치하여 호위하게 하라."

조상이 용병을 마칠 즈음, 사마의는 사병을 이끌고 도성을 빠져나와 낙수의 부교(洛水:浮橋)에 당도한다. 이때, 대사농 환범이 조상에게 진언을 올린다.

"어가를 모시고 허도로 가서 외병을 부르면, 사마의를 쉽게 척결할 수 있습니다. 지금 대장군은 천자를 끼고 있으니, 허도로 가서 천자의 이름으로 천명을 내리면, 일시에 천하의 장군들이 몰려들어 사마의를 일격에 제거할 수 있습니다."

그동안 사마의는 조상의 책사 환범이 틀림없이 협천자의 권위를 이용한 전술로 임할 것을 예상하여, 조상에게 다른 생각을 할 수 없도록 가족의 안위를 보장하며 환범에게 압박을 가한다.

"대장군이 조용히 병권을 내어주고 정무에 관여만 하지 않는다면, 나는 대장군의 가족들을 무사히 인계하는 것은 물론이고, 대장군의 전 재산과 가족의 목숨을 보존해 줄 것이오."

조상은 낙양에 남겨둔 가족의 안전을 우려하여, 환범의 자문을 받고도 결단을 내리지 못한다. 조상이 결단을 내리지 못하고 머뭇거리자, 환범은 조상을 대신하여 조희를 찾아가서 설득하지만, 조희도 환범의 말을 쉽게 수용하지 못한다. 옆에 있던 사마 노지, 주부 양종이 함께 환범의 방법을 따르도록 강력히 건의한다.

"대장군, 사마의를 믿으면 아니 됩니다. 그는 가슴 속에 흉심을 품고 있습니다."

"내가 여태까지 수십 년 동안 사마의와 함께하면서, 나는 그의 인품을 잘 알고 있네. 사마의는 결코 신의를 배반할 사람이 아닐세."

"대장군, 믿는 도끼에 발등이 찍히는 법입니다."

조상 형제는 사마의를 철저히 신뢰하지만, 환범 뿐만 아니라 노지와 양종의 말도 일리가 있어, 그들은 결단을 내리지 못하고 한동안 우유부단한 행각을 지속한다. 이런 기류를 감지한 사마의는 시중 고양, 허윤과 상서 진태, 태위 장제를 보내 다시 조상을 설득한다.

"나는 황권을 탐하지 않았노라. 오직 국정이 제대로 흘러가기를 원할 뿐이다. 대장군 조상이 가지고 있는 병권과 인수만을 넘기면 모든 사태는 조용히 마무리될 것이다."

사마의의 뜻을 받은 대신들의 설득에 조상 형제가 흔들리는 듯하면서도 투항을 결정하지 못하자, 사마의가 이번에는 조상이 신임하는 전중교위 윤대목을 보내 흔들리는 마음에 최종 쐐기를 박는다.

"대장군이 투항한다면, 지금 대장군이 향유하고 있는 모든 것을 인정하고 가족의 신변과 모든 재산을 보장하겠노라. 내가 원하는 것은 대장군이 가지고 있는 인수일 뿐, 다른 것은 아무것도 원하는 것이 없다. 낙수에 두고 맹세하노라."

윤대목은 사마의의 서신을 조상에게 올린 후, 자신의 생각을 조상에게 드러낸다.

"태부는 소장들 앞에서 낙수를 향하여 맹세하기를 대장군께서 지니고 있는 병권만 내어놓으면, 자신은 그것으로 족하고 다른 뜻은 전혀 없다고 했습니다. 사마의가 다른 뜻이 없는 것은 확실한 만큼, 대장군의 인수만을 건네주어 사태를 마무리 짓고 편안히 상부로 돌아가시지요."

조상은 자신이 신뢰하는 윤대목이 확신에 찬 조언을 올리자, 최종적으로 마음을 결정한 듯이 안이한 생각을 펼친다.

"나는 어차피 전장을 떠나 여생을 편하게 지낼 생각을 하고 있었는데, 이제 그때가 온 것 같소. 나는 이후부터는 부가옹(富家翁)으로 그동안 누리지 못했던 향락과 여유를 누리며 마음 편하게 살리라."

조상이 사마의의 제안을 받아들이려 하자, 환범이 황급히 앞을 가로막으며 말한다.

"대장군은 사마의의 진화타겁(趁火打劫:불난 집에서 보물을 훔치듯이 상대의 어려움을 이용해 편히 이익을 취함) 계략에 속는 것입니다. 이대로 투항하면 자멸의 길을 택하는 것일 뿐입니다. 지금 중령군의 직속 별영과 낙양전농의 치소가 도성 밖에 있으니 마음대로 활용할 수가 있습니다. 지금 허도로 이동하면 내일 저녁이면 도착할 수 있고, 허도의 별고에 있는 무기 또한 풍족하니, 얼마든지 싸울 병사와 무기가 있다는 말입니다. 문제가 되는 것은 군량미인데, 군량은 대사농인 신의 직분을 통해 얼마든지 충당할 수가 있습니다. 사마의의 감언이설에 속으면, 향후 사마의의 술수로 인해 패망에 이르게 될 것입니다."

조상의 책사 환범이 전략적 충언을 올리는데도 조상은 귀를 기울이지 않는다.

"이렇게 되면, 나라가 허도와 낙양을 중심으로 두동강이 나게 되고, 곧바로 촉과 동오의 밥이 되어 모두가 자멸하게 될 것이오."

조상과 조희가 환범의 말을 듣지 않고 사마의에게 투항할 뜻을 전하자, 환범은 큰소리로 한탄한다.

"대사마 조진은 호랑이와도 같은 영걸인데, 어찌 당신들과 같은 송아지 자식을 낳았다는 말인가! 나는 비루한 당신들과 연계된 탓에 일문이 멸족할 위기에 놓였으니, 어찌 통탄하지 않을 수 있겠는가?"

조상은 책사들의 반대를 뒤로 물리고, 허윤과 진태에게 대장군 인수를 내어주어 사마의에게 전하도록 한다.

사마의는 조상의 투항을 받아들여 조상 형제를 자택으로 보낸 후, 황제의 어가를 모시고 낙양으로 돌아온다. 낙양으로 돌아온 사마의는 곧바로 낙양현에 조칙을 내려, 백성 8백 명을 뽑아 위부(尉部)로 명하여 조상의 자택을 사방으로 에워싸게 한다. 이들은 각 모서리에 높은 망루를 세우고, 그 위에서 조상 형제의 일거수일투족을 감시한다.

조상 형제는 위부에 의해 행동 하나하나가 감시되고 먹을 양곡까지 통제되자 사마의에게 속은 것을 알고, 측근인 환관 장당을 통해 조방에게 구명운동을 시작한다. 조상이 구명운동을 시작하니, 사마의는 즉시 양곡 1백 섬을 조상의 저택으로 보내주면서 반발을 가라앉히려고 하지만, 사마의의 진심을 정확히 파악한 조상이 지속적으로 구명운동을 펼치자, 사마의는 이번 정쟁에서 밀리면 자신 주변의 안위가 위협을 받게 된다는 것을 우려하여 측근들과 비밀히 대책회의를 연다.

"이번 기회에 조상을 제거하지 않으면, 우리 모두가 조상에게 보복을 당할 수 있습니다. 지난번 고평릉의 사태에서 폐하가 아버님께 힘을 실어주었던 것은 아버님을 달리 총애해서라기보다는 아버님와 조상의 사이에서 힘의 균형을 잡기 위해서 부득이 친족의 손발을 자른 고육지책(苦肉之策)이었습니다. 이제는 아버님 쪽으로 힘의 균형추가 움직이자, 은밀히 조상의 심복 역할을 했던 환관 장당을 통해, 조상의 복권을 도모하려는 분위기가 감지됩니다. 빨리 조상에 대한 조치를 강구해야만 합니다."

군략에는 다소 부족하나 정략에 뛰어난 사마사가 강력히 비밀회의의 분위기를 주도한다. 이에 회의에 참석한 모든 막료들이 사마사의 주장에 동의를 표하자, 사마의가 이들에게 다시 묻는다.

"총론에서 조상을 제거하자는 원안은 좋은데, 각론에 들어가서 어떤 방법으로 처리하면 좋겠소?"

사마사가 다시 모임의 분위기를 이끌며 말한다.

"지금 황제께 가장 접근하여 조상을 변론하는 것은 환관 장당입니다. 이자에게 적당한 혐의를 뒤집어씌워 문초를 가하고, 종국에는 조상을 함께 모반으로 몰아가는 방법을 택하시면 어떻겠습니까?"

사마사가 무중생유(無中生有)의 기책을 밝히자, 사마의가 흐뭇해하면서도 다시 묻는다.

"고명대신을 모반죄로 몰아붙이는 것이 과연 천하의 사람들에게 설득력이 있겠는가?"

이때, 사마소가 사마사의 의견에 힘을 보탠다.

"고명대신에게는 반역행위 외에는 확실히 극형을 처할 방법이 없습니다."

사마의는 사마사와 사마소의 계책을 채택하여, 일단은 환관 장당을 부정부패 혐의로 구금하고 심한 고문을 가하다가, 최종적으로는 조상의 역모를 고변하게 하도록 유도한다. 결국 환관 장당은 형리가 가하는 모진 고문을 이겨내지 못하고, 사마사가 유도하는 대로 조상과 함께 역모를 꾀했다는 자백을 토해낸다.

"조상의 형제가 하안, 정밀, 장당, 환범, 등양, 필궤, 이승 등과 은밀히 모반을 기도하여, 동월 3월 중에 대대적으로 거사를 행하기로 했습니다."

사마의는 환관 장당의 고문에 의한 자백을 황제에게 보고하고, 조상 3형제와 측근의 3족을 멸하고 재산을 몰수하여 국고로 편입시킨다.

곧이어 사마의 주변의 인사들이 조방에게 향후 조정의 나아갈 방향을 제시한다.

"폐하, 태부를 승상으로 임명하고 구석의 특권을 내려, 뒤숭숭한 정국이 안정되게 하려면 곧바로 후속적 조치를 취하셔야 하옵니다."

조방은 사마의 주변의 천거를 받아들여 사마의를 승상으로 임명하고 구석의 특권을 내려, 승상이 된 사마의는 구석의 특권과 병권을 모두 장악하고 사실상 최고의 실권자가 된다.

"정서장군은 한중의 국방과 관련하여 상의할 문제가 있으니, 즉시 낙양으로 돌아와서 황명을 받으라."

사마의는 조상의 친족과 측근을 모두 처형한 후, 옹주에 있는 하후현을 께름칙하게 여겨 하후현을 낙양에 불러들인다.

"정서장군은 한중의 국방과 관련하여 상의할 문제가 있으니, 즉시 낙양으로 돌아와서 황명을 받으라."

하후현은 위문제 조비의 친구인 하후상의 아들로서, 문무에 정통하고 학식이 풍부하여 배움을 현실에 접목시키려고 노력하는 학구적인 영걸이다. 그는 바로 옆에 벼락이 떨어져도 표정하나 변하지 않을 정도의 차분한 성품으로, 대장군 조상과는 외사촌 관계이고 누이동생은 사마사의 첫째 부인이어서 사마씨와는 사돈 관계이기도 했다.

지난날 조상은 하후현의 인품이 올곧아 하후현에게 산기상시 겸 중호군으로 삼아 인사권을 행사할 수 있는 위치에 올려놓았다. 한때 하후현은 하안, 사마사와 함께 책임이 막중한 중호군의 요직에서 인재를 천거했는데, 비슷한 시기에 출사한 사마사가 공적이 없는 사람을 기용하고, 하안이 주로 자기 측근을 기용한 것과 달리, 하후현은 천하의 준걸을 천거하고 지방관으로 파견하여, 이것이 후일 위를 계승한 사마씨가 천하를 통일하는 기반이 된다. 그는 인재 선발제도인 구품관인법의 모순을 강력히 비판하고 개혁을 단행할 것을 주창하여, 과거제로 발전하는 계기를 마련했고, 지방 관료제도의 틀과 조직체계를 간소화하여 행정비용을 절감하자는 등 각종 개혁정책을 펼쳐 그의 정적까지도 하후현의 인품과 학식, 품성에 대해서는 비판하는 사람이 없을 정도였다.

사마의에게 소환될 당시 하후현은 정서장군 겸 옹양주제군사를 총괄하고 있었다. 비록 사마사의 첫 부인이 하후현의 누이동생이기는 해도 권력의 중심에는 부모형제도 없는 냉혹한 것이라는 것을 아는 하후패는 당질(백부 하후돈과 부친 하후연의 조카인 사촌형제 하후상의 아들) 하후현에 대한 소환은 하후씨 전체를 겨냥한 것이라 생각하게 되어 하후현에게 자신의 생각을 전한다.

"사마의가 자네를 소환하는 것은 아마도 우리를 연좌에 걸어 하후씨를 말리려는 것이 아닌가 생각하네. 자네는 나와 함께 촉한으로 가기로 하세."

한참을 고민하던 하후현은 의연하게 처신한다.

"제가 사마씨에게 특별히 잘못한 일도 없는데, 사마씨가 저를 처형할 근거가 없습니다. 저는 당당히 사마씨에 맞서 저의 입장을 항변할 것입니다."

13.
강유의 제1차 북벌

13. 강유의 제1차 북벌

하후현이 낙양으로 떠나고 하후현의 후임으로 하후패와 사이가 나쁜 옹주자사 곽회가 정서장군 겸 옹양주제군사로 부임한다. 그 이전에는 옹주자사 곽회와 토촉호군(정촉장군) 하후패가 서로 독자적으로 촉한과 강족을 상대로 병권을 행사했지만, 하후패를 경계한 사마의는 군사체재를 바꾸어 정서장군 겸 옹양주제군사 곽회가 옹주자사와 토촉호군의 상관으로 되는 군사체재로 변화를 시도한다.

이에 위기를 느낀 하후패는 휘하의 군마를 이끌고 양무를 떠나 촉한으로의 망명길에 오른다.

얼마 후, 곽회가 하후패의 행적을 알아차리고 그를 추적하는데, 하후패는 음평 근처의 공항곡 입구에 매복병을 숨겨 놓고, 허허실실(虛虛實實)로 곽회를 유인하려고 소수의 병력으로 곽회의 추격군을 상대하여 평지에 진을 펼친다. 곽회가 하후패의 소수의 군사를 우습게 보고 쐐기진을 형성하여 하후패를 공격하자, 하후패는 곽회의 추격군을 상대하여 대적하다가 힘에 밀리는 척하더니, 일부러 군사를 퇴각시켜 매복병이 있는 계곡으로 곽회의 군사를 유도한다.

곽회의 추격병이 승기를 잡았다고 교만하여, 좌우 살피지 않고 하후패를 추격하다가, 복병들이 공항곡에서 쏘아대는 화살 공세를 버티지 못하고 많은 병사를 잃은 채 본대로 돌아간다. 음평을 지나고 공항곡을 넘어서 지난 기산전투에서 경험했던 감각에 의지하여 진령산맥으로 들어선 하후패는 험산의 수천 구비를 헤매며 길을 잃고 우왕좌왕하다가 절벽에서 떨어져 다리를 다친다.

하후패는 다친 다리를 질질 끌며 수하들과 산속을 헤매다가 양곡이 떨어져 먹을 것이 없게 되자, 멀리 계곡을 내려가서 퍼온 개울물로 수백의 병사들이 요기를 해결하는데, 계속된 기아에 시달리면서 더는 방법이 없게 되자, 생명과도 같은 말을 잡아 식량을 대신하고, 험준한 산을 수하들의 부축을 받으며 맨발로 걸어 겨우겨우 이동한다. 깊은 산중에서 먹을 물조차 구할 수 없을 경우에는 옷에 젖은 빗물을 짜서 식수를 대신하기도 한다.

이렇게 20여 일 깊은 산속에서 버티던 하후패의 무리들이 다리를 다쳐 움직이지 못하는 하후패를 바위 아래에 눕히고 잠시 휴식을 취하고 있는데, 멀리서 산속의 오솔길을 달리는 말발굽 소리가 들려온다. 하후패가 손을 굽어 바라보다가 크게 소리를 지른다.

"그대들은 촉의 척후병들이 아니시오?"

말을 달리던 촉군이 소리가 나는 쪽을 바라보며 큰소리로 외친다.

"혹시 하후패장군과 그 수하들이 아니십니까?"

"맞소만, 어떻게 우리가 하후패장군과 일행인 줄 아셨소?"

"이미 위국 옹, 양주의 소문이 촉에도 전해져서, 강유장군께서 오래전부터 하후패장군을 찾아 길을 안내하도록 지침을 내리셨습니다. 오랫동안 찾아 헤맸는데, 이제야 장군의 일행을 만나보게 되었습니다."

하후패는 촉한의 척후가 이끄는 대로 산을 빠져나와 강유에게 인도되자, 강유가 맨발로 뛰어나와 하후패 일행을 영접하며 말한다.

"장군의 망명을 진심으로 환영합니다. 사마의가 하후연장군의 차남인 하후패장군을 적으로 매도하는 것을 보면서, 소장은 이미 사마의의 한계를 보는 듯합니다. 춘추시대 상(商)나라 주왕(紂王)의 형 미자(微子)는 주왕이 폭정을 일삼자, 주왕을 떠나 상(商)을 멸하고 주(周)나라의 건국에 기여한 전례가 있으니, 장군도 이를 본받아 한실을 부흥시키는 일에 이름을 올리시기를 청합니다."

강유는 하후패를 반갑게 맞이하여 일행을 위한 주연을 베푼다. 하후패는 주연이 절정에 오르자, 강유에게 자신이 촉한의 후주 유선과 사돈 관계임을 은연히 내비친다.

"내가 듣기로 촉의 선주께서 조조 승상에게 의탁할 당시, 조조 승상이 장비장군을 회유하려고 하면서, 나의 부친 하후연장군이 매파로 나서, 나의 사촌 여동생 하후씨를 장비장군에게 출가시켜 낳은 두분 딸이 지금 후주의 경애황후와 장황후로 나의 당질이 된다고 합니다."

강유가 유쾌하게 받아들이며 말한다.

"나도 그 이야기를 들은 적이 있습니다."

두 사람은 개인적인 문제를 이야기하다가 어느 순간에 정국 현안의 문제로 발전하게 된다.

"사마의가 위국의 정국을 장악했으니, 곧 전쟁을 일으키지 않겠습니까?"

"사마의는 정국의 주도권을 잡은 것이 얼마 되지 않았기 때문에 당장은 외정에 신경 쓸 여유가 없을 것입니다. 다만 위국에 새롭게 떠오르고 있는 두 인물을 눈여겨보아야 할 것입니다. 한사람은 종회라고 하는 자인데 예주 영천군 출신인 태부 종요의 아들로서, 어려서부터 대담하고 지혜가 뛰어나서 당시 중호군 장제가 종요의 요청으로 종회를 만난 다음, 눈동자를 관찰했는데 총기가 넘쳐 장차 큰일을 할 인재라고 평가했답니다. 전해지는 바에 의하면 어느 날, 부친 종요가 약주를 마시다가 잠이 들었는데, 종회와 이복형인 종육 두 형제가 몰래 약주를 훔쳐 마시러 들어왔다고 합니다. 종요가 눈을 감고 이 둘이 어떻게 처신하는가 보았더니, 종육은 술을 훔쳐 마시기 전에 아비에게 절을 하고 마시는데, 종회는 그대로 벌컥벌컥 마시더랍니다. 종요가 일어나서 종육에게 어째서 절을 하였느냐고 묻자, 종육은 예를 갖추고 먹어야 했기에 감히 절을 하지 않을 수 없었다고 했답니다. 다시 종회에게는 어찌 절을 하지 않았느냐고 묻자, 종회는 호기심에 훔쳐 먹는 약주가 애초부터 예에 어긋나기 때문에 절을 하지 않았다고 했답니다. 지금은 아직 젊어서 크게 부각이 되지 않았지만, 조만간 군사에 개입하게 되면 촉과 오에는 큰 골칫거리가 될 것입니다. 다른 한 사람은 등애로서 어려서 부친을 잃고 농사일에 종사했으나 웅지를 품고 있었다고 합니다. 나무를 보기보다는 숲을 보는 큰 안목을 가지고 있어, 전체적으로 크게 보고 계획을 세우고 계획이 세워지면 실행으로 옮기는 결단력을 지녔습니다. 지나치는 높은 산이나 큰 호수를 보면 군영을 어떻게 배치해야 하는지, 군사는 어떻게 매복시켜야 할지, 군량은 어디에 비축해야 할 것인지 등 군사의 운용에 깊은 관심을 가졌으나, 말더듬이라는 한계로 인해 주변에서 하나같이 비웃음을 당해 처음에는 중용이 되지 않았다고 합니다. 태위 사마의가 그를 만나 능력을 인정하여 대운하를 건설하는 사업을 맡긴 이후 크게 부각되기 시작했습니다. 지형을 한번 보면 그곳에서 기발한 계획을 이끌어내는 특출함이 있어 향후 촉에는 큰 부담이 될 자입니다."

강유는 하후패의 말을 귀담아듣고 있다가 말을 잇는다.

"여기서 며칠 푹 쉬다가 성도에 가서 황제 폐하를 배알하도록 합시다."

연회를 마친 며칠 후, 강유와 하후패는 후주 유선을 만나러 성도로 향한다. 유선은 위국에서 명장 하후패가 망명을 청했다는 보고를 듣고, 강유와 하후패를 궁궐로 불러들여 만나 하후패에게 환영의 말을 전한다.

"장군, 위국 최고의 명문가 후손인 장군이 촉에 망명을 신청하게 된 것은 우리 촉에는 엄청난 행운입니다. 그러나 기실은 장군과 짐은 인척의 관계가 되지 않습니까? 여기에 있는 이 아들도 하후씨의 외손자가 되오. 사실상 하후연 대대장군은 짐의 선친의 칼날에 운명을 달리한 것은 아닌 만큼, 지난날 부친인 하후연 대장군에게 발생한 사건은 잊어버리고 우리 촉을 위해 크게 기여하여 주시오."

유선은 하후패와 인척 관계를 강조하면서 위장군 강유보다도 상위의 서열인 거기장군으로 제수하고, 이때 황제를 배알한 자리에서 강유는 옹, 양주에 대한 정벌을 주청한다.

"지금 위의 옹, 양주는 하후현장군과 하후패장군의 부재로 심히 혼란한 지경에 이르러 있습니다. 소장이 이를 기회로 여겨 적진을 교란시키고자 합니다. 부디 윤허하여 주시기를 주청합니다." 상서령 비의가 극렬히 반대의 의견을 제시한다.

"장완, 동윤 두 재상이 서거하신 이후 촉한의 내정이 아직도 안정되지를 않았소. 장군은 이 점을 깊이 헤아려 주시오."

"소장이 농상에서 강족과 함께 생활하면서 이들의 환심을 얻었습니다. 이들에게 소장이 협조만 얻을 수 있다면, 이번에는 얼마든지 옹,양주를 차지할 수 있을 것입니다."

강유의 굳은 결심을 읽은 유선도 이때가 북벌을 취할 절호의 기회라는 생각으로 강유의 주청을 받아들이면서 구벌중원(九伐中原)으로 불리는 강유의 8차례 북벌이 시작된다.

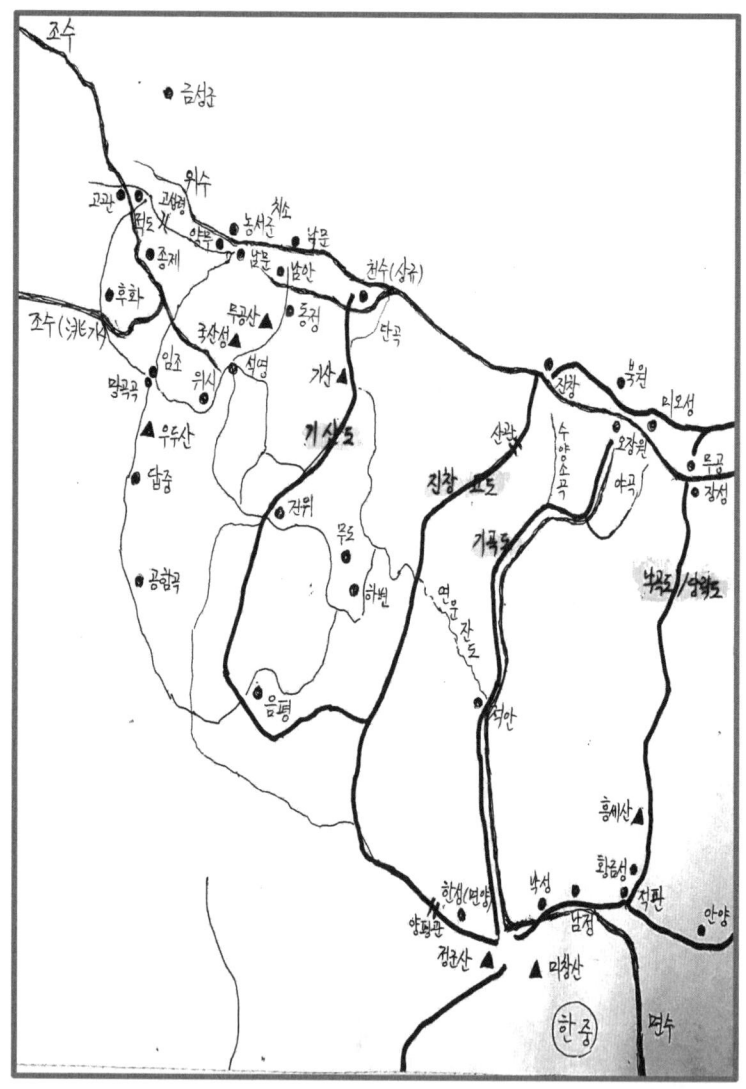

249년(가평 원년) 8월, 강유는 제1차 북벌에 대비하여 장수 구안과 이흠에게 군사 1만5천을 내어주어, 국산(麴山)에 있는 2개의 성을 증축 보강하고 위국의 침략에 대비하게 한다. 얼마 후 국산성이 든든하게 증축이 되자, 장수 구안과 이흠을 아문장으로 삼아 구안에게는 동쪽의 성을 이흠에게는 서쪽의 성을 지키게 하고, 당년 10월 말경, 자신은 강족과 호족을 모아 옹주의 여러 성을 공략하는 제1차 북벌을 행한다.

이때는 옹, 양주 방면의 방비체재가 옹주자사 곽회와 토촉호군 하후패가 독자적으로 전략전술을 세우고 촉한의 군사와 대척했던 지난날과는 달리, 곽회가 옹주자사 진태, 남안태수 등애, 토촉호군 서질 등을 휘동하여 총사령관으로서 전략을 총괄 지휘하는 체재로 변화되어가는 시점이었다.

이런 시기에 강유가 옹주를 침범해 들어오자, 곽회는 이전보다 더욱 효율적으로 전략과 계책을 수립할 수 있는 독보적 입지에 서게 되고, 정서장군 곽회의 지휘를 받게 된 위국의 옹주자사 진태가 곽회에게 건의하여 말한다.

"촉장 강유가 옹주를 휘저으려 해도 옹주에서 얻을 것이 별로 없습니다. 우리는 위위구조(圍魏求趙:위를 쳐서 조를 구함) 전략을 구사합시다. 강유를 상대로 일일이 국지전을 벌여 백성들의 생활이 불편하게 하느니, 국산성(麴山城)으로 쳐들어가서 국산성(麴山城)을 공격하면 강유는 옹주를 포기하고 회군하게 될 것입니다. 국산성(麴山城)이 아무리 견고하다고 하더라도 촉에서 멀리 떨어져 있고, 식량을 나르려 해도 험한 길로 양곡을 운반해야 합니다. 성에는 강유가 강족을 이끌고 옹주를 약탈하러 떠난 관계로 지금 성에는 주장이 없습니다. 이때를 틈타 성을 포위하기만 해도 칼에 피를 묻히지 않고 성을 함락시킬 수 있을 것입니다. 설혹 원군이 오더라도 산길이 험해 쉽게 접근할 수 없습니다."

곽회가 진태의 건의를 받아들여 공격을 명하며 말한다.

"국산성은 워낙 고지에 세워져서 필시 식수가 부족할 것이오. 지난 경험을 돌이켜 볼 때, 이런 고지에 자리하고 있는 성은 굳게 포위하여 식수를 끊으면, 적군은 기갈 때문에 사기가 떨어져 오래 버티지 못하고 투항할 것이오. 장군은 적장이 싸움을 유도하더라도 말려들지 말고 포위를 더욱 견고히 하여야 할 것이오."

곽회는 옹주자사 진태에게 명을 내린 후, 토촉호군 서질과 남안태수 등애를 거느리고 곧바로 성의 북단으로 올라가, 둑을 쌓아서 성으로 흐르는 물길을 막아 버린다. 이흠은 성안에 물길이 끊기자, 물을 구하기 위해 군사를 이끌고 성문 밖으로 나와 국산성의 북단으로 향하지만, 진태의 강력한 공세에 밀려 성안으로 되돌아간다.

국산성주 구안은 진태의 강력한 공세로 인해 성안에 식수가 떨어지자, 성을 둘러싼 포위망을 뚫기 위해 정공법으로 전투를 벌이는 척하며, 그 틈에 국산성 아문장 이흠이 국성 북단의 둑을 파괴하려는 전략을 세우지만, 이를 간파한 등애가 진태에게 진언을 올린다.

"적장은 일부 병사를 보내 포위망을 공격하면서, 실제로는 대단위 병사를 이끌고 성의 북단으로 진출하여 둑을 파괴하려는 성동격서(聲東擊西)전략을 취할 것입니다. 적병이 포위망을 뚫는 척하며 공세를 펼칠 때 싸움에 휘말리지 말고, 둑을 더욱 철저히 경계하도록 하셔야 무리가 없을 것입니다."

국산성의 성주 구안이 군사를 이끌고 진태의 포위망을 향해 돌진하지만, 위군은 포위망을 뒤로 물리며 싸움을 피한다. 구안이 군사를 이끌고 진태의 포위망을 향해 돌진하는 틈을 활용해서, 이흠이 둑을 붕괴시키려 군사를 이끌고 성의 북단으로 이동하지만, 둑에 이르기도 전에 주변에 매복시킨 위군의 기습에 대패하여 성안으로 되돌아간다.

촉군은 비축된 식수가 고갈이 나면서, 성안에서 온갖 기갈에 허덕이며 구원병이 오기를 기다리는 중, 갑자기 어두워진 하늘에서 폭설이 내리자, 병사들은 성안에 쌓여 있는 눈을 긁어모아 갈증을 해소하고, 눈을 녹여 밥을 지어 먹어가며 원병이 오기를 학수고대하는데, 이때 이흠이 서쪽 성에서 비밀통로를 통해 동쪽 성으로 건너와서, 구안과 머리를 맞대고 위기를 타개할 대책을 강구한다.

"강유장군이 아직 우리의 긴박한 상황을 모르는 것 같은데, 우리가 어떻게 해야 장군에게 이런 상황을 전할 수 있겠소?"

국산성주 구안의 제안에 이흠이 대답한다.

"내가 목숨을 걸고 포위망을 뚫고 나가 강유장군에게 위기상황을 전하겠소이다. 성주께서는 북단의 둑을 집중적으로 공략하는 전술을 쓰시오. 그리하면 나는 남문을 통해 우두산(牛頭山)으로 빠져나가겠소."

구안이 둑을 향해 군사를 이끌고 공격을 전개하자, 그 틈을 이용하여 이흠이 기병 수십 기를 이끌고 잽싸게 남문 포위망을 향해 질주한다. 이흠은 위군의 강력한 저지를 받고 온몸에 피투성이가 된 상태에서도 혼신을 다해 포위망을 뚫고, 가까스로 강유에게 당도하여 위기상황을 보고한다. 이흠으로부터 긴급한 상황을 보고받은 강유가 우두산에서 곧바로 군사를 정비한 후, 이흠과 함께 정예병을 이끌고 국산성을 향해 전속력으로 질주한다. 진태는 강유가 급히 군사를 이끌고 국산성으로 이동하는 것을 보고 곽회에게 대책을 제시한다.

"장군, 강유가 황급히 군사를 이끌고 국산을 향하는 것은 국산성에 있는 병사들이 기갈에 허덕인다는 것을 정확히 인지하고 있기 때문입니다. 장군께서는 위위구조(圍魏求趙:위를 구하기 위해, 위 대신 조를 공격함) 전략을 취하여 강유를 맞상대하지 마시고 기존 포위망을 그대로 유지한 채, 강유의 본영이 있는 우두산으로 출병하시어 강유의 퇴로를 막고 우두산을 공략하면, 강유는 국산성의 구원을 포기하고 우두산의 본영을 지키기 위해 다시 회군할 것입니다. 나는 남쪽으로 백수(白水)를 건넌 후, 강줄기를 따라 동으로 이동하여 강유를 협공하면, 제아무리 강유라고 해도 퇴각하게 될 것입니다."

곽회가 옹주자사 진태의 전술을 채택하여 조수(洮水)로 이동할 때, 강유는 이흠과 함께 국산성의 위군 포위망 근처에 당도한다.

"아문장, 어찌 국산성을 포위한 위군이 생각보다 적고 포위망도 이리 허술하오?"

강유의 질문에 이흠도 어리둥절하여 곧바로 반문한다.

"글쎄요. 왜 갑자기 포위망을 둘러싼 병사들이 줄어들었을까? 혹시 어떤 위계를 부리는 것이 아닐까요?"

이때 주변을 정찰하던 척후가 와서 급히 보고를 올린다.

"장군, 적장 곽회가 포위망의 대부분 병사를 빼돌려 조수로 이동해서 우두산으로 향하고 있습니다. 적장 옹주자사 진태는 이미 기병을 이끌고 백수를 건넜다고 합니다."

척후의 보고를 받은 강유는 깜짝 놀라며 이흠에게 긴급지시를 내린다.

"아문장, 곽회는 진태와 연합하여 아군을 협공하기 위해 우두산 본영을 탈취할 전략을 세운 것 같소. 빨리 군사를 돌려 우두산으로 돌아가지 않으면, 아군은 퇴로가 막혀 몰살하게 될 것이오. 군사들은 빨리 방향을 돌려라."

이흠이 강유에게 비장한 어조로 말한다.

"장군께서는 빨리 우두산 본영으로 돌아가십시오. 소장은 포위망을 뚫고 다시 성으로 돌아가서 수하들과 동고동락을 함께 하겠습니다."

강유가 다시 이흠의 뜻을 확인한다.

"나는 이대로 우두산 본진으로 돌아가지 않으면, 옹주 정벌군의 본진이 무너지므로 이대도강(李代桃僵:대(大)를 위해, 소(小)를 희생시킴) 전술을 펼칠 수밖에 없소. 그런 마당에 별장이 이대로 성안으로 들어가면, 그대의 생명과 후일을 장담할 수 없게 되오."

"장군의 뜻을 잘 알고 있습니다. 하오나, 소장과 생사고락을 함께한 병사들을 나 몰라라 할 수는 없습니다."

강유는 이흠이 확고한 뜻을 내비치자, 어쩔 수 없이 아문장 이흠에게 포위망을 뚫어주어 성안으로 돌아가도록 도와주고 황급히 우두산으로 회군한다. 강유가 우두산으로 돌아간 후, 구안과 이흠은 처절하게 기아와 갈증을 버텨내며 항전의 의지를 다지지만, 하루가 멀다는 듯 쓰러져 나가는 수하들의 고통을 이기지 못하고 곽회에게 투항을 청한다.

강유는 우두산으로 돌아오는 길에 곽회가 진을 치고 기다리는 조수에 당도하여 부장들과 긴급대책을 논할 때, 척후병이 강유에게 급보를 전한다.

"장군, 적장 진태가 다섯 방면에서 군사들을 이끌고 회군하는 아군의 후미를 추격하기 시작했습니다."

강유는 조수를 통해 철수하는 것을 포기하고 백수(白水)로 군사를 돌리지만, 백수의 북쪽에는 남안태수 등애가 이미 도착하여 진을 치고 기다리고 있었다. 강유는 부장들을 소집하여 작전명령을 내린다.

"나는 암도진창(暗渡陣倉)계책을 구사하고자 하오. 부장들은 적병의 건너편에 군영을 세우고 허장성세를 펼쳐, 적장이 쉽게 공격해 들어오지 못하도록 완벽한 위계로 적병의 시선을 백수에 붙잡아 놓으시오. 적장은 지형에 해박한 등애라고 하니, 부장들은 한층 신중하게 용병에 신경을 써야 할 것이오. 그동안 나는 동쪽으로 60리 떨어져 있는 조성(洮成)을 습격하여 적군들이 방비가 허술할 때, 조성을 함락시켜 적병들을 조성으로 유인시키고 회군하도록 하겠소."

강유는 요화를 백수에 포진시키고 조성을 향해 나아간다. 강유가 조성을 향해 은밀히 이동하고 얼마 후, 등애는 촉한의 선봉 요화가 군영을 세우는데 평소보다 요란하게 허장성세를 벌이는 것을 이상하게 생각하여 수하의 장수들에게 명한다.

"내가 아무리 생각해 보아도 강 건너의 진지는 허장성세인 것 같다. 필경 강유는 강 건너에 주둔한 것으로 위장하고 다른 곳을 목표로 해서 떠났을 것이다. 그렇다면 강유가 목표로 세운 곳은 조성이 틀림이 없노라. 일진 부장은 이곳에 일진의 병사로 허장성세를 세우고, 나머지 부장들은 빨리 조성으로 돌아가서 협로를 틀어막고 강유가 조성을 공성하는 것에 대비하라."

등애는 강유가 조성에 도착하기도 전에 병사들을 이끌고, 조성의 주변 요지에 병사를 물샐 틈이 없이 배치한다. 강유는 이미 등애가 조성의 방비를 완벽히 세워놓고 자신을 강력히 저지하자, 퇴로가 끊겨 현군이 될 것을 우려하여 조성을 포기하고, 전군에게 즉시 회군할 것을 지시한 후 자신도 음평을 향해 회군한다.

14.
위, 오의 정국 대변혁

14. 위, 오의 정국 대변혁

 위에서 사마의가 '고평릉 정변'을 일으켜 조정의 모든 실권을 잡고, 정국의 중심이 조씨에서 사마씨로 이동하기 시작할 때, 동오에서는 태자파와 노왕파가 더욱 첨예하게 대립하여 정국은 걷잡을 수 없는 혼란으로 빠져든다.
 이에 지친 손권은 태자가 되겠다고 갖은 악행을 저지르며 주변에 중상 모략가를 불러들여 가까이하는 노왕 손패에게 식상하기 시작한다. 그렇다고 이유도 없이 싫은 태자 손화에게도 황위를 넘기기를 꺼리던 중, 막내아들 손량에 대한 애틋한 마음이 생겨나면서 막내 손량을 태자로 삼을 것을 결심하고 깊은 고민에 빠진다.
 그러다가, 태자 손화가 유배에서 돌아온 장휴와 자주 만나며 정국에 혼란이 일어나려는 조짐이 나타나자, '손화와 장휴가 내통하여 모반을 일으키려 한다.'라는 명분을 내세워 250년(가평2년) 11월, 태자 손화를 폐위하여 유폐시키고, 사사건건 조정에서 분열을 일으키는 노왕 손패에게 사약을 내린다.
 그리고 총애하는 후궁 반부인의 아들로서, 불과 8살의 손량을 새로이 황태자로 내세우자, 진정과 진상은 손화의 폐위에 격렬히 반대하여 목숨을 걸고 손권에게 직소를 올린다.

"황제 폐하, 소신 진정과 진상은 죽음을 무릅쓰고 진언을 올립니다. 폐하께서 손화 태자를 폐위하여 남양으로 보내시고, 태자의 자리에 8세에 불과한 손량 공자를 올리심은 오국의 미래에 암울한 흑역사를 빚게 될 것입니다. 춘추시대 진헌공은 총애하는 여희의 어린 아들 희해제를 태자로 삼기 위해 태자 신생에게 사약을 내리고, 이로 인해 둘째 아들 희중이(진문공)는 적나라로, 셋째 아들 희이오(진혜공)는 양나라로 망명을 하였습니다. 그렇게 해서 진헌공은 억지로 어린 희해제를 왕위에 올렸으나, 곧바로 대부 이극이 희해제를 살해하여 진(晉)은 큰 혼란에 빠져 국가가 위기에 처하는 흑역사가 있었는데, 다행히도 중이가 19년간의 방랑생활에서 얻은 경험과 지혜로 대기만성의 본을 세우면서, 진문공으로 등극하여 춘추시대의 오패로 다시 도약할 수 있었습니다. 오국의 폐하께서는 이런 암울한 역사를 간과하지 마시고, 손화 태자의 폐위를 다시 고려해 주시옵소서."

진정과 진상이 춘추시대 '진헌공과 희해제'의 고사까지를 들어가며 반대하자, 손권은 진정과 진상은 물론 그 일족까지 모두 주살하고, 이에 동조한 표기장군 주거, 굴황 등 수십 명의 관리를 좌천하거나 추방한다.

이듬해 5월에는 잔악한 성품의 어린 반부인을 황후로 세워 어린 손량의 든든한 후견인으로 삼으려 한다. 그러나 후궁과 궁녀들이 악랄한 성품의 반부인이 섭정을 하게 되면, 큰 난리가 난다는 생각에 252년(가평4년) 2월, 이들은 손권의 병간호에 지쳐 쪽잠을 자는 반부인을 목 졸라 죽이는데, 이에 충격을 받아 다시 병상에 눕게 된 손권은 한참을 고민하던 끝에 '오국의 미래를 위해서는 후견인이 없는 손량이 너무 어리려 황위를 안정시킬 수 없다'라는 생각에 이르자 다시 폐태자 손화를 불러들이려고 한다.

그러나 손노반, 손준, 손홍이 폐태자 손화를 극히 꺼려하여 손화의 태자 복위를 끝까지 반대하자, 손권은 손화를 남양왕으로 임명하여 장사로 떠나보내고, 결국은 손량이 확실하게 황태자의 자리를 차지하게 된다.

동년 4월에 이르러 건강이 악화된 손권은 태부 겸 대장군 제갈각, 시중 손준, 태상 등윤, 중서령 손홍, 우장군 여거를 불러 뒷일을 당부하고 숨을 거둔다. 태부 제갈각은 태자 손량을 세워 황위를 잇게 하고, 천하의 민심을 동오로 쏠리게 하려고 대사면령을 내리며, 연호를 건흥으로 고치고 손권에게 대황제라는 시호를 올린다.

오국이 '이궁의 변'이라 불리는 태자파와 노왕파의 반목으로 나라가 기울어가는 조짐이 보일 때, 위국에서도 큰 변화가 일어난다. 251년(가평3년) 8월 5일, 사마의가 오랜 숙환으로 죽은 후, 위제 조방은 사마사에게 무군대장군을 제수했는데 이듬해, 사마사가 대장군 겸 시중, 지절, 도독중외군사, 녹상서사를 겸직하고 정치, 행정, 병권을 모두 장악하며 정권을 독식하자, 사마사는 진동장군 겸 도독양주 제갈탄, 진남장군 겸 도독예주 관구검, 정남대장군 겸 의동삼사 왕창, 정동장군 호준, 옹주자사 겸 분위장군 진태에게 국경의 네 방면의 도독을 맡기고, 신성태수 주태, 등애, 석포, 왕기 등에게 주와 군을 다스리게 한다. 종회, 하후현, 왕숙, 진본, 조풍 등에게는 조정의 대소사를 맡기는데, 인선의 백미는 영천의 사대부 2세대로 명망이 있는 진군의 아들 진태, 종요의 아들 종회, 순욱의 아들 순찬 등과 친교를 맺어온 젊은 상서(尚書) 부하를 직계의 참모로 활용하여, 과감하고 적극적으로 반대파를 제거하고 정국의 주도권을 장악했다는 것이다.

유비의 스승인 노숙의 아들이며 천하의 명망이 있는 원로인 노육을 사례교위로 삼아, 인재선발권을 맡긴 것은 존재 자체만으로도 반대파에 대한 견제와 압박이 되는 덕에 사마씨가 패권을 확립하는 작업에 동력으로 작용한다. 정치적 배경이 되는 사상적 결집은 훈고학에 대항하여 왕명학을 주창한 왕숙, 그리고 사법에 대한 조예가 깊은 종육에게 정위를 맡김으로써 확고한 조정의 기반을 굳힌다.

군략에는 다소 부족하나 정략에 뛰어난 사마사가 조정을 확고히 장악해가는 과정이 이러했다. 사마사가 조정을 장악해가는 과정에서 국방이 안정되어 있다는 점이 또한 금상첨화격으로 작용한다.

서부전선의 경우, 촉한에서는 강유가 계속 북벌을 주장하지만, 촉한의 최고 권력자 비의가 이를 승인하지 않아 정체된 상태였고, 동시에 위국의 입장에서는 명장 곽회와 진태가 포진해 있어 촉한이 감히 도발할 생각조차 가질 수 없었다.

회남 일대의 전선은 사마의의 관중부흥책에 편승하여 국방력이나, 군수품 조달력이 급격히 향상되어 중앙의 지원이 없이도 자체적으로 방비할 채비가 마련되어 있었다.

단지, 동부전선의 관구검과 문흠이 사마사의 측근이 아니라는 점에서 사마사가 다소 긴장하지만, 수차례에 걸친 합비공방전을 성공적으로 막아낸 저력으로 동부전선도 크게 걱정을 하지 않을 수 있었다.

이렇게 위국은 조정의 중심축이 조씨에서 사마씨로 이동하면서도 안정을 유지하는 동안, 동오는 '이궁의 변'을 계기로 252년(건흥 원년) 4월, 손권이 붕어하면서 불과 10살의 손량이 황위에 오른 후, 대장군 제갈각을 태부로, 등윤을 위장군으로, 여대를 대사마로 삼는다.

그러나 얼마 지나지 않아 제갈각, 손준, 손홍, 등윤, 여거의 섭정단에서 내분이 일어나 조정이 혼란해지고 제갈각의 권위가 급격히 약화되기 시작한다.

제갈각은 권위를 세우기 위해 남양주에서의 우위를 점하고자, 위나라를 도모해야 할 필요성을 인식하게 되어, 동년 10월 위의 영토를 침략하고 동흥에 동흥제(東興堤)를 다시 축조할 것을 지시한다. 험산 양쪽의 절벽을 깎아서 기둥으로 삼고 성을 쌓아, 그 가운데 제방을 건설하여 소호의 물을 가득 차게 해서, 양쪽의 성에 각각 1천명의 병력을 배치하여 동쪽 성은 도위 유락, 서쪽 성은 전단에게 맡기고 회군한다.

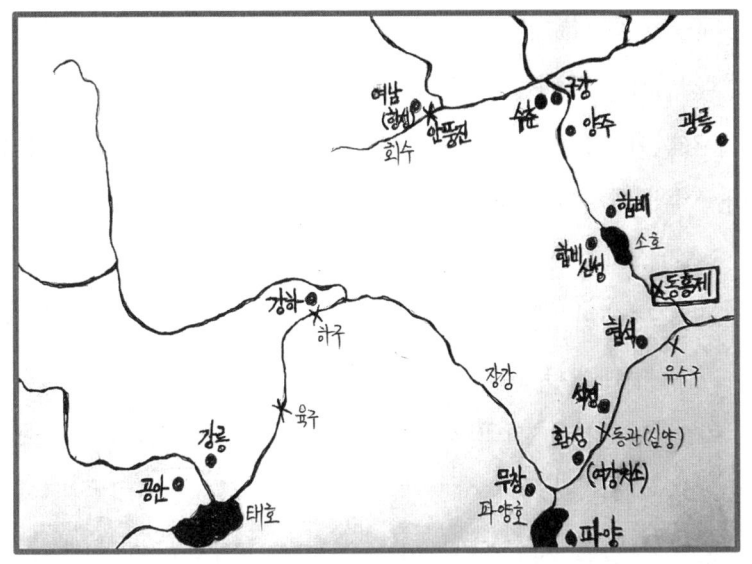

제갈각에게 선공을 당한 사마사는 그렇지 않아도 위국의 조정에 보여줄 전공이 없어 권위가 도전을 받기 시작했는데, 제갈각이 위의 영토를 침범하여 동흥제를 재건설함으로써, 자신의 권위에 치욕적인 도전을 받았다고 느끼게 되자 긴급히 전략회의를 소집한다.

이때, 진동장군 제갈탄이 전략회의의 분위기를 주도한다.

"지금 동오가 위를 능멸하여 동흥을 유린하고 도전해 왔습니다. 이를 방치할 경우, 동오는 더욱 기고만장하게 될 것입니다. 왕창장군에게 명하여 강릉지역을 압박하게 하시고, 진남장군 관구검에게 무창을 향하게 해서 상류에서 제갈각을 압박해 두십시오. 그런 다음, 정병을 골라서 동흥의 두개의 성을 공략하면 어렵지 않게 성을 탈취할 수 있을 것입니다."

제갈탄이 정남장군 왕창, 정동장군 호준, 진남장군 관구검 등과 함께 남양주를 정벌할 구상을 제안하자, 군략에서는 다소 자신이 없는 사마사가 상서 부하에게 전략의 가치를 묻는다. 이에 부하가 중론과 전혀 다른 견해를 제시한다.

"제갈각이 동흥을 도발한 것은 손권이 사망한 이후, 동오의 정국 운영에서 제갈각이 놓여있는 입지가 불안하기 때문입니다. 이에 대해서 우리는 침공으로 대응하지 말고, 장기적인 전략으로 둔전을 펼쳐, 국익과 방비를 동시에 펼쳐 일거양득을 얻는다면, 국력이 약한 동오는 장기적으로 버티지 못하고 국론이 분열될 것입니다. 이때 동오를 도모한다면 최후의 승리를 얻을 수 있을 것입니다."

부하는 제갈각이 오국의 내부 결속을 위해 동흥제를 재건축한 것을 간파하여, 선공에 임하지 말고 기다리면서 동오를 압박하면, 제갈각이 숨을 졸이게 되어 먼저 공격해 올 것이라고 단언한다.

당시 사마사는 확실한 전공을 세운 적이 없어, 위국 조정에서 다소 불안정한 위치에 놓여있음을 인지하고 있었다. 조정에 확고한 전공을 보여주어야 할 조급함에 몰린 사마사는 상서 부하의 진언을 무시하고 제갈탄의 구상을 받아들여 대대적인 군사적 도발을 공포한다.

"당년 11월, 동오에 대한 대규모 정벌을 나서겠노라. 정남장군 왕창은 남군 강릉을 공략하고, 진남장군 관구검은 무창을 공략하며, 진동장군 제갈탄과 정동장군 호준은 7만 대군을 이끌고 동흥을 공격한다. 각 선봉장은 목표지를 성공적으로 점거하면, 동흥에서 합류하여 건업으로 총진군한다."

사마의가 최종결정을 내리면서 각 선봉장은 동년 12월, 각각 자신이 명받은 임지에 당도한다. 동흥에 도착한 제갈탄과 호준은 각 부대의 공병에 지시하여, 부교를 만들어 건너게 하여 제방 상부에 진을 치고 병사를 나누어, 동쪽 성주 유략과 서쪽 성의 전단을 공격하게 한다. 그러나 동흥제에 건축한 성의 지형이 험준하고, 성고가 높아서 위군은 공성에 엄청난 애를 먹는다. 위국이 침공했다는 보고를 받은 제갈각은 4만의 대군을 거느리고, 건업을 출발하여 동흥을 향해 밤낮을 가리지 않고 내달려 도착한 후 군사회의를 개최한다.

"위군은 제갈 태부께서 동흥을 향해 출병했다는 정보를 들으면 해안으로 돌아가 퇴각할 것입니다."

동오의 수많은 장수들이 이같이 말하지만, 정종은 고개를 가로저으며 반대의 소견을 내어놓는다.

"위병들은 중원의 백성들을 뒤흔들고 허도와 낙양의 군사를 총동원하여 거병했는데, 그들이 어렵게 준비한 모든 것을 포기하고 쉽게 돌아가겠습니까? 위병들은 반드시 전략을 가지고 임하고 있을 것입니다. 오국도 4명의 지대장을 선발하여 그들을 선발대로 빨리 동쪽의 성과 서쪽의 성으로 보내서, 2개의 성을 지원하도록 하고 아군이 싸우기 유리한 고지를 미리 점령해야 할 것입니다."

제갈각은 정봉, 여거, 유찬, 당자를 각 지역의 선발대장으로 보낸 후, 밤낮을 가리지 않고 동흥을 향해 신속히 나아간다. 네 명의 선발대장이 동시에 출발하지만, 보조를 맞추다 보니 행군속도가 생각보다 늦어지게 되자, 정봉이 다른 선발대장들에게 긴급히 제안한다.

"장군들이 보조를 맞추어 함께 움직이니 행군속도가 느린 관계로 적들이 우리가 오는 것을 곧 알게 될 것이오. 그리되면 적장은 시간적 여유를 갖고 자신들이 지형적으로 유리한 지점을 선점할 것이기에 전투는 어려워지게 되오. 내가 제장보다 먼저 동관으로 가겠소. 장군들은 뒤이어 도착하여 합류하는 것으로 방향을 정합시다."

동오의 전설적 명장, 정봉은 3천의 결사대를 이끌고 지름길로 나아간다. 돛을 달아 북풍을 이용해서 이틀 만에 동흥에 당도하여 서당을 점거하고, 정봉은 곧바로 정찰병을 보내 적진의 현황을 살피도록 한다.

"위국의 정동장군 호준은 아군이 당도한 것을 모르고 군영에 불을 지피고 병사들과 술판을 벌이고 있습니다."

정찰병의 보고를 받은 정봉은 혼자 생각에 빠진다.

'지금이 후작에 책봉되는 포상을 얻을 절호의 기회로다.'

이런 생각에 미친 정봉은 군사들 가운데 날쌘 자를 뽑아 결사대를 결성하고 이들에게 명을 내린다.

"결사대는 갑옷을 벗고 모극도 버리고 투구만 쓴 채 몸을 가볍게 하여, 칼과 방패만을 들고 둑을 기어올라 기습작전을 펼치도록 한다. 군악대는 결사대가 적을 기습하여 적진에 들어섰을 때, 북을 울리고 함성을 질러 심리전으로 적병이 놀라 도주하게 하라."

정봉이 결사대를 이끌고 호준의 군영을 기습하여 위병들을 마구잡이로 베어나가자, 술에 취한 위병들은 어리둥절해 있다가 북소리, 징소리, 나각 소리, 함성에 깜짝 놀라 무기를 버리고 부리나케 도주하기 시작한다.

얼마 후 뒤를 이어 유찬이 합류하고, 여거의 결사대가 합류하면서 위군의 진용은 완전히 붕괴하게 되면서, 위군은 구심점을 잃고 서로 앞다투어 부교를 건너려다가, 부교가 무너져 내리는 바람에 일부는 물에 빠져 숨지고, 일부는 무리의 발에 밟혀 목숨을 잃는 사태까지 발생한다.

이때 동오의 진남장군 주이가 수군을 이끌고 부교를 붕괴시키는 등 퇴로를 끊어, 이 전투에서 위국은 한종, 환가 등 많은 장수가 죽고 수만 명의 위군이 목숨을 잃는다.

위국 선봉장 정남장군 왕창과 진남장군 관구검은 동흥의

주력군이 동오의 병사들과 혈전을 벌이다가 무너졌다는 소식을 듣고, 현군(懸軍)이 될 것을 우려하여 군영을 불태우고 재빨리 퇴각한다.

15.
강유의 제2차 북벌과 제갈각의 회남 정벌전

15. 강유의 제2차 북벌과 제갈각의 회남 정벌전

1) 강유는 낙문 앞에서 위국 병사들과 장기간 대치하다

동흥 원정전에서 대패한 사마사는 감군으로 군사를 총괄하던 종제 사마소와 자신의 작위를 깎아내린 후, 조정회의를 열고 대신과 장수들 앞에서 겸허하게 선언한다.

"나와 감군 사마소 외에 다른 장수들에게는 패배에 대한 책임을 묻지 않겠소. 나는 이번 전쟁에서 제갈탄장군의 권유를 받아들여 군사를 분리하여 강릉과 무창을 견제하면서 이곳에 제갈각을 묶은 후, 동흥을 공략하는 성동격서(聲東擊西) 전략을 구상했어야 함에도 상대를 우습게보고 직접 동흥을 도모하는 하수를 취하다가 돌이킬 수 없는 결과를 낳았소. 앞으로는 제장과 참모들 의 직언을 꼭 따르겠소."

사마사는 약속대로 동흥전투에서 대패한 진동장군 제갈탄과 정동장군 호준에게도 벌을 내리지 않고, 대신 제갈탄의 직위는 그대로 둔 채로 자리만 진남장군 겸 예주도독으로 삼아 관구검과 자리만 맞바꾸는 인사를 취한다.

반면, 동흥전투의 패배에 대해 사마사의 책임을 묻는 왕수의 아들, 왕의에게는 자신들의 권위를 지키려는 의도를 확실히 표명하고자 무자비하게 죽이면서 공포적 분위기를 조성하기도 한다. 어찌 되었든 간에 사마사의 산뜻한 수습으로 위국 조정에서는 더 이상의 분열은 일어나지 않았으나, 조정에서 사마씨의 영향력은 하루가 다르게 약화되어 간다.

동오 태부 겸 대장군 제갈각은 단양과 '이궁의 변'에서 승리한 것에 뒤이어 동흥전투에서도 대승하면서, 계속된 성공에 교만해질 대로 교만해지더니, 위국에서 사마사의 위상이 흔들린다는 정보를 접하고는 곧바로 중신회의를 소집하여 자신의 뜻을 피력한다.

"위국의 낙양조정에서 사마씨의 영향력은 하루 다르게 약화되어 간다고 하오. 그와 동시에 촉에서는 재상 비의가 위의 항장 곽순에게 암살을 당한 이후, 내정과 군정이 분리되어 진지가 내정의 책임자로, 강유가 군정을 맡아 각각 책임자가 되었는데, 군정을 책임지게 된 강유가 '제2차 북벌'을 감행하겠다고 선언했소. 이번 기회가 우리에게 찾아온 절호의 기회로 여겨지기 때문에, 이번 기회를 놓치지 않고 '제5차 합비공략'을 실행하려 하오."

중산대부 장연을 중심으로 원로대신들이 격렬히 반대하며 말한다.

"지금 병사들은 전쟁에서 돌아온 지 얼마 되지 않아서 신체적으로는 극도의 피로감에 놓여있고, 심리적으로는 전투의 후유증으로 공황에 빠져있는 상태입니다. 비록 사마씨의 위상이 흔들린다고는 하지만, 아직 확실히 무너지는 기미는 보이지 않습니다. 우리는 국력을 조금 더 키워가며 기다렸다가, 정말 사마씨의 위상이 무너져 혼란이 극대화된다면 그때 도모하면 되고, 만일 사마씨가 안정이 된다면, 안정되는 대로 그때의 상황에 맞게 대처하는 것이 좋겠습니다. 지금은 격안관화(隔岸觀火:불길이 거칠 때는 기다림) 전략으로 임하여, 위에서 확실한 분열이 일어날 때까지 기다리는 것이 최선의 방책입니다."

"하늘에는 두 개의 태양이 없고, 땅에는 두 개의 용이 없소이다. 그동안 우리 오국은 스스로 겸손하여 위국에 스스로 고개를 숙였으나, 이제는 오국의 국력이 신장되어 사마사가 총력을 기울여 도모한 동흥의 전투까지도 완벽하게 아군의 승리로 이끄는 쾌거를 이루었고, 이로 인해 위의 조정이 흔들거리는 지금이야말로 위국을 몰아내고 천하통일을 꾀할 수 있는 적기입니다. 우리가 힘을 더 갖추어 위국을 도모하기에는 우리의 국력이 위국의 회복력에 미치지 못합니다. 그사이 위국이 국력을 회복한다면, 우리의 큰 이상은 물거품으로 사라질 것이외다. 지금 사마씨는 조정에 공적을 세우기는커녕 경험도 부족하여, 오히려 위국의 위상을 깎아 먹는 관계로 조정의 장악력은 쇠락하고 있소이다. 모든 일에는 때가 있으며, 지금이 우리 오국이 위국을 도모할 수 있는 최적의 때입니다. 나, 제갈각이 나이를 더 먹기 전에 이를 실행하려 합니다."

제갈각이 위국을 정벌할 계획을 무리하게 강행하려고 할 때, 당시 동오에서는 이를 제지할 만한 힘을 가진 대신이 아무도 없었다.

결국은 253년(진흥2년) 3월, 제갈각은 불완전한 동오의 세병제와 둔전제의 단점을 알면서도 억지로 20만 대군을 징발하고, 등윤을 도하독으로 삼아 후방인 건업에서 군무를 총괄하며 유수의 업무를 돕도록 지시하고, 자신은 회남지방을 향해 거국적으로 출병한다. 동시에 '제1차 북벌'에 실패하여 칩거해 있는 촉국의 강유에게 사마(司馬) 이형을 보내, 자신의 출병과 때를 맞추어 촉에서도 위를 협공할 것을 제안한다.

"위나라는 정치가 사마씨의 손에서 놀아나는 사문(私門)상태에서 벗어나지 못해, 조정 내외가 서로 시기하고 서로 의심하여 융합이 되지 않고 있소이다. 병사들은 동흥에서의 패배로 모두가 사기를 잃고, 백성들은 가렴주구로 사마씨에 대한 원성이 깊어 망국의 조짐을 보이고 있으니, 이때를 놓치면 다시는 기회를 잡기가 쉽지 않을 것이외다."

사마사가 동흥전투에서 제갈각에게 대패하여 사마씨의 위상이 흔들리고 있다는 정보를 받고 있던 상태에서 동오의 제안을 받자, 강유는 매우 긍정적으로 받아들인다.

"대장군 겸 시랑 비의가 국정의 전반을 쥐고 있을 때, 나는 군사 1만 명만을 부릴 수 있었기에 군사행동의 보폭이 제한적이었으나, 1월에 비의가 새해 축하연회장에서 위국의 투항자 곽순에게 암살을 당한 이후, 내가 군사와 국방의 최고책임자가 되었소. 비록 대장군의 직위는 물려받지 못했지만, 내정의 최고책임자가 된 시중 진지와 상의하여 군사를 움직일 계획을 알리겠소."

이형으로부터 강유가 협조하리라는 전갈을 받은 제갈각은 크게 고무되어 전선을 확대하려 한다. 제갈각은 강릉을 지키는 명장 주치의 아들 주적까지 끌어들여 회남 깊숙이 진공하려 하자, 주적이 우려하여 제갈각에게 간언을 올린다.

"지금 대장군께서 적진을 돌파하여 회남 깊숙이 진입해 들어와서, 많은 위국의 백성들이 멀리 도망쳤을 것입니다. 이로 인해 회남으로 더 깊이 침공해 들어가도 군사들은 텅빈 벌판과 산악지대에서 헛수고만 하고, 대장군께서는 공적을 쌓기 어렵게 되었습니다. 오히려 대장군께서는 군사를 돌려 합비신성을 포위하여 공성을 꾀한다면, 사마사는 신성이 무너지면 합비가 무너지게 되기 때문에 합비에서 원병을 보내 신성을 보호하려고 출정할 것이고, 이들이 원병을 합비 신성으로 보내는 때를 기다렸다가 이들을 격파한다면, 합비신성과 합비를 한꺼번에 정복하는 대승을 이룰 수 있을 것입니다."

제갈각은 주적의 말을 옳게 여겨, 이전에 택했던 위험한 전술을 버리고 안정적인 공략전술을 택하기로 하고, 합비신성으로 돌아와서 아문장 장특과 팽팽하게 대치한다.

제갈각이 합비신성을 포위하고 위국 아문장 장특과 치열한 공방전을 펼치고 있을 때인 253년(진흥2년) 7월, 비의가 군사를 통제하던 시절의 굴레에서 벗어난 강유는 '제2차 북벌'을 단행하기로 한 후, 하후패를 먼저 남안으로 보내고 극정을 이민족 강족에게 사자로 보내, 이민족 강왕과 우호 관계를 체결하고 함께 남안을 도모하기로 협정을 맺는다.

이민족 강왕과의 협정이 성공하고, 곧이어 강유는 요화와 장익을 선봉장으로 삼아 위에서 투항한 하후패를 참모로 정하고, 탕구장군 장억을 운량사(군량운송 책임자)로 10만에 이르는 대군을 이끌고, 양평관을 나서 석영과 동정을 지나 남안에 당도한다. 이민족 강왕이 군사 수만을 이끌고 남안으로 향하자, 강유는 이들과 합류하여 남안을 겹겹이 포위한다.

이에 위에서는 좌장군 곽회가 사마사에게 강유와 이민족 강왕의 침략을 알리는 표문을 올린다.

"대장군, 촉장 강유가 옹주지역의 이민족 강왕을 부추겨 남안으로 쳐들어와 성을 포위했습니다. 이들이 이끌고 온 병사가 10여 만에 이르러 중과부적으로 위기에 처해 있습니다."

회남에서 제갈각이 20만에 이르는 군사를 이끌어 합비신성을 포위하고, 옹, 양주에서는 촉국의 강유와 이민족 강왕이 10여만 명에 이르는 병력을 이끌고 관서지방 남안으로 출병했다는 보고를 받자, 사마사는 집권 이래 최대의 위기를 느끼고 긴급히 대책회의를 개최한다.

"지금 위는 내가 집권한 이래 최대의 위기에 직면해 있는 듯하오. 회남의 제갈각과 관서의 강유를 어찌 대적해야 할지 급히 대책을 논의해 주시오."

문무대신과 장수들에게서 다양한 의견이 나왔으나, 장수들의 대체적인 의견은 한결같았다.

"지금은 동오의 제갈각이 당장의 위협이기 때문에, 우선은 제갈각에게 총력을 기울여야 할 것입니다. 자칫 잘못하여 제갈각이 회수와 사수를 건너 서주까지 진입하게 되면, 결정적으로 피해를 보게 되는 만큼, 이런 경우 발생하는 불상사를 대비하여, 모든 강구마다 병사를 배치하고 격파하는 것이 중요합니다. 촉한의 강유에 대해서는 그다음으로 처결함이 옳다고 생각합니다."

한참 동안을 듣고 있던 사마사는 장수들이 내놓은 의견에 대해 전혀 다른 견해를 개진한다.

"다행히도 제갈각은 서주로 진입하려다가 군사를 돌려 합비신성에 군사를 집결시키고, 아군이 합비에서 응전을 벌이기를 바라는 요행을 택했는데, 이들이 어느 겨를에 서주와 청주로 진군하겠소. 제갈각이 회남의 깊숙이 들어 왔다가 합비로 군사를 돌리는 순간, 그는 서주로의 진입은 포기한 것으로 보아야 할 것이오. 또한, 우리가 모든 수구를 막으려고 군사를 배분하면 수없이 많은 군사들이 수구로 배치되어 군사들이 갈갈이 분산되는데, 이는 '선택과 집중'을 기할 수 없는 전술이오. 아군이 총력을 합비신성에 집중하면, 제갈각은 합비의 길목에서 더 이상 꼼짝을 못하고, 동오의 병사들은 사기를 잃게 되어 결국에는 퇴각하게 될 것이오. 우리가 합비를 굳건하게 지키기만 한다면, 우리는 어렵지 않게 제갈각을 물리칠 수 있을 것이오. 오히려 문제는 남안을 포위한 강유일 것으로 여겨져, 이에 대한 대책을 마련하는 것이 시급할 것이외다."

이때 중서령 우송이 강유에 대한 대비책을 제시한다.

"강유는 석영에서 많은 군사를 이끌고 와서 남안을 포위하고 있으나, 강유의 의도는 제갈각이 일대결전을 벌이는 것에 기대어 제갈각에 보조하면서 어부지리를 얻으려 할 뿐입니다. 강유는 비의가 살아있는 동안에도 북벌을 주창했었으나, 그동안 비의가 이를 용인하지 않아 제대로 된 군사를 양성하지 못하고 있었습니다. 그러다가 비의가 곽순에게 암살당하고 제갈각이 회남을 공략하는 이번 기회에야말로 호기라고 여겨 급조된 군사를 이끌고 급히 침공했을 뿐입니다. 강유는 속전속결을 위해 급히 서두른 만큼 군량도 터무니없이 부족할 것입니다. 이들의 일차목표는 아군이 동오의 침입을 막기 위해 병력을 동부전선으로 총동원하게 되면, 서부전선이 비게 될 것을 상정하여 일단 농서로 진출한 후, 농서에서 부족한 군량을 채우려 할 것입니다. 대장군께서는 일단 관중의 병사를 한 곳으로 집결하도록 지시하여, 미리 강유가 이동하는 지름길로 나아가 요새지를 차지하고 방어에 주력하도록 지시하면, 강유는 현군(懸軍)의 형세를 두려워하여 물러나게 될 것입니다."

"훌륭한 계책이오."

사마사는 곧바로 용병에 돌입한다.

"진동장군 관구검에게 칙령을 전해, 어떠한 일이 있어도 절대로 군사를 이동시키지 말고, 회남의 위수지역을 철저히 지키도록 명하라. 관서에는 사마소를 대도독으로 하고, 옹주자사 진태와 토촉호군 서질을 선봉으로 삼아 낙문(洛門)을 지키게 명하라. 거기장군 곽회는 병환 중에 있어 작전에 참여할 수 없을지라도, 관중의 모든 군사들이 힘을 합쳐 낙문을 수호하는 데 총력을 기울일 수 있도록 협조하시오. 특히 합비신성은 아문장 장특에게 특별하게 명령을 내리노니, 각고의 고통이 뒤따르겠지만 원병을 파병할 때까지 총력을 기울여서 수성에 만전을 기울이도록 부탁하노라."

사마사의 지시를 받아 합비신성에서는 아문장 장특이 불과 3천명의 군사만을 이끌고, 제갈각의 거센 공성을 힘겹게 막아내고 있을 때, 관서지역에서도 마찬가지로 남안으로 출병한 도독 사마소, 옹주자사 진태와 토촉호군 서질 또한 낙문을 굳세게 지키기만 한다. 촉한의 선봉장 요화와 장익이 낙문을 며칠 밤낮을 가리지 않고 줄기차게 공략함에도 불구하고, 위국 병사들은 수성에만 임할 뿐 반격을 가하지 않는 가운데 이렇게 며칠이 지나고 어느 날, 갑자기 관서에서 대도독으로 고군분투하고 있던 사마소가 서질에게 은밀한 지시를 내린다.

"아군이 오랫동안 적병의 공격에 대해 수세로만 일관하였기 때문에, 적장은 공성을 멈추고 본영으로 회군을 하게 될 때 습관적으로 방심하고 군사를 돌릴 것이오. 이때를 노려 우리는 무중생유(無中生有)전략을 활용하여, 방심하고 회군하는 적병을 공격합시다. 장군은 기병 수천을 이끌고 성문 앞에 대기하다가 내가 명령을 내리면, 회군하는 촉군의 전열을 신속히 붕괴시키고 이들을 공격하도록 하시오. 아마도 이들은 공성에 임하여 소지한 화살을 전부 소진하여, 회군하게 될 때는 아군 기병을 상대로 쏠 화살이 없을 것이오. 우리의 기병이 적병의 화살로부터 위협을 받지 않으면, 얼마든지 자유롭게 적병을 유린시킬 수 있을 것이오."

사마소가 토촉호군 서질에게 명을 내린 후, 서질은 촉의 선봉장 요화와 장익이 회군할 때까지 공성에 적극적으로 대응하지 않고 철저히 방어로만 일관한다. 요화와 장익은 투석거로 돌을 날리고 무수히 많은 화살을 쏘아대어 화살과 돌이 거의 다 떨어질 저녁 무렵이 되자, 촉한의 군사들에게 이전의 습관 그대로 철군명령을 내린다.

촉군들은 공성을 중지하고, 위군의 기습에 대한 대비도 없이 습관적으로 본영으로 돌아갈 준비를 마칠 때, 갑자기 남문에서 위장 토촉호군 서질이 기병 수천을 이끌고 촉진을 향해 기습적으로 돌격하자, 당황한 장익과 요화가 촉군에게 큰소리로 외친다.

"궁노수들은 즉시 기병이 접근하지 못하도록 화살을 장진하라."

요화의 명령에 궁노수들이 외친다.

"오늘 공성에 임하여 돌과 화살을 모두 소진하고, 적의 기병에게 쏠 화살이 없습니다."

장익이 깜짝 놀라며 긴급히 명을 바꾼다.

"병사들은 빨리 방진을 구축하여, 적의 기병이 아군의 진으로 뛰어들어 앞뒤로 포위하고 진을 붕괴시키려는 의도를 사전에 방지하도록 하라."

위국의 기병이 워낙 기습적으로 공격을 가한 데 반하여, 촉군은 방심하던 상황이어서, 방진(方陣)을 형성하기도 전에 호질의 기병이 촉군의 진을 진입하여 닥치는 대로 촉군을 주살한다. 이때를 맞춰 사마소가 보병을 이끌고 촉진을 향해 돌진하자, 요화와 장익은 군사들의 혼란을 수습하지 못하고 급히 퇴각을 명한다.

"군사들은 신속히 퇴각하여, 서쪽 30리 밖의 야산에 모여 방진을 구축하라."

요화와 장익이 호질의 추격을 물리치면서 퇴각한 병사들을 이끌고 방진을 구축하여 수비하고 있을 때, 강유가 원군을 이끌고 오자, 위장 토촉호군 서질은 군사를 정비하여 성안으로 되돌아간다. 낙문은 뚫지 못하고 병사들의 피해만 막심해지면서, 다급해진 강유는 하후패와 긴급히 대책을 논의한다.

"장군께서는 과거 토촉호군으로 이 지역을 방비하셔서, 이곳의 현황을 잘 알고 계실 것입니다. 좋은 방안이 있으면 자문해 주십시오."

이때 하후패가 난감한 표정을 지으며 입을 연다.

"낙문은 워낙 견고하고 험하여 쉽게 공략하기 어려운 곳입니다. 이점을 잘 알고 있기에 나는 공성을 통해 성을 함락시키는 전술보다는 적병을 밖으로 끌어내는 조호이산(調號離山:호랑이를 산에서 밖으로 끌어냄) 전략을 구상하고 있었습니다. 즉, 사마소가 무중생유(無中生有:허허실실로 적을 방심하게 만들어 이익을 얻음)의 전략을 세우기 전에, 무중생유의 전략을 역으로 활용할 조호이산 전술을 구상하고 있었다는 것입니다. 그러나 아군이 이미 사마소의 전략에 넘어가서 한번 대패한 이상, 무중생유의 전략을 역으로 활용하는 것은 효과가 없을 것입니다. 병서에 한 전투에서 같은 전략을 두 차례 쓰는 것은 적에게 승리를 안겨주는 것이라고 했습니다. 지금으로서는 장군이 취할 전술은 장기전으로 돌입하다가 위군에게 변화의 조짐이 보일 때를 기다리는 격안관화(隔岸觀火: 때를 기다리다가 빈틈이 생기면 공격함) 전략이 외에는 다른 방법이 없을 것 같습니다."

강유는 하후패의 자문을 받아들여 장기전으로 돌입하면서, 원정군 내부에서 군량, 식수 등의 문제로 분열이 일어나기를 기대한다.

2) 제갈각, 합비신성 성주 장특의 계략에 빠져 대패하다

강유가 한차례 전투에서 크게 패해 진용을 굳게 지키면서 장기전에 돌입해있을 동안, 합비신성의 아문장 장특은 불과 3천여 병력으로 오국의 20만 대군이 포위한 합비신성을 90여 일간 힘겹게 지켜내고 있었다. 그러나 당시 합비신성의 내부 사정은 군사들의 절반 이상이 전사하거나 부상을 당하고, 설상가상으로 제갈각이 토산을 쌓아 성을 들여다보면서 공략하는 바람에 합비신성은 큰 위기에 봉착하여 있었다.

합비신성 장특이 90여 일간을 훌륭하게 용병하여 여태까지는 수성을 잘 해냈으나, 동오의 집요한 공성을 버티지 못하고 마침내 성벽이 무너질 위기에 처한다. 이 사실을 알게 된 합비의 관구검이 사마사에게 긴급히 출병을 건의하기에 이른다.

"까딱하면 신성이 무너질 위기라고 합니다. 빨리 원군을 보내야 하지 않겠습니까?"

사마사가 단호히 거절하며 말한다.

"합비신성은 천혜의 요충지에 자리를 잡고 있어 쉽게 무너지지는 않을 테니, 일단 합비신성의 방어는 성주 장특에게 맡기고 다음을 대비합시다. 최악의 경우에 신성이 무너지더라도, 장군은 합비의 방어에만 총력을 기울이시오. 합비에서 아군이 신성으로 지원하러 가는 순간, 제갈각의 20만 대군이

펼치는 순수견양(順手牽羊:합비신성도 차지하고, 합비의 원병도 물리치는 일거양득)의 전략에 당하게 될 것이오."

그러나 사마사의 기대와는 달리 줄기찬 동오군의 공세로 신성의 성벽이 무너져 함락될 위기에 처하는데 이때, 장특이 허허실실(虛虛實實)의 기발한 기지를 발휘한다.

"오국의 제갈각 대장군에게 올립니다. 위국의 군법에 성을 지키는 장수가 1백일 간을 구원병의 도움이 없이 버티면 혈족이 단죄를 받지 않습니다. 이제 며칠만 지나면 100일이 되니 그때까지만 참고 말미를 주시면, 내부의 문제를 수습하고 성문을 열어 투항하겠습니다."

합비신성의 성주 장특은 사자를 통해 제갈각에게 전서를 올리고 증표로 자신의 인수를 건넨다. 제갈각은 장특의 허허실실에 넘어가는 바람에 장특을 믿고 그에게 인수를 되돌려 주는 동시에 신성의 공략을 잠시 멈추게 한다.

그 사이 장특은 무너진 성벽을 이중으로 다시 쌓고, 성안의 가옥을 헐어 대들보를 뽑아내고 목책을 만들며 성벽의 장애물을 더욱 든든히 보수한다.

며칠이 지나도 장특이 투항을 하지 않자, 제갈각은 장특에게 속은 것을 알고 다시 격렬히 공략하기 시작한다. 그러나 이미 식은 쇠를 다시 달구는 일은 처음부터 새로이 시작해야 하는 고된 작업이다. 제갈각은 합비신성의 성주 장특이 무너진 성곽을 다시 고치고 격렬히 수성에 임하자, 새로이 공성에 임해야 하는 심리적 붕괴와 육신의 피로도가 겹쳐 결국 성을 함락시키지 못한 채, 시간만 보내다가 동오의 진용에서 역병이 돌기 시작한다.

역병으로 인해 동오의 병사들이 대책 없이 쓰러져 나가고, 설상가상으로 여름의 큰비가 오고 무더위가 시작되어 병사들의 피로가 누적되어 무기력해지고, 수인성 전염병이 더욱 심하게 돌면서, 병사의 반수가 죽거나 설사하고 종기가 생기는 병마에 시달리게 된다. 위기의식을 느낀 각 위영의 지휘관들이 급히 제갈각에게 심각한 현황을 보고한다.

"병사들이 역병으로 쓰러지면서 진용이 속속들이 무너지고 있습니다."

"조금 참고 버티도록 병사를 독려하라. 조금만 더 버티면 합비신성은 오군의 수중에 들어오게 될 것이다. 만일 나의 명령을 거부하여 퇴각하려 하는 자가 있다면 절대로 용납하지 않겠다."

제갈각이 엄명으로 퇴각을 진언하는 장수들을 처벌하겠다고 하자, 아무도 직언을 올리지 못한다. 이때 동오 4성(장온, 주환, 육손, 고옹)의 한사람인 주환의 아들, 주이가 제갈각에게 찾아가서 퇴각을 건의한다.

"장군, 지금은 의욕만으로 적병을 정벌하기에는 상황이 결코 우리에게 유리하지가 않습니다. 일단 돌아갔다가 다음 기회를 도모해야 할 것입니다."

"내가 누구에게도 퇴각을 논하지 말라고 군령을 내렸다. 그런데도 그대는 나의 명을 능멸하였으니, 그대를 도저히 용서할 수가 없노라. 그러나 그대의 부친 주 휴목 어른을 존중한다는 뜻에서 병권만을 박탈하고, 그대를 건업으로 추방하는 것으로 처벌을 매듭짓겠노라."

제갈각이 진남장군 주이에게까지도 철저하게 군령을 적용하니, 어떤 누구도 감히 바른말을 올리지 못한다.

위국의 태위 사마부가 오국 제갈각의 진용에서 벌어지는 현황을 간파하여, 문흠과 관구검에게 원군을 이끌고 진격하도록 한다. 위기에 몰린 제갈각은 그때서야 현실을 깨닫고 전군에게 퇴각명령을 내린다.

20만의 병력이 한곳에 집중되어 있으니, 신속히 퇴각을 이행하려 해도 한꺼번에 이동하기가 쉽지 않아 퇴각은 매우 더디게 진행된다. 문흠이 합유를 점령하여 오군의 퇴로를 끊고, 관구검이 오군의 후방을 공략해 들어오자, 제갈각은 이동이 순조롭지 못한 병사들에게 조급하게 퇴각을 명하면서, 방어준비가 철저히 되지 못한 상태에 놓여있던 1만에 달하는 대군이 문흠의 퇴로에 막혀 목숨을 잃는다.

이즈음, 관서에서 '북벌의 외로운 늑대' 강유가 낙문에서 사마소와 호질을 상대로 팽팽히 대치하고 있을 때, 회남으로부터 제갈각이 패배하여 철군했다는 소식이 전해진다.

곧이어 위국의 옹주자사 진태가 관중의 군사를 총규합하여 낙문으로 진격해 들어오자, 강유는 장수들에게 급히 퇴각하라는 명령을 하달한다.

"적병이 남문으로 진입하기 전에 남안의 포위를 풀고 퇴각하라. 만에 하나로 적병이 남문을 점령하게 되면, 아군은 석영으로 돌아가는 평지 퇴로를 봉쇄당하여, 힘겹게 다른 험한 산길을 찾아 돌아가야 하므로 안전을 장담할 수가 없노라. 만일 요행을 기다리다가 지체하여 퇴각이 늦어지면, 적병에게 포위당하여 한중으로의 안전한 귀환이 어려워질 것이다."

강유의 엄명에 따라 촉군은 서둘러 퇴각을 마치는 바람에, 전 군사들이 큰 무리 없이 한중으로 퇴각하면서, 이로써 강유의 '제2차 북벌'은 제갈각의 회남정벌이 실패로 돌아가는 바람에 아무런 성과도 없이 끝을 맺게 된다.

3) 제갈각, 회남 정벌전의 후유증으로 피살되다

　건업으로 돌아온 제갈각은 순간적 방심으로 합비신성을 함락시킬 결정적 기회를 놓치고, 오히려 수만의 병사들을 잃고 돌아온 후부터 밤잠을 설치기 시작한다. 전략가로서는 위촉오 삼국시대 후반에 이르러 당대 최고의 지략을 지녔으나, 대군을 지휘하는 용병에서는 총사령관의 역할을 감당하지 못한 탓인지, 제갈각은 건업으로 돌아와서 손상된 자존감을 다시 세우려고 노심초사하다가, 결국은 자신의 과오를 인정하지 못하고 오히려 중서령 손묵 등 수하에게 책임을 떠넘긴다.
　"중서령 이하 중서의 장수들은 퇴각하는 군사들의 후퇴를 순차적으로 해야 했음에도 그대들은 일시에 퇴각 명령를 내리는 바람에 전군의 퇴각로가 꼬이게 되었다. 이로 인해 아군의 피해가 상상할 수 없을 정도로 컸음에 대해 그대들은 책임을 통감해야 할 것이다."
　제갈각은 중서령 산하의 관료들을 모두 파면하는 등 '제5차 합비 공방전'에서 퇴각에 크게 관여한 자에게는 중형을 내리고, 다소 관여가 적은 자는 관직을 박탈하는 등으로 수하들에게 책임을 전가하기에 여념이 없었다.
　군사들의 퇴각은 총사령관인 자신이 총괄적으로 조율해야 하고, 총체적으로 책임져야 함에도 하급관리들에게 책임을 전가하는 제갈각에게 측근의 사람들이 등을 돌리기 시작한다.

곧이어 제갈각은 명예를 회복하기 위해 서주와 청주로의 원정을 다시 구상하지만, 동오는 4대 호족이 중심이 된 호족연합체로서, 이들은 합비전투에서 큰 손실을 입힌 이주민 제갈각의 폭정을 더 이상은 용인하지 못한다.

드디어 253년(건흥2년) 10월, 무위장군 손준은 황제 손량에게 상주하여, 제갈각을 주살할 계획을 은밀히 밝힌다.

"폐하, 제갈각이 그동안 국정을 함부로 농락하였으나, 그래도 국가의 미래를 생각하여 그를 중심으로 국사를 함께 해 왔습니다. 그런데 합비전투에서 대패한 이후에도 국정을 행함에 있어 자중하지 않고, 패배의 모든 책임을 남에게 전가하면서 가혹한 형벌을 펼쳐, 천하에 걷잡을 수 없는 공분을 불러일으키고 있습니다. 소장은 종실의 고명대신으로서 최근 제갈각의 행태를 간과할 수가 없는 관계로 특단의 조처를 취하고자 합니다."

"짐도 그동안 제갈각이 행한 국정농단을 좌시할 수 없어, 적당한 때를 기다리고 있던 중이었소. 장군은 어떤 방식으로 제갈각을 정리하려 하오?"

"제갈각을 단순히 응징하는 방법으로는 후환이 우려됩니다. 폐하께서 제갈각을 연회에 초청하여 암살하는 방법이 가장 안전한 방법입니다. 제갈각이 연회에 참석하여 여흥에 빠져들었을 때, 폐하께서 잠시 자리를 뜨는 것을 신호로 휘장 속에 숨겨둔 무사들이 달려들어 그를 주살하는 것으로 거사를 종결하고자 합니다."

"장군은 추호도 차질 없이 치밀하게 일을 추진하시오."

며칠 후, 오주 손량이 제갈각과 문무대신을 궁궐연회에 초대하여, 제갈각이 의복을 정제하고 자택을 나서기 위해 막 수레에 올라타려는데, 애견 황구가 갑자기 나타나서 제갈각의 바지자락을 덥썩 물고는 슬프게 울부짖는다. 제갈각의 주위 경호병들이 하인에게 명하여 황구를 쫓아내고, 제갈각이 수레에 올라 한참을 가는데, 대장군부에서 하인이 급히 달려와서 보고를 올린다.

"대장군께서 자택을 나서고 얼마 지나지 않아, 안청에서 대들보의 중간이 무너져 내렸습니다."

보고를 받은 제갈각은 묘한 생각이 들어 자택으로 돌아가려 할 때, 등윤이 연회에 참석하려 길을 지나던 도중에 제갈각을 만나 반갑게 인사하며 묻는다.

"대장군께서 왜 그리 안색이 좋지 않으십니까?"

"갑자기 복통이 일어나서 어찌할까 생각 중이었소."

"대장군께서 연회에 안 계시면 연회의 의미가 희석되는 것입니다. 웬만하면 함께 드시지요."

제갈각은 등윤이 궁궐로 이끄는 바람에 엉겁결에 함께 연회장으로 들어서게 된다. 이때 손준은 제갈각이 제때 들어오지 않아 자신의 음모가 발각될 것을 우려하던 중, 제갈각이 연회장으로 들어서자마자 제갈각에게 다가가서 억지웃음을 지으며 연막전술을 펼친다.

"대장군께서 몸이 불편하시면, 이번 주연은 참석하지 마시고 다음에 참석하도록 하시지요. 폐하께는 소장이 말씀을 올리겠습니다."

이때 제갈각의 호위를 맡은 산기상시 장약이 제갈각에게 진언을 올린다.

"대장군, 아무래도 손준의 행동이 평상시와 다릅니다. 무슨 음모가 있는 것이 아닌지 의심스럽습니다."

제갈각은 오기가 생겨 장약의 진언을 무시한다.

"손준 따위의 어린 것이 감히 내게 무슨 위해를 가할 수 있겠는가?"

제갈각은 산기상시 장약의 진언을 무시하고 연회장에 들어오주 손량을 알현하고, 손량의 아랫단 왼쪽에 자리한다. 한참 연회가 무르익어 모두들 분위기가 고조되었을 때, 오주 손량이 시비의 보조를 받으며 일어나서 잠시 자리를 비운다. 이를 신호로 손준은 자객들에게 외친다.

"황제 폐하의 명으로 역적 제갈각을 제거하노라."

손준이 칼을 높이 들어 제갈각을 내리치자, 제갈각이 술잔을 치켜들어 막으며 몸을 피해 달아나는데, 이때 손준의 칼날이 제갈각의 어깨를 스쳐 지나간다.

제갈각의 호위장 산기상시 장약이 뛰어들어 손준을 향해

칼을 휘두르면서, 손준은 왼팔에 상처를 입으며 장약에게 달려들어 장약의 오른 팔뚝을 잘라낸다.

　이때 손준이 숨겨둔 자객들이 제갈각과 장약을 둘러싸고, 그들의 몸을 겨냥하여 동시에 칼날을 휘두르자, 제갈각과 장약은 집중적으로 칼을 맞고 그 자리에서 쓰러진다. 손준은 제갈각과 호위병들을 모두 제거한 뒤, 제갈각의 모든 친족을 잡아들여 제갈각의 3족을 참수한다. 정변을 성공적으로 이끈 손준은 승상 겸 대장군으로 승진하여 중앙과 외방의 모든 군사를 감독하고, 오후 손량으로부터 가절을 부여받는다.

4) 강유, 적도전투에서 승리하여 조수 서안을 장악하다

254년(가평6년) 4월 초여름이 되자, 위나라 농서군 적도현령 이간이 적도성을 강유에게 내어주고 촉에 투항하기를 청한다. 촉한 조정에서는 조의(朝議)를 열어 적도현령 이간의 투항에 의문을 품자, 탕구장군 장억은 조의에서 확신에 찬 소신을 자신의 올린다.

"적도현령 이간은 오래전부터 변방에 있는 자신들을 돌보지 않는 위국의 처사에 깊이 회의를 느껴 왔습니다. 소장은 탕구장군으로 임명받아 조정으로 돌아오기 전, 월전태수로 있을 때부터 적도현령 이간이 심경의 변화를 일으키고 있는 것을 눈여겨 보아왔습니다. 소장은 적도현령 이간의 투항이 추호의 의심도 없이 진실임을 확신합니다. 지금 소장은 비록 중병에 걸려 있으나, 무장이 전장에서 죽는 것이 최고의 명예임을 알고 있기에, 목숨을 걸고 적도로 가서 이간을 확실히 투항하도록 확약을 받아내겠습니다."

"장군의 충정은 충분히 이해하지만, 아픈 몸으로 전장에 뛰어든다는 것은 화약을 지고 불로 뛰어드는 것이나 다름이 없는 일이오."

"신은 이미 전장에서 죽을 각오를 했습니다. 이간의 투항을 확실히 확인시킬 사람은 이 사람 외에는 없습니다."

조정에서는 병환이 깊었음에도 불구하고 노구를 이끌고 굳이 전장에 뛰어들려고 하는 탕구장군 장억을 말리지만, 워낙 장억의 의지가 강해서 그를 말리지 못하고 적도로 파견하기로 결정한다. 장억은 적도에 당도하여 이간의 확실한 투항을 받아내고, 적도로 가서 이간과 함께 주둔하는데 얼마 후, 위국 조정에서는 적도현령 이간이 촉한에 투항했다는 보고를 받고 적도현령 이간을 응징하고자, 토촉호군 서질에게 군사를 이끌고 적도를 공략하도록 한다.

위의 장수 토촉호군 서질이 적도성을 포위하면서, 탕구장군 장억과 적도현령 이간은 함께 위의 장수 토촉호군 서질을 상대로 교전을 벌이기 시작한다.

당해 6월, 촉한 조정에서는 위에서 서질이 위군을 이끌고 적도성으로 출병했다는 정보가 전해지자, 군사와 국방의 최고책임자가 된 강유에게 통보하여, 강유는 내정의 최고책임자가 된 진지와 상의하여 요화, 장익, 하후패를 앞세워 7만의 대군을 이끌고 농서로 출병한다.

강유가 강한 기세를 몰아 적도를 향하고 있는 동안, 위국 토촉호군 서질이 군사를 이끌고 적도를 강력히 공략하여, 촉한 탕구장군 장억은 서질과 어렵게 전투를 벌이게 된다. 탕구장군 장억은 적도현령 이간과 함께 강력히 저항하여 겨우 수성에 성공하는 듯했으나, 서질은 이때 이미 이일대로(以逸待勞)계책을 구상하고 있었다.

공성하는 입장의 위국 토촉호군 서질은 적도성을 지키는 촉군 탕구장군 장억의 서너 배에 해당하는 군사적 손실을 입게되는 엄청난 대가를 치르고서도, 적도성을 점거하지 못하고 본영으로 돌아가자, 승리에 도취한 적도성의 병사들은 경계를 풀고 다소 방심한 채 잠자리에 들어간다.

위장 서질은 충분한 휴식을 취한 위군을 이끌고, 촉군이 피로에 몰려 깊은 잠에 빠져들었을 축시(丑時:새벽 2시경)의 야밤을 이용하여 기습적으로 공성을 취한다. 서질은 특공대를 편성하여 적도성벽을 기어올라 성루를 장악하고, 성문을 열어 대기 중인 위군들을 성안으로 끌어들인다.

위군의 기습에 놀란 적도의 촉병들이 병기도 갖추기 전에 서질의 특공대가 들이닥쳐 촉병의 병기고를 장악하고, 탕구장군 장억과 적도의 현령 이간을 찾아내어 주살한다. 강유가 적도성에 당도했을 때에는 적도성이 이미 함락된 이후여서, 적도성의 수비를 완벽하게 정비하고 신속히 농서로 진군하려던 강유의 계획이 차질을 빚게 되자, 강유는 하후패에게 적도에서 취할 수 있는 최선의 방도를 구한다.

"장군, 서질을 상대로 공성을 한다면 얼마나 승산이 있겠습니까?"

"적도와 같은 작은 성을 점거하는 것은 어렵지 않겠지만, 그래도 요지에 세운 성이라 아군의 피해 또한 적지 않을 것입니다. 문제는 촉군이 공성에 임하는 동안, 등애나 곽회가 군사를 이끌고 온다면, 이것이 피해야 할 최악의 상황입니다. 나는 기발한 계책을 펼쳐 서질을 성 밖으로 끌어내어 공략하는 것이 최상책이라 생각합니다."

"그렇다면 서질을 성 밖으로 끌어내기 위해서는 어떤 방법을 쓰는 것이 좋겠습니까?"

"원래 농서군의 치소는 적도였으나 적도에서 대규모 민란이 일어난 이후, 농서의 치소를 양무로 옮긴 이후 적도에는 군량미가 비축되어 있지를 않습니다. 서질은 적도현령 이간을 제압하고 적도를 점거하기는 하였으나, 성안에 군량이 부족하여 크게 곤혹스러울 것입니다. 그렇다고 곽회가 당도할 때까지 성을 버리고 떠날 수도 없는 탓에, 진퇴양난으로 빠져들어 이러지도 저러지도 못하고 있을 때, 장군께서 포전인옥(抛磚引玉)전략으로 소수의 병사에게 양곡을 싣고 양무로 떠나게 하면, 서질은 욕심이 생겨 양곡을 탈취하기 위해 필시 기습할 것입니다. 그때를 놓치지 말고 서질을 협공하면 성공할 수 있을 것입니다."

강유는 서질을 유인하기 위해 식량을 운송하면서 호들갑스런 분위기를 조성하고, 소수의 병력으로 하여금 치중을 끌고 적도성 인근을 지나게 한다. 강유가 양무로 군량을 옮기고 있다는 보고를 받은 위국 토촉호군 서질은 척후병을 보내 군량 치중과 식량창고의 현황을 탐색하도록 명하자, 치중을 탐색한 척후병들은 서질에게 돌아와서 식량창고의 현황을 보고한다.

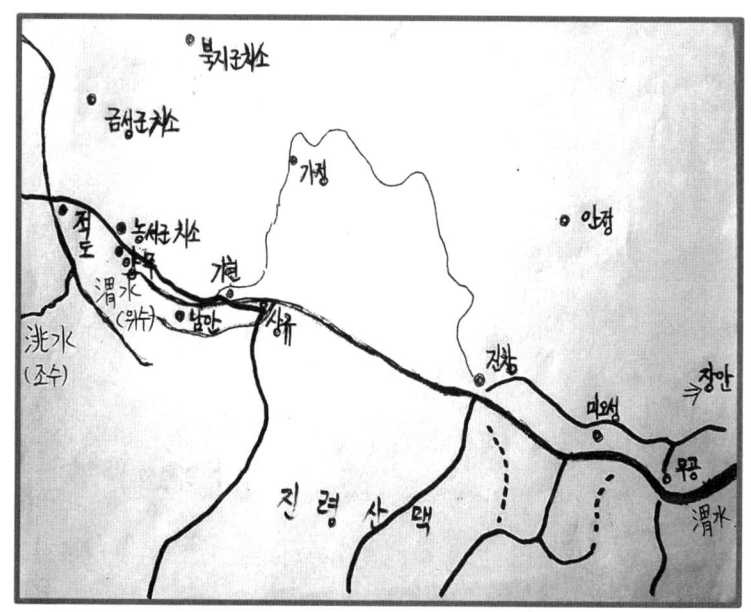

"장군, 촉군의 군량은 양무현의 야산 저장고에 보관되어 있는데, 군량을 지키는 병력이 생각보다 적었습니다. 주변에 매복병이 있는지를 면밀히 조사했으나, 주변에는 매복을 취할만한 지형이 없었을 뿐 아니라, 주변 어느 곳에서도 매복의 기운을 느끼지 못했습니다."

서질은 척후병의 보고에 의문을 갖고 꼬치꼬치 캐묻는다.

"너희들은 잘못 탐색한 것이 아니냐? 강유가 그 중요한 식량창고를 허술하게 방치하여 둘 리가 없도다."

"저희들도 그 점이 수상하여 계속 탐색하다가 촉군들이 하는 말을 엿들어 본 결과, 등애장군과 곽회장군이 공격해올 것으로 예상되는 하관과 임조의 길목에 병사들을 증원해서 배치하려고, 어쩔 수 없이 양무의 식량고를 지키는 병사들을 적도로 빼돌리는 바람에, 어쩔 수 없이 양무에는 허장성세로 군세를 위장하기로 했다고 합니다."

위국 토촉호군 서질은 척후병이 탐문한 정보를 바탕으로 양무현으로 가서 촉군의 양곡을 탈취하기로 한다. 서질이 특공대를 이끌고 양무에 당도하여, 척후병에게 상세히 주변을 살펴보도록 지시한다. 척후병이 한동안 주변을 정탐하고 주위를 살펴보아도 매복의 징후가 느껴지지 않을 뿐만 아니라, 촉한의 식량창고 주변에 군량을 지키는 병력이 적음을 재차 확인하고, 서질은 곧바로 특공대원을 몰아 식량창고를 지키는 촉의 경비병을 급습하도록 명한다. 서질이 식량창고를 기습하여 경비병들을 세차게 공격하자, 촉한의 경비병들은 무기를 버리고 뿔뿔이 흩어져 도망을 치기 시작한다.

서질의 궁극적 목적은 양곡을 탈취하는 것이었던 만큼, 서질은 촉한의 병사들을 추적하는 대신, 창고의 쌀가마니를 치중에 신속히 옮겨 싣고 황급히 적도로 이동하기 시작하여, 양무에서 적도를 향하는 고성령 고개에 당도했을 때, 미리 약속한 대로 서질의 수하 수천 명이 치중을 보호하려고 합류한다.

이때 고성령의 양옆 기슭에서 돌연 연주포 소리가 울리더니, 치중을 향해 불화살이 날아오기 시작한다. 서질이 깜짝 놀라 산기슭을 올려 보는데, 하늘을 붉게 물들인 불화살들이 양곡으로 위장된 치중의 화약더미에 꽂히더니, 도처에서 화약이 터지면서 인화물질에 불이 붙어 서질의 병사들은 불바다에 휩싸인다.

서질이 당황하여 어찌할 바를 모르고 허둥댈 때, 강유가 기병을 이끌고 무서운 기세로 서질의 병사들을 도륙하기 시작한다. 서질이 급히 전투태세를 갖추도록 명령하지만, 이미 넋이 빠진 병사들은 도망치기에 바쁘고, 서질은 일부 특공대원을 수습하여 강유의 기병과 기병전을 펼치려고 한다.

이때, 뒤이어 전장으로 몰려온 강유의 보병들에게 서질의 특공대원들은 삼면으로 포위당한다. 서질의 특공대원들이 한 발짝도 움직이지 못하고 촉군의 포위망 속에 갇히게 되었을 때, 강유는 혼전 속에서 서질을 찾아 긴창을 휘날리며 공세를 펼치고, 이미 혼이 빠진 서질은 날카로운 강유의 창술을 이기지 못하고 가슴을 향해 들어오는 긴 창을 맞아 말 아래로 꼬꾸라진다.

대장이 죽자 서질의 부하들은 모두 투항하여, 강유는 이들을 모두 거두어들이고 그 승세를 몰아 농서군 적도현, 하관현, 임조현 등 조수(洮水) 주변의 여러 현을 점령한다. 강유는 농서 주변의 강족으로부터 물자를 지원받고, 조수 서안에 식량창고를 세우는 등 다음의 북벌을 위한 거점으로 삼기 위한 준비를 마친 후, 다시 적도성으로 진격하여 적도에 북벌을 위한 기지를 구축하려 한다.

한편, 위에서는 토촉호군 서질이 죽자, 병환에 있는 곽회

대신에 허도에 있는 사마소를 行정서장군으로 임명하여 장안으로 파견한다. 사마소가 관중에서 적도로 이동하는 시간이 길어지자, 진태가 급히 사마소에게 전령을 보내 자신의 군사 계획을 알린다.

"장군, 강유가 적도에 군사기지를 강화하기 전, 소장이 적도로 출병하여 강유의 계획을 저지시키도록 하겠습니다. 소장이 강유를 저지하고 있는 동안, 장군께서 신속히 적도로 출병하시면 협공으로 강유를 격파할 수 있을 것입니다."

사마소는 자신의 견해를 진태에게 전한다.

"장군의 의도대로 하시오. 그러나 강유는 이미 강족으로부터 모아들인 식량을 조수 서안의 식량창고에 비축해 놓은 이상, 굳이 적도에는 군사기지를 구축할 필요성이 없을 것이오. 따라서 장군이 적도로 나아가서 강유를 저지한다면, 강유는 조수 서안의 백성을 이끌고 안전하게 한중으로 돌아가는 방법을 택할 것이오. 적도는 아군에게 있어서는 옹주와 서량의 교두보를 구축하기 위해 꼭 필요한 지역이지만, 촉의 입장에서 보자면, 큰 희생을 치르고라도 반드시 확보해야 할 만큼 가치가 있는 지역이 결코 아니외다."

옹주자사 진태가 사마소의 견해에도 불구하고 적도를 중시하여 원병을 이끌고 적도를 향해 진군한 얼마 후 농서에 당도하자, 다급해진 하후패가 강유에게 자기 의견을 개진한다.

"장군, 아군은 천수군 상규에서 적도의 구간까지 전투병의 배치가 전무합니다. 진태가 대군을 이끌고 와서 아군의 퇴로를 막으면, 이곳을 벗어나서 적병을 상대하기는 상당히 어려울 것입니다. 이런 때 사마소가 다시 대군을 이끌고 온다면, 그때는 이곳을 벗어나는 것은 하늘의 별따기와도 같은 형국이 될 것입니다. 적도, 하관, 임조현의 백성들과 재산을 거두어들여 한중으로 돌아가야 합니다. 지금 서둘지 않으면 무장이 되어있지 않은 백성들을 안전하게 한중으로 이동시키지 못할 것입니다."

강유는 하후패의 의견을 따라 진태가 적도에 당도하기 전, 적도, 하관, 임조현의 백성을 호위하여 신속히 양평관으로 되돌아온다. 이번 북벌을 통해 강유는 조수 주변의 여러 현을 장악하여 이곳 백성을 촉으로 이주시킨 반면, 위는 옹, 양주에서 수많은 백성을 잃어 실익을 빼앗긴 채, 겨우 적도와 금성이라는 지형적 근거만을 다시 차지하여 옹주와 서량이 연결되는 위국의 전략적 거점으로 유지할 뿐이었다.

16.
천하를 농락하는 사마사와
강유의 제 4차, 5차 북벌

16. 천하를 농락하는 사마사와
강유의 제 4차, 5차 북벌

1) 사마사, 하후현을 경계하여 죄를 덮어씌우고 죽이다

촉한에서 강유가 줄기차게 북벌을 진행하고 있을 때, 동오에서는 패전의 책임을 타인에게 전가하고 다시 무리한 서주 원정을 시도하려던 제갈각이 암살당한 그즈음, 위국에서도 사마사가 황제를 능멸하는 권세를 자행하여 조정이 뒤숭숭해지기 시작한다.

중서령 이풍은 아들인 이도가 황실의 공주와 혼인을 하면서 황실의 외척이 된 후, 사마사가 지난해 제갈각과 벌인 합비신성 전투를 승리로 이끌고 황제를 능가하는 힘을 지니게 되면서, 조정의 권력을 전횡하는 데 불안을 느끼기 시작한다. 결국은 중서령 이풍이 황제 조방의 국구 장집과 장황후(張皇后)와 함께 황제를 설득하여, 황제의 측근을 중심으로 사마사를 제거할 계획을 세우게 된다.

이들은 우선 황문감 소삭, 영녕서령 악돈, 항종복야 유보현 등 황제 측근을 끌어들여 사마씨를 제거하려는 친위쿠데타를 기획하고, 국구 장집의 집에 자주 모여 구체적으로 거사계획

을 세운다. 이때, 중서령 이풍이 거사를 성공적으로 이끌기 위해 새로운 제안을 올린다.

"과거 사마의는 조정의 권세를 장악했어도 황제 폐하를 능멸하고 황위에 도전하는 일이 없었으나, 사마사의 최근 행보를 보면 황제 폐하를 업신여기는 작태를 서슴지 않게 행하고 있어 그의 의도가 의심스럽습니다. 그를 제거하려고 우리가 모의하여 이번 거사에서는 우리가 직접 칼을 들겠지만, 거사를 성공적으로 이끌기 위해서는 조정에 영향력이 있는 인사가 필요합니다. 그 사람에게 대장군을 제수하여도 다른 신료들이 이견을 내세울 수 없는 인사여야 합니다."

국구 장집이 이풍의 말에 동조하여 입을 연다.

"중서령의 말이 옳다고 여겨지오. 나도 오래전부터 그 생각을 하여 태상 하후현을 끌어들였으면 하고 궁리해 보았소."

"태상 하후현은 매우 신중한 사람인데, 그가 쉽사리 거사에 참여하겠습니까?"

대부분이 이의를 제기하자, 장집은 자신 있게 대답한다.

"하후현은 현실개혁 면에서 이름난 학자 출신이자, 정국을 읽는 혜안이 뛰어난 문신 출신 명장이오. 그는 분명 천하의 민심이 사마씨를 거부하는 것을 정확히 읽고 있어서 틀림없이 거사에 참여하게 될 것이오."

장집의 강력한 천거로 거사에 참여한 사람들은 하후현을 참여시키는 데 동의하게 된다.

"사마사를 제거한 후에는 잠시도 지체함이 없이 황제 폐하께 주청하여, 하후현에게 군권을 총괄할 대장군 직책을 제수하도록 하고, 국구께서는 표기장군을 맡아서 사태를 수습하기로 합시다."

장집의 자택에 모인 사람들이 의기투합하여 물러나고 다음날, 장집이 이풍과 함께 은밀히 하후현을 자택으로 불러들여 연회를 베풀다가 분위기가 고조되자, 넌지시 사마사를 거사할 계획을 알리고 하후현에게 의중을 묻는다. 단순한 연회로 생각하여 참석했다가 엄청난 부담을 느끼게 된 하후현은 이들을 타이르듯이 말한다.

"지금 경들이 추진하는 거사의 계획은 치밀하지 못하여 성공할 수가 없을 것이오. 거사계획을 물리고 다시 때를 기다리도록 하시오. 경들이 사마사를 황제가 베푸는 연회에 끌어들여 자객으로 하여금 제거하는 방식은 과거부터 늘 사용되어 오는 상투적인 거사 방법입니다. 이를 실행하는 데 있어서 철저하고 치밀하지 않으면, 결코 성공하지 못하고 애매한 사람들만 다치게 될 것이오."

하후현이 이들의 거사계획을 일언지하에 거절하자, 장집과 이풍은 크게 당황하여 연회는 자연히 흐지부지 끝나게 되고, 이들은 아무 일도 없었다는 듯이 헤어진다.

그 당시 사마사는 장집의 자택에서 몇몇 측근들이 자주 모여 은밀한 모의를 벌이고 있다는 첩보를 청취하던 중, 거물급

하후현까지 국구의 저택에서 벌어진 연회에 참석했다는 보고를 받자, 극도의 위기감을 느끼고 서둘러 조정의 대신회의를 개최하여 거사계획을 폭로할 생각을 하고, 날이 밝자마자 대신들을 불러들여 조정회의를 열더니, 이 회의에서 갑자기 중서령 이풍을 불러낸다.

"중서령은 무슨 연유로 나를 살해하려고 모의를 하오?"

사마사의 돌연한 질문을 접하면서, 모의가 발각이 난 것을 알게 된 이풍은 속으로는 깜짝 놀라면서도 겉으로는 태연하게 대답한다.

"내가 대장군을 살해하려고 모의를 하다니요. 그런 적이 없소이다."

사마사는 차고 있던 칼집으로 이풍의 머리를 내리친다.

"이래도 자백하지 않겠소?"

"정말로 그런 일을 벌인 적이 없습니다."

사마사는 모의를 부인하는 이풍의 머리를 계속 내리찍으며 묻는다.

"이래도 자백하지 않겠소?"

"정말 모릅니다."

이풍이 모의를 계속 부인하자, 분을 이기지 못한 사마사가 칼집으로 계속 이풍의 머리를 내리쳐 이풍의 머리가 으깨어지면서, 어설프게 거사를 모의한 이풍은 허무하게 생을 마감하게 된다. 영문을 모르고 있던 조정의 대신들은 이풍의 깨어진 머리에서 흘러내리는 선혈을 보면서, 모두들 오금이 저려 눈길을 밖으로 돌린다.

사마사는 이풍을 잔인하게 죽인 후, 장집, 소삭, 악돈, 유보현, 하후현 등을 정위로 잡아들여 심문을 시작한다. 하후현은 종요의 아들이자, 종회의 형인 정위 종육이 직접 심문을 맡게 되었는데, 종육은 고고한 하후현을 아끼는 사람 중 한사람이었다. 종육은 하후현을 사모하는 마음에 고문을 가하지 않고, 하후현이 스스로 자백하여 몸을 보신하기를 권한다.

다른 사람들은 고문에 못 이겨 모의를 자백하지만, 하후현은 끝까지 묵비권을 행사하자, 이에 답답해진 종육이 하후현을 다그치며 애원한다.

"태상, 고문을 당하시기 전에 가담했으면 했다고, 아니면 가담하지 않았다고 자백을 해 주십시오."

하후현이 담담하게 답한다.

"그대는 나에게 무슨 말을 하라고 강요하는 것이오. 나를 다그치지 말고 그대가 나대신 진술서를 알아서 작성하시오."

종육은 하후현의 인물됨을 알기에 눈물을 범벅으로 흘리며, 자기가 임의로 쓴 자술서를 작성하여 하후현에게 보인다. 하후현이 아무런 자기변명도 하지 않자, 종육은 흐느끼면서 자신이 임의로 쓴 진술서를 사마사에 올리고 사건을 마무리 짓는다. 이때 하후현의 친구인 사마소가 형 사마사에게 하후현의 사면을 간절히 청한다.

"형님, 형님께서는 하후현이 아무런 죄도 없다는 것을 잘 알지 않습니까? 그를 방면해 주십시오."

사마소가 눈물을 흘리며 거듭 간청을 하지만 사마사는 냉정하게 대답한다.

"비록 하후현이 죄가 없다고 하더라도 이번에 그를 제거하지 않으면, 향후 하후현은 우리 사마씨의 행보에 큰 위협이 될 것이다. 작은 온정을 베풀려다가 우리가 크게 보복을 당하게 된다면, 너는 그것을 어떻게 감당하려고 하느냐? 권력의 세계는 냉혹한 것이어서 적을 죽이지 않으면, 내가 죽게 되느니라. 너는 이 사실을 명심 하거라. 내가 이풍, 장집과 같은 조무래기를 상대로 옥사를 벌이는 것으로 생각하느냐? 나의 표적은 애초부터 하후현이었다."

사마사는 동생의 눈물 어린 간청까지도 뿌리치고 하후현을 형장으로 보낸다.

하후현은 아무런 죄도 없이 형장으로 끌려가지만, 이미 사마사의 의중을 알고 있었기에 아무런 구명운동도 펼치지 않고 구차한 변명도 대지 않는다. 하후현은 장집, 소삭, 악돈, 유보현 등과 함께 형장에 끌려가면서, 이들에 대한 원망도 하지 않을뿐더러 평정심도 잃지 않은 채 담담하게 참형을 받아들인다.

위의 황제 조방은 성인이 된 자신을 무시하고 정권을 마음대로 농단하는 사마사에게 불만을 품고 있던 중, 황제의 측근들이 무더기로 모의에 연루되어 목숨을 잃게 되자, 사마사를 자신이 직접 제거해야 하겠다는 생각을 품는다.

이런 와중에 마침 옹주자사 진태로부터 강유의 계속된 북벌에 대비한 지원을 요청하는 장계가 올라오자, 조방은 사마씨를 제거하는 원대한 계획 속에 이를 활용할 궁리를 한다.

'옹주자사 진태가 요청한 군사 지원을 일단 받아들여, 허도에 있는 사마소를 낙양의 궁궐로 끌어들이고, 궁궐에 숨겨 놓은 무사들로 사마소를 제거한 다음, 그의 군사를 짐이 직접 관장하여 사마사를 도모하겠노라.'

조방은 사마소를 제거할 큰 구도를 그린 후, 사마소를 궁궐로 불러들였으나, 막상 사마소의 살기등등한 모습을 접하자, 온몸에서 식은땀이 나고 자신의 몸이 오돌오돌 떨리는 것을 느낀다. 낙양에서 황제를 배알한 사마소는 평소와 전혀 다른 황제의 용안을 보면서 의아해하며, 궁궐을 나와 황궁의 밖에 있는 형 사마사의 집을 방문한다.

"형님, 제가 황제의 소환으로 낙양에 입성하여 황제를 만났는데, 황제의 태도가 평상시와 완연히 달라 한참 의아해했습니다."

사마소의 말을 들은 사마사는 '아차' 하면서 황급히 사마소를 재촉한다.

"아우는 지금 즉시 입궐시킨 병사를 이끌고 황궁을 포위하게. 황제는 지난 하후현의 모의사건으로 우리에게 보복을 가하려는 계획을 세웠다가 스스로 두려움에 빠져 계획을 포기했을 것이네. 우리가 먼저 황제를 도모하지 않으면 우리가 당할 수 있네."

사마사는 말을 마치자마자 사마소가 이끌고 온 병사로 궁궐을 포위한 뒤, 궁궐로 들어가서 황제를 추궁한다. 황제 조방이 극구 부인하지만, 궁궐의 여러 가지 정황을 조사한 사마사는 거사에 가담한 무사들을 찾아내어 이들을 제거한 후, 조방을 폐위시키고 장황후를 폐서인하여 유폐시킨 후 사약을 내리는 것으로 사태를 마무리한다.

2) 관구검, 사마사에 항거하여 회남에서 의거를 거행하다

254년(정원 원년) 10월, 사마사는 명원황후 곽씨(곽태후)와 협의하여 16살의 조모를 황제로 세워 제위에 올린다.

진동장군 관구검은 사마사가 국정을 전횡하여 자신과 교분이 깊은 하후현, 이풍 등을 죽이고, 또다시 황제 조방을 마음대로 폐위하고, 조모를 새로이 황제로 세워 조정이 혼란에 빠져들고 있다는 소문을 듣고 분격하던 중, 장남인 치어시어사 관구전이 경도에서 자신에게 보낸 전서를 받는다.

"아버님께서 진동장군으로 국가의 중요한 요충지 회남의 사령관을 맡고 계시는데, 나라가 사마씨에 의해 기울어지고 무너지는데도, 홀로 평안히 계신다면 장차 역사의 책망을 받게 될 것입니다. 사마사를 도모하여 천하에 정의를 지키셔야 하지 않겠습니까?"

관구검은 장남 관구전의 의기를 높이 기리다가 255년(정원 2년) 정월, 합비에서 사마사의 황제 폐위에 항거하는 의식을 거행한다. 관구검은 태후의 조서를 칭탁해서 사마사의 죄상을 적어 여러 군국(郡國)에 올린 후, 여러 군국의 협조를 구하며 남양주자사 문흠에게도 전서를 보내, 함께 군사를 일으켜 사마사에 대항할 것을 청한다.

"사마사는 국정을 자신의 마음대로 농단하다가 급기야는

황제를 폐위시키고 새로이 황제를 제위에 올리는 등 대역무도한 역적질을 자행하고 있다. 이에 진동장군 관구검은 곽태후의 밀조를 받들어 천하의 뜻이 있는 인사들과 함께 역적 사마사를 섬멸하기로 하였노라."

관구검이 대의명분을 앞세워 사마사를 타도하는 격문을 보내자, 장남 관구전은 가족을 이끌고 경도를 떠나 신안 영산으로 도피한다. 곧바로 문흠의 동조를 얻은 관구검은 예주도독 제갈탄에게도 사자를 보내 예주에서 군사와 백성을 지원하도록 요청한다.

그러나 당시 제갈탄은 동흥전투에서 대패한 책임을 지고 진동장군의 자리를 관구검에게 내어주고, 여남으로 좌천되어 예주도독으로 물러나 있었던 관계로 관구검에게 보이지 않는 질투를 느끼고 있었다. 동시에 제갈탄은 지난날 사마의를 따라 문흠과 함께 상용에서 맹달이 일으킨 반란을 진압하는 등 많은 전투를 함께해왔으나, 문흠의 탐욕스러운 성품을 알고 평소에도 그를 혐오하여 경멸해왔던 것도 정변에 참석하지 않는 이유 중의 하나였다.

이런저런 이유로 제갈탄이 거사에 참여하지 않고 오히려 관구검의 사자를 참살하고, 관구검과 문흠의 거병에 대하여 부당함을 천하에 공표하자, 제갈탄이 당연히 거사에 참여할 줄 알았던 관구검과 문흠은 아연실색하여 당황하면서도 255년(정원2년) 이른 봄, 회남의 장수들과 백성들을 모두 수춘성으로 불러들여 성을 지키게 하고, 수춘성 서쪽에 제단을 만들어 동맹의 의식으로 삽혈(歃血)을 거행한다.

관구검과 문흠은 낙양을 향해 북상하기 좋은 전진기지로 여남군 항현 항성을 선택하여, 병사 6만을 이끌고 회수를 건너 낙양을 향해 북상하기 시작하는데, 이때 시의 적절하게 항성태수가 관구검과 문흠에게 투항을 신청한다. 예주의 대다수 군사력이 집결해 있는 항성의 태수가 합류하자, 관구검과 문흠의 정변은 급물살을 타기 시작한다.

관구검과 문흠은 수춘성에 성을 지키는 최소 병력인 1만 명만을 남겨둔 채 회수를 건너 항성에 입성한 이후, 관구검은 항성을 굳게 지키고, 문흠은 문앙과 함께 군사 2만을 이끌며 밖에서 유군(기동부대) 활동을 하기로 한다.

위 정국의 상황이 이같이 긴박하게 돌아가자, 사마사는 왼쪽 눈 위의 혹이 불어 오르는 병으로 요양 중임에도 긴급히 대책회의를 소집하는데, 이때 대책회의와 때를 맞추어 제갈탄이 사마의에게 전서를 보낸다.

"소장에게 관구검과 문흠이 모반에 가담해 달라는 전서를 보냈으나, 소장은 전서를 가져온 사자를 죽이고 반역자 관구검과 문흠에게 선전포고를 했습니다. 이 위급한 시기에 대장군께서 와병 중이시니, 빨리 합당한 장수를 보내 이들을 진압해야 할 것입니다."

사마사가 이를 받아들여 제갈탄에게 협조공문을 보낸다.

"장군은 먼저 예주의 군대를 지휘하여, 여남에서 안풍진(安風津)을 건너 관구검의 근거지 수춘으로 진격하시오."

사마사가 장수들의 건의에 신속히 응하며 제갈탄을 수춘으로 보내어 총사령관으로 삼으려 하자, 이에 부하와 왕숙이 강력히 사마사에게 보완 조처를 당부한다.

"관구검과 문흠을 진압하려면, 다른 장수만을 보내서는 명분에서도 실패하고 용병에서도 실패할 것입니다. 이들과 함께 대장군께서 직접 나서야 할 것입니다. 실기하면 더 큰 재난을 불러오게 됩니다."

사마사는 사마소를 낙양에 남겨두어 낙양조정 대신들의 이상기류를 감시하며 정무를 관장하게 하고, 전방으로 군수물자를 차질 없이 공급하도록 조치하며, 자신은 눈 위의 심한 통증에도 불구하고, 연주자사 등애 등과 함께 기, 보 10만을 이끌고 친히 출병한다. 이때 광록훈 정무가 사마사에게 현실적으로 가용한 전술을 제시한다.

"병법에 '적을 알고 나를 알면, 백번을 싸워 백번을 이긴다(知彼知己 百戰百勝)'고 했습니다. 다행히 신이 과거 관구검, 문흠과 함께 복무를 한 적이 있어 이들의 장단점을 잘 알고 있습니다. 관구검은 전략과 전술이 뛰어나지만, 전쟁을 전체적으로 읽는 상황판단이 부족하여, 전투에 임해서는 과감하지 못하고 소극적으로 임하는 경향이 많습니다. 문흠은 전투에 임해서는 사자와 같은 용맹을 보이나, 전략과 전술에는 상당히 부족하여 상대방의 계책에 자주 말려드는 경향이 있습니다. 이들이 서로 부족한 점을 보완하여 협력한다면, 이보다 무서운 조합이 없겠지만, 다행히도 이들은 자신의 약점을 모르고 자신이 최고의 무장인 줄로 착각하고 있다는 사실입니다. 대장군께서는 이런 현황을 냉정히 헤아려 장기전으로 끌고 들어가면, 이 둘은 서로 자기끼리 기(氣)싸움을 펼치다가 내분이 일어나게 될 것입니다. 격안관화(隔岸觀火)전략으로 장기전을 펼치다가, 이들에게 내분이 일어날 때 공격하면 힘들이지 않고 이들을 진압할 수 있을 것입니다."

사마사는 광록훈 정무가 제시한 격안관화(隔岸觀火)전략에 매우 흡족해한다. 사마사는 자신의 후견인 제갈탄이 수춘으로 진입했다는 보고를 받고, 정동장군 호준과 상락정후 왕기에게 새로이 지시를 내린다.

"정동장군 호준은 청주와 서주의 군사들을 이끌고, 초(譙)와 송(宋)사이로 출병하여 관구검 군대의 퇴로를 끊고 대기하시오. 상락정후 왕기에게는 行감군으로 삼아 가절을 부여하고 선봉을 맡길 테니 진남을 평정하시오. 나는 적의 기세가 드높은 관계로 속전속결로 임하기보다는 광록훈 정무의 전략에 따라 격안관화(隔岸觀火)전략을 펼치고, 장기전으로 적의 내부에 분란이 일어나기를 기다릴 것이오."

이때 선봉장 왕기가 사마사와 정반대 전략을 제시한다.

"대장군, 회남 일대의 태수들이 관구검과 문흠에게 동조한 것은 결코 이들의 대의명분을 따른 것이라기보다는 관구검과 문흠의 위세에 일시적으로 고개를 숙인 것입니다. 아군이 관구검과 문흠에게 일대 충격을 가하면, 이들은 순식간에 방향을 틀어 아군에게 투항할 것입니다."

사마사는 장기전을 주장하는 정무와 속전속결을 주장하는 왕기의 사이에서 고심하기 시작한다. 이때 왕기가 다시 사마사에게 적극적인 군사행동을 촉구한다.

"허도 인근의 남돈은 비상시를 대비하여 식량을 비축해 두는 곳입니다. 이곳에 비축된 군량미는 수만명의 군사가 수개월을 먹을 수 있는 분량입니다. 관구검과 문흠이 항성을 차지한 이상, 남돈의 식량을 탈취하기 위해 이들은 서둘러 남돈으로 진군할 것입니다. 아군이 이들보다 먼저 남돈을 점거하여 전략상 요충지에 자리를 잡고, 적병의 기선을 제압해야 장기전으로 가더라도 아군에게 승기가 있을 것입니다."

한참을 고심하던 사마사는 병법에서 가장 금기시하는 것이 우유부단이라는 것을 상기하며 결단을 내린다.

"선봉장은 전군을 이끌고 남돈으로 가서 관구검과 문흠의 군사를 대적하시오. 나는 본진을 이끌고 여남으로 가서 항성을 견제하면서 장기전에 대비하겠소."

사마사는 선봉장 왕기에게 남돈으로 가서 관구검과 문흠을 경계하도록 명한 후 신속히 여남을 향해 나아가는데, 사마사의 측근 부장들이 우려를 표명하며 진언을 올린다.

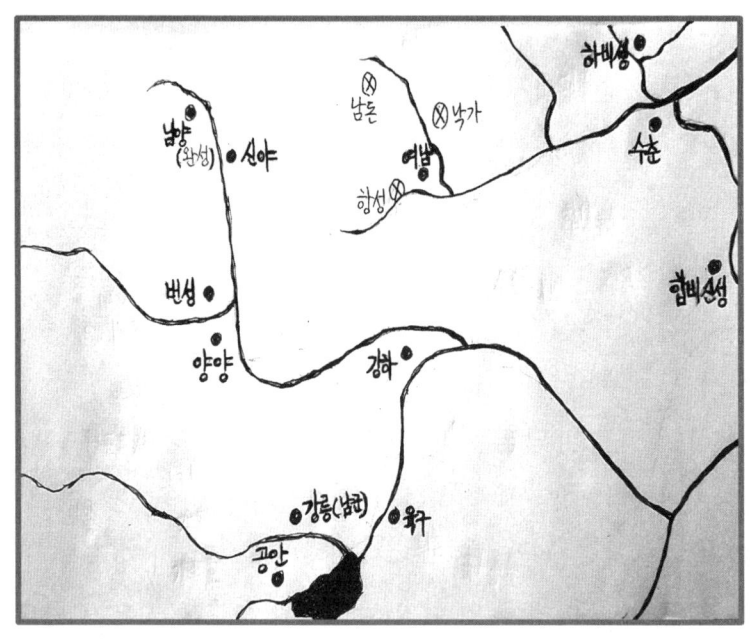
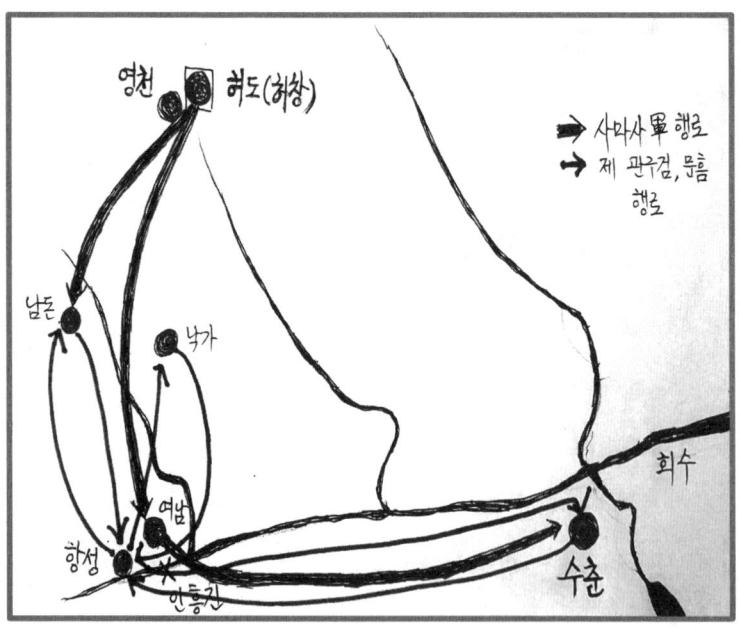

"대장군, 아무래도 감군 왕기장군이 선봉장이 되어 관구검과 문흠을 상대하는 것은 무리가 아닌가 생각합니다. 관구검과 문흠은 역전의 용사들이고 이들이 아직 서로의 주장으로 마찰을 빚고 있지도 않은데, 이들이 서로의 약점을 잘 조율하여 최적의 경우의 수를 만들어낸다면, 실전에서 대군을 이끌어본 경험이 일천한 왕기장군이 이들을 이겨낸다는 것은 기적에 가까운 일로 여겨집니다."

사마사는 자신이 가지고 있던 불안감을 동시에 부장들이 제기하자, 전령을 보내 왕기에게 본진으로 돌아오도록 지시한다. 그러나 왕기는 전령을 통해 사마사에게 자신이 지닌 확고한 뜻을 전한다.

"병서에도 '전장에 임하여 장수는 군주의 명도 거스를 수 있다'라고 하였습니다. 소장은 이대로 남돈으로 향하여 남돈의 식량창고도 지키고 요새도 지키겠습니다. 만일 소장이 실패한다면, 그에 상응하는 벌을 달게 받겠습니다."

왕기는 자신의 주관대로 남돈으로 강행군을 계속한다. 왕기가 남돈에 당도하여 식량창고 주변에 방어진형을 철저히 구축하고, 먼저 요충지를 차지하여 방어태세를 굳게 갖춘 얼마 후, 관구검이 본진을 이끌고 남돈에 당도한다. 관구검은 식량창고 남돈이 이미 사마사의 수중에 들어가 있는 이상, 남돈에서 오래 머물다가는 양면에서 협공을 당할 우려가 있다고 여겨 항성으로 되돌아간다.

사마사는 선봉장 왕기가 남돈을 점거하여 든든한 방어진을 구축한 결과, 마음을 놓고 장기전에 돌입할 수 있는 여건을 마련하게 된 반면, 관구검과 문흠은 낙양으로 진격할 추진력을 잃게 된다. 관구검과 문흠이 항성을 중심으로 사마사와 팽팽히 대치하고 있을 때, 동오의 손준은 표기장군 여거, 좌장군 유찬과 함께 방비가 허술해진 수춘성을 점거하고자 수춘을 향해 출병한다.

관구검과 문흠 뿐만 아니라 사마사에게도 제3자인 동오의 손준이 수춘성을 공략한다는 것은 상정할 수도 없었던 최악의 경우 수이다. 사마사는 즉시 긴급대책회의를 열고, 장수들에게 관구검과 문흠을 대적하는 것보다는 먼저 수춘을 공격해 들어오는 동오의 손준을 방비하는 것이 최우선적 과제로 주지시키며 엄히 사수하도록 명령한다.

"정동장군 호준은 즉시 서주의 예비역을 이끌고 수춘으로 향하라. 수춘에서 제갈탄과 합류하여 함께 손준이 이끄는 오나라 군사들의 침공을 막는 동시에 관구검이 점거하고 있는 수춘성을 공략할 채비를 갖추도록 하라. 연주자사 등애는 항성 밖에서 유군활동(유격작전)을 펼치는 문흠을 상대로 허창으로 통하는 길목인 낙가를 철저히 지키면서, 적시를 노려 문흠을 낙가성으로 유인하여 격파하는 전략을 구상하라."

이때 등애는 사마사에게 이대도강(李代桃僵:대를 위해 소를 희생) 전략을 활용한 유인책을 제시한다.

"대장군께서는 여남에 일부의 병력만을 남겨둔 채, 은밀히 대군을 이끌고 낙가성으로 가서 진형을 짜고 적병이 당도할 때를 대비하십시오. 관구검과 문흠은 우리의 왕기장군이 남돈을 선점하여 식량창고를 장악했기 때문에 장기전에 돌입해서는 자신들이 식량난에 봉착하게 될 것을 잘 알고 있으면서도, 남돈을 공략하자니 잘못하면 여남의 우리 대군과 남돈에 있는 우리 군사에게 포위될 것을 우려하기 때문에, 그런저런 연유로 남돈을 공략할 수도 없게 되어있습니다. 결국 관구검과 문흠은 이대로 가다가는 우리 군사에게 항성까지 포위되어 꼼짝없이 성에서 고사당할 것을 알고 반드시 활로를 열려고 할 것입니다. 이들이 택할 수 있는 활로는 두 가지인데, 일군은 항성을 수성하는 한편, 2군은 과감하게 공세를 펼쳐 허도로 진격하는 길을 선택하게 될 것입니다. 이를 위해서는 항성과 허도를 잇는 최단거리의 낙가를 진격로로 선택할 것입니다. 그렇더라도 적병이 꼭 낙가를 경유하여 허도로 진출하려 한다는 보장은 없는 만큼, 이대도강(李代桃僵)전략을 펼쳐 적병을 유인하기 위해 아군들에게 헛소문을 내게 합니다. 즉, 낙가에서는 오랫동안 전투가 벌어진 적이 없기 때문에 낙가성을 지키는 군사들은 실전에 다소 많은 허점이 있는 노병들이라고 소문을 내게 하면, 적의 척후병들이 소문을 취합하여 관구검과 문흠에게 보고할 것입니다. 관구검은 속아 넘어가지 않을 수 있으나, 문흠은 반드시 속아 넘어가게 될 것입니다.

소장은 소수의 노병으로 문흠의 군대 앞에서 진형을 펼쳐 문흠에게 최대한 허점을 보이면서, 문흠의 군대를 낙가 깊숙이 끌어들여 이들을 한곳에 집결하도록 유도하겠습니다. 그때 대장군은 낙가성에서 군사를 이끌고 진을 구축하고 있다가 문흠이 지나갈 것으로 예상되는 지형에서 소장과 함께 협공할 계책을 세우는 것이 좋겠습니다."

작전을 개진한 등애는 사마사가 동의하자마자 곧바로 행동으로 이행하는데 이때, 등애가 항성의 앞에서 소수의 노병을 이끌고 포진해 있는 것을 발견한 문흠은 등애의 이대도강(李代桃僵)계략에 넘어가서, 관구검에게 문흠 자신이 성을 나가서 위국 장수 등애와 싸우겠다고 출정을 요청한다.

이때 문흠의 아들 문앙이 이견을 제시한다.

"아버님, 아무래도 등애가 아군을 유인하는 계책을 쓰는 것 같습니다."

"등애는 이번 전투에서 세운 공이 없어 전공에 목이 말라 있는 관계로 아군을 깔보고, 무리하게 소수의 직속부대만을 이끌고 전투를 청하려는 것일 것이다."

관구검은 문앙의 의견에 동조하면서도 달리 방법이 없자, 문흠에게 나가서 싸우도록 힘을 실어준다.

"설혹 그렇더라도 아군은 어떻게 해서든지 공세를 펼쳐야 할 처지에 놓여있네. 그대는 부친을 보좌하여 등애를 물리치고 낙가의 활로를 뚫도록 하게. 다행히 낙가성에는 실전경험이 전무한 위나라의 연주군사들이 주둔해 있다고 하니, 아군이 생각보다는 수월하게 낙가성을 점거할 수 있지 않을까 하고 생각되네."

문흠은 관구검의 허락을 받아 항성을 나와서 눈앞에 보이는 등애의 소수 병력을 추격하여 낙가로 진입한다. 그러다가 이미 사마사가 정예 병사들을 이끌고 낙가에 대거 포진하여 있는 것을 보고는 크게 당황한다. 이때 문흠의 아들 문앙이 문흠에게 새로운 전략을 주문한다.

"소자가 사마사도 모르게 은밀히 야습을 감행하여 적진을 기습할 테니, 아버님께서 최일선에 나서시어 직접 북을 치며 병사들의 사기를 북돋우시기를 청합니다. 사마사도 낙가에 도착한 지 얼마 되지 않아 아직 군열이 정비가 되지 않은 듯합니다. 이때 우리가 기습적으로 공격하면 얼마든지 이길 수 있습니다."

"어떻게 전술을 펼치려고 하느냐?"

"아버님과 소자가 군을 둘로 나누어 야밤을 이용해서 양 갈래의 길로 기습을 감행하기로 합니다. 아버님께서 어둠을 배경으로 들키지 말고 동쪽 산길로 잠행해 들어가시고, 소자는 사마사가 주둔한 군영의 서쪽 소로를 통해 사마사의 군영 앞으로 은밀히 잠입하여, 아버님과 소자가 군영의 동문과 서문에서 대기합니다. 그러다가 인시(寅時:새벽 4시경)가 되면, 소자가 북을 3번 두드리는 것을 신호로 양면에서 사마사의 군영으로 난입하여, 군막에 불을 지르고 적병을 닥치는 대로 주살하다가, 이들의 진용이 정비될 조짐이 보이면 후퇴하기로 하시지요."

문흠이 문앙의 주문 그대로 군을 둘로 나누어, 야밤을 이용해서 양 갈래의 길로 기습을 감행하기로 한다. 문흠과 문앙이 서로 역할분담을 철저히 하고 헤어졌으나, 주력부대를 이끈 문흠이 산속에서 길을 잃고 헤매는 동안, 별동대를 이끈 문앙은 약속된 시간이 되기도 전에 먼저 사마사가 주둔하고 있는 군영의 근처에 당도하여 대기하다가, 약속시간이 되자 부친 문흠과 교신을 위하여 북을 3번 두드리면서 큰소리로 외친다.

"방년 18세 문앙이 늙은 여우 사마사를 잡으러 예 왔노라."

모두가 깊이 잠이든 새벽녘에 북수리가 우렁차게 울리고, 곧이어 북소리, 징소리, 나각소리가 울리더니, 문앙의 별동대가 함성을 지르면서 무서운 기세로 사마사의 군영을 들이닥치자, 눈 위의 종기를 째던 사마사가 깜짝 놀라 뛰어나오다가 눈알이 밖으로 튀어나온다.

사마사가 주변에 있는 병사들의 사기를 깎아내리지 않으려고, 급히 옷으로 눈을 가리고 통증을 참으려 옷을 물어뜯으면서 고군분투하지만, 야생마와도 같은 문앙이 어둠 속에서 사마사의 군영을 이리저리 휘저으며, 별동대원들과 함께 사마사의 군사를 닥치는 대로 유린하자, 사마사는 동서로 날아다니듯이 군용을 휘젓는 문앙의 대 활약상에 입을 다물지 못한다.

"아니! 저 젖비린내 나는 놈이 좌충우돌하며 날아다니는 것이 마치 지난날 조자룡이 다시 재림한 것 같도다."

문앙이 사마사 군사들의 얼을 뺄 정도로 거세게 사마사 군사들을 몰아치고 있었으나, 약속한 시간이 훨씬 지나서까지도 아버지 문흠은 도착하지 않는다. 이 바람에 사마사가 심한 통증을 느끼면서도 군대를 정비할 수 있는 시간을 벌게 되면서, 사마사는 문앙의 별동대를 대적한 보람이 나타나게 되어, 문흠은 시간이 지날수록 별동대의 한계를 느끼게 된다.

이때 문흠과 문앙을 낙가로 유인해온 등애가 병사를 이끌고 지원을 나서자, 본대가 합류하지 않은 상태에서 별동대만으로 전투를 펼치는 것은 한계가 있는 법, 결국 중과부적으로 인해 문앙은 별동대를 이끌고 철수하게 된다. 문앙은 돌아가는 길에 늦게 당도한 문흠과 만나 신속한 퇴각을 주문한다.

"아버님, 저희 별동대가 적진을 유린하면서 사마사의 간담을 서늘케 하였습니다. 이제 아군이 퇴각을 시작하게 되면, 사마사는 '왜 군영을 뒤흔들어 놓고도 추가 공격이 없을까?' 하고 의아해하며 추적할 것입니다. 우리는 사마사가 대군을 이끌고 추격하기 전에 최대한 멀리 퇴각해야 할 것입니다."

등애의 이대도강(李代桃僵:대를 위해 소를 희생시킴) 계책에 빠져, 사마사의 대군과 등애의 군사에게 포위될 위기를 맞았던 문흠 부자는 문앙이 과감하게 적진을 유린한 덕에, 퇴각을 위한 시간적 여유를 얻고 무사히 항성으로 돌아가기 시작한다. 사마사는 문흠이 항성으로 철수하는 것으로 보고 장수들에게 급히 명을 내린다.

"문흠은 확전을 피하려고 항성으로 도주하는 것이니, 곧바로 추격하여 끝까지 섬멸하라."

"대장군, 잠시 숨을 돌리고 다시 생각해 보십시오. 문흠은 경험이 많은 장수이고, 문앙은 어려도 날래고 용맹한 자입니다. 이들이 아군의 군영을 기습하여 크게 전공을 세우고도 굳이 퇴각하려 할 이유가 없습니다. 설혹 성과를 거두지 않았더라도 퇴각하면서, 시간적 여유가 있는데 이를 활용하지 않고 아무런 대책이 없이 퇴각할 이유가 없습니다. 아마도 철저한 철군 대책을 세웠을 것입니다. 문흠이 백전노장인데 굳이 철군하면서까지 피해를 감수할 작전을 펼칠 이유가 없습니다."

사마사는 장수들의 말을 반박한다.

"춘추좌씨전에 3번 북소리를 울리고도 본대가 이에 응하지 않는 것은 기세가 꺾여 달아나는 것이라 했다. 반드시 문흠은 대책도 없이 달아나는 것이니, 좌장사 사마련은 기병 수천을 이끌고 문흠을 추격하고, 악침장군은 보병을 이끌고 그 후미를 끊도록 하라."

사마련이 급히 추격하여 퇴각하는 문흠의 후미에 이르러 기병 궁술로 줄 화살을 날리지만, 문흠은 추격하는 사마련의 기병과 대적할 생각은 하지도 않고, 큰 방패로 몸을 가리고 달아나려고만 한다. 이때 문앙이 걱정스러운 듯이 말한다.

"아버님, 아무리 우리가 퇴각하려 해도 적병의 기세를 꺾지 않으면, 우리는 안전하게 달아날 수가 없습니다."

문앙은 말을 마치자마자, 특공 정예기병 10여 기를 이끌어 사마련 경기병의 선봉을 뚫고, 추격군 수천의 기병 속으로 뛰어들어 기병 1백여 명을 주살하고 빠져나온다. 문앙이 특공 정예기병을 이끌고, 필생즉사 필사즉생(必生即死 必死即生)의 정신으로 독 안에 든 쥐가 독이 올라 고양이를 공격하듯이 이를 6,7차례 계속하자, 추격하던 사마련의 기병들이 겁을 먹고 감히 접근하지 못한다.

이 틈에 문흠과 문앙은 함께 휘하의 병사들을 보호하여 항성으로 입성하지만, 바로 직전에 관구검은 문흠이 패배했다는 소식을 듣고 항성을 빠져나가 회남 수춘성으로 달아나다가, 사마사가 보낸 안풍진 도호부의 민병대 장속이 쏜 화살에 맞아 죽었다.

그런 연유로 문흠과 문앙이 항성에 입성하여 본 것은 황량한 성일 뿐, 군사들은 모두가 뿔뿔이 흩어져 아무도 보이지 않았다. 문흠 부자는 항성에 그대로 있다가는 개죽음을 당할 입장이 되어 다시 수춘성으로 말을 달리기 시작하여 겨우 수춘에 당도하여보니, 수춘은 이미 제갈탄에게 투항하여 제갈탄의 지휘하에 움직이고 있었고, 동오의 손준은 수춘성을 도모하기 위해 수춘을 향해 출병하는 중이었다.

동오의 대도독 손준은 수춘성에 이르기도 전, 문흠이 항성을 버리고 수춘으로 향했다는 소식과 함께 수춘성이 제갈탄의 수중에 떨어졌다는 소식을 듣고, 탁고에 주둔한 채 동오의 맹장 정봉으로 하여금 선발대를 이끌고 수춘으로 향하도록 지시한다. 오국의 맹장 정봉이 수춘으로 향하는 도중에 문흠 부자가 제갈탄의 군대에게 추격을 당하고 있는 것을 발견하고, 제갈탄의 추격병을 물리치고 문흠 부자를 구출한다.

문흠 부자는 정봉에 이끌리어 동오 대도독 손준을 만난 후, 정식으로 동오에 투항을 요청한다. 동오 대장군 손준은 문흠 부자의 투항을 받아들여 함께 수춘성을 공략할 것을 청한다.

"문흠장군 부자와 같은 맹장을 얻었으니 더 이상 바랄 것이 없습니다. 나와 함께 수춘성을 함락시킬 묘수를 생각해 봅시다."

"대도독, 수춘성은 이제 함락시키기 어렵게 되었습니다. 성은 이미 제갈탄이 점령하였고, 사마사가 항성에서 곧 수춘성으로 출병할 것입니다. 이런 판국에 대도독께서 수춘으로 나아간다면, 사마사와 제갈탄의 대군을 상대해야 하는데, 곧바로 등애가 낙가에서 수춘으로 군사를 돌리고, 왕기가 항성에서 군사를 이끌고 대도독을 포위하면 큰 낭패를 입게 될 것입니다. 지금은 빨리 퇴각하여 안전하게 퇴각을 이행한 다음, 다시 기회를 노리고 기다림만 못합니다."

손준은 문흠의 조언을 받아 아쉬움을 뒤로 하고 건업으로 철수하면서, 관구검이 일으킨 정변은 1달여 만에 정리된다.

한편, 허창으로 돌아간 사마사는 관구검의 난이 발생하는 과정에서 악화된 눈 위의 악성종양이 문앙으로 인해 받은 충격 때문에 크게 도지면서 몸져눕는다. 사마사는 병상에서 다시 일어나려고 안간힘을 쓰지만, 눈 속으로 깊이 파고든 병균으로 인해 환우가 회복되기 어렵다는 것을 느끼고, 후사를 부탁하려고 낙양에 있는 사마소를 허창(허도)으로 불러들인다.

"나는 눈 속에 침투한 병균 때문에 쉽게 회복되기 어려울 듯하니, 아우는 이에 대한 대비를 항시 갖추고 있도록 하거라. 내가 죽거든 나의 모든 권한을 네가 이어받아야 하는 만큼, 사소한 사안일지라도 신중히 생각하여 처리하되, 특히 주변의 누구도 믿어서는 아니 되고, 때에 따라서는 자신도 믿지 말고 매사에 조심하여야 한다."

"만일 형님이 안 계신다면, 저 혼자는 아버님과 형님이 이루어 놓은 위업을 반석 위에 올려놓을 자신이 없습니다. 빨리 형님께서 쾌유하시어 정국을 이끄셔야, 제가 형님의 뒤에서 형님을 보좌할 수가 있습니다."

사마소가 다소 자신이 없다는 투의 말을 내뱉자, 사마사는 동생을 질책하듯이 목청을 높인다.

"자신이 없다는 소리는 지금 이후에는 절대로 꺼내지 말라. 네가 자신을 잃으면 그 순간부터 우리 가문은 종언을 고하게 됨을 각인해야 한다. 특히 지금 천자는 종회가 평했듯이 재능은 진사왕 조식과 같고, 무용은 위무제와 흡사하다는 세평을 듣고 있고, 분무장군 석포는 천자를 '위무제의 환생이다'고 감탄할 정도로 간단한 인물이 아니니 항상 경계하도록 하라."

사마사는 만일의 사태를 대비하여 사마소에게 향후 벌어질 수 있는 제반의 문제에 대한 대책을 지시하고, 사마소와 함께 낙양으로 다시 회군하는 도중에 사망한다.

사마사가 죽은 후 사마소가 대신 군대를 재정비하여 허도에서 낙양으로 군사를 이끌고 돌아오자, 이때를 사마씨의 전횡을 종결시키는 기회로 여긴 위황제 조모는 사마소를 낙양과 격리하려는 구상을 가지고, 조정의 상의도 없이 사마소에게 일방적으로 조칙을 내린다.

"사마소장군은 낙양으로 입성하지 말고, 군사를 허도로 돌려 회남 일대를 책임지고 관리하도록 하라."

조모의 칙령을 받은 사마소는 어리둥절해진다. 이때 종회가 사마소에게 심각한 어조로 조언한다.

"이는 황제의 측근에서 짜낸 계략입니다. 대장군이 타계하자 대장군이 낙양에 심어놓은 친위세력을 장군과 단절시켜, 장군과 대장군에게 충성하는 낙양의 측근을 각개격파하려는 황제의 구상입니다. 일전에 사마 대장군은 소장에게 황제 조모의 평을 물은 적이 있었습니다. 이에 대해 소장이 황제의 재능은 진사왕 조식과 같고, 무용은 조조 위무제와 비슷하다고 했더니, 수긍하는 듯이 썩은 미소를 지은 적이 있었습니다. 감청주제군사 석포는 대장군에게 진언하기를 '위무제의 환생'이라고 했을 정도입니다. 지금 장군이 황제에게 크게 위협을 가하지 않아 황제가 힘을 기르게 되면, 그때는 판도가 달라질 수 있습니다. 황제의 칙령을 무시하고 그대로 낙양으로 가서 무력시위를 하지 않으면 크게 당할 것입니다."

사마소는 종회의 충언을 받아들여 그대로 낙양으로 진입하여 성문을 열도록 무력시위를 벌인다. 조모는 칙서를 변경하여 사마소가 낙양으로 입성하도록 허락하고, 사마사의 직위인 대장군, 시중, 도독중외군사, 녹상서사를 계승하게 한다. 사마소는 조모에게 관구검의 난을 진압하는 과정에서 큰공을 세운 제갈탄에게 진동장군으로 보직을 변경해주도록 주청한다.

3) 강유는 제4차 북벌에 임하여 조수전투에서 대승하다

위국에서 사마사가 관구검과 문흠의 난을 진압하던 후유증으로 병사하는 등 중원에서 큰 혼란이 일어나자 255년(정원2년), 촉한의 강유는 후주 유선에게 '제4차 북벌'을 요청하는데, 이때 정서대장군 장익이 강력히 반대하고 나선다.
"지금 촉은 국력도 약하고 나라도 작아 백성들이 힘들어하는데, 계속 북벌을 진행하는 것은 무리입니다. 진령산맥의 험한 지세를 최대한 이용하여, 국방을 튼튼히 하고 백성들을 돌보아 부국강병을 이루었다가, 적국에 틈이 생겼을 때 도모하는 것이 최상책이라 여겨집니다."
"권력을 전횡하던 사마사가 죽어 중원에 혼란이 생긴 지금이 바로 위국을 정벌할 좋은 기회이외다. 이때를 놓치면 다시 호기를 얻기가 쉽지 않습니다. 제갈 승상께서는 지금보다 열악한 환경에서도 육출기산(六出祁山)으로 위국을 공포에 몰아넣으셨습니다."
정서대장군 장익의 반대를 접한 위장군 강유는 오히려 장익을 진남대장군으로 승진되도록 유선에게 주청하고 함께 북벌에 참여하고자 한다. 마침내 유선의 윤허를 받은 강유는 위에서 귀순하여 거기장군에 오른 하후패, 진남대장군이 된 장익 등과 함께 농서를 향해 5만의 병력을 이끌고 출정한다.

강유는 기산, 석영, 낙문 등 3곳을 목표로 하여 기산도로 출정하고 있다는 허위정보를 흘리고는 포한현(枹罕縣)을 통해 적도로 진입한다. 강유가 기산, 석영, 낙문 세 방면을 목표로 진군한다는 소문을 들은 위국 옹주자사 왕경은 진태에게 보고를 올린다.

"강유가 기산, 석영, 낙문을 목표로 하여 침공하려 결정한 후, 강유 자신은 기산으로 직접 출정한다고 합니다."

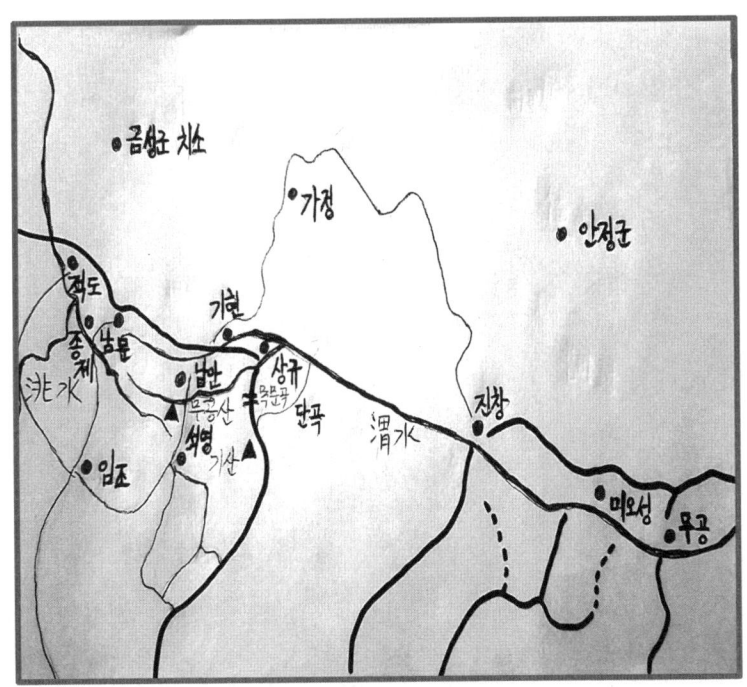

곽회가 병사한 후로 정서장군의 자리에 오른 진태는 자신의 후임으로 옹주자사에 오른 왕경에게 조심스럽게 자신이 분석한 정보를 알린다.

"이번 강유의 움직임을 보면 암도진창(暗渡陳倉)위계를 읽을 수 있지 않소? 강유가 기산, 석영, 낙문 세 방면을 최종목표로 삼았다면, 굳이 대대적으로 기산을 향한다고 공언하지 않고 은밀히 추진하여, 아군이 대비할 시간을 주지 않고 기습전으로 임했을 것이오. 그러나 강유가 취한 대대적 공표는 아군의 눈과 귀를 속이려는 허위정보의 일환이라고 여겨지오. 또한, 촉군의 군사력은 기산, 석영, 낙문을 삼분하여 공략에 나설 만큼 여유롭지도 않으니, 내 생각에는 주력군대는 강유가 직접 이끌어 농서를 노리고, 이를 실행하기 위해 적도로 공격해 올 것이라 여겨지오. 강유는 적도와 금성을 점령하면, 위국 입장에서는 서량과 옹주가 철저하게 교신이 끊어지게 되고, 그 결과로 자신은 농서 전체를 차지할 수 있다고 생각할 것이오. 나는 토촉호군 진건을 이끌고 기산으로 가서 만일의 사태를 대비하겠지만, 등애장군은 천수군 상규에 주둔하여 상규를 지켜주시고, 옹주자사께서는 적도를 철통같이 수비해 주면서, 내가 돌아올 때까지 반드시 수비에만 임하도록 부탁을 드리오. 우리 위국이 지난 전쟁에서 농우의 조수(洮水)의 서부와 그 일대에 대한 영향력을 완전히 촉에게 빼앗겼기 때문에, 이것이 아군이 취할 수 있는 최상의 선택이외다."

정서장군 진태는 기산으로 떠나면서 옹주자사 왕경을 적도로 보내 철저하게 수비할 것을 명하여, 왕경이 이를 철저하게 이행하자, 강유는 적도에 도착한 후 적도성에서 꼼짝도 못하고, 수성에 임하는 왕경을 상대로 부질없이 시간만 허비하다가 마침내 전략을 수정하기로 한다.

강유는 전투에 참여한 5만의 군사를 하후패와 장익에게 각각 1만5천 명씩 분배하여 나누어주며 지시한다.

"병서에 '방비를 소홀히 한 틈을 타서 공격하고, 적이 예기치 못한 때를 타서 나아가라(功基無備 出基不意)'고 했소. 내가 왕경의 전초기지를 공격하여 왕경의 전초기지가 함락당할 위기에 임하면, 왕경은 어쩔 수 없이 적도를 지키는 군사를 이끌고 전초기지를 구하기 위해 출병할 것이오. 그때 두 장군께서는 각각 배분된 군사를 이끌고, 은밀히 왕경의 후미를 좌우로 돌아가서 기습전을 펼쳐 주십시오."

강유는 하후패와 장익에게 임무를 부여하고, 자신은 먼저 적도에 당도하여 조수를 배수진으로 치고, 병사들에게 자신의 강한 의지를 밝힌다.

"용사들이여. 나는 촉한의 운명이 걸린 이번 원정에서 나의 목숨을 바칠 각오를 하고 배수진을 쳤노라. 이제 우리가 물러설 땅은 없도다. 우리가 살길은 오직 혼신을 다해 적병과 싸워 이기는 것만이 우리가 사는 길이다. 그대들은 살기를 원하는가? 아니면 죽기를 원하는가? 살고자 하면 죽을 것이요, 죽고자 하면 살게 될 것이다. 모두가 합심하여 죽기를 각오하고 싸워서 살도록 하자!"

강유의 비장한 각오는 병사들의 가슴과 가슴에 강한 여운을 남긴다. 강유는 강변을 마치자 현장에 있던 모든 병사들이 창으로 땅바닥을 두드리며 소리 높여 함성을 지르니, 그 소리는 당장이라도 천지를 집어삼킬 듯 드높고, 드넓고도 보다 깊이 있게 퍼져나간다.

옹주자사 왕경이 이끌고 온 옹주의 7만의 기병과 보병의 대군이 강유의 진용을 마주하여 대치하고 있다가, 강유의 진용에서 외쳐대는 함성과 하늘과 땅바닥을 진동시키는 창끝 소리에 주눅이 들어, 그들은 완전히 사기가 저하된 듯 적막이 감돌기만 한다.

군사들에게 사기를 진작시키기 위한 시연을 끝낸 강유는 자신이 보유한 병력이 2만 명에 불과하다는 것을 왕경이 알게 되면, 그는 7만의 대군을 이끌고 전면전을 펼칠 것이라는 생각에 이르자, 수상개화(樹上開花)계책으로 실제의 병력이 주둔하는 것보다 많게 보이려고 위장된 군영을 세운다.

그리고 위장 깃발을 도처에 세우는 등 허장성세를 부려, 왕경이 정면으로 돌파하지 못하도록 하면서 최대한 시간을 끌어, 하후패와 장익이 옹주자사 왕경의 후미 좌우에서 기습전을 펼칠 때를 고대한다. 강유가 왕경의 군대를 조수에 잡아놓고 있을 때, 왕경은 2명의 아장에게 각각 진지를 책임지고 경계하여, 강유의 예기치 않은 공격에 적극적으로 대처할 것을 명하고 있었다.

며칠 후, 하후패와 장익의 군사들이 왕경의 후미에 당도한 것을 확인한 강유는 적도성을 공략하려던 군사들을 빼돌려 곧바로 적도성과 교각지세를 이루고 있는 왕경의 전초기지를 총공격한다. 강유의 거센 공격을 받은 왕경의 전초기지가 모두 함락될 위기에 빠지자, 왕경은 진태가 건넨 신신당부를 잊고 정병을 이끌어 전초기지를 구출하기 위해 출병한다.

왕경이 강유에게 온통 정신을 집중하고 있을 때, 몰래 산을 넘어 왕경의 후미로 이동한 하후패, 장익은 왕경이 군사를 이끌고 출병하자, 각각 병사를 이끌고 왕경의 후방을 급습한다. 이를 신호로 조수(洮水)의 서안에서 배수진을 의지하던 강유가 경기병을 이끌고 신속히 전방을 공략하고, 곧이어 강유의 보병 수만이 들이닥치자, 앞만 바라보고 대치하던 왕경의 진형은 완전히 붕괴되어, 왕경은 수많은 전사자를 뒤로하고 불과 기병 1백기를 이끌고 적도성으로 퇴각한다.

기산에서 적도를 향해 돌아온 위국 정서장군 진태는 왕경이 이미 대패했음을 알고, 상규의 인근에 주둔하며 적도성과 기각지세를 세우고 원병이 올 때까지 기다리다가 기회가 생기면 새로이 반격에 임하고자 한다. 위나라 대군이 붕괴되고 오직 1만여 명의 병사들만이 살아 돌아온 적도성은 적막이 감도는 가운데 처참한 패배의식만이 바닥에 흐르고 있었다.

사기가 하늘을 찌르게 된 강유는 승세를 몰아 농서군을 초토화시키고, 안정, 신평, 부풍군 등 옹주 대부분의 군현을 굴복시킨 다음, 적도성을 포위하기 시작한다.

이때 정서대장군 장익이 반대의사를 표명한다.

"아군은 신속히 왕경을 도모하기 위해 경무장으로 전투에 임하여 병장기와 군수물자가 풍족하지 못합니다. 그런데 적도를 포위하여 공성에 임하게 되면 많은 시간이 경과되는 관계로, 아군은 군량 및 군수품 보급에서 고통을 받을 수 있습니다. 지금은 적도성을 포위하여 공성에 임하는 것보다는 아군이 장악한 지역의 기반을 철저히 다지는 것이 더욱 중요하다고 여겨집니다."

"아군의 지금 기세대로라면, 시간이 오래가기 전에 적도성을 함락시킬 수 있습니다. 적도에는 패잔병 이외에는 방어군이 별로 없을 것입니다."

대승을 거둔 강유는 병법에서 가장 경계하는 교병(驕兵)에 스스로 빠져들었다. 강유는 주변의 반대를 뒤로 하고 적도성을 포위한다.

이때 위국의 정서장군 진태는 조수전투에서 패배했다는 사실을 조정에 알리고, 안서장군대행 등애에게 적도성을 구원하는 데 동참할 것을 청한다. 이에 등애가 정서장군 진태에게 긴급전서를 보낸다.

"장군, 왕경 옹주자사의 대군이 몰살하여 병력이 어림없이 부족하다면, 옹주자사에게 군대를 적도에서 물리도록 하고 대군을 집결시킨 후, 협공해서 강유를 공격하는 것이 어떻겠습니까?"

등애의 의견에 대해 진태가 반대의 뜻을 표명한다.

"아닙니다. 강유는 옹주의 병력이 거의 붕괴되었다고 생각하여, 적도성을 쉽게 함락시킬 수 있을 것으로 생각하고 공격했을 것입니다. 아군이 적도를 포기하면 농서 전 지역이 적병의 손아귀에 넘어가고, 이때 강유가 강족과 동맹하여 안정, 신평 등 4개 군과 연계하면 중원이 위태롭게 되오. 적도는 반드시 사수해야 하는 위수지인 만큼, 가급적이면 빨리 원병을 보내시기를 바랍니다. 다행히도 강유는 경병을 이끌고 속전속결을 택하였기 때문에, 공성에 충분한 중장비를 갖추지 못해서, 아직도 적도성을 함락시키지 못하고 팽팽히 대치하고 있을 것이오. 나도 빨리 적도로 진입하여 왕경장군을 지원하겠소. 빨리 왕경장군에게 전하여, 적도성 위에 허장성세로 허수아비를 세워놓고 군사로 위장하여 병기를 꽂아두게 하고, 밤에는 성곽 도처에 횃불을 밝히게 하면, 강유는 쉽게 성을 공격하지 못할 것입니다. 나는 축시(丑時)에 군사를 이끌고 강유의 포위망을 급습하겠습니다."

진태는 등애에게 속히 적도에서 합류하도록 청하고, 부풍군 진창과 천수군 상규를 경과하여 밤에 몰래 험준한 산맥의 고성령(高城嶺)을 넘어 적도의 동남쪽 산에 당도한 후, 축시(丑時)가 되어 강유의 촉군이 연전연승에 취해 모두 잠든 사이, 진태는 높은 산 위에서 수많은 봉화를 밝히며 위장성세를 하고, 북과 고동을 불며 함성을 지르면서 촉군의 군영을 갑작스럽게 기습하자, 강유가 구축한 적도성의 포위망이 크게 흔들리기 시작한다.

강유는 포위를 하고 있던 일부 군사를 빼돌려 진태의 공격을 막아내지만, 무방비 상태에서 갑자기 당한 기습이어서 크게 고전을 한다. 하후패가 포위망을 풀어 군사를 이끌고 강유와 협공을 하여, 겨우 급습해 오는 진태의 군사를 방어하게 된다. 강유는 군대를 정비하여 진태가 구축한 진지로 군사를 이끌고 쳐들어가지만, 이미 고지에 진을 차린 진태의 군대를 제압하지 못하고 아무런 소득이 없이 군영으로 돌아간다.

적도성 안의 위군들은 원병이 당도하자 사기가 진작되어, 장익이 구축한 포위망을 뚫기 위해 맹렬히 협공을 펼치면서, 양측이 치열하게 공방전을 펼치고 있을 때, 강유의 척후병이 강유에게 달려와 긴급한 정보를 전한다.

"지금 등애가 서량의 군사를 이끌고 금성에서 옥간판을 지나 적도를 향하고 있는데, 엄청난 수의 보병이 하늘을 뒤덮을 정도로 많은 기치를 세우고, 4~5천의 기병이 말을 달리는데 그 수효가 얼마나 많은지, 천지가 먼지로 자욱하여 뒤가 보이지 않을 정도입니다."

등애가 허장성세를 위해, 달리는 말꼬리에 짚단을 묶고 전속력으로 달리게 하여, 촉의 척후병이 속아 넘어가게 한 위계였다. 척후병들의 보고를 받은 강유는 등애의 서량군사와 옹주군사가 합류하여 이들 대군이 몰려오기 이전에 빨리 진태의 군사를 물리치고자, 본진의 기병을 이끌고 진태의 요새를 성급하게 공격하지만, 지형의 유리한 점을 선점한 진태의 요새를 쉽게 공략하지 못하여 애를 먹고, 왕경은 수시로 성문을 나와 적도성의 포위망을 흔들어 대는 바람에 하후패와 장익도 흔들리고 있는데, 척후병이 또다시 긴급히 척후 결과의 보고를 올린다.

"서량에서 등애가 상상할 수 없이 엄청난 대군을 이끌고, 옥간판을 지나 적도성 가까이에 당도하고 있습니다."

강유는 3갈래로 갈라져 있는 위군이 적도를 포위하여 공격하면, 적진에서 현군(懸軍)으로 고립될 것을 우려하여 철군을 결심한다. 이때 등애가 적도에 이르러 촉군들에게 공포심을 일으키기 위해 타초경사(打草驚蛇:주변을 두들겨서 상대에게 겁을 주어 압박함) 전략을 활용한 고도의 심리전을 펼친다. 등애가 군사들에게 적도의 근방에서 북, 고동, 징을 울리며 연주포를 터뜨리고 함성을 질러대게 하니, 땅이 흔들리고 하늘은 화염과 소음으로 뒤범벅이 되어 장관을 이룬다.

이때 진태가 적도성 안의 왕경과 교신하여 강유의 퇴로를 막아 협공을 취하려 하자, 강유는 깜짝 놀라 하후패와 장익에게 명을 전한다.

"장군들께서는 속히 철군하여 종제로 돌아가 집결하십시오. 나도 급히 적도의 남쪽 종제(鍾題)로 군사를 물리겠습니다."

강유는 하후패, 장익과 함께 종제로 회군하여 회동한 후,

척후병에게 적도의 현재 상황을 정확히 탐문하도록 지시한다.

"적도성에는 처음에 예상했던 병력의 반에도 못 미치는 병력만이 도착해 있을 뿐입니다."

척후병들의 보고를 받은 세 사람은 서로 얼굴만 바라보며 어이없다는 듯이 묻는다.

"어찌 된 일인가?" 척후병이 다시 말을 잇는다.

"성안에서 흘러나오는 정보에 의하면, 각각 병사들은 1인 3역을 맡아 전투병이 깃발도 들고, 북, 나발, 징 등을 하나씩 모두 소지하였으며, 거꾸로 취타수들은 본인이 소지한 악기 외에도 깃발과 창을 하나씩 소지하여, 필요한 시점에는 전투병도 되고, 취타수도 되고, 기치를 든 기수도 되는 등 이들은 한사람이 3가지 역을 맡아 연기를 했다고 합니다. 또한, 허장성세를 위해 허수아비를 만들어 병사로 위장했고, 허수아비들에게도 기치를 들렸고, 기병이 탄 말과 함께 기병이 타지 않은 말꼬리에도 짚단을 묶어, 전속력으로 달리게 하여 먼지를 자욱하게 일게 하는 전술을 썼다고 합니다."

세 사람은 허탈감에 빠져 서로를 마주 보더니, 강유는 진태와 등애, 왕경의 허장성세에 속아 옹주를 차지할 좋은 기회를 놓친 것을 한탄한다. 강유는 하후패, 장익과 함께 종제를 정비하여 주둔하고, 후주 유선에게 전황을 보고한다. 후주 유선은 강유가 토촉호군을 완파하고 조수전투에서 대승을 이룬 공적을 높이 평가하여, 강유에게 다시 대장군 직을 제수한다.

한편, 적도성에서 위기에 몰려 생사의 갈림길까지 이르렀던 왕경은 등애와 진태에게 무한한 감사를 표한다.

"적도성 안에는 식량이 이틀분도 남지 못했습니다. 장군들께서 때를 맞춰 구원을 오지 않았다면, 적도성을 빼앗기고 옹주를 통째로 강유에게 넘길 뻔했습니다."

적도를 위기에서 구한 위국 장수들은 서로 자위하면서 담론을 벌인다.

"강유는 위나라 장수들의 위력에 눌려 당분간 옹주로 침공하지 않을 것입니다."

등애가 이에 반론을 제기한다.

"아니외다. 강유는 다섯 가지 이유로 반드시 옹주를 다시 공략할 것입니다. 첫째, 강유는 왕경장군을 거의 함몰 직전까지 몰아넣어 승기를 타고 있고, 아군은 이루 말로 다 할 수 없을 만큼 피해가 너무 컸다는 것입니다.

둘째, 강유의 군사는 장기간에 걸쳐 원정에 대한 준비를 한 관계로 정예화가 되어있고, 병기 또한 아군보다 상상할 수 없을 정도로 예리하다는 사실입니다.

셋째, 촉병은 수로로 이동하고 아군은 육로로 행군하니, 촉군은 아군보다 피로도가 낮아 이일대로(以逸待勞)전략을 활용할 수 있다고 확신할 것입니다.

넷째, 촉군은 병력을 한군데 집중하여 공격하지만, 방어하는 아군은 촉병이 어디로 공격해올지를 몰라서, 반드시 지켜야 할 적도, 양무, 남안, 기산 네 곳으로 나누어 병력을 분산 시켜야 하는 약점이 있습니다.

다섯째, 종제에 주둔한 강유는 양곡이 부족한 탓에, 남안과 농서로 진출하면 강족의 협조를 얻어 군량을 보충할 수 있으며, 기산으로 가면 보리를 얻을 수 있으니, 옹주의 풍부한 곡식을 탈취하려고 반드시 옹주로 오게 되어있습니다."

등애는 앞으로 벌어질 것으로 예측되는 강유의 '제5차 북벌'에 대비하여 기산에 방비책을 세울 것을 강력히 주장한다. 진태는 등애의 이와 같은 치밀한 상황대처 인식에 크게 안심을 하고, 무너진 적도의 성벽을 보수한 후 옹주의 치소인 상규로 돌아간다.

4) 제5차 북벌에 임하여 강유는 단곡에서 참패하다

농서의 조수전투에서 대승하여 대장군에 오른 강유는 적도에서 철군하여 1년 가까이 종제에서 군사를 배가시키고 있었으나, 수만의 병사들이 종제에서 주둔하기에는 양곡이 터무니없이 부족했다. 강유는 군사를 재정비시킨 후, 부족한 식량을 보충하기 위해 256년(정원3년) 봄, 옹주로 다시 진출하기 위한 '제5차 북벌' 계획을 세운다.

이때 영사 번건과 하후패가 강유에게 진언을 한다.

"장군, 계속되는 전쟁으로 인해 국력은 소진이 되고, 백성들의 삶은 점점 피폐해져 가고 있습니다. 이제는 국가의 산업을 진흥시킨 이후 때를 보아 북벌에 임해야 할 때입니다."

"지난 조수전투에서 우리는 위국에게 큰 타격을 입혀, 변방 농우에서 위국의 지배력은 형편없이 추락하였습니다. 쇠뿔도 단숨에 빼라는 말이 있습니다. 이러한 때에 농우 4군을 뒤흔들면, 농우 4군을 촉국의 영향권으로 확실히 들어오게 할 수 있습니다. 지난 전투에서 아군이 승리할 수 있는 최종단계에서 아쉽게도 철수하여 지금 종제에 주둔하고 있는데, 종제는 식량을 확보하기에 너무도 어려움이 많은 지역입니다. 우리가 기산을 점령하여 확실하게 보리 생산기지를 얻고, 적의 전진기지를 확보하는 것이 부국강병에도 큰 도움이 될 것입니다.

지엽적인 문제로 돌아가면 위국은 옹,양주 총사령관이 바뀌어, 지역 방어망에 대한 인수인계가 아직 마무리되지 않은 관계로 농우지역이 어수선합니다. 이때를 놓쳐서는 촉국이 국력을 신장시킬 기회를 쉽게 얻지 못할 것입니다."

강유는 주변의 반대를 물리치고 종제에서 남동쪽에 있는 위시를 경유하여 기산으로 출병하고자 한다.

이 당시는 위국 총사령관으로 진태 대신에 사마망이 정서장군 겸 지절, 도독으로 부임하였고, 등애는 안서장군 겸 領호동강교위에 임명되어 농서의 방어를 총괄하고 있었다.

강유가 우여곡절 끝에 기산으로 당도하여보니, 기산에는 이미 오래전부터 안서장군 겸 領호동강교위 등애가 9개의 영채를 세워놓고 대비하고 있었다.

"하후패장군의 말대로 등애는 과연 지형의 유리함을 전술에 활용할 수 있는 당대 몇이 안 되는 명장이로다."

강유는 등애의 지형전술에 감탄하며, 곧바로 무공산을 통과해 동정으로 들어가서 남안으로 진격하고자 수하의 아문장에게 명한다.

"등애가 지형지물을 활용하여 완벽한 방비망을 구축하여, 아군이 기산으로 진출하기는 어렵게 되어있노라. 아군이 일시에 기산을 빠져나가면, 등애는 우리의 다음 목표를 미리 감지할 것이다. 등애의 눈을 가리기 위해 아문장은 이곳에서 계속 주둔하면서, 군사들이 떠난 군막을 치우지 말고 밥솥을 그대로 두어 밥을 짓는 연기가 계속 굴뚝으로 퍼져나가도록 유지하라. 그리고 대장군 강유의 깃발을 그대로 높이 세워, 마치 대장군이 이곳에서 주둔하고 있는 듯이 위장하라. 병사들에게는 수시로 군막을 이리저리 바삐 옮겨 다니게 함으로써, 대군이 계속 주둔해 있는 것으로 착각하게 유도하라."

강유는 다시 중감군 겸 진서대장군 호제를 불러 자신의 구상을 밝힌다.

"내가 농우군의 심장이랄 수 있는 기산을 도모하지 않고, 큰 실익이 없는 남안으로 가려고 하는 이유를 장군은 아실 것이오. 나는 등애의 주력군대를 남안에서 붙잡아 놓고, 장군을 별동대장으로 삼아 기산을 기습공격하게 하려는 것이외다. 나의 본대와 별동대를 분리하여 별동대가 농우를 공략하게 되면, 그 순간부터 본대와 별동대는 서로 교신을 통할 수 없게 되기 때문에, 독자적으로 전략을 세우고 현장에서 임기응변을 구사할 수 있는 장군에게 별동대장을 맡기고자 하는 것이니, 장군께서는 임무를 정확히 숙지하여 한달 후에는 상규에서 합류하기로 합시다."

강유는 호제에게 기산 방면으로 가서 목문을 통해 상규로 진출하도록 명하고, 자신은 석영에서 북상하여 동정을 거쳐 남안으로 진출하고자 한다.

이때 등애는 촉군이 부산하게 군막 안을 이리저리 이동하면서도 정작 싸움을 걸어오지 않자, 촉군의 군영이 내려다보이는 고지에 올라 촉군의 움직임을 면밀히 관찰하더니 아문장들을 소집한다.

"아문장들은 현 위치를 철저히 방어하고, 등충과 장전교위 사찬은 군사 1만을 이끌고 무공산으로 가서 미리 요새지를 점거하여, 강유가 남안으로 빠져나가지 못하도록 철저히 대비를 시켜라."

등애의 명을 받은 아들 등충과 장전교위 사찬은 강유가 무공산에 도착하기 전에 서둘러 이동하여, 비밀리에 암행잠입을 시도한 강유보다 먼저 무공산에서 요새를 구축하고 강유를 기다린다. 강유가 험한 산의 협로를 지나 무공산에 당도하였을 때, 이미 위병이 요새지를 점거하고 진을 친 것을 보고는 무공산의 요새지를 차지한 등충과 탐색전을 벌이고자 하후패와 논의한다.

"무공산 협로를 가로막고 지키는 장수들은 필경 이름난 장수는 아닌 듯합니다. 나는 저들을 유인하여 계곡으로 끌어내릴 테니, 그 사이에 장군께서는 요새지를 탈환하도록 도와주십시오."

"무공산은 쉽게 공략할 수 있는 지형이 아닙니다. 장군은 빨리 방향을 돌려 새로운 전략을 세워야 할 것입니다."

무명의 장수 등충의 뒤에서는 등애가 버티고 있다는 것을 간과한 강유는 하후패의 조언에도 불구하고 끝까지 자신의 구상을 관철시키려고 한다.

"장군, 내가 병사들을 이끌고 적의 군영을 공격해 올라가다가 어느 순간에 공격을 멈추고, 허점을 보이기 위해 짐짓 무방비 상태로 군사를 회군시키겠습니다. 그때 적병이 아군의 허점을 노리고 추격해 오면, 나는 장군께서 병사를 매복시킨 곳으로 유인하고, 우리 병사들이 방향을 돌려 공격으로 전환할 때, 장군께서 함께 협공을 가하도록 합시다."

강유는 군사를 이끌고 수차례에 걸쳐 등충을 공략하다가, 일부러 허점을 드러내고 군사를 물리지만, 등충과 사찬은 강유의 용병에 일절 대응하지 않는다. 강유의 군사는 수차례에 걸친 공격을 끝내고 짐짓 무방비 상태로 회군하기를 7-8회 하면서, 등충을 공격하다가 무방비 상태로 돌아가는 것이 의례적인 습관이 되어 버렸을 때, 등충과 사찬이 기습적으로 강유의 군사들에게 역격을 가한다.

등애가 등충과 사찬에게 지시한 만천과해(瞞天過海:눈에 익숙하게 하여 방심하게 함) 계책이 성공하는 순간이다. 강유는 방심하던 상태에서 갑자기 기습공격을 당하니 어떤 행동을 취해야 할지를 망각하여, 강유의 군사들은 속수무책으로 무너져 내린다. 이들이 한참을 후퇴하다가 방비태세를 겨우 갖추었을 때는 강유의 움직임을 예의주시하면서 무공산으로 이동 중이던 등애가 등충의 군사들과 합류하여 협공을 가한다. 여러 차례 회군하다가 의례적인 습관이 배어 방심하던 탓에 위기에 처하게 된 강유는 무공산에서 급히 철군한다.

강유는 등충을 격파하고 무공산을 넘어 상규로 가려던 계획을 이행할 수 없게 되자 이 계획을 수정하여, 야밤에 위수를 도강하고 험한 산과 계곡을 따라 동으로 진군하여 상규 북쪽 산의 정상에 보루를 세운 후, 상규를 공격할 태세를 갖추고 진서장군 호제가 도착하여 합류할 때를 기다린다.

이때 상규에 있는 위국의 아문장들은 등애가 강유의 주력군을 상대하려고 무공산으로 이동하여 부재중인 상태에서도 철벽같은 방비태세를 갖추고 있었다. 이로 인해 진서장군 호제는 기산을 통과하지 못하고, 위나라 정촉장군 진건과 기산 중턱에서 장기간 대치하고 있었다. 강유는 진서장군 호제와 합류하기를 눈이 빠지게 기다리나, 호제가 약속날짜가 한참 지나도 오지 않는데 식량은 고갈되어 가고, 설상가상으로 등애는 무공산에서 강유의 행적을 좇아 상규로 접근해 오자, 강유는 퇴로가 막힐 것을 우려하여 철군을 결심한다.

강유는 척후병에게 상규에서 기산으로 통하는 주도로인 목문곡(木門谷)의 경비상태를 탐문하도록 지시한다.

얼마 후, 목문곡의 탐문을 마친 척후병이 목문곡(木門谷)의 경비상태가 삼엄함을 보고하자, 강유는 철군 경로를 단곡(段谷)으로 정하고 야밤에 단곡으로 들어선다. 차가운 한기를 맞으며 노상에서 잠을 자고, 이른 새벽에는 계곡에 널려있는 바위에 여기저기 부딪히면서 단곡을 따라 기산의 길로 내려오는 도중, 등애가 군사를 이끌고 나타나서 단곡의 앞길을 막고, 강유를 앞뒤로 포위하여 협공을 취하기 시작한다.

　계곡에서의 전투는 대평원에서의 전투와는 달라 소수의 병력이라고 싸움에서 불리할 일은 없지만, 강유의 군사들은 수일간 계속된 철야행군과 혹독한 기갈로 인해 심신이 지쳐있었던 탓에 제대로 된 전투를 벌일 수가 없었다.

　대혈전이 벌어지는 가운데 강유는 병사들에게 알아서 퇴각하라는 명령을 내리고, 산기슭 오솔길로 빠져나가 우여곡절 끝에 간신히 종제로 되돌아온다. 이 단곡전투에서 강유는 유능한 장수 10여 명을 잃는 채, 수천의 병사들이 목숨을 잃는 대참패를 겪고 성도로 돌아가게 된다.

　제5차 북벌에서 대패한 강유는 스스로 관직을 후장군으로 내리기를 주청하여, 유선은 강유의 주청을 받아들였으나 대신, 行大將軍事(大將軍事)로 삼아 대장군 역할은 그대로 인정함으로써, 북벌의 실패에도 불구하고 북벌을 향한 촉한의 강한 의지에는 계속적으로 의미를 부여한다.

17.
동오 손침의 권력 투쟁

17. 동오 손침의 권력 투쟁

촉한에서 대장군 강유가 온갖 어려움을 겪으면서도 지속적으로 북벌을 강행하고 있을 때, 동오에서는 손준이 반대파 관료를 마음대로 숙청하고 궁녀를 멋대로 희롱하는 등 황제를 능멸하여 천하의 공분을 사면서도, 자신의 입지를 장기적으로 유지하기 위한 구상에 몰입한다.

이때 손준에게 투항하여 진북대장군이 된 문흠이 손준의 의중을 간파하고 손준에게 한 가지 제안을 올린다.

"지금 옹주에서는 강유가 '제5차 북벌'을 일으켜서 위국은 병력을 관서로 집중시켜, 사마씨는 전과 달리 회남으로 병력을 총집결할 수 없게 되어있습니다. 이 기회를 놓치지 말고 청주, 서주를 정벌할 계획을 세워 보십시오. 그동안의 위국에 대한 공략이 무의미하게 끝난 것은 오직 천혜의 요새 합비와 수춘으로 통하는 진격로만을 고집했기 때문인데, 이번에는 진격로를 동쪽으로 바꿔 서주를 거쳐 청주로 진입하는 새로운 전략을 세워 보는 것이 어떻겠습니까? 소장이 이쪽 지역의 전문가로서 위군의 취약지구와 허점을 잘 알고 있습니다."

"장군의 제의는 정말 절묘한 시기를 택한 것 같소. 거기장군 유찬, 진남장군 주이, 전장군 당자, 표기장군 여거와 함께 강도에서 회수와 사수를 도강하여, 궁극적으로 청주와 서주를 취할 계획을 수립해 보도록 합시다."

손준은 진북대장군 문흠의 건의를 받아들여 청주, 서주를 정벌할 계획을 실행에 옮기고, 등윤과 함께 석두에서 정벌군의 출정식에 참여하여 열병식을 사열한다.

여러 장군의 부대가 사열을 끝내고 표기장군 여거 부대의 열병식이 벌어지는데, 동오 최고의 정예부대라는 말이 명불허전의 전형인 듯 일사불란한 군사들의 지휘체계는 놀랄만했다. 표기장군 여거의 구령에 따라 한치의 오차도 없이 움직이는 군사들은 의연함과 당당함, 그리고 날카로움을 지녀, 보는 사람의 간담을 서늘하게 만들고 있었다. 표기장군 여거를 너무도 증오하며 경계하고 있던 손준은 표기장군 여거 부대의 열병식을 넋 놓고 바라보다가 잠시 깊은 생각에 잠긴다.

'말로만 듣던 표기장군 여거 군단의 정예화가 이 정도라고 하면, 전장에서 엄청난 전공을 세울 것은 뻔한 이치이고, 그 이후 돌아오게 되면 나의 입지는 더욱 줄어들게 될 것이다. 그렇다면 어떻게 여거를 상대할 수 있겠는가? 나는 도저히 그를 상대할 힘이 없도다.'

이런 생각에 미치자 손준은 출정식을 끝내기도 전에 두통을 호소하며 열병식장을 빠져나간다. 이로써 원대한 포부를 가지고 시작한 손준의 중원정벌 계획은 말 그대로 용두사미로 끝나고 만다.

손준이 출정식에서 발병한 두통은 고질로 발전하여, 256년 (오봉3년) 9월14일에 이르러 손준은 후사를 사촌동생 손침에게 부탁하고 세상을 떠난다.

손침은 시중 겸 무위장군이 되어 중앙과 지방의 모든 군사 문제를 총괄한다. 이에 아무런 공적도 없이 최고의 권력을 이어받은 손침에게 불만을 가진 여거, 문흠, 당자 등이 오주 손량에게 표문을 올린다.

"폐하, 손준과 손침 형제는 황족이라는 입지를 활용해 국정을 마음대로 농단했을 뿐만 아니라, 백성들을 겁박하여 말로 표현할 수 없는 착취를 일삼은 인간입니다. 손준은 자신의 기호대로 국정을 움직이고 인사를 단행하며, 황제 폐하의 여자들과 함부로 사통하는 등 폐하의 권위를 무시하였습니다. 이러한 처사를 벌인 손준 못지않게 손침 또한 백성들로부터 배척을 받는 인물로서, 그에게 내정과 군사를 모두 맡기게 되면 오국은 파멸의 길로 이르게 될 것입니다. 신 등이 청하옵건데, 시중의 자리는 물려주고 물려받는 세습직이 아니오니, 시중이라는 제도를 없애고 승상 제도를 만들어, 고밀후 태상 등윤을 승상으로 임명하고 전권을 행사하게 하시어, 국가가 안정되고 백성이 평안하게 되는 방향을 취하시기를 청합니다."

조정의 중신들이 자신에 대한 반기를 들자, 손침은 이에 저항하여 손량에게 새로이 표문을 올린다.

"표기장군 여거와 그의 주변에 있는 장군들은 여거를 중심으로 불손한 생각을 지니고 있습니다. 대장군 손준이 병을 얻은 것도 이들의 움직임에 신경을 곤두세우다가 병환이 깊어지게 되었던 것입니다. 마침 대사마 여대 어른께서 96세의 천수를 누리시고 세상을 떠나셨으니, 등윤을 대사마로 임명하여 무창에 주둔하게 하시어, 이들이 한군데 모여서 작당하지 못하도록 하시옵소서. 이들이 향후 불손한 일을 꾸미지 못하도록 경계하셔야 황실이 무고할 것입니다."

손침은 자신이 황제의 가까이에서 있는 입지를 활용하여 황제를 겁박하자, 손량은 손침의 뜻을 꺾을 수 없어 등윤에게 조칙을 내린다.

"태상 등윤을 대사마로 제수하니, 대사마는 명을 받들어 수일 내로 제2의 수도 무창으로 떠나라."

손침은 등윤에게 예를 갖추는 요식을 취하면서, 등윤을 천자에게서 멀리 떨어뜨리는 묘수를 던진다.

이를 계략이라고 여긴 여거는 손침의 처세를 참지 못하여 등윤에게 전서를 보낸다.

"우리 명문가의 후손들이 지금까지 형편없이 가소롭게 여겨온 손침이 이제는 태상과 어른들을 마음대로 휘두르고 있습니다. 이를 방치하면 조정에서 망나니가 되어 국정을 마구 농단할 것입니다. 내가 군사를 일으켜 손침을 조정에서 몰아낼 테니, 태상께서 나와 함께 동참하시면, 나는 태상의 정치적 인망을 합하여 조정을 바로 잡으려고 합니다."

등윤은 표기장군 여거의 전서를 보고 손침을 제거할 것을 결심하여 여거에게 동참할 뜻을 전한다. 이를 알게 된 손침이 자신의 식객들과 사촌형 손려, 좌장군 화융, 중서승 정안을 불러들여 대책을 강구한다.

"작금 여거가 문흠, 당자 등과 함께 등윤을 포섭하여 정변을 일으키려 하오. 이들의 역모를 초장에 박살을 낼 전략을 찾아봅시다."

"표기장군 여거의 군사력과 대사마 등윤의 정치력이 결합하면, 시중께서는 이들을 결코 이겨낼 수 없으니, 이들을 분산시키는 계책을 먼저 구사해야 할 것입니다. 그러려면 여거가 군사를 이끌고 수도 건업으로 오기 전에 여거를 도모하고, 등윤이 천자를 알현하지 못하도록 가택연금을 취해야 할 것입니다. 마침 여거는 지난번 무산된 북벌 당시의 병력을 강도에 집결시키고 있어, 그가 군사를 몰고 건업까지 오려면 최소 아흐레는 족히 소요될 것입니다. 등윤에게는 혼수모어(混水模漁) 전략을 펼쳐 등윤이 정세를 정확히 인지하지 못하고 혼돈하도록 만들어서, 여거와 등윤이 합류하기 이전에 이들을 제거해 버리셔야 합니다. 지금 여거에게 붙어 함께 움직이는 문흠과 당자는 위에서 투항한 장수 출신이라는 약점 때문에 기회를 보는 것이니, 그들에게 실익과 당근을 제공하면 그들은 곧바로 시중에게로 올 것입니다."

손침은 회의를 끝내고 손려에게 문흠과 당자를 금은보화와 고위 관직으로 설득하여, 그들과 함께 여거가 강도에서 군사를 이끌고 들어오는 길목을 막도록 지침을 내리고, 좌장군 화융, 중서승 정안을 등윤에게로 보낸다.

"표기장군 여거가 정변을 일으켰으니 역모에 휘말리지 않으시려면, 빨리 무창으로 떠나시라는 시중의 명이 있어 방문하였습니다."

등윤은 정세를 잘못 읽고 일생일대의 큰 패착을 둔다.

'오국 최강의 정예군을 이끄는 여거장군이 강도로 내려간 지 이미 오랜 시간이 지났고, 민심은 이미 손침을 떠났으니 내가 휘하의 장수와 사병을 끌어모아 버티면서, 황제에게 손침의 역모를 고변하면 얼마든지 손침을 쉽게 격파할 수 있을 것이다.'

등윤은 생각이 여기에 미치자 화융과 정안을 체포하여 억류한 다음, 오국 황제 손량에게 손침이 반란을 획책했다고 보고를 올린다. 이때, 등윤이 자신의 계략에 빠져 무리수를 두도록 유도했던 손침은 때를 놓치지 않고 손량에게 역 고변을 올린다.

"태상 등윤이 표기장군 여거가 일으키는 모반에 가담했습니다. 폐하께서는 태상 등윤을 폐하시고 유승에게 토벌군대장 작위를 주고, 그로 하여금 등윤을 체포하도록 명하여 주시기를 주청 드립니다."

손량이 손침의 주청을 받아들여 유승에게 토벌군대장의 작위를 주자, 유승은 토벌군을 이끌고 등윤의 자택을 겹겹이 포위한다. 손침은 사태수습의 우선순위가 등윤에 대한 대처보다는 여거가 병사를 이끌고 건업으로 출병하는 것을 저지하는 것임을 인식하고 있었기에, 당대 동오의 최고 명장인 정봉을 끌어들이려고 오주 손량을 설득하기 시작한다.

"폐하, 정변을 일으킨 자가 정변을 일으킨 후에는 반드시 피바람을 일으키게 되어있습니다. 여거의 군사정변을 막을 수 있는 장수는 정봉이 유일합니다. 폐하께서 정봉장군에게 여거의 정변을 제압하도록 설득하여 주셔야 사태가 수습될 수 있습니다."

손량이 정봉을 궁으로 불러들여 여거가 벌이는 군사행동을 제지하도록 요청한다. 손량의 간청을 받은 정봉이 앞장서서 4명의 장수를 동원하여, 이들로 하여금 네 방면으로 출동하여 여거의 군대를 포위하자, 여거는 졸지에 반군의 수괴가 되어 수세에 몰리는 형국이 된다. 이에 여거의 부장들이 여거에게 긴급히 대책을 주문한다.

"장군, 강도의 동쪽에 있는 당자의 포위망이 느슨합니다. 그곳을 격파하여 포위망을 뚫고 위로 투항하십시오."

여거는 부장들의 건의를 일거에 묵살한다.

"나는 오국 개국공신인 대사마 자형(여범의 호)의 아들이다. 내가 혼자 살겠다고 어찌 조국을 버리고 적국 위나라로 투항하겠는가? 나는 이 이상 같은 동오의 군사끼리 피를 흘리며 싸워, 나라가 분열되는 것을 방치할 수는 없도다. 오로지 손가의 전횡을 막기 위해 거병을 했다가 패하였으니, 선조와 역사에 부끄럽지 않게 자결로써 생을 마감하겠노라."

　개국공신 여범의 아들 여거가 우국충정으로 의연하게 자결할 즈음, 등윤은 사병들에게 전투태세를 지시하고 여거가 오면 함께 손침을 격파할 구상을 하고 기다린다. 항간에서는 등윤이 창룡문을 나서는 즉시 의식이 있는 장수들이 등윤의 뒤를 따를 것이라 말할 정도로 등윤은 세간의 인망을 얻고 있었다. 그러나 세상의 인심은 뜻대로 되지를 않아, 세력을 잃은 자는 인심까지도 잃는 법이리라. 강도에서 여거의 군사적 행위를 제압한 손침은 대규모 병사를 이끌고, 등윤의 저택을 공격하여 등윤의 수하장수 수십명을 참살하고 등윤과 여거의 삼족을 멸하고 사태를 마무리한다.

18.
제갈탄의 수춘성 의거와 강유의 제6차 북벌

18. 제갈탄의 수춘성 의거와 강유의 제6차 북벌

위국에서는 사마사의 뒤를 이은 사마소가 대장군, 시중, 도독중외군사, 녹상서사를 계승한 후, 더욱 세력을 확충하여 황제로부터 황금부월을 받고, 조정에 들어와서는 종종걸음을 걷지 않고(入朝不錘), 입조할 때 이름, 관직을 말하지 않으며(關粲不名), 검을 차고 신을 신은 채로 전상에 오르는(劍履上殿)의 특권을 받는다.

사마소는 사마사보다 더욱 국정의 전횡이 심하여 궁궐에 출입할 때에도 무사 3천명으로 앞뒤를 호위하고, 국정의 대소사를 황제에게 알리지 않고 임의로 처리하는 일이 잦아진다. 이로 인해 천하의 민심이 사마소의 일거수일투족에 깊은 관심을 보이게 된다.

그러던 중 256년(감로 원년) 8월, 위국 조정은 손준이 기획했던 서주, 청주 정벌을 무위로 막아낸 제갈탄에게 정동대장군 겸 고평후를 제수했는데 그해 겨울, 동오에서 대군이 서알로 공격해올 예정이라는 정보가 들어오자, 제갈탄은 조정에 긴급히 표문을 올린다.

"동오에서 대군을 이끌고 대대적으로 서알을 공략할 준비를 마쳤다고 합니다. 소장이 이를 대적할 계획은 세웠으나,

이들을 상대하기에는 병마가 어림없이 부족할 것으로 여겨집니다. 신에게 10만의 병사와 적당한 병마를 지원해 주시면, 수춘을 철벽같이 수비하고, 회수에 새로이 성을 쌓아 동오의 침략을 무산시키겠습니다."

제갈탄의 주청을 접한 사마소는 측근들을 불러들여 회남의 문제를 거론한다.

"내 생각으로 제갈장군은 자신이 이끄는 수춘의 병력으로도 얼마든지 동오의 침공을 막아낼 수 있다고 생각하는데, 제갈장군은 그에 만족하지 않고 오히려 병마를 증원해 주기를 청하니, 이에 대해 여러분은 어떻게 생각하시오?"

이때 그동안 제갈탄을 시샘하던 몇몇이 제갈탄을 모함하여 말한다.

"제갈 장군은 이전부터 자신과 가까운 하후현, 등양 등을 제거한 승상 사마소가 언제인가는 자기에게도 위해를 가할 것이라고 했답니다. 그래서 그전에도 측근들에게 승상이 자신에게 위해를 가할 것을 대비하여 회남의 일대에서 민심을 모으고, 병마를 키우며, 군량을 비축하려고 한다고 했답니다. 이런 여러 가지 정황을 보면서 판단하셔야지, 제갈 장군이 군비를 요구한다고 무턱대고 그의 요구를 액면 그대로 받아들여서는 아니 됩니다."

사마소가 어이없다는 듯이 말한다.

"그럴 리가 있겠는가?"

이때 사마소의 심복 가충이 건의를 올린다.

"승상께서 변방 4정의 대장군들을 위로한다는 명분으로 칙사들을 각 장군에게 파견하십시오, 소장은 수춘으로 가는 칙사가 되어 제갈탄의 의중을 떠보겠습니다."

그동안 제갈탄의 움직임을 예의 주시하던 사마소는 심복 가충의 건의를 받아들여 제갈탄의 심중을 정확히 관찰하도록 지시한다. 가충은 정동대장군 제갈탄을 만나 사마소가 전하는 위로의 인사를 올리고 제갈탄의 경계심을 풀게 한 후, 은밀하게 자신의 뜻을 밝힌다.

"천하의 사람들이 현재의 천자께서 위약하여 천하가 혼란에서 벗어나지 못하고 있다고들 하며, 강력한 힘을 지닌 자가 천자가 되어 천하를 다스려야 안정이 이룩될 것이라고 합니다. 참으로 안타까운 일입니다. 천하가 새로운 시대가 열릴 것을 바라고 있는 것에 대해, 제갈탄 정동대장군께서는 어떻게 생각하십니까?"

"천하의 사람이라고 하는데, 천하의 사람이 누구를 가리키는 말입니까? 공려(가충의 자)는 가예주(가규의 호)의 자제로서 대대로 조위의 은혜를 입었거늘, 어찌 종묘사직이 타성에게 넘어간다는 망언을 하시오. 만약 낙양에서 난이 일어난다면, 나는 마땅히 조위를 위해 죽음을 마다하지 않을 것이오."

제갈탄이 분에 겨워 격하게 성토하자, 가충은 아무런 말도 하지 못하고 낙양으로 돌아와서 사마소에게 그대로 보고한다.

"제갈탄은 이미 회남에서 선정을 베풀어 백성들이 무조건 따르고 있습니다. 어차피 제갈탄을 도모해야 한다면, 사전에 싹을 잘라야 큰 화를 사전에 방비해야 할 것입니다. 그렇지 않고 선수를 빼앗기면 지금보다도 더욱 큰 화를 자초하게 될 것입니다."

가충의 보고를 접한 사마소는 곧바로 남양주자사 악침에게 밀서를 보낸다.

"조만간 정동대장군 제갈탄의 병마를 자사에게 인도할 예정이니, 자사는 제갈탄의 움직임을 예의 주시하여 하나도 빠뜨리지 말고 나에게 보고하도록 하라."

사마소는 악침에게 제갈탄의 병마를 넘겨준다는 약조를 통해 제갈탄과의 사이에서 이간책을 펼치고, 악침이 제갈탄에게 합류하지 못하도록 작업한 후, 위제 조모에게는 제갈탄을 승진시켜 낙양로 끌어들이게 하는 계책으로, 병권을 빼앗기지 않으려는 제갈탄이 어쩔 수 없이 황명을 어기게끔 유도하는 전략을 펼친다.

"폐하, 정동대장군 제갈탄은 오랜 기간 회남을 성공적으로 방비하여, 그 공적이 말로는 다 할 수 없을 정도로 지대합니다. 폐하께서 이 공적을 치하하여 제갈탄을 사공으로 임명하여 조정으로 불러들이고, 회남의 병력을 악침에게 넘기도록 윤허해 주시옵소서."

위제 조모는 제갈탄이 조정으로 돌아오면 의지할 대신이

생기리라는 기대에 들떠 즉시 제갈탄과 악침에게 칙서를 내린다. 조모의 칙서를 받은 제갈탄은 양주자사 악침의 의도를 살피기 위해 정예기병 1천을 거느리고 악침을 찾아간다.

제갈탄이 성 앞의 조교(弔橋)에 이르러 남문을 바라보니, 남문은 굳게 닫혀 있고 조교는 일찌감치 올려져 있다. 제갈탄은 이미 악침이 사마소의 회유에 넘어간 것을 확인하고는 성문을 지키는 수문장에게 고함을 지른다.

"정동대장군 제갈탄이 예 왔노라. 당장 성문을 열어라. 너희는 나와 10여 년 동거동락을 함께 하며 회남을 지켜온 전사들이다. 오늘에 이르러 양주자사 악침이 출세에 눈이 어두워져, 오랜 동지를 버리는 사태가 제대로 된 처사라고 생각하느냐? 빨리 조교를 내리고 성문을 열지 않으면, 단숨에 성을 무너뜨리고 너희들을 모두 해자 속으로 처넣어버리겠노라"

성안의 장수들과 수문장 이하 성문을 지키는 병사들은 모두 제갈탄이 육성해온 무사들이었다. 제갈탄의 분노에 넘친 고함소리에 깜짝 놀라 잠시 웅성거리더니, 수문장은 병사들에게 조교를 내리고 성문을 열도록 명한다.

제갈탄은 정예기병 1천을 이끌고 전속력으로 성문을 돌파하여 악침을 향해 돌진한다. 악침은 수문장이 성문을 열어주는 바람에 제갈탄이 성안에 진입했다는 보고를 받고, 급히 몸을 피해 성루로 올라간다. 제갈탄은 성루로 도피한 악침을 향해 소리를 지른다.

"너의 선친 악문겸(악진의 호)은 오자양장(五子良將:촉한의 오호대장군, 동오의 강동십이호신에 대비되는 위의 장료, 악진, 우금, 장합, 서황의 5장군)으로 대대로 위무제의 총애를 받아 우장군까지 오르는 덕에 오늘의 네가 있게 되었는데, 어찌하여 조위를 능멸하는 사마소의 농간에 놀아나 은혜를 악으로 갚으려 하느냐?"

제갈탄은 악침이 대꾸도 하기 전에 악침의 목을 내리치고, 악침의 군영에 있던 병사를 흡수하여, 회남과 회북에서 둔전하고 있는 10만의 군사와 남양주에서 차출한 신병 5만과 함께 양곡 1년 치를 비축하고, 사마소의 공격에 대비하여 수춘성으로 들어가서 철저한 수성에 돌입한다.

257년(감로2년) 5월에 이르러, 사마소와 대적할 힘을 충분히 비축했다고 생각한 제갈탄은 수춘에서 15만의 대군을 일으켜, 천하의 사람들에게 의거를 일으켰음을 공표하고 조모에게 표문을 올려 의거의 당위성을 표명한다.

"신 제갈탄, 폐하께 감히 아뢰옵니다. 신은 전한의 사례교위 제갈풍의 후손으로 촉한의 제갈량과 제갈균의 형인 동오의 제갈근의 종제(사촌동생)로서 위문제에게 발탁되어 상서랑으로 관직을 시작한 이래, 오로지 대위(代魏)만을 위해 혼신을 다해 충성해 왔습니다. 폐하께서 그 공을 높이 치하해 주셔서 정동대장군으로 임명하시어, 신은 회남의 방비를 위해 온갖 정성을 다하는 등 보국에 힘쓰고 있었습니다. 하오나 최근 국정을 함부로 농단하고 백성을 도탄에 빠뜨리고 있는 역적 사마소가 당치도 않는 이유로 신을 핍박하여, 신은 어쩔 수 없이 역도의 무리에 항거하여 정의의 창칼을 높이 들게 되었습니다. 이 칼날은 폐하를 향한 것이 아닌 만큼, 폐하께서는 소신의 입지를 헤아려 마음속으로 깊이 격려해 주시기를 바랍니다."

제갈탄은 조모에게 표문을 올리고 난 후, 장사(長史) 오강을 동오의 손량에게 보내면서 아들 제갈정 등을 볼모로 보내며 지원을 요청한다.

"신은 역적 사마소를 천하에서 몰아내기 위해 전쟁을 선포했습니다. 오국 폐하께 감히 지원을 간청하옵니다. 그 징표로 신의 아들 제갈정을 오국에 볼모로 보내오니, 신의 진실된 마음을 받아들이시고 신에게 가능하신 대로 지원해 주시기를 간청합니다."

오국 황제 손량은 제갈탄을 표기장군 겸 대사도 겸 청주목 겸 좌도호 겸 수춘후로 봉하고, 가절을 내리는 동시에 손침에게 제갈탄을 지원하도록 지시한다. 이에 손침은 문흠, 전단, 전역, 당자, 주이, 왕조 등에게 7만의 원군을 보내어 여강으로 파견한다.

제갈탄이 사마소를 대적하기 위하여 부산스레 내정을 든든히 하고, 외교적으로는 동오와 군사적 협조를 기할 때, 사마소는 종회, 왕기, 진건, 석포, 배수, 주태(州泰:오국 주태와는 다름) 등에게 병마를 총집결시키게 하고 26만의 병력을 동원하여 수춘으로 출격한다. 이때 종회가 사마소에게 긴급히 제안을 올린다.

"주군께서는 중요한 하나의 핵심을 간과하고 계십니다."

"내가 무엇을 간과하고 있다는 말인가?"

"주군께서 비록 선친과 형님의 기업을 물려받으시어 든든한 기반을 갖추고 계시지만, 천하의 모든 사람들이 주군을 따르는 것은 아닙니다. 주군께서 제갈탄의 반란을 진압하기 위해 출정하셨을 때, 조정에서 어떤 불의한 자가 천자를 현혹하면 주군은 졸지에 진퇴양난에 빠지게 됩니다. 만일의 사태를 대비하여 태후와 황제께 함께 출정에 동참하기를 주청해 보십시오."

사마소는 '아차' 싶어 종회를 바라보며 대견스럽다는 듯이 말한다.

"그대의 뜻이 내 뜻과 같노라."

사마소는 태후궁으로 가서 함께 수춘으로 갈 것을 권한 후, 위제 조모를 찾아가서 함께 출정 길에 오를 것을 주청한다.

"이번 역적 제갈탄을 진압하는 원정길에 폐하께서 함께 임하신다면, 병사들에게 더할 나위가 없는 큰 힘이 될 것으로 생각됩니다."

"시중이 모든 병권을 다 쥐고 천하를 호령하고 있는데, 허수아비와 같은 짐이 굳이 가서 할 일이 있겠소?"

"위무제와 위문제, 위명제께서도 큰 사변이 일어날 때에는 반드시 친정에 임하셨습니다. 지금 제갈탄이 일으킨 반란은 이전의 반란과 비교하여서는 급이 다릅니다. 폐하께서 친정 길에 오르셔야 천하의 민심이 폐하에게로 쏠릴 것입니다."

동년 6월, 조모는 사마소의 강권에 못 이겨 사마소를 따라 나서 항성에 어가를 세우고 주둔한다.

사마소는 가충과 황문시랑 종회를 참군으로 하고, 진남장군 왕기를 선봉장으로, 안동장군 진건을 중군장으로, 연주자사 주태를 유군장으로, 석포와 배수를 감군으로 총 26만 명의 대군을 이끌고 구두에 주둔한다. 왕기는 수춘성 동쪽과 남쪽에 위영을 설치하고, 진건은 수춘성 서쪽, 북쪽을 맡아 수춘성을 철저히 포위하고, 석포와 주태는 오군이 왕기와 진건의 포위망을 접근하지 못하도록 유군활동을 펼치게 된다.

사마소가 수춘성을 포위하여 철책과 방책, 녹각을 세우고 포위망을 구축하기 시작하자, 제갈탄은 주변의 장수들에게 사마소를 폄훼하여 말한다.

"역도 사마소는 회남의 지형과 기후변화도 제대로 모르면서 수춘성에 포위망을 구축하려고 하다니, 참으로 그의 군략을 의심할 정도로 한심한 인간이다. 매해 이맘때가 되면 회수가 범람하여 수춘의 주변이 모두 물바다가 되는데, 용병도 제대로 모르는 자가 제 애비와 형의 후광으로 황제를 능욕하다니, 곧 하늘이 사마소에게 그 대가를 지불하게 할 것이다."

그러나 제갈탄의 바람과는 달리 당해 연도에는 기후가 가문 탓에 회수가 범람하지 않는 이상기후가 계속되어 수춘의 백성들이 가뭄으로 고통을 받는다. 이로 인해 제갈탄의 기대는 무너져 내리고 제갈탄이 크게 의기소침해 있을 때, 동오에서 제갈탄을 돕기 위해 1차로 전장군 당자가 왕조, 전역, 전단과 함께 3만의 병력을 이끌고 수춘성으로 들어가서 제갈탄과 함께 수성에 합류한다.

제갈탄이 동오의 장수들과 함께 수비를 굳건히 구축하고 한참이 지난 후, 위국 선봉장 왕기가 수춘성을 포위하고 포위망을 설치하기 시작하는데, 동오에서는 전장군 당자가 수춘성을 지원하러 들어간 지 한참이 지나고, 2차로 문흠이 수춘에 도착하여 위국의 선봉장 왕기가 구축한 포위망을 뚫고 수춘성으로 들어가서 제갈탄과 합류하자, 수춘성의 성민들은 승리를 확신하며 대대적으로 동오의 전사들을 환대하기에 이른다.

이때, 동오의 손침은 확리에 지원군의 본영을 꾸리고, 주이를 대도독으로 임명하여 지원군을 이끌고 출병하도록 명한다. 주이가 5만의 병력을 이끌고 유군활동을 펼치며, 왕기가 구축한 포위망을 공략하려고 수춘 외곽에 당도했을 때, 제갈탄이 주이에게 급히 협조공문을 보낸다.

"장군께서 성 밖에서 유군활동(특공유격)을 펼치시게 되었으니, 안풍성에 주둔하시어 수춘성과 교각지세를 이루며 위군의 움직임에 대처하도록 합시다."

주이가 제갈탄의 건의를 받아들여 안풍성에 진용을 세우고 주둔했을 때, 위국에서는 참군 종회가 사마소에게 대안을 제시한다.

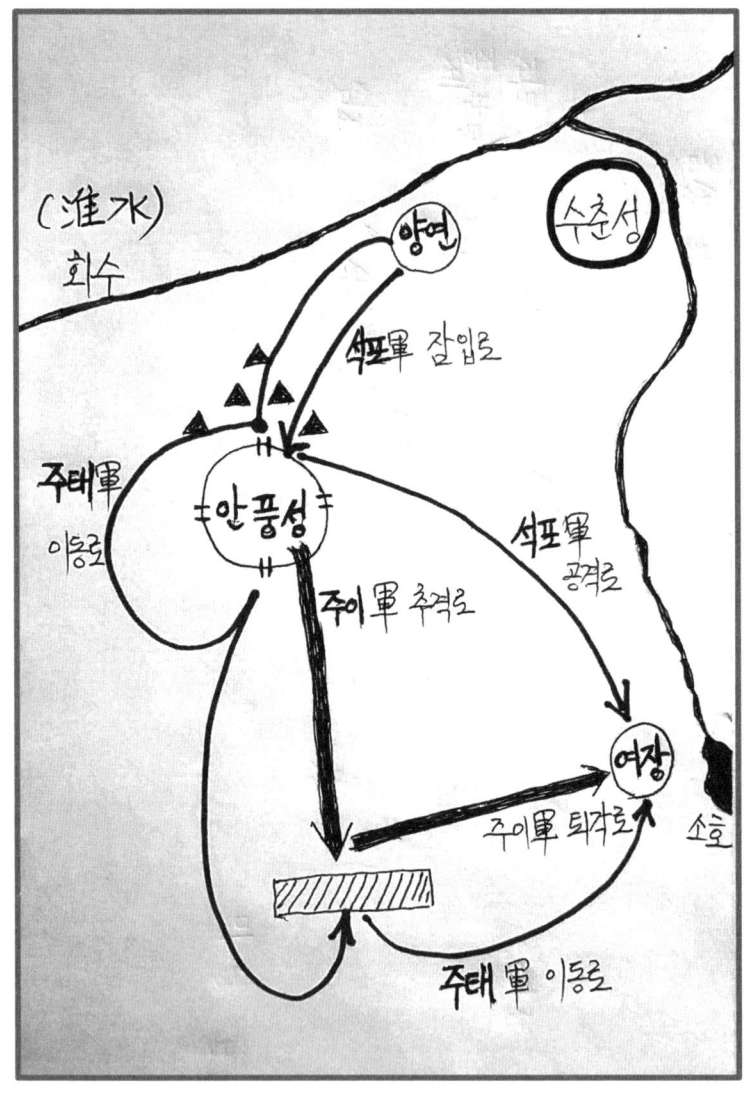

"주군, 제갈탄이 주이에게 청하여 안풍에 주둔하게 하여 교각지세를 이루고 아군에게 대적한다면, 아군은 나아가기도 어렵고 뒤로 빠지기도 쉽지 않은 형국입니다. 이런 때에는 먼저 수춘성의 포위망을 더욱 철저히 하여 방비를 완벽하게 하고, 다음으로 공략하기 쉬운 안풍성을 상대로 총력을 쏟아 안풍성을 먼저 궤멸시키는 것이 최상의 전술입니다. 유격대장 석포에게 전권을 주어 연주자사 주태(州泰:동오의 周泰와 다름)와 유군활동을 벌이게 하여, 먼저 안풍에 있는 동오의 대도독 주이를 상대로 하게 하는 전술로 바꿔보십시오. 동시에 태산태수 호열에게는 기병을 이끌고 유격대장 석포를 지원하여 주이를 협공하도록 연락을 취하심이 어떻겠습니까?"

사마소는 종회의 안을 받아들여 석포에게 양연에 주둔하면서, 주이를 견제하고 수춘성과 형성한 교각지세를 붕괴시키도록 철저히 각인시킨다.

동오의 대도독 주이가 안풍성에 주둔하여 수춘성과 긴밀히 협조하고 있을 때, 위국에서도 연주자사 주태(州泰)에게 명하여, 동오의 대도독 주이가 안풍성에서 수춘성을 둘러싼 포위망을 공략하지 못하도록 양연으로 파견한다. 위국은 양연에서 동오의 주이와 대치하는 전선이 교착상태로 한동안 지속되자, 연주자사 주태가 석포에게 매복전에 대한 동의를 구한다.

"나는 성동격서(聲東擊西)전략을 펼치고자 합니다. 내가 동오군의 북문 산기슭으로 이동하는 척하다가, 군사를 남문으로 급히 이동을 시키면, 적장은 북문 방면을 방치하고 남문으로 병사를 대거 이동시킬 것입니다. 이때 내가 남문을 거세게 공격하면, 적병은 남문의 공격을 막기 위해 다른 곳에 신경을 쓰지 못할 테니, 이러는 동안 감군께서는 유군을 이끌고 은밀히 북문 산기슭으로 이동하십시오. 내가 남문에서 안풍성을 공격하다가 힘이 빠진 척하면서 퇴각을 시도하면, 적장은 이일대로(以逸待勞)전략을 앞세워, 성안의 주력까지 이끌고 나를 추격하려고 성 밖으로 나설 것입니다. 그때 내가 상옥추제(上屋抽梯:상대에게 기를 살려 적을 유인하고 궁지로 몰아넣음) 계책으로 적병을 유인하면, 감군께서는 유군을 이끌고 안풍성을 공략하여 성을 탈취하십시오. 성을 탈취한 후 봉화를 올려 신호를 보내면, 나는 곧바로 군사를 돌려 동오의 군사들과 격전을 벌이겠습니다."

주태가 남문에서 동오의 대도독 주이의 시선을 끌면서 공성에 주력하는 동안, 석포는 주태의 주문에 따라 유군을 이끌고 북문 산기슭에 군사를 매복시킨다. 주태는 남문에서 한나절 공성에 주력하다가, 오후 해가 질 무렵 군사를 거두어 철군을 시작하는데, 이때 동오의 주이가 대군을 이끌고 철군하는 주태의 군사들을 추격하기 시작한다. 주태는 병사들에게 가급적 빨리 철군하도록 명하여 안풍성에서 30여 리를 물러난 벌판에서 군사를 정비하여 일자진을 구축한다.

동오의 대도독 주이는 퇴각하는 주태의 군사를 신나게 공략하면서, 주태가 군사를 수습하여 일자진을 펼치고 대기하고 있는 벌판에 당도한다.

주이가 도착하기를 기다리던 주태는 군사를 독려하여 동오 군에게 역격을 취하면서, 주태가 동오의 대도독 주이의 추격 군과 맞서 혈전을 벌일 때, 위국 유격대장 석포가 텅빈 안풍성을 공략하여 탈취한 후, 안풍성에서 연주포를 울리고 봉화를 올리자, 주태는 동오 군사의 사기를 꺾어 내리기 위해 병사들에게 큰소리로 함성을 지르게 한다.

"와! 석포장군이 안풍성을 탈취했다."

주태의 병사들이 지르는 함성소리에 깜짝 놀란 동오의 대도독 주이는 추격군에게 긴급히 명을 내린다.

"병사들은 빨리 안풍성으로 돌아가서 성을 탈환하라."

이번에는 거꾸로 주이의 군사들이 쫓기는 신세가 되어, 위국 연주자사 주태의 군사들에게 밀려 안풍성의 해자 근처에 이르는데, 해자 둑 밑에 숨어 있던 위의 유격대장 석포의 군사들이 함성을 지르며 해자를 막아서자, 주이의 군사들은 기겁하며 무기를 버리고 이리저리 흩어진다.

대도독 주이가 패전하여 안풍성을 빼앗겼다는 보고를 받은 손침은 정봉과 여배에게 5만의 병력을 지원해 주면서 다시 주이에게 합류하도록 한다. 동오의 대도독 주이는 여장에 주둔하여 진용을 짜고, 장군 임도와 장진을 불러들여 새로이 임무를 부여한다.

"장군들은 군사 6천을 이끌고 여장에서 서쪽으로 6리 떨어진 곳에 부교를 만드시오. 부교가 완성되면 나는 군사들을 강 건너로 이동시켜, 강을 배경으로 반달 모양으로 보루를 쌓고, 위의 유격대장 석포와 주태, 호열의 공격에 대비하겠소이다."

동오의 대장군 주이가 여장에 보루를 쌓고 진용을 구축하였으나, 위국의 감군 석포는 연주자사 주태, 태산태수 호열과 함께 주이를 포위하고는 이틀 동안이나 공격명령을 내리지 않고 병사들을 편히 쉬게 한다. 위병들이 전투에 임하지 않고 긴장이 풀어진 상태로 시간이 흐르자, 동오의 대장군 주이는 아문장들을 소집하여 대비책을 하달한다.

"아마도 위군이 먼 거리를 이동하여 휴식을 취하며, 장기전에 돌입하려는 것으로 생각되오. 이는 우리에게 상당히 유리한 여건이 될 것이니, 우리는 위군이 보루를 넘어오지 못하도록 철저히 방어하고 시간적 여유만 충분히 확보하면, 소호의 수로를 따라 지원군과 군량이 넉넉하게 운송될 것이오. 이 점을 명심하여 적병이 보루 가까이 접근하면, 아군은 최대한 쇠뇌와 투석기를 활용하여 이들의 근접을 막아내기만 하시오."

주이가 장기전으로 진입할 계획을 세울 때, 위의 감군 석포는 이점을 역으로 이용할 것을 생각하고 주태, 호열과 함께 전략을 구상한다.

"나는 동오의 대도독 주이에게 아군이 장기전을 구상하는 것으로 착각하도록 유도했는데, 이것이 주효했던 것 같소. 이제 앞으로 펼치는 전술은 적진의 보루 앞에서 공격할 듯이 하면서 느슨하게 공략을 취하다가 퇴각하기를 몇 번 계속하는 전술로 임하겠소. 이들은 우리 군사들이 보루 앞에 나타나면, 접근하지 못하도록 화살을 무한정 쏘아댈 것이니, 이들의 화살이 거의 소진 되었을 때, 자사와 태수는 기병을 이끌고 단숨에 보루를 넘어 적진을 초토화시키시오. 적군에게 화살이 떨어지기만 하면, 기병은 아무런 저항을 받지 않고 적진을 유린할 수 있을 것이니, 기병이 적진을 교란하기 시작할 때, 나도 보병을 이끌고 적진으로 뛰어들어 함께 적을 토벌하겠소."

군사작전의 역할을 분담한 호열의 기병, 주태와 석포의 유군은 곧바로 작전수행에 들어가고 이어서, 석포가 동오군의 진용의 보루 앞으로 다가가자 오군은 쇠뇌와 돌을 무한정 날리지만, 위국 병사들은 공격을 개시할 듯 하다가 물러서기를 수차례 반복한다.

이렇게 며칠이 지나고 마침내 동오군의 보루에서 쇠뇌와 투석거의 공세가 뜸해지자, 대기하고 있던 주태와 호열이 기병을 이끌고 동오 대도독 주이의 보루를 격파하고, 대대적으로 동오의 진지를 교란하기 시작한다.

급습을 당한 동오의 군사들이 위국의 기병을 맞아 정신없이 싸우고 있을 때, 석포가 대규모의 보병을 이끌고 보루로 뛰어들어 공격에 합류하자, 주이는 끝내 버티지 못하고 퇴각을 명한다. 주이는 패잔병을 이끌고 주변의 고지대로 피신하여 군사를 정비한 후, 고지대 지형의 이점을 이용하여 석포와 주태가 다시 공격해 왔을 때 역격을 가할 대비를 갖춘다.

그러나 지형의 유리한 점을 점거한 동오의 대도독 주이가 패배를 설욕하고자 안간힘을 쓰는 것을 간파한 주태는 석포에게 새로운 안을 제시한다.

"감군, 동오 대도독 주이가 유리한 고지대를 점거하고 아군을 유인하여 설욕전을 펼치고자 하니, 우리는 이에 대응하지 말고 군사를 편히 쉬게 한 후에 초조감에 사로잡힌 주이가 스스로 우리에게 쳐들어오도록 하여, 격파하는 것이 아군의 피해를 줄이고 대승하는 길이라 여겨집니다. 동오의 대도독 주이가 군수물자를 쌓아놓은 도육(都陸)은 주이가 오목성으로 출병할 기미가 보일 때를 노려, 호열 태수가 기병을 이끌고 가서 초토화하도록 하는 것이 좋겠습니다."

석포는 주태의 작전이 옳다고 여겨 주태와 호열에게 임무를 배정하고, 주이의 군사들이 오목성으로 쳐들어올 때까지 군사를 편히 쉬게 한다.

며칠 후, 동오 대도독 주이가 동오군을 이끌고 철저히 무장한 공성기를 총동원해서 석포와 주태가 주둔한 오목성으로 향하자, 석포는 성안에서 성을 지키고 주태는 성 밖에서 유군의 역할을 분담하여 주이의 움직임에 긴밀히 대처한다. 동오 대도독 주이가 진용을 자체적으로 방비하기 위해 방책과 녹각을 세우고 누거를 설치한 후, 전호거에 해자를 메울 흙 가

마니를 잔뜩 싣고 당거와 충차를 점검할 때, 이미 성 밖에 매복하여 유군활동을 펼칠 준비를 마친 주태가 주이의 군영이 어수선해질 때를 기다리다가 마침내 기다리던 때가 오자, 동오 대도독 주이의 군영을 기습적으로 공격해 들어간다.

석포와 주태에게 연전연패하여 사기가 떨어질 대로 떨어져 있던 주이의 동오군들은 주태가 예기치도 않던 때에 기습을 펼치자, 자라보고 놀란 가슴 솥뚜껑 보고 놀라듯이 아예 싸울 생각도 하지도 않고 도망치는 촌극이 벌어지게 된다.

오목성 벌판에서 촌극이 일어나고 있을 때, 위국 태산태수 호열은 기병 5천을 이끌고, 도육(都陸)으로 통하는 샛길을 따라 은밀히 침투하여, 방비가 허술한 군수창고를 습격하고 동오의 군수물자와 식량을 모두 불태운다. 동오 대도독 주이는 지칠 대로 지쳐 싸울 기력을 잃고 본부로 돌아가고자 하는데, 본부로 퇴각하는 과정에서 양식이 고갈되면서, 주이는 패잔병들과 함께 칡뿌리, 칡잎, 풀잎으로 기아를 이기며 가까스로 본영으로 되돌아온다. 손침은 주이가 계속적으로 참패하자, 분노를 이기지 못하는 동시에 주이를 불신하면서도 주이에게 끈질기게 설욕전을 펼치도록 재촉한다.

"대도독에게 다시 군사 3만을 지원하여 설욕할 기회를 줄 테니, 사력을 다해 싸워서 제발 승리의 기쁜 소식을 나에게 안겨주시오."

손침은 치밀어 오르는 분노를 참으면서도 주이를 다독이는 전서를 보낸다. 그러나 싸울 때마다 대패한 주이는 자신감을 완전히 상실하여 손침에게 답서를 보낸다.

"지금 아군은 군량이 바닥나고 병사들의 사기도 저하되어 있어, 결코 위군과 싸울 수 있는 여건이 아닙니다. 소장은 조만간 오국으로 돌아가고자 합니다."

주이의 답서를 받은 손침은 끓어오르는 분노를 참으며, 주이가 다른 생각을 하지 못하도록 하려고 주이를 살살 달래어 본영으로 불러들인다.

"나는 대도독과 전략을 다시 세우기 위해 논의할 것이 있으니, 속히 확리의 본영으로 들어오라."

대도독 주이는 승상 손침의 전서를 받고 확리로 갈 준비를 마친다. 이때, 부장 육항이 주이의 앞을 가로막으며 우려 섞인 어조로 조언을 건넨다.

"대도독, 승상이 몹시 분격해 있다고 합니다. 지금 확리로 들어가시면 무슨 일이 벌어질 수도 있습니다."

"무슨 터무니없는 소리인가? 승상은 나에게 군사 3만을 지원하면서까지 다시 싸우라고 했네. 같은 배를 탄 승상을 의심해서는 아니 될 것이야."

주이는 육항의 우려를 뒤로 하고, 손침을 만나러 갔다가 분격한 손침에 의해 목이 날아가 버린다.

한편, 위군은 동오의 유군이 붕괴되어 수춘성의 포위망을 우려할 일이 없어지자, 위의 선봉장 왕기와 감군 석포가 사마소에게 재차 수춘성을 공략할 것을 요청한다.

"동오의 유군들이 붕괴되어 이제는 거추장스러운 장애가 사라졌습니다. 전 병력을 총동원하여 수춘성 공략에 돌입하고 빨리 전투를 끝내시지요."

이때 가충이 이들의 주장에 반대의 의사를 표명하며 새로운 전략을 제시한다.

"병서에 욕금고종(欲擒姑縱)이라고, 궁지에 몰려있는 적을 몰아붙이면, 적들은 목숨을 걸고 대항하게 된다고 했습니다. 아군은 격안관화(隔岸觀火)의 전략에 따라 적진이 분열을 일으킬 때까지 기다려야 합니다. 적진의 내분이 본격화하지 않은 지금은 아직 수춘성을 심하게 겁박할 때가 아닙니다. 수춘성에 포위되어있는 제갈탄을 안심시키기 위해서는 아군의 포위망을 일부 뒤로 빼돌려 후진으로 보내어 아군이 지친 기색을 보이고, 동시에 전투에 적극적으로 참여하려는 병력이 적은 것처럼 상대방을 안심시키는 전술이 효과가 있을 것입니다. 때마침 촉한 대장군 강유가 서촉에서 장성을 습격한 사건이 발생했기 때문에 군사들을 관서로 파견했다고 소문을 내면, 제갈탄을 속이기에 부족하지 않을 것입니다. 동시에 위계를 써서 조만간 동오의 지원병이 수춘성에 다시 당도할 것이라고 허위정보를 흘리면, 제갈탄은 크게 위로가 되어 마음이 느긋해질 것입니다. 이때는 제갈탄이 군사들에게 사기를 진작시키려고 비축한 군량을 안심하고 허비할 것입니다. 수춘성은 성을 공략하기에는 지나치게 견고하지만, 반면에 성이 철저히 격리되어 있어 성을 철저히 포위하고 바깥과 교신이 되지 못하게 하면, 식량을 구하기가 결코 쉽지 않은 지형으로 의외로 식량난이 빨리 올 것입니다. 이렇게 되면 수춘성의 적병들은 장기전을 이기지 못하고 성내에서 의견충돌이 일어나서 결국에는 걷잡을 수 없는 내분을 일으키게 될 것입니다."

사마소는 가충의 계책을 받아들여, 강유가 농서군의 장성을 침공했다는 사실을 대대적으로 흘리는 동시에 오주 손량이 조만간 수춘성으로 다시 동오의 원병과 군량을 지원하기로 했다는 조작된 정보를 수춘성 일대에 흘린다.

이에 제갈탄은 사마소의 위계에 속은 탓에 방심하여 비축된 양곡을 털어내고, 수시로 연회를 베풀어 군사들의 사기를 진작시키려고 마구 허비한다. 제갈탄의 생각은 동오의 원군이 오면 이일대로 전략으로 위군을 총공격하려고, 그동안 군사들을 편히 쉬게 하면서 그들에게 환심을 사려고 연회를 베풀었던 것인데, 머지않아 이것이 큰 패착임을 알게 된다.

수춘성 안에서는 식량도 흥청망청하게 소모되고 군사들의 경계도 느슨해지고 있는데, 동오에서는 원병이나 군수지원을 보낼 기미가 보이지 않자, 제갈탄은 크게 당황하여 다소 해이해진 수춘성의 군사들을 다시 조이기 시작한다.

이를 감지한 위국의 선봉장 왕기 이하 장수들이 다시 공성에 나설 것을 강력히 건의한다.

"수춘성의 군사들이 해이해진 틈에 수춘성을 공략할 것을 주문합니다."

사마소는 선봉장 왕기 이하 장수들의 건의를 받고 참군 가충에게 묻는다.

"그대는 어떻게 생각하는가?"

가충은 장수들과 전혀 다른 전술을 제시한다.

"제갈탄이 양성한 초병(楚兵)은 날래고 강하며 수춘성은 천혜의 요새이므로, 정공법으로는 공성을 성공적으로 이룰 수 없습니다. 장기전을 택하여 도랑을 깊이 파고 망루를 높게 쌓아 점진적으로 성으로 접근하면서, 포위망을 철저히 구축한다면 싸우지 않고도 이길 수 있습니다."

동오 대도독 주이가 이끌던 유군이 붕괴되고 주이가 죽임을 당하면서, 수춘성을 포위한 위군의 포위망을 교란하던 역할을 맡은 동오의 지원세력이 없어지자, 제갈탄은 문흠에게 포위망을 뚫고 성 밖으로 나가 수춘성과 기각지세를 형성할 장소를 구축하도록 주문한다. 제갈탄의 전폭적 지원을 받아 문흠이 수차례 위군의 포위망을 공략하는 데에도 수춘성을 둘러싼 포위망은 워낙이나 견고하게 구축하여 끄떡도 하지 않는다. 수춘성 안에 있는 제갈탄의 군사들보다는 덜 하지만, 수춘성을 포위한 위군 사이에서도 오랜 원정으로 인해 불평불만이 쏟아져 나오기 시작한다. 종회가 이를 묵과할 수 없어 사마소에게 찾아가서 획기적인 계책을 올린다.

"주군, 아군이 수춘성을 공략하는 것도 어렵지만, 포위망을 설치하고 장기전에 돌입한 전투도 결코 아군에게 유리한 것만은 아닙니다. 이대로 장기적으로 마냥 시간을 흘려보내다가는 예측할 수 없는 어떤 불상사가 일어날지는 누구도 장담할 수 없습니다. 이제는 수춘성을 내부적으로 붕괴시키는 전략을 빨리 세워나가야 합니다."

사마소는 평소에도 기발한 머리를 제공하는 종회의 말에 흥미를 보이며 입을 연다.

"그래? 나는 그대만 보면, 위무제 당시의 양수를 연상하게 되어 흥미가 진진하네. 그런 방법이 과연 있겠는가?"

종회는 사마소가 깊은 관심을 보이자, 자기 스스로 흥에 겨워 대답한다.

"네, 아주 기발한 방법이 있습니다. 일전에 건업에서 전씨 가문에서 재산분쟁으로 소송이 벌어져서, 손권의 부마였던 전종의 손자이자, 전서의 아들이며, 전역의 조카인 전위(全褘)가 동생 전의(全儀)와 함께 주군께 투항하지 않았습니까? 이들을 활용해서 투량환주(偸梁換柱:적의 핵심을 빼내어 상대를 무력화시킴) 계책으로 제갈탄을 무너뜨리려고 합니다."

사마소는 점점 더 깊은 흥미를 내보이며 종회에게 가까이 다가가서 묻는다.

"어떻게 하려고?"

"전위와 전의 형제를 활용하여, 그들의 숙부인 전역(全懌)

과 전단(全端)등에게 위조된 편지를 보내 동오의 손침과 반목하도록 반간계를 펼치는 것입니다.

위조된 편지의 내용을 구체적으로 말씀을 드리면, 전위와 전의 형제가 어머니를 모시고 사마소에게 투항하게 된 사연은 '동오의 승상인 손침이 전위와 전의 형제의 숙부인 전역(全懌)과 전단(全端)등 전씨 가문이 모두 제갈탄의 진용에서 위국과 맞서 싸우고 있으면서도, 전쟁을 승리로 이끌지 못하고 점점 더 나락으로 빠지는 것을 못 참고 분격하여 전씨 일가를 핍박하여 죽이려 했기 때문이다. 그래서 우리는 핍박을 피해 건업을 빠져나와 사마소께 투항한 것이니, 숙부께서도 빨리 사마소께 투항하시라'는 내용을 담은 것인데, 이런 내용의 위조서신을 전역(全懌)과 전단(全端)등에게 보내면, 전역과 전단은 동오로 돌아갈 기대도 그리고, 기댈 땅도 없어지게 되어 그들은 살기 위해서라도 투항을 할 것입니다."

"그대는 그런 방법으로 전역과 전단이 쉽게 넘어갈 것으로 생각하는가?"

사마소가 종회의 안에 의구심을 품자, 종회는 자신 있게 의견을 피력한다.

"일전에 동오의 대도독 주이가 위국에게 패배했다는 이유로 손침에게 목숨을 잃은 내력이 있습니다. 이런 사실을 이들이 너무도 잘 알기 때문에 이 계책은 필연적으로 성공할 것입니다."

사마소는 파안대소하며 말한다.

"과연 그대는 위무제께서 승상이었을 당시의 양수와도 같이 대단한 두뇌 회전을 가졌도다."

사마소는 종회의 계략을 따르면서도 지나친 종회의 머리를 경계하기 시작한다. 사마소는 필경사를 불러 전위 형제의 글씨를 모방하여, 전역에게 위조된 서신을 전하는데, 제갈탄의 수춘성 안에서 열심히 수성에 임하고 있던 전역은 사마소가 위조한 서신을 실제로 자기 조카들이 보낸 서신으로 오판하고, 사촌동생 전단과 조카 전정, 전편, 전집 등 다섯 형제와 함께 수하의 병사 수천을 이끌고 몰래 동문을 빠져나와 사마소에게 투항한다.

수춘성에서 지원군으로 참전했던 동오의 장수인 전씨(全氏) 일가가 대거 사마소에게 투항하자, 혹독한 12월의 차가운 날씨 못지않게 수춘성 안에 있는 모든 장수와 병사들의 사기가 급속히 얼어붙는다.

수춘성에는 식량이 고갈되고 아무리 기다려도 원병이 오지 않는 와중에, 동오의 유명한 외척인 전씨 일족이 수천 명의 병사를 이끌고 사마소에게 투항하는 사태가 발생하면서, 성안에서는 밤에 몰래 성을 빠져나가 투항하는 자가 속출하기 시작한다. 가충과 종회가 설파한 투량환주(偸梁換柱:대들보를 바꿔치기하여 집을 무너뜨림) 전략과 격안관화(隔岸觀火:멀리서 내분이 일어날 때까지 기다림) 전략이 성공하는 순간이다.

점점 초조해지기 시작한 제갈탄은 수시로 문흠과 함께 성 밖으로 나와 포위망을 뚫으려고 혼신을 다 바치지만, 그때마다 왕기의 강력한 반격을 받아 성으로 되돌아가기를 수없이 반복하게 된다. 사마소는 수춘에서의 전쟁이 승리할 분위기가 확연해지자, 그 여세를 몰아 경무장한 병사들을 이끌고 동오의 본토를 침공할 계획을 밝힌다.

"지금의 이 상태로 계속해가면 수춘성은 꼼짝달싹할 수 없이 붕괴될 것이오. 나는 이제 남은 여력을 동오의 손침을 격파하는 일에 매진하고자 하오."

이때 왕기가 사마소의 계획에 강력히 제동을 건다.

"주군, 지금 우리가 가장 경계할 일은 적의 공세보다도 우리 자신입니다. 아군이 연전연승하여 잔뜩 교만해져 있을 때, 적병이 교병계를 펼쳐 역공하면 속수무책으로 당할 것입니다. 지난날 동오의 제갈각은 동관에서의 승리로 인해 교만한 마음이 생기는 바람에, 무작정 합비신성을 공략했다가 파멸의 길을 열었습니다. 촉의 강유는 조수에서의 승리에 취해 경무장한 군사들을 이끌고 위국의 옹주를 깊숙이 침투했다가, 식량의 문제로 상규에서 뜻을 이루지 못하고 퇴각했습니다. 무릇 장수들은 한번 크게 승리하면 적병을 무시하여 경하게 움직이다가, 위기의 상황을 맞게 되는 경향이 있습니다. 지금 아군은 성 밖을 나오려는 적병을 막아냈을 뿐이지, 아직 수춘성 안의 적장와 적군들은 건재합니다. 그에 반하여 우리 위국의 병사들은 1년 가까이 양회(회남과 회북)로 원정을 나온 탓에 고향을 그리워하여 향수병에 젖어 있습니다. 역대의 정벌에서 승리한 싸움은 오로지 그 전투에서 전력을 다했을 때 뿐이었다는 점을 간과하지 마셔야 합니다."

사마소는 왕기의 조언이 옳다고 여겨 전선을 확대하지 않기로 하고, 대신 수춘성을 심리전으로 붕괴시킬 전략을 구상한다. 이로 인해 수춘성의 병사들이 심리적으로 크게 위축되어 제갈탄은 점점 궁지로 몰리던 중, 최측근 장수인 장반과 초이 마저 기아를 견디지 못하고 사마소에게 투항하는 사태가 발생한다. 수춘성의 사정이 이같이 날로 악화되어 가던 258년(감로3년) 정월, 문흠은 제갈탄에게 사마소와의 일대결전이 필요함을 주창한다.

"지금 사마소는 동오의 명문가 외척인 전씨 일족이 투항하여, 심리적으로 들떠있기 때문에 방비가 허술할 것이오. 이때를 놓치지 않고 공격하면, 어렵지 않게 포위망을 뚫을 수 있을 것이오."

제갈탄과 당자는 문흠의 의견을 받아들여 수춘성의 남쪽 포위망을 집중적으로 공략했으나, 교병계를 경계한 왕기의 강력한 방어에 막혀 엄청난 인명피해를 입고 성으로 쫓겨 들어간다. 성안으로 되돌아온 문흠이 제갈탄에게는 도저히 납득할 수 없는 제안을 한다.

"장군, 지금 수춘성에 있는 위국의 회남 사람들은 결국 사마소에게 종속될 것이오. 내 생각으로는 이들은 종국에는 신뢰할 수 없으니, 이들을 방류하여 고향으로 내보내고, 오국에서 원정을 온 병사들만을 남겨 성을 지키면, 얼마 남지 않은 식량을 아끼며 오국에서 원병을 보낼 때까지 버틸 수 있을 것이오. 승상 손침은 수춘성에 오국의 군사들만이 농성에 임하고 있다고 하면, 반드시 원병을 보내 오국의 군사들을 구원하러 올 것입니다."

제갈탄은 어이가 없다는 듯이 문흠의 의견을 반박한다.

"장군은 자신의 휘하만을 보호하려고, 여태까지 나와 함께 수십 년을 동거동락을 함께한 회남의 군사는 안중에도 없다는 말이오? 나는 오히려 장군의 수하들을 방류하여 밖으로 내치고, 나의 수하들과 수춘성을 철통같이 지키려고 하오."

문흠도 지지 않고 제갈탄에게 반발한다.

"어찌 장군은 남의 전쟁에 끼어들어 생고생하는 나의 군사들에게 보답할 생각은 않고 그런 막말을 하는 거요?"

"막말이라니 누가 먼저 막말을 했는데, 나에게 거꾸로 허물을 뒤집어씌우려 하시오?"

"장군이 여태까지 은혜를 모르고 하는 행태를 보면, 왜 장군이 이런 위기에 놓여있는데 아무도 장군을 위해 거병하는 제후들이 없는 것인지 이해가 되오. 장군이 배은망덕하기 때문에 아무도 장군을 따르지 않는 것이오."

"배은망덕이라니?"

문흠이 한계를 한참 지나친 발언을 하자, 제갈탄이 벌떡 일어나 소리를 지른다.

제갈탄과 문흠은 원래 위국 군부에서 함께 일을 했던 시절부터, 사사건건 의견이 대립하여 사이가 좋지 않았던 관계였다. 제갈탄은 치밀어 오르는 분을 참지 못하고, 허리춤에 차고 있던 칼을 빼어들고 그대로 문흠의 목을 내리친다.

문흠의 목에서 내뿜는 피로 전략회의 장소가 피범벅이 되자, 좌중의 장수들이 놀라 제갈탄을 진정시키지만, 사태를 수습하기에는 이미 일이 너무 멀리 진전되었다. 장수들이 문앙, 문호 형제에게 이 사실을 알려주고 빨리 피신하도록 권한다.

이에 문앙, 문호 형제가 수하를 이끌고 성문을 빠져나가 사마소에게 투항을 신청하자, 사정을 알게 된 사마소가 문앙, 문호 형제의 투항신청을 받아들고 종회에게 명한다.

"조국을 배반했다가 위태로워지자, 다시 조국에 투항을 신청한 놈들을 나는 결단코 용서할 수 없노라.

그대는 일단 이놈들을 옥에 가두었다가 수춘성을 점령한 후에 처형하도록 하라."

"주군, 이들을 잘 활용하면 수춘성을 일거에 함락시킬 수 있는데, 왜 이들을 활용하여 전쟁을 종식시킬 수 있는 절호의 기회를 버리려 하십니까?"

"무슨 말인가?"

"문앙이 사마사 주군을 죽음에 이르게 한 과거의 일로 발생한 감정을 순간적으로 누르고 이겨내기만 하시면, 영구히 제국을 안정시킬 수 있습니다. 더욱 구체적으로 설명하자면, 문앙 형제는 조국을 배반하고 동오에서 주군의 사망과 직접 관계되는 일 등으로 큰 공적을 올렸기 때문에, 수춘성에 있는 장수와 병사들은 문앙 형제가 주군께 투항을 신청하더라도 받아들여지지 않을 것으로 생각하고 있습니다. 이것을 역으로 이용하여 오히려 이들에게 벼슬을 주고 중용한다면, 성안에서는 투항하고자 하는 무리들이 우후죽순처럼 들고 일어날 것입니다."

종회의 계책이 기발하다고 생각한 사마소는 문앙과 문호 형제에게 높은 벼슬을 주고, 그들을 통해 수십 기의 기병을 이끌고 수춘성의 주변을 돌게 하면서 투항을 권유하는 심리전을 펼친다.

"사마소 시중은 도저히 용서하지 못할 것 같던 우리 형제의 투항까지 받아들여 높은 관직을 내리고, 함께 미래로 나아가자는 약조까지 하셨소이다. 수춘성에 있는 여러분들도 투항하여 시중과 함께한다면, 우리 형제보다도 더욱 큰 은혜를 입게 될 것이오."

성안의 장수와 병사들이 크게 동요하기 시작한다.

"지난날 사마소의 형인 사마사가 문앙으로 인해 사망하는 바람에, 사마소는 문흠 부자를 엄청나게 증오했는데, 사마소는 과거의 악감정을 모두 잊어버리고 이렇듯이 문앙의 형제를 우대하는 것을 보면, 우리들이 투항을 해도 최소한 우리의 신변에 위협을 가하지는 않을 것이다."

제갈탄의 군대는 사마소의 심리전에 말려들어 싸울 의욕을 잃고 사기가 땅에 떨어지면서, 성안의 병사들이 크게 흔들리기 시작하자, 제갈탄은 극도로 불안해져 밤잠을 설친다. 종회와 가충은 수춘성 안의 분위기가 극도로 험악해지는 것을 확인하고 사마소에게 다시 건의한다.

"주군, 그동안은 격안관화(隔岸觀火:적이 자멸하기 전에 공격하면, 적이 결집하기 때문에 공격을 보류함) 전략으로 임했으나, 이제는 관문착적(關門捉賊:적진이 와해되었을 때 철저하게 때려잡음) 전략으로 맹공을 퍼부어 성을 함락시켜야 할 것입니다."

사마소는 왕기를 선봉장으로, 석포와 진건을 좌군장과 우군장으로, 호열을 기병장으로 삼아 수춘성을 향해 맹공을 퍼붓는다. 제갈탄은 마지막 순간까지도 회수의 물이 범람하기를 바랐지만, 무심하게도 하늘은 구름이 한 점도 없을 정도로 청량했다. 제갈탄은 너무도 무심한 하늘을 원망하며, 수춘성의 포위를 풀기 위해 군사를 총집결하여 성 밖으로 나온다.

주태가 제갈탄을 상대로 치열하게 백병전을 펼칠 때, 왕기의 아문장 호분이 제갈탄의 후미를 끊으면서 진태와 함께 포위망을 형성하여 제갈탄을 압박해 들어간다. 제갈탄은 포위당한 수백 명의 수하를 이끌고 왕기, 주태의 부대와 사투를 벌이던 중, 왕기의 아문장 호분의 군사들이 제갈탄에게 일시에 달려들어 제갈탄의 말을 쓰러뜨린 후, 말에서 떨어진 제갈탄을 둘러싸고 창을 겨눈다.

　제갈탄이 포위당한 상황에서도 사력을 다해 호분의 군사들에게 신기 서린 칼을 휘두르자, 병사들의 희생을 최소화시키려고 호분이 제갈탄을 직접 맞아 상대한다.

　제갈탄이 이에 맞서느라 정신이 없을 때, 이때를 노려 뒤에서 호분의 수하들이 제갈탄을 향해 일제히 창을 찌른다. 결국은 제갈탄이 그 자리에서 목숨을 잃고, 제갈탄 수하의 병사 수백 명이 위군에 포위되어 포로가 될 상황에서, 위장 주태와 왕기의 아문장 호분이 제갈탄 수하들에게 투항을 권유한다.

　"너희들의 총사령관은 이미 유명을 달리했노라. 투항을 하면 목숨만은 살려주겠노라."

　제갈탄의 수백 명 용사들이 이구동성으로 말한다.

　"우리는 오직 제갈 장군과 수십 년을 함께 해 왔으니, 끝까지 싸우다가 함께 죽기를 청하노라."

　이들이 제갈탄과 최후를 함께하기로 하고 끝까지 항전할 때, 이를 의기롭게 지켜본 동오의 장수인 우전이 왕기, 투항을 권유하는 진태와 호분을 향해 고함을 지른다.

　"나는 오국의 장군으로 위기에 처한 수춘성을 구하러 원정을 왔노라. 대장부가 주공의 명을 받아 대군을 이끌고 위기에 빠진 사람을 구하러 왔는데, 힘이 모자라 이길 수 없게 되었다고 주군을 배반하고 목숨을 구걸할 수는 없는 일이다."

말을 마친 우전은 갑자기 갑주를 벗어던지고, 포위를 펼친 위군에게 달려들어 위군 몇명을 주살한 후, 그를 에워싼 위군들이 집중적으로 겨눈 창에 찔려 목숨을 잃는다.

왕기와 석포, 진건은 제갈탄의 저항을 제압하고 수춘성의 성문을 돌파한 후, 수춘성을 지키는 병사들에게 투항을 권유하자, 동오의 장수인 왕조, 당자 등은 병사들과 함께 투항하여 목숨을 보존한다. 수춘성을 점령했다는 보고를 받은 사마소는 성에 입성한 후, 제갈탄의 친인척을 빠짐없이 찾아내어 삼족을 멸한다.

왕기의 아문장 호분에게 밀려 목숨을 잃을 때까지, 제갈탄이 그토록 기다리던 회수의 범람은 이루어지지 않다가, 258년(감로3년) 2월15일 수춘성이 완전히 함락되는 날에야 회수의 물이 범람하고, 사마소의 포위망이 붕괴되는 터무니없는 사태가 벌어지게 된다.

이렇게 해서 제갈탄의 의거는 제갈탄의 기대와는 전혀 달리 끝까지 홍수가 내리지 않는 등, 천시를 얻지 못한 채 제갈탄은 결국 대위 황실을 구원하고자 하는 크나큰 꿈을 이루지 못하고 허무하게 사라진다.

2) 강유는 제갈탄 의거를 계기로 제6차 북벌에 나서다

제갈탄이 일으킨 의거를 진압하려고 사마소가 수춘으로 향하면서, 석포에게 청주, 연주, 서주 병사를, 왕기에게 예주 병사를 지휘하게 하고, 장안과 낙양을 지키던 대규모 중앙병력을 동쪽 항성으로 이동시키고, 관서 총사령관 진태도 중앙조정으로 불러들이면서 옹, 양주의 방위망이 허술해져서 옹, 양주의 분위기가 어수선해졌을 때, 강유는 '제6차 북벌'을 감행하려고 257년(감로2년) 가을, 유선에게 표문을 올렸었다.

"폐하, 제갈탄의 의거로 인해 회남이 어지러워지고, 위국이 혼란에 빠진 이때를 기화로 장안을 정벌할 수 있을 것입니다. 신이 지난 낙곡에서 패배하여 한실 부흥의 목표가 한동안 좌절되는 듯했으나, 이제야말로 그 패배를 설욕하고 다시 위국을 몰아내어 선주의 유업을 달성할 수 있는 때가 온 것 같습니다. 폐하께서 윤허하시기를 간절히 주청 드립니다."

강유의 연이은 북벌에 대해 반대하는 요화, 장익 등 일선의 장수와 제갈첨 등 많은 신료 중에서도, 사성교위 양희는 강력히 강유의 북벌을 비판해온 대표적 인사였다.

"대장군은 승산도 없는 북벌에 나서 수없이 많은 패배를 하면서도 또 북벌을 주장하고 있습니다. 지난 난곡과 단곡의 전투에서 대패하여 우리 촉한은 지금 북벌을 생각할 여력도

없습니다. 다시 북벌에 임하게 되면 백성들의 생활이 도탄에 빠지게 될 것입니다. 통촉해 주시옵소서."

중산대부 초주는 양희의 뜻이 조정의 뜻이라고 여기고, 상서령 진지와 상의하여 구국론(仇國論)이라는 논문을 한편 지어 유선에게 올린다.

"지난 천하의 가상적 일례로서, 인여국은 약하고 조건국은 강했지만, 늘 전쟁이 끊어지지 않았습니다. 인여국의 고현경은 복우자에게 '지금 국가가 안정되지 않아 국력이 약해서 조종의 대소 신료들이 내심 걱정하고 있습니다. 약함으로 강함을 이긴 사람은 어떤 묘책을 활용했습니까?'라고 묻자, 복우자는 '강대국의 입장에 있으면서 근심이 없는 자는 항상 교만하고, 약소국의 입장에 있으면서 근심이 있는 자는 항상 선행을 선호한다.'라고 했습니다. 교만하면 동란을 낳게 되고 선행을 선호하면 천하를 태평하게 만드는데, 월나라 구천은 이 방법으로 천하를 태평하게 하다가 힘을 키워 강대국인 오나라의 부천을 이겨냈습니다. 초패왕은 절대적으로 강대했으나 한때 천하가 뒤숭숭해지자, 한고조 유방에게 홍구 땅으로 경계 삼아 각기 백성을 평안하게 하도록 제안했습니다. 한은 약소국임에도 장량은 초국 백성들의 마음이 안정된다면 형세를 바꾸는 것이 어렵다고 주장하고, 항우를 끝까지 추격하여 해하(垓下)에서 항우를 무너뜨렸습니다. 이점을 미루어 본다면, 어찌 멀리 주문왕이나 월나라 구천을 본받을 필요가 있겠습니까? 조건국에는 마침 환란이 일어난 그 틈을 타서 '조건국의 변방을 함락시키고 조건국을 정복하겠다.'라고 했습니다. 이에 대해 복우자가 다시 대답했습니다. '은주(殷周) 교체기에는 왕과 제후가 대대로 존중되었고, 임금과 신하의 군신 관계는 공고했으며, 백성들은 군주의 통치에 익숙해 있어 뿌리가 깊은 것을 바꾸기 어려웠고, 공고한 틀은 옮기기 어려웠습니다. 그런 때에는 비록 한고조 유방께서 오실지라도 무력으로 천하를 차지할 수 있겠습니까? 진(秦)이 봉건제를 폐지하고 군현을 설치한 이후, 백성들은 노역에 지칠 대로 지쳐 천하가 붕괴되고 나서야, 영웅들이 들고일어나 서로 천하를 다투게 되었습니다. 신속하게 공격한 자가 가장 앞서게 되고, 나중에 움직인 자는 병탄을 당했습니다. 조건국의 경우와 달리 촉한은 모두 새 군주에게 나라를 맡기고, 시대는 바뀌어서 진나라 말기와 같이 서로 다투는 시대가 아니고, 전국시대 6국(齊, 楚, 燕, 韓, 趙, 魏)과 같이 동시에 병립하는 시대가 되었는데, 주문왕처럼 될 수는 있으나 한고조는 되기가 어려운 시대입니다. 위에서 백성이 핍박받고 피로하면 소란이 일고, 국가가 무너지는 형세가 일어나게 될 것입니다. 병서에 '화살을 여러 차례 쏴서 적을 맞히기를 바라는 것은 신중하게 살펴서 한방에 적중시키는 것만 하지 못하다'라고 했습니다. 이 때문에 현자는 작은 이익에 연연하지 않고, 억측으로 계책을 세우지 않으며, 때가 아닌데도 독단적으로 움직이지 않습니다. 춘추시대 은나라 탕왕, 주나라 무왕의 군대가 두 차례까지 싸우지 않고 이길 수 있었던 것은 진실로 백성들의 어려움을 잘 보살피고 때를 신중하게 살폈기 때문입니다. 적시적소를 정확하게 간파하지 못하고 수차례 무력을 행하다가 운이 좋게 요행이 따르기를 바란다면, 그동안 백성들의 삶은 피폐해지고 이로 인해 국가는 불행히도 어려운 일을 접하게 되어, 누구도 사태를 수습하기 어려운 상황에 놓이게 될 것입니다. 지금은 때가 아닌 것으로 사료됩니다."

초주의 '구국론(仇國論)'은 곧바로 강유에게 보내진다.

강유는 구국론을 읽어본 후, 아무런 반응도 보이지 않은 채 유선에게 상주한다.

"폐하, 조정의 신료들과 백성들의 우려를 각인하여 반드시 북벌을 성공시키겠습니다. 북벌을 성공적으로 이끌기 위해서는 사성교위 양희와 같은 인재가 꼭 필요한 만큼, 그를 북벌에 참여할 수 있도록 윤허하여 주시옵소서."

선주 유비의 뜻을 잠시도 잊지 않고 있는 후주 유선은 국가재정이 어려운 상황 속에서도 강유의 청을 받아들여 양희를 강유에게 보낸다.

강유는 양희를 수하에 두게 되었지만, 지난 단곡에서의 대패로 인해 농서 이민족의 협조를 받기 어려운 상황에서, 조정의 대신들도 전폭적으로 지원조차 해주지 못하는 여건이 되자, 장수들을 불러들여 북벌에 대한 세부 계획을 논의한다.

"이번 정벌의 대상을 어디로 삼아야 촉한이 처한 난관을 무리 없이 타개하겠소?"

"아군은 제갈탄의 의거로 특별한 준비도 없이 위국의 혼란을 틈타서 북벌에 나서게 된 만큼, 이번 북벌에서는 식량을 탈취할 수 있는 장성으로 방향을 집결하는 것이 좋겠습니다."

장수들의 의견을 종합한 강유는 척후병들이 수집한 정보를 가져오게 하더니 한동안 정보를 분석한 후, 장성에서는 경계병이 대거 회수 이남의 항성으로 이동하여 경계가 느슨한 동시에, 식량이 풍족하게 저장되어 있어 관중을 공략하는 발판으로 최적이라는 판단을 굳히고, 장서와 부첨을 새로이 북벌군 장수로 합류시켜 북벌군을 보강한다.

강유는 군사작전이 완벽히 이행되었다는 판단이 들자 낙곡도를 지나 장성에서 장안을 위협하겠다는 계획을 행동으로 옮겨 257년(감로2년) 늦가을, 수만의 군사를 이끌고 낙곡을 지나 심령에 다다른다. 위국에서는 진태 대신 총사령관이 된 정서장군 사마망이 강유가 장성을 노리고 있음을 간파하고, 장성으로 출병하여 원군이 올 때까지 낙곡도의 북쪽 계곡의 입구를 지키며 철저히 경계망을 구축하기 시작한다.

강유는 사마망이 낙곡도의 북쪽 계곡의 입구를 지키고 있다는 보고를 받고, 낙곡에서 동쪽으로 방향을 바꾸어 심령(心嶺)을 넘어 망수(芒水)에서 삼보로 빠져나온다.

강유가 험한 골짜기를 수없이 넘어 온갖 고생 끝에 군사들을 움직여서 삼보의 입구까지 도착했으나, 이곳에는 이미 등애가 상규의 군사를 이끌고 신속히 이동하여 삼보의 입구를 지키고 있었다.

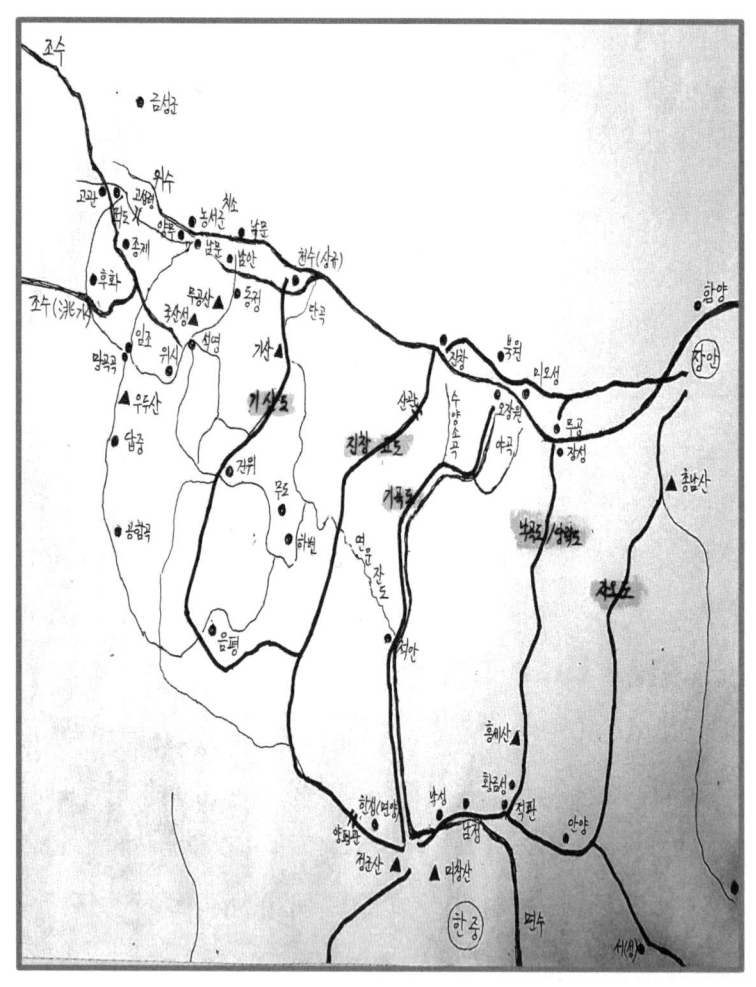

 강유는 산을 배경으로 망수(芒水)에 군영을 세우고, 일부 병력을 돌려 낙곡의 계곡 물길을 건너 퇴로를 확보하는 동시

에 장성을 고립시키도록 한다. 이에 대항하여 등애는 위수를 따라 남북으로 방어진을 세우고 굳게 지킨다.

강유가 줄기차게 싸움을 유도하지만 등애와 사마망은 일절 공격에 응하지 않고, 이에 초조해진 강유는 사성교위 양희에게 지시한다.

"등애의 군영으로 진입하여 전투를 유도하고, 등애가 군사를 이끌고 영채 밖으로 나오도록 유인술을 펼치시오."

강유의 지시를 받고도 양희는 작전을 수행하는 일에 열의를 보이지 않는다. 강유는 다시 양희에게 강력하게 공격에 임할 것을 명한다.

"교위는 삼보의 입구를 우회하여 등애의 군영을 기습하는 전술을 세워보도록 하시오."

강유가 양희에게 지속적으로 총력을 다해 전투에 임하도록 압력을 가하자, 양희는 수하들에게 불평불만을 늘어놓으며 건성으로만 강유의 지시에 따른다.

"대장군은 이기지도 못할 전쟁을 벌이면서, 주위의 사람들을 피곤하게 하는 데는 능력이 뛰어나도다. 적병이 꼼짝을 않고 영채를 지키기만 하는데, 어떻게 적병을 밖으로 끌어내라는 말인가?"

양희가 등애를 밖으로 유인하는 작전에 소극적으로 임하는 탓에 작전을 이행하지 못하자, 강유는 전술을 장기전으로 전환하면서 낙곡에 영채를 세우고, 주변에 보급로와 군사시설을 강화시켜 군사를 배치하고 수비에 치중한다. 강유가 등애와 낙곡에서 반년 이상의 대치를 지속하고 있을 때, 한중의 조정에서 강유에게 깜짝 놀랄만한 급보가 전해진다.

"회남에서 제갈탄의 의거가 진압되었노라. 회남에 증파된 위국의 관중 병사들이 다시 농우로 되돌아올 것이라 하니, 이에 대한 대처를 충분히 기하도록 하라."

강유는 조정에서 보낸 '회남으로 파병을 떠난 위국의 병사들이 다시 농우로 되돌아올 예정이다'라는 급보를 받자, 지난 단곡에서의 전투와 같이 계곡에 갇혀 협공을 당하는 사태가 재연될 수 있다는 우려를 하게 된다. 결국 '외로운 북벌의 늑대' 강유는 아무런 성과도 없이 낙곡에서 주둔군을 철수시키며 북벌군을 이끌고 한중으로 돌아온 후, 강유의 측근들은 망수(芒水)에서 양희가 행한 매국적 행위를 조정에 보고하여, 조정에서는 양희의 관직을 박탈하고 평민으로 돌려보낸다.

그로부터 1년이 지난 후, 성도로 돌아와서 중앙정치에 개입하기 시작한 강유는 후주 유선에게 한중 서북쪽부터 북쪽 방면으로 수비를 강화하자는 표문을 올린다.

"지난날 선주께서 세운 촉한의 국방계획은 적을 경계로부터 겹겹이 막아 아예 한중분지로 들어오지 못하게 하는 것이었습니다. 이 방법은 중문격탁(重門擊柝:여러 개 문을 세워 적을 막음)에는 부합하여 적을 막기에만 도움이 되지, 위를 정벌하는 데에는 큰 이익을 주지 못하는 방책입니다. 이제는 방책을 바꾸어 적군이 공격할 징후가 포착되면, 아군은 한중 일대의 군사와 곡식을 한성(한중 면양현)과 낙성(樂城:성고현)에 집중시켜 이곳의 방비를 강화하면서, 전투가 벌어지면 적병을 평지로 끌어들이고, 사천(四川)분지로 향하는 관문들을 강화하는 방책을 세울 시기입니다. 이렇게 되면 유사시에는 유격병을 투입해 빈틈을 노릴 수 있는 군사시설 운용이 가능할 것이며, 적병들은 사천분지를 진입하지 못하고 길게 늘어지기만 해서 군사작전과 군수품 보급에 고통을 받게 됨으로써 아군에게 유리한 지세가 될 것입니다."

유선은 강유의 주청을 받아들여 재동 한수현 지역에 督한중 호제를 배치하고, 감군 왕함을 낙성에 배치하고, 호군 장빈은 한성에 주둔하게 하며, 서안, 건위, 건창, 임원 등의 지역에도 수비거점을 구축한다.

그러던 중, 촉의 상서령 겸 진북장군 진지가 죽어 촉주 유선은 홀로 친정을 하는 일에 한계를 느끼게 되자, 진지가 죽기 전에 발탁한 환관 황호에게 의지하기 시작하더니, 환관 황호가 유선의 총애를 받으면서부터는 환관이 문무 관료의 인사 등 정치에 적극적으로 개입하는 계기가 된다. 유선의 총애를 받기 시작한 환관 황호는 황제의 비선 실세가 되어 국정을 농락하기 시작하자, 후주 유선의 친동생인 노왕 유영이 유선에게 눈물로 호소한다.

"폐하, 이 못난 아우가 감히 폐하께 눈물로 호소합니다. 선황께서 갖은 고초와 시간을 통해 이룩한 한황실의 부흥이 자칫하면 후한 말기의 청류파와 환관의 암투로 다시 비화될 수 있는 위기에 놓여 있다고들 합니다. 이 사태의 중심에는 환관 황호가 있습니다. 부디 간특한 환관을 멀리하시어 백성들이 마음 편하게 한황실의 부흥에 총력을 기울이게 하시며, 동시에 선황께서 이루신 기반을 반석 위에 올려놓는 성은을 베풀어주시옵소서."

후주 유선은 노왕 유영이 직언을 올리자 불쾌한 심기를 드러내며 심하게 질책한다.

"노왕은 어찌 짐을 그렇게도 한심하게 본다는 말이냐. 짐이 아무리 못났어도 황호와 같은 종놈에게 휘둘릴 존재로 보이는가? 그대는 짐을 암군(暗君)으로 몰고 있어 짐이 심히 불쾌하니, 지금 당장 짐의 눈앞에서 사라져 다시는 짐의 주변에 나타나지 말라. 짐은 단순히 말벗으로 황호라는 종놈을 데리고 있을 뿐, 노왕은 어찌 감히 짐에게 환관의 국정농단이라는 말을 함부로 하는가?"

노왕 유영은 정신을 차리지 못할 정도로 후주 유선의 질타를 받고 황궁을 나온 이후, 10여 년을 철저히 유선에게 배척당한다. 후주 유선이 친동생에게도 이렇게 가혹하게 처벌을 하니, 어떤 대신도 강력하게 황호의 농단을 제어하지 못한다.

19.
절대 권력의 어두운 이면과 강유의 7차 북벌

19. 절대 권력의 어두운 이면과 강유의 7차 북벌

1) 동오의 권력을 전횡하던 손침, 오주에 의해 살해되다

동오에서는 손침이 수춘성에서의 '제갈각의 의거'에 동조하여 주이를 대도독으로 삼아 제갈각을 지원했으나 대패하여, 동오의 조정으로부터 큰 원망을 받고 수시로 손량으로부터 힐문을 받게 되면서, 손침은 오주 손량을 불편해하기 시작한다. 이를 간파한 오주 손량은 258년(태평3년) 9월 초, 누나 손노반 공주, 국구인 태상 전상과 전기, 장군 유승과 모의하여 손침을 주살하고 황권을 되찾을 계획을 세운다.

그러나 이 모의는 전상의 부인에 의해 손침에게 알려지고, 결국 9월 26일에는 측근 장수들을 보내 전상과 전기를 생포하고, 동생 손은에게 병사를 이끌고 유승의 자택을 급습하여 유승을 주살하도록 한다.

곧이어 손침은 손량을 폐하여 회계왕으로 삼고, 손량의 형인 손휴를 제위에 올린다. 손침은 손휴를 제위에 올린 후, 손휴를 허수아비로 만들고 더욱 막장으로 가는 횡포를 저지른다. 처음에는 오주 손휴가 손침을 두려워하여 손침의 비위를 맞추며, 자신에게 황권을 유지하려면 손침을 경계해야 한다는 직언을 하는 관리들을 경우에 따라서는 서슴없이 손침에게 고자질하기도 한다.

이같이 황위에 오른 초창기의 손휴는 손침을 비방하는 관리가 나타날 때마다 모두 손침에게 알려주어 죽음으로 몰아넣던 중, 그런 와중에도 손침을 혐오하는 자가 끊임없이 나타나자, 손침에 대한 천하의 민심이 이 정도인가 하는 회의를 느낀다. 손침은 손침 대로 자신을 경멸하는 사람이 수도 없이 많다는 사실을 알고, 언제 그들이 자신에게 위해를 가할지를 알 수 없는 건업의 민심과 자신을 폄훼하는 조정의 대신에 대한 두려움을 느끼게 된다. 이런 분위기 속에서 오주 손휴와 승상 손침 사이에 팽팽한 긴장이 감돌게 되고, 마침내 손침은 자신의 안위에 불안을 느껴 중서랑 맹종에게 청한다.

"나는 요즈음 조정에서 돌아가는 공기가 싫어 새로이 마음을 진정시키고자, 잠시 무창으로 떠나 머리를 좀 식혔으면 하는데 어떻게 생각하시오?"

"그러시면 무창에 군사를 조련하면서 잠시 변방을 지키는 것도 좋은 방법이 되겠습니다."

"그대가 황제에게 고해 윤허를 받아주시게."

맹종이 손휴에게 손침의 뜻을 전할 때, 장군 위막이 오주 손휴에게 강력하게 반대의 의사를 전한다.

"조정에서 위세를 부리던 손침이 갑자기 무창으로 가겠다고 하는 데에는 반드시 연유가 있을 것입니다. 손침 승상을 무창에 보내면 반란을 획책할 여지가 다분히 있습니다."

손휴는 위막의 강력한 반대에도 불구하고, 호기가 찾아왔음을 직감적으로 느끼고 마음속으로 쾌재를 부른다.

'드디어 손침으로부터 짓눌려온 압박감에서 해방될 때가 왔노라. 손침이 건업을 떠나 무창에 나가 있는 동안, 짐은 조정의 대신들을 내 심복으로 만들어 적당한 시점에 손침을 제거하겠노라.'

손휴는 마지못해 손침의 청을 받아들이는 척하며, 손침이 무창으로 떠나가는 것을 허락한다. 손휴의 허락을 받은 손침은 맹종에게 무창으로 함께 떠날 것을 청한다.

"중서랑은 중영 소속의 정예병 1만5천명을 이끌고 무창으로 가서, 나와 함께 정병을 양성하도록 하시게."

무창에 당도한 손침이 병사를 증원하고 대대적으로 정병을 양성하기 시작하자, 오주 손휴는 이때다 싶어 시어사 시삭에게 밀명을 내린다.

"시어사는 조심스럽게 손침의 동향을 살펴 보고하라."

시삭은 시어사인 자신에게 황제가 밀명을 내린 것을 단순한 정보 사찰로 여기지 않고, 황제의 의도를 심도 있게 분석한 후, 오주 손휴에게 자신이 철저히 조사한 손침의 동향을 빠짐없이 보고한다.

"폐하, 손침이 대대적으로 정병을 양성하는 것이 아무래도 수상합니다. 이대로 방치하면 모반할 여지가 있습니다."

손침을 제거할 적당한 때를 기다리던 손휴는 시어사 시삭의 보고를 받고, 그동안 각별한 친분을 쌓기 위해 공을 들인 좌장군 장포, 정봉 등을 궁으로 불러들인다.

"시어사 시삭은 긴밀히 짐에게 손침의 동향을 보고해 올렸습니다. 시어사에 의하면 '손침이 대대적으로 정병을 양성하면서 모반할 움직임을 보이고 있다'라고 합니다."

좌장군 장포가 손휴에게 손침을 척살할 방법을 제시한다.

"폐하, 안풍후 정봉장군께서는 오랜 군문에 몸을 담으셔서 군에서 따르는 장수들이 많습니다. 정봉장군께서 모든 계획을 주도하시도록 하고, 소장이 뒤를 받쳐 드리겠습니다."

장포의 추천을 받은 정봉은 자신이 구상하는 거사계획을 밝힌다.

"올해 12월 8일에는 한 해를 마무리하는 연회가 열립니다. 신이 그날을 대비해서 수하의 심복을 선발하여 연회장의 주변에 숨겨두었다가, 적당한 시점에 손침을 기습하여 주살하겠습니다. 좌장군은 위막장군에게 연회식 당일에 만일의 사태에 대비하여, 연회장 주변에 심복을 배치해 두도록 부탁하고, 시어사에게는 폐하 곁에서 신변을 보호하는 데 만반의 채비를 갖추도록 주지시키시오."

오주 손휴는 장포, 정봉과 모의하여 손침을 척살하고 그 일족을 멸살할 계획을 세운 후, 운명의 날이 빨리 오기를 학수고대한다.

드디어 258년(감로3년) 12월 8일 저녁, 건업에서는 1년을 마무리하는 연회가 열리고, 오주 손휴는 대소 관료를 연회에 초대한다. 손침은 무창에서 호위병을 이끌고 건업에 도착한 후, 자택을 나서 연회장으로 향하는데 이날따라 차가운 겨울의 강풍이 심하게 불더니 나무가 뽑히고 흙모래가 날리자, 손침은 병을 핑계로 삼아 가지 않으려고 한다.

손침이 자택에서 머뭇거리며 선뜻 나서지 않자, 손침이 오기를 학수고대하던 오주 손휴는 다급해진 나머지 급히 신료 10명을 보내 정중히 모시라고 엄명을 내린다. 손침은 내심 꺼리면서도 황제가 친히 사람까지 보내 초청하자, 이를 뿌리치지 못하고 따라나서는데 이때, 손침의 심복들도 이상한 기운을 느껴 손침에게 진언을 올린다.

"승상, 오늘 기상도 그렇고, 기분도 그다지 좋게 느껴지지 않습니다. 연회를 불참하는 방안을 한번 고려해 보십시오."

"황제가 친히 사람을 보냈는데도 참석을 하지 않는다면, 황제로부터 쓸데없는 오해를 사게 될 것이네. 여러분이 우려하는 바는 충분히 대비할 테니 걱정하지 마시게."

손침은 호위병을 이끌고 연회장으로 나서면서 다소 께름칙한 느낌이 드는지 수하의 경호 대장에게 명한다.

"만일 연회장의 기류가 이상하게 흐르면, 즉시 불을 질러 나에게 신호를 보내라."

손침이 연회장에 들어 황제 손휴의 옆에 지정된 연회석에

앉고, 손휴가 정봉, 장포 등과 함께 축하주를 따라주면서 흥이 고조되어 긴장이 풀어질 무렵 관소에 불이 나자, 손침이 벌떡 일어나 나가려 하는데, 손휴가 손침을 잡아끌며 말한다.

"밖에 병사들이 많은데, 왜 직접 나서서 불을 끄려 하시오. 그냥 안에서 짐과 함께 계시오."

손침은 비몽사몽간에도 손휴의 만류를 뿌리치고 나가려 한다. 그러나 이는 손침이 완전히 술에 취해서도 무의식적으로 보인 반사적 행동이었을 뿐, 이미 판단 능력이 흐려진 손침은 완강하게 손휴의 손을 뿌리치지 못한다. 이때 정봉과 장포가 무사를 이끌고 밖으로 나가려는 손침을 사로잡아 온몸을 결박한다. 손침은 온몸을 결박당한 채 손휴에게 묻는다.

"폐하, 왜 갑자기 이러십니까?"

"그대는 모반을 꾀하지 않았는가?"

"신은 절대로 모반을 꾀한 적이 없습니다."

"명명백백한 증거가 있는데도 부인하겠는가?"

손휴가 시삭에게서 올라온 각종 정황보고를 보여주자, 손침은 손휴가 자신을 제거할 모의를 꾸민 것임을 알고 항변을 하는 대신 오경제 손휴에게 자비를 청한다.

"폐하, 신을 교주로 유배를 보내 농사에나 전념하도록 배려하여 주시옵소서."

"지난날 그대는 어찌하여 등윤과 여거에게 유배라는 배려를 베풀지 않고 무참하게 죽였는가?"

"그렇다면 신을 관가의 노비로 부려주십시오."

"지난날 그대는 어찌하여 등윤, 여거를 노비로 부리지 않고 죽였는가?"

말을 마친 오의 경제 손휴는 손침의 목을 베고 그의 삼족을 멸하는 족형을 가한다.

2) 사마소, 위제 조모를 시해하고 진공(晉公)에 오르다

260년(감로5년) 4월, 위에서는 위황제 조모가 동오에서 황제의 위에서 군림하던 손침이 암살당한 것을 상기하며, 사마소를 궁지에 몰아넣을 계획을 구상하더니, 생각을 정리한 위황제 조모는 지난날 사마소가 극구 사양했던 진공과 더불어 상국의 지위와 구석을 다시 사마소에서 제수하고자 한다.

위황제 조모는 사마소가 이를 받아들인다는 것은 황권에 도전하겠다는 선전포고라는 인식을 당시 천하의 사람에게 심어주어, 사마소를 제거할 명분으로 삼으려 했던 구상이었다. 조모의 의도를 알고 있는 사마소는 대로하여 측근에게 조모를 힐난하며 말한다.

"조모는 내가 결코 이런 지위를 탐할 입장이 아니라는 것을 잘 알면서도, 나를 동탁과 같은 인물로 매도하려고 고도의 술수를 부리는 것이다."

이때 가충이 사마사에게 장계취계로 이를 받아들여 역공을 펼치는 데 활용하도록 정중히 권한다.

"황제의 제안을 마냥 거부하기보다는 겸손을 가장하여 몇 차례 거부하다가 이를 받아들인 후, 때를 보아 황제의 권위를 무너뜨리는 수가 고단수입니다."

가충의 조언을 듣고 있던 종회도 가충과 의견을 같이한다.

"지난해, 동오의 실권자 손침이 오경제 손휴에 의해 주살된 것은 방심해서 일뿐입니다. 일단 이를 거부하는 척하다가 마지못해 받아들이는 형세를 취하면서, 주군의 세력을 외연으로 펼치는 것이 최상책입니다."

종회와 가충의 조언을 받고도 이를 거부하는 사마소에게 위제 조모는 조칙을 내리면서까지 자신의 뜻을 관철하려고 하지만, 사마소는 진공, 상국의 지위와 구석의 예를 모두 거부한다. 그러나 조모 또한 이를 포기하지 않고 몇 차례 지속적으로 권유하다가 사마소가 끝까지 거부하자, 황제의 직권으로 사마소에게 위공을 제수하고 구석을 내리는 수여식을 강행할 것을 알린다.

조모는 사마소에게 구석을 내리는 수여식에서 사마소를 제거하기 위해 용종복야 이소와 황문종관 초백을 이끌고 직접 사마소를 도모할 계획을 세워놓았지만, 하늘은 조모에게 가느다란 희망도 버리게 하려는지, 수여식 거행 일에 큰 폭풍우가 몰아치면서 수여식은 무기한 연기가 된다.

수여식이 연기되고 그다음 날, 조모는 평소 의지하던 상서 왕경, 시중 왕침, 산기상시 왕업을 불러 품 안에서 조서를 꺼내며 친위쿠데타를 암시한다. 왕침, 왕업은 그 자리에서 아무런 말도 하지 않았고, 산기상시 왕경은 홀로 위제 조모가 세운 거사 계획을 강력히 말린다.

"다시 한번 생각을 하시옵소서. 노나라 소공(昭公)은 계손씨의 횡포를 참지 못하여 계손씨를 도모하려다가 계손씨에게 발각되어 나라를 버리고 도망을 치게 되었습니다. 지금은 사마씨가 권세를 잡고 수십 년이 흘러, 조정 안팎의 공경대부들이 모두 사마씨의 권세 안에 놓여있습니다. 폐하께서는 은인자중하셔야 합니다."

조모는 왕경의 진언에 분격하여 소리를 지른다.

"짐의 마음은 이미 결정이 되었소. 정작 짐이 죽는다고 하더라도 무엇이 한스럽겠소? 더구나 반드시 실패한다는 보장도 없소."

말을 마친 조모는 태후에게 자신의 결심을 알린다. 이때 황궁에서 나온 왕침, 왕업은 왕경에게 황제의 거사 구상을 사마소에게 알리러 함께 가자고 제안하지만 왕경은 거절한다.

"천자께서 고통을 받으면 신하는 고통을 함께해야 하고, 천자께서 굴욕을 받으면 신하는 목숨을 내어놓아야 하거늘, 어찌 천자를 궁지에 몰아넣을 수 있겠소?"

왕침과 왕업은 왕경을 설득하지 못하고 왕경을 뒤로 한 채, 곧 사마소에게 찾아가서 황제의 행위를 고자질한다. 이들의 고자질로 사마소가 이 사실을 알게 되면서, 조모의 거사에 대한 대비를 철저히 하기 시작한다. 계획이 누설된 것을 알게 된 조모는 소수의 노복과 환관 수백을 이끌고 직접 사마소를 도모하기 위해 쳐들어간다. 조모는 운룡문에서 둔기교위 사마주가 자신의 앞을 가로막자 큰소리를 질러 물리친다.

"둔기교위 사마주는 당장 앞길을 터놓고 물러서라. 짐은 역도가 있어 토벌하러 가는 중이니, 어떤 누구이든 앞을 가로막는 자는 삼족을 멸하겠노라."

사마주가 엉겁결에 앞길을 터주고 물러서자, 조모는 거침없이 운룡문과 지거문을 지나서 동화문 앞에 다다른다. 동화문 앞에서 사마소의 충복 가충이 지휘하는 정예병이 앞을 가로막고 노복과 환관들에게 위협을 가하자, 노복과 환관들은 지레 겁을 먹고 뿔뿔이 흩어지고, 조모는 홀로 검을 빼어들고 병사들에게 휘두른다.

병사들은 황제를 공격할 수도 없어 요리조리 몸을 피할 때, 가충이 보다 못해 큰소리로 궁궐 금위병들을 다그친다.

"상국께서 너희 정병들을 보살피신 것은 오늘을 위해서인데, 너희는 지금 무엇을 망설이느냐?"

가충의 외침을 듣자마자, 금위병 성제가 황제 조모에게 다가가서 창으로 찌르고 칼로 등을 내리쳐 죽인다. 그때 하늘도 금위병이 황제를 시해하는 하극상을 용납할 수 없었던지, 갑자기 하늘에 먹구름이 깔리고 폭우가 쏟아지더니, 천둥, 번개가 요란하게 궁궐에 내리치기 시작한다. 황제 조모가 시해당한 지 오랜 시간이 지난 후, 사마소는 황제를 시해한 주동자 가충으로부터 상황을 보고받고는 깜짝 놀라 정신이 혼미해지더니 정신을 잃고 쓰러진다. 그로부터 한참이 지난 후, 사마소는 정신을 차리고 일어나며 어이없다는 듯이 독백을 한다.

"천하의 사람들이 나를 어떻게 평하겠는가?"

위제 조모가 죽은 후유증으로 시끄러웠던 조정의 소란은 곧바로 사마소가 휘두르는 철권적 권세에 의해 다소 일단락 지어졌으나, 천하의 이목은 사마소가 황제를 죽인 역적으로 지목하는 바람에 사마소는 궁지로 빠져들게 된다. 시간이 지날수록 소문은 꼬리를 물고 더욱 격화되어 걷잡을 수 없는 단계에 이르자, 사마소는 황당한 사태를 수습하기 위해 가신들을 불러들여 방책을 묻는다.

"이 사태를 어떻게 풀어야 하겠는가?"

수습하는 자리에 함께한 가신들이 성제를 희생양으로 삼아 그에게 모든 책임을 뒤집어씌우고 사태를 정리하도록 방향을 정한다. 이튿날, 사마소는 조정에 들러 대신들에게 사태의 추이를 전하고, 명원황후를 알현한 후 허위로 보고서를 작성해서 올린다.

"황제가 명원황후를 시해하려 해서, 이를 막는 과정에서 금위병 성제가 광분하여 황제를 시해했습니다."

사마소는 모든 죄를 성제에게 떠넘기면서, 명원황후는 성제의 삼족을 멸하는 족형을 내리는 동시에 상서 왕경을 잡아들이도록 명한다. 사마소는 아무 죄도 없는 상서 왕경에게 모반 혐의를 씌워 정위청에 가두고 왕경의 모친을 결박하여 정위청으로 끌어온다. 왕경이 형장으로 끌려가면서 눈물을 흘리며 어머니에게 이별사를 고한다.

"어머니께서 말씀하신 대로 적당한 선에서 관직에 미련을 버리라는 가르침을 따르지 않아, 오늘 이 사태를 맞이하게 되었습니다. 불효를 용서해 주십시오."

이런 시점이 되어서는 왕경의 모친은 오히려 자식이 자랑스럽다는 듯이 말한다.

"일찍이 관직을 버리고 평민으로 편히 살라고 타일렀지만, 오늘 이 사태에 접해서는 나의 생각이 좁았다고 여겨지는구나. 너는 자식으로 성실하게 효도했고, 신하로서 강직하게 충성했으니, 이 세상에서 더 무엇을 바라겠느냐? 너는 인간으로서 가치가 있는 일을 했으니, 편안히 이 세상을 떠나 시간과 공간의 구애를 받지 않는 저 편한 세상으로 가서 마음 편히 쉬거라."

왕경과 그 모친이 극형을 받아 세상을 떠난 후, 천하의 사람들이 그들을 추앙하여, 대신 초상을 치러주고 때마다 기일을 추모해 주는 분위기가 형성된다.

우여곡절 끝에 사태를 마무리 지은 사마소는 공경들과 논의한 후, 명원황후에게 주청하여 사도향공 조환을 황제로 추대한다. 이에 조환은 사마소를 승상 겸 진공에 봉하고 화폐 10만 냥과 비단 1만 필을 하사한다.

3) 외로운 북벌의 늑대 강유, 제7차 북벌에 나서다

　지난 2년 전, 유선의 총애를 받아 중상시 겸 봉거도위에 오른 황호는 갖은 아첨과 유언비어로 유선의 총애를 장악한 이후에는 유선의 심기를 경호한다는 명분으로 유선을 시시때때로 연회장으로 이끌어 주색에 빠져들게 하고 있었다.
　이에 제국을 걱정하는 많은 대신들이 유선에게 황호를 멀리하도록 주청하자, 유선은 오히려 이들을 관직에서 내치거나 멀리 거리를 두는 전형적인 암군(暗君)의 기미를 보여주기 시작했고, 촉한의 대신들이 자신을 혐오하는 것을 알고 있는 황호는 유선의 주변을 통제하면서 유선의 눈과 귀를 가리고 주색에서 벗어나지 못하게 만들고 있었다.
　얼마 전, 황호의 국정농단을 참지 못하고 유선의 친동생 노왕 유영이 유선에게 직언을 올렸을 때, 직언을 올린 친동생 노왕 유영도 유선이 경계하여 변방으로 보내는 등 가혹한 처벌을 내린 이후, 어떤 대신도 강력하게 황호의 농단을 제어하지 못하고 있었다. 가뜩이나 약한 국력인데도 황제가 국정에는 관심이 없고, 주지육림(酒池肉林)에 빠져 주색에만 탐닉하니 국고는 텅텅 비어가고, 백성들의 삶은 피폐해져만 간다.
　그 후 2년이 지난 시점에는 황호의 횡포가 더욱 심해지자, 제갈첨과 동궐 등은 황호를 제거하여 국정을 바로 잡으려고 대장군 강유와 힘을 합하여 유선을 설득하고자 한다.

"대장군, 지금 황호의 국정 농단은 더 이상을 방치할 수 없는 지경에 이르렀습니다. 노왕 유영 전하께서 폐하의 미움을 받아 국정에서 멀어진 이후, 황호의 횡포는 더욱 심해져서 문무관료의 임용에 깊이 관여하여 임용체계가 붕괴되기 일보 직전에까지 이르렀습니다. 대장군께서 폐하께 직언을 하지 않고는 어떤 누구도 이를 바로 잡을 수 없을 것입니다."

강유는 조정의 문무대신이 모은 뜻을 총합하여 유선에게 주청을 올린다.

"황호는 환관의 신분으로 너무 깊이 국정에 개입할 뿐만 아니라, 폐하를 모심에도 성군의 길로 제대로 보좌하지 못하고, 폐하의 선정에 크게 방해가 되는 듯합니다."

유선이 인상을 찌푸리며 황호를 비호하여 말한다.

"대장군은 황호를 비방하지 마시오. 황호는 짐을 위해 충성을 다하는 보잘 것도 없는 종놈일 뿐인데, 대장군이 그런 자와 싸워서 무슨 이득이 있겠소. 지난날 상서령 동윤이 사사건건 중상시 황호를 핍박하여 짐이 보기에 그를 매우 안쓰럽게 생각했었는데, 이제는 대장군이 중상시를 핍박한다면 짐이 어떻게 황호 옆에서 보좌를 받을 수 있다는 말이오?"

유선으로부터 질타성의 푸념을 들은 강유는 유선과 황호의 유대가 생각보다 끈끈한 관계라는 것을 확인하면서, 신변에 위협을 느끼고 유선에게 답중으로 돌아갈 것을 주청한다.

"폐하, 소신은 한시도 선주 폐하와 제갈 승상의 유지를 잊을 수 없어, 답중으로 돌아가서 그곳에서 둔전을 하며 위의 침략도 대비하고 북벌도 준비하겠습니다."

환관 황호의 정치개입이 심해지는 만큼, 정무에서의 입지가 좁아진 강유는 황호에게 벗어나려 명분을 세우고 성도를 빠져나오기를 청한다. 후주 유선은 대장군 직분으로 정무에 개입하는 강유가 자신의 쾌락을 막는 것에 부담을 느끼던 중, 변방에서 위국의 침략을 대비하겠다는 말에 흔쾌히 윤허한다.

"짐은 대장군의 뜻은 충분히 이해하오. 부디 변방을 잘 지켜, 위의 침략으로부터 안전하게 보존해 주기 바랄 뿐이오."

성도에서 답중으로 되돌아온 강유는 둔전을 행하여 봄, 여름, 초가을까지는 맥곡농사를 짓고, 동시에 늦가을, 겨울에는 군사훈련을 겸하며 북벌을 위한 준비를 차분히 이행해나간다.

강유는 답중에 머물며 군량을 비축하기 위해 둔전을 시행하면서 군사훈련에 치중하던 중 어느 정도 준비가 되었다고 여겨지자, 262년(경요5년) 10월에 이르러서는 '제7차 북벌'에 나서기로 결정하고, 요화에게 한중의 책임을 맡기는 한편, 자신은 답중에서 출병하여 후화(候和)를 향해 나아간다.

강유가 답중을 출발하여 한참 만에 우두산에 이르렀을 때, 우두산의 재를 넘으면서 척후병에게 주변을 살피도록 명한다.

"너희들은 우두산의 령(嶺) 주위에 적의 매복병이 있는지를 철저히 수색하여 보고 하거라."

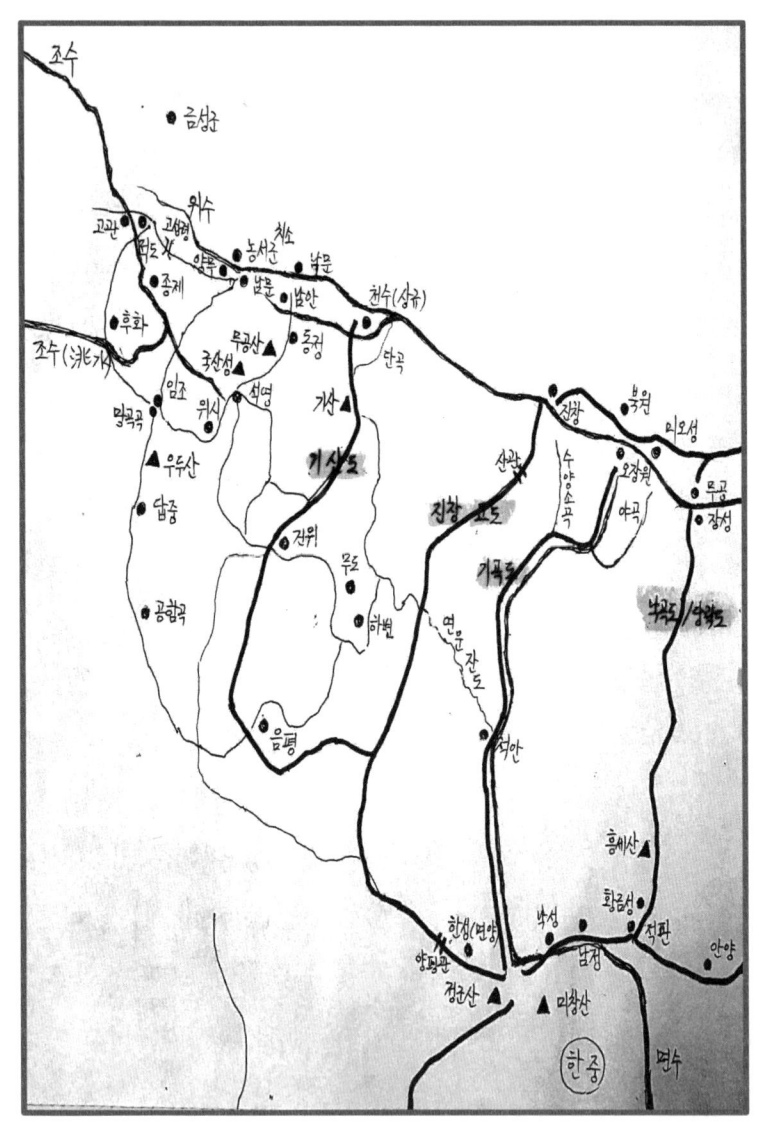

강유의 지시를 받은 척후병들이 주변을 정탐한 후 즉시 보고를 올린다.

"산의 주변에는 매복의 기미가 보이지 않고, 멀리 망곡곡의 계곡이 끝나는 지점에 있는 다리들은 파괴된 채로 방치되어 놓여있습니다."

강유는 척후병들이 주변을 정탐한 정보를 바탕으로 부장들에게 현황에 대한 의견을 교류하도록 시간을 할애한다.

"대장군, 적병이 험준한 우두산 령(嶺)의 협로를 막지 않고, 아군이 령(嶺)을 지나도록 방치하였다는 것은 아직 아군이 농서로 침투하는 것을 감지 못했거나, 방어선을 적도 인근의 후방으로 구축한 것이 아닌가 여겨집니다. 게다가 망곡곡 계곡의 물길이 연결되는 다리가 무너진 상태로 있다는 것은 이들이 매복병을 배치하지 않았다는 증거일 것입니다."

좌거기장군 장익이 부장들의 견해를 정리하여 보고하자, 강유는 척후병의 보고와 부장들의 견해를 존중하여, 신속히 망곡곡의 끝부분에 부교를 설치하기 위해 서둘러 진군해서 부교를 건설하려고 공병들을 독려하는데, 이때 망곡곡의 양쪽 기슭에서 갑자기 화살이 날아오기 시작한다. 부교를 보수하려다가 갑자기 기습을 당한 촉병들이 화살에 맞아 속수무책으로 쓰러지자, 강유는 긴급히 전투명령을 내린다.

"복병이다. 병사들은 공사를 멈추고 곧바로 수비태세를 갖추어라."

강유가 긴급히 전투태세를 갖추게 하지만, 이미 흐트러진 전열을 다시 정비하는 일은 새로이 진용을 구축하는 일보다도 더욱 어려운 일이었다. 등애의 군사들이 흐트러진 강유의 진용을 향해 함성을 지르며 돌격하자, 그 기세에 눌려 촉군은 강가까지 밀려 나간다. 이때 반대편 강가에 있던 위군들이 화살을 쏘아대며, 강을 건너 촉군이 있는 쪽으로 와서 협공을 가하자, 전의를 잃은 군사를 이끌고는 더 이상 전투를 이행하기 어려워진 강유는 급히 퇴각을 명한다.

"전군은 우두산을 돌아 신속히 답중으로 퇴각하라."

강유는 후화 인근의 방비를 장익에게 맡기고, 자신은 군사를 수습하여 전열을 가다듬고 일단 답중으로 돌아간 후, 한참 동안을 궁리하다가 어렵게 행한 북벌이 무의미하게 끝나는 것을 아쉬워하며 장수들에게 새로이 진로를 제시한다.

"제장은 각자 수습한 수하의 군사를 이끌고 우두산을 돌아 기산으로 향하라."

강유가 기산의 근처에 당도하여 여러 봉에 위영을 설치하고, 마치 기산의 정상을 넘을 것처럼 용병을 펼치자, 기산에서 대기하던 등애의 군사들이 강유의 1진 병사를 상대하기 위해 출격한다. 강유는 일진을 이끌고 위군을 상대로 싸우다가 짐짓 패하는 척하면서, 각 봉우리에 포진한 위영의 한가운데로 끌어들여 각 봉우리에서 퇴로를 막고 맹공을 펼친다.

지략에서는 강유를 앞설 수 있을지 몰라도, 용맹에서는 강유를 당해낼 재간이 없는 등애는 기산의 영채로 돌아가서 철저히 수비태세로 일관한다.

기산을 마주하고 양측의 소강상태가 길어지자, 재정이 빈약한 성도의 조정에서 후원을 기대할 수 없게 된 강유는 식량난으로 다시 철수를 결정한다. 강유가 눈에 보이는 성과도 없이 계속 북벌에 임하자, 환관 황호는 자신의 탄핵을 주청했던 강유를 제거하기 위해 유선에게 주청을 올린다.

"폐하, 대장군 강유는 그동안 제대로 준비하고 북벌을 실행해 본 적이 없이 우격다짐으로 북벌에 임하여 국고만 탕진시키고, 백성들의 삶을 질곡으로 몰아넣고 있습니다. 이로 인해 백성들의 불만이 고조되고 있는 상태에서는 대장군 강유에게 더 이상 북벌의 총사령관직을 맡기는 것은 촉한의 안보와 미래를 위해서도 바람직하지 않은 듯합니다. 대장군 강유를 파직하고 강유 대신으로 우대장군 염우를 북벌의 총사령관으로 세워 체계적이고 효율적인 북벌을 이행하심이 마땅하다고 여겨지옵나이다."

후주 유선은 환관 황호의 말을 듣고 깊이 생각에 잠기지만, 강유가 그대로 답중에 눌러앉아 성도의 조정과 거리를 두자, 이 문제는 논점이 흐지부지되면서 결국 무산되기에 이른다.

20.
위를 이어받은 진 황제 사마염의 천하통일

20. 위를 이어받은 진 황제 사마염의 천하통일

1) 진공 사마소, 촉한 정벌전으로 민심을 돌리려 하다

사마소는 폐주 조모 대신 조모의 숙부뻘이 되는 조환을 새로이 황제로 세웠으나, 이전에 이미 사마사가 황제 조방을 폐위시키고, 그 뒤를 이은 황제 조모는 처절하게 백주의 대낮에 주살한 전대미문의 패역을 저지른 것에 대해 천하에서 사마씨에 대한 공분이 들끓자, 그는 천하의 관심을 돌리기 위해서는 새로운 계기를 만들어야 할 필요성을 느끼게 된다.
"지금 천하의 민심이 고를 어떻게 생각하오?"
사마소의 질문에 대해 종회가 정곡을 찔러 되묻는다.
"천하의 민심이라 하심은 살기 위해 여념이 없는 백성이 아니라, 조정대신들의 민심이 황제를 시해한 일에 대해 어떻게 생각하는지를 알고 싶은 것이 아닙니까?"
"바로 그렇다네. 조정대신들의 민심을 돌릴 방법을 찾아야 할 것 같네."
"지금 대신들 속에서는 이상한 기류가 흐르고 있습니다. 이들의 관심을 촉한이나 동오정벌로 돌려야, 천하 민심의 물꼬를 바꿀 수 있을 것 같습니다."

"고(孤)도 그래서 촉을 정벌할 생각을 하고 있었소."

"촉을 먼저 공략한다고요?"

"그렇소. 고는 동오보다는 촉한을 먼저 도모해야 한다고 생각하오. 촉한을 먼저 취하고 3년 정도 시차를 둔 후, 파촉의 수로를 따라 수륙양면으로 작전을 펼치면, 이는 과거 춘추시대 우나라를 멸하고, 그 기세를 몰아 괵나라를 평정하는 것과 같으며, 한의 후속을 멸하여 위나라에 합병하는 형세가 될 것이오. 고가 조사한 바에 의하면, 촉한의 병사는 9만명 정도인데, 성도 주위를 수비하는 병사를 제외하면 변방을 지키는 병사가 5만 명 정도일 것이오. 강유를 답중에 붙잡아 놓아 그로 하여금 동쪽으로 이동하지 못하게 하고, 곧바로 낙곡으로 가서 한중을 습격하여 병력을 분산시킨 후, 검각과 관두의 요새를 함락시키면 우매한 유선은 항복할 수밖에 없을 것이오."

사마소가 조정회의에서 촉을 정벌할 구상을 밝히지만, 조정 대신들의 극렬한 반대에 직면한다.

"지금은 천자께서 붕어하시어 천하의 민심이 우리에게 있지 않습니다. 이런 때에 불미스러운 일이라도 일어나면, 수습하기가 여간 어려운 것이 아닙니다."

그때 종회가 앞으로 나서며 사마소의 계획을 적극적으로 지지한다.

"병서에 이르기를 생각하지 못한 시기에 기습하고, 상상하지 못한 곳을 공략하라고 했습니다. 오히려 지금과 같은 시기가 촉한을 정벌하기에는 가장 좋은 때입니다."

사마소는 대신들이 적극적으로 반대를 함에도 불구하고, 종회가 유일하게 촉의 정벌을 지지하자, 그는 종회와 의기투합하여 구체적으로 정벌 계획을 세우기로 한다. 사마소는 구체적으로 계획을 세운 후 즉시 등애에게 전령을 보내, 제갈서와 함께 옹주 방면에서 답중으로 공격하여 강유를 차단하도록 지시한다. 이에 등애가 사마소에게 반대의 의견을 올린다.

"지금 촉한의 경계태세를 보면, 아군이 촉을 공격할 빈틈이 없습니다. 잘못하면 오히려 아군이 당할 수 있습니다. 재고해 주십시오."

사마소는 일선에서 앞장서야 할 장수가 비관적 의식에 사로잡혀서는 싸우기 전에 필패라는 생각을 하고, 사찬을 등애에게 보내 자신의 계책을 상세히 설명하며, 주어진 임무를 철저히 수행할 것을 명한다.

등애가 하는 수 없이 사마소의 엄명을 받아들이게 되자, 사마소는 등애에게 제갈서와 함께 옹주에서 답중으로 출병하여 강유를 묶어두도록 하고, 종회에게는 장안에서 관중군을 훈련시키도록 지시한다. 강유는 진서장군 종회가 촉을 도모하고자, 장안에서 관중군을 훈련시키고 있다는 정보를 입수하여 유선에게 표문을 올린다.

"폐하, 조만간 종회와 등애가 촉한을 치기 위해 출정할 것이라고 합니다. 이에 대비하여 좌거기장군 장익을 양안관구

(陽安關口)로 파견하고, 우거기장군 요화를 음평교두(陰平橋頭)에 보내, 요새를 미리 점령하여 위의 침략을 막아야 할 것으로 사료됩니다."

후주 유선은 아무 생각 없이 황호에게 강유가 보낸 표문을 건네자, 환관 황호는 무당에게 점을 보게 하는 황당한 사태가 벌어진다. 얼마 후, 중상시 황호는 무당이 가져온 점괘를 유선에게 올리며 안심하라는 듯이 말한다.

"사마소는 위국의 정세가 혼미하여 촉국을 결코 도모하지 못한다고 합니다."

유선은 황호가 가져온 무당의 점괘를 믿고, 안이한 생각으로 일관하더니, 곧바로 환락으로 빠져들어 강유가 올린 표문을 공론에도 부치지 않는다.

263년(경원4년) 가을, 사마소는 촉한을 정벌하기에 앞서 오국이 전쟁에 개입하지 못하도록 무중생유(無中生有:무로써 실속을 취함) 계책을 구상하여 발표한다.

"청주,서주,연주,예주,형주,양주 6개주의 자사는 휘하의 태수에게 전함을 건조하게 하며, 이는 동오를 정벌하기 위해 전선을 건조하려는 것이라고 유언비어를 퍼뜨리게 하시오. 이를 동오의 밀정이 손휴에게 보고하게 되면, 동오는 결코 촉을 지원하는 경거망동을 하지 못할 것이오."

사마소는 오국을 묶어놓는 허허실실 계책을 세운 후, 조정의 대신들 앞에서 자신의 구상을 구체적으로 밝힌다.

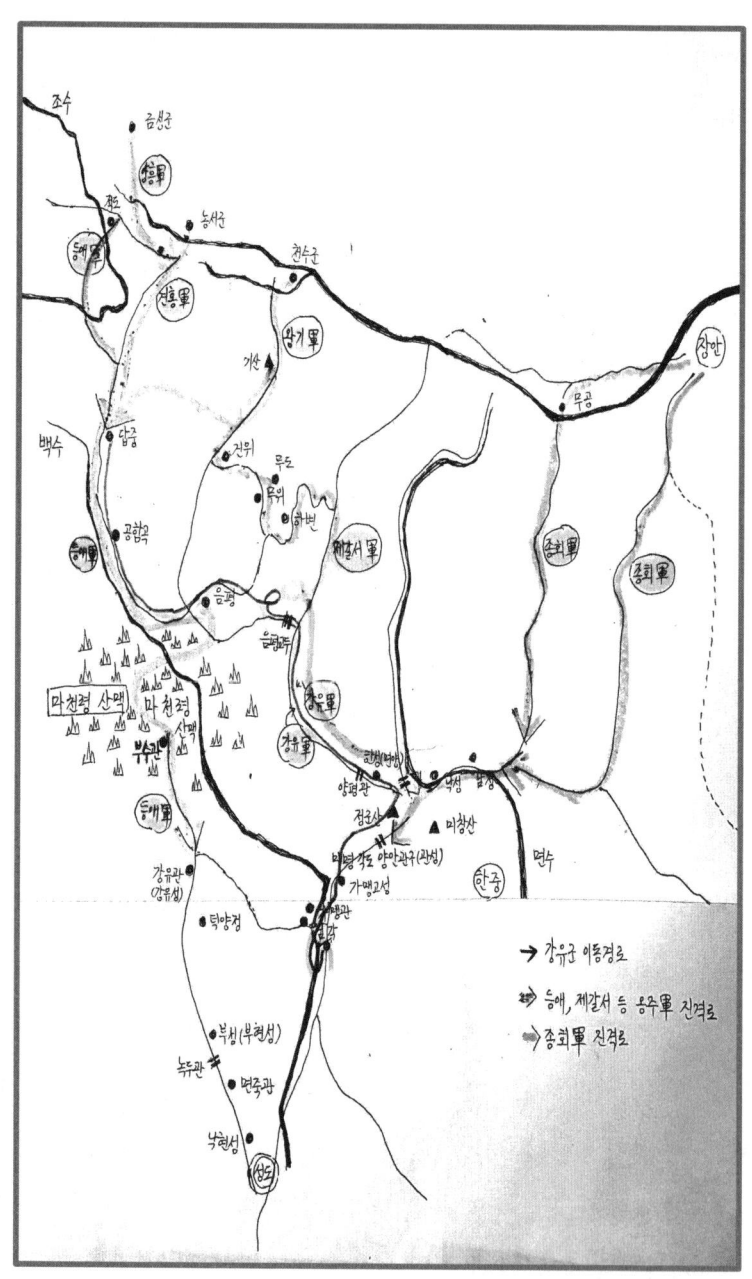

"고는 동오를 정벌하기에 앞서 촉한을 먼저 도모하기로 하였소이다. 고가 2년간 촉의 전력을 정탐한 결과, 촉에는 총 9만의 병사가 있는데, 성도와 수도권을 방비하는 병사는 4만이며, 전투에 임할 수 있는 병사는 5만으로 추정됩니다. 강유가 이 병력을 가지고 양안으로 분배하여 옹주로 군사를 보내고 음평으로 군사를 분리하도록 유도하면, 정작 답중에 묶인 강유 자신이 통솔할 병사가 얼마 되지 않을 것입니다. 아군은 먼저 한중을 점거하게 되면, 쉽게 검각을 통과하여 관성을 점령할 수 있을 것입니다. 아군은 촉군보다 3배 이상의 전력을 지니고 있기 때문에 관성을 포위하여 공성에 임해도 얼마든지 승리를 쟁취할 수 있을 것입니다. 아군이 관성으로 진입하게 되면, 우매한 유선은 앞뒤를 재지 않고 항복을 청할 것이니, 조정의 대신들께서는 내정을 바로 하시어 백성들을 평안하게 이끌어 주시기를 바랍니다."

사마소는 안서장군 등애에게 3만의 군사를 내주어 옹주에서 답중으로 출병하여 강유를 묶어두도록 하고, 진서장군 겸 도독관중제군사 종회에게 호군 호열을 부장으로 10만의 군사를 주어, 장안에서 관중의 주력군을 이끌고 양안 양평관으로 출병하도록 한 후, 옹주자사 제갈서는 3만의 병력을 이끌고 음평교두에 주둔하여 강유를 제지하여 양안관구를 구원하지 못하게 전략을 세운다.

사마소로부터 3만의 병력을 지원받은 등애는 천수태수 왕기를 보내, 강유의 진용을 공격하여 정면에서 맞붙게 하고, 농서태수 견홍은 강유 군대의 예상 진격로를 차단하도록 하며, 금성태수 양흔을 감송으로 파견하여 강유 군사의 후미를 끊으라는 임무를 부여한다.

적도로 진입한 등애는 답중으로 출병하여 강유와 교전태세를 갖추는데 이때, 제갈서는 기산에서 무위를 거쳐 교두에 당도하여 통행로를 막는다. 이때가 되어서야 위급을 인지한 유선은 요화를 답중으로 보내고, 장익과 보국대장군 동궐을 양안관구 관성으로 파견한다.

얼마 후, 위의 옹주자사 제갈서까지 교두로 남진하여 토행로를 막자, 요화는 강유의 후방인 음평으로 이동하여 전선을 구축한다.

강유가 등애와 대치하는 동안, 종회는 전장군 이보, 호군 호열을 이끌고, 낙곡의 방어 요새를 뚫고 넘어온 관중주력군의 여세를 몰아 한중으로 향하면서, 호열에게 명해 양안에서 양안관구를 함락시키도록 지시한다.

위국의 호군 호열이 양평관구 10여 리 앞에 장사진(長蛇陣)을 세우고 공격준비를 갖출 때, 양평관을 지키던 촉장 부첨이 한중보좌 장서에게 작전명령을 내린다.

"장군은 동면의 방비 태세를 다시 한번 자세히 둘러보시오. 나는 서면 방비 태세를 철저히 구축하여 관구를 지키면, 얼마든지 적병을 물리칠 수 있을 것이오."

"적이 긴 출정을 통해 지금 막 관구 앞 가까이에 당도했는데, 수세로 일관하는 것은 아군의 사기 진작에도 결코 도움이 되지 않을 것입니다. 적병이 공격진을 구축하고 휴식을 취하기 전에 내가 이일대로(以逸待勞)의 전략으로 적의 선봉을 깨뜨려 예기를 끊어 놓겠습니다."

"제갈첨 장군께서 나가 싸우지 말고, 관성을 철저히 지키기만 하라고 명하셨소."

"아닙니다. 병서에서도 순수견양(順手牽羊:무리하지 않고도 얻을 수 있는 것은 모두 얻음)이라 했습니다. 지금 나가 싸우는 것이 최상책입니다."

위국의 공세에 대한 촉장과 부장의 이견이 이같이 적나라하게 갈라져서 나타난다.

"알겠소. 적진이 장사진을 구축했으니, 부장은 일진의 돌격기병을 이끌고 관구 앞의 적병을 공격하고, 2진은 특공대를 구성하여 은밀히 산길을 돌아 적진의 후미를 기습적으로 공략해야 할 것이오."

"잘 알겠습니다."

말을 마친 장서는 양평관에서 일진 돌격기병을 이끌고, 종회의 선봉장 호열의 전면을 향해 돌진하다가 갑자기 백기를 들어 흔든다. 촉한의 장수가 백기를 흔드는 것을 지켜본 위의 호군 호열은 화살을 겨냥하던 궁노수를 향해 황급히 외친다.

"궁노수들은 발사를 멈추어라."

위장 호열의 제지가 있은 한참 후, 백기를 든 장서와 돌격 기병들이 호열의 전방에 정지하더니 투항을 청하자, 위군 선봉장 호열은 의아해하며 장서에게 투항하는 이유를 묻는다.

"왜, 장군은 싸우지도 않고 투항하려는 것인지, 나는 도저히 이해가 되지를 않아 그 이유를 묻고자 하오."

"나는 애초에 무흥독이었으나, 동료의 모함으로 좌천되어 한중 수비보좌역으로 지내게 되었습니다. 이에 나는 조정에 억울함을 여러 차례 상주했으나 계속 묵살을 당하면서, 촉의 미래에 대해 강한 불신을 가지게 되었습니다."

"장군은 양평관의 내부 상황과 관구의 장단점에 대한 군사기밀을 모두 알고 있겠군요."

"네, 양평관에는 성주 부첨과 소장만이 아는 결정적 취약점이 몇 군데 있습니다."

병서에 지피지기(知彼知己)면 백전백승(百戰百勝)이라 했다. 촉에게 버림을 받은 장서가 관성의 취약점을 너무도 상세하게 알고 있었고, 이제는 장서가 거꾸로 촉을 버리는 형국이 되었던 관계로 촉한에게는 처음부터 불리한 전황이 전개되기 시작한다.

장서의 군사기밀을 입수한 호열이 장서와 함께 관구 앞으로 진군하는데 이때, 양평관을 지키는 촉장 부첨은 장서가 위군과 전투를 벌이는 최소한의 시간이라도 병사들을 배불리 먹이고 충분한 휴식을 취하게 한 후, 적의 공격을 대비시키려는 이일대로(以逸待勞)전략을 세우고 있었다. 촉장 부첨이 군사들에게 휴식을 지시한 지 한식경도 지나지 않아, 부장 장서가 위국의 선봉장 호열의 길잡이가 되어 관구를 공격하기 시작하자, 위국의 공격에 대해 제대로 방어태세를 갖추지 못했던 부첨은 호열과 장서의 공격을 받아 고전한다.

부첨은 투혼을 발휘하여 힘껏 싸웠으나, 양평관의 취약점을 집중적으로 공략하는 위국 병사들의 공세를 이겨내지 못하고, 성주 부첨이하 모든 촉병이 호열과 장서에게 몰살당한다.

후주 유선이 강유의 요청에도 불구하고 환관 황호의 점풀이에 현혹되어, 양안관구로 장익을 늦게 출발시킨 까닭에 양안이 붕괴될 위기에 놓일 때까지도, 장익은 양안관구에 도착하지 못한다. 엎친 데 덮친 격으로 위장 제갈서가 답중에서 촉으로 가는 교두의 길목을 막고 양안으로 연결되는 길을 봉쇄하여, 강유는 양쪽에서 협공당할 위기에 처한다.

위기에 몰린 강유는 양안을 사수하고자 등애와의 교전을 피하고, 제갈서가 장악한 음평교두의 길목을 뚫기 위해, 위계를 써서 제갈서를 유인하기로 하고, 강유는 예하 아문장에게 긴급히 명령을 내린다.

"그대는 선봉을 맡아 수하를 이끌고 신속히 공함곡 북쪽 길을 통해 옹주를 공격할 듯이 이동하라. 나는 암도진창(暗渡陳倉:갑으로 공격할 듯이 甲쪽으로 적병을 유인하고, 乙로 빠져나감) 전략으로 적병을 속여 옹주 쪽으로 유인한 후, 급히 양안으로 군사를 이동시킬 것이다."

위국의 옹주자사 제갈서는 강유가 옹주로 향한다는 정찰병의 보고를 듣고 급히 방향을 바꾼다.

"강유의 군사들이 옹주로 이동하기 시작했다고 하니, 지대장들은 강유의 움직임을 따라 군사를 30여 리 뒤로 물려 신속히 옹주로 진군하라."

제갈서가 강유보다 앞서서 옹주의 길목을 점거하려고 급히 이동할 때, 강유는 제갈서보다도 천천히 옹주 방향으로 30여 리를 북진하여 제갈서를 암도진창(暗渡陳倉) 위계로 유인하다가, 옹주를 지키기 위해 제갈서가 음평교두에서 30리를 벗어나 급히 북으로 이동하고 있다는 보고를 받자, 곧바로 군사를 뒤로 빼돌린 후 신속히 음평교두를 빠져나간다.

강유의 암도진창(暗渡陳倉) 위계에 속은 것을 알게 된 제갈서가 황급히 군사를 몰아 음평교두를 차단하려고 하나, 제갈서는 험준한 북도의 길을 비교적 늦게 이동하였고, 반면에 강유는 보다 일찍 완만한 남도 길을 서둘러 이동한 관계로 강유를 앞지를 수는 없었다. 제갈서가 교두로 다시 이동하기 시작한 때는 이미 강유가 요화와 합류하여, 음평교두를 통과하고 검각으로 진입한 후였다.

한편, 총사령관 종회의 애초 계획은 등애와 제갈서가 강유를 붙들어 잡아두고 있는 동안, 양평관을 따라 바로 내려가 일거에 검각(劍閣)을 탈취하고 성도를 압박하려는 전략이었으나, 강유가 주력부대를 이끌고 재빨리 검각에 당도하여 결사항전에 들어가자 전략에 차질을 빚게 된다.

유선이 파병한 장익과 동궐이 뒤늦게 관성을 구원하러 북상하던 도중, 강유와 합류하여 검각으로 와서 방어가 배로 늘자, 종회는 검문관에서 강유의 강력한 저지를 받아 행보가 묶인다. 이로써 양측은 앞으로 나아가지도 뒤로 물러서지도 못한 채, 검각에서 양측진용 간의 팽팽한 대치가 시작된다.

종회가 몇 차례 강유를 공격하지만, 검각의 유리한 지형을 점하고 있는 강유에게 약간의 피해만을 입힌 채 성과도 없이 지리한 공방전만 계속 이어지자, 종회는 이 상태가 오래 계속된다면, 군량이 다 떨어져서 종국에는 강유에게 뒷덜미를 맞게 될 상황을 우려하여 점점 초조해하기 시작한다.

이때, 등애가 산정이 높고 계곡이 깊은 험하디 험한 잔도를 마다하지 않고, 정예병 5천과 보승(지방의 전투병)으로 구성된 2만의 군사를 이끌고, 보급품 수레를 서로 묶어 이탈되지 않게 하면서, 초인(超人)의 투혼을 발휘하여 검각으로 진입하지만, 종회는 검각에서 꽤 오랜 기간을 공략하고도 관문을 뚫지 못하고 식량난에까지 몰리게 되어 힘없이 입을 연다.

"여기서 더 이상을 지체하다가는 강유에게 뒤통수를 맞게 될 것이오. 퇴각을 신중히 고려해 보아야겠소이다."

한때 근거도 없는 자만심으로 가득했던 종회의 사기가 저

만큼 떨어진 반면, 전쟁을 반대했던 등애는 결연한 의지를 보이며 끝까지 투쟁할 것을 청한다.

"장군, 여기까지 와서 퇴각을 고심한다는 것은 도리가 아닙니다. 끝까지 싸워 이 난관을 뚫지 못하면 우리 모두는 천하의 웃음거리가 되고 말 것입니다. 그러나 검각의 험악한 잔도를 지나 관문을 뚫고 나가는 것은 우리의 의지로만 돌파하기에는 보통 어려운 난관이 아닙니다. 전술을 바꾸어 장군께서 강유를 검각에 붙잡아 놓고 있는 동안, 내가 험악한 잔도를 개척해 나가며 음평에서 마천령을 넘어 검각의 방어를 피할 수 있는 강유관으로 진입하고 덕양정을 거쳐 부현성을 공격하겠소. 장군이 검각 앞에서 대치하면 강유는 죽기 살기로 검각을 방어해야 하겠지만, 내가 목숨을 걸고 상상도 할 수 없는 험악한 잔도에 길을 내며, 마천령을 넘어서 부현성으로 진출하기만 한다면, 상상도 못했던 강유는 성도를 지키기 위해 검각의 방비를 풀고 부현성으로 군사를 돌려야만 할 것이오."

종회는 등애의 목숨을 건 계획에 감동하며 대답한다.

"장군은 칠십 고령에 가까이 이름에도 불구하고, 사람도 통행하지 못하는 잔도를 개척하겠다고 목숨을 걸고 나서니까, 나도 장군의 뜻을 따르겠지만, 절대 가능성이 없는 무모한 일임을 명심하십시오."

종회는 등애의 전술이 터무니없다고 생각하면서도 굳이 막을 필요가 없다고 생각하여 등애의 뜻을 받아들인 것이다.

그러나 등애는 군영으로 돌아와서 제갈서에게 결연한 의지를 보이며 말한다.

"촉군은 인간이 마천령을 넘어 검각을 우회하여 나타난다는 것은 꿈에도 생각해 보지 못했을 것이오. 이들의 허점을 이용하여, 나는 무중생유(無中生有:허허실실을 활용하여 無에서 有를 창조함)의 전략으로 목숨을 걸고 험준한 마천령을 넘으려 하오. 내가 마천령을 넘어 검각의 후방에 갑자기 등장하여 장군과 함께 검각을 협공하면, 촉병들은 싸울 의지를 잃고 투항하게 될 것이오."

종회에게 자신의 확고한 의지를 전한 등애가 돌아와서 제갈서에게 죽음을 각오한 자신의 결심을 밝히자, 등애의 말을 듣자마자 제갈서는 즉각 반발한다.

"장군, 정신이 있으십니까? 마천령을 넘어 검각의 측면으로 잠입한다는 것은 이제는 그만 세상을 하직하겠다는 유서를 남기는 일입니다. 이것은 결코 성공할 수 없는 전술입니다."

제갈서는 말을 마치자마자 군사를 이끌고 험준한 마천령 협로를 피해 동쪽으로 돌아, 검각 주변의 백수에서 주둔하고 있는 종회와 합류한다. 종회는 이미 등애로부터 제갈서의 무인답지 못한 비겁한 행태를 보고받고 있었다.

종회는 제갈서가 마천령 입구에서 백수에 당도하자마자, 제갈서의 죄를 물어 군사지휘권을 빼앗고, 제갈서의 군권을 부장 전속(田續)에게 넘겨 등애와 합류하게 한다.

등애는 서량주의 병마와 강호의 건아로 구성된 1만의 정예병으로 별동대를 구성하고, 동시에 1만에 가까운 치중 병사를 모집하여 이들에게 철저한 정신무장을 새삼 일깨운다.

"제군도 알다시피, 이번 마천령을 종단하여 검각의 후면으로 가는 전술은 목숨을 건 일대 대역사이다. 이것을 성취하면, 천하의 역사는 다시 기록되고, 우리는 촉을 멸망시킬 수 있다. 그러나 이를 이루지 못한다면, 우리는 역사의 패배자로 남게 될 것이다. 이제 춘추 칠십에 이르는 내가 노장이라는 인식을 완전히 불식시키기 위해, 목숨을 걸고 솔선수범하여 대장정에 돌입하고자 하노라. 제군들이 나와 함께 두려움을 떨쳐내고 대장정에 임한다면, 마천령을 넘어 검단으로 횡단하는 전술은 반드시 성공할 것이다. 만일 이번 작전이 성공한다면, 나는 제군의 미래에 대한 보답을 철저히 이행하겠노라."

나이 칠십에 들어서는 백전노장이 노구를 이끌고 불가능에 도전한다고 하니, 팔팔한 나이의 특공정예병 중 어느 누가 감히 뒤로 물러서겠는가? 솔선수범의 대표적 사례를 남기는 장대한 역사적 사건이었다.

등애는 아들 등충을 앞세워 잔도에 새로이 길을 내게 하고, 계곡에는 새로 잔도를 만드는 새로운 역사를 쓰려다가, 작업하는 도중 계곡으로 떨어져 죽는 병사들이 줄을 잇는다. 등애는 악전고투 속에 새로이 길이 만들어지면, 위험한 잔도를 군사 하나하나가 조심스럽게 지나가도록 세심하게 이끈다.

목숨을 건 도박으로 벼랑길을 새로이 개척(?)해 나가는 등애는 10월 산속의 차가운 겨울날씨로 인해 얼어붙은 7백여 리의 길을 지도도 없이 향도의 감각과 문답식으로 길을 만들어 나아간다. 한번 길을 잘못 들었을 때에는 모든 병사들이 두려움에 떨기도 했고, 산간지방의 짧은 겨울 해는 병사들을 추위와 두려움에 떨게도 했다.

높은 산정과 깊은 골짜기로 이어진 험한 잔도를 수없이 개척하며 앞으로 나아가던 군사들이 결국에는 수십 길이 넘는 경곡도(景谷道)절벽에 부딪쳐 나아갈 방법이 없게 된다. 젊은 정예 특공대원들도 길이 끊어져 두려움에 떨고 뒷걸음을 치고 있을 때, 등애가 정병들 앞으로 나서며 큰소리로 외친다.

"이제는 돌아갈 길이 없다. 앞에 있는 강유성(江油城)을 점령해야만 우리에게는 살길이 있다. 마지막 투혼을 발휘해 보자. 제군들이 여태까지 수많은 동지를 잃으며 그들의 목숨을 담보로 예까지 왔는데, 여기서 희생된 동지들의 영전에 수치스러운 패잔병의 모습을 보일 수 있겠는가? 살고자 하면 죽고, 죽고자 하면 살 것이다(生卽必死 死卽必生). 제군들이 죽음을 각오하고 여태까지 고생한 노력은 성공을 이룩하게 되면, 제군들에게 반드시 보답으로 돌아갈 것이다."

솔선수범의 정수를 보여주기 위해, 칠십 고령의 등애가 담요를 자신의 몸에 둘둘 감더니, 잠시도 주저함이 없이 과감하게 벼랑 밑으로 굴러 떨어진다.

노장의 목숨을 건 분투에 매료된 특공정예병이라는 용사들이 이름값을 하기 위해서라도 따르지 않을 수 없게 된다.

목숨을 건 도박으로 벼랑길을 새로이 개척하는 등 온갖 난관을 헤치고 결국 등애는 처음 2만에 이르는 병사를 이끌고 출발했을 때의 절반도 되지 않는 병사들과 우여곡절 끝에 강유성(江油城)의 관문 앞에 당도한다.

전혀 예측도 하지 못했던 위군들이 하늘에서 내려온 듯 강유성의 관문 앞에서 불쑥 나타나자, 불시에 들이닥친 위군들에게 깜짝 놀란 성주 마막은 부장들과 함께 실의에 빠진다.

반면, 등애의 군사들은 그들대로 7백여 리의 아찔한 잔도를 건너, 전신이 피폐해진 상태에서 난공불락으로 등장한 변방의 요새지 강유관(江油關)을 보자, 온몸에 힘이 쭉 빠져 전투력을 상실할 수밖에 없는 절대 절명의 위기를 맞는다.

앞으로 진군하자니, 군사들은 7백여 리의 험로를 개척하며 완전히 기력이 빠져 녹초가 된 상태였고, 군량은 이미 바닥이 난 상황이었다. 동시에 뒤로 물러나자니, 지난 20여 일간 마천령을 넘으면서 겪은 끔찍한 죽음의 사투를 연상하게 되어, 다시 지옥불로 들어가느니 차라리 죽음을 맞는 것이 낫다는 자포자기에 이르러 아무도 따르지 않으려 한다.

참고로 설명하자면, 강유관(江油關)은 선주 유비가 위군이 만에 하나의 확률로 마천령을 남하하여 촉으로 진입할 것을 예상하고 이미 40여 년 전인 219년에 새로이 세운 관문으로서 큰길로 이어진 검각의 검문관을 지나온 적병이 쳐들어오더라도 일당백(一當百)을 이룰 수 있는 요새이다.

등애는 한참을 고민하기 시작하더니 마침내 마음의 결단을 내리고, 특공대원들에게 마지막으로 힘을 내자는 취지의 일장 연설을 행한다.

"제군들이여! 여기서 물러설 수는 없다. 병법에 '군사는 신속히 부려야 한다(兵貴神速)'고 했다. 지금 제군들은 진이 빠져있지만, 적장은 우리가 기진맥진해 있는 상태를 모른다. 오로지 허장성세를 펼쳐 힘이 넘치고 있다는 위계를 부려야 적을 속일 수 있을 뿐이다. 마지막 힘을 경주하여 강유관을 공격하고, 적장에게 우리의 건재함을 과시하자!"

부장 전속이 등애의 결단에 초를 뿌리는 발언을 한다.

"장군, 병사들이 모두 진이 빠져있는데 어떻게 창칼을 들고 적진을 향할 수 있겠습니까? 잠시 휴식이라도 취한 후 공격하는 것이 여태까지 사선을 넘어온 수하들에 대한 도리가 아니겠습니까?"

전속이 격하게 하극상을 벌이고, 몇몇 불만이 있는 장수들이 이에 호응하자, 등애가 좌우에 명하여 말한다.

"군령불복종이 얼마나 무서운 것인지를 보여주겠다. 저들을 잡아들여 군령불복종으로 목을 쳐라."

전속 등은 처형을 피하려 목숨을 걸고 지겹도록 넘어온 마천령 죽음의 길로 다시 도망쳐서 되돌아가고자 한다.

이때는 강유성의 성주 마막은 강유가 검각의 검문관에서 3만의 병력으로 종회의 15만 대군을 상대로 한달 이상을 철저히 막아내고 있어 다소 안심하고 있었던 때였다.

그러나 예상하지도 못한 때, 예상하지도 못한 곳에서 등애가 특공대를 이끌고 검각의 측방 강유관의 앞에서 나타나자, 마막은 진지하게 심복들의 의향을 묻는다.

"적병이 예상치도 못하던 엉뚱한 곳에서 나타났는데, 이제 우리가 어찌 처신해야 하겠소?"

부장 한명이 대안을 제시한다.

"우리가 한나절만 방어하면, 강유장군이 검각관에서 일부의 군사를 보내 협공을 취해 물리칠 수 있습니다."

다른 장수들이 아무런 반응을 보이지 않자, 마막이 조심스럽게 입을 연다.

"지금 촉한에는 최소한의 희망조차도 없소. 조정에서는 환관 황호가 황제의 총애를 이용하여, 갖가지 권모술수로 부정부패가 끊이지 않고 석연치 않은 국정농단이 벌어지고 있소이다. 우리는 오지 중에서도 오지인 이곳에 버려진 지 이미 수년이 지났건만, 조정에서는 조금도 오지에서 고생하는 군사들의 노고를 모르고, 우리에게 충성만을 강요할 뿐 고생의 대가를 보상할 줄 모르오. 황제께서는 황호의 품에 안겨 연일 유흥을 벌이면서 국정을 돌보지 않고 내정의 책임을 맡고 있는 제갈첨과 동궐 등은 황호의 비위를 맞추기에 혈안이 되어 있고, 백성들은 삶에 대한 희망을 잃어가고 있소. 이런 상황에 우리들이 계속 촉한을 위해 싸워보았자, 천하의 백성들만 도탄에 빠지게 될 것이오. 위병이 마천령을 넘어왔다는 것은 천하의 기운이 위국으로 흐르고 있다는 뜻으로 생각이 되오."

성주 마막의 일목요연한 정세분석에 부장들은 아무도 이의를 제기하지 않는다.

이 무렵, 등애는 강유관 뒤에서 허장성세를 세우며, 금성태수 양흔에게 선발대로 30명의 특공결사대를 선정하게 하여, 이들을 선발로 강유성으로 먼저 보내고, 자신은 1만에 달하는 군사를 이끌고 강유관(江油關)을 향해 서서히 진군한다.

등애는 강유의 원병이 당도하기 전에 강유성(江油城)을 점령해야 하므로 죽음을 각오하고 일대 결전에 대비하는데, 이 때 등애에게는 기적과도 같은 일이 일어난다. 강유관의 성주 마막은 위국의 금성태수 양흔이 선발특공대를 이끌고 관문 앞에 당도하자마자, 전혀 싸울 의사도 보이지 않고 곧바로 관문을 열고 투항한다. 이것은 촉한의 환관 황호의 발호로 인해 막장으로 치닫고 있는 촉한 조정의 실정을 보여주는 극단적인 하나의 예로 기록된다.

한편, 등애가 강유성을 점거했다는 보고를 받자마자, 성도의 위기가 눈앞에 직면해 있음을 알게 된 유선은 제갈첨을 부현의 성으로 파견한다. 촉한 위장군 제갈첨이 장남 제갈상, 황권의 차남인 황서랑 황숭, 장비의 손자인 상서 장준 그리고, 황궁을 지키던 이회의 종질인 우림우부독 이구 등의 신참 장수들을 이끌고, 황궁을 경호하는 우림군과 지역예비군 등 총 2만의 군사를 끌어 모아 부현성을 향하여 진군한다.

　이때 촉한의 상서랑 황숭은 부현에 당도하여 부현성의 지형을 살펴보더니 제갈첨에게 급히 청한다.

　"장군, 부성의 입지를 보자면, 적군이 성 앞의 평지에 주둔하고 성을 포위하면 방어가 어려울 수 있습니다. 먼저 덕양으로 나아가서 요충지를 점거하여 등애가 벌판으로 진입하는 것을 막아야 합니다."

　황숭이 황급히 방어선을 변경하자고 청하나, 제갈첨이 주저하며 현재의 상황을 언급한다.

　"지금 후방의 사정이 녹록치 못해서, 마냥 방비만 취하다가는 백성들이 변심할 것이 우려되오. 조정에서는 환관 황호의 농간과 함께 광록대부 초주와 같은 인사들이 동요하고 있고, 백성들은 강유관이 뚫려 등애가 위국 병사들을 이끌고 부현의 벌판으로 몰려오고 있다는 소문을 들은 후, 민심이 급격히 흉흉해져서 우리가 백성들에게 신속히 눈에 보이는 성과를 보여주지 않으면 위태한 지경에 몰리게 될 것이오. 이런 위급한 시기에 덕양으로 나아가서 길목을 막기만 한다면, 수비하는데 많은 시간이 경과하는 탓에 그 긴 시간 동안을 백성들은 참고 기다리지 못하고 큰 변고가 일어날 수 있을 것이오."

제갈첨이 결단을 빨리 내리지 못하고 머뭇거리자, 황숭은 눈물을 흘리면서까지 간곡히 청을 올린다.

"지금 실전의 경험이 없는 우리 2세들이 등애와 공성전을 벌여 이기기는 쉽지 않습니다. 오히려 덕양의 유리한 요지를 차지하여 협로를 막으면 적병의 공격을 이겨낼 수 있습니다."

제갈첨은 끝내 자신의 생각과 황숭의 견해 사이에서 결단을 내리지 못하고 고민하더니, 황숭이 눈물을 흘리면서까지 거듭거듭 간청하자, 이때에야 황숭의 눈물 어린 간청에 못 이겨 덕양을 향해 군사를 이동시킨다.

하지만, 제갈첨이 덕양에 도착했을 때는 이미 등애의 군사들이 덕양의 요충지를 확보한 뒤였다.

결국에 제갈첨은 덕양에서 다시 부성으로 돌아와서 야전에서 진형을 펼치고 위군과 진형싸움을 벌이게 된다. 부성은 검각에서 4백여 리, 성도에서 3백여 리 떨어진 곳인데, 부성에는 싸울 수 있는 병사와 장수가 터무니없이 부족했다. 등애가 제갈첨의 군사와 대치하며 시간을 끌게 되자, 등애의 부장들이 촉군을 경멸하여 이구동성으로 싸우기를 청한다.

"장군, 적장은 단순히 제갈량의 장남이라는 이유로 지휘관이 되었을 뿐, 여태까지 실전을 경험해 본 적이 없습니다. 그를 보좌하는 황숭, 장준, 이구, 제갈상 모두가 부친의 후광으로 지휘를 맡은 2세들로 한결같이 신참입니다. 그들에 비하면 장군께서는 신출기묘한 지략과 무모할 정도의 결단력으로 남들이 실행할 수 없는 큰 성과를 거두어 왔습니다. 이들은 장군의 상대가 될 수 없는 피라미들이니, 여기까지 내친김에 승기를 몰아 이들을 쓸어버리고 곧바로 성도로 직행하시지요."

등애가 부장들을 꾸짖으며 진중하게 말한다.

"사기(史記)에 '아무리 슬기로운 사람도 천 가지를 생각하다가 한번은 실수가 있는 법(知者千慮 必有一失)이다'라고 했으며, '아무리 우둔한 자도 천번을 생각하다가 한 가지는 얻을 수 있는 것(愚者千慮 必有一得)이다'라고 한 것은 천하가 다 아는 이치이다. 병법에서도 천려일실(千慮一失)을 경계해야 하는 기본이라고 했으니, 아무리 아군이 실전에 경험이 많더라도 자칫 잘못하다가 한 번의 실수로 공든 탑이 무너질 수 있는 법이다. 그대들은 경거망동하지 말고 이들의 움직임을 신중히 간파하라."

등애는 부현에서 제갈첨의 용병을 지켜보는데, 제갈첨은 등애가 한동안 진용을 떠나지 않고 대치하면서 시간을 보내자, 등애의 허실을 간파하기 위해 등애가 구축해 놓은 요새지로 전위부대를 파견한다.

전위부대가 요새를 향해 거세게 진격하지만, 등애가 지형적 이점을 활용하여 고지에서 무수히 많은 화살을 날리고 바위와 통나무를 굴리면서 반격을 가하자, 크게 패하여 제갈첨은 부성을 포기하고 면죽관으로 후퇴하면서 지형을 이용하여 방어에 주력하기로 결심한다.

부성이 뚫리면 곧바로 성도가 위험해지는 상황이다. 숨 막히는 전황을 보고받은 강유는 부성을 지키기 위해 하는 수 없이 검각의 검문관에서 군사를 돌려 부현성을 사수하러 이동한다. 이 덕분에 종회는 싸우지도 않고 검각의 검문관을 점령하는데, 이때 등애는 부현에서 패한 제갈첨이 면죽으로 후퇴하자, 자신에게 투항한 성주 마막으로부터 주변의 지형이 그려진 지도를 얻어 오게 하더니, 곧바로 등충과 사찬을 불러 급명을 내린다.

"너희는 즉시 기병을 이끌고 한시도 지체하지 말고 면죽으로 가서, 제갈첨이 요충지를 점하기 전에 먼저 요새를 구축하라. 이를 이루지 못하면 군령으로 다스리겠노라."

이때 제갈첨은 등애의 군사들이 반드시 자신이 차지한 요충지를 목표로 공격해 올 것을 예상하고, 아들 제갈상을 선봉장으로 임명하여 등애의 군사들이 몰려오면, 팔괘진(팔문금쇄진)의 축소판을 펼쳐 사천과 등충을 붙잡아두도록 명한 후, 자신은 등충과 사찬이 포진할 진용의 후방에 매복하여 기습할 만반의 준비를 갖추고 있었다.

등충과 사찬이 면죽에 당도했을 때는 제갈첨이 이미 면죽관의 요충지를 차지하고, 등애의 군사를 맞아 불시에 기습할 채비를 갖추고 있었다. 제갈첨에게 면죽의 요충지를 놓친 등충과 사찬은 등애의 엄명을 상기하여, 제갈첨이 장악한 요충지를 점거하기 위해 총력전을 펼친다.

마침내 등충과 사찬이 제갈첨의 요새를 공격해 오자, 제갈상이 이들을 상대로 진법을 펼쳐 등충과 사천을 붙잡아두고, 등충과 사찬은 팔진법을 분쇄할 방안을 논하고 있을 때, 제갈첨이 후미를 돌아 등충과 사찬의 진형에 줄 화살을 날리며 기병으로 기습공격을 감행한다.

등충과 사찬의 진형이 일시에 붕괴되면서, 이들은 제갈첨에게 제대로 저항해보지도 못하고 패하여 달아나기 시작한다.

이때, 제갈첨이 쏘아 올린 불화살을 신호로 전방에서 제갈상의 군사들이 함성을 지르며 쳐들어오자, 등충과 사찬의 군사들은 기겁하며 무기를 버리고 진형에서 이탈하여 멀리 도주한다. 등충과 사찬이 다시 군사를 수습하여 대적하려고 하지만, 이미 붕괴된 전열을 다시 세우기에는 시간이 어림없이 부족했다. 이들은 제갈첨이 펼친 제갈공명의 축소판 팔진법에 대응하지 못하고, 오히려 후방에서 기습공격을 당하여 대패하고 돌아온 후 등애에게 패배의 변을 토로한다.

"면죽관이 워낙 험해 7백여 리 잔도를 행군하고, 연일 전장에 내몰리느라 지친 병사들이 촉군이 새로이 펼친 팔괘진을 공략하기에는 너무도 어려움이 컸습니다."

등애가 매몰차게 등충과 사찬을 질타하여 말한다.

"이 싸움에 모든 것이 걸려 있다. 불가능이 어디에 있느냐? 다시 한번 기회를 줄 테니, 너희는 목숨을 걸고 전투에 임하여 면죽관을 점령하라."

등애가 이들을 크게 질책하며 등충과 사찬을 이끌어 다시 면죽관으로 진입하고, 한번 승리를 맛본 제갈첨은 면죽관의 방비를 풀고 진형을 세워 이들을 맞이하자, 등애는 등충과 사찬을 좌군, 우군으로 삼아 군사 1만을 이끌고 나가 싸우게 한다. 촉한에서는 선봉장 제갈상이 19세의 나이에도 늠름하게 말에 올라, 공격형 일자진(一字陣)을 구축한 후 등충과 사찬의 군사와 면죽관 앞뜰에서 팽팽이 대치한다.

등충과 사찬은 멀고도 험한 마천령 산길을 돌아온 탓에 기병이 없어 어린진(魚鱗陳)으로 대적하려 하자, 제갈상은 황권의 차남 황숭에게 중군을 이끌도록 하고, 이회의 종질 이구에게 좌군을 이끌고 어린진의 좌측으로, 장비의 손자 장준에게 어린진의 우측으로 공격하게 하여, 진형은 즉시 일자진에서 학익진으로 변경이 되어 등충과 사찬의 어린진을 포위한다.

곧이어 중군의 황숭이 기병을 이끌고 어린진으로 침투하여 진형을 휘젓자, 좌군장 등충과 우군장 사찬은 촉군을 상대로 힘겹게 백병전을 펼치게 된다. 제갈상이 전세를 유리하게 이끌어갈 때, 등애가 지원군을 이끌고 제갈상의 포위망을 협공하여 등충과 사찬을 위기에서 구해낸다. 등애는 면죽관전투 초기부터 제갈첨에게 계속 패배하자, 시간에 쫓긴 등애는 싸우지 않고 면죽관을 점거하는 방법을 취하기 위해 제갈첨에게 밀서를 보낸다.

"위장군은 천하의 명승상 제갈공명의 자제로서 명망이 촉뿐만 아니라, 천하에 널리 드리워져 있소이다. 부친이 이루어 놓은 융중대 구상이 성공하여 지금 위, 촉, 오의 삼국시대로 고착화하여 오늘에 이르게 되었지만, 지금은 장군의 부친이 세운 위업이 일시에 무너질 위기에 놓여 있소. 이렇게 된 것은 장군의 탓이 아닌, 촉주 유선의 무능과 우매함의 탓으로 오늘에 이르러 큰 위기를 맞게 된 것이오. 이제 촉한에는 미래가 없어졌소이다. 하늘의 왕기를 잃은 촉한을 버리고 항복하면, 나는 황제께 표문을 올려 위장군을 낭양왕에 봉하여 자자손손 번창하도록 약속하겠습니다."

등애는 싸우지 않고 이기려는 바람에 시간에 쫓기는 초조함을 드러내면서, 위국 실권자 사마소 조차도 함부로 할 수 없는 왕위 약속을 거리낌 없이 하는 등으로 투항을 받아내려고 하는데, 이것이 나중에는 사마소에게 등애가 역심을 품었다는 빌미를 제공하게 된다. 제갈첨은 사자가 가져온 밀서를 읽더니 대로하며, 밀서를 찢어버리고 사자의 목을 베어 등애에게 보내며 깊이 탄식한다.

"나는 안으로는 황호를 제거하지 못했으며, 밖으로는 강유를 제어하지 못하고, 나아가서는 강유관(江油關)을 지키지 못했다. 나에게는 이 3가지 죄가 있는데 어찌 목숨을 부지하려 하겠는가?"

제갈첨은 불과 1년 전에 '강유가 성과도 없는 북벌을 고집하는 바람에 국고만 탕진한다.'는 명분으로 강유를 탄핵하였으나, 유선이 이를 받아들이지 않은 일, 그리고 유선을 암군으로 몰아가는 황호를 견제하여 유선에게 '황호를 멀리하라'는 충언을 올렸으나, 뜻을 이루지 못한 일을 뼈저리게 아파하며, 마지막으로 촉한의 국경을 제대로 방비하지 못한 자신의 무능을 탓하며 죽음으로 대신하려는 충의를 다진다.

이때, 등애는 무력전을 통해서만 제갈첨을 굴복시킬 수 있다고 생각을 하게 되고, 앞선 전투에서 패배한 정황을 복기하며 대책을 구상하여 장고 끝에 전략을 수정한 후, 왕기와 견홍에게 새로이 작전을 지시한다.

"아군은 기병이 부족하여 전면전으로는 적병을 상대하기 불리한 처지에 놓여있노라. 천수태수 왕기와 농서태수 견홍은 면죽관에서 멀리 떨어진 계곡의 좌우에 매복하고 있다가, 등충이 제갈첨과 싸우다가 패주하여 험산의 입구를 빠져나갈 때를 기다렸다가, 때가 오면 이들을 포위하여 적병을 섬멸시키도록 하라."

등애는 왕기와 견홍을 매복시키고, 등애는 아들 등충을 우군장으로 삼아 선발대를 총지휘하게 하고, 사찬을 좌군장으로 삼아 중군을 총지휘하게 하며, 금성태수 양흔에게는 등애 자신이 사찬과 등충과 함께 제갈첨을 포위했을 때, 방비가 허술한 면죽관을 신속하게 점령하도록 명한다. 작전명령을 내린 등애가 일부러 소수의 병력을 이끌고 제갈첨의 면죽관 앞으로 와서 싸움을 청하는데, 제갈첨이 일절 응하지 않자 포전인옥(抛磚引玉: 미끼를 놓아 적을 유인함) 전략을 생각해 낸다.

이로부터 며칠이 지난 후, 등애는 소수의 병력을 이끌고 한바탕 면죽관을 공략하다가 오후가 지날 무렵, 군사를 물려 퇴각하면서 일부러 공성병기와 군수물자를 실은 치중을 후미에 방치하는 허점을 드러낸다. 제갈첨이 이때를 놓치지 않고 퇴각하는 등애의 군사를 공략하여 공성병기를 불태우고 치중을 탈취한 후 등애 군사를 추격하자, 등충은 추격하는 제갈첨을 맞아 싸우다가 짐짓 패하고 물러서기를 여러 차례 벌인 끝에 제갈첨을 험산의 계곡까지 유인한다.

제갈첨이 계곡에 들어서서도 쉬지 않고 등애의 병사를 추적할 때, 갑자기 연주포 소리를 신호로 계곡 양옆에서 화살과 쇠뇌가 쏟아지면서 입구에 바위와 통나무가 굴러 떨어지기 시작한다. 함정에 빠지게 된 것을 알게 된 제갈첨은 장수들에게 급히 퇴각명령을 내린다.

"전 병력은 신속히 면죽관으로 퇴각하라."

제갈첨은 군사들에게 퇴각명령을 내린 후, 기병들과 함께 산등성이로 말을 몰아 황급히 면죽관으로 돌아간다. 한참을 산중에서 헤매다가 계곡을 빠져나와 면죽관 앞의 평지를 지나는데, 갑자기 위군들의 함성소리가 들리면서 제갈첨의 패잔병을 향해 무수히 많은 군사들이 쏟아져 나온다. 제갈첨은 모든 것이 끝났다는 예감을 받고, 수하의 병사들에게 큰소리로 지시한다.

"그대들은 각자의 가치관을 따라 행동하라."

제갈첨의 지침에도 불구하고 병사들은 한목소리로 충의를 외친다.

"우리는 장군과 함께 목숨을 바쳐 떳떳이 나라에 충성을 다 하겠습니다."

모든 것을 포기한 채 악을 쓰고 투쟁하는 촉군에게 밀려, 등충의 군사들은 잠시 공격의 강도가 주춤해진다. 얼마 후, 군사를 다시 수습한 등충은 자신들에게 둘러싸인 제갈첨에게 투항을 권유한다.

"장군은 부하들에게 투항을 권하라. 투항하면 목숨만은 살려주겠노라."

제갈첨은 마지막 기력을 다해 자신의 의지를 밝힌다.

"선친께서 촉한의 신하가 된 이래, 집안 모두가 촉한에 충성해 왔고 이제 내 힘이 다했으니, 죽음으로써 촉한의 황실에 마지막 충정을 바치리라!"

제갈첨은 포로로 잡혀 능욕을 당할 것을 우려하여 스스로 목을 찔러 자진한다. 제갈상이 성루 위에서 그 모습을 보고 큰소리로 외친다.

"우리 부자가 나라에 큰 은혜를 입고도 간신 황호를 견제하지 못해 이 지경에 이르렀으니, 비굴하게 남을 탓하고 살아남은들 무슨 의미가 있겠는가?"

제갈상은 말을 마치자마자, 관문을 열고 위군의 적진으로 뛰어들어 적병 수십을 베고, 곧이어 겹겹이 포위한 위병의 집중공격을 받아 온몸에 화살을 맞고 창칼에 찔려 큰 상처를 입은 채 그 자리에서 쓰러진다.

강유가 성도를 지키려고 검각을 버리고 부현으로 이동하는 덕분에 저항없이 검각을 통과한 종회는 강유의 뒤를 따라 부현까지 추격하여 강유를 저지한다. 여기에서도 양측이 팽팽한 대치를 계속하는 동안, 강유는 제갈첨이 이미 면죽에서 등애에게 사망하고 면죽관은 함락되었다는 보고를 받고, 부현에서 다시 파(巴)로 군사를 돌린다.

이때, 등애는 연일 이어지는 전투로 피로에 찌든 병사를 이끌고도 속히 투항을 받아내려고 낙성을 향해 서둘러 진군한다. 불과 하루,이틀 사이로 등애가 낙성에 당도할 것이라는 보고를 받은 유선은 긴급히 대책회의를 개최한다. 이때 황호를 위시한 환관들이 유선에게 백성들의 동향을 보고한다.

"위장군 제갈첨이 면죽에서 대패하여 타계한 이후, 성 안팎의 백성들이 겁을 집어먹고 각자 살길을 찾아 성도를 떠나 피난길에 오르고 있습니다."

백성의 민심이 크게 흔들린다는 소문을 들은 많은 신료들이 유선에게 주청한다.

"지금 성안에는 황궁을 호위하는 우림군까지 모두 전장으로 나가 아무도 없고, 지금은 우림군 수백 명과 문무대신, 허약한 백성이 싸울 수 있는 전부입니다. 한시바삐 남중으로 파

천하는 것이 좋겠습니다. 남중에서 군사를 키워 후일 다시 촉을 수복하는 것이 지금으로는 최상의 선택이라 여겨집니다."

광록대부(실무는 없이 자문에 임하는 관직) 초주가 이들의 주장에 반론을 펼친다. 초주는 지난날 중산대부로 있던 시절, 구국론(仇國論)을 펼쳐 강유의 북벌을 적극적으로 반대했던 인물이다.

"아니 되오. 남중은 이미 오래전에 촉한에 등을 돌린 지역입니다. 남중으로 간다면 지금보다도 더욱 큰 낭패를 겪을 것입니다."

분위기가 어수선해지자 일부의 대신이 새로이 주장한다.

"오와 촉은 오랜 동맹국입니다. 속히 황제 폐하를 모시고 동오로 이어하는 것은 어떻겠습니까?"

이때, 초주가 현재의 정세를 논리정연하게 전개하면서 다시 유선에게 주청을 올린다.

"일국의 황제가 다른 지역으로 가서 황제 노릇을 한 예는 역사상 없습니다. 현 정국을 냉정히 살펴보면, 위는 동오를 정벌할 수 있으나, 동오가 위를 정벌하는 것은 하늘의 별 따기보다도 어려운 일입니다. 폐하께서 동오에게 신하를 청하시는 것은 한번 욕을 당하시는 것이고, 후일 동오가 위에 복속이 되면, 다시 신하가 되기를 청해야 하니 두번 욕을 보시게 되는 것입니다. 동오로 가느니, 차라리 위국으로 가시어, 위로는 종묘를 지키고 아래로는 폐하의 봉토에 있는 백성을 돌보심이 폐하께서 취할 수 있는 가장 현명한 처서로 여겨집니다. 폐하께서는 통촉해 주시옵소서."

유선은 결단을 내리지 못하고 하루를 넘긴다.

이튿날, 초주는 등애가 낙성에 당도했다는 소식이 전해지자, 다시 유선에게 찾아가서 투항할 것을 강력히 주청한다. 광록대부라는 관직에서 머물며 평소 실무에는 관여함이 없이, 중대한 사안이 있을 경우에만 자문에 임하는 초주는 빈틈이 없는 정세분석으로 그동안 촉을 수없이 많은 난관에서 바른 길로 이끌어 주었기 때문에, 유선은 사심이 없는 듯한 초주의 절절한 주청을 받아들여 마침내 자신의 마음을 정한다.

이때 유선의 다섯째 아들 북지왕 유심이 초주에게 다가가더니 큰소리로 꾸짖는다.

"그대는 목숨이 아까워 혼자 살겠다고 선왕을 치욕의 길로 안내하느냐? 인간 역사가 존속하는 한, 그대는 치욕의 이름으로 남을 것이다."

북지왕 유심은 큰소리로 초주를 꾸짖은 다음, 부친 유선에게 다가가서 눈물로 호소한다.

"아바마마, 조금만 더 버티시면, 강유가 원군을 이끌고 성도를 구출할 것이며, 조금 더 버티시면 오국 명제가 보낸 구원병이 나라를 구출하도록 협력할 것입니다. 그 후, 백성들이 다시 궐기하여 촉을 다시 세우기 위해 거병할 것입니다. 위에 항복하셔서는 아니 됩니다."

유선이 유심을 꾸짖어 말한다.

"너는 아직 어려서 천시를 모르느니라. 국사를 논하는 자리에 끼어들지 말거라."

유심은 다시 후주 유선에게 눈물로 호소한다.

"나라의 힘이 다하고 계책이 메말라, 국가에 환란과 파멸이 임박했다면, 군신이 사직을 위해서 성을 나와 목숨을 바쳐 싸우고, 황실은 부자가 함께 목숨을 아끼지 않고 투쟁하여 종묘를 구하다가 아니 되면, 죽어 떳떳하게 선제를 뵙는 것이 옳다 여겨집니다. 차라리 죽기를 각오하고 싸우기를 청합니다."

북지왕 유심의 호소에도 불구하고, 유선이 광록대부 초주의 청원에 현혹되어 마음이 흔들리면서 싸우지도 않고 항복하려 한다. 유심은 크게 분격하며 다시 유선에게 간절히 주청한다.

"우리가 계책과 국력이 다하여 환란과 위기를 맞았더라도, 마땅히 군과 신하, 장수와 군사, 백성들이 모두 적들과 마주 싸워, 사직을 구하기 위해 함께 뜻을 합쳐야 함에도 불구하고 싸워보지도 않고 항복하는 것은 맞지 않습니다. 싸우다가 패하여 죽더라도 떳떳하게 죽어서 선제를 뵙는 것이 정도라고 생각합니다."

유심의 거듭된 만류에도 대신들이 초주에게 동조하는 분위기가 대세를 이루자, 후주 유선은 깊은 침묵에서 벗어나 투항할 결심을 한 듯이 힘없이 말한다.

"과연 등애가 투항을 받아주겠소?"

초주는 유선에게 등애로부터 투항을 받아낼 수 있다는 확신을 가지고 대답한다.

"등애는 반드시 투항을 받아들일 것입니다. 촉한의 항복을 받아들이지 않아 촉한이 초토화된다면, 향후 동오와의 결전이 벌어지더라도 동오 또한 최후까지 투쟁하여 어느 편이 승리하더라도 큰 후유증을 남기게 될 것은 자명하기 때문입니다."

유선이 별다른 미련이 없다는 듯이 결심을 밝힌다.

"여기서 투항을 하는 것이 나라와 백성을 구할 수 있는 유일한 길인 것 같소."

유선은 유심을 내치고 초주에게 항서를 쓰도록 하자, 유선의 다섯째 아들 북지왕 유심은 선주 소열제 유비의 능을 찾아가서 하직인사를 드리고는 곧바로 북지왕부로 돌아와서 부인에게 고별을 통보한다.

"조금만 지나면, 폐하께서는 등애에게 항복의 의식을 행한다고 하오. 고는 살아서 이 치욕을 겪고, 노비와 같은 생활을 할 자신이 없어 목숨을 끊으려 하오. 고를 용서해 주시오."

부인 최씨가 유심의 말을 받아 응대한다.

"장하십니다. 소첩도 전하와 함께 치욕적인 삶을 마감하겠습니다."

아내 최씨는 말을 마치자마자, 유심이 들고 있는 칼에 몸을 던진다. 북지왕 유심은 아내 최씨가 장렬한 죽음을 택하자, 세 자녀에게도 죽어 떳떳하게 선조를 뵙자는 말을 전하며 자진하게 하고, 마지막으로 자신도 스스로 목에 칼을 대어 생을 마감한다.

유선이 지시한 대로 항복조서를 쓴 초주는 사서시중 장소와 부마도위 등량과 함께 낙성으로 가서, 등애에게 옥새와 항서를 건네며 항복의 뜻을 전하고 얼마 후, 유선은 상서랑 이호를 등애에게 보내 사민부(士民簿)를 전달한다.

사민부에 의하면, 촉한은 민호가 28만호에 남녀인구 94만명이며, 무장병 10만2천명, 관원이 4만 명, 창고의 양곡이 40여만 섬, 금과 은이 각각 2천근이며, 금기채견(무늬비단, 채색비단)이 각 20만 필이었다.

유선의 항서를 받은 등애는 유선에게 답장을 보낸다.
"천자의 기강이 도를 잃어 군웅들이 동시에 일어나고, 용호상박(龍虎相搏)하여 끝내 참 주인에게 귀의했으니 이는 아마도 천명이며 한과 위에 이르기까지 천명을 받은 자는 중원에서 나왔으며, 황하에서 도(圖)가 나오고 낙에서 서(書)가 나와 성현들이 이를 기준으로 홍업(洪業:나라를 세우는 일)을 일으켰으니, 이에 합당치 않은 자는 모두 멸망하였다. 후한 시절, 외효는 농에 의지했다가 망하고 공손술은 촉을 기반으로 일어섰다가 망했으니 이는 모두 전제의 본보기이다. 황제는 명철하고 재상은 충성스럽고 현명하며, 건국 신화에 나오는 한족(漢族)의 시조(始祖) 헌원 때와 같이 융성하여, 촉을 정벌하라는 명을 받고 좋은 소식을 기다렸는데, 촉한의 사자가 와서 좋은 소식을 전하니 이는 하늘의 가르침이다. 또한, 촉한의 사자가 와서 고하기를 관을 등에 지는 의식을 올린다고 하니, 이는 지난날 명철한 이들이 천명을 따르는 의식이었다. 손자병법 모공편에서 말하기를 '나라를 온전히 하는 것이 상책이요, 남의 나라를 격파하는 것은 그 다음이다'라고 했으니, 스스로 총명하고 지혜로운 자만이 왕도를 보는 것이다."

등애가 유선에게 항서를 받아들이는 답장을 전달하자, 유선은 263년(염흥 원년) 12월 초하루를 택해 신하들과 함께 등애에게 나아가 항복의식을 거행하기로 한다.

한편, 강유가 등애의 진군을 막으려고 파(巴)로 다시 군사를 돌려 성도 인근의 처현에 당도해 있을 때, 후주 유선이 이미 등애에게 투항을 청했다는 소식을 듣자, 강유는 치밀어 오르는 분을 못 이겨 온몸을 부르르 떨기 시작한다.

불과 한식경만 유선이 투항을 미루었더라도, 성도에 당도한 강유의 주력군이 피로에 지친 등애를 격파하고 종회와 지구전으로 돌입하여, 오주 손휴가 보낸 정봉의 원병과 합심한다면 촉을 구할 수도 있는 극적인 순간을 놓치게 된 것이라고 생각하며, 강유와 제장, 전 군사들이 창과 칼로 바위를 내리치며 대성통곡을 한다. 역사는 능력이 모자라는 자가 누리는 것은 사치이며, 능력이 되는 자가 누리지 못하는 것은 비극이라는 것을 말해주는 가장 적합한 예가 된다.

등애의 대군이 촉의 검각에 이르렀다는 보고를 받은 10월에야 유선이 오나라 경제 손휴에게 구원을 요청했었는데, 이때 오국의 황제 손휴는 정봉(丁奉)을 주장으로 삼아 수춘을 공격하게 하고, 유평에게 남군으로 진격하게 하는 등 양면작전으로 관서에 있는 위국의 주력군을 빼돌리게 하고, 정봉(丁奉)의 동생 정봉(丁封:형과 한자가 다름)과 손이를 성도로 보냈는데, 정봉(丁封)이 성도에 도착하기도 전에 유선이 항복을 선언하여 촉한이 멸망하면서, 오경제 손휴는 촉한의 후주 유선을 지원하려고 파병한 군사를 모두 동오로 불러들인다.

드디어 263년(염흥 원년) 12월 초하루가 되고, 등애가 성도의 가까운 북쪽 지역에 당도하자, 유선은 제왕과 태자, 그리고 고위 문무 대신들과 함께 스스로 결박하여 관을 메고 북문 10리 밖으로 나와 대기한다. 등애가 약속장소에 도착하자, 유선은 등애의 앞에 무릎을 꿇고 머리를 조아린다. 등애는 유선의 포박을 풀고 관을 불태우면서 투항의식을 끝낸 후, 유선과 함께 나란히 성도로 입성한다.

성도에 들어선 등애는 유선을 위국 표기장군으로 임명하고, 문무 관료들은 그 직분에 맞추어 관직을 깎아내린다. 곧이어 후주 유선은 태상 장준과 익주별가 장소를 각 군영으로 보내 군사를 안정시키도록 지시하고, 특별히 강유에게는 태복 장현을 보내 투항하라는 칙명을 내린다.

이때 강유가 검각의 방비를 풀고 성도로 돌아온 덕에, 종회는 손쉽게 검각을 빠져나와서 강유의 뒤를 쫓아 처현까지 진입하여 강유의 후미에서 오랜 시간을 대치하기 시작한다.

앞에는 이미 촉한 유선의 항복을 받고 성도를 점령한 등애와 뒤에서는 자신을 노리고 있는 종회 사이에 놓여 진퇴양난에 빠진 강유는 둘 사이에서 누구와 연대하는 것이 향후 입지를 위해 도움이 될 것인지를 놓고 깊이 고민하기 시작한다.

'등애는 이미 후주의 항복을 받아내고 성도를 점령하여 위국에서는 일등공신이 되어 있기 때문에, 나의 존재는 등애에게 아무런 의미가 없도다. 반면, 종회는 자신이 촉한 정벌전의 주역이면서도 정작 모든 공과는 칠십에 이르는 노인 등애에게 돌아가게 되어, 이를 만회해야 할 전리품이 필요할 것이다. 성격적으로도 등애는 천한 신분으로 갑자기 성공한 탓에 기고만장해서, 자신만을 최고로 여기는 안하무인이 되어 있도다. 종회는 명문가의 자제로 예법부터 모든 면이 세련되고 품성이 넉넉하기 때문에 상대방을 존대할 줄 안다. 단지, 종회는 너무 머리를 굴려 자기 꾀에 자기가 빠지는 경향이 있는데, 이점이 오히려 나에게는 촉한의 복구를 노리는 데 크나큰 동력이 될 것이다.'

이런 생각으로 깊은 고민을 하던 중, 후주 유선이 강유에게 파견한 태복 장현이 '짐이 대위에 투항했으니 장군도 짐의 뜻을 따라 대위에 투항하라'라는 칙서를 건네자, 강유는 잡다한 생각을 정리한 후 종회에게 찾아가서 무조건 항복을 청한다.

이 당시, 종회는 불과 얼마 전까지만 해도 검각에서 강유와 장기간 팽팽하게 대치하면서, 등애를 버리는 패로 여겨 어쩔 수 없이 등애의 마천령 모험을 방치했었는데, 그런 등애가 강유관을 점령한 후 촉한의 최후사령관 제갈첨을 격파시키고, 성도에서 유선의 항복을 받아내자, 종회는 제장을 불러 담소를 하며 어이없어 허탈하다는 듯이 비꼬면서 말한다.
　"도저히 불가능하고 무모한 시도로 생각해서 등애장군을 버리는 패로 여기고 돌아보지도 않았는데, 이렇게 터무니없는 결과를 얻어내다니, 참으로 세상사는 한치의 앞도 예측할 수가 없구려."
　종회가 이같이 큰 허탈감에 빠져있을 때, 강유가 사자를 보내 투항을 신청하자, 종회는 예상치도 못했던 강유의 투항신청을 반갑게 받아들이며 쌍수를 들고 환영한다.
　"장군이 나에게 투항을 청한다면, 나는 등애가 유선을 항복시킨 것과 같은 전공을 얻는 것이니, 속히 보기를 바랍니다."
　종회는 강유가 주력군을 이끌고 부현성으로 오자, 성문 앞까지 와서 강유를 맞아들여 거창한 환영식을 베푼다. 그 사이, 등애는 면죽에 거대한 대(臺)를 쌓고 경관(京觀:적군의 시체나 해골을 쌓고 그 위에 흙을 덮어 전공을 드러내는 탑)을 만들어 전공을 드러낸다.
　촉을 멸하기 이전의 등애는 어렴풋이 자신이 혼미한 천하를 통일하여 중국을 평정하고, 천하의 민심을 수습하고자 하는 막연한 꿈을 지니고 있었다. 그런데 등애는 막상 사지를 넘나드는 모험을 통해, 예상하지도 못했던 촉한의 투항을 받아낸 이후, 자신이 삼국통일의 주역이 되고자 하는 욕망을 황제에게 보내는 표문에서 표출시킨다.

"폐하의 크신 성은을 입어 촉을 정벌하게 되었습니다. 이제 촉한의 사후처리를 위한 조처가 필요하다고 사료되어 폐하께 표문을 올립니다. 촉주 유선을 行표기장군으로 태자 유순(劉璿)을 봉거도위로, 차남 유요 등 유선의 다섯 명의 제왕을 부마도위로 임명하고, 촉에서 관료로 있는 사람들은 지위의 고하에 따라 왕의 관료로 임명하고, 사찬에게는 익주자사 대리를 삼고, 농서태수 견홍이 각 군대의 병사들을 대신 관리하게 하려 합니다. 이리하면, 동오에게도 패망한 촉의 인사들을 후대한다는 것을 보여주게 되어, 동오의 신하들과 백성들은 위국을 크게 경계하지 않을 것입니다. 지금 당장은 피로에 찌든 병사들을 이끌고 동오를 정벌하지 못하겠지만, 3년만 익주를 재편성하여 익주의 물산을 충족히 하고 동오를 도모하면, 손휴를 쉽게 굴복시킬 수 있을 것입니다."

등애가 황제에게 보내는 표문을 황제보다 먼저 입수한 사마소는 황제를 대신하여 답신을 보낸다.

"장군이 보낸 수습책은 너무도 큰일이라 즉각 이행할 수는 없소이다."

촉한 정벌의 최고 수훈자, 등애는 사마소가 보내온 서신에 대해 반박하며 자신의 주장을 밝히는 전서를 다시 올린다.

"춘추에 이르기를 장수는 국가에 이익을 줄 수 있다고 판단이 될 경우, 천자의 뜻일지라도 독단적으로 행할 수 있다고 하였습니다. 지금이 바로 그 시기입니다."

등애는 후한(後漢) 등우의 예를 따라 전권을 발휘하여, 유선을 行표기장군으로 태자를 봉거도위로, 유선의 아들을 부마도위로 임명한다. 촉에서 관료로 있는 사람들은 지위의 고하에 따라 왕의 관료로 임명하고 등애의 수하가 되겠다는 충성 맹세를 받는다.

사찬에게는 익주자사 대리를 임명하고, 농서태수 견홍이 각 군대의 병사들을 대신 관리하게 하고, 촉국 장수와 병사들을 통제하여 백성들의 약탈을 막고, 항복한 자들을 위로하여 기존하던 사업을 회복하도록 한다.

촉한 후주 유선이 등애에게 항복을 선언한 후, 마지막 저항군 강유의 주력부대가 종회에게 모두 투항하여 촉한이 평정되자, 사마소는 불과 한 달 전까지만 해도 그렇게 사양하던 진공(晉公)의 자리에 오르면서, 등애를 태위로 임명하여 식읍 2천호를 내리고, 종회에게는 촉한 주력군을 항복시킨 공적으로 사도로 임명하고 식읍 1천호를 내린다. 이 상벌이 내려진 이후, 종회와 등애 사이에는 이상기류가 감지되기 시작하면서, 강유는 자신이 바라던 순간이 다가오고 있음을 느낀다.

'나는 촉한을 복원하기 위해 종회를 나의 도구로 활용하고자 하는 만큼, 둘 사이를 싸움시켜 먼저 등애를 몰아내고 종회를 도모한 후, 다시 촉한의 시대를 구축하겠노라. 내가 차도살인(借刀殺人:타인이 나의 적을 대신 치게 함) 계책으로 종회가 등애를 상대로 싸우게 하고, 격안관화(隔岸觀火:적이 내분으로 자멸하기를 기다림) 전략으로 이들을 몰아내어, 어부지리를 얻어내면 촉한의 부활은 가능하게 될 것이다.'

이런 생각에 미친 강유는 이들의 반목에 불을 지피는 계책을 전개하여, 촉한을 복원시킬 구상을 한 걸음 한 걸음 내딛기 시작한다.

"종회 사도, 나는 사도를 만난 이후, 요즈음 한 가지 아쉬움을 갖게 되었소. 사도를 조금만 일찍 만났더라면 천하통일의 대업을 이루었을 텐데 하는 아쉬움이오, 장군은 영웅의 자질을 모두 갖춘 진짜 대장부외다."

"대장군께서 그렇게 보아주신다니 장부로서 큰 영광입니다. 사실 대위에서는 장군을 최고의 경계대상이자 영웅으로 여기고 있는데, 그런 장군이 나를 그렇게 평해준다는 것은 실로 유유상종(類類相從)이라는 말이 바로 우리에게 있음을 이르는 말 같습니다. 장군의 관인과 부절을 모두 돌려주고 군권을 회복시켜 주겠습니다."

강유의 과한 인물평에 보답하고자 하는지, 이후부터 종회는 언제나 강유와 자리를 함께하고, 군사적 모든 문제를 함께 논의하는 등 무한한 신뢰를 보이기 시작하면서, 이로써 서로의 최종적 목적은 다르지만, 이들의 공동목표는 '등애라는 인물의 제거'와 같은 공통점을 갖게 되는 동상이몽의 오월동주(吳越同舟)가 시작된다.

종회가 등애를 능멸하며 그를 제거하기 위한 각종 작업에 착수하는 동안, 등애는 비천한 출신이 자수성가로 최고의 자리에 오른 사람들의 전형을 보여주기 시작하며, 자신의 경험만이 최고이고, 자신의 존재만이 최고의 가치라는 생각에 주변 사대부의 가치는 극도로 무시하는 오만을 부린다.

"내가 촉을 접수했기 때문에 당신들이 안전한 것이지 다른 사람이 접수했다면, 당신들은 큰 변고를 당했을 것이오. 후한 광무제 당시 오한장군이 촉을 정벌하여, 촉이 초토화된 예도 있지 않소? 나는 조만간 동오까지 정벌하여 역사에 남는 위업을 남길 것이외다."

촉한의 관료들이 앞에서는 고개를 조아렸지만, 뒤에서는 등애를 능멸하고 출신을 천대하며, 이들은 마음속으로는 등애를 따르지 않는다. 이런 사실을 보고 받은 사마소는 감군 위관에게 등애를 진정시키라는 통보를 전한다. 위관은 곧바로 사마소의 뜻을 전달했음에도 불구하고, 등애가 오히려 위관을 멸시하며 고집을 부리자, 위관은 종회를 찾아가서 이 문제를 상의하고자 한다.

"사도, 태위께서 조정의 지시도 무시하고 자신의 고집대로 일을 진행하고 있으니, 이를 진공께 보고하지 않을 수도 없고, 보고하자니 혼란이 일어나게 될 것이고 진퇴양난입니다."

이런 좋은 기회를 잡은 종회가 가만히 넋을 놓고 호기를 날려 보낼 리가 없었다.

"감군, 이런 사실을 조정에 보고하라고 사마소 진공께서 감군을 보낸 것이 아니겠소? 그러나 단순히 고집을 부린다는 이런 사항 하나로는 태부를 탄핵하기 어려우니, 더 많은 정보를 얻어내어 조정에 보고하도록 합시다."

종회는 등애가 조정에 보내는 편지들을 감군 위관을 통해 일일이 입수하여, 등애의 편지에 문구를 고치는 방법으로 사마소의 심기를 거스리게 하여 등애를 제거하는 계략을 펼치기 시작한다. 이런 일련의 음모를 모르는 등애는 독단적으로 촉한의 후속을 수습하기에 매진하자, 이때를 기회로 여긴 종회는 호열, 사찬과 함께 등애를 무고하는 표문을 올린다.

"태위 등애장군이 촉을 멸한 후, 면죽에 경관을 쌓고 자신의 공덕을 새로 지었으며, 천자의 명령도 받지 않고 제갈첨에게 낭야왕을 하사하겠다고 제안하며 투항을 권했고, 진공 사마소 어른의 뜻과 달리 촉의 신하를 자신의 세력 안으로 회유하는 등 모반을 획책하고 있습니다."

사마소는 종회 등의 보고를 받은 후, 등애가 천하를 훔칠 야심을 품었다고 여겨 등애를 제거할 계획을 구체적으로 세운다. 애초부터 의심이 많은 사마소는 한사람에게 지나친 군사력을 맡기는 것을 경계하여, 이미 촉한 정벌에 앞서 종회, 등애, 제갈서 등에게 병력을 분산시킬 정도로 군사력이 집중되는 것에 민감했었다. 사마소는 상상도 하지 못했던 도박으로 촉을 멸망시킨 등애를 제거할 계획을 종회에게 전한다.

"사도는 등애에게 반역을 획책한다는 명분을 세우고 등애를 잡아들여 낙양으로 송환하시오."

사마소의 전서를 받은 종회는 강유와 의견을 교류한다.

"진공 사마소가 나에게 등애를 잡아 낙양으로 보내라고 하는데, 이것은 나와 등애가 이전투구(泥田鬪狗)하여 서로 싸우게 한 후에 어느 한쪽이 승리하더라도 큰 피해를 당하게 되는 만큼, 이때를 포착하여 어부지리(漁父之利)를 얻으려는 진공의 잔꾀라고 생각됩니다. 이런 진공의 잔꾀를 어찌 대처하면 좋겠소?"

"장군이 대군을 이끌고 직접 등애에게 가더라도 등애는 장군보다 훨씬 유리한 입지에 있고, 또한 등애는 태위라는 상위의 신분에 있는 만큼, 명분이나 직위, 성격상으로도 등애는 사도인 장군에게 절대로 승복하지 않을 것입니다. 장군께서 개입하지 마시고 감군을 보내 처리하시지요. 감군이 나서서 수습하면 좋고 감군이 수습하지 못하면, 등애의 역모가 확실하다는 것을 진공께 증명시키는 것이니, 이것이 일거양득(一擧兩得)의 묘책입니다."

"나도 그리 생각합니다. 위관에게 조칙을 전하겠습니다."

종회는 감군 위관에게 1천의 병사를 내어주며, 사마소가 보낸 조칙을 등애에게 전하도록 주문한다. 이때, 위관은 깊은 고민에 빠지게 된다.

'종회장군의 대군을 이끌고도 등애장군을 설득하기 어려울 텐데, 소수의 병력을 가지고 태위에게 가서 진공의 조칙을 내린다고 태위가 과연 순순히 조칙을 받아들일까? 도대체 종회장군의 의도는 무엇이란 말인가?'

한참 동안을 고민에 빠져있던 위관은 갑자기 번개처럼 스치는 섬광을 얻는다.

'종회는 나를 활용하여 등애를 확실한 모반으로 몰아넣으려고 의도하고 있구나. 차도살인(借刀殺人)을 꾀하려는 종회, 과연 꾀주머니로다. 그렇다면 정공법으로 임하다가는 나의 목숨이 위태롭겠구나. 모두가 깊이 잠든 야밤에 성문으로 들어가서, 기습적으로 등애를 체포하는 작전을 구상해야 하겠다.'

생각을 정리한 감군 위관은 깊은 밤에 성문에 당도하고, 어둠의 가치를 최대한 활용하여 수상개화(樹上開花)계책으로 허장성세를 펼치면서, 마치 대군을 이끌고 온 것처럼 수문장을 속이고 성문을 통과한다.

위관은 숙위병에게 조정의 조칙을 내보이고, 곧바로 등애 수하들의 협조를 구하기 위해 이들을 설득한다.

"나는 '태위 등애 만을 낙양으로 소환할 뿐, 다른 사람은 절대로 죄를 묻지 말라'는 조정의 뜻을 전할 뿐 다른 의도는 전혀 없소. 여러분 장수들은 조정의 뜻을 따라 상복을 택할 것이오? 아니면, 모두 죽음을 택할 것이오? 나의 뜻에 따르는 자는 조정의 정무에 협조하는 것이고, 나의 뜻을 거스르는 자는 조정으로부터 역모의 공범으로 몰리게 될 것이오."

위관이 성도의 숙위부대를 돌며 조칙을 보이고 설득하자, 이에 등애의 최측근을 제외한 모든 장수가 감군 위관의 명에 따른다. 이제 사전준비가 확고히 정비되자, 위관은 시간적 여유를 두지 않고 등애의 침실을 급습한다.

"태위께서는 조정의 조칙을 받으시오."

새벽에 세상모르고 잠이 들어있는 등애의 침실에 위관이 급습하여 등애를 체포하자, 조정의 의도를 알 길이 없는 등애의 최측근이 들이닥친다.

"어디 감히 촉을 항복시키신 영웅을 체포하느냐?"

"장수들은 조정의 조칙을 따르시오. 장수들이 반발하면 태위께서는 진짜로 역모자가 됩니다."

등애의 최측근 장수들이 위관이 내보인 조칙에도 일촉즉발의 기류를 풀지 않자, 등애가 자상하게 이들을 설득한다.

"그대들의 충정은 고마우나, 나는 역모를 꾸민 적이 없기 때문에 곧 풀려날 것이오. 그대들은 물러서시오."

264년(경원5년) 정월, 위관은 순발력 있는 재치로 등애의 측근 장수들을 물리치자, 사찬에게 명하여 등애를 포박하고 함거에 태워 낙양으로 압송하게 한다.

등애가 낙양으로 압송된다는 정보를 들은 종회가 곧바로 군사들을 소집하자, 그동안 장익을 비롯한 촉한의 패잔병과 자신의 주력군을 집결시킨 강유는 종회에게 힘을 실어준다. 종회는 장안에서 이끌고 온 정예 주력군과 강유의 촉한 주력군을 합류시켜 세력이 배가 되자, 곧바로 천하를 장악한 듯한 자기환상(自己幻想)에 빠져든다.

'나는 재빨리 성도를 접수하고, 그 여세를 몰아 장안을 점거하고, 최종적으로 낙양을 급습하여 사마소를 제거하고, 천하를 호령할 구상을 실현시킬 것이다.'

이 계획을 현실화하고자 종회는 자신의 야심을 향한 걸음을 한 발짝 앞으로 내디딘다. 종회가 야심을 향해 움직이기 시작할 때, 애초부터 종회의 야심을 읽고 있던 사마소는 종회에게 초를 치는 전서를 보낸다.

"사도가 태위를 체포하는 데 실패할 경우를 대비하여, 가충에게 대군을 이끌어 야곡도에 주둔시키고, 고(孤)는 군사를 이끌고 직접 장안으로 입성하겠소."

종회는 사마소의 전서를 받아들고 강유와 의견을 나눈다.

"장군, 능구렁이 같은 사마소가 나의 속셈을 읽은 듯하오. 낙양의 군사를 전부 끌어 모아 충복 가충을 앞세우고, 자신은 장안을 향하는 것은 분명 나에 대한 경고가 분명합니다. 어떤 수를 던져야 하겠습니까?"

"최고의 권력자에게 의심을 받아서 살아남은 인사는 중국의 역사상 전무합니다. 이렇게 된 이상 빨리 성도를 장악하고, 우리의 동조자를 결집하여 군을 정비해야 합니다."

강유가 의연한 자세를 유지하며 대답하자, 강유의 자문을 받은 종회는 자신의 주력군과 등애 휘하의 병사를 소집하여, 자신과 뜻을 같이할 군사를 분별하기로 한다.

이때 마침, 조예의 황후인 곽태후가 죽어 국상이 발생하자, 종회는 곽태후의 국상을 치룬다는 명분으로 성도 주변에 주둔하고 있는 모든 장수들을 성도로 불러 모은다. 장수들이 모두 국상장에 모이자, 종회는 위조한 곽태후의 유언장을 장수들 앞에서 공표한다.

"나와 황제뿐만 아니라, 황실의 모든 종친들이 사마씨의 횡포와 전횡에 시달려왔노라. 이제 나는 죽음에 앞서 내가 살아생전 당한 사마씨의 전횡을 고발하노니, 충의와 의기가 있는 인사들은 뜻을 모아 사마씨를 제거해 주기를 바라노라."

위조한 유언장을 발표한 후, 종회는 뜻을 같이할 장수를 뽑는 작업에 돌입한다.

"태후마마의 뜻을 받들어, 나와 뜻을 같이할 장수는 왼쪽으로, 뜻을 보류할 사람은 오른쪽으로 서시오."

장수들이 자리를 이동하는데, 눈치가 빠른 위관 같은 장수는 내심 반발하면서도 찬성의 편에 서고, 종회의 측근이면서도 고향에 있는 가족을 걱정한 장수들은 보류의 편에 선다. 장수들에 대해 피아(彼我)의 분류작업을 끝낸 등애와 강유는 눈에 가시와도 같은 위관이 찬성의 측으로 와서 앞장을 서자 크게 골치를 썩는다.

"사도, 위관을 조심해야 하오. 이 꾀돌이가 눈치를 채고 찬성 측에 서 있는데, 위관을 방치하면 나중에 뒤통수를 얻어맞을 것이오. 이에 대한 대비를 확실히 해야 하오."

강유의 탄식에 종회가 묘한 웃음을 지으며 말한다.

"네, 맞습니다. 저 꾀돌이를 처리할 묘책이 내게 있으니 맡겨두십시오."

종회는 자신에게 찬성을 표명한 제장을 불러놓고 임무를 떠맡긴다. 그리고는 위관을 불러 따로 임무를 부여한다.

"장군은 감별관이 보류의 편에 선 장수들을 하나씩 불러낼 때, 반대파로 규정된 장수들에게 직접 사형을 집행하시오."

종회의 함정에서 벗어나 안도의 한숨을 돌리던 위관은 다시 종회의 꼼수에 빠질 위기에 몰린다. 위관은 살기 위해 눈치 빠르게 찬성의 편에 섰으나, 사형집행을 주도하게 되면 꼼짝없이 반란군으로 낙인이 찍히고, 거부하면 명령불복종으로 종회에게 사형을 받게 될 위기에 놓인다. 위관은 잠시 생각에 잠기더니 조심스럽게 입을 연다.

"사도, 명령을 따르겠습니다. 그러나 사형집행의 시기를 조금 늦추는 것이 좋겠습니다. 찬성하지 않는 장수들을 감금시키기는 했지만, 이들 휘하의 병력은 성도 밖에서 대기하고 있습니다. 만약 자기 지휘관들이 주살을 당하면 이들은 일시에 성으로 밀려들어 대혼란이 일어날 수도 있습니다. 그들의 병사들이 함부로 움직이지 못하도록, 지휘관들을 인질로 삼아 하나하나 매듭이 끝날 때, 사형을 집행하는 것이 무리가 없이 사태를 매듭지을 방법이라 생각됩니다."

종회는 위관의 방법을 듣고 이치에 맞다 여겨, 찬성하지 않는 장수들을 감금시키고, 우선적으로 그들의 병력을 회유하는 방법을 구상한다. 이때, 엉겁결에 감옥에 갇히게 된 장수들은 불안에 휩싸인다. 이들은 감옥에서 구명을 위한 방안을 논의하던 중, 마침 관성을 함락시킨 주역인 호열이 감옥에 갇힌 것을 애처로워하던 호열의 수하였던 장하독 구건이 호열을 찾아온다.

"장군, 장하독 구건입니다. 양평관의 영웅 호열장군께서 순간적인 판단착오로 감금된 것이 너무도 안타까워, 장군에게 작은 도움이라도 드릴 요량으로 찾아뵙습니다. 소장이 장군을 감옥에서 빼내는 일은 할 수 없지만, 다른 소원 한 가지는 들어줄 수 있으니 말씀해 주시기 바랍니다."

"장하독, 고맙소. 성도 밖의 내 군영에 전속 요리사가 있는데, 그를 불러들여 죽기 전에 상차림을 거나하게 차려 배불리 먹고 싶소."

구건은 천하에 새로운 역사를 기록한 명장이 죽기 전의 소원이 음식을 마음껏 먹는 것이라고 하자, 이 정도는 받아줄 수 있다고 생각하고 호열의 전속요리사를 성으로 불러들인다.

전속요리사가 상을 차리는 동안, 호열은 손가락을 깨물어 혈서를 써서 전속요리사에게 전하며, 성 밖으로 나가면 아들 호연에게 전해주기를 간청한다. 호열에게 한 상을 거나하게 차려주고 성 밖으로 나온 요리사가 호열의 혈서를 호연에게 건네며, 호연에게 호열의 현재에 대해 소상히 알려준다.

"종회가 이미 큰 굴을 뚫고 백봉 수천 개를 준비하여, 성 밖의 병사들에게 흰 두건을 씌우게 하고 성안으로 불러들여, 흰 두건을 표적으로 그들을 차례로 때려죽이고 굴속으로 집어넣으려 한다."

호열의 혈서를 읽은 호연은 크게 격분하여, 주변의 부대를 찾아다니며 동참을 호소하고 북을 울리며 성을 향해 출격한다. 워낙 급박하게 이루어진 군사적 활동이어서 체계적인 지휘체계는 없었으나, 호연이 위기에 빠진 부친을 구하겠다는 일념으로 선두에 서자, 격분한 모든 부대의 병사들이 협력하여 총진격을 감행한다.

호연을 위시한 위국의 군사들이 일시에 성문으로 몰려오면서, 성안에서도 종회의 이해할 수 없는 행보에 의문을 가지던 종회의 수하들마저 호연의 연합군에 합류하여 역공해 들어온다. 전혀 예상치도 못했던 황당한 사태에 직면한 종회는 몹시 당황해하면서 강유를 찾아와 묻는다.

"장군, 미처 예기치 못한 사태가 벌어졌는데 이제 어찌해야 하겠소?"

강유가 태연하게 대답한다.

"적이 쳐들어오면, 응당 쳐부술 뿐입니다."

강유가 칼을 들고 촉한의 수하들에게 감옥에 갇힌 장수들을 주살하게 명하자, 감옥에 갇힌 장수들은 책상 등의 장애물로 문을 철저히 봉쇄하면서 막아낸다. 이때 호열의 군사들이 감옥으로 달려들어 촉병과 혈전을 벌이기 시작한다. 강유가 자신을 향해 달려드는 위병 수십 명을 주살하고, 몸을 돌리는 순간 가슴에 심한 통증을 느끼며 가슴을 움켜쥐고 쓰러진다.

이때, 위병들이 강유를 둘러싸고 일제히 창으로 찌르자, 강유는 눈을 부릅뜨고 무릎을 꿇더니 그 자리에서 쓰러진다. 강유가 쓰러지자, 격분한 병사들은 쓰러진 강유의 배를 갈라 오장육부를 끌어낸다. 종회도 성안으로 진입한 병졸에 둘러싸인 채, 수십 명의 창에 찔리고 그 자리에서 목숨을 잃는다.

한번 광분하기 시작한 병사들은 성도 전역을 휘저으며, 방화, 약탈, 학살, 강간을 자행하여, 후주 유선(劉禪)의 장남인 태자 유선(劉璿)도 그때 목숨을 잃는 등 성도가 완전히 초토화되자, 위관이 군령을 세워 각 위영을 돌면서 병사들을 진정시킨다. 이때가 되고서야 광란의 도가니가 잠재워지면서, 종회의 반란을 수습하는 일등공신은 누가 보아도 위관이 된다. 위관이 혼란을 잠재우고 마지막 수습을 위해 주변을 둘러보는데, 이때 등애의 수하들이 억울한 등애를 구하려고 위관에게 구명을 요청하는 바람에 위관은 깊은 고민에 빠진다.

등애에게 반역의 틀을 씌운 사람은 종회이지만, 어찌 되었든 간에 등애를 체포한 사람은 바로 위관 자신이다.

'등애가 무죄로 판명이 되어 돌아오게 되면, 거친 성격의 등애가 나를 가만히 둘리가 없다.'

이런 생각에 이르자, 자신의 신변을 우려한 위관은 생애 처음으로 정도에서 벗어난 일탈을 기획한다. 이를 위해 위관은 지난 강유관 전투에서 등애에게 명령 불복종으로 죽을 위기에 처했던 전속에게 그의 의사를 타진한다.

"등애장군의 수하들이 등애장군의 무고를 주장하여, 함거에서 풀어주기를 청하는데 어찌하면 좋겠소?"

등애에게 불만이 많은 전속은 위관과 모의를 펼치더니, 등애를 제거하는 데 앞장을 서기로 한다.

"등애장군은 성격이 엄청나게 거칠어서, 우리가 무고를 인정하여 풀어주더라도 결코 우리를 용서하지 않을 것입니다. 내가 곧바로 등애장군의 함거를 추적하여, 모든 상황을 모르는 척하면서 함거에 화살을 날려 등애를 살해하겠습니다."

전속은 말을 마치자마자 수하 몇명을 이끌고 급히 말을 달려, 함거에 실린 채 낙양으로 압송되는 등애를 추적하기 시작환다. 이때 부장 사찬은 등애가 실린 함거를 끌고 낙양으로 가던 도중, 종회가 반역을 꾀하다가 척살되었다는 사실을 알게 되어 함거를 돌려 다시 성도로 돌아오기 시작하는데, 등애를 살해할 음모를 꾸민 전속이 길목에서 대기하고 있다가 등애의 함거가 나타나자, 다짜고짜 화살을 퍼부어 등애와 등충, 사찬 등이 줄 화살에 맞아 불귀의 객이 되고 만다.

전속이 쏜 화살에 의해 등애가 목숨을 잃게 되었다는 보고를 받고도 사마소는 위관과 전속을 징벌하는 대신, 오히려 등애에게 모반죄를 씌우고 등애의 가족을 연좌제로 묶어 모두 처벌한다.

이렇게 성도의 문제를 정리한 사마소는 폐주 유선과 함께 낙양으로 돌아감으로써, 촉한의 역사는 바람과 함께 사라지게 되고, 사마소는 유선을 수행하여 낙양으로 입성한 황호를 촉한을 망친 간신의 대표적 인물이라고 매도하며 능지처참한다.

사마소는 촉한을 멸망시키고 천하의 주도권을 장악하게 된 후, 진왕으로 등극하여 천하통일의 기치를 올리기 시작한다.

2) 손호의 폭정으로 동오는 망국의 조짐이 나타나다

　동오에서는 오경제 손휴가 승상 복양흥과 장포를 필두로 대중을 위한 정책을 펼쳐, 조세와 군역을 절감시키고 인재를 등용하여 국가부흥에 앞장서고자 하는 과정에서, 도위 엄밀이 대규모 댐인 포리당을 건설하여 국력을 강화시키자고 건의한다. 이에 대해서는 대부분의 관리들이 반대하는데도 복양흥만이 도위 엄밀의 편을 들며 포리당을 건설하는 일에 앞장을 서는 독단을 부린다.

　오나라 역사상 가장 큰 규모의 토목사업을 펼쳐, 국방을 견고히 하고 농업을 진흥시켜야 한다는 야심찬 계획은 주변의 많은 반대에 직면했으나, 황실의 승상이 동조하는 바람에 아무도 이의를 달지 못하고 결국에는 이 계획이 실행되는데, 이로 인해 동오의 국가재정은 한없이 메말라 들어가면서, 토호들과 역사에 동원된 백만의 백성들이 손휴와 복양흥을 크게 원망하기 시작한다.

　그러다가 263년(경원4년) 12월, 순망치한의 관계에 있던 촉한이 멸망하면서부터는 그 이전, 장강의 상류를 차지한 촉한과의 동맹을 통해 오나라에 유리하게 활용되던 천혜의 요충지 장강 유역의 이점이 더 이상은 동오의 국방에 도움이 되지 않게 된다.

이에 오주 손휴는 동오의 국방을 강화하기 위해, 과거 촉한의 땅이었던 영안을 차지하여 장강의 방어선을 유지해야 할 필요성을 절실히 느끼게 되면서, 동오의 재정을 충당하고, 백성들의 민심을 돌리기 위해 영안을 점령하려는 계획을 실행에 옮기고, 264년(경원5년) 진군장군 육항에게 성만, 유평을 부도독으로 딸려 3만의 대군을 주어 촉한의 옛땅인 영안(백제성)을 공략하게 한다.

이때, 촉한이 패망하고 향후의 추이를 지켜보던 촉의 최후 파동태수인 나헌은 동오의 대도독 육항이 3만의 대군을 이끌고 공략해오자, 휘하의 장수들을 불러들여 긴급회의에 들어가는데, 나헌의 휘하장수들이 이구동성으로 나헌에게 청한다.

"지금 촉한은 멸망하여 황제께서도 낙양에 볼모로 잡혀갔습니다. 이제 주인도 없는 영안을 태수께서 온갖 고초를 겪으며 지키시느니, 차라리 영안을 육항에게 넘기고 군사들과 백성들을 평안하게 하는 것이 가장 좋은 선택으로 보여집니다."

나헌은 수하들의 청을 단호히 거부한다.

"지금 폐하께서 위에 볼모로 계시지만, 위에서 앞으로 어떻게 처우할지는 아직 결정되지 않았소. 만일 위에서 폐하께 은덕을 베푼다면, 나는 당연히 폐하의 은총을 받은 몸으로 폐하의 투항 명령에 따라야 도리라고 생각하오. 그러나 만일에 위에서 폐하를 능멸하고 업신여긴다면, 당연히 폐하의 입장을 대변하여 오히려 육항에게 투항을 선언할 것이오."

나헌은 말을 마치고 수하들에게 일단 육항의 공격에 철저히 대비하도록 지시한다. 얼마 후, 영안에 당도한 육항은 백제성으로 곧바로 진군하여, 백제성을 삼겹, 사겹 포위하고 녹각과 방책을 세우고, 참호를 파서 포위망을 견고히 한 후 공성에 들어갈 채비를 갖춘다. 육항의 수하들이 공성준비를 끝마치자마자 육항에게 청한다.

"도독, 병법에 군사는 신속히 하라고 했습니다. 적장이 수비태세를 확고히 갖추지 못했을 때를 노려, 신속히 공격명령을 내리시기를 청합니다."

육항이 고개를 가로저으며 말한다.

"병법에 싸우지 않고 이기는 것이 최상책이라 했소. 지금 영인(백제성)의 적장과 병사들의 움직임을 자세히 보시오. 이들은 적극적으로 싸울 태세도 아니고, 그렇다고 항복할 태세도 아니오. 아마도 위의 사마소가 촉한의 유선을 어찌 예우하는지를 보고, 그 결과에 따라 적장은 투쟁이냐? 투항이냐?를 선택할 것이오. 그때까지 우리는 철저히 공격준비를 갖추되, 쉽사리 공격은 하지 말고 잠시 기다리도록 합시다."

육항이 파동태수 나헌의 움직임을 예의주시하면서 한참 시간이 흐르는데, 사마소는 유선을 안락공으로 삼아 저택을 제공하고, 시종 1백 명과 함께 비단 1백 필을 내리고, 평생 먹고사는데 부족함이 없이 풍족한 재물을 내리도록 조치한다.

이 소식은 낙양에서 천하의 각처에 전해져, 사마소의 처신을 보고, 행동강령을 준비했던 건녕태수 곽익 등이 위국에 완전한 투항을 신청한다.

이때 파동태수 나헌도 사마소에게 무조건 투항하겠다는 뜻을 전하고, 영안성의 방어에 총력을 기울이며 영안성을 사수할 의지를 보이자, 육항은 그때에서야 영안 백제성을 공략하기 시작한다.

위국 도독 육항의 쉴 틈이 없이 계속되는 공성에도 나헌은 2천의 정병으로 육항의 대군을 맞아 6개월을 끈질기게 수성한다. 파동태수 나헌이 영안을 굳세게 방어하면서 장기간을 대치하는 과정에서 성안의 식량과 식수가 고갈되어, 성민과 성의 주둔군 절반 이상이 질병에 걸려 고통을 면치 못한다.

파동태수 나헌은 성안의 긴급한 사정을 참군 양종에게 전하고, 참군 양종이 안동장군 진건에게 도움을 요청하여, 이에 사마소가 호열에게 기보 2만을 이끌고 서릉(이릉)을 공략하도록 명한다. 동오의 진군장군 육항은 호열이 원군을 이끌고 서릉으로 향하자, 위국의 나헌과 호열에게 협공당할 것을 우려하여 회군한다.

오국의 진군장군 육항이 동오로 돌아간 이후, 오의 경황제 손휴는 장강의 방어망을 구축하지 못하여 매일 동오의 미래를 걱정하다가, 삼십의 나이에 병이 깊어져 사경을 헤매더니 끝내 병환을 이기지 못하게 되자, 승상 복양흥을 불러들여 태자 손완을 후사로 지목하고 젊은 나이에 요절한다.

복양흥이 고명대신의 자격으로 손완을 황위로 올리려 하지만, 촉한이 멸망한 형국에서 나이 어린 황제로는 위를 상대할 수 없다는 여론이 팽배해질 때, 좌전군 만욱이 대신들 사이에서 흐르는 기류를 타고 강력히 자신의 의사를 개진한다.

"태자 손완은 너무 어려, 지금과 같은 위기의 시국에서는 황위에 등극하는 것이 합당치 않습니다. 지난날 폐위된 태자 손화의 셋째 아들인 오정후 손호를 황제로 세워야, 백성들의 불안을 잠재울 수 있을 것입니다."

동오의 실력자, 좌장군 장포가 강력히 동조한다.

"나도 손호가 나이도 있고 학문과 견문이 넓어, 지금과 같은 분위기에서는 가장 적합할 것으로 생각합니다."

승상 복양흥은 대신들의 분위기를 한곳으로 모아 주태후에게 아뢴다.

"황제 폐하께서 붕어하시면서 신에게 태자 손완을 부탁했으나, 대신들이 의논하기를 손완 태자는 너무 어려 지금과 같은 위기의 상황에는 후사를 잇기에 합당치 않다고 하옵니다. 대신들은 성년의 나이를 넘긴 오정후 손호를 황위에 올려야 한다고 이구동성으로 말합니다."

"나는 한낱 아녀자의 몸으로 정치에 대해 모르니, 경들이 알아서 잘 결정해 주시오."

태후의 허락을 받은 복양흥은 손휴의 조카 손호를 4대 황위에 올리기로 결정하고, 거창한 제위식을 거행한다.

제위식을 거쳐 황위에 오른 손호는 상대장군 시적을 좌대사마로, 대장군 정봉을 우대사마로 삼고, 좌장군 장포를 표기장군으로, 승상 복양흥은 시중 겸 청주목을 더하게 한다. 이렇게 등극한 손호는 즉위 초기에는 창고를 열어 가난한 자를 구휼하고, 아내가 없는 선비에게 궁녀를 내어주는 등 선정을 베풀어 백성에게 칭송을 받았으나, 이런 선정은 3개월도 지나지 않아 곧바로 바닥을 드러내고 막장으로 치닫기 시작한다.

손호는 265년(원흥2년)에 이르러 서정후 보천의 주청을 받아들여 건업에서 무창으로 수도를 옮기면서, 대규모 수도건설을 위한 토목공사를 펼치는 바람에, 역사에 동원된 백성들의 반발이 심해지고 국가재정이 파탄에 이를 지경에 이른다.

손호는 이런 가운데에서도 수많은 후궁을 거느리고 사치와 향락, 주색잡기에 빠져들어 국정은 말할 수 없이 혼란해진다. 이에 백성들의 민심이 완전히 황실에서 이반하여, 시단과 같은 산적들이 반란을 일으켜 손겸을 억지로 황제로 추대하고, 영안 인근에서 군사 1만여 명을 동원하여 건업으로 출정하는 사태가 발생한다.

조정에서는 우장군 제갈정과 좌어사대부 정밀을 보내 반란을 진압하는 데 성공하고, 이때 손휴는 이 사건에 전혀 연관이 없는 이복동생 손겸과 그의 모자를 독살하는 만행을 저지르자, 승상 복양흥과 시중 겸 표기장군 장포는 손호의 막장질을 보면서, 자신들이 손호를 황위에 잘못 올렸다는 말을 주변에 토했다가, 산기중상시 만욱이 이를 고해바치는 바람에 삼족이 몰살당하는 사태까지 발생한다. 손호는 후궁 장미인의 부친 장포와 삼족을 멸한 후, 비록 장미인이 자신이 가장 총애하는 후궁일지라도 아버지의 복수를 위해 언젠가는 자신에게 위해를 가할 수도 있다고 생각하다가, 어느 날 장미인의 심리를 가늠하기 위해 능청맞게 묻는다.

"너의 부친은 어디에 갔느냐?"

시중 겸 표기장군 장포의 딸 장미인은 아버지의 억울한 죽음을 참지 못하고 있다가, 손호가 엉뚱한 질문을 던지자 기다렸다는 듯이 답한다.

"아버님은 도적에게 억울하게 살해당하셨습니다."

손호는 자신을 도적에 비견해서 말하는 장미인을 몽둥이로 무자비하게 때려죽인다. 곧이어 육개에게 좌승상을, 만욱에게 우승상을 맡기고, 자신은 새로이 천도한 수도 무창에서 사치와 주색에 빠지니, 백성들은 손호의 사치를 만족시키느라 장강을 거슬러 물자를 충당하는 등으로 극심한 고초를 겪는다. 좌승상 육개가 보다 못해 손호에게 상소를 올려 실정을 멈추기를 주청한다.

"오국은 요즈음 재앙도 발생하지 않는데 백성들이 하루가 멀다며 죽어 나가고, 국력은 쇠약해지는데 국고는 텅텅 비어가고 있습니다. 최근의 모습을 보면 한황실이 쇠퇴하여 삼국시대가 열리던 시대에서 촉한이 위와 진에 넘어가는 형국을 다시 닮아가고 있습니다. 우매한 신은 폐하를 잘 보좌하고, 백성들이 평안하게 살기를 바라는 마음에 주청을 올립니다. 무창은 토지가 험하고 메말라 도읍으로 부적절한 곳이어서, 백성들이 새 도읍지를 건설하느라 쓸데없는 고통을 겪고 있습니다. 백성들 사이에서는 아무리 배고파도 건업의 물을 마시지, 무창의 물고기는 먹지 않겠다는 자조의 말이 나오는가 하면, 죽더라도 건업으로 가서 죽지, 무창에 머물러 살고 싶지는 않다는 극단적인 말까지 인구에 회자하고 있습니다. 이것이 지금 오국에서 일어나는 민심과 천의를 대변하는 말입니다. 국가의 식량창고가 텅텅 비어 백성들은 기아에 허덕이는데, 관리들은 백성의 안위는 안전에도 없고 백성들을 착취하는 데에만 혈안이 되어 있습니다. 초대 황제 시절에는 궁녀가 1백에도 못 미쳤는데, 지금은 수천명에 이르니 국가재정은 파탄으로 가는 일보 직전에 놓여있습니다. 또한, 폐하 주변의 일부의 사람들은 권세를 마음대로 휘저으며, 충신을 해치고 현명한 자를 배격하니, 국가의 기본이 근본적으로 흔들리고, 이로써 정치는 문란해지고 백성의 삶은 피폐해져 가고 있습니다. 신이 간청하옵건데, 폐하께서는 이런 점을 깊이 헤아리시어 위에서부터 모범을 보이시고, 이로써 하부관리들이 백성을 위해 봉사하게 만들어 주시옵소서. 끝으로 지나치게 많은 궁녀는 줄여 성의 밖으로 방출하시고, 백성에게 부과되는 가혹한 세금과 지나친 부역을 줄여 민생을 보살피신다면, 천하의 민심이 폐하를 따르고 나라가 세세손손 번창할 것입니다."

손호는 육개의 주청을 받아 분노가 치밀어 올랐으나, 병권을 지닌 육항의 집안이며 조정에 큰 영향력을 가지고 있는 육씨 가문의 육개에게는 정면으로 대결하는 것을 피한다.

그러나 육개의 진언에도 불구하고 손호는 나아지는 것이 없이 더욱 막장으로 치닫는다.

얼마 후, 손호는 자신에게 반발하여 화리에서 소요가 일어나자, 화리를 공략하러 출정하면서도 수많은 후궁을 거느리고 가서 전장에서도 사치와 향락의 극단을 보여준다. 이에 멀리 원정길에 올라 추위와 기아에 지친 군사들이 분노하여 반란을 일으킬 조짐을 보이자, 분위기를 감지한 손호는 두려움을 느끼고 곧바로 군사를 돌리기도 한다.

무창으로 완전히 천도한 이후부터는 수백의 후궁을 들여 매일 밤을 돌아가면서 방탕한 생활을 즐기더니, 이를 간하는 대신들은 자신을 해치려는 무리라는 의심증이 도져 무고한 대신들을 마구잡이로 처형하기에 이른다.

이로 인해 가뜩이나 인물이 부족한 동오에서는 국난을 타개하지 못하고, 위기가 더욱 가중되어 멸망의 징후가 보이기 시작한다. 그뿐만 아니라 자신의 폭정과 사치에 반발하여 민심이 이미 세상을 떠난 선제 손휴에게 쏠리자, 손휴의 부인 황태후 주씨와 손만, 손공 등 손휴의 아들을 죽이는 등 거침없는 야만성을 드러낸다.

인재들은 사라지고 썩어빠진 아첨배들이 들끓는데, 변방의 국경은 촉한이 패망한 이후 촉한이 지켜주던 장강의 상류가 무너지면서, 회남 지역의 방비와 장강의 북방을 동시에 지키기 위해 군사를 크게 둘로 분리해야 했다. 이 바람에 국방비의 부담이 2배로 늘게 되니, 국가의 재정은 더욱 어려워지고 백성들의 삶은 더욱 깊은 질곡 속으로 빠져들어 이제는 국정을 움직일 원동력이 고갈되고 만다.

3) 진왕 사마염, 황위를 찬탈하여 진(晉)을 세우다

위나라에서는 사마소가 중풍으로 쓰러져 투병하다가 세상을 떠나고, 265년(태시 원년) 9월6일, 사마염이 사마소의 작위인 진왕(晉王)을 세습한다.

사마염은 사마소의 장남으로 유난히 체격이 크고 이목구비가 뚜렷한 인물로 두손은 무릎 아래까지 내려올 정도로 특이한 체형이었으며, 일어서면 머리카락이 땅에까지 드리울 정도로 길었는데, 총명하고 무예가 능했으며 담대하고 도량이 커서 많은 사람들에게 인정을 받고 있었다.

동생 사마유는 성품이 겸손하고 온화하여 가족 간에 우애가 깊고 효성이 깊은 덕에, 사마소가 특히 총애하여 사마사가 타계하기 이전 시절, 아들이 없는 사마사에게 양자로 보내 사마사의 뒤를 잇도록 배려했었다.

그러나 사마사가 일찍 죽는 바람에 사마소에게 진공이라는 지위가 이어지고, 곧이어 진왕으로 등극한 사마소가 사마사에게 양자로 보낸 차남 사마유를 세자로 삼으려 했었다. 이때 태위 왕상과 사공 순위 등 주변의 신하들이 형제간의 분열을 염려하고 모두 사마염을 추대하는 바람에, 사마염이 세자의 자리를 잇고 있었는데, 사마소가 타계하면서 사마염이 결국 진왕에 오르게 된다.

진왕에 오른 사마염은 수개월 후에는 위국 황제 조환을 겁박하고, 드디어 265년(태시 원년) 3월 조환으로부터 황위를 선양 받아 진(晉)을 세운다. 사마염은 위 황제 조환을 진류왕으로 봉하여 금용성으로 보내고, 낙양을 수도로 삼아 새로운 제국의 시작을 알린다.

사마염은 진(晉)을 건국하는 데 주도적 역할을 행한 왕침을 표기장군 겸 녹상서사로, 가충은 거기장군 겸 산기상시 겸 상서복야로, 양호는 상서우복야 겸 위장군으로 삼아 측근에 두고 중용한다.

이때, 동오에서는 오국의 황제 손휴가 폭정으로 민심을 잃자, 새로운 제국 진국에서 상서우복야 겸 위장군이 된 양호가 사마염에게 표문을 올린다.

"폐하, 지금 동오에서는 손휴가 전대미문의 잔인한 행각을 벌여 쓸만한 인재는 모두 초야에 묻히고, 백성들은 손휴에게 등을 돌렸다고 합니다. 이러한 때에 장강에서 수군을 양성하여 장강을 건너 건업을 공격하면 쉽게 동오를 정벌할 수 있을 것입니다."

군략에 밝은 사마염은 곧바로 양호의 뜻을 받아들인다.

"짐이 위장군 양호에게 도독형주제군사로 임명하니, 동오를 정벌하기 위한 만반의 준비를 갖추도록 하라."

사마염이 양호를 전장의 선두에 내세우기 위해 도독형주제군사로 임명하고, 양호는 사마염의 기대에 부응하기 위해 왕준을 참군으로 임명하여, 참군 왕준에게 수군을 감독하고 전선을 대대적으로 건조하게 하는 등 총체적으로 수전에 대비하여 만전을 기하도록 지시한다.

양호가 동오를 정벌하는 준비를 차근차근 갖춰나가자, 이후 사마염은 도독형주제군사 양호에게 양양에 주둔하면서 형주 북단을 지키게 한다. 양호가 처음 부임한 후 제일 먼저 시행한 일은 전쟁포로로 끌려와서 장강, 한수의 일대에서 농사를 짓던 사람 중에서 동오로 돌아가기를 원하는 사람은 동오로 돌려보내는 일이었다.

이런 선행 등으로 인해 양호가 백성의 민심을 얻어 나가자, 오히려 백성들은 양호에게 귀의하고 주변의 밭 8백여 頃을 개간하는데 양호에게 힘을 보태고자 한다. 양호가 처음 부임했을 당시에는 군사들이 먹을 군량이 수개월 분이었으나, 백성들이 밭 8백여 頃을 개간하는 일에 합류하면서 군량을 10년 치로 늘려 저장하는 뛰어난 수완을 보이게 되자, 사마염은 조정에 양호의 치적을 알리고 양호를 애지중지하게 된다.

4) 오국 대도독 육항, 당대 최고의 명장으로 평가되다

진의 황제 사마염이 차분히 동오를 섬멸할 계획을 이행해 가는 동안에도 오경제 손호의 폭정은 그치지를 않더니, 손호는 자신의 후궁인 장포의 딸 장부인을 때려죽인 이후부터, 심한 우울증에 빠져 자택에서 한동안 두문불출한다.

이로 인해 건업에서는 손호가 죽었다는 소문이 돌면서, 백성 사이에서는 손권의 5남 손분이나, 손책의 손자 손봉 중에서 황제가 되어야 한다는 말이 돌기 시작한다. 이런 소문을 알게 된 손호는 손분과 손봉을 잡아들여 잔혹하게 죽이고, 손분이 황제가 될지도 모른다는 뜬소문을 듣고 손분에게 미리 잘 보이기 위해 과도하게 접근했던 예장태수 장준을 곧바로 잡아들여 삼족을 멸족시킨다.

손호가 수도를 건업에서 무창으로 옮긴 이듬해가 되자, 건업에서 일기 시작하는 정국의 불만을 잠재우려고 무창에서 다시 건업으로 수도를 옮기더니, 손호는 건업 서쪽의 휴양지에서 향락을 즐기기만 할 뿐 조정일은 일절 돌보지 않으려 한다. 이에 만욱, 유평, 정봉은 손호가 조정에 늦게 복귀한다면, 자기들끼리라도 정무를 보자며 의견이 투합하는데, 손호가 건업의 궁궐로 돌아왔을 때 이 사실을 환관으로부터 보고받고는 만욱과 유평을 독살한다.

이때 정봉은 손호가 궁궐로 돌아오기 전 자연사를 한 덕에 독살에서는 벗어나지만, 정봉의 아들 정온이 정봉을 대신하여 처참하게 죽임을 당한다.

이렇게 조정이 손호의 폭정으로 흉악하게 돌아가던 중, 272년(태시8년) 8월, 오경제 손호가 서릉독(이릉독) 보천을 조정으로 불러들인다. 손호가 자신의 주변에 있는 위험한 인사라고 느껴지는 사람을 모두 잔혹하게 죽이는 것에 염증을 느끼고 있던 서릉독 보천은 손호가 갑작스레 자신을 소환하자 깊은 시름에 빠진다.

'누구인가 내가 이릉에서 악정을 행한다고 조정에 모함했기 때문에 나를 문초하려고 부른 것이리라'

이런 생각에 이른 서릉독 보천은 서릉을 점거한 채로 진국의 사마염에게 투항을 청한다.

서릉(이릉)이 진국의 사마염에게 넘어가게 되면, 진국의 사마염은 파촉에서 삼협을 거쳐 서릉(이릉)을 통해 북형주 양양, 번성으로 연결되는 거대한 국경의 요새를 구축하게 되어, 동오에 대해 전방위적으로 공세를 취할 수 있는 유리한 지리적 이점을 차지하게 된다.

폭군 손호는 자신의 폭정으로 지방 각처에서 난이 일어나고, 측근의 수하 장수가 자신을 떠나는 와중에도 영토에 대한 애착은 있는지, 육항에게 명하여 부장 좌혁과 오언, 채공과 함께 서릉을 공격하게 한다.

당대 동오 최고의 명장 육항이 서릉을 정벌하러 출정하자, 진나라에서는 거기장군 양호와 형주자사 양조를 보내, 동오에서 투항한 보천을 보좌하도록 한다. 육항은 일찍부터 부친인 육손을 따라 서릉에 거주하면서 자신이 직접 서릉성을 구축하는 데 참여했기 때문에, 서릉의 지형적 특성과 서릉성의 견고함을 익히 알고 있어, 공성전을 피하고 적계에서 고시까지 방대한 거리에 1차 포위망을 구축하고, 곧이어 1차 포위망의 둘레에 다시 2차 포위망을 구축하려고 한다.

이때 휘하의 장수들이 육항에게 이의를 제기한다.

"도독께서는 어찌 그렇게 방대한 거리에 포위망을 구축한 후, 공성에는 나서지 않고 또다시 2차 포위망을 구축하여 군사들을 고통으로 몰아넣으시는 것인지요?"

"서릉성은 내가 직접 구축했기 때문에, 성의 허실을 너무도 잘 알고 있소. 서릉은 지세가 험하고 성벽은 견고하며, 식량 비축창고가 방대하여 군량이 충분히 비축되어 있소이다. 어떤 누구도 쉽게 함락시키기 어려운 관계로, 아군이 방어망을 철저히 구축하지 않고 공성에 들어갔다가, 적의 원병이 아군의 포위망을 협공하면 아군은 대패하게 되오. 그래서 우리는 1차 포위망을 굳게 구축하여 배신자 보천의 기습을 대비하고, 2차 포위망은 진국의 지원병이 오더라도 포위망을 뚫지 못하도록 철저히 구축하는 것이오. 포위망을 굳게 구축하지 않고 섣불리 서릉성을 공략하면 결코 성공하지 못할 것이오."

의도태수 뇌담이 다시 청한다.

"도독의 말씀은 이해하지만, 출정한 이후 단 한번도 공성에 임하지 않는 것은 군사들의 사기를 위해서라도, 다시 생각해 보아야 할 것으로 생각합니다."

"잘 알겠소. 그러나 먼저 2차 포위망을 구축한 후, 차분히 공성을 생각해 봅시다."

육항은 어렵게 2차 포위망을 완성한 이후, 마침내 뇌담에게 공성을 허락한다. 뇌담이 아침부터 해가 서산으로 넘어갈 때까지 공성에 임하지만, 성은 끄떡도 없이 요지부동으로 건재하자, 뇌담은 엄청난 군사적 손실만 입고 퇴각하기에 이른다.

그로부터 며칠 후, 육항의 예측대로 진국의 거기장군 양호가 육항이 구축한 2차 포위망을 향해 거세게 공격해 들어온다. 이와 때를 같이하여 서릉(이릉) 성안에서 보천이 병사를 이끌고 1차 포위망을 뚫으려 공략하지만, 육항이 워낙에 포위망의 방비책을 견고하게 한 덕에, 진국의 군사들은 여러 차례 공략을 펼치고도 동오의 포위망을 붕괴시키지 못한다.

고심에 고심을 거듭하던 진국 도독형주제군사 양호는 동오의 대도독 육항이 세운 포위망의 군사를 분산시키기 위해 암도진창(暗渡陳倉)전략을 활용한 위계를 펼치고자 한다.

"병사들은 위영에서 경계를 설 때, 적의 척후병이 들을 수 있도록 '진국에서 이릉을 구하기 위해 파견한 원병장 양호가 대군을 이끌고 강릉성을 공략하려고 군사이동을 시작한다.'라고 허위정보를 흘리도록 하라."

양호가 지시한 이 허위정보가 동오의 척후병에게 들어가서 동오의 육항 본영에 전해진다.

"대도독, 빨리 군사를 분배하여 강릉성으로 지원병을 파병해야 할 것 같습니다."

육항은 대수롭지 않다는 듯이 대꾸한다.

"강릉성은 장기전에 대비하여 구축한 성이오. 군량미도 충분하고 성이 견고하여 쉽게 함락을 당할 성이 아니외다. 강릉성은 지형적으로 우리 오국에 둘러싸여 있어, 설혹 진국이 강릉성을 함락시키더라도 사면이 오국의 영향권이어서, 진국이 결코 오래 유지할 수 없는 성이오. 또한, 진국의 군사들이 수로를 활용해 군수물자를 나르려 해도 우리가 축성한 제방의 둑을 무너뜨리면, 진국의 군사들은 군량과 군수품 수송에 엄청난 애로를 겪게 되기 때문에 짧은 시간 내에는 공략당하지도 않을 것이오. 반면에 서릉은 오국과 진국에 있어서 중요한 군사요충지로 서릉이 적에 넘어가면, 서릉 이남의 이민족에게도 영향을 미쳐 오국은 말로 표현할 수 없을 정도의 큰 타격을 입게 되오. 따라서 최악의 경우를 상정하더라도 강릉보다는 서릉에 중점을 두어야 하오."

동오의 대도독 육항이 전혀 움직일 기미를 보이지 않자, 양호는 강릉으로 이동하는 암도진창(暗渡陳倉)위계를 포기하고, 오로지 서릉의 포위망을 뚫기 위해서만 총력을 기울인다.

이때 진국의 형주자사 양조와 파동감군 서윤이 서릉으로 합류하여 양호에게 힘을 보태지만, 진국의 거기장군 양호는 1개월이 지나도 포위망을 뚫지 못하고, 오히려 형주자사 양조와 파동감군 서윤의 합류로 늘어난 병력을 유지하기 위해, 엄청나게 많은 양의 군량미를 소모하기에 이른다.

진국의 거기장군 양호는 어쩔 수 없이 수로를 통해 군량을 이송할 계획을 세우고 장강의 물길을 살피려고 배를 띄운다.

이때 육항은 정찰대장을 불러 특이한 지시를 내린다.

"그대는 정찰병을 적진에 침투시켜, 매일 굴뚝에서 피어오르는 연기의 양과 시간을 점검하고, 밥을 짓는 아궁이의 숫자를 파악하여 보고하라."

며칠 동안을 진군의 진용 가까이에서 정황을 탐색한 정찰대장이 정찰의 결과를 정리하여 육항에게 보고한다.

"적진의 굴뚝에서 연기의 양과 시간은 날이 지날수록 감소하다가 지금은 급격히 줄어들었고, 연기가 피어오르는 굴뚝의 수도 현저히 감소했습니다."

육항이 의도태수 뇌담을 불러 명을 내린다.

"태수는 병사를 강둑으로 파견하였다가 나의 명이 떨어지면, 즉시 강둑을 터뜨려 수로의 물길을 다른 곳으로 돌리게 하라."

동오의 대도독 육항이 뇌담에게 명을 내린 며칠 후, 양호가 강으로 큰배를 여러 차례 띄우자, 육항은 양호가 수로를 통해 군수를 이송하기 위한 탐색전을 펼치려는 것이라고 감지한다.

"적장은 갑자기 늘어난 병사들에게 먹일 군량이 부족하여, 장강의 지류를 통해 군량을 수송하려고 하노라. 의도태수는 제방의 강둑을 터뜨려 물길을 다른 곳으로 돌리도록 하라."

동오 대도독 육항은 뇌담에게 명을 내린 다음, 부도독 채공과 오언, 좌혁에게 새로이 지시를 내린다.

"부도독들은 순번을 정하여 수하의 병사를 이끌고, 수로가 없어진 진국의 군사들이 육로로 군량을 운반할 때, 이들을 교란하여 최대한 군량 수송을 지연시키도록 하라."

일차적으로 명을 받은 동오의 부도독 뇌담이 제방의 둑을 터뜨린 관계로 갑자기 수로가 없어지면서, 진국에서 배를 통해 긴급히 수송하려던 군량의 보급이 지연되고, 이로써 진국의 군사들은 심각한 기아의 위기에 접하게 된다.

궁지에 몰린 양호는 육로 운송을 택하여 군량을 나르게 하는데 이때, 육항의 부도독 채공에 이어 오언, 좌혁이 순차대로 육로를 막고 교란을 일으키면서 가뜩이나 육로를 통한 군량의 운송이 쉽지 않은데, 설상가상으로 동오의 군사에 의해 군량을 운송하는 것이 교란을 당하게 되니, 양호는 군량과 군수품 수송에 지나치게 많은 시간을 허비하게 된다. 이로 인해 진국의 거기장군 양호는 군사들의 사기를 유지하기도 어렵게 되고, 군수물자 운송에 따른 공력도 크게 낭비되는 등 난관에 접하자, 양조와 서윤을 불러들여 심각하게 대책을 논의한다.

"이대로 새로운 전략이 없이 서릉의 포위망만을 공략하는 것은 아군에게 아무런 의미가 없는 전술이라는 생각이 드오."

진국 형주자사 양조가 양호에게 동조하여 말한다.

"그동안 나도 똑같은 생각을 해 보았습니다. 그러다가 서릉의 가까이에 있는 영현에 관심을 가지고 눈여겨 살펴보았는데, 놀랍게도 기각지세를 구축한 영현의 방비가 너무도 허술했습니다. 영현은 서릉에 가까이 있기 때문에, 영현도독 유찬은 분명히 서릉의 약점을 잘 알고 있을 것입니다. 먼저 영현을 정벌하여 유찬에게 투항을 받아낸 후, 그곳에서 우리가 전략을 세울 단초를 얻는 것이 어떻겠습니까?"

양호가 양조의 뜻에 동조하여, 양조와 서윤에게 공략의 방향을 바꾸고 영현을 공격하게 한다. 동오의 영현도독 유찬은 진국의 대군이 몰려오자 싸우지도 않고 투항한다.

영현의 도독 유찬이 투항했다는 정보를 들은 육항은 장수들에게 새로이 작전명령을 내린다.

"유찬은 오래전부터 이곳 관료로 있었기 때문에, 아군의 군사기밀을 잘 알고 있을 것이오. 이에 대비하여 군사적 배치를 새로이 하고자 하오. 북로는 이민족 둔전병들이 배치되어 있는데, 이들은 아직 군사훈련을 충분히 숙련하지 못해, 북로는 아군의 최대 취약지점으로 여겨지오. 진국의 양호는 유찬에게 투항을 받아낸 최대의 이유가 유찬에게서 서릉성에 대한 군사기밀을 받아내고자 한 것으로 여겨지는 만큼, 반드시 아군의 취약점인 북로로 공격해 들어올 것이오. 부도독 채공과 오언은 동로의 정예부대들을 이끌고 북로로 이동하여, 양호의 공격에 철저히 대비하시오."

육항이 동로의 정예병을 북로로 이동시키고 나서 얼마 후, 진국 형주자사 양조와 파동감군 서윤이 진(晉)국의 병사들을 이끌고 이민족이 지키던 북로로 공격해 들어온다. 이미 동오 대도독 육항은 양조와 서윤의 공격을 예상하여 최정예병으로 군사적 배치를 마치고, 자신은 양조와 서윤이 진입하는 퇴로를 틀어막고 대기하고 있었다.

드디어 양조와 서윤이 진(晉)의 병사들을 이끌고 북로의 포위망을 공략하자, 이미 동로에서 북로로 이동한 동오의 최정예병들이 반격을 가하므로, 양조와 서윤은 예상치 못한 대반격에 고전을 면치 못하는데, 설상가상으로 동오의 대도독 육항이 대군을 이끌고 진나라 병사들의 퇴로를 막고 거세게 몰아붙이자, 동오의 협공에 깜짝 놀란 양조는 황급히 퇴각명령을 내린다. 이때부터 양조는 한동안 육항과 대치하다가 진국 거기장군 양호의 본영으로 되돌아간다.

그 후, 한 달 동안이나 군량의 수송은 어려움이 계속되는데, 동오의 대도독 육항의 포위망은 더욱 견고해지고, 이에 진국 거기장군 양호는 서릉성의 보천을 구원할 계획을 포기하고 야밤에 군사를 물리기로 결정한다.

"파동감군 서윤은 노약병과 부상병으로 일진을 이끌고, 군수품과 군량을 실은 치중을 보존하면서 먼저 출발하라. 나는 2진의 병사를 이끌고 일진을 보호하면서, 만일의 기습에 대비하며 그 뒤를 따르겠다. 형주자사 양조는 3진을 이끌고 최후미를 지키다가, 1진과 2진이 안전하게 적병의 사정거리에서 벗어났을 때, 환선탈각의 전술에 따라 퇴각을 결행하시오."

동오의 대도독 육항은 양호가 퇴각할 조짐을 보이자, 서릉성의 보천이 육항 자신이 구축한 포위망을 먼저 공격할 것을 우려하여 장수들에게 명한다.

"적진의 어수선한 분위기를 보니, 조만간 적장은 어둠을 틈타 퇴각할 것이오. 아군이 퇴각하는 적병을 공격해야 하는데, 우선은 서릉성에서 역적 보천이 아군의 포위망을 기습할 것이 우려되오. 그렇다고 병력을 나누어 1진은 포위망을 지키고, 2진은 적병을 추격하기에는 병사가 터무니없이 부족하니, 이를 해결할 좋은 방안이 있으면 제시하시오."

동오 부도독 채공과 오언, 좌혁이 신중하게 입을 연다.

"적병이 부산하게 움직이는 것을 보면 야음을 틈타 퇴각하려는 것이 맞는 것 같습니다. 일단은 포위망을 풀지 않은 채, 적병이 야음을 틈타 퇴각하려는 것을 역으로 이용하여, 장계취계(將計就計:상대의 전략을 역으로 이용함)의 전략을 펼치도록 하면 성과가 있을 것입니다. 즉, 진(晉)의 군사들이 퇴각할 때, 기다렸다는 듯이 야밤에 갑자기 북과 징을 치고 나각과 고동을 불면서, 마치 이들을 추격할 듯이 심리전을 펼치면, 적병은 크게 두려워할 것입니다. 이때 서릉의 보천이 어떤 반응을 취하는 가를 보고 대응 전술을 정했으면 합니다."

어둠이 깔리고 진나라 형주자사 양조의 군사들이 야밤에 퇴각을 시작할 때, 육항이 군사들에게 명하여 북과 징을 치고 나각과 고동을 불면서 심리전을 펼치며, 양조의 군사를 추격하는 척한다.

후미에서 퇴각하는 양조의 군사들은 가뜩이나 후발로 퇴각하는 바람에 두려움에 떨고 있었는데, 육항이 어두운 밤에 갑자기 북과 징을 울리고 나각을 불면서 양조의 군사를 추격하는 척하자, 진국의 병사들은 야밤의 정적 속에서 갑자기 울려 퍼지는 굉음에 공포를 느끼며, 무거운 갑주와 투구와 창칼을 버리고, 최대한 몸을 가볍게 하여 전속력으로 달아난다.

이때, 서릉성의 보천이 별다른 움직임을 보이지 않자, 육항은 추격대를 편성하여 신속하게 양조의 군사들을 몰아붙이기 시작한다. 동오의 대도독 육항이 심리전에서 양조의 군사들을 압도한 결과, 동오의 군사들은 무기도 버리고 갑주도 벗어젖히며 도주하는 양조의 군사를 추격하여 너무도 수월하게 대파한다. 이 전투에서 대패한 결과로 양조는 형주자사에서 파직되어 평민으로 돌아가게 되고, 전투를 총괄 책임진 양호 또한 평남장군으로 관직이 강등된다.

진국의 구원병들이 대패하여 형주로 퇴각하자, 서릉성에 남아있게 된 보천의 군사들은 사기가 땅에 떨어져 싸울 의욕을 잃고, 한밤중에 성 밖으로 탈영하는 병사들이 속출한다. 육항은 이런 틈을 이용하여 대대적으로 공성을 펼쳐 서릉을 함락시키고, 보천과 그 일족을 비롯한 주모자들을 참하는 대신, 1만에 이르는 병사들에게는 죄를 묻지 않고 일상에 임하도록 배려함으로써 육항은 천하의 백성들로부터 존경을 받게 된다.

5) 진황제 사마염, 양호의 주청으로 동오 정벌을 결심하다

　진국의 황제 사마염은 한동안 최측근으로 외척이 된 가충의 권유로 제국을 안정시키기 위해서는 최대한 정벌전을 피하며 내정을 안정시키는 데 치중하는 것이 최선의 방책이라고 생각하고 있었다.
　그러던 중 276년(함평2년) 10월이 되어, 동오의 명장 육항이 병사한 혼란을 틈타서, 진황제 사마염으로부터 정남장군으로 승진한 양호가 지금이 바로 동오를 정벌할 최적의 기회라는 상소를 올리지만, 가충이 황제 사마염의 의중을 관리한다는 명분으로 강력히 반대하고 나선다.
　탁지상서 두예와 중서령 장화가 양호의 상소에 적극적으로 동조하지만, 조정의 대신들이 가충의 눈치를 보며 그의 편에 서서 정벌전에 극렬히 반대하자, 사마염은 다시 가충의 입장이 되어 동오 정벌전을 허락하지 않는다. 양호는 하늘이 준 기회를 또다시 놓쳤다고 한탄하다가 얼마 후, 병이 깊어져 임지에서 조정으로 돌아오게 된다.
　그러나 조정으로 돌아와서도 양호는 동오의 명장 육항이 병사한 지금이 동오를 정벌하기에 가장 적합한 적기라는 것을 줄기차게 주청한다.
　"명장 육항이 죽어 동오에는 제대로 된 장수가 없고, 동오

의 손호는 사치와 향락, 폭정에 빠져 헤어나지 못하고 있습니다. 지금이야말로 동오를 멸망시킬 절호의 기회입니다."

정남장군 양호가 병환의 노구를 이끌고도 황제를 배알하면서 충언을 올리자, 사마염은 양호의 충정을 높이 치하하며 늦게나마 동오 정벌전에 나설 뜻을 내비친다.

"경의 충심을 오래전부터 알고 있었으나, 시기가 맞지 않아 때를 기다리고 있었습니다. 이제 때가 된 듯하니, 경이 동오를 정벌하는 선봉이 되어 주셨으면 합니다."

"신은 이미 병환이 깊어 대임을 맡기에는 한계가 있습니다. 동오 정벌전을 성공적으로 수행하기에 가장 적합한 장수로 두예를 천거하오니, 그를 진남장군 겸 도독형주제군사로 삼아, 양양에 주둔하며 기회를 포착하게 하시기 바랍니다."

양호의 천거로 도독형주제군사가 된 두예는 동오 정벌전을 위한 탐색전으로, 지난날 대패했던 서릉을 점령하는 것이 최우선이라는 결정을 내리고, 이미 몇 년 전 동오의 육항이 되차지한 서릉성을 공략하여 서릉독 장정을 크게 무찌른다.

동오 정벌전을 위한 탐색전에서 크게 성공한 두예는 형주자사 왕준과 함께 진국의 황제 사마염에게 동오 정벌전에서 확실한 승산이 있음을 강력히 주장한다.

이때는 마침, 270년 6월부터 진국의 황제 사마염에 대항하여 옹주 감숙군 고란현 만곡퇴에서 독발수기능이 반란을 일으킨 것을 시작으로, 10년 가까이 계속되었던 '독발수기능의 난'을 무위태수 마륭이 279년(함평5년) 12월에 이르러, 자신의 정예병 3천을 이끌고, 과거 제갈량이 활용했던 목우유마와 팔진도를 성공적으로 펼치는 믿기지 않는 활약으로, 독발수기능의 수만 병사를 물리치고 '독발수기능의 난'을 종결시킨 시점이었다.

사마염이 그동안 양호, 왕진, 두예 등의 장수들이 동오 정벌전을 줄기차게 주청하여도, 외척 가충의 의견을 받아들여 쉽게 정벌에 나서지 않은 이면에는 바로 '독발수기능의 난'이 절정에 있었던 것도 크게 영향을 끼치고 있었는데, 이것이 극적으로 해결되자 전격적으로 두예의 뜻을 따르기로 한다.

무위태수 마륭의 뛰어난 기책으로 '독발수기능의 난'이 끝나고 난 얼마 후, 두예와 왕준이 동오에 대한 정벌을 주장할 당시 동오의 정세는 후기 삼국의 최고 명장인 육항이 타계하고, 오주 손호는 막장으로 치닫는 폭정을 일삼아 백성의 민심이 크게 이반하여, 동오의 국방은 형편없이 악화되어 있었다.

이런 정세 속에서는 그동안 진국 조정에서 장악한 특권을 빼앗기지 않으려고, 끝까지 동오 정벌전을 반대해왔던 외척 가충도 더는 동오 정벌전을 반대할 명분이 없게 되었다.

6) 사마염, 오말제 손호의 폭정을 보고 동오 정벌전에서 승리를 확신하다

동오에서는 손호가 백성의 민심을 얻지 못해 극도의 의심증이 발동한 탓에 집권 이후, 근 10여 년 동안을 조금이라도 자신의 비위에 거슬리는 신하가 나타나면, 역모할 흑심을 가지고 있다고 여겨 살해하기를 마다하지 않았다.

이 결과 동오의 복양흥, 장포, 서소, 장준, 이욱, 서존, 만욱, 유평, 정온, 왕번, 하소, 위소, 장상, 누현, 누거, 차준, 웅목 등 40여 명의 인재가 죽임을 당해, 동오는 심각한 인물난을 겪고 있었다. 반면에 자신에게 극도로 아부하며 비위를 맞춘 잠혼, 장숙, 하정, 진성, 조보, 모친 하희와 외척 하식, 하홍, 하장 등 간신은 철저하게 끼고돌아, 이들은 내정을 극도로 혼탁하고 문란하게 이끄는 중심적 역할을 하고 있었다.

그런 와중에 손호의 애첩이 시장상인의 재산을 함부로 빼앗자, 손호가 자신을 철석과도 같이 총애한다고 믿고 있던 진성은 손호의 애첩과 총애의 강도를 경쟁하려는 의도인지, 애첩에게 죄를 물어 체벌하면서 손호는 극도로 분노한다.

애첩이 눈물을 흘리며 미인계로 진성을 모해하자, 애첩의 눈물 어린 탄원에 녹아들어 간 손호는 진성을 잡아들여 그의 머리를 불태우고, 불로 달군 도끼로 머리를 잘라 몸과 머리를

분리시켜 버린다. 이와 같은 전대미문의 엽기적인 악행은 중국의 역사상 가장 잔인하고 악독한 폭군으로 기록되는 데 일조를 하기도 한다.

결국 사마염의 눈에도 동오의 한계가 적나라하게 보이자, 280년(함평6년) 정월, 드디어 사마염은 동오정벌을 허락한다. 진남장군 겸 도독형주제군사 두예에게 참군 번현, 윤림, 등규, 양양태수 주기 등을 이끌고, 수로를 따라 서쪽으로 이동하여 강릉에 진용을 펼치도록 명한다.

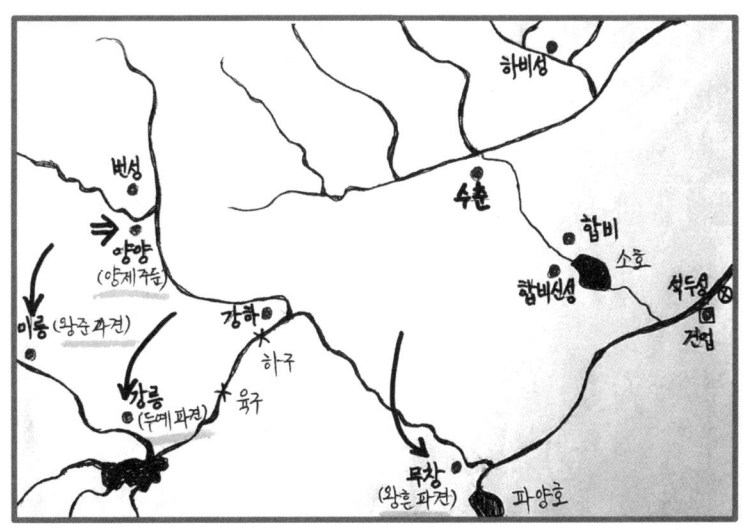

안동장군 겸 도독양주제군사 왕혼에게는 아들인 건위장군 왕윤과 남양주자사 주준, 사마 손주와 함께 무창, 횡강, 하구 등 강서방면을 공략하게 하고, 익주자사 왕준에게는 광무장군 당빈을 이끌고, 수로를 따라 장강의 건평으로 이동하여 이릉

과 이도를 도모하도록 지시하고, 관군장군 양제에게는 양양에 주둔하여 두예의 지시를 받도록 명한다. 사마염은 지휘체계를 확고히 정비하려고, 왕준에게 건평(建平)에서는 두예의 통제를 받고, 건업 근방에 이르러서는 왕혼의 통제를 받게 한다.

드디어 동오 정벌전이 시작되어 왕혼이 강서방면으로 침공해 들어가자, 동오에서는 승상 장제와 심영, 제갈정이 왕혼을 상대로 철벽같은 방비망을 구축한다. 익주에서 대군을 이끌고 단양으로 진군을 시행하던 왕준은 동오의 단양감 성기를 상대로 힘들이지 않고 수로를 열어 서릉(이릉)으로 출병한다.

이때 익주자사 왕준에게 척후의 보고가 들어온다.

"동오에서 진국의 전선을 가라앉혀 수군의 진입을 막으려고, 장강 하구의 양쪽의 길목에 길이가 수백 장(丈)이나 되는 쇠사슬 1백여 개를 가로질러 걸쳐놓는 동시에, 1장(丈) 남짓한 수 만여 개의 쇠 송곳을 장강의 바닥에 깔아놓고 수로를 봉쇄했다고 합니다."

이것은 동오의 소문난 간신, 잠혼이 손호에게 건의한 기발한 대책이었다. 한참 생각에 잠기던 왕준은 광무장군 당빈에게 긴급히 명을 내린다.

"장군은 공병을 소집하여, 지금 즉시 대형뗏목 수십 척을 만들어 장강에 띄우고, 날쌘 병사들로 하여금 상류의 빠른 물길을 이용하여, 배를 저으면서 신속히 서릉(이릉) 방면으로 진군하라."

광무장군 당빈이 뗏목을 만들어 일렬로 정렬하여, 각각 뗏목마다 수군 수십 명을 태우고 장강의 물길을 따라 방향을 잡으면서 흘러내려 가게 하자, 강바닥의 쇠 송곳이 모두 뗏목에 박혀 뗏목에는 수없이 많은 쇠 송곳으로 철갑을 씌운 듯했다. 또한, 쇠사슬을 강가의 양변에 걸어 전선이 지나갈 수 없이 가로막은 쇠사슬은 불화기로 쇠를 녹여 전부 제거하고 전진한다. 이렇게 전선의 장애물이 완전히 제거되자, 왕준은 대군을 배에 태워 거침없이 이도성으로 출격한다.

이도에서는 동오의 이도감 육안이 수군도독 육경과 함께 성을 지키고 있었다. 진국의 선봉장 왕준은 이도성 안의 군사를 성 밖으로 끌어내기 위해 광무장군 당빈에게 주문한다.

"광무장군의 용력은 동오군들이 당해내기 어려울 것이오. 내가 상옥추제(上屋抽梯:상대방에게 이익을 줄 듯이 하여 상대를 유도한 후 급소를 차단함)의 전략으로 성문 앞에서 적병과 대치하다가, 그들이 유리한 것으로 착각하도록 허점을 드러내어 적병을 끌어낼 테니, 장군이 혼수모어(混水模漁)전략으로 성의 해자 가까이에 적병의 복장으로 위장한 복병을 숨겨 놓았다가, 적병이 아군을 공격하려고 성문을 나와 가교(架橋)를 내리고 적병의 후미가 모두 가교를 건넜을 때, 목숨을 걸고 성안으로 입성하여 성을 교란시키시오. 이들이 성안에서 혼란을 일으켜 갈팡질팡할 때, 성의 주변에 엄폐시킨 병사들을 성안으로 들여보내 협공하겠소. 내가 군사만 배치하고 성을 포위한 채 공격할 움직임을 보이지 않으면, 적병은 긴장을 풀고 한동안 아군의 동향만을 살필 것이오."

전술을 지시한 진국의 익주자사 왕준이 이도성 앞에 당도하여 군사를 배치하고 진형을 세우기 시작하는데, 마치 군율이 해이해진 오합지졸이 움직이듯이 진국의 병사들은 상대방에게 커다란 허점을 드러낸다.

드디어 밤이 깊어지자, 왕준의 명을 받은 당빈은 결사대 수백을 이끌고 해자로 침투하여 가교 밑에 매복하도록 하고, 일부 군사에게는 성의 외곽에 주둔했다가 당빈이 성안으로 진입하여 성문을 지키면, 즉시 군사를 이끌고 성안으로 들어가서 성을 장악한 후, 성 밖으로 출성하여 동오의 병사들을 협공하도록 명한다.

이튿날, 동오 도독 손흠이 성루에서 왕준의 병사들을 지켜보다가, 성을 둘러싼 진국의 군사들이 한심할 정도로 무기력해 보이자, 성주에게 병사를 이끌고 성 밖으로 나가 진국의 병사들을 격파하도록 지시한다. 성주의 군사들이 가교를 모두 지나가고 가교가 올려지려고 할 때, 당빈은 결사대를 이끌고 성문으로 돌입하여 성문을 장악한다.

이때 당빈이 성문을 장악하기를 기다리며 매복해 있던 진국의 병사들이 벌떼같이 성안으로 침입하여 성안은 아수라장이 된다. 성 밖으로 나와서 진나라 병사를 격파하려던 성주의 군사들은 갑자기 돌아서서 반격하는 왕준의 군대에게 격파당하여 뿔뿔이 흩어지고, 작전을 크게 성공시킨 왕준은 군사를 수습하여 이도성 안으로 들어가서, 이도감 육안과 수군도독 육경을 잡아 참살한다.

한편, 왕준의 승전보를 접한 사마염은 두예에게 칙서를 보내며 다음으로 펼칠 전술에 대해 지시한다.

"왕준장군이 두예장군의 지휘하에서 이릉과 이도를 점령했으니, 곧바로 장강의 물길을 따라 건업으로 진격하도록 지시하고, 왕준장군이 건업의 위수지역에 이르러서는 왕혼장군의 지휘를 따르도록 주지시키시오."

사마염의 전서를 받아든 두예는 잠시도 지체함이 없이 왕준에게 칙서를 전달한다.

"장군의 승리에 경하를 드립니다. 황제 폐하께서 무창과 건업의 위수지역에 이르거든, 왕혼장군의 지휘를 받도록 하라는 명이 내려왔으니, 자사께서는 상황에 따라 현명하게 대처하시기를 바랍니다."

진남장군 두예는 익주자사 왕준에게 건업으로 향하도록 출정을 용인하고, 자신은 강릉성을 공략하는 작전에 혼신을 기울여, 아문장 관정, 주지, 오소 등에게 기병 8백기를 이끌고, 밤에 배를 타고 강을 건너 낙향을 공략하도록 지시한다.

이들은 수상개화(樹上開花)전략으로 허장성세를 세우기 위해 진용에 깃발을 최대한 꽂아 동오의 병사들을 심리전으로 압박하는 동시에, 낮에는 연주포를 쏘면서 북과 징을 치며,

밤에는 불시에 공격해 들어갈 듯이 각처에 횃불을 밝혀, 동오의 군사들을 밤낮으로 긴장하게 함으로써 휴식을 취하지 못하도록 하는 이일대로(以逸待勞)전략을 구사한다.

하루도 쉬지 않고 연일 계속되는 진국의 시위에 지친 동오의 군사들은 지나치게 긴장을 한 탓에 나중에는 될 대로 되라는 자포자기 상태에 빠질 정도로 무기력하게 된다.

동오군의 사기가 급격히 떨어진 것을 확인한 관정, 주지, 오소 등 아문장들은 함께 모여 전략을 논의한다.

"내가 파산을 기습하여 파산에 불을 지르면, 관정 아문장은 요새의 동쪽과 서쪽에서 밖으로 뛰쳐나오는 적병을 대적하고, 오소 아문장은 남쪽에서 동오의 군사를 협공하시오. 나는 파산에 불을 지른 후, 북쪽으로 이동하여 산기슭에 매복하여 있다가, 적병들이 아군의 공격을 용케 피해 안전지대로 빠져나왔다고 방심하고 있을 때, 기습을 가해 이들을 섬멸하겠습니다. 단, 우리가 주의할 점은 이들에게 욕금고종(欲擒姑縱) 전략을 펼쳐야 하오. 아군이 적병을 도망갈 구멍이 없이 매몰차게 몰아붙이면, 궁지에 몰린 쥐가 사력을 다해 고양이에게 저항하는 일이 발생할 수 있습니다."

아문장 주지가 관정과 오소에게 역할을 분담시키고, 곧바로 파산을 기습하여 파산에 불을 지른다. 피로에 찌들어 있던 동오의 군사들이 불길을 피해 파산에서 밖으로 뛰쳐나오자, 3명의 아문장들은 각기 맡겨진 역할분담 그대로, 관정은 동과 서에서 공격하고, 오소는 남에서 동오의 군사를 협공한다.

싸울 투지를 잃은 동오의 군사들은 동·서·남 3방면에서 밀리다가, 공격이 뜸한 북쪽 방면을 찾아내어 북쪽 계곡을 통해 낙향으로 대피하려고 몰려든다.

관정과 주지가 여유롭게 동오의 군사를 토끼몰이 하여 북쪽의 계곡으로 몰아넣자, 이들은 급히 북쪽의 계곡에 들어서서 계곡의 입구를 틀어막고, 진국의 군사들이 진입하지 못하도록 한 후, 계곡의 소로를 20여 리 이동하여 약간 넓은 중로에서 크게 안도하며 잠시 휴식에 돌입한다. 이때 계곡 산중턱에서 연주포가 울리고 북소리와 나각 소리가 올리더니, 진국의 군사들이 함성을 지르면서 무더기로 쏟아져 나오자, 동오의 군사들은 깜짝 놀라 급히 전투태세를 갖추려고 한다.

그러나 동오의 군사들은 하루 종일 진국의 공세에 시달리고 잠시도 쉬지 못한 상태에서 파산의 진용을 빼앗긴 채, 동과 서, 남에서 쏟아져 나온 진국의 군사들을 피해 달아나느라 기진맥진해 있었다.

반면, 진국의 군사들은 동오의 군사들이 쉴 틈도 없이 공격을 받는 동안, 숲속에서 편히 쉬고 있다가 갑자기 기습전으로 임하는 것이었으니, 매복전과 심리전, 백병전에서 유리한 진나라 군사들이 벌이는 전투의 결과는 명백한 것이었다.

동오의 군사들은 잠시 진국의 복병을 상대하는 듯하더니,

곧바로 무기를 버리고 살길을 찾아 삼십육계 줄행랑을 치기 시작한다. 아문장 주지와 관정, 오소는 낙향으로 신속히 이동하여, 낙향을 종횡무진하며 동오의 군심을 극도로 뒤흔들어 놓는다. 이때, 동오의 백성 1만여 명이 두예에게 투항하여 진국에 귀의하기를 청한다. 사면초가에 몰린 동오의 도독 손흠이 낙향에서는 재기가 불가능하다는 것을 인지하고, 급히 강릉독 오연에게 전서를 보내 도움을 청한다.

"북방의 군사들이 마침내 날아서 강을 건너온 것 같소. 긴급히 구원을 요청하오."

이때 두예는 아문장 주지, 오소에게 다시 병력을 주어 다시 혼수모어(混水模漁 : 적병으로 위장하여 적병을 교란시킴) 계책을 지시한다.

"그대들은 수하에게 동오 병사의 복장으로 갈아입히고, 낙향성 외곽에 매복시켜라. 오국의 손흠이 군사를 이끌고 나와 싸우다가, 왕준장군과의 교전을 끝낸 후 성안으로 다시 돌아갈 때 몰래 따라 들어가도록 하라."

두예의 지시를 받고 왕준이 성 앞에 당도하자, 동오의 도독 손흠은 군사들의 사기를 진작시키기 위해, 싸우기를 청하는 부도독을 성 밖으로 내보내 진의 병사들과 싸우도록 명한다.

동오의 도독 손흠 군사들이 왕준의 군사들을 공략할 때, 왕준은 일부러 패하여 성에서 10여 리까지 도주한다. 동오의 병사들은 모처럼 승리하고 의기양양해서 성으로 돌아갈 때,

주지 등은 동오군으로 위장한 군사를 이끌고 손흠의 동오군을 따라 몰래 성으로 들어간다.

손흠의 군사들이 이를 눈치 채지 못한 덕에 안전하게 손흠의 군막까지 접근한 아문장 주지 등은 낙향성을 점거하고 손흠을 사로잡아 성 밖으로 나온다.

"계책 하나로 전투를 마무리 지으니, 단 1명으로 1만 명을 제압했도다."

두예의 군사 모두가 승리를 자축하며 소리쳐 외친다. 두예가 여세를 몰아 강릉성 가까이에 접근하자, 동오의 강릉독 오연이 사항계(詐降計:거짓 투항)로 두예를 함정으로 끌어들이기 위해 항복을 청한다.

"장군은 지, 덕을 겸비한 명망이 있는 장수로서, 오국에서는 장군과 대적하기를 모두 두려워합니다. 이번 원정에 임해서도 신출기묘한 기책으로 단숨에 낙향을 탈취하시어, 강릉에 있는 많은 오국의 병사들은 장군과 대적하기를 심히 두려워합니다. 이런 여러 가지 이유로 소장은 장군께 투항을 청합니다. 장군께서 남문으로 오셔서 가교를 건너시면, 소장은 성문을 열어 장군을 맞이하겠습니다."

사항계를 펼치면서 동오 강릉독 오연은 성가퀴(성벽 뒤에 낮게 쌓은 담)에 군대를 숨기고 뒷 치기를 하여 역격을 가하려고 군사를 매복시켜 놓는다. 두예는 오연이 뜬금없이 투항을 신청하자, 이를 사항계로 알아차리고 사항계를 역으로 활용하는 장계취계(將計就計:적의 전략을 알고 역으로 이용함)를 구사하여 강릉성을 송두리째 집어삼킬 계책을 세운 후, 진국의 정찰병과 세작을 통해 동오의 강릉독 오연에게 허위정보를 흘리도록 지시한다.

"두예장군께서는 강릉성에 입성하면, 그동안 고생했던 진나라 병사들에게 포상을 내리고, 투항한 오나라 군사들과 융화되도록 대연회를 베풀어 어울림의 장을 만들어, 모든 병사들이 며칠 동안 푹 쉬도록 배려하신다고 합니다."

강릉독 오연은 밀정의 보고를 받고, 두예가 자신의 위계에 넘어갔다는 오판을 하는 바람에 완벽한 대승을 거두기 위해 수하들에게 새로이 전술을 변경하여 명한다.

"두예에게 투항을 청한 것은 두예를 방심하게 하고 성가퀴로 유인하여 주살하려 한 것인데, 이 계략은 두예를 끌어들이기 위해 취한 어쩔 수 없는 사항계로 일시적인 성과를 노린 중책이지만, 나의 투항 요청에 속아 넘어간 두예가 강릉성에 들어와서 안주하겠다고 하는 이상 전략을 바꾸도록 하라. 두예가 성에 들어와서 완전히 방심하게 하여, 그가 성에 안주할 때 공략하는 것은 두예와 수하를 완전히 섬멸할 수 있는 최상책이니, 그대들은 지금 즉시 성가퀴의 병사들을 물리고, 두예를 성으로 맞아들여 최대한 두예를 편안하게 심기를 보살피게 하는 심리전을 펼쳐 두예를 완전히 방심하게 한 후, 두예의 군사를 기습하여 완전히 섬멸시킬 준비를 하도록 하라."

동오의 강릉독 오연은 무중생유(無中生有:허와 실을 교합하여 공략함) 전략으로 변경하여 수하들에게 각자의 임무를 부여하고, 성가퀴에서 두예를 공략하려던 궁노수와 강노병을 물리는 동시에 두예에게 나아가 편안한 마음으로 성안에 입성하도록 유도한다.

그러나 강릉성으로 무혈입성하게 된 두예는 성에 들어서자마자, 곧바로 경기병을 풀어 성안에서 성문을 모두 장악하고, 아문장들에게 명하여 신속히 군사를 이동하여 동오 강릉독 오연과 부도독들을 모두 체포하게 한 후, 강릉독 오연을 신문하기 시작한다.

"그대는 오국의 명장인데 어찌 그런 하수를 두어 나를 도모하려 하셨소?"

"내가 상황이 급박해지더니, 잠시 얼이 빠져 상황을 간과했던 것 같소."

"그대는 진정으로 나에게 투항할 의향이 있소?"

"어찌 오국의 강릉독으로서 싸우지도 않고 역격을 당해 성을 빼앗겼는데, 내가 나 혼자 살자고 구차하게 목숨을 구걸하겠소? 나는 강릉성과 함께 운명을 마치고자 하나, 다른 병사들에게는 아량을 베풀어주시기를 바라오."

이때, 오연의 측근 장수들도 오연과 함께 명예롭게 생을 마감하기를 청하자, 두예는 오연과 측근의 장수들을 명예롭게 목숨을 끊게 하고 병사들에게는 선처를 베푼다.

비록 두예는 출세를 위해서는 높은 사람에게 기회주의적 행동을 보이지만, 자신보다 약한 사람에게는 선천적으로 아량을 보이는 지장(智將)이기에 가능한 일이리라.

두예가 계책으로 싸우지도 않고 낙향, 강릉을 함락시키자, 동정호로 이어지는 원수(沅水)와 상수(湘水) 이남에서 교주, 남양주에 이르기까지 동오의 주,군,현들이 두예의 위세에 굴복하여 인수를 바치고 투항한다.

두예는 강릉성의 민심을 안정시키기 위해, 병사들에게 절대로 노략질을 하지 못하도록 명한다. 두예는 이번 전투에서 14명의 동오 도독과 감군 그리고, 1백2십여 명의 아문과 군수를 주살하거나 생포했다. 하늘을 찌르듯이 강성해진 군세에 힘입어, 두예는 장사와 둔수의 백성을 강북으로 이주시켜 회수의 이북을 채우고, 남군의 고토에 성벽을 쌓으니 형주의 대지가 평안해지고, 이로 인해 동오의 백성들이 귀순하여 돌아와 정착하는 것이 마치 옛 고향에 돌아오는 듯 당연하고 자연스러워 보였다.

두예가 익주자사 왕준과 함께 강릉, 형주를 평정하고, 무서운 기세로 건업을 향해 진격해 들어갈 때, 조정에서 가충이 보낸 전서가 전달된다.

"동오는 대진과 백년 가까이를 투쟁해온 적국인데, 그런 현실을 한꺼번에 뒤바꾼다는 것은 결코 쉽지 않은 대사일 것이오. 이제 봄철이 지나갈 시기가 되어 조만간 여름이 오면, 장마와 홍수가 펼쳐질 것이고 이로 인해 역병이 크게 돌 것이니, 이제 군사를 물렸다가 가을이 오기를 기다려 다시 거병해야 하지 않겠습니까?"

두예가 가충의 전서를 접하고 동요하는 장수들의 모습을 보고 단호하게 자신의 의지를 밝힌다.

"전국시대 연나라 악의는 제수의 변방에서, 단 한 번의 전쟁으로 강대한 제나라를 병합했소. 지금 우리도 군사의 위세가 이미 천하에 떨쳐있어, 단 한 번의 공략으로 적국을 제압할 수 있소이다. 대나무에 비유하자면, 대나무를 칠 때, 첫 칼질이 끝나고 몇 마디째 부터는 칼을 대자마자 쪼개져, 나중에는 손을 대지 않아도 쪼개지는 형세와 같다는 말이오."

이로써 파죽지세(破竹之勢)라는 사자성어가 생겨나는 순간이다. 두예는 추호의 망설임도 없이 장수들에게 말릉(건업)으로 총진격하도록 명령한다. 두예와 수하 장수들이 건업을 향해 진군하는데, 진군하는 길목마다 성읍의 군수들이 앞 다투어 나와서 투항을 청한다.

한편, 서릉과 이도를 평정한 익주자사 왕준은 두예의 전서를 받고 장강을 따라 건업으로 향할 때, 왕혼의 아들인 건위장군 왕융이 무창에서 동오의 유격장군 장상과 장기간 대치하고 있었다. 진국의 익주자사 왕준이 왕혼의 아들인 건위장군 왕융과 합류하여 수로를 따라 무창에서 건업으로 직통하려고 하자, 동오의 유격장군 장상은 무창에서 수군 1만을 이끌고 방어태세를 취하며, 왕준의 앞길을 완강히 가로막는다.

왕준이 전선을 이끌고 삼산을 지나는데, 동풍이 세차게 불면서 파도가 일고 역풍이 거세어 전선이 앞으로 나아가지 못하자, 왕준은 급히 돛을 내리도록 명한다.

왕준의 배가 역풍을 받아 앞으로 나아가지 못할 때, 동오의 유격장군 장상이 수군을 이끌고 왕준의 전선 앞으로 쳐들어온다. 왕준은 신속히 군사를 수습하여, 북소리를 세차게 울리고 나각을 불어대면서, 순식간에 전선을 정비하여 절도 있게 전투태세를 갖추게 한다.

왕준이 대군에게 함성을 내지르게 하며, 창끝으로 배의 바닥을 마구 두드리게 하는 등 전열을 불태우자, 동오의 유격장군 장상은 그 기세에 눌려 왕준과의 수전을 포기하고 오히려 왕준에게 투항을 청하며 수로를 열어준다.

왕준은 투항을 신청한 장상의 수군을 이끌고, 이들을 앞장세워 건업의 석두성을 향해 곧바로 진군한다. 그때에는 안동장군 왕혼이 육로를 따라 강서의 방면을 공략하고 있었는데, 오나라 승상 장제가 단양태수 심영, 제갈정, 손진 등을 이끌고 안동장군 왕혼의 공격로를 막아서면서, 왕혼은 동오의 군사들과 건업 30여 리 앞에서 장기간 대치하고 있었다.

이때, 왕준은 오나라 수군을 연달아 격파하고 건업의 위수지역에 당도한다. 왕준은 '동오의 건업을 점령하기 좋은 때를 놓치지 말고, 상황에 따라 군사행동을 전개하라'라는 배려를 내린 두예의 지시대로 건업으로 직통하려는데, 회남 위수사령관인 왕혼이 수하인 주준과 하윤에게 전서를 보내 왕준에게 전달하도록 한다.

"익주자사는 내가 동오의 승상 장제, 심영을 물리치고 건업으로 진군할 때까지 잠시 기다렸다가 같이 건업을 공략하도록 합시다."

왕혼의 전서를 건네받은 주준과 하윤조차 왕혼에게 간언을 올린다.

"지금 왕준장군이 승세를 탔을 때, 그대로 건업을 도모하는 것이 효율적입니다."

"아니외다. 피로에 찌든 군사들을 이끌고 혼자서 공격하느니, 내가 건업에 당도할 때 협심해서 공성에 임하는 것이 쉽게 승리하는 길이외다."

왕혼이 끝까지 우기며 전령에게 전서를 내주어 왕준에게 전하게 한다. 한참이 지난 후, 전서를 전해 받은 왕준은 이대로 승세를 타는 것이 효과적이라고 생각하며, 두예와 왕혼의 의견 사이에서 크게 고심할 때, 마침 서풍이 강하게 불어 전선이 화살과도 같은 속도로 수로를 활강하기 시작한다.

이로 인해 왕준은 엉겁결에 건업의 위수지역에 들어서게 되는데, 왕준의 군사들이 건업을 향해 진격하기 시작했다는 보고를 받은 오말제 손호는 어찌할 바를 몰라 하며 두려움에 떨기 시작한다.

이때 건업에서는 수백명의 신료들이 손호에게 주청한다.

"진국의 병사들은 한시가 멀다 하고 건업으로 다가오고 있지만, 오국의 장수와 병사들은 창칼을 들으려 하지 않습니다. 폐하께서는 어떤 이유 때문인지를 아십니까?"

오말제 손호가 겁에 질려 묻는다.

"대체 무엇 때문이오."

"천하의 사람들은 이 모든 원인이 구경(九卿)의 자리에 있으면서, 폐하의 눈과 귀, 입을 가린 간신 중에서도 특히 잠혼이라는 간신 때문에 벌어진 일이라고들 합니다."

"그대들 말대로라면, 응당 이놈을 잡아서 백성에게 사죄를 구해야겠군."

손호가 말은 그렇게 하면서도 잠혼을 처벌할 생각을 하지 않는다. 신하들은 손호가 행동으로 옮길 기색을 전혀 보이지 않자, 모두가 단체로 일어나서 잠혼을 결박하고 꿇어앉힌다. 손호는 모후 하희와 외척 하식, 하홍, 하장에게 도움을 청하나, 원래 아부꾼들은 생존에 대한 보호 본능이 워낙 뛰어난 법이다. 이들은 손호에게 아무런 언질도 주지 않는다. 손호가 신료들에게 끊임없이 잠혼을 풀어주도록 청하나, 신료들은 손호의 지시를 듣지 않고 잠혼을 그 자리에서 도륙해 버린다.

손호는 자신에게 갖은 아부를 일삼다가도 자신의 비위에 맞지 않으면, 측근도 가차 없이 주살하였었다. 이로 인해 한때 손호의 측근이었던 하정, 장숙, 조보 등의 간신이 손호에게 주살 당하던 와중에도, 끝까지 살아남은 당대 최고의 아부꾼, 간신 잠혼은 끝까지 손호의 비호를 받았으나, 분격한 신료들의 집단적 가해를 받아 처참하게 생을 마감한 것이다.

한편, 왕준이 생각지도 않는 순풍을 만나, 전선이 수로를 활강하는 바람에 전선들이 졸지에 건업의 맞은편에 정박하게 된 이후, 오말제 손호는 두려움에 떨며 어찌할 바를 모르고 정신을 놓고 있자, 진남대장군 도준이 손호에게 주청한다.

"폐하, 진국의 수군은 작은 전선만을 소유하고 있기 때문에 얼마든지 싸워서 이길 수 있습니다. 신에게 큰 전선과 건업의 위수병을 지휘할 권한을 넘겨주시면, 신은 기필코 적을 막아내겠습니다."

손호는 호기롭게 말하는 진남대장군 겸 형주목 도준에게 마지막 희망을 걸어본다.

"그대의 충정을 고맙게 생각하오. 반드시 적군을 막아내어 짐을 기쁘게 해 주시오."

도준은 손호의 기대를 받으며, 왕준의 전선을 마주하게 되었으나, 막상 전장에 임해서는 전혀 새로운 사실을 직면하고 깜짝 놀라며 독백하기에 이른다.

"아니, 어느 사이에 진나라에 저렇게 큰 전선들이 수천 척이나 건조되어 있었다는 말인가?"

도준이 건업의 위수병과 지역예비군을 이끌고 왕준과 대치하지만, 무창의 위수지역을 지키던 유격장군 장상은 이미 진국에 투항했다는 소문이 전해지자, 도준은 경악을 금치 못하더니 고심하기 시작한다.

그렇게 하룻밤을 대치하고 아침이 되었는데, 밤사이에 병사들이 모두 저승으로 사라졌는지 도준의 진용에서는 아무도 보이지 않는다. 도준은 손호에게 면구스러운 마음이 들자 건업에서 소리소문 없이 사라져 버린다.

왕준은 자신을 막는 장애물이 모두 사라지게 되자, 건업의 성 앞에 정박하여 수군을 신속하게 배에서 내리게 하고, 육군과 수군을 총집결시켜 석두성을 포위한다. 손호의 폭정에 시달리던 궁궐의 신료와 백성들이 환호를 올리며 왕준을 환영하자, 겁에 질린 손호는 진국의 왕혼, 왕준, 사마주에게 각각 사자를 보내 항복의 뜻을 전한다.

"한나라가 천하를 통치할 능력을 상실하고 구주(九州)가 분열되었을 때, 선조들은 강남을 차지하여 터전을 잡았는데, 지금은 대진국에서 새로이 천자가 일어나 은덕을 사해에 펼쳤습니다. 그러나 짐이 우매하고 구차하여 천명을 깨우치지 못하고, 간사한 자들의 참언을 들어 혼미해져서 결국에는 오늘에 이르렀으니, 오직 조상들에게 면목이 없을 뿐입니다. 지금에 이르러 짐이 오로지 바라는 것은 백성에게 위해가 가해지지 않음으로써, 백성들이 모두 평안하기를 바랄 뿐입니다."

280년(함평6년) 3월15일, 가장 먼저 건업에 당도해 석두성을 포위하고 있던 왕준은 손호의 투항을 받아들인 왕혼, 왕준, 사마주의 3명 중에서 일착으로 석두성으로 입성하여 석두성 안의 궁궐에 들어서자, 중서령 호충이 동오의 문부를 모두 집계하여 왕준에게 바친다.

동오애서 진(晉)에 바친 문부에 의하면, 동오는 4개주 43군 313현에서 관리 3만2천명이 복무하며, 궁에서 일하는 궁녀가 5천여 명에 이르고, 52만 3천호에서 남녀노소 2백3십만여 명이 살고 있으며, 배가 5천여 척에 이르고, 창고에 비축된 미곡은 2백8십만 섬이 있었다.

손호는 관을 앞에 놓고 스스로 몸을 결박하여 무릎을 꿇은 채 왕준의 처분을 기다리고 있었다. 손호에게 다가선 왕준은 손호의 결박을 풀어주고 관을 불태우면서 항복의식을 끝내고, 손호와 가족들을 호송하여 낙양으로 압송한다.

이 소식을 들은 표기장군 손수는 남쪽 하늘을 보고 눈물을 흘리며 홀로 독백한다.

"나는 손호의 폭정을 피하여 진국으로 망명을 택했지만, 손호의 꼴은 과연 무엇이란 말인가? 옛날 파로장군(손견)과 토역장군(손책)은 한낱 사마와 교위의 신분으로 기업을 세웠는데, 지금 뒤를 이은 폭군 손호가 모든 것을 망쳐버려, 오국의 종묘와 사직은 손호 대에서 모든 것이 물거품이 되었도다. 유유한 하늘이여! 종묘사직을 이 꼴로 만든 인간이 과연 누구란 말입니까!"

280년(태강 원년) 5월1일, 사마염이 대신들을 불러들여 손호의 선위의식에 참석하도록 전하지만, 표기장군 손수는 인간과도 같지 않은 파렴치한 손호를 피하려고 참석하지 않는다.

사마염은 왕준이 손호를 이끌고 한 달 이상을 경과하여 낙양에서 만나게 되자, 꿇어앉은 손호에게 냉소적으로 말한다.

"짐이 오래전부터 이 자리를 마련해 놓고 그대를 기다리고 있었노라."

손호가 뻔뻔스럽게 받아친다.

"신 또한, 한때는 건업에 이런 자리를 마련하고 폐하를 기다리고 있었습니다."

사마염이 대범하게 '껄껄' 웃으며 손호를 일으켜 세운다.

사마염은 손호에게 귀명후의 칭호를 내리고, 태자였던 손근을 중랑으로 임명하고, 왕으로 봉해졌던 아들들에게는 낭중으로 봉하는 동시에 손호에게 거대한 저택과 의복을 하사하고, 해마다 곡물 5천석, 은전 50만 전, 비단 5백 필, 솜 5백 근을 하사하고, 밭 30경을 경작하도록 하는 특전을 베푼다.

이로써 촉(蜀)은 암군 유선에 의해 종묘사직이 결딴나고, 오(吳)는 폭군 손호에 의해 종묘사직이 혁파되면서, 백년에 걸친 후한의 혼란이 정리되고, 삼국의 분열은 위(魏)를 이어받은 진국의 사마염에 의해 천하통일로 귀결된다.

발 행 일	2021년 10월 30일
저 자	강 영 원
발 행 처	도서출판 생각하는 사람
발 행 인	강 영 원
출 판 등 록	2007년 3월 19일
주 소	서울시 서대문구 홍연8길 32-15(연희동)
전 화	010-5873-9139

값 12,000원

ISBN 979-11-976209-5-9
ISBN 979-11-976209-0-4 (세트)

ⓒ 강영원 2021

본 책 내용의 전부 또는 일부를 재사용하려면
반드시 저작권자의 동의를 받으셔야 합니다.